G. A. Aiken
Lions
Heiße Fänge

W0413599

PIPER

Zu diesem Buch

Lou »Crush« Crushek ist ein Polarbär und eher der vernünftige, sanftmütige Typ. Doch wenn ihn jemand in seiner Arbeit als Cop behindert, geht ihm das richtig unters Fell. Besonders, wenn dieser Jemand eine kurvige Tigerin ist, deren Fertigkeiten die Welt des Einzelgängers gehörig auf den Kopf stellen – und seine Leidenschaft aus dem Winterschlaf erwecken … Als Mitglied eines Katzen-Schutzkommandos weiß Marcella Malone, wie man widerspenstige Kerle anpackt. Das kommt ihr bei Crush zugute – selbstverständlich nicht nur auf beruflicher Ebene …

G. A. Aiken ist die New-York-Times-Bestsellerautorin der erfolgreichen Serie um die Drachenwandler. Sie lebt an der Westküste der USA und genießt dort das sonnige Wetter, das gute Essen und die Aussicht auf attraktive Strandbesucher. Beim Piper Verlag veröffentlicht G. A. Aiken neben ihrer Drachenwandler-Saga außerdem die Reihe »Lions« sowie die Serie »Wolf Diaries«. Weiteres zur Autorin unter:
www.shellylaurenston.com

G. A. Aiken

LIONS

HEISSE FÄNGE

Aus dem Amerikanischen
von Doris Hummel

Piper München Zürich

Entdecke die Welt der Piper Fantasy:

Piper-Fantasy.de

Von G. A. Aiken liegen bei Piper vor:
Dragon Kiss
Dragon Dream
Dragon Touch
Dragon Fire
Dragon Sin
Dragon Fever
Dragon Kiss · Dragon Dream
Dragon Touch · Dragon Fire
Lions. Hitze der Nacht
Lions. Feuriger Instinkt
Lions. Leichte Beute
Lions. Wilde Begierde
Lions. Scharfe Pranken
Lions. Fährte der Lust
Lions. Heiße Fänge
Wolf Diaries. Gezähmt
Wolf Diaries. Besiegt
Wolf Diaries. Erlegen
Wolf Diaries. Drei Romane in einem Band

FSC www.fsc.org
MIX
Papier aus verantwortungsvollen Quellen
FSC® C014496

Deutsche Erstausgabe
Dezember 2014
© 2012 Shelly Laurenston
Titel der amerikanischen Originalausgabe:
»Bear Meets Girl« Kensington Publishing Corp., New York 2012
© der deutschsprachigen Ausgabe:
2014 Piper Verlag GmbH, München
Umschlaggestaltung: Guter Punkt, München | www.guter-punkt.de
Umschlagabbildung: Sabine Dunst, Guter Punkt unter Verwendung von Motiven von Shutterstock
Satz: Satz für Satz. Barbara Reischmann, Leutkirch
Gesetzt aus der Caslon
Papier: Pamo Super von Arctic Paper Mochenwangen GmbH, Deutschland
Druck und Bindung: GGP Media GmbH, Pößneck
Printed in Germany ISBN 978-3-492-28006-8

Kapitel 1

Die brutalen Schmerzen ließen sich nicht ignorieren. Die Art von Schmerzen, die einen Mann umbringen konnten. Und vielleicht hatten sie das auch getan. Vielleicht hatten ihn die Schmerzen, die in diesem Augenblick in seinem Schädel pochten, tatsächlich umgebracht und er musste sich nun bis in alle Ewigkeit so fühlen. Wie aufgewärmte Scheiße, die in der heißen Wüstensonne schmilzt.

Und das Schlimmste daran? Es war *seine* Schuld. Er konnte niemand anders außer sich selbst die Schuld geben – und diesen verdammten Jelly Shots. Er hätte sich von ihnen fernhalten sollen. Er wusste es doch besser. All der Alkohol in diesen köstlichen kleinen Quadraten aus Wackelpudding … Was hatte er sich nur dabei gedacht? Jetzt verursachte ihm schon die kleinste Bewegung Schmerzen. Brutale Schmerzen, die sich nicht ignorieren ließen.

Lou »Crush« Crushek versuchte, die Augen zu öffnen, aber das machte das Ganze nur noch schlimmer. Es war Morgen, und das Licht, das durch das Fenster hereinströmte, zerstörte auch das letzte bisschen seiner Hirnaktivität. Wenn er zu Hause gewesen wäre, hätte er sich einfach wieder hingelegt und noch ein paar Stunden geschlafen. Aber er war nicht zu Hause. So viel wusste er. Der Geruch war anders. Er roch Katze. Überall roch er Katze.

Crush knurrte leise. Jetzt wusste er, wessen Schuld es wirklich war. Die dieses verdammten Katers. Männliche Löwen! Vertraue niemals einem Löwen! Sicher, dieser spezielle Löwe war mit einer seiner Kolleginnen vom NYPD verheiratet und entstammte einem der wohlhabendsten Rudel Manhattans, aber er war auch das Arschloch, das das Tablett mit den Jelly Shots in ihren harmlos aussehenden kleinen Gläschen herumgetragen und mit einem breiten Katzengrinsen gesagt hatte: »Komm schon, versuch mal einen.«

Also … hatte Crush einen versucht. Und dann noch einen. Und noch einen. Und nach dem achten … nun, nach dem achten konnte er sich nicht mehr an allzu viel erinnern.

Woran Crush sich jedoch noch erinnern konnte, war, dass er den Fehler gemacht hatte, sich einem kleinen »geselligen Beisammensein mit ein paar Freunden« bei Detective Dez MacDermott anzuschließen, das sich in etwas völlig anderes verwandelt hatte. Wenn sich eine Party oder eine andere Veranstaltung in etwas verwandelte, wozu er keine Lust hatte, steuerte Crush normalerweise direkt auf den nächsten Ausgang zu und kehrte nach Hause zurück, zu seinem Fernseher und seinem ruhigen Leben. Oder zumindest zu dem ruhigen Leben, das er führte, wenn er nicht gerade verdeckt ermittelte und sich als Drogendealer, Biker oder gelegentlich auch als Auftragskiller ausgab. Aber um ehrlich zu sein, hatte Crush die Party diesmal vor allem deshalb nicht verlassen, weil er – in Ermangelung eines besseren, männlicheren Wortes – deprimiert gewesen war.

Ein Wort, das er bei sich selbst nur sehr selten anwandte. Er hielt nicht viel davon, rumzuhocken und sich selbst leidzutun, weil man das Leben führte, das man nun mal führte. Immerhin war er ein Bär. Ein Eisbär, um genau zu sein. Nein, er gehörte nicht zu diesen Typen, die darauf bestanden, mitten im Winter im Atlantik zu schwimmen, um zu beweisen, wie männlich sie waren. Er war vielmehr ein Typ, der mitten im Winter im Atlantik schwimmen konnte und sich dabei keine Sorgen machen musste, an Unterkühlung zu sterben. Ein Typ, der sich in einen über zwei Meter vierzig großen und gut fünfhundert Kilogramm schweren Eisbären verwandeln konnte, wann immer er wollte. Und als Eisbär hielt er nicht viel davon, rumzuhocken und deprimiert zu sein. Stattdessen lebte Crush genauso wie die meisten anderen seiner Art. Er war neugierig. Stellte zu viele Fragen. Starrte die Menschen rundheraus an, bis sie Todesangst bekamen und davonrannten. Aß, wenn er auch nur das leiseste Hungergefühl verspürte. Das Übliche eben.

Zu dumm nur, dass Crush etwas bewusst geworden war, das alle Bären als äußerst beunruhigend empfanden. Ihm war bewusst geworden, dass eine Veränderung stattfinden würde. Ihm stand eine Veränderung bevor, und er hasste Veränderungen. Es gefiel ihm, zu wissen, dass alles in seinen geregelten Bahnen lief, und wenn das nicht der Fall war, wurde er depressiv. Er hatte sich noch immer nicht davon erholt, dass sein Lieblingsfeinkostladen vor fünf Jahren dichtgemacht hatte. Oder dass vor sechs Jahren sein Lieblingsschuhladen umgezogen war – unnötig zu erwähnen, dass er als zwei Meter fünf großer, knapp einhundertvierzig Kilo schwerer Kerl seine Stiefel und Turnschuhe nicht einfach im Sportgeschäft um die Ecke kaufen konnte. Crush ging noch immer zu dem Ladenlokal, in dem das Geschäft einmal gewesen war, starrte durchs Schaufenster und wünschte sich, alles wäre wieder so wie früher, bis die Kunden in dem Teeladen die Polizei riefen, weil »draußen vor der Tür ein durchgeknallter Meth-Dealer rumlungert«.

Also, nein, Crush kam nicht gut mit Veränderungen zurecht, und er fürchtete, dass er nicht das Geringste tun konnte, um diese spezielle Veränderung zu verhindern. Nicht, nachdem ihn einer seiner früheren Partner angerufen und ihn vorgewarnt hatte. Der Mann hätte ihn nicht angerufen, wenn er sich nicht sicher gewesen wäre. Also wartete Crush jetzt einfach darauf, dass das Damoklesschwert auf seinen Kopf fiel.

Unglücklicherweise fühlte es sich jedoch so an, als sei dieses Schwert bereits auf seinen Kopf gefallen.

Er konnte das nicht. Er konnte nicht hier im Haus einer Kollegin sitzen und darauf warten, dass sich sein Kater und die Migräne wieder verzogen. Nein, er musste seinen Hintern in Bewegung setzen. Er musste aufstehen. Er musste sich um die Schmerzen kümmern. Außerdem hatte er an diesem Nachmittag etwas vor, und das wollte er nicht verpassen. Deshalb musste er aufstehen.

Aber es schien ein kleines Problem zu geben, das ihn daran

hinderte, einfach aus dem Bett zu springen und sich dem Tag zu stellen. Dieses Problem war die nackte Frau, die quer über seiner Brust lag.

Crush kümmerte sich nicht um die Schmerzen, die es verursachen würde, öffnete die Augen und schaute nach unten. Yep. Das war definitiv eine Frau. Eine – er schnupperte kurz – Katzenfrau. Crushs Lippen kräuselten sich. Noch eine Katze. Seiner Meinung nach die vertrauensunwürdigste aller Spezies. Und da er selbst auch nackt war, konnte er nur annehmen, dass sie beide … nun … *das* eben.

Gott, was war bloß mit ihm los? Das sah ihm gar nicht ähnlich. Crush betrank sich nicht und schlief wahllos mit Leuten. So was machte er nicht. Das steckte nicht in seinen Genen. Und es nannten ihn auch nicht nur seine Kollegen beim NYPD »Nach Vorschrift« Crushek. Mitschüler und Kommilitonen aus der Junior High, der Highschool und dem College hatten ihn schon damals so genannt.

Aber eine kleine Depression und eine Privatparty mit ein oder zwei Jelly Shots zu viel, und dieser andere Lou Crushek kam zum Vorschein. Nackt. Mit einer Katze.

Wer war diese Katze überhaupt? Jemand, den er kannte? Das glaubte er eher nicht. Er kannte zwar eine Menge Katzen, aber er verbrachte nicht viel Zeit mit ihnen, weil sie, wie er bereits mehrfach bekundet hatte und wie ohnehin jedermann wusste, vollkommen vertrauensunwürdig waren. Das war eine Tatsache. Das konnte jeder nachschlagen!

Wirklich zu dumm, dass Crush nicht einfach zu den Typen gehören konnte, die sturzbesoffen mit einer Frau schliefen und sich einfach davonschlichen, kurz bevor sie aufwachte. Das hätte sein Leben zwar definitiv um einiges leichter gemacht, ihn aber gleichzeitig auf ein ganz neues Niveau der Schäbigkeit sinken lassen, mit dem er noch viel weniger hätte umgehen können. Nur weil er das Gefühl hatte, sein ganzes Leben würde aus den Fugen geraten – er hasste Veränderungen! –, bedeutete das nicht, dass er auch tatsächlich zulassen würde, dass es aus den Fugen geriet. Und um sein Leben in den Fugen zu halten, war es wichtig, das moralisch Richtige zu tun.

Mann, es war echt beschissen, immer ein anständiger Kerl zu sein.

»Äh … Miss?« Um Gottes willen, klang seine Stimme rau. Er räusperte sich und versuchte es noch einmal. »Miss? Entschuldigen Sie bitte?« Er konnte sie unter all den schwarzen Haaren, die von weißen und roten Strähnen durchzogen waren und ihr Gesicht und seine Brust bedeckten, nicht besonders gut erkennen. Aber er erkannte diese Haarfarbe. Sie war eine Tigerin.

Crush hasste es, sie wecken zu müssen, tippte ihr aber trotzdem auf die Schulter. »Miss?«

»Hmm?«

»Äh … ja, tut mir leid. Ich … äh …« Das war wirklich schwierig. Wie sagte man einer Frau, mit der man möglicherweise Sex gehabt hatte, dass man ihren Namen nicht wusste? Und sich noch nicht einmal daran erinnern konnte, Sex mit ihr gehabt zu haben? Das Ganze wurde immer schlimmer. Wann zur Hölle hatte er sich in einen Verbindungsstudenten verwandelt?

Plötzlich reckte und streckte sie sich, und ihr langer Körper wand sich einen Moment lang auf seinem. Crush ignorierte, wie gut sich das anfühlte, und wiederholte: »Miss?«

Sie hob den Kopf, und ihre grün-goldenen Augen blinzelten ihn an.

Verdammt, war sie hübsch. Und er konnte sich nicht mehr daran erinnern, Sex mit ihr gehabt zu haben? Ernsthaft? Wie besoffen war er letzte Nacht eigentlich gewesen?

Sie blinzelte verwirrt zu ihm hinauf und lächelte. »Oh, hi.«

Oh, hi?

Gähnend klatschte sie eine Hand auf seine Brust, richtete sich ein wenig auf und schaute sich im Zimmer um, wodurch sie ihm einen geradezu monumentalen Blick auf ihre Brüste bescherte, und, wow, die konnten sich wirklich sehen lassen, verdammt. »Wie spät ist es?«, fragte sie.

»Keine Ahnung. Früh.«

Sie nickte, legte sich wieder auf seine Brust, schloss die Augen und schlang ihre Arme ganz fest um seinen Oberkörper. »Gut. Ich bin nämlich immer noch so müde.« Moment mal. Was war hier gerade passiert?

»Ich muss aufstehen.«

»Nur noch eine Stunde«, feilschte sie. »Vielleicht auch zwei. Entspann dich einfach.«

Vollkommen verwirrt sagte Crush: »Hör mal …«

Ihr Kopf schnellte nach oben, und diese unglaublichen Augen fixierten ihn. »Willst du die ganze Zeit weiterquatschen? Das ist nämlich echt nervig. Ich versuche zu schlafen, und ich hab einen ziemlichen Kater.«

Crush kniff die Augen zusammen. *Er* war nervig? »Bitte sag mir, dass wir letzte Nacht keinen Sex hatten.«

»So besoffen, wie du warst?« Sie gähnte, anscheinend bereits von ihm gelangweilt. »Ich glaube, du hättest ihn nicht mal mit einem Kran hochgekriegt.«

»Danke.«

»Warte mal. Hast du das etwa gedacht? Dass wir gefickt haben?«

»Wir liegen zusammen im Bett. Was hätte ich denn da denken sollen?«

»Dass ich müde war und einen Platz zum Schlafen brauchte.«

»Aber wir sind beide …« Er zuckte leicht mit den Schultern. »Nackt.«

»Ja, ich war auch total besoffen und hab mich komplett ausgezogen.«

»Hättest du nicht irgendwo anders schlafen können?«

»Die meisten anderen, die hier übernachtet haben, waren entweder Vollmenschen oder Hunde. Hast du je versucht, mit einem Hund zu schlafen? Die jaulen im Schlaf. Und rennen. Das ist nervig. Und Mace wollte nicht auf der Couch pennen, damit ich bei seiner Frau im Bett übernachten kann, also …«

»Du hast ein Löwenmännchen gebeten, sein Bett für dich zu räumen?«

»Warum auch nicht? Weil er der majestätische Löwe ist, König des Dschungels? Oder weil er ein reicher Llewellyn vom Llewellyn-Rudel ist?«

»Weil er hier wohnt.«

»Es ist das Haus seiner *Frau.* MacDermott erlaubt ihm nur, hier bei ihr und diesen riesigen Hunden zu bleiben, die ihr gehören. Und ich weiß zufällig, dass sie diese lächerlichen Rottweiler dem Löwen im Ernstfall jederzeit vorziehen würde, ohne auch nur mit der Wimper zu zucken.« Sie setzte sich auf. »So … Jetzt bin ich wach.«

»Wie nervig für dich.« Crush setzte sich ebenfalls mühevoll auf und ignorierte das Gebrüll in seinem Schädel.

»Warum bist du denn so gereizt?«

»Du hast mir gerade eröffnet, dass du mich quasi als riesiges Kissen benutzt hast.«

»Du warst gemütlich. Und hast nicht ein einziges Mal gejault. Ich hasse dieses Gejaule. Ich kann dir sagen: Du kennst die Hölle nicht, bevor du nicht während der Monsunzeit mit einem Haufen Hunde in einem verregneten, erbärmlichen Dschungel festgesteckt bist. Alle klatschnass und elend, und die ganze Zeit dieses verfluchte Gejaule.«

Crush versuchte, seine Migräne zu ignorieren, und fragte: »Warum sollte ich auch mit einem Haufen Hunde in einem erbärmlichen Dschungel feststecken?«

»Aus einer Menge Gründe.«

»Nenn mir zwei. Nein. Nenn mir nur einen. Ich fordere dich hiermit heraus.«

»Du forderst mich heraus?« Sie lachte, und ihre beinahe schnauzenartige Nase kräuselte sich ein bisschen, als sie ihn von oben bis unten betrachtete. »Du bist ja ein ganz Süßer.«

Schließlich musste Crush einfach fragen: »Wer *bist* du?«

»Wenn ich nicht immer noch verkatert wäre, würde ich dir jetzt mein sinnlichstes Lächeln schenken und dir antworten: ›Dein zum Leben erwachter Traum‹. Aber, hey, ich bin echt zu müde, um mir so viel Mühe zu machen, und mal ehrlich: Muss man sich überhaupt so viel Mühe machen – für einen *Bären?*«

»Bist du immer so beleidigend?«

»Beleidigend? So bin ich, wenn ich nett bin. Ich hab dir sogar ein Kompliment gemacht.«

»Ja. Ich bin so gemütlich wie ein Kissen.«

»Yep. Und zwar eins von diesen ganz prall gefüllten. Oder wie einer von diesen riesigen Teddybären, die man als Kind geschenkt kriegt. Mein Dad hat mir die immer gekauft und mir dann gezeigt, wie man sie richtig verprügelt.«

»Ich bin kein ...«

Sie hob einen Finger in die Luft. »Merk dir, was du sagen wolltest.« Dann streckte sich die verrückte Katze auf seinem Schoß aus, griff auf den Boden hinunter und holte ein Telefon aus ihrer Jeanstasche.

Genervt und geradezu ekelhaft angetörnt knurrte Crush: »Geh von mir runter.«

»Schhh«, fauchte sie und setzte sich mit ihrem Hintern auf seinen Schoß. »Das ist geschäftlich.«

Hatte sie ihm gerade wirklich bedeutet zu schweigen? Das hatte sie nicht, oder?

»Yep?«, sagte sie ins Telefon, und ganz offensichtlich war es ihr völlig egal, dass sie beide *immer noch* nackt waren und sich absolut *nichts* zwischen ihrem Hintern und seinem Schwanz befand. »Jetzt? Ich muss eigentlich zu meinem Kind nach Hause.«

Kind? Die Frau hatte ein Kind, trieb sich aber trotzdem auf irgendwelchen Partys herum, betrank sich und folterte ihn mit ihrem Hintern auf seinem Schwanz?

Crush dachte an all die beschissenen Eltern, mit denen er sich im Laufe seiner Jahre als Polizist hatte herumschlagen müssen, und fauchte zurück: »Du hast ein Kind?«

Sie nickte, und während am anderen Ende der Leitung jemand weitersprach, flüsterte sie: »Ich muss nach Hause. Ich stille noch.« Dann, als Crush sich ganz sicher war, dass sein Schädel explodieren würde, lachte sie leise und formte mit den Lippen ein stummes »War nur Spaß«.

Heilige Scheiße, wer war diese Frau?

»Okay, okay. Ich setze Smith darauf an. Du weißt doch, wie sehr sie diese Jobs am Morgen liebt. Ich weiß, dass sie nicht für dich arbeitet, aber betrachte es einfach als Outsourcing. Wir wissen beide, dass sie den verdammten Auftrag erledigen kann. Außerdem muss sie endlich lernen, dass man nicht immer aus nächster Nähe töten kann.« Da er keine Ahnung hatte, wovon sie da eigentlich redete, war Crush erleichtert, als sie ihm zuzwinkerte. Gut. Sie machte nur Spaß. Es wäre nämlich wirklich schwierig, eine Frau zu verhaften, die nackt auf seinem Schoß saß. »Okay. Gut. Ich kümmere mich drum.«

Sie beendete das Gespräch und warf das Telefon wieder auf ihre Jeans. »Ich muss los.«

»Ja. Du musst nach Hause zu deinem *Kind.*«

»Ja, zu ihr auch.« Sie zuckte mit den Schultern. »Aber sie ist ziemlich selbständig. Sie kommt schon fast an den Herd ran.«

Crush hielt es nicht mehr länger aus und stieß sie von seinem Schoß. Nicht so fest, wie er es gern getan hätte – verdammt seien seine Moralvorstellungen –, aber wenigstens saß sie nicht mehr auf ihm und er konnte von ihr weg.

Er schnappte sich seine Klamotten und stakste zur Tür.

»Willst du meine Nummer denn gar nicht?«, fragte sie ihn. »Vielleicht könnten wir uns das nächste Mal ja betrinken und wirklich Sex haben. Falls du dir Sorgen wegen des Kindes machst, ich kann ihr ein bisschen Cognac ins Milchfläschchen mischen, dann ist sie die ganze Nacht total weggetreten.«

Crush wollte etwas sagen, aber er wusste, dass er nur etwas vollkommen Unangemessenes und Gemeines erwidern würde, und das brachte er einfach nicht über sich. Also stürmte er stattdessen aus dem Zimmer und knallte die Tür hinter sich zu.

Tragischerweise stand jedoch Desiree MacDermott vor der Tür, und ihre grünen Augen weiteten sich, als ihr Blick langsam an seinem langen, nackten Körper hinunterwanderte, während er ziemlich dämlich mitten in ihrem Flur stand.

Endlich sah ihm seine Polizeikollegin ins Gesicht. »Hi, äh … Crushek. Wie geht's?«

»Gut. Danke, dass du mich zu eurer Party eingeladen hast.«

»Jederzeit.«

»Okay.« Sie blieben noch eine Sekunde im Flur stehen, dann sagte Crush: »Tschüss.«

»Tschüss.«

Und mit all der Würde, die er um sechs Uhr morgens nackt im Haus einer Kollegin aufbringen konnte, obwohl er noch immer einen Kater und einen halben Ständer hatte – weil selbst völlig degenerierte Menschen am frühen Morgen höllisch sexy sein konnten –, eilte Crush zu seinem Truck und in die absolute Freiheit.

Marcella »Eisenfaust« Malone – Tigerin, bei KZS unter Vertrag stehende Beschützerin des Katzenvolkes, professionelle Eishockeyspielerin für die Gestaltwandler-Meistermannschaft der Carnivores und Faustkampf-Champion der Malone-Familie – hörte, wie sich die Schlafzimmertür wieder öffnete, aber sie konnte einfach nicht aufhören, so hysterisch zu lachen, dass sie zu keuchen anfing. Niemand hätte das gekonnt! Warum? Weil das hier eben einfach sensationell gewesen war!

»Cella?«

Cella hörte MacDermott zwar, aber sie konnte ihr nicht antworten. Sie war viel zu sehr damit beschäftigt, zu lachen und herauszufinden, wer dieser Typ eigentlich gewesen war. Cella traf nicht jeden Tag Typen, die aussahen, als gehörten sie einer mit Crystal Meth dealenden Bikergang an, aber trotzdem die moralische Standfestigkeit eines Martin Luther besaßen: diese Entrüstung und Wut darüber, dass sie ihre Tochter völlig unbeaufsichtigt ließ, und dazu dieses lange weiße Eisbärenhaar, das bis über seine Schultern reichte, dieser permanent finstere Blick, diese Narbe an seinem Hals und die tiefschwarzen Augen, die wahrscheinlich eine Menge Leute in Todesangst versetzen konnten. Wenn einen all das jedoch nicht abschreckte, schafften das bestimmt die Muskelpakete dieses über zwei Meter großen und gut und gerne einhundertdreißig Kilo schweren Kerls, da war sich Cella ziemlich sicher. Mann, war dieser Körper tausendprozentig perfekt gewesen, oder was?

Doch obwohl der Typ wirklich furchteinflößend aussah, fand Cella all dieses einschüchternde, finstere Starren und die rasende Wut einfach nur süß. Teddybärensüß. Außerdem war er so verdammt verklemmt! Sie hatte ja keine Ahnung gehabt, dass Bären so verklemmt sein konnten. Wenn man sie nicht gerade erschreckte und wütend machte, waren Bären normalerweise die entspanntesten aller Gestaltwandler, von männlichen Löwen mal abgesehen. Obwohl Cella fand, dass ein himmelweiter Unterschied zwischen entspannt und einfach nur stinkend faul bestand.

Umso schlimmer für diesen armen Bären, dass diese Verklemmtheit nur Cellas schlimmste Katzeneigenschaften zum Vorschein brachte. Ehrlich gesagt, je verklemmter der Bär wurde, desto mehr Spaß hatte es ihr gemacht, mit ihm zu spielen. Sie hatte einfach nicht anders gekonnt. Er war nun mal so süß in seiner moralischen Empörung!

»Cella!«, sagte MacDermott, die nun ebenfalls lachte. »Was zur Hölle hast du bloß mit dem armen Kerl angestellt? Diesen Ausdruck hab ich vorher noch nie bei ihm gesehen. Ihm wäre beinahe eine Ader in seinem riesigen Bärenschädel geplatzt!«

Das war mehr, als sie ertragen konnte. Cella rollte vom Bett und knallte auf den Boden, was auf wundersame Weise dazu führte, dass ihr Kater sich vollkommen in Luft auflöste.

Kapitel 2

Crush träumte gerade davon, wie er dickes Eis zerbrach, indem er mit seinen Vorderbeinen daraufschlug, während ihm die Robbe unter dem Eis die Flosse zeigte. *Dieser kleine Mistkerl.* Dann tippte die Robbe gegen das Eis. Einmal. Zweimal. Okay, jetzt verhöhnte sie ihn auch noch?

»Crushek!«

Crush machte die Augen auf und schaute sich um. *Scheiße.*

Er drehte den Zündschlüssel des Trucks, um das Fenster herunterlassen zu können. »MacDermott.«

Sie sah ihn finster an, und zuerst dachte er, sie sei wütend. Dann wurde ihm jedoch bewusst, dass sie sich nur über ihn lustig machte. »Crushek«, ahmte sie seine Stimme nach. Sie lachte und legte ihre Arme auf dem Fensterrahmen ab. »Wie lange kennen wir uns jetzt schon, Crushek?«

»Ich weiß nicht.« Er dachte einen Moment lang darüber nach. »Seit dem Evans-Fall?«

»Wow. Die anderen hatten recht.«

»Recht womit?«

»Dass du die Zeit nach Fällen einteilst, nicht nach Jahren.«

»Ja, na ja … kann schon sein.« Crush hörte ein weiteres Klopfen und blickte nach vorn. »Da hockt ein Junges auf meiner Motorhaube.«

»Wir wollten spazieren gehen, damit sein Vater noch ein bisschen schlafen kann. Wenn mein Kleiner wach ist, dann will er, dass *alle* wach sind. Und wird ganz schön laut, wenn sie es nicht sind.«

Crush lächelte das Löwenbaby an und fragte: »Brüllt er etwa schon?«

MacDermott seufzte. »Und wie.«

»Wir sind da, Miss Malone.«

Cella machte die Augen auf und blickte sich um. Yep. Sie war da. »Da« war die Stadt auf Long Island, in der sie im Schoß ihrer Familie aufgewachsen war. Für die meisten Leute bedeutete »im Schoß der Familie« aufzuwachsen wahrscheinlich mit einer Mutter, einem Vater und vielleicht ein paar Geschwistern. Wenn es eine große Familie war, vielleicht auch noch mit einer Großmutter oder einem Großvater, einer kränkelnden Tante oder einem verwaisten Cousin. Aber das waren eben die meisten Leute. Doch Cella war nicht wie die meisten Leute. Sie war eine Malone. Und auch nicht irgendeine Malone, sondern eine *der* Malones.

Sie richtete sich gähnend auf, stieß die Autotür auf und stieg aus. »Danke, Mario.« Katzenhaft Security, KZS, war die internationale Organisation zum Schutz aller Katzen, für die sie arbeitete, seit sie die Marines verlassen hatte. Von allen KZS-Vergünstigungen – und das waren eine ganze Menge – war der Fahrdienst Cellas Favorit. Sie nutzten die besten und schnellsten Fahrzeuge der Welt und statteten sie mit bewaffneten und gut trainierten Katzen aus. Nicht zuletzt dank der unglaublichen Bezahlung war es einer der besten Fahrerjobs, die man kriegen konnte – aber es war auch einer der tödlichsten. Cella mochte gar nicht daran denken, wie oft sie nach einem erledigten Auftrag schon zu ihrem Wagen zurückgeeilt war, nur, um ihren Fahrer tot hinter dem Steuer zu finden. Dieses Szenario war immer dann besonders nervtötend, wenn sie sich auf unvertrautem oder fremdem Gebiet befand.

Sie winkte Mario noch einmal zu, und mit ihren Stöckelschuhen und ihrer Tasche in der Hand ging sie die Straße hinunter zum Haus ihrer Eltern. Mario hätte sie auch bis direkt vor die Tür fahren können, aber wer die Wahrheit über ihre unmittelbare Nachbarschaft kannte, begab sich nicht freiwillig dorthin. Und ihr Fahrer, ein Rotluchs aus Massapequa, wusste über ihre Straße Bescheid.

»Morgen, Cella!«, riefen ihr mehrere fröhliche Stimmen zu.

»Hey, Tante Kathleen, Tante Marie, Tante Karen.«

Es musste in der vergangenen Nacht geschneit haben, wenn auch nicht sehr stark. Trotzdem fühlte sich die Kälte gut unter Cellas nackten Füßen an. Das war die Jahreszeit, die ihresgleichen mochte. Die Löwen und Geparden konnten ihren Sommer behalten, denn der Winter gehörte den Sibirischen Tigern. Schnee, beißende Kälte und harsche Winde. Wundervoll.

»Guten Morgen, kleine Marcella.«

»Morgen, Onkel Aidan, Onkel Ennis, Onkel Tommy.«

Als Cella das Haus ihrer Eltern erreichte, ging sie durch das seitliche Tor in den Garten und am Haus entlang nach hinten. Ihre Tochter, die sich in der Kälte ebenso wohl fühlte wie Cella, saß ganz allein an einem der Tische auf der Terrasse, ein großes Glas Milch neben sich, während auf der Tischplatte Buntstifte und Malbücher verstreut lagen. Cella setzte sich neben sie, lehnte sich zu ihr und kniff ihr wunderschönes Kind in die Wange.

»Wie geht's meinem kleinen Mädchen?«

Goldene Augen, genau wie ihre eigenen, blickten Cella prüfend an, bevor eine entschieden unkindliche Stimme antwortete: »Nettes Kleid, Ma. Ist dein Revier immer noch unten an den Docks?«

Klugscheißerin.

Crush lehnte sich ein kleines Stück aus dem Fenster und sah zu MacDermotts Füßen hinunter. Dort saßen ganz still ihre vier Hunde. Und warteten. Auf sie. »*Das* ist beeindruckend.«

»Es ist ein Talent, das gebe ich gerne zu.«

Crush lehnte sich wieder zurück. »Dann bist du also zufällig vorbeigekommen?«

»Nein. Normalerweise gehen wir in die andere Richtung. Aber eine meiner Nachbarninnen hat angerufen. Sie weiß, dass ich Polizistin bin. Anscheinend hängt hier ein Meth-Dealer rum, der alle *bedroht*. Ein großer, alter, furchteinflößender Typ in einem blauen Pick-up.«

»Ich bin nicht alt. Ich bin noch nicht mal vierzig. Im Gegensatz zu einigen anderen.«

»Wenn du über mein wahres Alter sprechen willst, dann auf deine eigene Gefahr, Kumpel. Aber ich bin mir sicher, dass es an den Haaren liegt. Obwohl der Teil mit ›groß und furchteinflößend‹ ja stimmt.«

»Danke.«

Sie lachte und reichte ihm etwas, das in ein Küchentuch eingewickelt war. »Ein Maismuffin?«

»Ich hatte keine Honigbrötchen.«

»Ich bin kein Grizzly, MacDermott. Ich bin ein Eisbär, und ich bin kein Fan von Honig.«

»Okay. Na ja, Walrossspeck hatte ich jedenfalls auch nicht rumliegen.«

Gott, er benahm sich wirklich wie ein Idiot. »Mac...«

»Ich hab einfach nur gedacht, du hättest vielleicht Hunger.«

Oh-oh. Er wusste, was es bedeutete, wenn ihr Bronx-Akzent herauskam. Natürlich fiel er ihm nur auf, weil sich MacDermott in der Zeit, in der sie nicht in New York gelebt hatte, weil sie bei den Marines gewesen war, einen seltsam neutralen Akzent angeeignet hatte. Wenn sie jedoch wütend wurde ... war Vorsicht geboten. Und was noch schlimmer war: Sie zeigte mit ihrem behandschuhten Finger auf ihn.

»Ich hab nur versucht, nett zu sein, verdammt. Nächstes Mal mach ich mir nicht mehr so 'ne verfluchte Mühe!«

MacDermotts Hunde knurrten ihn an, und der Kleine haute gegen die Windschutzscheibe, während er etwas von sich gab, das man wohl als Babygebrüll bezeichnen musste.

Crush drehte sich zu der Vollmenschen-Frau um und hob eine Augenbraue. »Du hast ja wirklich ein ziemlich wildes Königreich unter dir, MacDermott.«

Sie schnaubte, und dann lachten sie beide. Okay. Er mochte MacDermott. Sie gehörte zu den wenigen Leuten – Vollmenschen oder Gestaltwandler –, die ihm nicht auf die Nerven gingen.

»Tut mir leid«, lenkte Crush schließlich ein. »Jelly Shots sind nicht meine Freunde.«

»Ich hab Mace gesagt, dass er keine machen soll. Ich hab ihn gefragt: ›Was ist das hier? Ein Verbindungshaus?‹ Hey, willst du zum Frühstück mit reinkommen?«

»Nee. Ich muss wirklich los. Hab heute ein Spiel.«

»Gott, spielst du immer noch in diesem miesen Hockeyteam?«

Er hätte gern mit ihr über die Fähigkeiten seines Gestaltwandler-Teams beim NYPD diskutiert, aber eigentlich … waren sie wirklich mies. Die Gestaltwandler-Feuerwehr und -Rettungssanitäter machten sie regelmäßig fertig.

Sie tätschelte seinen Arm. »Geht's dir gut?«

»Ich bin nur verkatert. Als ich rausgegangen bin, wollte ich nur für ein paar Minuten die Augen zumachen, und bevor ich mich versah …«

»Nein, nein. Ich meine … als du gestern Abend hergekommen bist. Du warst nicht dein übliches finster dreinblickendes, unkommunikatives Selbst. Du hast depressiver gewirkt als dein finster dreiblickendes, unkommunikatives Selbst. Kann ich vielleicht irgendwas für dich tun?«

Crush sah ihr in die Augen und atmete langsam aus. »Nur, wenn du mich aus dieser Sache rausholen kannst.«

»Dich aus welcher Sache … oh.« Sie grinste. »Du hast von der Versetzung gehört, hm?«

»Ja. Ich hab davon gehört. Ich hab wirklich gute Beziehungen. Also, kannst du mich da rausholen oder nicht?«

»Warum denkst du, *ich* könnte dich da rausholen?«

»Hab gehört, du hättest Einfluss.«

»Crushek, in der Gestaltwandler-Einheit des NYPD bin ich nur die verrückte Vollmenschen-Frau, die penetrant nach Katze riecht und um die jeder einen großen Bogen macht, wenn sie wütend wird.«

Er musste lachen. »Ein Raubtier weiß immer, wann es flüchten muss, MacDermott.«

Cella lehnte sich zurück und grinste ihre achtzehn Jahre alte Tochter Meghan an. Okay. Cella hatte den Bären richtig angelogen. Sie hatte es sich einfach nicht verkneifen können. Den Ausdruck auf seinem Gesicht zu sehen, als er gedacht hatte, sie hätte ihre noch nicht einmal den Windeln entwachsene Tochter ganz allein gelassen, während sie auf einer Party feierte, hatte ihr den Morgen wirklich versüßt.

Na ja, eigentlich ... hatte ihr das Erwachen auf dieser herrlichen nackten Bärenhaut den Morgen versüßt. Der Rest war in Wahrheit nur die Glasur auf dem Kuchen gewesen.

Cella betrachtete das Malbuch, mit dem ihre Tochter beschäftigt war, und bemerkte: »Wie ich sehe, stellen sie euch in dieser Privatschule, für die ich bezahle, vor echte Herausforderungen.«

»Ich hab heute Morgen auf die Kinder aufgepasst«, erwiderte Meghan und meinte damit ihre Cousins und Cousinen. Sie wandte ihre Aufmerksamkeit nicht von ihrer Beschäftigung ab und fügte hinzu: »Und wir haben gemalt.«

»Aber die Kinder sind jetzt weg.«

»Ich mag es nicht, Dinge anzufangen und sie dann nicht zu Ende zu bringen.« Sorgfältig fügte sie der Sonne am oberen Rand der Seite ein wenig Orange hinzu, wobei sie natürlich aufpasste, nicht über die Linien zu malen. Cella erinnerte sich voller Wärme an ihre eigenen Malbücher. *Nichts* war zwischen den Linien geblieben. Sie hasste Linien. Hasste Grenzen. Unglaublich, dass sich Cella bei den Marines so gut gemacht hatte. Niemand hatte daran geglaubt, am allerwenigsten ihre Familie. Sie waren sich so sicher gewesen, dass sie schon während der Grundausbildung das Handtuch werfen würde, dass sie noch nicht einmal ein Veto eingelegt hatten, als sie sich verpflichtet hatte. Vielmehr ... hatten sie sie alle ausgelacht. »*Unsere* Cella Malone? Ein Marine? Klar, sicher.« Aber die Marines hatten Cella die Freiheit gegeben, die sie sonst nirgendwo hätte finden können. Freiheit von ihrer Familie. Von den Malones. Wenigstens für eine Weile.

»So.« Ihre Tochter schob das Malbuch von sich weg. »Fertig.« Sie legte den Buntstift auf den Tisch. Wenn Cella weg war, würde

Meghan zurückkommen und sämtliche Buntstifte wieder in den Kasten räumen – in ihrer ursprünglichen Reihenfolge. »Hast du schon gefrühstückt?«

»Na ja …«

»Ich mach dir was.«

»Warum fragst du mich überhaupt, wenn du mir sowieso was machst?«

»Weil es höflich ist.« Meghan lehnte sich zu Cella und gab ihr einen Kuss auf die Wange. »Hast du dich gestern Abend auf deiner Party gut amüsiert?«

»Ach, es war okay. Hauptsächlich vollmenschliche Polizisten mit ihren Vollmenschen-Frauen.«

»Sind deine Katzenkillerfreunde und diese Hündin denn nicht gekommen?«

»Erstens sind die – *wir* – keine Katzenkiller. Genau genommen sind wir Killerkatzen. Und diese Hündin hat mir schon ein paarmal das Leben gerettet. Das solltest du respektieren.«

»Ich weiß wirklich nicht, warum du diesen Job immer noch machst. Du brauchst das Geld doch nicht mehr.«

»Was? Glaubst du vielleicht, die Boston University bezahlt sich von selbst? Und wo wir gerade davon sprechen: Hast du die Unterlagen abgegeben?«

»Ja, natürlich.«

»Ich will *nicht* für eine Wohnung in dieser Gegend bezahlen, Meghan. Sorg dafür, dass du ein Zimmer im Wohnheim bekommst.«

»Können wir später darüber sprechen?«

»Warum bist du denn so gereizt?« Cella runzelte die Stirn. »Du bist in letzter Zeit immer so gereizt.«

»Ich bin überhaupt nicht gereizt.«

»Du bist total gereizt. Zumindest mir gegenüber.«

»Das mache ich nicht mit Absicht. Ist einfach alles ziemlich stressig im Moment.«

»Es ist dein letztes Halbjahr, Meghan. Das College hat dich bereits angenommen, und du bist richtig gut in der Schule. Du sollltest dich von überhaupt nichts stressen lassen. Entspann dich einfach. Versuch, die Zeit zu genießen. Ich weiß wirklich nicht, von wem du diese innere Anspannung hast, aber ganz eindeutig nicht von den Malones. Und von deinem Vater auch nicht. Ich weiß nämlich noch genau, wie der mit siebzehn war.«

»Du erzählst mir jetzt aber nicht noch eine Dad-und-Haschisch-Geschichte, oder? Weil ich mir meinen Vater wirklich nicht als einen dieser Loser vorstellen will.«

»Dein Vater war nie ein Loser. Und außerdem ist er dieser Phase irgendwann entwachsen. Schau ihn dir doch mal an: ein verantwortungsbewusster Buchhalter, der kurz davor ist, die Katze seiner Träume zu heiraten.«

Wie immer, wenn Cella Brians bevorstehende Hochzeit erwähnte, zeigte sich dieser merkwürdige Ausdruck auf dem Gesicht ihrer Tochter. Cella glaubte allmählich, dass sie wegen dieses großen Ereignisses aufgewühlt war. Es war zwar nicht untypisch für einen Teenager, sich so zu fühlen, aber … aber Meghan war alles andere als typisch. Und sie musste einfach verstehen, dass sich deswegen nicht alles verändern würde. Jedenfalls nicht zwischen ihr und ihrem Dad.

Cella warf ihre Schuhe auf den Tisch und nahm die Hände ihrer Tochter in ihre. »Erzähl's mir, Meghan.«

»Was denn?«

»Ich erwähne deinen Dad, und du wirst total komisch.« Cella neigte den Kopf zur Seite und betrachtete das wunderschöne Mädchen, das sie über alles liebte. »Ist es wegen der Hochzeit?«

»Nein, natürlich nicht.«

»Du weißt, dass sich dadurch zwischen dir und deinem Dad gar nichts ändert, oder? Er liebt dich, Meghan, und Rivka auch.«

»Du magst Rivka doch nur, weil sie auch eine Katzenkillerin ist.«

»Und *du* liebst Rivka, und wir sind *keine* Katzenkiller. Also hör auf, uns so zu nennen. Wir sind Beschützerinnen des Katzenvolkes. Genau wie die Marines oder …«

»Die CIA?«

»Na, du musst ja nicht gleich so fies werden.« Mit einem Mal sehr müde von diesem ewig gleichen alten Streit – genau wie Cellas Mutter Barb war auch Meghan kein Fan ihrer Karriere als Mitarbeiterin bei Katzenhaft –, ließ Cella die Hände ihrer Tochter los. »Weißt du, Meghan, ich versuche nur, dir zu helfen und dir zu zeigen, dass ich immer für dich da bin.«

Meghan verdrehte die Augen. »Ma … findest du wirklich, dass ich der Typ bin, der schreit ›Setzen wir uns hin und reden über unsere Gefühle‹ – oder auch du selbst?«

»Ich versuche nur einen anderen Ansatz. Ich versuche … du weißt schon … eine richtige Mutter zu sein. Aufmerksam und liebevoll und … und all diesen anderen Scheiß.«

»Ma, du bist der Hockey-Enforcer für einen Typen mit dem Spitznamen ›der Marodeur‹, du tötest auf Anordnung aus tausend Metern Entfernung und du bist genau die Art von Mutter, die ich nicht in der Nähe meiner männlichen Freunde wissen möchte, weil die sonst nur auf deine Brüste starren und sabbern würden – darin liegen deine Stärken. Also entfernen wir uns nicht allzu weit davon, okay? Sehr schön. Und jetzt backe ich dir ein paar Waffeln. Du isst was, und dann kannst du nach oben unter die Dusche gehen und diesen Gestank von … von was auch immer abwaschen.«

»Bär«, gab Cella zu.

»Richtig. Bär. Okay, den kannst du abwaschen, und dann können du und ich so tun, als hätte diese Unterhaltung nie stattgefunden, okay? Sehr schön. Danke!«

Cella sah ihrer Tochter nach, als sie in das Haus zurückging, das sie sich mit Cellas Eltern teilten. Als Cella vor vielen Jahren zu den Marines gegangen war, war ihr bewusst gewesen, dass sie ein Risiko einging. Das Risiko, ihre Tochter zu verlieren. Aber was hätte sie denn tun sollen? *Noch eine* typische Malone-Tigerin großziehen? Damit das Kind am Ende den ganzen Tag mit all den anderen »Tanten« herumsitzen und Intrigen und Pläne schmieden konnte?

»Nur noch ein paar Monate, Malone«, erinnerte sie sich selbst.

Nur noch ein paar Monate, dann würde ihre Tochter ausziehen, aufs College gehen und genau das tun, was sie tun wollte. Meghan stand die ganze Welt offen, ohne irgendwelche Grenzen. Genau dafür hatte Cella alles riskiert. An manchen Tagen riskierte sie auch *jetzt* noch alles. Und sie würde weiterhin alles riskieren, bis ihr Kind alles hatte, wovon es schon immer geträumt hatte.

Cella nahm ihre Schuhe vom Tisch und folgte ihrer Tochter ins Haus. Ihre Mutter rauschte gerade zur Seitentür an der Garage hinaus, um sich um die Hochzeit irgendeines reichen Vollmenschen zu kümmern, und küsste sie flüchtig auf die Wange.

»Könnte spät werden«, sagte sie. »Sorg dafür, dass dein Vater was isst.«

»Mach ich.«

Cella bog um die Ecke und traf ihre Tochter im Flur. Die beiden Katzen starrten einander an, bis Cella sagte: »Ich hab dich lieb, mein spöttisches kleines Kätzchen.«

»Ich hab dich auch lieb, Ma. Selbst wenn du wie eine teure Edelnutte angezogen bist.«

»Ich müsste auch teuer sein, um diese Schuhe bezahlen zu können.«

Crush setzte sich auf die Bank und wartete. Er war dankbar, dass MacDermott ihn geweckt hatte. Die meisten Sonntage im Winter musste er spielen, und er hasste es, auch nur ein einziges Spiel zu verpassen. Weil er nicht gut genug war, um Profi – oder auch nur Halbprofi – zu werden, spielte er Eishockey mit einer Truppe aus Gestaltwandlern aus Queens und Long Island, die in verschiedenen Polizeirevieren und Feuerwachen arbeiteten. Um ehrlich zu sein, war er kaum gut genug, um am Wochenende mit seinen Freunden zu spielen, aber zum Glück hatte er seinen Kindheitstraum, einmal der »größte Spieler aller Zeiten« zu werden, lange vor der Junior High aufgegeben. Diesen Traum hatte er denen überlassen, die tatsächlich auch das Talent dazu hatten. Stattdessen spielte Crush am Wochenende mit Leuten, die nicht interessierte, wie schlecht er war, und ansonsten war er ein glühender Anhänger der Profis, Gestaltwandler wie Vollmenschen.

»Und, wie war MacDermotts Party?«, wollte sein Partner Conway wissen.

Crush zuckte zusammen. »Ich will nicht darüber reden.«

»So gut, ja? Ich bin überrascht, dass du überhaupt hingegangen bist.«

»Warum?«

»Du bist nicht gerade dafür bekannt, auf Partys zu gehen, die nicht damit enden, dass du alle verhaftest.«

»Ich weiß, dass du davon gehört hast«, erwiderte Crush vorwurfsvoll, als Conway verstummte. »Von der Versetzung.«

»Ja, hab ich. Obwohl ich gehört habe, dass sie nur dich betrifft und nicht mich.«

»Miller will mich schon seit Jahren loswerden«, beschwerte sich Crush über seinen Captain.

»Du jagst dem Mann eine Heidenangst ein, und er hat keine Ahnung, warum. Aber du kannst ihm das auch nicht wirklich zum Vorwurf machen.«

»Doch, kann ich.«

Der Kojote schüttelte den Kopf. »Komm schon, Crushek, sei kein Idiot. Das ist deine Chance, endlich *richtig* Geld zu verdienen. Weißt du eigentlich, wie viel diese Abteilung ihren Detectives bezahlt?«

»Ist mir egal. Ich mache diese Scheiße weiß Gott nicht wegen des Geldes.«

»Du machst sie, damit du den knallharten Typen spielen kannst.«

»Ich *bin* ein knallharter Typ.«

»Aber du kannst genauso gut ein knallharter Typ sein und Geld verdienen, damit du die Hypothek für dein neues Haus bezahlen kannst. Wenn du diesen Job annimmst, kannst du vielleicht sogar in deinem Haus wohnen, statt in diesem Rattenloch, in dem du zur Tarnung haust.«

»Ich *wohne* in meinem …«

»Du könntest Freunde haben, die wirklich deine Freunde sind und nicht irgendwelche Leute, die du am Ende verhaften willst.«

»Ich verstehe, was du …«

»Vielleicht sogar eine Freundin. Eine, die nicht irgendwann mal Stripperin war und dir ihre tragische Lebensgeschichte auftischt.«

»Okay.« Crush betrachtete seinen zukünftigen Ex-Partner eindringlich. »Da spricht gerade deine Frau mit mir, oder? Durch dich?«

»Du weißt doch, dass sie sich Sorgen um dich macht.«

»Und mit der Stripperin war ich nicht zusammen. Ich habe nur Busfahrkarten für sie und ihre Kinder gekauft.«

»Trottel.«

Genervt gab Crush ein Knurren von sich und wandte seine Aufmerksamkeit wieder dem Spiel zu. »Ich werde keinen Anzug tragen.«

Conway schnaubte. »Niemand in dieser Abteilung trägt einen Anzug. Und vielleicht kannst du jetzt ja sogar mit MacDermott arbeiten. Ihr zwei scheint euch ja seltsamerweise gut zu verstehen. Andererseits lebt sie aber auch mit diesem Kater zusammen, da musst du ihr natürlich wie ein willkommener Frischlufthauch vorkommen.«

»Was soll ich dort eigentlich machen? Auf Befehl töten?«

»Das machen die da nicht … glaub ich.«

»Super. Das ist wirklich beruhigend.«

»Meine Güte, Crushek, jetzt stell dich nicht so an«, schnauzte Conway ihn an. »Nichts ist schlimmer als ein jammernder Bär. Besonders ein jammernder Bär, der eine ganze Stange mehr Geld verdienen wird als ich.«

Crush erwiderte nichts, sondern skatete mit seinen Mitspielern aufs Eis, als sie an der Reihe waren. Ein paar Minuten später war Conway neben ihm und jagte dem Puck hinterher. Crush nutzte die Gelegenheit, ihn mit seinem Schläger auszuknocken.

Der Kojote verdrehte die Augen, verlor sofort das Bewusstsein und knallte aufs Eis. »Mein Gott, Crushek!«, brüllte ihr Mannschaftskapitän. »Ich dachte, wir hätten geklärt, dass du Conway nicht mehr schlägst!«

Crush zuckte mit den Schultern. »Er hat mich praktisch als Jammerlappen bezeichnet.«

Frisch geduscht und mit einer Jogginghose, einem Tanktop und Turnschuhen bekleidet, schlenderte Cella in die Familienküche, blieb jedoch abrupt auf der Türschwelle stehen.

Um den Küchentisch saßen ihr Vater, ihre Brüder und mehrere ihrer Tanten. Normalerweise wäre das nicht außergewöhnlich gewesen. Der Küchentisch war der Ort, an dem sich immer alle zum Quatschen, Streiten und hin und wieder auch zum Essen trafen. Der Esszimmertisch kam nur an Feiertagen oder, wie ihre Mutter es nannte, bei »einem schicken Essen« zum Einsatz. Was Cella wirklich beunruhigte, war, dass sie alle *verstummten*, als sie den Raum betrat, sich zu ihr umdrehten und sie anstarrten. Die Malones waren nicht dafür bekannt, zu den stilleren Katzenclans zu gehören.

»Hi«, sagte sie, während sie sich fragte, was zur Hölle hier vor sich ging.

Cellas Vater, Butch »Nice Guy« Malone, kam auf sie zu, nahm sie fest in den Arm und brummte sanft: »Vergiss nie, dass wir dich lieben, Kleines.«

»Okay«, erwiderte Cella, löste sich aus den Armen ihres Vaters und nickte ihrer Familie zu, bevor sie wieder hinausging.

Sie trottete durch den Garten hinter dem Haus, um den Familienswimmingpool mit olympischen Abmessungen herum und in den direkt anschließenden Garten der Familie ihrer besten Freundin. Cella hatte Jai Davis, eine Berglöwin, die ursprünglich aus Valley Stream, Long Island, stammte, erst kennengelernt, als sie beide siebzehn und hochschwanger gewesen waren. Sie waren schnell Freundinnen geworden, da sie beide Katzen und sehr junge Mamas waren. Nachdem ihre zwei Mädchen dann zur Welt gekommen waren, hatten die beiden sich zusammengetan und, wann immer möglich, die Verantwortung geteilt und wenn nötig für die andere den Babysitter gespielt. Es war nicht normal, dass die Malones Außenstehenden Zutritt zu ihrer Welt gewährten, aber ihr Vater hatte die Familie Davis ohne weitere Fragen akzeptiert, was wiederum bedeutete, dass auch alle anderen Malone-Männchen sie ohne Fragen anerkannten. Als dann Cellas Cousin dritten Grades ausgezogen war, um zu einem Campingplatz der Malones in Boston zurückzukehren, wodurch das Haus nebenan leer gestanden hatte, waren die Davis' dort eingezogen.

Cella hatte allerdings bis heute keine Ahnung, wie es ihrem Vater gelungen war, nicht nur Juen Davis, Jais Mom, zu diesem Umzug zu überreden, sondern auch seine Schwestern davon zu überzeugen, Außenstehende in ihre Straße zu lassen. Aber ihr Vater konnte nun mal sehr überzeugend sein.

Trotzdem war Cella noch nie dankbarer für die überzeugenden schmeichlerischen Fähigkeiten ihres Vaters gewesen als in diesem Moment, als sie die Davissche Küche betrat und fragte: »Muss ich sterben?«

Jai Davis, die am Küchentisch saß und Papierkram erledigte, blickte nicht einmal auf, als sie antwortete: »Ja. Obwohl, um genau zu sein, müssen wir das alle.«

Cella verdrehte die Augen. Das war der einzige Nachteil der Davis-Familie. Sie waren Intellektuelle. Juen Davis war Rechtsanwältin, Jais Vater war bis zu seinem Tod vor fünf Jahren Herzchirurg gewesen, und Jai selbst war orthopädische Chirurgin mit dem Spezialgebiet Gefäßchirurgie. Das war für ihren Job als Leiterin des medizinischen Teams des Sportzentrums, in dem die meisten Gestaltwandler-Spiele der Region stattfanden – die der Profis und der Amateure –, auch nötig, denn dort gab es unzählige teilweise schwere Arterienverletzungen.

»Okay«, drängte Cella, »aber sterbe ich *wirklich*? Du weißt schon. In diesem Moment. An einem Tumor oder so, von dem du mir nichts gesagt hast?«

Schließlich hob Jai doch den Kopf und betrachtete Cella von oben bis unten. Sie hatten dieselbe Augenfarbe: leuchtend golden, auch wenn in Jais Augen kein Grün schimmerte. Abgesehen davon hätten sie nicht unterschiedlicher sein können. Jai war ein dunkler asiatischer Typ, während Cella selbst dann nicht irischer hätte aussehen können, wenn sie direkt von Ellis Island gekommen wäre und man ihr das Wort »Irisch« auf die Stirn gestempelt hätte. »Warum glaubst du das denn?«

»Weil meine Familie mich gerade in der Küche abgefangen hat, um mir zu sagen, dass sie mich lieben. *Meine* Familie.«

»Meine Mutter sagt mir das andauernd.«

»Meine Mutter war nicht dabei, und deine Mutter ist eine ausgeglichene, völlig normale Frau, die sich in eine Tiergestalt verwandeln kann. Sie stammt nicht von Zigeunern ab. Genauso wenig wie dein Vater.«

»Nein. Meine Mom ist Chinesin, und Daddy stammte aus *good old Jamaica*. Ich dachte übrigens, die Malones bevorzugen ›fahrendes Volk‹ statt ›Zigeuner‹.«

»Ich kann meine verdammte Familie nennen, wie's mir passt. Sieht es aus, als würde mich das im Moment auch nur einen Scheißdreck interessieren?«

»Mir ist immer noch nicht klar, warum du glaubst, dass du sterben musst.«

»Weil ...« Cella rieb sich die Stirn. Sie hatte noch immer einen Kater, und allmählich verfiel sie in Panik. »Wenn die Malones zu dir kommen und nett zu dir sind, dann ... *stirbt jemand*!«

Nach dem Abendessen mit seiner Mannschaft, bei dem sie eine weitere verheerende Niederlage gegen Gestaltwandler einer Feuerwache aus Long Island feierten, fuhr Crush nach Hause, warf seine Ausrüstung und seine Klamotten in eine Ecke und nahm eine kurze Dusche. Als er wieder sauber war, setzte er sich auf sein Bett, ein Handtuch um die Hüften gebunden und seine Handfeuerwaffe in Reichweite. Er schüttelte sein Haar trocken, bevor er sich rückwärts aufs Bett fallen ließ, langsam ausatmete und lächelte.

»Hallo, meine Schöne«, sagte er. »Heute Abend hast du Glück.

Keine anderen Frauen, die mich von dir fernhalten könnten.« Er krümmte seinen Zeigefinger. »Und jetzt komm hier rüber und leiste mir Gesellschaft.«

Lola trottete zu ihm und kuschelte sich an seine Seite. Wenigstens würde Crush morgen früh nicht mit irgendwelchen wildfremden Katzen aufwachen, die sich um seinen Körper wanden. Ehrlich gesagt war das eine Erleichterung ... wenn auch gleichzeitig ziemlich enttäuschend.

»Aber sabber mich heute Nacht nicht wieder voll«, warnte er Lola, die Englische Bulldogge. »Du weißt, dass ich das hasse.«

Sie schnaubte, ignorierte wie üblich, was er gerade zu ihr gesagt hatte, rollte sich auf den Rücken und zeigte ihm ihren Bauch. Genau wie die meisten anderen Tiere wusste auch Lola, was Crush war, aber sie vertraute ihm. Sie wusste, dass er ihr niemals wehtun würde.

Als Crush den rosa-weißen Bauch streichelte, den Lola ihm hinstreckte, schlief sie beinahe auf der Stelle ein. Crush selbst brauchte dafür noch eine ganze Stunde, obwohl er seine Erschöpfung bis in die Knochen spüren konnte. Aber er wusste, dass sich sein Leben in der kommenden Woche völlig verändern würde – und er war noch immer nicht glücklich darüber.

Kapitel 3

Nachdem er vier volle Tage gewartet und keine Lust mehr hatte, auch nur einen weiteren Tag – oder noch schlimmer: ein ganzes Wochenende – damit zu verbringen, jede Sekunde damit zu rechnen, dass der Amboss letzten Endes doch auf seinen Kopf fiel, ging Crush zum Büro seines Chefs und blieb schweigend in dessen Tür stehen. Miller hatte ihm den Rücken zugedreht und blätterte in seinen Akten, als er sich plötzlich anspannte und sein ganzer Körper steif wurde. Die Reaktion schockierte Crush jedoch nicht: Der Mann reagierte jedes Mal auf dieselbe Weise, wenn der Eisbär in der Nähe war.

Ganz langsam hob Miller den Kopf, blickte über seine Schulter und schluckte. »Crushek.«

»Captain.«

»Äh, ja …« Er trat an seinen Schreibtisch, setzte sich jedoch nicht. Er setzte sich nie, wenn Crush in der Nähe war. Vielmehr sah er immer so aus, als würde er jede Sekunde die Flucht ergreifen. Viel Glück dabei. Crush war ein unglaublich schneller Läufer. Und ein großartiger Schwimmer.

»Du wurdest versetzt.«

»Hab ich gehört.«

»Tut mir leid wegen der Verspätung. Ich musste nur noch warten, bis auch die letzten Unterlagen eintreffen.« Und er den nötigen Mut zusammengenommen hatte. Feigling.

Obwohl er die Antwort bereits kannte, fragte Crush: »Und Conway?«

»Bleibt hier.«

Der Captain nahm einen Ordner von seinem Schreibtisch und reichte ihn Crush. Seine Hand zitterte.

Crush nahm den Ordner nicht entgegen, sondern sah ihn nur an und dann wieder zu seinem Captain zurück.

»Die … die Versetzung gilt ab sofort.« Der Mann sah wirklich sehr erleichtert darüber aus. »Also, ähm, lass dich nicht aufhalten … Du kannst gehen.«

»Ich finde, wir sollten darüber sprechen …«

»Die Sache steht nicht zur Diskussion, Crushek. Das kommt von ganz oben. Wenn du ein Problem hast, dann trag es mit denen aus. Lass einfach deine Fallunterlagen da, Conway erledigt dann den Rest.«

Der Captain klang richtig tough, bis Crush leise knurrte. Er konnte einfach nicht anders. Er war genervt. Richtig übel genervt.

Der Captain sah aus, als würde er sich jeden Moment in die Hose scheißen, aber Crush nahm ihm den Ordner ab, bevor er das mitansehen musste.

Bevor er jedoch hinausging, schnaubte Crush trotzdem noch einmal, so heftig, dass sein ehemaliger Chef tatsächlich ein wenig rückwärts stolperte. Es war zwar ein mieser Zug von ihm, aber trotzdem irgendwie befriedigend.

Cella machte gerade Klimmzüge im Fitnessstudio, als ihr Telefon klingelte. Sie ließ sich auf den Boden fallen und holte das Telefon aus der Tasche ihrer Kapuzenjacke, die auf dem Boden lag. »Ja?«, meldete sie sich keuchend.

»Ich bin's, Smith.«

»Ja?«

»Bist du beschäftigt?«

»Beim Training. Hab morgen Abend ein Heimspiel.«

»Ist die Antwort auf meine Frage also Ja oder Nein?«

»Was willst du, Smith?«

Dee-Ann Smith war die Wölfin, die Cella während ihrer Ausbildung bei der einzigen Gestaltwandler-Einheit der Marines kennengelernt hatte. Damals hatte sie sie gehasst. Aber Jahre später, nachdem sie gezwungen gewesen waren, zusammenzuarbeiten – Smith gehörte zur Gruppe, einer internationalen Organisation, die sämtliche Spezies und Arten beschützte und ihren

Sitz in den USA hatte –, war ihr die Wölfin irgendwie ans Herz gewachsen. Trotzdem raubte Smith Cella an manchen Tagen noch immer ihren letzten irischen Nerv.

»Wir treffen uns in Brooklyn.«

Da die Wölfin ihr keine Adresse durchgab, bevor sie das Gespräch beendete, wusste Cella, dass Smith sich auf dem Revier der Gestaltwandler-Abteilung des NYPD in Brooklyn mit ihr treffen wollte. Das hätte die schwierige Wölfin natürlich auch einfach sagen können.

Cella schlüpfte in ihre Kapuzenjacke, machte den Reißverschluss zu und schnappte sich ein Handtuch. Sie steuerte gerade auf die Treppe zu, die zur unteren Etage des Fitnessstudios führte, und wischte sich den Schweiß aus dem Gesicht, als ihr eine große Gestalt den Weg versperrte.

Cella sah den Wolf an, der vor ihr stand, und wartete darauf, dass er etwas sagte.

»Schätzchen.«

»Landei.«

Er grinste. »Cella Malone, flirtest du etwa mit mir?«

»Was willst du, Reed?« Reece Lee Reed von der New Yorker Smith-Meute hatte den schwierigen Sprung von der zweiten in die erste Mannschaft geschafft, als sie damals Bo Novikov verpflichtet hatten. Und die beiden gingen sich seit damals andauernd an die Gurgel. Reed war der freundlichere der beiden und genoss die Loyalität des Teams. Novikov, der Skrupellosere, hatte kein Problem damit, Reed jedes Mal, wenn der Junge ihn nervte, die Seele aus dem Leib zu prügeln. Und Reed nervte Novikov permanent. Das wusste der Grauwolf auch ganz genau. So war das nun mal mit den Wölfen der Smith-Meute: Es schien ihnen genauso viel Spaß zu machen wie den Katzen, die Leute auf die Palme zu bringen.

»Du musst dich um ihn kümmern«, antwortete er.

»Um ihn kümmern? Um Novikov?«

»Ja.«

Sie blickte sich um. »Warum ich?«

»Was meinst du damit, warum du? Du bist die Einzige in der ganzen Mannschaft, die eine richtige Unterhaltung mit ihm führen kann.«

Gott, dieser Hinterwäldlerakzent. Sowas von nervtötend. Bei Dee-Ann Smith, die ebenfalls zur Smith-Meute gehörte, war das nicht so schlimm, weil sie sowieso nicht viel redete und Cella diesen enervierenden Akzent nicht öfter hören musste als unbedingt nötig. Reed hingegen ... war eine echte *Plaudertasche*.

»Hör mal ...«

»Ich bitte dich, uns zu helfen, Süße.«

»Uns?«

»Ja. Uns. Den Neulingen.«

»Du bist schon ein bisschen zu lange in der Mannschaft, um dich noch als Neuling zu bezeichnen. Du bist sogar schon länger dabei als ich.«

»Stimmt genau. Und trotzdem gehörst du für Graf Nervensäge zur Gang, während er den Rest von uns als wertlosen Abschaum betrachtet.«

»Das ist doch gar nicht wahr. Ich bin mir sicher, dass ... ähm ... Wusstest du, dass du am Kopf blutest?«

»Ich kann fühlen, wie es tropft. Weißt du, *warum* ich am Kopf blute?«

»Weil du da einen Schlag abbekommen hast?«

»Mit einer Sitzreihe aus der Trainingshalle.«

»Einer Sitz... Du meinst, mit richtigen Sitzen?«

»Ja. Richtige Sitze. Dieser mörderische Irre«, und damit konnte er nur Novikov meinen, »hat tatsächlich eine *richtige* Sitzreihe aus ihrer Stahlverankerung gerissen und sie nach uns geworfen.«

»Hat er euch vielleicht auch einen Grund genannt, warum er das angemessen fand?«

»Ich hab mich um meinen eigenen Scheiß gekümmert und mich nur auf das Spiel morgen Abend vorbereitet.«

»Mhm.«

»Aber Hammond, der Neue, hat beschlossen, die Jungs zusammenzutrommeln, zu Novikov zu gehen und ihn um ein paar

Tipps zu bitten, damit sie ihre beste Leistung zeigen können und ihn nicht im Stich lassen.«

Cella zuckte zusammen. Sie konnte sich nur allzu gut vorstellen, was passiert war, da sie diese idiotischen Kerle, die an der Sache beteiligt gewesen waren, ziemlich gut kannte. »Mhm.«

»Also hat Novikov angefangen, sie anzubrüllen, aber Hammond wollte nicht lockerlassen. Hat ihn immer weiter gedrängt und weiter gebohrt, wie es diese kleinen Füchse gerne tun. Was übrigens auch der Grund dafür ist, dass sie keinen Zutritt zum Smith-Gebiet haben.«

»Und dann?«, drängte Cella.

»Ich hab versucht, Hammond davon zu überzeugen, es gut sein zu lassen. Wieder zu verschwinden. Aber er wollte nicht. Und im nächsten Moment höre ich, wie etwas Metallisches aus Beton gerissen wird, und als ich hochschaue, *fliegt eine Sitzbank auf meinen Kopf zu*!«

»Okay, okay. Beruhig dich. Hol mal Luft.« Cella tätschelte seine Schulter. »Ich rede mit Novikov.«

»Du musst was tun, Cella, weil ich ganz kurz davor bin, sämtliche Reeds zusammenzutrommeln, damit sie dieser Promenadenmischung mal so richtig den Arsch versohlen.«

»Na, na, na. Du musst ja nicht gleich ausfallend werden. Das ist mein Job.« Sie streckte eine Hand nach oben und berührte Reeds Stirn, aber der Wolf wich vor ihr zurück. »Du solltest Jai einen Blick darauf werfen lassen. Sie müsste in ihrem Büro sein.«

»Das heilt schon wieder.«

»Wenn es sich entzündet, kriegst du Fieber, und sie schreibt dich für das Spiel morgen krank, und dann hat Novikov noch mehr Munition gegen dich. Die solltest du ihm nicht geben.«

»Stimmt, du hast recht.« Er grinste. Sein Ärger verflog, und der süße, sexy Wolf kehrte sofort wieder zurück. »Denkst du, Dr. D. kuschelt ein bisschen mit mir, wenn ich sie nett darum bitte?«

»Nein.«

»Und was ist mir dir? Willst du nicht ein bisschen kuscheln? Damit ich wieder gesuuuund werde?«

Cella verdrehte die Augen, wandte sich von ihm ab und ging auf die Treppe zu.

»Das ist aber nicht sehr freundlich, Malone«, rief Reed ihr nach.

Abteilungsleiterin, Commander ihrer Einheit und Schwarzbärin Lynsey Gentry blickte von den Akten auf ihrem Schreibtisch auf und lächelte den Eisbären an, der einen Großteil des Türrahmens ausfüllte – obwohl dieses Gebäude, glücklicherweise, speziell für Gestaltwandler entworfen worden und die Türen daher höher und breiter und die Stühle stabiler waren.

Sie deutete auf einen dieser stabilen Stühle, die vor ihrem Schreibtisch standen. »Setzen Sie sich.«

Mit einem tiefen Seufzen betrat der Eisbär ihr Büro.

»Zunächst einmal möchte ich Sie hier willkommen heißen«, begann sie, als Crushek sich ihr gegenüber auf einen Stuhl fallen ließ, aber als er sie nur noch finsterer anstarrte und eine Art Grunzen von sich gab, wusste sie, dass der Mann ihr die Sache nicht leicht machen würde. Er gehörte zu den wenigen Gestaltwandlern bei der Truppe, die nie um eine Versetzung in ihre »Abteilung ohne Namen« gebeten hatte, wie Dez MacDermott sie gerne nannte. Der Mann liebte seine Arbeit, aber die Dinge hatten sich verändert, und das würde er nun mal akzeptieren müssen. Besonders jetzt.

»Packen wir mal alles auf den Tisch«, fuhr Lynsey fort, nachdem sie beschlossen hatte, schnell zum Thema zu kommen. »Sie haben nicht darum gebeten, hier zu sein. Ich weiß das. Ich weiß auch, dass Sie gerne als verdeckter Ermittler arbeiten. Das verstehe ich. Aber Sie werden hier gebraucht. Und darum kommen Sie auch nicht herum. Also, und ich sage das in aller Freundlichkeit: Schlucken Sie's runter und reißen Sie sich endlich zusammen.«

Sein Blick wurde noch finsterer, nur dass nun auch Verwirrung dazukam. »Inwiefern war das freundlich?«

»Wenn Sie mich erst besser kennen, wird Ihnen bewusst werden, dass es das war.« Sie warf kurz ihre Hände in die Luft. »Ich habe um Ihre Versetzung gebeten, weil Sie hier gebraucht werden.«

»Gebraucht wofür? Ich töte nicht auf Befehl.«

»Das tun wir auch nicht.« Als er nur schnaubte, fügte sie hinzu: »Ich spreche nicht für die Gruppe oder KZS. Die haben ihre eigene Agenda.«

»Warum arbeiten Sie dann mit ihnen zusammen?«

»Weil sie die Dinge erledigen, während wir für Ordnung sorgen, verdammt.«

»Für Ordnung sorgen? Meinen Sie nicht eher, dass wir ihre Spuren verwischen?«

»Wenn es nötig ist.«

»Ich bin kein Straßenkehrer, Captain. Ich beseitige nicht hinter Killern den Dreck.«

»Es heißt *Chief* Gentry.« Lynsey lehnte sich zurück. »Fühlen Sie sich dort oben auf Ihrem hohen Ross wohl, Crushek?«

»Ich meine ja nur …«

»Sie sitzen da, in Ihrer sicheren kleinen Welt …«

»Mit Drogendealern und mit Waffen schmuggelnden Bikergangs?«

»… und haben nicht die leiseste Ahnung, was mit Ihresgleichen passiert.«

Crushek nickte. »Richtig. Wir werden gejagt. Aber wir werden immer gejagt.«

»Diese ganze Scheiße ist nur ein Teil davon, und dafür sind tatsächlich die Gruppe und KZS zuständig. Sie kümmern sich um die Großwildjäger und die schäbigen Hundekämpfer. Hin und wieder kommen wir dazu und räumen auf, um uns zu schützen, und manchmal …«

»Und manchmal was?«

»Und manchmal haben wir unsere eigenen Probleme mit unseresgleichen.«

»Wollen Sie, dass ich sie verhafte …«

»Wenn sie etwas Illegales tun, ja. Ich will, dass Sie auch Ihresgleichen verhaften. Sehen wir den Dingen ins Auge. Unsereins kommt mit einem ganzen Haufen Mist davon, weil wir groß und gemein sind und die Zeugen einfach *aufessen*. Oder zumindest die Hyänen holen, damit die die Zeugen fressen.« Sie hob einen Stapel Akten auf, den sie noch nicht hatte durchsehen können. »Wir haben Meth-Dealer, Buchmacher, Schläger, Knochenbrecher.« Sie ließ die Akten fallen. »Und glauben Sie wirklich, wir könnten ein paar Vollmenschen losschicken, um einen von Hyänen geführten Meth-Ring auszuheben? Oder ein von Bären betriebenes Wettbüro?«

»Wir sind ihnen früher doch auch nie in die Quere gekommen.«

»Natürlich sind wir das, aber heutzutage ist es schwerer, unseresgleichen zu beschützen, wenn wir nicht zuerst vor Ort sind. Wenn wir uns nicht zuerst darum kümmern.«

Der Eisbär wirkte aufgewühlt und verschränkte die Arme vor seiner Brust. »Dann haben Sie mich gar nicht angeheuert, um ...«

»Um was?«

Crush schüttelte den Kopf. »Nichts. Was genau *soll* ich denn nun für Sie tun?«

»Ich habe Sie aufgrund Ihrer erstklassigen Erfolgsrate hierhergeholt. Sie sind gut, Crushek. Und ich war es leid, darauf zu warten, dass Sie Ihren Hintern endlich hochkriegen und erkennen, dass es Zeit für Sie wird, die Karriereleiter weiter zu erklimmen. Okay?«

»Ja.« Der Eisbär löste seine mächtigen Arme und sah ihr direkt in die Augen. »Also ... Wer wird mein Partner sein?«

»Nun ... Sie verstehen sich doch gut mit MacDermott, oder?«

Cella traf Smith an der Eingangstür der Wache in Brooklyn. Wie immer – schließlich waren sie Katz und Hund – betrachteten sie einander abschätzend.

»Junge, Junge, da ist aber jemand leger«, bemerkte Smith, während sie ihren Blick über Cellas Jogginghose wandern ließ, die schon bessere Zeiten gesehen hatte.

»Und ich dachte, Levi's hätten 1976 aufgehört, diesen speziellen Jeansschnitt herzustellen«, schoss sie zurück.

Grinsend betraten sie das Revier, und Chuck, der Wachmann an der Rezeption, funkelte sie böse an. »Keine Kämpfe im Fahrstuhl«, warnte er sie.

»Wer? Wir?«, fragte Cella, bevor sich die Tür schloss.

Und als sich die Tür schloss …?

Holte Cella als Erste aus und landete einen Treffer auf Smiths Schulter. Die Wölfin knurrte und schlug zurück. Die beiden hielten sich blitzschnell gegenseitig im Schwitzkasten und verharrten so, bis der Fahrstuhl im siebten Stock stehen blieb. Die Türen öffneten sich, und Dez MacDermott stand mit einem Pappkarton in den Händen vor ihnen.

Sie begrüßte die beiden mit einem entnervten Seufzen. »Hört sofort auf, alle zwei!«

Sie trat in den Fahrstuhl und zwang sich zwischen die Streithähne. »Ehrlich, man kann euch Weiber nirgendwo mit hinnehmen.«

»Die Hündin hat angefangen«, platzte Cella sofort heraus.

MacDermott starrte sie an. »Ehrlich? Chuck?«, rief sie.

»Es war die Katze«, hörten sie den Wachmann über den Lautsprecher im Fahrstuhl.

Smith lachte, und Cella verdrehte die Augen. »Überall nur verdammte Ratten …«

Die Fahrstuhltür öffnete sich wieder, und die drei betraten die achte Etage. Auf jedem Stockwerk des Gebäudes kümmerten sich die Polizisten um unterschiedliche meist gestaltwandlerspezifische Verbrechen oder Recherchen. Im achten Stock arbeiteten die Mitglieder und Detectives der Eliteeinheit. MacDermott hatte schon vor langer Zeit bewiesen, dass sie auf diese Etage gehörte.

»Was ist das?«, wollte Smith von MacDermott wissen und deutete auf die Kiste, die sie in den Händen hielt.

»Nur ein bisschen Recherchearbeit. Ich bin noch nicht ganz fertig, aber Gentry wollte mich in ihrem Büro sehen. Dachte, ich könnte die vorher auf meinem Schreibtisch abstellen.« MacDermott betrachtete Cella von oben bis unten. »Du siehst ziemlich … leger aus.«

»Ich hab morgen ein Spiel.«

»Okay, wenn du findest, dass das als Entschuldigung ausreicht …«

»Ihr seid beide solche Nervensägen.«

MacDermott ging zu ihrem Schreibtisch und stellte die Unterlagen und Ordner darauf ab, bevor sie dem Mann zulächelte und zuzwinkerte, der nun an dem Schreibtisch gegenüber von ihrem saß.

Cella würdigte ihn kaum eines Blickes, bemerkte jedoch die Überraschung auf seinem Gesicht, als sie an ihm vorbeiging. Er sah allerdings so schnell wieder zur Seite, dass sie sich nichts weiter dabei dachte. Bis sie Gentrys Büro betrat und stehen blieb.

»Was?«, fragte Smith, als Cella ganz steif wurde.

Cella hob den Kopf und schnupperte in die Luft. »Hey … hey! Ist das nicht …?«

»Lass es gut sein, Malone«, warnte MacDermott sie.

»Komm schon, Desiree.« Smith schüttelte den Kopf. »Du müsstest sie doch inzwischen besser kennen.«

Lieber Gott, was macht sie denn hier? Natürlich musste sie mit MacDermott befreundet sein, wenn sie auf ihrer Party gewesen war, aber es war völlig unmöglich, dass diese Frau ein Cop war. Ehrlich gesagt, hatte Crush angenommen, dass sie irgendeine reiche Katze war, die MacDermott über ihren Mann kennengelernt hatte. Die Llewellyns waren ein sehr wohlhabendes Löwenrudel und kannten eine Menge anderer wohlhabender Katzen. Aber keine reiche New Yorker Katze, die auch nur einen Anflug von Selbstachtung hatte, würde zulassen, dass man sie tot in diesen zerrissenen, durchlöcherten und von Bleichflecken überzogenen Sportklamotten fand. Oder in diesen zerschlissenen Turnschuhen. Noch dazu ohne Make-up, das Haar oben auf dem Kopf zu einem schlampigen Pferdeschwanz zusammengebunden. Ja, okay, sie kam direkt aus dem Fitnessstudio, aber hatte sie denn nicht mal Zeit für eine schnelle Dusche gehabt? Stattdessen beleidigte sie ihre Umgebung mit ihrem überwältigenden Geruch – diesem Geruch, in dem sich ein Teil von ihm am liebsten hin und her wälzen würde, bis er völlig damit durchtränkt war.

Verdammt! Das hatte er doch gar nicht gemeint!

Großartig. Genau das war sein Problem. Die Frau warf ihn komplett aus der Bahn. Verdammt sollte sie sein.

Und wer zur Hölle war sie überhaupt und warum war sie *hier*, in diesem Haus, das Crush nun als »sein« Haus betrachtete?

Beruhig dich, ermahnte er sich selbst. Sie hatte ihn ja noch nicht einmal wiedererkannt. Die Mutter des Jahres hatte ihn kaum eines Blickes gewürdigt, es war also gar nichts passiert. Allem Anschein nach wachte sie des Öfteren mit nackten Männern auf, die sie nicht kannte, wie sollte sie sich da an jeden einzelnen erinnern? Deshalb würde er auch gar nicht mehr daran denken. Nein. Er würde nicht mehr daran denken ... oder an sie. Es war keine große Sache, dass diese Katze hier war. Und er hatte wirklich keine Ahnung, warum er deswegen überhaupt so ausflippte.

Etwas ruhiger lehnte Crush sich zurück und fragte sich, ob es auf dieser Etage irgendwo einen Getränkeautomaten gab, als er plötzlich rennende Schritte hörte und die Katze mit ihrer verratzten Jogginghose und ihrem köstlichen Geruch auf seinen Schoß sprang.

»Hi!«, trällerte sie lautstark und schlang ihre Arme locker um Crushs Hals, während sie mit ihrem knackigen Hintern auf seinem besten Stück hin und her wackelte. »Na, wie geht's meinem Liebsten? Meinem süßen, bezaubernden Freund?«

Freund? Crush starrte die Frau an. »Was redest du denn da?«

»Kannst du dich denn nicht mehr an Sonntagmorgen erinnern? Du. Ich.« Ihre Stimme wurde leiser. »Allein?«

»Doch. Ich kann mich erinnern. Aber ich versuche auch, es zu vergessen.«

»Du bist so süß. Genauso süß wie … irgendwas.« Sie machte eine kurze Pause und schaute sich um. »Hmmm. Womit lässt sich angemessen vergleichen, wie süß du bist?«

»Ich bin nicht süß.«

»Du *bist* süß.« Sie kniff ihn in die Wange. »Einfach bezaubernd mit diesem finsteren, wilden Blick. Ich wette, du machst allen bösen Buben Angst.«

»Jetzt wirst du herablassend.«

»Ich kann nicht anders. Liegt mir in den Genen. Genau wie meine Streifen.«

Eine Wölfin mit kalten gelben Augen trat an seinen Schreibtisch. »Willst du uns nicht miteinander bekanntmachen?«, fragte sie die Katze – aber aus welchem Hinterwäldler-Loch hatten sie diese Tussi denn bitte ausgegraben?

Die Katze schlang ihre Arme um seine Brust und kuschelte sich ganz eng an ihn, und er verspürte gleichzeitig das dringende Bedürfnis, sie von seinem Schoß zu schmeißen und sie fester an sich zu ziehen. Sollte er wirklich zwei Dinge auf einmal empfinden? Das schien ihm weder normal noch eine gute Idee zu sein. Ganz und gar nicht.

»Kann euch nicht bekannt machen«, gab die Katze zu.

»Warum nicht?«

»Weiß nicht, wie er heißt.«

»Kuschelt sich an 'nen wildfremden Typen! Meine Momma hatte recht. Alle Yankees sind Huren.«

»Also, ich kenne ihn«, meldete sich MacDermott zu Wort.

Die Wölfin starrte sie an. »Und?«

»Du hast ›wildfremd‹ gesagt.«

»Ich hab aber nicht gesagt ›für uns alle wildfremd‹. Mit dir hab ich also nicht gesprochen.«

»Ich verstehe deinen Hinterwäldler-Slang eben nicht«, beschwerte sich MacDermott und ließ sich auf den Schreibtischstuhl gegenüber von Crush fallen.

»Kannst du jetzt wieder von mir runtergehen?«, fragte er die Katze und versuchte, nicht völlig auszurasten. Was alles andere als leicht war, da sein Schwanz schon zu zucken begann. Wie konnte er es wagen, zu zucken? Crush hatte schließlich immer noch die Kontrolle über jedes einzelne seiner Körperteile, und ganz besonders über das!

»Aber es ist so gemütlich.« Die Katze bohrte ihre Nase in seinen Hals, und er spürte die Berührung bis in seine Zehenspitzen. »Du riechst gut«, murmelte sie.

Die Wölfin schnaubte, und MacDermott zuckte zusammen.

»Also«, sagte die Katze, lehnte sich zurück und schaute in sein Gesicht hinauf, »wann gehen wir mal miteinander aus?«

Jetzt? »Niemals. Niemals wäre ein guter Zeitpunkt, miteinander auszugehen.«

Sie verdrehte entnervt die Augen. »Tja, ich kann dich nicht heiraten, solange wir nicht miteinander ausgegangen sind. *Nein.*«

Nein? Hatte sie gerade während einer Unterhaltung zwischen zwei Erwachsenen wirklich im Homer-Simpson-Tonfall *Nein* gesagt?

»Wir gehen nicht ...«

»Weil wir doch beide wissen, dass du mich anbetest.«

»Ich bete überhaupt niemanden an. Und ich gebe dir hierfür die Schuld, MacDermott.«

»*Mir?* Was hab *ich* denn gemacht?«

»Du hast diesen gottverdammten Kater geheiratet, der mir diese gottverdammten Jelly Shots serviert hat.«

»Du hättest sie ja nicht nehmen müssen.«

»Aber sie waren lecker«, bestätigte die Katze. »Besonders die mit Schwarzkirsche.«

»Au, Mann«, sagte die Wölfin. »Ich kann einfach nicht fassen, dass Ric und ich diese edlen Jelly Shots verpasst haben.«

»Erst kommst du nicht zu meiner Party«, fauchte MacDermott, »und dann machst du dich auch noch darüber lustig?«

»Yep.«

»Könnte irgendjemand«, bellte Crush, als die Katze begann, ihre Nase an seinem Hals zu reiben, »mal diese Katze entfernen?«

»Schmeiß sie doch einfach runter«, schlug MacDermott vor.

Empört gab er zurück: »Ich kann doch nicht einfach eine Frau runterschmeißen.«

»Oooh«, seufzten die drei Frauen einstimmig, und Crush entfuhr ein Knurren.

»Ist er nicht süß, wenn er so knurrt und so böse guckt?«, fragte die Tigerin die beiden anderen. »Ich finde ihn einfach bezaubernd!«

»Nicht wirklich«, erwiderte die Wölfin. »Sieht irgendwie gemein aus … und wütend.«

»Nein«, widersprach die Katze. »Das sind Grizzlys. Grizzlys sind gemein und wütend. Er ist ein Eisbär. Und die sehen meistens gelassen aus … und bezaubernd!« Sie nickte. »Wir sind zusammen!«

»Wir sind nicht zusammen.«

»Er ist bloß schüchtern.«

»Ich bin nicht schüchtern.«

MacDermott schüttelte den Kopf. »Er ist nicht schüchtern.«

»Ihr drei kommt sofort wieder hier rein!«, brüllte Gentry aus ihrem Büro. »Und lasst den neuen Eisbär in Frieden!«

»Aber er ist so gemütlich«, jammerte die Katze.

Glücklicherweise hatte die Wölfin Mitleid mit Crush. Sie packte die Katze an den Haaren und riss sie von seinem Schoß. Die Katze brüllte, schwang ihre Faust und traf die Wölfin auf der Brust. Diese landete einen Gegentreffer, und Crush erkannte am Geräusch der aufprallenden Schläge, dass die beiden Frauen sich in keiner Weise zurückhielten. Irgendetwas an dieser Mini-Schlägerei kam ihm bekannt vor, auch wenn er nicht wusste, was, und außerdem viel zu genervt war, um überhaupt darüber nachzudenken.

Die beiden kämpften sich zurück in Gentrys Büro, und MacDermott stellte sich neben ihn. »Mach dir wegen Cella keinen Kopf. Das war die auf deinem Schoß. Dee-Ann ist die mit dem Akzent.«

»Das ist mir völlig egal, MacDermott.«

»Wie du meinst. Ich bin morgen nicht da, wir arbeiten also erst ab Montag zusammen.« Sie entfernte sich, blieb dann aber noch einmal stehen. »Und willst du wirklich weiter diesen Bikerlook tragen?«

»Wie bitte?«

»Du arbeitest nicht mehr bei der Sitte, Crushek. Du solltest ein bisschen weniger … furchteinflößend aussehen. Du musst keinen Anzug tragen oder so, aber …« Sie nahm ein Büschel seiner Haare und fuhr mit den Fingern hindurch. »Lass dir wenigstens diese Zotteln schneiden.«

Als Crush knurrte, streckte sie beschwichtigend die Hände aus. »Keine Stoppelfrisur oder so. Nur so viel, dass du ein bisschen weniger bedrohlich aussiehst.«

»Ich will mir aber nicht die Haare schneiden lassen.«

»Wir sind keine Rockband, Chico«, fauchte sie. »Schneid dir die Haare.«

Tja, er hatte schon völlig vergessen, dass MacDermott einem richtig auf die Eier gehen konnte, wenn man mit ihr zusammenarbeiten musste.

Sie ging davon, und Crush starrte auf seinen Schreibtisch. Er fühlte sich im Moment so elend, dass sein Schwanz sich sofort wieder beruhigte. »Ein Haarschnitt«, murmelte er, und der Detective am Schreibtisch neben ihm kicherte.

Crush funkelte den Leoparden böse an. »Was ist denn so komisch, verflucht noch mal?«, wollte er wissen.

Der Leopard zeigte hinter sich. »Das.«

Als Crush über seine Schulter zu Gentrys Büro blickte, sah er, dass die Katze hinter der großen Glasscheibe stand – und ihn anstarrte. Sie hauchte das Glas an, malte ein Herz auf die beschlagene Stelle und drückte dann einen Kuss mitten in das Herz. Sie zwinkerte ihm zu, zog ihre Nase kraus und formte mit den Lippen ein stummes »Bis später«, bevor sie sich abwandte.

Crush fletschte die Zähne und drehte sich wieder um.

»Kumpel …«, begann der Leopard.

»Ich will nicht darüber reden!«

Cella setzte sich Gentry an deren Schreibtisch gegenüber und lachte so heftig, dass sie ihren Kopf darauf ablegen musste.

»Hören Sie auf, Crushek zu ärgern«, befahl Gentry ihr.

Cella hob den Kopf, wischte sich die Tränen aus den Augen und erklärte: »Ich ärgere ihn doch gar nicht. Ich versuche nur, ihn ein bisschen lockerer zu machen. Er ist so verdammt verklemmt.«

»Er ist außerdem – wenn alles gut geht – MacDermotts neuer Partner, also zeig ihm ein bisschen Respekt.«

»Schon wieder ein neuer Partner, was, MacDermott?«, neckte Cella sie.

»Gib mir nicht die Schuld. Das liegt nur an euch beiden. Sobald ihr beiden ins Spiel kommt, können meine Partner nicht schnell genug das Weite suchen.« MacDermott zeigte auf Cella. »Und du tust es schon wieder!«

»Das waren deine Jelly Shots, meine Liebe!«

»Niemand hat dir oder Crushek gesagt, dass ihr euch gleich eine ganze Ladung hinter die Binde kippen sollt! Und wer macht sich bitte nackig und steigt zu einem Typen ins Bett, den er gar nicht kennt?«

Smith hob eine Hand und ließ sie erst wieder sinken, als alle anderen sie ansahen. »Na ja, ich mach das nicht mehr.«

»Haha, das gäbe für irgendeinen armen Kerl auch ein böses, um nicht zu sagen hässliches Erwachen«, lachte Cella, aber als niemand einstimmte, verstummte sie wieder.

»Wäre vielleicht lustig gewesen«, murmelte Smith, »wenn ich wirklich hässlich wäre.«

»So weit bist du nun auch wieder nicht davon entfernt.«

»Können wir nun bitte darüber sprechen, warum ihr alle hier seid?«, schnauzte Gentry sie an.

»Warum *sind* wir denn alle hier?«, fragte Cella und holte ein Päckchen Kaugummi aus der Tasche ihrer Sweatjacke.

Smith zog ein Blatt Papier aus ihrer Gesäßtasche, faltete es auseinander und reichte es Cella.

Sie sah sich die einseitige Werbeanzeige an, und MacDermott lehnte sich zu ihr, um besser sehen zu können.

Nach einer Weile musste Cella einfach fragen: »Wäre eine Einäscherung nicht eine bessere Idee? Ich meine, würde *euer* Gefährte euch ausstopfen lassen und euch irgendwo zu Hause hinstellen, wenn ihr tot seid?«

»Für mich wär das nichts«, brummte die Wölfin.

»Die Gruppe ist der Ansicht«, meldete Gentry sich wieder zu Wort, »und ich glaube, ich stimme ihr da zu, dass dieser Tierpräparator unseresgleichen ausstopft und uns in Trophäen verwandelt, nachdem wir bei einer Jagd erlegt worden sind. Obwohl das eigentliche Problem natürlich darin besteht, dass er sich vollkommen *im Klaren* darüber ist, dass er Gestaltwandler ausstopft.«

»Oh. Okay.« Cella nahm MacDermotts Arm und drehte ihn, um auf die riesige Breitling-Herrenuhr sehen zu können, die die Frau immer trug. Und sie war echt. Cella wusste das, denn wie eine ihrer Großtanten ihr einmal gesagt hatte: »Du musst die Echten erkennen, wenn du die Gefälschten verkaufen willst.«

Sie sah auf die Uhr und sagte: »Ich hab heute Abend Zeit. Ich kann ihn erledigen.«

»Oder«, schlug Gentry vor, »Sie lassen mich erst mal ausreden, bevor Sie jemanden umbringen, nur weil Sie ihn nicht mögen.«

»Also«, schoss Cella zurück, »das ist wirklich eine total lächerliche Aussage, weil ich diesen Typen ja noch nicht mal kenne, geschweige denn weiß, ob ich ihn mag oder nicht. Ich wollte ihn einfach nur umbringen.«

Als die anderen Frauen sie nur anstarrten, zeigte Cella anklagend mit dem Finger auf Smith. »Ich wollte ihn nur ihretwegen umbringen. Der Hund ist schuld!«

Gentry lehnte sich in ihrem Sessel zurück und rieb sich mit den Fingern die Schläfen.

»Mache ich Ihnen wieder Kopfschmerzen?«, fragte Cella.

»Ja.«

»Warum haben Sie uns herbestellt?«, fragte MacDermott. »Sosehr ich mich auch freue, euch alle zu sehen, muss ich Cella doch zustimmen. Außer dass wir diesen Typen erledigen müssen, weiß ich wirklich nicht, worüber wir noch diskutieren sollten. Allerdings hab ich morgen frei, und das sollte sich auch besser nicht ändern«, verspürte sie das Bedürfnis hinzuzufügen.

»Als ich von diesem Laden erfahren habe«, erklärte Smith, »wollte ich einfach reingehen, dem Typen die Kehle durchschneiden und wieder verschwinden …«

»Was *stimmt* bloß mit euch dreien nicht?«, seufzte Gentry.

»… aber als ich im Wald auf der anderen Straßenseite gewartet habe, ist mir was aufgefallen. Ein anderes Team hat den Laden bereits beobachtet.«

»Was für ein Team?«

Die Wölfin grinste. »Der BPC.«

Der Bear Preservation Council, kurz BPC, war eine Organisation zum Schutz der Bären, die ihren Sitz in Brooklyn hatte und Geld für Forschungsprojekte, die Versorgung und den Schutz aller Vollblutbären auf der ganzen Welt sammelte. Außerdem war die Organisation der Deckmantel für eine Sondereinheit, die Bärenwandler in der näheren und weiteren Umgebung beschützte. Und im Gegensatz zu KZS, der Gruppe oder der Gestaltwandler-Abteilung des NYPD weigerte sich der BPC, mit den anderen Organisationen zusammenzuarbeiten, ganz gleich, worum es ging. Sie hatten eindeutig klargestellt, dass das, was mit anderen Spezies passierte, nicht ihr Problem war und dass alle Bären, die beim NYPD oder bei der Gruppe arbeiteten, einfach nur Narren waren.

Gentry ließ ihre Hände auf den Schreibtisch fallen. »Der BPC lässt den Laden beschatten? Sind Sie sicher?«

»Hab einen aus dem Team erkannt.«

»Und wie hast du ihn erkannt?« Cella musste es einfach wissen.

»Hab ihm mal während eines Kampfes die Wirbelsäule gebrochen.«

Und genau darum hatte Cella es einfach wissen müssen: weil sie gewusst hatte, dass es sie amüsieren würde!

»Hört auf, mich so anzustarren. Er kann ganz offensichtlich wieder gehen … *mittlerweile.*«

»Die Frage ist, warum der BPC so einen Laden nicht einfach

stürmt«, bemerkte MacDermott und blickte aus dem Fenster. »Nach allem, was ich so gehört hab, lösen sie ihre Probleme normalerweise auf dieselbe Weise wie Cella und Dee.«

»Das tun sie«, bestätigte Gentry. »Und das macht mich auch sehr neugierig darauf, was sie da eigentlich tun.«

MacDermott sah ihre Chefin an. »Wollen Sie, dass ich ein Überwachungsteam hinschicke?«

»Ja.«

»Okay, aber wenn der BPC schon an der Sache dran ist, warum müssen wir uns dann auch noch einmischen?«

»Der BPC wird von Peg Baissier geleitet, und das schon seit zwanzig Jahren. Wie man hört, hat sie sich zu einem Problem entwickelt. Einige von uns in der Bärengemeinschaft suchen schon seit einiger Zeit nach einer Möglichkeit, sie ...«

»Zu zwingen, in den Ruhestand zu gehen?«

»So was in der Art.«

»Nur, weil Sie sie nicht mögen?«

»Nein. Weil sie eine Gefahr für ihresgleichen darstellt.«

»Woher wissen Sie das?«, fragte Smith.

Gentry rutschte auf ihrem Sessel hin und her und zog ihre Anzugjacke wieder nach unten.

MacDermott sah von Cella zu Smith, bevor sie sagte: »Chief?«

Die Bärin räusperte sich. »Abgesehen von seiner ausgezeichneten Erfolgsquote gibt es noch einen anderen Grund, warum ich Crushek, den Eisbären«, fügte sie sicherheitshalber für Cella und Smith hinzu, »so schnell wie möglich in diese Abteilung geholt habe, ohne dass irgendwo die großen Alarmglocken läuten und die Vollmenschen beim NYPD umfassende Ermittlungen anstellen.«

»Und was wäre das für ein Grund?«

»Es geht das Gerücht, seine Tarnung sei aufgeflogen.«

»Durch Baissier?«

»Höchstwahrscheinlich.«

»Haben Sie das auch seinem Vorgesetzten gesagt? Und den anderen Abteilungsleitern?«, wollte MacDermott wissen.

»Ich habe es niemandem erzählt.«

»Warum nicht?«

»Weil das eine Gestaltwandler-Angelegenheit ist. Und das Letzte, was wir brauchen, ist, dass das NYPD den BPC unter die Lupe nimmt.« Sie seufzte. »Und …«

»Und?«, drängte MacDermott. »Und was?«

»Und …« Gentry sah sie alle einzeln an, bevor sie schließlich zugab: »Peg Baissier war Crusheks Pflegemutter.«

Crush hatte es satt, sich Conways Gelächter darüber anzuhören, dass er sich die Haare schneiden lassen musste, und knallte den Hörer hin.

Er hasste Veränderungen. Veränderungen waren schlecht. Veränderungen waren scheiße. Veränderungen …

Er ließ seinen Blick durch den Raum schweifen, und ihm wurde bewusst, dass alle in seine Richtung starrten, aber nicht wirklich ihn anschauten.

Langsam drehte er seinen Schreibtischstuhl und blickte zu Gentrys Büro hinüber. MacDermott, die Wölfin und diese verdammte Katze standen allesamt auf der anderen Seite der großen Glasscheibe … und schauten ihn an. Noch schlimmer: Sie sahen alle traurig aus. Am Boden zerstört. Was zur Hölle war hier los?

»Jetzt reicht's.« Crush erhob sich. Er war nicht imstande, das Ganze auch nur noch eine Sekunde lang zu ertragen. »Ich verschwinde von hier.«

Kapitel 4

Da MacDermott am Freitag frei hatte, ließ Lynsey Lou Crushek den Großteil des Tages Akten durcharbeiten und gab ihm Zeit, sich mit einigen der aktuellen offenen Fälle vertraut zu machen. Als er verkündete, er würde früher Feierabend machen, weil er in Manhattan noch etwas zu erledigen habe, rief Lynsey ihn zu sich ins Büro. Sie wusste, dass sie die Wahrheit über Baissier oder darüber, was die Bärin – zumindest Gerüchten zufolge – getan hatte, nicht ewig geheim halten konnte.

Doch die Reaktion des Eisbären auf die Nachricht war … nicht unbedingt die, die Lynsey erwartet hatte.

Crush starrte sie nur an, nickte und sagte: »Aha.«

Lynsey blinzelte, schaute sich in ihrem Büro um und fürchtete schon, sie habe die Worte gar nicht laut ausgesprochen. Schließlich richtete sie ihren Blick wieder auf Crushek und fragte: »Ich habe Ihnen schon gerade gesagt, dass …«

»Meine Tarnung aufgeflogen ist? Ja, das haben Sie mir gerade gesagt.«

»Und dass es …«

»Meine frühere Pflegemutter war? Ja. Ja, das haben Sie mir gesagt.«

»Ähhhhh, okay. Ich … ich schätze, ich habe eher ein panisches ›Oh, mein Gott! Die Jungs, die ich verhaften wollte, werden mich umbringen!‹ erwartet. Oder so was in der Art.«

»Na, sie können es gerne *versuchen*.«

»Okay. Oder … äh … vielleicht wenigstens ein wenig Entsetzen darüber, dass Sie von der Frau, die Sie großgezogen hat, verraten wurden?«

»Haben Sie Peg Baissier mal *kennengelernt?*«, fragte er emotionslos. »Das, was sie getan hat, würde ich nicht im traditionellen Sinne als ›mich großziehen‹ bezeichnen. Eigentlich ist es eher eine Überraschung, dass sie mich so lange in Ruhe gelassen hat. Was mich zu der Frage bringt, warum sie ausgerechnet jetzt meine Tarnung hat auffliegen lassen. Was gewinnt sie dadurch? Denn sie gewinnt immer etwas. Aber von diesem Gedanken einmal abgesehen, bin ich nicht wirklich schockiert.«

»Na, wenn Sie es sagen.«

»Wenn es Ihnen hilft: Ich bin schon ein bisschen sauer, dass sie meine Karriere zerstört hat.«

»Nun, sie hat ja nicht wirklich Ihre Karriere zerstört. Undercover sind Sie zwar nicht mehr, aber Sie sind immer noch Polizist. Und nun, da Sie meiner Abteilung angehören, werden Sie mehr Geld verdienen und mit besseren Leuten zusammenarbeiten. Also, wie Sie sehen: alles bestens. Hab ich nicht recht?«

»Sicher, na klar.« Er blickte sich um, zuckte mit den Schultern und fragte: »Ist sonst noch was?«

»Nicht wirklich.«

»Okay. Also, wie ich schon heute Morgen gesagt hab, ich mache heute früher Schluss.«

»In Ordnung. Ich wünsche Ihnen ein schönes Wochenende.«

»Ja, danke. Ihnen auch.«

Sie sah ihm nach, als er ihr Büro verließ. Mein Gott, was hatte Peg Baissier dem Jungen, der Lou Crushek einst gewesen war, nur angetan? Als er die Nachricht gehört hatte, schien er einfach komplett dichtzumachen, und sie musste sich fragen … Wenn ihm das, was sie ihm gerade mitgeteilt hatte, keine Reaktion entlockte – was dann?

Crush kletterte aus dem Friseurstuhl und schüttelte den Kopf. »Vergiss es.«

Conway, der ihn zu diesem wandlerfreundlichen Friseur geschleppt hatte, lachte. »Ich kann nicht glauben, dass du dich deswegen wie ein Baby anstellst. Lass dir einfach die Haare schneiden, verdammt noch mal.«

Anfangs hatte er es für eine gute Idee gehalten. Ein spätes Mittagessen mit seinem alten Partner, und anschließend rüber ins Sportzentrum für das Spiel heute Abend. Aber Crush hatte ja keine Ahnung gehabt, dass Conway ihn wegen dieses gottverdammten Haarschnitts dermaßen nerven würde. Eines Haarschnitts, den er noch nicht mal wollte!

»Auf keinen Fall. MacDermott wird sich einfach mit meinen langen Haaren abfinden müssen.« Er zog an seinen Zotteln. »Das hier ist Eisbärenhaar. Das ist nicht so wie das von anderen Leuten. Das kann man nicht einfach so abschneiden.« Und irgendwie ahnte Crush, dass er mit einer Stoppelfrisur niemals gut aussehen würde, doch war das allem Anschein nach alles, was dieser spezielle Friseur beherrschte. Tatsächlich war Crush sich ziemlich sicher, dass er mit einer Stoppelfrisur zwar nicht mehr wie ein schäbiger Biker aussehen würde, dafür aber wie ein Serienkiller. Hauptsächlich dank seiner, wie es eine Vollmenschen-Frau bei einem Date einmal ausgedrückt hatte, »seelenlosen schwarzen Augen«. Er selbst fand seine Augen ganz und gar nicht seelenlos, aber schwarz waren sie definitiv. Wie die der meisten Eisbären.

Der Friseur, ein Sonnenbär, stieß ein Seufzen aus. »Park deinen Hintern wieder auf dem Stuhl.«

»Auf keinen Fall. Du schneidest sie mir nicht einfach ab.«

»Fertig!«, zwitscherte eine fröhliche Stimme. Dann trat eine wunderschöne dunkelhäutige Frau aus einem Nebenzimmer. Sie war ganz eindeutig eine Hündin, aber Crush konnte nicht mit Sicherheit sagen, ob sie eine Wölfin, eine Wildhündin oder eine Kojotin war oder irgendeiner anderen Rasse angehörte. Er vermutete daher, dass sie ein Mischling war. Oder eine »Hybridin«, um den weniger beleidigenden Begriff zu verwenden. »Ich habe Ihr Rohr gereinigt, jetzt sollte alles wieder störungsfrei fließen.«

Crush und Conway sahen einander an und versuchten, nicht zu lachen. Für sie war »ein Rohr reinigen« normalerweise gleichbedeutend mit einem Blowjob, aber da die Frau eine dreckverschmierte Khakihose und ein Footballtrikot der Philadelphia Eagles trug, einen Werkzeugkoffer in der Hand hielt und einen Werkzeuggürtel um die Taille geschlungen hatte, nahm Crush an, dass sie Klempnerin war.

»Du hast mir das Leben gerettet, Blayne«, bedankte sich der Friseur. »Und ich weiß es wirklich zu schätzen, dass du so schnell hergekommen bist.«

»Kein Problem, Mr. P. Aber jetzt muss ich los. Ich hab in zwei Stunden Training. Muss mich vorher noch mit Gwenie treffen.«

»Was bin ich dir schuldig, Süße?«

»Wir schicken Ihnen die Rechnung. Aber vergessen Sie nicht: Sie bekommen den Nachbarschaftsrabatt.« Plötzlich wandte sie ihre Aufmerksamkeit Crush und Conway zu, grinste, winkte ihnen zu und sagte mit alarmierender Fröhlichkeit: »Hi!«

Crush machte vor Schreck einen kleinen Satz. Wow. Sie war wirklich forsch. »Hi.«

»Was ist denn los? Ihr seht alle so angespannt aus. Ungefähr so.« Sie legte ihre Stirn in Falten und brachte Conway damit zum Lachen.

»Dieser Angsthase«, antwortete der Sonnenbär und deutete auf Crush, »will nicht, dass ich ihm die Haare schneide.«

»Die sind ja auch total cool!« Sie ging zu Crush, um sein Haar aus der Nähe zu betrachten. »Wow. So unglaublich cool!« Dann schnupperte sie an ihm. »Bist du ein Eisbär?«

»Äh …«

»Wie cool!«

»Du brauchst den Haarschnitt, Kumpel«, erinnerte Conway ihn. »Du kommst nicht drum herum. Er braucht ihn wegen der Arbeit«, erklärte Conway der Hybridin. Warum er dies allerdings für nötig erachtete …

»Na ja, es gibt Haarschnitte«, erläuterte die Hündin, »und es gibt Gemetzel.« Sie sah den Sonnenbären schulterzuckend an. »Tut mir leid, Mr. Peterson, aber Sie sind manchmal schon ein Metzger. Du solltest mit mir kommen«, wandte sie sich an Crush.

»Warum?«

»Ich kenne jemanden, der dir die Haare schneiden kann und dir eine richtig *tolle* Frisur macht. Dann siehst du mehr wie ein attraktiver Bär aus und weniger wie …«

Sie ließ ihren Werkzeugkoffer auf den Boden fallen, zog sich einen Stuhl heran und stellte sich auf die Sitzfläche. Dann vergrub sie ihre Hände in seinem Haar und strich die Strähnen aus seinem Gesicht. Warum berührten ihn nur andauernd irgendwelche Frauen? Stieß er irgendwelche Pheromone aus oder so?

»Oh, Gott, ja«, sagte sie. »Wenn du die ganzen Haare hier abschneidest, siehst du aus wie ein Serienkiller.« Sie runzelte die Stirn und lehnte sich ein wenig zurück. »Aber du bist doch keiner, oder? Ein Serienkiller?«

Was für eine seltsame Frage … »Nein, bin ich nicht.«

Ihr strahlendes Grinsen blendete ihn förmlich. »Cool! Dann komm mit. Ich gehe sowieso zurück ins Büro. Wir kriegen dich auf jeden Fall wieder hin.«

»Na ja …«

Aber sie zerrte ihn bereits aus dem Friseursalon und die Straße hinunter, während Conway sich vor Lachen ausschüttete und ihnen folgte.

Cella kürzte durch die Trainingshalle ab, um schneller in der Mannschaftskabine zu sein. Sie hatte den Großteil des Nachmittags mit ihren Vorgesetzten bei KZS verbracht. Sie hatte befürchtet, ihre Chefs wollten angesichts der gemeinsamen Vergangenheit von KZS und dem BPC nichts mit dieser Organisation zu tun haben, aber wie es schien, waren sie ebenso wie Gentry und der Vorsitzende der Gruppe, Ulrich Van Holtz aus dem Bundesstaat Washington, einstimmig dafür, Baissier loszuwerden. Cella würde daher erneut mit MacDermott und Smith zusammenarbeiten. Obwohl Cella wirklich keine Ahnung hatte, was sie in diesem verdammten Tierpräparatorenladen eigentlich zu finden hofften. Trotzdem war sie sich im Klaren darüber, dass sie selbst in ihrem kleinen Team für die nötige Muskelkraft sorgen würde. Sich über jedes kleine Detail den Kopf zu zerbrechen, überließ sie der Hündin und der Hundeliebhaberin.

Aber natürlich spielte nichts von alledem in diesem Augenblick eine Rolle. Sie hatte heute Abend ein Spiel und gerade noch genügend Zeit, um sich aufzuwärmen. Sie musste bereit sein. Ihr Vater würde sich mit seinen alten Kumpels hier treffen und sich das Spiel von der Loge aus anschauen. Sie musste wenigstens aufpassen, dass sie sich vor ihm nicht blamierte.

Cella streckte eine Hand nach der Tür zur Trainingshalle aus, als sie dahinter Geräusche hörte. Und sie wusste sofort, was diese Geräusche bedeuteten. Knurrend riss sie die Tür auf und rauschte hindurch.

»Unglaublich.« Sie ließ ihre Tasche fallen, rannte über die Eisfläche und stürzte sich mitten ins Kampfgetümmel, um die Männer von Novikov wegzuzerren, der sich, wie immer, im Zentrum des Kampfes befand. Was Cella jedoch überraschte, war, dass Ulrich Van Holtz derjenige war, der gegen ihn kämpfte – der Wolf, den die gesamte Liga nur den »Gentleman« nannte. Außerdem war er der Mannschaftskapitän, Torhüter und gottverdammte Besitzer der Carnivores.

»Ich kontrolliere das Team!«, bellte Van Holtz Novikov ins Gesicht. »Nicht du! *Niemals!*«

Seine blauen Augen verfärbten sich golden, während die längsten Reißzähne, die Cella je gesehen hatte, aus seinem Gebiss schossen und der Hybride brüllte: »Dann kannst du dein gottverdammtes Team nehmen und …«

Cella versetzte Novikov einen Schlag, und ihre Faust landete mitten auf seiner Nase und brachte ihn zum Schweigen. Schockiert und blutend taumelte er rückwärts und glotzte mit offenem Mund auf sie herunter.

Sie zeigte mit dem Finger auf ihn. »Sag jetzt nichts, was du später bereust.« Sie wirbelte herum und zeigte mit demselben Finger auf Van Holtz. »Das gilt auch für dich.« Cella ließ ihren Blick über ihre restlichen Mannschaftskameraden schweifen. Nun, zumindest über die männlichen. Die Frauen saßen auf der Tribüne und aßen Popcorn. Diese Leute waren echt zu nichts nutze!

»Wir haben in weniger als zwei Stunden ein Spiel«, erinnerte sie ihr Team. »Also bereiten wir uns darauf vor!«

Die Männchen skateten vom Eis und ließen Cella mit Van

Holtz und Novikov allein zurück. Sie winkte den drei Frauen auf der Tribüne zu, aber die winkten nur zurück. Da ihr völlig klar war, dass es reine Zeitverschwendung wäre, zu versuchen, diese Idiotinnen zu irgendetwas zu zwingen, ging sie zuerst zu Van Holtz. »Wir treffen uns in etwa zehn Minuten in deinem Büro, okay?«

Als Van Holtz nur dastand und Novikov böse anfunkelte, drehte Cella ihn um und schubste ihn an. »Zehn Minuten.«

Sie ging zu Novikov zurück, packte ihn am Arm und zerrte ihn über die Eisfläche auf einen der Ausgänge zu. Ohne ein weiteres Wort führte sie ihn zu Jais Büro.

»Vielleicht könnte ich einfach …«

»Vertrau mir!«, versprach die Hybridin und hüpfte dabei beinahe wie ein kleines Kind die Straße entlang, während sie Crush noch immer gepackt hielt, als sei sie ein Linebacker. Conway folgte ihnen. Und lachte *immer noch*.

Sie zerrte ihn in ein Bürogebäude, vorbei an der Anmeldung, um eine Säule herum und in einen kleinen Büroraum. Eine Katze saß am Schreibtisch und runzelte die Stirn, als sie sah, was ihre Freundin hereinschleppte.

»Wir brauchen deine Hilfe, Gwenie.«

»Noch ein Streuner, Blayne?«

»Nein.«

»Ehrlich nicht?« Sie lehnte sich in ihrem Sessel zurück. »Wie heißt er?«

Die Hündin kaute auf ihrer Unterlippe herum und presste schließlich hervor: »Großer attraktiver Bär?«

Kopfschüttelnd wandte ihre Freundin sich ab, aber die Hündin erklärte hastig: »Er braucht deine Hilfe, Gwenie. Er war bei Mr. Peterson und hätte fast einen Stoppelhaarschnitt verpasst gekriegt!«

Die Katze drehte sich wieder um, und ihre Stirnfalten wurden noch tiefer, als sie Crush von oben bis unten betrachtete. »Damit würde er wie ein Massenmörder aussehen.«

»Ich hatte eher an Serienkiller gedacht.« Die Hündin schaute zu ihm hinauf. »Da besteht in der Tat ein Unterschied.«

»Ja, ich weiß«, erwiderte Crush. »Hör mal, ich kann auch einfach zu einem von diesen Schnellfriseuren gehen …«

»Beiß dir sofort auf die Zunge«, sagte die, die Blayne hieß, und schnappte erschrocken nach Luft. »Wir sprechen hier nicht über diese Läden.«

Die Katze verdrehte die Augen. »Ganz ehrlich, Blayne, was du manchmal für ein Drama veranstaltest.«

»Komm schon, Gwenie. Bitte? Hilf einem Bärenbruder aus der Patsche.«

Schließlich lachte die Katze, während ein Lächeln ihr hübsches Gesicht erhellte und sie aus dem Sessel aufstand. »Schon gut, schon gut.« Sie zeigte auf sich. »Hi. Gwen O'Neill.«

»Oh! Und ich bin Blayne Thorpe. Tut mir leid.«

Jetzt war Crush mit Stirnrunzeln an der Reihe. »Wieso kommt mir der Name bekannt vor?« Seine Stirn legte sich in noch tiefere Falten. »Du bist doch keine Kriminelle, oder?«

»Hier oder in Philadelphia?«

Verwirrt und ein wenig alarmiert fragte Crush: »Spielt das eine Rolle?«

»Ja«, antworteten beide Frauen wie aus einem Mund.

»Hey.« Conway, der die ganze Zeit über im Türrahmen gelehnt und jeden einzelnen Moment von Crushs Albtraum genossen hatte, richtete sich auf, deutete auf die eingerahmten Bilder an der Bürowand und fragte: »Kennt ihr zwei den?«

Crush machte einen Schritt nach vorn, lehnte sich vor, um sich die Bilder genauer anzuschauen, und eine Schockwelle schwappte durch seinen Körper. »Heilige … *Kennt* ihr ihn?«

»Hockeyfan?«, fragte die, die Gwen hieß, mit einem Grinsen.

»Hockey-Stalker trifft es eher«, scherzte Conway.

»Ich stalke niemanden. Ich gehe nur zu jedem Heimspiel. Ganz gewissenhaft, ohne jede Frage. Was auch der Grund dafür ist, dass ich mich im Moment nicht um irgendwelche Haarschnitte kümmern kann. Ich muss ins Sportzentrum. Heute Abend ist ein Spiel.« Die New York Carnivores, seine Lieblingsmannschaft, gegen die Alabama Slammers.

Trotzdem musste Crush es einfach wissen … »Also, kennt ihr zwei wirklich Bo Novikov?«

Die Hündin grinste. »Flüchtig.«

Hmm. Wahrscheinlich ein Hockey-Groupie. Aber trotzdem kam ihm ihr Name bekannt vor. Crush konnte sich nur nicht erinnern, woher.

»Wo sitzt du?«, fragte Blayne.

»Auf den billigen Plätzen. Aber es sind *meine* billigen Plätze.«

»Du hast mich gar nicht zu dem Spiel eingeladen«, beschwerte sich Conway.

»Ich dachte, deine Gefährtin lässt dich nach Einbruch der Dunkelheit nicht mehr aus dem Haus.«

Die Katze schnappte sich ein Büschel von Crushs Haaren und untersuchte es ganz genau. »Seltsam.«

»Würde es dir was ausmachen, meine Haare nicht als seltsam zu bezeichnen? Davon krieg ich Komplexe.«

»Es ist wie Haar, aber anders.«

»Ich gehe jetzt.« Crush setzte sich in Bewegung, aber die Katzen-Hybridin riss ihn zurück.

»Beruhig dich. Es war nur eine Feststellung.« Sie tat die ganze Sache mit einer Handbewegung ab. »Komm jetzt.« Sie griff nach einem Koffer, der neben dem Schreibtisch stand. »Lass mich anfangen. Das hier könnte eine Weile dauern.«

»Du willst nur meine Gefühle verletzen.«

»Vielleicht.« Sie grinste hämisch. »Aber nur ein bisschen.«

Jai Davis las lächelnd die E-Mail, die ihre Tochter ihr geschickt hatte. Sie hatte keine Ahnung, wie um alles in der Welt es ihr *und* Cella Malone gelungen war, die süßesten, zuverlässigsten Töchter auf dem ganzen Planeten zu bekommen, aber irgendwie hatten sie es geschafft. Vielleicht stimmte das alte Sprichwort ja: Man braucht ein Dorf, um ein Kind großzuziehen. Denn die Malones waren definitiv ein ganzes Dorf. Anfangs hatten die Großkatzen Jai Angst gemacht. Sie waren einfach so viele, und alle hatten schwarzes Haar, goldene Augen und irische Namen. Und dann waren da noch die Wohnwagen und Wohnmobile. Als Jai Cella kennengelernt hatte, hatte Butch Malone noch Hockey gespielt, und wenn er unterwegs gewesen war, hatte ihn seine ganze Familie begleitet. Sie hatten allesamt ihre Wohnmobile gepackt und waren losgefahren.

Es war Jai damals so seltsam vorgekommen und so weit von dem entfernt, was sie als normales Leben betrachtete für eine Berglöwin, die einer sehr kleinen Familie entstammte. Abgesehen von der Tatsache, dass sie sich in eine andere Spezies verwandeln konnten, waren die Davis sehr durchschnittlich. Sie hatten nichts Aufregendes an sich. Aber die Malones ... nun, die Aufregung schien ihnen auf Schritt und Tritt zu folgen.

Wenn die Dinge anders verlaufen wären, hätte sich Jai wahrscheinlich nie mit Cella angefreundet – der überwältigenden Tigerin mit dem starken rechten Haken. Sie war laut, während Jai versuchte, es nicht zu sein. Cella war wild, während Jai nicht wusste, wie man das anstellte. Aber an jenem Tag, als sie Cella in der Arztpraxis kennengelernt hatte – sie beide im achten Monat schwanger und fix und fertig mit der Welt –, war Jai völlig allein gewesen, abgesehen von ihren Eltern. Ihre »Freunde« hatten mehr Zeit damit verbracht, über sie und ihre Schwangerschaft zu lästern als damit, ihr tatsächlich zu helfen.

Da Jai sich verzweifelt wünschte, den missbilligenden Blicken ihrer Mutter zu entkommen, die sie jedoch ständig hätte ertragen müssen, wenn sie nach ihrem Termin beim Frauenarzt wieder zurück nach Hause gegangen wäre, hatte sie Cellas Einladung, sich in Friendly's Restaurant noch eine Portion Pommes und einen Schokoladenmilchshake zu genehmigen, gern angenommen. Und das Timing war wirklich perfekt gewesen, da Jais Ex-Freund, Frost, plötzlich mit Jais bester Freundin hereingekommen war –zumindest hatte sie sie dafür gehalten. Und was noch schlimmer gewesen war? Sie waren zu ihnen an den Tisch gekommen, um »Hi« zu sagen, als sei das völlig normal. Zuerst hatte

Cella nur dagesessen und die Szene beobachtet. Dann, bevor das junge und schrecklich verliebte Vollmenschen-Pärchen wieder gegangen war, hatte Cella gefragt: »Ist das der Typ, der dich geschwängert hat?«

»Und meine beste Freundin«, hatte Jai geantwortet, so wütend, dass sie gar nicht mehr klar denken konnte. Sie hatte nicht erwartet, dass diese Information Cella Malone zum Explodieren bringen würde. Aber, Mann, war das Mädchen in die Luft gegangen. Cella Malone hatte ihren ziemlich ansehnlichen Bauch aus dem Stuhl gehievt und Laura ins Gesicht gebrüllt, irgendetwas von Loyalität und davon, dass sie eine »Hurenschlampe« sei, weil sie ihre Freundin für ein bisschen Schwanz betrogen hatte. Etwa zu dem Zeitpunkt hatte auch das Herumschubsen begonnen, und Frost – der noch nie der Hellste gewesen war – hatte sich zwischen die beiden Frauen gedrängt. Als Cella auch auf seine Ermahnungen hin nicht lockerließ, hatte er sie gestoßen. Nur einmal. Aber das war genug für eine Malone. Besonders für eine schwangere Malone. Mit einem einzigen Schlag hatte Cella den Verteidiger-Nachwuchsstar ausgeknockt.

»Komm, Jai«, hatte Cella anschließend beiläufig gesagt und ihre riesige Chanel-Handtasche gepackt, auf die sie so stolz war, weil sie sozusagen vom Laster gefallen war und sie das gute Stück praktisch für umsonst bekommen hatte. »Gehen wir nach Hause und hängen da ein bisschen ab.«

Obwohl Frost inzwischen zumindest ein kleiner Teil von Jais Leben war, hasste er Cella immer noch und weigerte sich, mit ihr oder über sie zu sprechen. Aber Jai würde Marcella Malone bis in alle Ewigkeit lieben, denn bis zu jenem Zeitpunkt hatte außer ihren Eltern niemand jemals so für sie gekämpft.

Was noch besser war: Jais und Cellas Töchter waren beste Freundinnen, hatten sich in all den Jahren immer gegenseitig unterstützt und waren füreinander dagewesen. Sie hatten sich zu wundervollen, unglaublichen jungen Frauen entwickelt, und Jai hatte nicht den geringsten Zweifel daran, dass sie sich in dieser Welt sehr gut zurechtfinden würden.

Also, ja, Jai war eine alleinerziehende Mutter in einer Welt, in der das niemals leicht war, aber sie war nicht allein. Sie hatte die Malones.

Jai mailte ihrer Tochter zurück und klickte gerade auf Senden, als es an der Tür klopfte und Cella mit einem blutenden Bo Novikov hereinkam.

»Was ist passiert?«, fragte Jai und trat hinter ihrem Schreibtisch hervor. Obwohl sie es auch so erraten konnte. Mal wieder eine Schlägerei in der Mannschaft.

»Sie hat mir die Nase gebrochen«, beklagte sich Novikov.

Jai blieb stehen, überrascht von seiner Antwort, da Cella sonst immer diejenige war, die versuchte, den Streit zwischen ihren Teamkollegen zu schlichten. »Hast du?«

»Er hat sich schon wieder geprügelt.« Cella stieß den Hybriden in einen Sessel. »Und er wollte keine Ruhe geben. Was hätte ich deiner Meinung nach denn tun sollen?«

Jai schnappte sich die Ledertasche, in der sie ihre Erste-Hilfe-Ausrüstung aufbewahrte. Sie hätte Novikov auch nach unten schicken können, damit sich einer der Sanitäter um ihn kümmerte, aber da sämtliche Sanitäter Angst vor Novikov hatten, würde das nur zu weiteren Problemen führen, anstatt dieses zu lösen. »Du musst ein bisschen Nachsicht mit ihr üben, Bo. Cella kennt nur eine Möglichkeit, sich gegen ihre Brüder und Onkel zu behaupten. Sie schlägt zu.«

»Faustkampf-Champion der Malones, fünf Jahre in Folge«, prahlte Cella. Aber es stimmte. Es gab mehrere Arten und Spezies unter den Gestaltwandlern, die als fahrendes Volk durch die Staaten reisten, und Cella war bei deren alljährlichen Sommertreffen fünf Jahre nacheinander zum Champion ernannt worden.

»Ich habe nichts falsch gemacht«, beschwerte sich Novikov und knurrte leise, als Jai begann, seine Nase zu untersuchen und mit den Fingern abzutasten. »Ich habe nur versucht zu helfen.«

»Und wie hast du das versucht?«, wollte Cella wissen.

»Ich habe Van Holtz gesagt, wen er feuern soll und ihm eine sehr hilfreiche Liste gegeben.«

»Ach, wirklich? Lass mich mal sehen.« Er holte die Liste aus seiner Socke und reichte sie Cella. Ohne einen Blick darauf zu werfen, zerriss Cella das Blatt Papier in zwei Teile und warf sie Novikov ins Gesicht.

Er starrte sie eine Weile an, bevor er ganz ruhig sagte: »Ich habe mehrere Kopien gemacht.«

Jai wich lachend zurück und fragte: »Warum?«

»Blayne«, antwortete er – seine Verlobte.

»Was ist mir ihr?«

»Sie macht genau dasselbe mit meinen Listen, deshalb fertige ich immer mehrere Kopien an.«

Wow, sagte Jai stumm zu Cella, bevor sie sich entfernte, um ein Handtuch zu holen und damit das Blut wegzuwischen und die Blutung unter Kontrolle zu bekommen.

»Ich habe nur versucht, zu helfen«, betonte Bo erneut, »und Van Holtz hat sich mal wieder wie ein Arschloch aufgeführt.«

»Ich persönlich finde, dass ihr beide um diesen speziellen Titel kämpft«, schoss Cella zurück.

»Er ist unvernünftig.«

»Und du bist ein Klugscheißer. Du weißt, dass du ein Klugscheißer bist. Und du trägst dein Klugscheißertum auch noch stolz zur Schau.«

»Ich weiß. Aber wir werden es dieses Jahr nicht in die Play-offs schaffen, wenn …«

»Die Play-offs können wir uns abschminken. Ich weiß.«

»Und das macht dir gar nichts aus?«

»Es bereitet mir jedenfalls keine schlaflosen Nächte. Und ich mache ganz sicher keine Listen, weil wir uns die Play-offs abschminken können.«

Angesichts von Cellas Aussage runzelte Jai die Stirn und sah ihre Freundin an. Sie musste zugeben, dass sie sich, abgesehen von der Gesundheit und dem Wohlbefinden ihrer Patienten, nicht für Sport interessierte. Die Bezahlung war toll, und sie musste sich keine Gedanken über ihr alles andere als akzeptables Verhalten gegenüber ihren Patienten machen – allem Anschein nach konnte sie kalt und abweisend sein. Aber sie hatte immer angenommen, dass es für ihr Team in diesem Jahr gut lief.

»Zu viele Neulinge«, beantwortete Cella Jais unausgesprochene Frage zu den Play-offs. »Wir sind nicht konzentriert genug. Diese Saison ging bei uns alles drunter und drüber.«

»Und ich versuche zu helfen«, bekräftigte Bo.

»Indem du eine Sitzbank nach Reed wirfst?«

Jai blickte schnell auf ihre Tasche hinunter, als der Hybride knurrte: »Ich hasse diesen Typ.«

»Weil du glaubst, dass er nicht spielen kann, oder weil er mit Blayne flirtet?«

Bo kratzte sich am Nacken. »Beides. Aber«, fügte er hastig hinzu, »Reed muss härter arbeiten.«

»Da stimme ich dir zu, aber wenn er dich um Hilfe für sich oder die Jungs bittet, dann *wirfst du mit Sachen nach ihm!*«

»Ich bin hier, um zu spielen und zu gewinnen, nicht, um Händchen zu halten. Das ist die Aufgabe des Trainers, aber der ist ein Schwächling. Deshalb bin ich mit meinen Vorschlägen zu Van Holtz gegangen. Immerhin gehört ihm das verfluchte Team, aber er hat mir eine reingehauen.«

»Schon gut, schon gut.« Cella presste sich die Hände auf die Augen. »Ich kümmere mich um Reed und die Neuzugänge.«

»Warum? Damit Reed dich noch mehr anbaggern kann, als er es ohnehin schon tut?«

»Reed ist eine Hure«, gab Cella zu – und, Mannomann, das war er wirklich. Es gab keine Muschi, an der der Mann kein Interesse zeigte. »Wir wissen das, und wir haben es alle akzeptiert. Außerdem bin ich wunderschön. *Alle* baggern mich an. Sie können einfach nicht anders.« Cella lächelte und zwinkerte Jai zu. »Ich bin eben faszinierend. Wie geht's seiner Nase?«

Jai wischte vorsichtig das Blut ab, das bereits zu gerinnen begann. »Wird schon wieder. Sie ist nicht gebrochen. Blutet nur.«

»Sie ist nicht gebrochen?« Cella schaute auf ihre Knöchel. »Ich hab's wohl nicht mehr drauf.« Allem Anschein nach beschloss sie, sich deswegen später Sorgen zu machen, und fügte hinzu: »Du kümmerst dich nur noch um dich selbst, Novikov. Ich kümmere mich um alle anderen.«

»Willst du meine Liste?«

»Wenn du mir auch nur noch eine Liste gibt, dann erschlage ich dich mit einem Baseballschläger. Oder mit einem Kantholz. Was immer gerade zur Hand ist.«

Bo starrte Cella an. »Das erscheint mir gar nicht vernünftig.« Jai gefiel der beinahe professorenhafte Tonfall, in dem er das sagte, so als betrachte er einen Bakterienstamm, der sich in einer Petrischale entwickelte.

Cella ballte die Fäuste und hatte ganz offensichtlich Mühe, ihre Verärgerung zu unterdrücken. Sie drehte sich zu Jai um. »Mach ihn sauber und sorg dafür, dass er pünktlich zum Spiel fertig ist.«

»Alles klar.«

Cella ging zur Bürotür. Sie hatte sie bereits geöffnet, als Bo sagte: »Malone?«

Sie blickte über ihre Schulter zu ihm zurück, aber er starrte sie nur an. Jai, die unzählige Stunden damit zugebracht hatte, Bo Novikov und seine Opfer zu versorgen, wusste genau, was er sagen *wollte* – und wie hilfreich es in diesem Moment wäre. Also gab ihm Jai einen ungeduldigen Schubs gegen die Schulter. Schließlich, nach ein paar Sekunden, murmelte er: »Danke.«

»Ja, ja«, erwiderte Cella mit einem Lächeln. »Aber wirst du mich morgen früh auch noch lieben?« Dann ging sie hinaus und schloss die Tür hinter sich.

»Ich weiß nie, wovon sie eigentlich redet«, gab Bo zu.

»Schon gut«, beruhigte Jai ihn. »Ich kann dir versichern, dass es nur selten etwas besonders Ernstes ist.«

Nachdem sie Crushs Haare »gestylt« hatten – okay, er musste zugeben, dass es gar nicht mal *so* übel aussah; zumindest sah er nicht aus wie ein Serienkiller –, bestanden die beiden Frauen darauf, ihn zum Sportzentrum zu begleiten, während Conway nach Hause ging.

»Dann kommt ihr also auch beide zum Spiel?«, fragte er.

»Später. Wir haben erst noch Training.«

»Training?«

»Roller-Derby!«, trällerte die Wolfshündin fröhlich.

Ach ja, er hatte ja das Bild der Carnivores mit dem anderen Team gesehen, das, wie er nun annahm, Blaynes Derby-Team war. Das erklärte auch, woher die beiden Frauen Bo Novikov und Crushs andere Lieblingsspieler aus der aktuellen Mannschaft kannten. Zumindest hoffte er das. Er hatte von Novikovs Ruf gehört, was Frauen betraf, und er hasste den Gedanken, dass der Mann diese beiden nur ausnutzte. Sie waren so verdammt süß.

Als sie das Sportzentrum erreichten, steuerte Crush direkt auf die Eingangstür zu, aber Blayne nahm ihn an der Hand. »Da lang«, sagte sie und zog ihn mit sich.

»Ja, aber …«

»Zu uns.«

Blayne zerrte ihn zu dem für Besucher gesperrten unterirdischen Parkplatz des Zentrums und zu einer Reihe von Fahrstuhltüren. Dann stellten sie sich in einen der Aufzüge und fuhren mehrere Etagen nach unten. Obwohl sämtliche Gestaltwandler-Aktivitäten auf den unterirdischen Stockwerken stattfanden, wusste Crush, dass die Etage, zu der sie fuhren, nicht die war, auf der sich die billigen Plätze für Saisonkarteninhaber befanden.

»Äh … Blayne?«

Die Türen öffneten sich. »Komm mit.« Sie zog ihn aus dem Fahrstuhl, und die Katze folgte ihnen grinsend.

»Du kannst dich auch einfach fügen«, sagte Gwen.

»Das klingt irgendwie nicht richtig.«

Blayne zog ihn einen Korridor entlang, in dem sich Gestaltwandler drängten, die sich auf das bevorstehende Spiel vorbereiteten.

Plötzlich blieb Blayne stehen. »Warte hier.«

»Ja, aber …« Blayne war verschwunden, also drehte er sich zu der Katze um. »Ich sollte mich auf meinen Platz setzen. Die Schlangen sind normalerweise ziemlich lang.«

»Ich verspreche dir, dass sich das Warten lohnt. Und«, sie betrachtete ihn von oben bis unten, »ich habe deine Haare wirklich unglaublich gut hingekriegt. Du musst ein bisschen mit deinem neuen sexy Look angeben.«

»Ja, vielen Dank noch mal.« Gott, es war doch nur ein Haarschnitt. Soweit er das beurteilen konnte, sah er immer noch wie jeder x-beliebige Meth-Dealer einer Bikergang aus. Nur dass er nun wirkte, als sei er unterwegs zur Beerdigung eines betagten Verwandten.

Cella ging den Flur hinunter, in dem sich die Büros sämtlicher Eigentümer befanden, bis sie das von Van Holtz erreichte. Genau wie sein Büro bei der Gruppe war auch dieses hier groß, aber karg. Abgesehen von gelegentlichen Besprechungen benutzte Van Holtz seine Büros nicht besonders oft. Er liebte es, in seiner Küche zu arbeiten, egal ob zu Hause oder in seinem Restaurant. Das war immer der beste Ort, um mit ihm zu sprechen, aber heute hatte Cella dafür keine Zeit.

Der Wolf saß in seinem Sessel, den Kopf auf dem Schreibtisch, und starrte aus dem Fenster. Sie hasste es, ihn so elend zu sehen. Obwohl sie zugeben musste, dass sie dies dem einen Mal vorzog, als sie in sein Büro spaziert war und Smith unter dem Schreibtisch entdeckt hatte, die ihm gerade einen sehr hingebungsvollen Blowjob verpasste. Aber hey, die beiden waren eben verliebt. Und gegen Verliebte konnte Cella nichts sagen.

»Er macht mich wahnsinnig, Cella«, gestand Van Holtz, bevor sie überhaupt ein Wort gesagt hatte. »Wenn ich ihn nur sehe, würde ich ihm am liebsten sein Gesicht zertrümmern.«

»Nur mal so aus Neugier … Warum?«

»Er ist sich einfach immer so sicher, dass er recht hat.« Van Holtz hob den Kopf, stützte seine Ellbogen auf den Schreibtisch und legte sein Kinn auf seine Fäuste. »Und er hört nie auf irgendjemanden.« Er kniff seine hübschen braunen Augen zusammen und sah sie an. Tatsächlich war alles an dem Mann hübsch. Einfach verdammt hübsch. »Außer auf dich. Auf dich hört er.«

»Nur weil er mich kein bisschen bedrohlich findet.«

»Nein. Er respektiert dich.«

»Falsch. Er respektiert meinen Dad. Alle respektieren Nice Guy Malone.«

»Ich will, dass er aufhört. Ich will ihn aus dem Team haben.«

Cella hatte schon befürchtet, dass es dazu kommen würde. Auch ein unschlagbares Talent konnte die nervtötenden zwangsneurotischen Tendenzen eines Mannes nur bis zu einem gewissen Grad ausgleichen, und die allerwenigsten Gestaltwandler hatten die nötige Geduld für irgendeine Art von Zwangsneurose.

»Ich weiß, dass du das willst. Aber … lass mich die Sache regeln.«

»Dich? Warum solltest du das tun wollen?«

»Es ist schon so, wie du gesagt hast. Er hört auf mich. Er vertraut mir. Ich bin sein Enforcer. Er weiß, dass ich auf dem Eis und auch sonst hinter ihm stehe. Und du weißt, dass ich hinter dem *Team* stehe.«

»Ich kann dich nicht darum bitten …«

»Doch, das kannst du.« Sie schloss die Tür und trat ein paar Schritte weiter in sein Büro. »Ich mache diesen Scheiß andauernd mit meiner Familie durch. Die Malones halten gegen Außenstehende zusammen, aber innerhalb der Familie streiten sie sich andauernd. Allein mein Vater hat siebzehn Geschwister.«

Van Holtz setzte sich aufrecht hin. »Nicht mit demselben …«

»Oh, Gott, nein.« Cella lachte. »Auf keinen Fall. Es hat Ewigkeiten gedauert, bevor meine Großmutter mit einem Kerl sesshaft geworden ist.«

Die Augen des Wolfes weiteten sich. »Moment mal … Willst du damit sagen, dass alle Geschwister deines Vaters von derselben …«

»Mutter sind. Ja. Grammy Malone. Die Malones sind matriarchalisch, und wir Frauen werden erst sesshaft, wenn wir dazu bereit sind oder wenn die Frauen in der Familie das Gefühl haben, es sei ›an der Zeit‹«, sagte Cella, wobei sie Gänsefüßchen in die

Luft malte. »Obwohl sie heutzutage nicht mehr so oft den Heiratsvermittler spielen. Gott sei Dank.«

Van Holtz schüttelte den Kopf. »Tut mir leid. Ich muss noch mal darauf zurückkommen. Deine Großmutter hat …«

»Achtzehn Kinder. Ja. Und ist glücklich dabei. Sie liebt ihre Kinder.«

»Lebt sie noch?«

»Ja. Sie hat bei KZS gearbeitet, ist aber inzwischen im Ruhestand, seit …«

»Sie war bei KZS?«

»Was glaubst du, wer mich zum Scharfschützen ausgebildet hat?«

»Die Marines?«

»Nee. Das war Grammy Malone.«

»Aber wann hatte sie denn die Zeit dazu?«

»Sie hat sich die Zeit genommen. Außerdem hat die gesamte Malone-Sippe ihr dabei geholfen, ihre Kinder großzuziehen. Und die letzten acht stammen sowieso alle von Gramps. Aber wir helfen uns immer gegenseitig, unsere Kinder großzuziehen. Als ich bei den Marines oder wenn ich mit einem der verschiedenen Teams unterwegs war, in die ich eingeteilt war, haben die Malones mein Kind aufgezogen. Als Jai in ihrer Zeit als Assistenzärztin oder während ihrer Abschlussprüfungen an der Uni 24-Stunden-Schichten schieben musste, haben die Malones auf Josie aufgepasst. Und jetzt, wo unsere Terminpläne flexibler sind, helfen wir meinen Cousins und Cousinen, ihre Kinder großzuziehen. So funktioniert das bei uns, und so machen wir das.«

Cella lehnte sich über den Schreibtisch und tätschelte Van Holtz die Hand. »Also, wie du siehst … bin ich absolut dafür qualifiziert, mich um Bo Novikov zu kümmern.«

»Ja …«, gab Van Holtz zu und sah sie an. »Das sehe ich allmählich auch so.«

Crush schaute erneut auf die Uhr. Dann sah er auf sein Telefon. Er hatte mehrere SMS von einem mutmaßlichen Dealer bekommen, den er gehofft hatte, als Informanten zu gewinnen. Natürlich hatte sich das nun alles erledigt. Es erinnerte Crush nur daran, wie wütend er darüber war, dass man ihn von der Arbeit abgezogen hatte, die er so sehr liebte. Und das alles nur wegen dieses bösartigen Bärenweibchens, Baissier. Dass sie ihn nach all den Jahren noch immer so sehr hasste! Andererseits hasste er sie auch bis aufs Blut.

Er entschied, dass es nun wirklich an der Zeit war, seinen Platz einzunehmen, scrollte durch die Nachrichten und …

»Hey, Crush! Crush!«

Er unterdrückte ein Seufzen und bereute zutiefst, dass er der Hybridin seinen Spitznamen verraten hatte, weil sie den nun andauernd benutzen würde, während er sich darauf gefasst machte, dem süßesten Mädchen, das er je getroffen hatte, zu sagen, dass er jetzt gehen musste.

»Ich möchte dir meinen Verlobten vorstellen«, sagte sie und kam auf ihn zugehüpft. »Bo Novikov.«

Crushs Kopf kippte nach hinten, und er blickte direkt – nun, fast direkt, denn immerhin war der Mann gut zehn Zentimeter größer – in die Augen des gemeinsten Spielers in der gesamten Geschichte des Gestaltwandler-Sports und Lou Crusheks ganz persönlichem Helden.

Crush starrte ihn an – und konnte nicht aufhören zu starren.

Kapitel 5

Cella fand ihren Vater in dem geschäftigen Korridor, in dem sich die Mitglieder der Mannschaft vor einem Spiel mit ihren Familien oder Gästen trafen.

»Hey, Daddy.« Bis auf ihren Schläger, ihre Schlittschuhe und ihren Helm war Cella bereits in voller Spielermontur. Sie streckte sich und nahm ihren Vater in den Arm.

»Hey, Kleines.« Er drückte sie fest an sich. »Wie fühlst du dich?«

Cella lehnte sich zurück und schaute ihren Vater an. »Bestens.«

»Gut, gut. Ich weiß, dass das schwer ist, aber du musst dich voll und ganz auf das Spiel konzentrieren. Vergiss das nicht.«

»Ich weiß, Dad. Ich konzentriere mich immer voll und ganz aufs Spiel.«

»Ja, sicher. Natürlich.« Er klopfte ihr auf die Schulter und schenkte ihr ein Lächeln, das sie nur als tapfer bezeichnen konnte. Dann drückte er sie noch einmal an sich. »Du weißt, dass ich dich liebe, oder? Wir alle lieben dich.«

Was zur *Hölle* war hier los, verflucht? »Ich weiß, Daddy.«

»Gut, gut.«

Cella löste sich von ihrem Vater und fragte sich ernsthaft, ob er den Verstand verloren hatte. »Habt ihr eure Plätze in der Loge gefunden?«, fragte sie.

»Sicher. Die Jungs sind auch alle hier. Sie feuern dich an.« Die »Jungs« waren einige der besten Spieler der Wandlerteams der Ostküste aus vergangenen Zeiten und nun die Freunde ihres Vaters. Alle paar Monate trafen sie sich während der Saison hier und sahen sich gemeinsam ein Spiel an, scherzten über die Vergangenheit und tranken. Es wurde immer sehr viel getrunken.

Vielleicht hatte ihr Vater ja bereits ein paar Guinness intus, aber eigentlich glaubte Cella das nicht. Er benahm sich nur so ... seltsam.

»Ich wünsch dir ein tolles Spiel, mein Schatz.« Er küsste sie auf die Stirn.

»Danke, Daddy.«

Ihr Vater schenkte ihr erneut ein tapferes Lächeln, bevor er sich entfernte.

Cella wusste, dass sie sich jetzt keine Gedanken um die Verrücktheiten ihrer Familie machen konnte, drehte sich stattdessen um und ließ ihren Blick hastig über die Menge schweifen, um sicherzugehen, dass sie niemanden übersehen hatte – beispielsweise einen Sponsor –, dem sie in den Hintern hätte kriechen können.

Derlei Dinge lösten bei Cella keinerlei moralische Konflikte aus. Manchmal war es eben wichtig, dafür zu sorgen, dass die Mannschaft auch weiterhin all diese coolen Extras bekam. Und was war schon ein bisschen Händeschütteln, ein falsches Lächeln oder freundlicher geheuchelter Smalltalk, wenn sie dadurch diese superweichen, kuscheligen Handtücher in der Kabine hatten oder Erste-Klasse-Trips nach Hawaii oder Rio bekamen?

Da an diesem Abend niemand hier zu sein schien, der sich über ein wenig Cella-Aufmerksamkeit gefreut hätte, beschloss sie, zurück in die Umkleide zu gehen. Doch dann entdeckte sie ihn.

»Malone.«

Cella musste sich alle Mühe geben, ein Knurren zu unterdrücken, und funkelte Smith an, die hinter ihr stand. »Hör auf, dich an mich ranzuschleichen, du Hinterwäldlerin.«

»Du musst eben aufmerksamer sein, Yankee.«

»Und, alles erledigt?«

»Yep. MacDermott hat ein Überwachungsteam zusammengestellt, das den Präparator übernimmt. Sie meinte, wir sollten ihnen ein paar Tage Zeit lassen. Wen hast du denn da gerade so angestarrt?«

»Den Bären von vorhin. MacDermotts neuen Partner. Dieser süße Typ. Er ist hier.«

Smith folgte Cellas Blick. »Sein Haar ist kürzer.«

»Das nennt man einen Haarschnitt. Grundlegende Körperpflege, Smith. Solltest du auch mal ausprobieren.«

Die Wölfin grinste. »Was bist du immer süß zu mir, Malone.«

Cella packte Smith am Arm. »Komm mit.«

»Wohin?«

»Ich will diesen Bären noch ein bisschen quälen.«

Smith schüttelte sie ab. »Kannst du das nicht alleine machen?«

»Würde es dich umbringen, mal für fünf Minuten ein Mädchen zu sein?«

»Was hat meine Muschi denn damit zu tun?«

»Oh, jetzt komm schon!« Sie schaute wieder zu dem Bären hinüber. »Das wird lustig.«

Cella grabschte nach Smith, bekam jedoch nur noch Luft zu fassen, und als sie sich umdrehte, um sie zu suchen, war die Wölfin längst verschwunden.

»Wie *macht* diese räudige Hündin das nur immer?«

Crush räusperte sich und versuchte, in zusammenhängenden Sätzen zu sprechen. »Ähm … schön, Sie kennenzulernen, Mr. Novikov.« Heilige Scheiße. Heilige Scheiße! Er redete mit Bo Novikov. *Dem* Bo Novikov. Es gab nur einen Spieler, der noch großartiger war als Bo Novikov, und der spielte nicht mehr. Crush verfolgte Novikovs Karriere schon seit Jahren und hatte sich wie ein kleines Kind gefreut, als er erfahren hatte, dass Novikov für die New York Carnivores spielen würde. Denn dadurch musste Crush nicht mehr die Fahrten zu den Auswärtsspielen bezahlen, nur um die Möglichkeit zu haben, Novikov mehr als ein paarmal pro Jahr spielen zu sehen.

Und jetzt … jetzt stand Crush tatsächlich vor dem Mann. *Und redete. Mit ihm.*

Heilige Scheiße. *Heilige Scheiße!*

»Nenn ihn Bo!«, zwitscherte Blayne. »Oder nicht, Schatz?«

»Ist mir egal«, seufzte der Hybride.

»Was ist denn los?«, wollte Blayne wissen. »Und was ist mit deinem Gesicht passiert?« Als er nicht antwortete, warf sie ihm vor: »Du hast dich wieder mit Ric geprügelt, hab ich recht?«

»Und du schlägst dich schon wieder auf seine Seite. Du fragst nie, was passiert ist.«

»Hatte es mit einer Liste zu tun?«

Novikov verschränkte die Arm vor seiner Brust. »Kann ich jetzt gehen?«

»Nein!«, fauchte die Wolfshündin. »Du wirst lernen, nett zu deinen Fans zu sein, und wenn es das Letzte ist, wozu ich dich zwinge. Und jetzt sei nett zu Crush. Er ist auch ein Eisbär.«

»Ich bin nur ein halber Eisbär …«, erinnerte Novikov sie.

»Was du bist, ist ein verdammtes Arsch…«

»Sollte er denn nett zu seinen Fans sein?«, musste Crush, allzeit Detective, einfach fragen, und er bemerkte kaum, dass er Blayne mitten im Satz unterbrach.

Blayne blinzelte. »Hä?«

»Na ja, ist er nicht dafür bekannt, dass er zu seinen Fans *nicht* nett ist? Wäre es da fair von uns Fans, ihn zu bitten, etwas zu sein, das er nicht ist?« Crush dachte selbst einen Moment lang darüber nach, bevor er entschied: »Nein, es wäre nicht fair.«

Mit einem ziemlich hochnäsigen Blick schaute Bo Novikov auf Blayne hinunter.

»Du kannst dir diesen Blick sofort wieder aus dem Gesicht wischen, Bo Novikov!« Dann stampfte Blayne mit dem Fuß auf und zeigte auf Crush. »Und du bist mir keine große Hilfe, Crush! Und das, nachdem ich dir einen so tollen Haarschnitt verpasst habe!«

»Ich wusste ja nicht, dass meine Haare in direktem Zusammenhang mit einer Zustimmung oder Ablehnung deiner Theorie zum angemessenen Verhalten gegenüber Fans stehen.«

»Ich weiß noch nicht mal, was das bedeuten soll.«

»In Blayne-Land«, erklärte Novikov, »hilft jeder jedem, und im ganzen Universum herrschen Respekt und Liebe.«

»Ernsthaft?«, fragte Crush aufrichtig. »Gibt's in dem Universum auch Feen und Pferde mit Flügeln?«

»Ja«, antwortete Novikov ausdruckslos. »Gibt es.«

»Männer!«, jammerte Blayne, und sie klang dabei wie eine launische Sechsjährige.

Crush musste lachen, aber er verstummte, als Gwen mit einem weiteren Spieler an seine Seite zurückkehrte. »Lou Crushek, das ist mein Verlobter, Lock MacRyrie.«

Der Grizzly streckte seine Hand aus, und als Crush ihn nur mit offenem Mund anstarrte, griff er selbst nach dessen Hand, schüttelte sie und lächelte dabei ein wenig.

»Freut mich, Sie kennenzulernen, Detective.«

»Sie sind der Panzer«, brachte Crush schließlich hervor.

MacRyrie blinzelte. »Wie bitte?«

»So nennen Sie alle. Den Panzer.«

Der Grizzly wirkte überrascht. »Ich hab einen Spitznamen?«

»Du hast einen *coolen* Spitznamen«, korrigierte ihn Blayne, und ihre Verärgerung von vor ein paar Sekunden schien völlig verflogen. »Den coolsten!«

»Er passt«, bemerkte Novikov, was ihm sofort die Aufmerksamkeit aller anderen einbrachte. »Was denn?«

»War das ein Kompliment?«, fragte MacRyrie.

Novikov verdrehte die Augen und seufzte. »Wenn es das sein muss, damit du dich besser fühlst.«

Wieder begann Crush zu lachen, aber das Geräusch – und die Freude – erstarb in seiner Kehle, als sie – *sie!* – plötzlich vor ihm auftauchte. Und grinste.

Warum war sie hier? Warum? Und warum konnte er diese Katze einfach nicht abschütteln? Fühlten sich Antilopen auch so, wenn sie von einer Katze gejagt wurden? Warum war sie hier und zerstörte einen Abend, der zu den besten Abenden in seinem gottverdammten Leben gehören sollte?

Das war's. Aus und *vorbei*! Crush würde in seinem ganzen Leben keinen einzigen Jelly Shot mehr anrühren. Überhaupt keinen Alkohol mehr. Nie wieder. Denn es war offensichtlich, dass es ihm nicht vergönnt sein würde, Gras über diese eine gottverdammte Nacht wachsen zu lassen – und er gab diesen gottverdammten Jelly Shots die Schuld daran!

Crush stieß die Luft aus und knurrte: »Du.«

»Baby!«, schrie sie, bevor sie sich auf ihn stürzte und ihre Arme um seine Taille schlang. »Oh, Baby, ich hab dich so vermisst!«

»Ich bin nicht dein Baby.« Er versuchte, ihre Arme von seinem Körper zu lösen. »Hau ab, Weib!«

»Freust du dich denn nicht, mich zu sehen?«

»Nein.«

Die Katze, die sich noch immer wie ein Klammeräffchen um ihn wickelte, legte ihr Kinn auf seiner Brust ab und fragte in die Runde: »Habt ihr schon den neuen Mann in meinem Leben kennengelernt?«

Blaynes Augen weiteten sich, und als sich auf ihrem Gesicht ein strahlendes Lächeln ausbreitete, wusste Crush, dass er das Ganze sofort aufhalten musste.

»Ich bin *nicht* der neue … Würdest du bitte von mir runtergehen?«

»Er ist nur schüchtern«, schien die Katze das Bedürfnis zu verspüren, den anderen zu erklären.

»Ich bin nicht schüchtern. Du bist verrückt.« Endlich gelang es ihm, ihre Arme von seinem Körper zu lösen und sie von sich zu schieben. »Und jetzt hör auf, mich zu belästigen …« Crush betrachtete sie eindringlich, und ihm rutschte das Herz in die Hose. »Warum … warum bist du denn so angezogen?«

Sie trug ein Carnivores-Trikot mit Schulterpolstern und dazu eine Hockeyhose, Socken und Wadenschützer.

»Was *glaubst* du wohl, warum ich so angezogen bin?«

»Weil die Hölle auf Erden ausgebrochen ist?«

Sie lachte, und Novikov erwiderte: »Wenn du doch so ein großer Fan bist, könnte man annehmen, dass du Eisenfaust Ma…«

»Nein!« Der Grizzly und der Hybride knurrten leise bei seinem Ausbruch und zogen ihre Frauen ein Stück von dem hysterischen Eisbären weg. »Nein, nein, nein, nein!«

Das Grinsen der Katze wurde immer breiter und glücklicher. »Komm schon, Baby, jetzt sei doch nicht so.«

»Nein! Du kannst nicht Eisenfaust Malone sein. Das *kannst* du nicht. *Du* …«, und dabei zeigte er anklagend mit dem Finger auf sie, »kannst nicht die Tochter des größten Spielers aller Zeiten sein. Und du kannst nicht der meistgefürchtete Enforcer sein, den die Liga im Moment zu bieten hat. *Du? Nein!*«

»Ich habe das Gefühl, ich sollte das als Beleidigung empfinden.« Die Katze grinste. »Aber das tue ich nicht. Weil ich so ein großzügiges, liebevolles Wesen habe und du einfach so süß bist. Wir werden bezaubernde Junge kriegen. Und da ich nie zu Hause bin, kann mein kleines Mädchen«, sie hob ihre Hand knapp bis zu ihrer Taille, um zu zeigen, wie groß ihr Kind war, »sie großziehen.«

»Ich bin nicht süß, und ich kriege auch keine Kinder mit dir!«

»Leute, Leute.« Blayne schob sich zwischen die beiden. »Es besteht kein Grund, wütend zu werden.«

»Ich bin nicht wütend.« Die Katze breitete ihre Arme aus, drehte sich wie ein kleines Mädchen im Kreis und rief aus: »Ich bin verliebt!«

»Das reicht.« Crush wich ein paar Schritte zurück. »Ich gehe.«

»Du kannst nicht vor unserer Liebe davonlaufen!«

Crush hatte die Fahrstühle beinahe erreicht, als Blayne mit einem Satz vor ihn sprang. »Geh nicht, Crush.«

»Ich kann nicht bleiben. Das Spiel fängt gleich an, ich muss zu meinem Platz … Ich kann nicht bleiben.« Er langte an Blayne vorbei und drückte auf den Fahrstuhlknopf. Als er sich wieder zurücklehnte, bemerkte er, dass die Wolfshündin zu ihm hinaufschaute. Und je länger sie schaute, desto trauriger wirkte sie.

»Was denn? Was ist denn los?«

Dann sah sie wütend aus. Er nahm an, dass sie wütend auf ihn war, aber als sie ihn an der Hand nahm und mit ihm zu den anderen zurückging, war es die Katze, die Blaynes Zorn zu spüren bekam.

»Warum bist du so gemein?«, wollte Blayne wissen.

»Ich bin nicht …«

»Blödsinn! Ich weiß, wann eine Katze gemein ist, und du bist gemein. Das mag ich nicht.«

»Dann frag mich doch mal, ob es mich interessiert, dass dir … Autsch! Du Schlampe!«

Blayne hatte Crushs Hand losgelassen, um das Haar der Katze zu packen, ihre Finger darin zu vergraben und daran zu ziehen.

»Lass mich los!«

»Entschuldigt uns kurz«, sagte Blayne, bevor sie den Flur hinunterstürmte und die Katze mit sich zerrte.

Crush sah zu, wie die beiden hinter einer Ecke verschwanden, und schaute dann Novikov an. Er wusste, dass der Mann den gleichen Ausdruck auf dem Gesicht hatte wie er selbst, und sie setzten sich beide gleichzeitig in Bewegung, um den Frauen zu folgen, aber Gwen packte die Männer am Arm. »Mischt euch da nicht ein.«

»Ja, aber …«

»Ihr habt mich wohl nicht verstanden. Mischt euch da nicht ein. Vertraut mir.«

»Es ist wirklich keine große Sache.« Crush hatte das Bedürfnis, das Ganze zu erklären. »Sie macht mich wahnsinnig, aber Blayne hätte sich deswegen nicht so aufregen müssen.«

»Blayne hatte aber das Gefühl, das tun zu müssen, und deshalb solltest du dich besser nicht einmischen.« Gwen sah ihn an. »Hattest du ein paar schwere Tage, Crush? Vielleicht sogar schwere Jahre?«

Crush fühlte sich unbehaglich und antwortete: »Wovon sprichst du denn da?«

»Was immer Blayne Thorpe auch gesehen hat, sie macht sich Sorgen um dich.«

»Sie macht sich Sorgen um mich? Warum? Ich meine, das Leben ist nun mal, wie es ist.«

»Ooooh.« Gwen zuckte zusammen. »Also, wenn Blayne dir eine ähnliche Frage stellt, würde ich ihr nicht dieselbe Antwort geben.«

»Gib Blayne auf *keinen* Fall diese Antwort«, stimmte Novikov ihr zu. »Sonst zwingt sie mich, dich zu adoptieren.«

»Das wäre irgendwie seltsam, weil ich älter bin als du.«

»Ist das wirklich der einzige Grund, der dir einfällt, warum das seltsam wäre?«

Blayne taumelte um die Ecke, dicht gefolgt von der Katze, die mit verdrehten Augen dahinschlurfte. Blayne blieb zwischen Crush und Gwen stehen und wartete mit dem Fuß tippend darauf, dass auch Malone sich zu ihnen gesellte.

Als die Katze vor ihnen stand, sagte sie: »Also, was sollte ich noch mal zu ihm sagen?«

Blayne stürzte sich auf Malones Kehle, aber Novikov bekam ihre Faust zu fassen und riss die zappelnde, spuckende und kreischende Wolfshündin zurück.

»Gibt es irgendjemand«, fragte Crush, »dem du nicht auf die Nerven gehst?«

Die Katze betrachtete ihn von oben bis unten und grinste. »Komm mit.«

Sie nahm seine Hand, aber Crush löste sich sofort wieder aus ihrem Griff. »Ich gehe mit dir nirgendwohin. Ich gehe jetzt zu meinem Platz und vergesse, dass ich dich jemals getroffen habe, und dann überlege ich mir, ob ich den Hersteller dieser köstlichen Jelly-Produkte verklagen soll oder doch nur die MacDermotts, weil sie sie in dieser eindeutig verabscheuungswürdigen Weise benutzt haben.«

»Du bist wirklich süß, weißt du das?« Und ausnahmsweise hörte es sich nicht so an, als würde die Katze sich über ihn lustig machen. »Ich schlage vor, dass du dich auf MacDermott und Llewellyn konzentrierst. Die Jelly-Typen gehören wahrscheinlich zu einem riesigen Konzern, der dich in jahrelange Gerichtsverhandlungen verstrickt. Und ich will, dass du mit mir kommst, damit sich Blayne Thorpe nicht auf mich einschießt.«

»Blayne scheint sich schon längst auf dich eingeschossen zu haben.«

»Wenn sie sich wirklich schon auf mich eingeschossen hätte,

dann hätte ich mich inzwischen in kleine Portionshäppchen für die Hyänenbevölkerung verwandelt. Und du willst doch nicht, dass das passiert, oder?«

»Aus moralischen Gründen ... wohl nicht, schätze ich.«

»Moralisch, ja?«

»Soll ich ein Wörterbuch besorgen, damit du die Bedeutung nachschlagen kannst?«

Lachend nahm die Katze ihn an der Hand und setzte sich in Bewegung. »Laut Blayne«, die den beiden nachschaute, als sie sich entfernten, wobei sie schwer keuchte und ihre Reißzähne ausfuhr, »schulde ich dir was, weil ich so gemein zu dir war. Anscheinend hast du ein gebrochenes Herz, das wieder geheilt werden muss.« Sie sah sich zu ihm um. »Hast du gerade mit deiner Freundin Schluss gemacht oder so?«

»Nein.«

»Tja, sie denkt jedenfalls, dass du verletzt bist und es unter meiner Würde ist, dich so zu quälen.«

»Dann habt ihr zwei euch gerade erst kennengelernt?«

»Mir gefällt, wie dein Sinn für Humor durchschimmert, wenn du dich über mich lustig machst.«

»Du musst mal einen Zahn zulegen, Malone«, brüllte Novikov ihr hinterher. »Wir haben gleich ein Spiel.«

»Ja, ja, ja.«

Nachdem er ihr ein paar Minuten gefolgt war, fragte Crush: »Wo gehen wir eigentlich hin?«

»Wirst du schon sehen.«

»Wenn du nur nach einer Möglichkeit suchst, mich wieder in aller Öffentlichkeit zu blamieren, können wir das vielleicht auf ein andermal verschieben? Zum Beispiel auf *nach* dem Spiel?«

»Ich verschwende meine Zeit nicht damit, irgendjemand zu blamieren, wenn ich gleich ein Spiel habe.«

»Und warum nicht?«

»Weil andere zu blamieren ein amüsanter Zeitvertreib ist, und amüsante Zeitvertreibe sind für *nach* dem Spiel. Genau wie Videospiele oder in Nachtclubs gehen.«

»Könntest du eine noch typischere Katze sein?«

»Nicht mal, wenn ich es versuchen würde.«

Sie führte ihn eine kleine Treppe hinunter zu einer Tür, die mit zwei sehr großen Wachleuten bemannt war. »Hey, Jungs.«

»Hey, Cella«, sagte einer der beiden, während er die Tür für sie öffnete.

»Er gehört zu mir. Das ist …« Sie blieb stehen und sah ihn an. »Wie heißt du eigentlich?«

»Das fragst du mich *jetzt*? MacDermott hat's dir nicht gesagt?«

»Doch, hat sie«, sie zuckte mit den Schultern, »aber es ist mir entfallen.«

Da er wusste, dass sie ihm nur nachjagen würde, falls er versuchen sollte, davonzulaufen, beschloss Crush, diesen Wahnsinn einfach hinter sich zu bringen. »Mein Name ist Lou Crushek.«

»Ich dachte, Blayne hätte dich Crush genannt.«

»Meine *Freunde* nennen mich Crush, und da du nicht …«

»Also, dann Crush.« Sie riss ihn mit sich in den großen Raum mit den riesigen Fenstern, die einen grandiosen Ausblick auf das Eis boten, und zerrte ihn weiter, bis sie die gepolsterten Ledersessel erreichten.

»Du wirst dir das Spiel von hier aus ansehen.«

Crush schaute sich hastig um. Als das Sportzentrum vor Jahren eröffnet worden war, hatte Crush an einer der, wie Conway es immer noch nannte, »Touren für Sportfreaks« durch das Gebäude teilgenommen. Daher kannte er diesen Raum, obwohl ihm und den anderen Teilnehmern der Tour nur ein sehr flüchtiger Abstecher gewährt worden war. »Aber … aber das ist die …«

»Eigentümerloge. Ganz genau. Du kannst dich hier hinsetzen. Gleich neben meinen Daddy.«

Crush glotzte mit offenem Mund zu dem älteren Tigerherrn hinunter, der in einem der Sessel saß, ein offenes Guinness in der Hand. Crush glotzte, aber er konnte nicht sprechen. Es wollte kein einziges Wort herauskommen. Also stand er einfach nur da wie ein Idiot. Und glotzte.

»Daddy«, sagte Malone. »Das ist Lou Crushek, auch Crush

genannt. Er ist mein neuer Freund.« Der Mann blinzelte überrascht und grinste dann. »Crush, mein Schatz, das ist mein Daddy, Nice Guy Malone.«

Crush schüttelte den Kopf in Richtung der ausgestreckten Hand des Mannes. »Ich glaube, ich … ich muss mich …«

Überraschend sanfte Hände strichen ihm das Haar aus dem Gesicht. »Oh, Schatz, du bist ja ganz weiß. Das ist echt unglaublich, wenn man bedenkt, dass du ein Eisbär bist.«

»Er sollte sich besser setzen.«

Vater und Tochter schoben Crush in einen Sessel.

»Was ist denn mit ihm los?«, fragte Nice Guy.

»Er ist ein Fan, Daddy. Ich glaube, er ist total überwältigt davon, dich kennenzulernen.«

»Guter Junge«, sagte Nice Guy, bevor er wieder seine Tochter anschaute und fragte: »Und er ist Single, richtig?«

»Daddy.«

»Ich will nur sichergehen. Okay, geh jetzt, bevor dir Novikov die Hölle heißmacht. Ich kümmere mich um den Jungen.«

»Danke, Daddy.« Sie zwinkerte Crush zu. »Und wir sehen uns später, mein Hübscher.«

Das war ungefähr der Zeitpunkt, an dem Crush kurz vor dem Durchdrehen stand.

Cella zog gerade die Tür auf, als eine riesige Hand dagegen donnerte, die Tür wieder zuschob und Cella dabei ein Stück nach vorne riss, da sie immer noch die Hand am Türknauf hatte.

»Du kannst nicht gehen.«

Erschrocken über die Verzweiflung, die aus der Stimme klang, drehte sie sich um und schaute dem Polizisten in die Augen. »Natürlich kann ich das.«

»Nein. Du kannst *nicht* gehen und mich hier allein lassen.«

»Schau dich an, schon so anhänglich. Aber ich spiele mit dem Dschingis Khan des Zeitmanagements zusammen. Ich muss gehen.« Sie zog erneut an der Tür, und wieder knallte er sie zu.

»Was machst du denn da?«, fragte sie, allmählich verärgert.

»Du kannst mich nicht allein lassen.«

»Das sagtest du bereits.«

»Weil es wahr ist. Ich komme einfach mit.«

»Ich kann dich erst nach dem Spiel mit in die Kabine nehmen.«

»Okay, aber ich kann mich auf den Platz setzen, für den ich bezahlt habe.«

»Den Platz auf der Tribüne mit den Billigplätzen? Blayne hat gesagt, dass du da hinwolltest. Warum willst du denn da hin?«

»Weil ich nicht hierbleiben kann«, flüsterte er.

»Warum nicht?«, flüsterte sie zurück.

Er lehnte sich näher zu ihr und erwiderte, immer noch flüsternd: »Weil das Nice Guy Malone ist.«

»Ich weiß«, flüsterte sie zurück. »Ich kenne ihn von meinen ganzen Geburtstagsfeiern – und von all den Malen, als ich ihn dabei erwischt hab, wie er völlig unangebracht an meiner Mutter rumgefummelt hat. Ich versteh das Problem nicht. Unterhalt dich einfach mit ihm.«

»Mich unterhalten? Mich mit ihm unterhalten? Mit Nice Guy Malone?«

Lieber Gott, der gute Mann hatte eine Panikattacke.

»Was soll *ich* denn zu Nice Guy Malone sagen? Ich meine, er ist … *er ist Nice Guy Malone.*«

Und dann verstand sie es. Es war ungefähr so, als würde man ihr die Chance geben, sich auf ein Schwätzchen mit John L. Sullivan zu treffen, einem der letzten berühmten Faustkampf-Champions im Schwergewicht. Wahrscheinlich hätte sie auch eine heftige Panikattacke, wenn sie ihm begegnen würde – teils deshalb, weil der Mann 1918 gestorben war, aber auch, weil er ihr Held war.

Und ihr Vater war der Held dieses verklemmten Polizisten, von dem Blayne Thorpe plötzlich meinte, ihn beschützen zu müssen, was nur dazu führte, dass Cella ihn noch süßer fand als ohnehin schon, einfach nur, weil er einen so ausgezeichneten Geschmack hatte.

»Du musst mich hier rausschaffen«, flehte der Eisbär.

»Nein.«

»Warum hasst du mich?«

»Ich hasse dich nicht. Ich will nur sichergehen, dass du diesen Abend nicht für den Rest deines Lebens bereust, weil du jetzt abhaust. Außerdem ist mein Dad eine echte Plaudertasche. Mr. Geschichtenerzähler. Das sind alle Malone-Männer. Du wirst also kein einziges Wort sagen müssen.« Sie erhob sich auf die Zehenspitzen und küsste ihn auf die Wange. »Und jetzt zeig mal Eier und geh und unterhalte dich mit deinem Helden.«

Cella gab ihm einen Schubs, und ihr Vater stand bereit, um den Eisbären am Arm festzuhalten. »Komm mit, Junge. Ich mach dich mit den anderen bekannt.«

»Mich bekannt?« Sie konnte hören, dass seine Stimme ein wenig zitterte.

»So süß.« Cella kicherte und verließ die Loge, bereit für ein bisschen Spaß auf dem Eis.

Kapitel 6

»Möchten Sie die Karte, Sir?«

Crush schüttelte den Kopf und fragte sich, wie er aus dieser ganzen Nummer wieder herauskommen sollte. »Nein.«

»Na, los«, drängte Nice Guy.

»Wir haben ein köstliches gepfeffertes Ringelrobben-Sandwich mit scharfer Senfsoße. Das ist eines der Lieblingsgerichte unserer Eisbären-Gäste.«

Wow, klang das gut. Aber nein. Nein. Er konnte nicht. Die ganze Sache lief total aus dem Ruder!

»Er nimmt es«, antwortete Nice Guy für ihn. »Und ein paar von diesen leckeren Süßkartoffel-Pommes.« Der Kellner nickte und entfernte sich wieder. »Du kannst das hier auch ebenso gut genießen, Junge.«

»Ich hab keine Ahnung, wie ich hier gelandet bin. Das kann kein gutes Ende nehmen.«

Nice Guy betrachtete ihn einen Augenblick lang und meinte dann: »Du bist Polizist, stimmt's?«

Erstaunt starrte Crush seinen Helden an. Für gewöhnlich war das das Letzte, was man Crush vorwarf. Meth-Dealer, Massenmörder oder Biker, ja, aber niemand sagte jemals: »Du bist Polizist, stimmt's?« Das war auch der Grund, warum Crush so gut in seinem Job war. Er konnte sich in jede beliebige schäbige Untergrundorganisation einschleichen, nur weil er aussah, als würde er jemandem für zehn Mäuse und eine Schachtel Kippen die Kehle durchschneiden.

Natürlich hatte er das früher als Beleidigung empfunden, aber jetzt nicht mehr.

»Äh … na ja …«

Nice Guy tätschelte seinen Arm. »Schon okay. Du musst gar nichts zugeben. Ich erkenne einen Polizisten, wenn ich ihn sehe.«

»Sonst rät nie jemand richtig.«

Der Tiger zuckte mit den Schultern. »Ich war zwar immer ›Nice Guy‹ Malone, aber ich war nicht immer der ›Nice Guy‹ Malone.«

Crush runzelte die Stirn, während Nice Guys Teamkollegen ringsum lachten.

»Was soll das denn bedeuten?«, fragte Crush.

Cella, inzwischen mit Schlittschuhen an den Füßen und Schläger und Helm in der Hand, steuerte auf den langen, überdachten Korridor zu, der aufs Eis hinausführte. Aber als sie nur noch eine Ecke entfernt war, raste eine kleine Wolfshündin auf sie zu und versperrte ihr den Weg.

Da sie nicht mit ihr kämpfen wollte, hob Cella sofort abwehrend die Hände. »Ich hab's wieder gutgemacht! Ich hab's wieder gutgemacht!«

»Hä?« Blayne schüttelte den Kopf. »Ach, egal. Darum geht's doch gar nicht.«

»Oh.« Cella ließ ihre Hände wieder sinken. »Worum denn dann?«

»Ich brauche deine Hilfe.«

»Nachdem du mir gerade in die Eier getreten hast?«

»Das sind zwei komplett unterschiedliche Angelegenheiten!«, kläffte Blayne.

Cella kniff die Augen zusammen. »Blayne ... hast du heute Zucker gegessen?«

Sie senkte den Blick. »Vielleicht.«

»Nun, da das geklärt ist ...«

Cella versuchte, um sie herumzugehen, aber Blayne skatete wieder vor sie. Sie hatte ihre Rollschuhe an, weil sie zum Derby-Training musste, und die knappsten Shorts auf Gottes Erdboden. Glücklicherweise sah die kleine Wolfshündin in diesen Shorts *gut* aus.

»Ich brauche deine Hilfe.«

»Wobei?«

»Bei meiner Hochzeit. Gwens Hochzeit. Es läuft alles total scheiße!«

»Du wusstest doch, dass Novikov schwierig ist.«

»Er ist nicht das Problem. Sondern Gwens Mutter. Und Locks Mutter. Sie sind das Problem.«

»Und inwiefern sind sie ein Problem für *dich*?«

Sie presste ihre Lippen flüchtig zu einer schmalen Linie zusammen. »Anscheinend bin ich wie eine Tochter für sie«, sagte sie ausdruckslos.

»Oh. Na ja, viel Spaß dabei.«

»Cella, ich brauche wirklich deine Hilfe.«

»Wobei?«

»Bei deiner Mom.«

Natürlich. Jede Braut wollte Barb Malone als Hochzeitsplanerin, aber das war einfach nicht möglich. »Meine Mom ist für die nächsten drei Jahre ausgebucht. Ich glaube, sie hat sogar einem der Kennedys einen Korb gegeben.« Cella wandte ihren Blick ab. »Aber vielleicht war es auch nur ein enger Verwandter der Kennedys. Wie dem auch sei …«

»Dann sagst du also Nein?«

»Ich sage Nein.«

»Na schön!«, bellten Blayne und ihr Zucker-High.

Cella sah zu, wie sie davonrollte und wartete, bis sie etwa drei Meter entfernt war, bevor sie leise sagte: »Es sei denn …«

Blaynes Wildhundohren stellten sich sofort auf, und sie blieb stehen. »Es sei denn?«

Cella drehte sich zu ihr um und zuckte mit den Schultern. »Wenn du mir vielleicht mit Novikov helfen könntest, und damit, wie er das Team behandelt …«

Blayne ballte die Fäuste. »Wir haben einander versprochen, dass ich mich niemals in seine Hockeykarriere einmische und er Derby nie wieder als ›Mädchensport‹ bezeichnet.«

»Oh. Na gut. Okay …« Cella wandte sich wieder ab und steuerte auf ihre Mannschaft zu. »Dann wünsche ich dir viel Glück!«

Mit einer Geschwindigkeit, über die Cella immer wieder nur

staunen konnte, schoss Blayne wieder vor sie. Ein verdammter Jammer, dass das Mädchen nicht besonders gut Schlittschuh laufen konnte, denn: wow!

»Na schön. Ich mach's. *Wenn* du deine Mutter überredest, meine und Gwens Hochzeit zu übernehmen.«

»Warum macht ihr euch das Leben nicht ein bisschen leichter und feiert eine große Doppelhochzeit? Novikov wird es egal sein, und MacRyrie wird es schon schaffen, ihn einen Tag lang zu ertragen, wenn es Gwen glücklich macht.«

»Mein Gott … das ist brillant!«

»Ich weiß.« Cella zeigte auf sich selbst. »Denn genau das ist es, was ich tue. Ich löse Probleme. Und jetzt beweg deinen dürren Hintern.«

Als Cella sich entfernte, rief Blayne ihr nach: »Ich liebe dich, Cella!«

»Halt die Klappe.«

Cella gesellte sich zu den anderen Spielern in die Reihe und wartete darauf, dass ihre Mannschaft und ihr Name aufgerufen wurden.

»Danke, dass du dich uns auch noch anschließt«, murmelte Novikov.

»Oh, halt die Klappe.« Sie reihte sich neben Van Holtz ein. »Hey.«

»Hey.«

Cella fiel auf, wie gelassen der Wolf durch den Raum blickte.

»Fühlst du dich besser?«, fragte sie ihn.

»Mhmm.«

»Hat Dee-Ann vorbeigeschaut?« Der Wolf grinste nur, und Cella fügte hinzu: »Dann bin ich ja froh, dass ich vorher bei dir war.«

»Ich auch.«

Cella kicherte, bis sie jemanden pfeifen und in ihre Richtung flüstern hörte: »Hey … du. Hey.« Sie ließ ihren Blick zuerst über ihre Mannschaftskameraden schweifen, dann über die wartenden Alabama Slammers. Ein junger Wolf grinste sie an und zwinkerte ihr zu.

MacRyrie schnaubte neben ihr. »Der muss neu sein.«

Das gegnerische Team wurde aufgerufen, und der Wolf starrte sie die ganze Zeit an, bis er aufs Eis trat.

»Cella.« Sie konnte den warnenden Unterton in Van Holtz' Stimme hören. Das war seine »Kapitänsstimme«, wie sie es nannte. Sie unterschied sich von seiner »Eigentümerstimme« und seiner »Torhüterstimme«.

Sie zuckte mit den Schultern. »Ich hab doch gar nichts gemacht.«

»Dann sorg auch dafür, dass das so bleibt.«

»Ich bin nur hier, um zu spielen.«

Die traditionelle Dudelsackmusik erklang über die Lautsprecher – das hier war immerhin New York –, und der Stadionsprecher rief die Carnivores auf, wobei jeder Spieler der ersten Garde einzeln angekündigt wurde und aufs Eis skatete, die Scheinwerfer nur auf ihn gerichtet.

Cella wartete geduldig, bis sie an der Reihe war, schaute sich um und winkte Jai zu, die bei ihrem medizinischen Notfallteam stand. Ihre beste Freundin grinste und zeigte ihr beide Daumen nach oben.

Dann zeigte sie ihr den Stinkefinger.

Yep. Die beste Freundin *aller Zeiten!*

Dann hörte Cella: »Nummer neunundzwanzig, Marcella ›Eisenfaust‹ Malone!«

Mit einem breiten Grinsen im Gesicht skatete sie aufs Eis, hob ihre freie Hand und winkte den Zuschauern zu. Sie hörte eine Menge weiblicher Jubelrufe, was sie nicht überraschte, da sie eine Menge weiblicher Raubtier-Fans hatte. Aber erst als der Stadionsprecher Novikovs Namen ausrief, verlor das gesamte Publikum den Verstand. Cella konnte es ihnen jedoch nicht übelnehmen. Er mochte ein zwangsneurotischer Beinahe-Soziopath sein, aber verdammt noch mal, der Mann war der beste Hockeyspieler, den sie je gekannt hatte … neben ihrem Dad natürlich. Zumindest … sagte sie das ihrem Dad immer.

»Und das ungefähr drei Jahre lang«, fuhr Nice Guy fort. »Ich hab mich als Knochenbrecher für ein paar Buchmacher durchgeschlagen, die für die O'Malley-Jungs gearbeitet haben. Und ich war wirklich gut.«

Die O'Malley-Jungs? Crush schloss die Augen. *Lieber Gott.* »Und wie alt waren Sie, als Sie ...«

»Dreizehn.«

»Drei...dreizehn?«

»Tiger haben nicht solche Wachstumsschübe wie euresgleichen. Ich war schon immer groß. Sah immer viel älter aus, als ich tatsächlich war. Als ich für die Buchmacher gearbeitet habe, habe ich auch mit dem Gedanken gespielt, Banken auszurauben. Aber das ist ein Bundesverbrechen, deshalb hab ich mich dagegen entschieden. Du weißt schon.«

»Ähm ... äh ... aha.« Crush schloss erneut die Augen. »Aber Sie haben nur Knochen gebrochen, oder? Sie haben nie wirklich ... äh ... ähm ...«

»Jemanden umgebracht? Nee, natürlich nicht.« Nice Guy blickte zur Decke. »Warte, auf dem Eis ...?«

Crush biss die Zähne zusammen.

»Nein, nein. Der Typ hat überlebt. Alsoooo ... nein. Meine Weste ist weiß.«

Crush konnte nur mit den Schultern zucken. »Okay.«

Cella rammte ihren Körper gegen den Wolf, der ihr zugezwinkert hatte, und als sie ihm mit ihrem Ellbogen einen Haken unter den Helm verpasste, stellte sie sicher, dass sie seine Kehle dabei voll erwischte. Er fiel auf die Knie, und sie warf ihre Handschuhe weg, riss ihm den Helm vom Kopf und prügelte mit ihren Fäusten so lange auf sein Gesicht ein, bis es ihren Mannschaftskameraden gelang, sie von ihm herunterzuziehen.

Mit einem Knurren in Richtung Schiedsrichter ließ sie sich auf die Strafbank fallen, um ihre zwei Minuten abzusitzen.

Sie nahm ihren Reißzahnschutz aus dem Mund und sah den Schwarzbären an, der neben ihr saß.

»Hi, Bert.«

»Hey, Cella.«

»Wie geht's deiner Frau?«

»Gut. Gut. Und deiner Tochter?«

»Bestens. Wird dieses Wochenende achtzehn.«

Bert zuckte zusammen. »Oh-oh. Da wünsch ich dir viel Glück.«

»Yep.« Cella spuckte ein wenig Blut aus und wischte sich etwas von den Knöcheln. »Kommst du dieses Jahr zur Eis-Party?«, wollte sie wissen.

»Wahrscheinlich nicht. Du kennst mich ja. Bin nicht so ein Partytier.« Bert nickte. »Okay. Ich darf wieder rein. Bis dann, Cella.«

»Bis dann, Bert.«

Cella spuckte noch etwas Blut aus, zog ihren Helm aus und schüttelte ihr Haar. Sie dachte ernsthaft darüber nach, sich die Haare schneiden zu lassen. Vielleicht auch eine Maniküre und Pediküre. Oooh! Vielleicht konnte sie ja sogar Lady Mürrisch vom Mürrisch-Clan, auch Meghan genannt, dazu überreden, sie zu begleiten. Mal ehrlich, war dieses *viele* Lernen denn wirklich notwendig? Und dieses ständige Denken? Das Mädchen musste sich mal entspannen! Sie war schließlich eine Malone, oder etwa nicht? Und die Malones wussten, wie man sich entspannte. Es war an der Zeit, dass sich ihre Tochter dem Flow der anderen anpasste.

Also, ja: Haare schneiden und Maniküre-Pediküre, hoffentlich mit Mutter-Tochter-Rabatt. Da musste das Kind jetzt einfach durch.

Ihre Zeit auf der Strafbank war abgelaufen, und Cella erhob sich, setzte ihren Helm wieder auf, steckte sich den Reißzahnschutz wieder in den Mund und skatete zurück aufs Eis.

Und als Allererstes rammte sie ihren Körper wieder mit voller Wucht gegen denselben Alabama-Wolf, schmiss ihre Handschuhe weg und prügelte auf sein Gesicht ein …

»Also«, hatte Crush das Bedürfnis zu fragen, »warum haben Sie Ihre … äh … Karriere als Knochenbrecher an den Nagel gehängt? Wegen des Hockeys?«

Nice Guy kicherte. »Nee. Hockey hat mich nur zu einem besseren Knochenbrecher gemacht. Hockeyspielen war etwas ganz Natürliches für mich. Wie atmen. Und das meiste, was ich getan habe, habe ich sowieso nur gemacht, um genügend Geld für meine Ausrüstung zu bekommen. Also, nein, das war nicht der Grund. Es war Barb.« Als Crush die Stirn runzelte, erklärte er: »Meine Frau. Cellas Mutter. Wir kannten uns schon seit der Grundschule, aber im Gegensatz zu den Malones ist Barbs Vater reich geworden und mit seiner Familie ins bessere Ende der Stadt gezogen. In der Highschool hab ich dann Football gegen das Team der Trinity Parochial gespielt, und als ich sie wiedersah, hatte ich nur noch Augen für sie. Aber sie wollte nichts mit mir zu tun haben.«

»Weil Sie schon mit dreizehn Leuten die Beine gebrochen hatten?«

»Nein, das hat ihr nichts ausgemacht. Außerdem waren das keine Leute. Das waren degenerierte Spielertypen. Aber ich hab ihren kleinen Bruder verprügelt und ihm sein Essensgeld abgenommen. Das hat sie ziemlich sauer gemacht.«

»Klar. Ich kann mir vorstellen, dass ein Mädchen einem das vorwerfen würde.«

»Das hat mich aber nicht davon abgehalten, es weiter zu versuchen. Wir Malones schrecken nicht vor einer Herausforderung zurück. Für sie gab's Geschenke. Blumen, Süßigkeiten. Und für mich ein cooles Auto … gestohlen, natürlich.«

»Das hätte ich nicht erfahren müssen.«

»Die angesagtesten Klamotten. Alles, wovon ich dachte, dass ein Mädchen es sich wünscht. Und schließlich hat sie es gesagt. ›Du bist ein Gauner, und ich würde auch nicht mit dir ausgehen, wenn du der letzte Tiger auf dem Planeten wärst.‹« Er tippte sich auf die Brust. »Das hat wehgetan. Hier drin. Also dachte ich mir, wenn ich sie für mich gewinnen will, dann muss ich aufhören, Beine zu brechen, Autos zu klauen, degenerierte Spielertypen von Dächern zu werfen …«

»Auch das … hätte ich nicht erfahren müssen.«

»In dem Moment ist mir klar geworden, dass Hockey nicht nur etwas war, das ich nebenbei spielte, sondern meine Chance, ein ehrlicher Mensch zu werden. Wenn ich es ins richtige Team schaffen und der beste Spieler werden würde – dann könnte ich auch ein Mädchen wie sie bekommen.«

»Und Sie könnten Ihre Ausrüstung legal bekommen.«

»Das war mir eigentlich egal.«

»Natürlich war es das.«

»Und bevor ich mich versah, galt ich als bester Spieler der Liga und hatte die Tigerin meiner Träume an meiner Seite.«

»Abgesehen von den äußerst illegalen Tätigkeiten während Ihrer wichtigen Entwicklungsjahre – war das eine überraschend rührende Geschichte.«

»Mhmm.« Nice Guy betrachtete ihn eindringlich und kniff die Augen zusammen. »Was weißt du über meine Tochter?«

»Allem Anschein nach gar nichts«, murmelte Crush, aber als Nice Guy sich anspannte, fügte er hastig hinzu: »Ich kannte natürlich Eisenfaust Malone.« Wer kannte die nicht? Neben dem Marodeur hatte sie den schlechtesten Ruf in der ganzen Liga, und sie war einer der ersten weiblichen Enforcer eines Profiteams, der keine Bärin war. »Aber ich wusste nicht, dass die Frau, mit der ich mich unterhielt, Eisenfaust war. Ihr Gesicht ist von meinem üblichen Platz aus unmöglich zu erkennen, und jedes Mal, wenn sie sie auf Großleinwand zeigen, trägt sie einen Helm.«

»Ja. Das tut sie aus Sicherheitsgründen.« Was für Sicherheitsgründe? Bevor Crush nachhaken konnte, fragte Nice Guy jedoch: »Und wie lange seit ihr zwei schon zusammen?«

»Zusammen?«

»Sie sagte, du seist ihr Freund.«

»Äh …«

Die goldenen Augen verengten sich. »Du nutzt mein kleines Mädchen doch nicht nur aus, oder?«

»Nein. Nein, nein. Es ist nur …«

»Nur was?« Diese Frage kam von »Mac Truck« Lewis, einem Wolf und früheren Torhüter, der mit Nice Guy gespielt hatte. Mit einem Mal ging Crush auf, dass jeder der Männer hier nicht nur mit Nice Guy befreundet, sondern auch wie ein Vater für dessen Tochter war. Das war das Schöne am Hockey: Es vereinte alle Arten und Spezies, weil es nur darum ging, ob ein Spieler rückwärts skaten und dabei gleichzeitig einen kleinen schwarzen Puck im Auge behalten konnte.

Diese Männer waren so etwas wie Eisenfaust Malones Paten. Und er war der Idiot, der nicht Hockey spielte und von dem sie glaubten, er gehe mit ihr aus. Verdammt, sie dachten, er sei mit ihr zusammen. Und dabei hätte er sich lieber erschossen, als damit verflucht zu sein. Aber das würde er dieser Gruppe seiner Helden, die Cella anbeteten, natürlich nicht auf die Nase binden.

Außerdem hatte er sich nicht mehr so unsicher gefühlt, seit er um drei Uhr morgens allein bei einer Strandparty der Hells Angels gewesen war.

»Es ist nur …« Crush räusperte sich und suchte verzweifelt nach einer zufriedenstellenden Lüge. »Ich bin mir nicht sicher, dass ich sie verdient habe. Das macht mir Sorgen.«

Die Männer entspannten sich wieder, und Nice Guy klopfte Crush auf die Schulter. Es fühlte sich an, als würde er mit einem Baseballschläger verprügelt.

»Mach dir deswegen keine Sorgen. Meine Kleine hat einen guten Instinkt. Genau wie ihre Mutter.« Als Crush ihn nur anstarrte, fügte er hinzu: »Hey, ich hab keinem Typen mehr für Geld die Beine gebrochen – Hockey zählt nicht –, seit ich sechzehn war. Verstehst du? Sie wusste, dass ich Potenzial habe.«

Kapitel 7

Einer der Slammers stürmte übers Eis und steuerte direkt auf Novikov zu. Cella rauschte an dem Flügelspieler vorbei, der ihr im Weg stand, und nahm die Verfolgung auf, obwohl sie nicht glaubte, ihn noch rechtzeitig erreichen zu können.

»Reed!«, brüllte sie. »Beweg dich!«

Da er nun mal ein Hund war, konnte der Hinterwäldler Befehle ziemlich gut umsetzen und schoss vor seinen Gegenspieler, damit dieser Novikov nicht zu nahe kommen konnte.

Schließlich erreichte auch Cella ihren Teamkameraden und blockte einen anderen Spieler, indem sie ihn gegen die Glasscheibe rammte und sich kräftig mit den Beinen abdrückte, um sich mit ihrem ganzen Körper auf ihn zu werfen. Sie prallten gemeinsam gegen das Glas und knallten aufs Eis. Sie war bereit, ihre Handschuhe auszuziehen und es dem Typen richtig zu zeigen, der sie mit allen möglichen Beschimpfungen und Beleidigungen bedachte, aber die Menge tobte bereits, was nur einen erfolgreichen Torschuss bedeuten konnte. Im nächsten Moment ertönte die Schlusssirene.

Cella rappelte sich auf und skatete von ihrem Gegenspieler weg, behielt ihn jedoch die ganze Zeit über im Auge.

»Schlampe«, zischte der Mähnenwolf.

»Verlierer«, schoss Cella zurück und lachte, als sie einer ihrer Mitspieler um die Taille packte, sie hochhob und sie wegtrug, bevor sie eine weitere Mannschaftsschlägerei anzetteln konnte.

Irgendwie hing ihr der Ruf an, das ständig zu tun.

Als sie das Eis verlassen hatten, ließ ihr Mannschaftskamerad – Bert! – sie los, schüttelte den Kopf und gluckste.

Gemeinsam marschierten sie zu ihren jeweiligen Kabinen, und Cella lachte und klatschte sich mit ihren Mitspielerinnen ab, bevor sie unter die Dusche sprang und sich das ganze Blut des

Spiels abwusch. Als sie zu ihrem Spind zurückging, sah sie, dass Jai dort auf sie wartete.

Cella schnappte sich ein trockenes Handtuch. »Hey. Was gibt's?«

»Wie geht's deinem Knie?«, fragte Jai.

»Gut.«

»Lügst du mich an?«

»Nein. Es geht ihm gut. Siehst du?« Sie deutete auf ihr geschwächtes linkes Knie, bevor sie mit dem Handtuch ihr Haar abtrocknete. Glücklicherweise war noch keine Schwellung zu sehen, obwohl es ganz sicher noch dick werden würde. Das tat es immer nach einem Spiel.

»Leg trotzdem ein bisschen Eis drauf.«

»Ja, ja, ja.«

»Komm mir nicht mit ja, ja, ja. Tu einfach, was ich dir sage.« Jai sah auf ihr Klemmbrett. »Ich muss los. Bei mir steht noch eine Arterienreparatur auf dem Programm. Ehrlich«, sie schüttelte den Kopf und drückte das Klemmbrett an ihre Brust, »Novikov ist so gemein. Dank ihm verblutet jetzt ein Kerl im OP.«

Cella richtete sich auf und schüttelte das Haar aus ihrem Gesicht. »Dann solltest du dich vielleicht ... du weißt schon ... um ihn kümmern?«

Jai verdrehte die Augen. »Es ist nur ein Kojote.«

»Jai!« Gott, diese Berglöwen ... dermaßen borniert, wenn es um Hunde ging, besonders um Kojoten und Wölfe.

»Ich geh ja schon, ich geh ja schon. Aber ich musste schließlich erst mal nach dir sehen, oder nicht?«

»Cella!«, rief jemand. »Dein Dad ist draußen. Mit irgendeinem Eisbär. Hat gesagt, sie warten auf dich.«

»Sag ihnen, ich bin gleich da.«

»Eisbär?«, fragte Jai und ließ den Kojoten weiter im OP verbluten.

»Ja. Er ist der Typ, mit dem ich bei MacDermott zu Hause nackt aufgewacht bin.«

Die anderen Frauen hörten auf, sich anzuziehen, und richteten ihre volle Aufmerksamkeit auf Cella.

»Ich hab ihn nicht gevögelt«, fügte Cella hinzu. Dann grinste sie. »Jedenfalls noch nicht.«

»Oh, das hat wirklich Klasse«, schalt Jai sie.

»Mann. Verblutet. Braucht OP.«

Jai seufzte. »Na schön, wenn du deswegen gleich so drängeln musst …«

Cella schüttelte den Kopf und nahm ihr Telefon aus dem Spind. Per Kurzwahl rief sie ihre Tochter an und wartete, bis das Gör endlich antwortete.

»Hi, Ma.«

»Hey, Süße. Alles okay?« Sie rief Meghan regelmäßig nach jedem Spiel an. Obwohl sie eigentlich nicht wusste, warum sie sich noch die Mühe machte. Das Kind wirkte immer so genervt.

»Mir geht's gut.« Cella sprach die nächsten Worte ihrer Tochter stumm mit. »Ich lerne.«

Natürlich tat sie das. »Okay, bei mir sollte es heute Abend nicht so spät werden.«

»Und das betrifft mich inwiefern?«

»Könntest du wenigstens so *tun*, als würde es dich interessieren, ob ich nach Hause komme? Würde dich das umbringen?«

»Es ist nicht so, dass es mich nicht interessiert. Aber ich bin mit Josie in der College-Bibliothek. Sie hat bis spät abends geöffnet. Onkel Tommy holt uns ab, wenn wir fertig sind, und dann übernachten Josie und ich bei Tante Kathleen.«

»Warum?«

»Wir passen auf ein paar Cousins und Cousinen auf. Also, hast du jemanden umgebracht oder hast du sie alle wieder lebend vom Eis gelassen?«

»Nein, du Klugscheißerin, ich hab niemanden umgebracht.« Cella klemmte sich das Telefon zwischen ihre hochgezogene Schulter und ihr Ohr und schlüpfte erst in ein Höschen und dann in eine graue Jogginghose.

»Dann also nur die üblichen Körperverletzungen?«

»Ich kann die Fans schließlich nicht enttäuschen.« Sie griff nach ihrem BH. »Hey, ich hab mir überlegt …«

»Nein.«

»Du hast mich ja noch nicht mal ausreden lassen.«

»Okay. Dann rede aus.«

»Ich hab mir überlegt, wir könnten zur Maniküre-Pediküre gehen und uns die Haare …«

»Nein.«

»Erstens: Du hast mich schon wieder nicht ausreden lassen. Und zweitens: warum denn nicht?«

»Ich hab zu viel zu tun.«

»Du bist siebzehn und nicht vierzig und arbeitest für ein Fortune-500-Unternehmen. Mach dich mal locker.« Cella zupfte an ihrem BH herum, bis er perfekt saß, und fuhr dann fort: »Ich habe wirklich keine Ahnung, woher du diese hochmütige, anspruchsvolle ›Ich bin besser als alle anderen‹-Einstellung hast, die du ständig an den Tag legst, aber …« Cellas Worte erstarben, als sie bemerkte, dass ihre Mannschaftskameradinnen in hysterisches Gelächter ausgebrochen waren.

»Das weißt du nicht?«, brüllte eine der Bärinnen über all das Lachen hinweg. »Wie kannst du das nicht wissen?«

»Ist sonst noch was, Ma, oder kann ich dich jetzt den comedyreifen Sprüchen deiner Mitspielerinnen überlassen?« *Arrogant* und undankbar. Das war das Kind, mit dem Cella geschlagen war.

»Wir sprechen uns morgen früh.«

»Hab dich lieb.«

»Hab dich auch lieb.« Cella beendete das Gespräch und brüllte ihre Teamkolleginnen an, die daraufhin jedoch nur noch heftiger lachten.

»Also, wann kommst du mit auf die Insel, um den Rest der Familie kennenzulernen?«

Crush erstarrte. Am liebsten hätte er laut »Niemals!« geschrien, aber er wusste, dass das eine ganz schlechte Idee gewesen wäre. Sie befanden sich im Korridor vor den Mannschaftskabinen, der mit den Familien und Freunden der Carnivores gefüllt war, und allem Anschein nach hatte sich bereits wie ein Lauffeuer verbreitet, dass er, irgendwie, der neue Freund von Eisenfaust war. Einer Spielerin, deren Verhalten er für ziemlich verwerflich hielt, da sie mehr kämpfte als Schlittschuh lief.

»Ähhhh … das kommt ganz auf Ihre Tochter an?«

»Na gut, aber ihr solltet es bald tun.« Nice Guy zuckte kaum merklich mit den Schultern. »Vertrau mir.«

Nicht sicher, wovon der Mann sprach – um ehrlich zu sein, war es ihm eigentlich auch egal –, erwiderte Crush nur: »Sicher. Wird gemacht.« Es war dieselbe Antwort, die er auch seinen Vorgesetzten immer gab, wenn er nicht wusste, wovon sie sprachen, und es ihm eigentlich auch egal war.

Der Marodeur kam aus der Kabine, mit seinem berühmten finsteren Blick. Dem Ausdruck auf seinem Gesicht nach zu urteilen, hätte man meinen können, sein Team habe verloren. Aber das hatten sie nicht. Auch wenn sie nur mit Mühe gewonnen hatten.

Trotzdem schien es etwas zu geben, das den Marodeur immer zum Lächeln bringen konnte, ganz gleich, was auch passierte, und es skatete in diesem Moment mit Rollschuhen auf ihn zu, blaue Flecken im Gesicht und Blutstropfen auf dem Tanktop.

Blayne rollte durch die Menge und warf sich in Novikovs Arme. Er hob sie hoch und drückte sie ganz fest an sich.

»Du bist der Beste!«, jubelte Blayne. Crush fiel auf, dass die Wolfshündin sehr oft jubelte. Ob sie in der Highschool Cheerleaderin gewesen war?

»Hast du das Spiel überhaupt gesehen?«, wollte Novikov wissen, noch immer mit einem Lächeln im Gesicht.

»Was hat das denn damit zu tun? Du bist immer der Beste.« Sie drückte den Koloss erneut an sich, dann entdeckte sie Crush. »Hi, Crush!«

Obwohl Crush nicht unbedingt dafür bekannt war, viel zu lächeln, konnte er in ihrer Nähe einfach nicht anders. Sie war einfach so verdammt fröhlich. »Hi, Blayne.«

Sie lächelte, blickte zu Nice Guy hinüber und bemerkte: »Wie ich sehe, hat Malone es wieder gut gemacht.«

»Ja, das hat sie.«

Blayne beugte sich ein Stück zu ihm, ihre Arme noch immer um den Marodeur geschlungen, und flüsterte so laut, dass man es noch in fünfzehn Kilometern Entfernung hören konnte: »Du siehst so toll mit deinem neuen Haarschnitt aus! Ist Gwenie nicht einfach die Beste?«

»Doch, ist sie.« Er zeigte auf die blauen Flecken in ihrem Gesicht. »Faustkampf?«

»Nee. Derby-Training.«

»Sieht hart aus.«

Novikov schnaubte verächtlich. »Mädchen in Shorts. Wirklich furchteinflößend.«

»Halt. Die. Klappe.« Blayne schaute wieder zu Crush zurück und fragte ganz ernsthaft: »Und warum hast du mir nicht gesagt, dass du Cellas Freund bist?«

Obwohl Crush das gar nicht war und kurz vorm Durchdrehen stand, weil sich das Gerücht, wie es schien, bereits über die Hockeyspieler hinaus im gesamten Sportzentrum verbreitet hatte, musste der Bär in Crush trotzdem fragen: »Warum?«

»Warum was?«

»Warum sollte ich dir das sagen?«

»Weil wir Freunde sind!«

»Sind wir das?«

»Jetzt seid ihr es«, murmelte Novikov.

»Natürlich sind war das. Ich mag dich.«

»Du kennst mich doch nicht mal.«

»Bitte«, mischte sich Novikov plötzlich ein, »versuch es bei ihr nicht mit Bärenlogik. Das ist total ineffektiv und führt nur zu Tränen, wenn sie frustriert ist. Akzeptier einfach, dass sie dich mag, und mach weiter wie bisher.«

»Machst du das auch so?«

»Wie ihr Vater immer sagt: ›Die nächste größere Schlacht kommt bestimmt.‹«

»Ihr wisst schon«, blaffte Blayne sie an, »dass ich direkt neben euch bin und euch zuhöre.«

Malone kam aus der Damenkabine. Sie trug eine graue Jogginghose und ein weißes T-Shirt, ihr Haar und ihr Körper waren frisch gewaschen und all ihre Wunden und blauen Flecken versorgt. Crush beobachtete, wie sich Malone auf die Zehenspitzen erhob und ihren Blick über die Menge schweifen ließ. Als sie sie sah, gesellte sie sich zu ihnen.

»Hey.«

»Du warst großartig, Liebes.« Ihr Vater nahm sie in den Arm.

»Danke, Daddy. Gehst du noch aus?«

»Nur auf ein paar Drinks mit den Jungs. Muss zu deiner Mom nach Hause. Was ist mit euch beiden?« Er lächelte. »Große Pläne?«

»Darauf kannst du wetten.« Sie küsste ihren Vater auf die Wange. »Bis später.«

Nice Guy Malone streckte seine Hand aus, und Crush schüttelte sie. »Es hat mich wirklich gefreut, dich kennenzulernen, Lou.«

»Mich auch, Sir.«

»Nenn mich Butch.« Und dann zwinkerte Mr. Malone seiner Tochter zu und zog von dannen.

Cella lächelte, bis ihr Vater im Fahrstuhl verschwunden war. Dann drehte sie sich zu Crush um und fragte: »Also, was willst du heute Abend unternehmen?«

»Äh …«

»Cella!«

Malone schaute über ihre Schulter und lächelte dem Tiger entgegen, der auf sie zukam. Er war nicht annähernd so groß wie Butch, und Crush vermutete außerdem, dass er kein Sibirischer Tiger war.

»Hey. Was machst du denn hier?«

»Ich hatte ein Abschlusstreffen mit einem Klienten.«

»Lou Crushek«, sagte sie, »das ist Brian Carpenter. Der Vater meiner Tochter.«

Überrascht, aber mit jahrelanger Erfahrung darin, dies nicht zu zeigen, nickte Crush. »Freut mich, Sie kennenzulernen.«

»Gleichfalls.«

»Und bevor du fragst, Bri, ich spreche mit dir nicht über Hochzeitsvorbereitungen.«

»Schön, dann eben über die Junggesellinnenparty.«

»Darüber spreche ich definitiv nicht mit dir.«

»Keine Stripper, Cella.«

»Oh, komm schon!«

»Keine. Stripper. Ich mein's ernst. Haben wir uns verstanden?«

»Bist du wirklich nur hergekommen, um mir das zu sagen?«

»Warum sollte ich wohl sonst herkommen? Um zuzusehen, wie sich die Mutter meiner Tochter die Seele aus dem Leib prügeln lässt? Das kann ich auch bei Familientreffen haben. Und jetzt sag es gemeinsam mit mir ... keine Stripper. Weder männliche noch weibliche.«

»Na schön, von mir aus.«

Der Tiger lächelte. »Danke, meine Schöne.« Er küsste sie auf die Wange und drückte sie flüchtig an sich. »Ich muss los.«

»Und vergiss morgen nicht. Wir müssen uns noch entscheiden, was wir unserem kleinen Mädchen zum Geburtstag schenken wollen, damit sie es bis Sonntag liefern können.«

»Ich dachte, das hätten wir schon entschieden.«

»Wir haben gar nichts entschieden.«

»Vielleicht habe *ich* ja schon entschieden.«

»Ernsthaft? Du willst diese Tour mit mir fahren? Ernsthaft?«

»Du bist mal wieder echt schwierig.«

»Ich bin immer schwierig. Das liebst du doch an mir.«

»Ja, sicher.«

Er ging, und Malone drehte sich wieder zu Crush um. »Also, wegen heute Abend ...«

»Ich gehe nach Hause.«

»Oh.« Und sie hatte tatsächlich die Stirn, überrascht auszusehen. »Okay. Na dann ... Ich hoffe, du hast dich gut amüsiert.«

Darauf konnte Crush keine Lüge erwidern. »Es war wirklich großartig. Vielen Dank.«

»Sehr gern geschehen. Ich hoffe, wir sehen uns mal wieder.«

»Klar, sicher.«

Crush wandte sich von ihr ab, ging zu den Fahrstühlen und machte sich auf den Heimweg.

»Mann, ist der Typ launisch.« Sie drehte sich wieder zu Novikov und Blayne um. »Man könnte doch zumindest annehmen, dass er sich die Gelegenheit nicht entgehen lassen würde, mit *der* ›Eisenfaust‹ Malone zu schlafen.«

Blayne schüttelte den Kopf, warf die Hände in die Luft und stieß einen langen, überdramatischen Seufzer aus.

»Wofür war der denn?«

Unfähig zu sprechen – was für Blayne wirklich unglaublich war –, nickte sie in Richtung Novikov.

»Was?«, drängte Cella.

»Bist du wirklich überrascht, dass er gegangen ist?«, fragte Novikov.

»Ja. Ich hab diese Jogginghose absichtlich angezogen – in der sieht mein Hintern einfach grandios aus. Ich habe ein wundervolles Lächeln im Gesicht – wie immer. Und das Spiel ist toll gelaufen.«

»Das Spiel ist ganz okay gelaufen«, musste Novikov sie korrigieren. Cella ballte die Fäuste, und er wischte die Korrektur mit einer Handbewegung wieder weg. »Vergiss, dass ich was gesagt habe.«

»Das werde ich. Und jetzt erklär mir, was ich bei Mr. Verklemmt falsch gemacht habe.«

Blayne stürzte vor und wackelte bedrohlich mit ihrem Zeigefinger hin und her, aber Novikov zog sie zurück und hielt sie mit einer Hand fest.

»Ich zähle es dir auf. Du hast diesen Tiger als den Vater deiner Tochter vorgestellt.«

»Bri ist ihr Vater.«

»Du hast eure Geschenkpläne mit ihm besprochen.«

»Meghan feiert am Sonntag ihren achtzehnten Geburtstag, und wir haben vor, ihr ein Auto zu schenken, aber wir müssen uns noch entscheiden, was für eins. Lieber was Sportliches oder was Zuverlässiges? Ich bin mehr für sportlich.«

»Richtig. Außerdem hast du kurz was von Hochzeitsvorbereitungen und einer Junggesellinnenparty gesagt.«

»Meine Mom plant Bris Hochzeit, und ich bin die Trauzeugin in den USA, deshalb organisiere ich den Junggesellinnenabschied für Rivka. Ich verstehe immer noch nicht, wo das Problem liegt.«

»Das liegt daran, dass du all diese Dinge einzeln betrachtest, obwohl du einen Schritt zurückmachen und die Unterhaltung als Gesamtbild sehen solltest. Und dann tu mal für fünf Minuten so, als seist du ein normaler Mensch und nicht, du weißt schon, *du*, und denk darüber nach, wie ein normaler Mensch dieses ganze Bild interpretieren würde, wenn er keinerlei Kontext hätte …«

»Oh, mein Gott!«

Novikov nickte. »Ganz genau.«

Als Crush sich der Eingangstür des Sportzentrums näherte, gingen ihm die Vollmenschen instinktiv aus dem Weg. Plötzlich kam die Katze angerannt und stellte sich vor ihn. Sie klatschte eine Hand auf seine Brust und hielt ihn davon ab, weiterzugehen.

»Es ist nicht meine Hochzeit.«

Crush runzelte die Stirn. »Wie bitte?«

Sie schnappte nach Luft – sie musste den ganzen Weg gerannt sein – und wiederholte: »Es ist nicht meine Hochzeit. Er ist der Vater meines Kindes, aber er heiratet nicht mich. Er heiratet eine ganz andere.«

»Und wird er das Sorgerecht bekommen?«

»Das Sorgerecht für wen?«

»Für das Kind, das kaum an den Herd rankommt und das du stundenlang allein lässt?«

»Kaum an den … Meinst du Meghan?« Sie lachte. »Meghan ist siebzehn.«

»Aha.«

»Ernsthaft, ich hab nur einen Witz gemacht. Du hast doch schon von Witzen gehört, oder?«

»Ich dachte, Witze müssten lustig sein.«

»Es hilft, wenn man Sinn für Humor hat.« Sie tätschelte seine Brust. »Aber wenn ich ein bisschen mit dir arbeite und mich um dich kümmere, bin ich mir sicher, dass wir dir den auch noch verschaffen können.«

»Nein, danke.«

Überrascht wich sie einen Schritt zurück. »Willst du mir denn keine Chance geben, zu beweisen, was für ein wundervoller Mensch ich bin?«

»Du hältst dich doch schon für einen wundervollen Menschen. Wofür brauchst du mich da noch?«

Sie stemmte die Hände in die Hüften und sah ihn mit zusammengekniffenen Augen an.

»Was denn?«

»Ich versuche, herauszufinden, ob du einfach nur ein idiotisches Arschloch oder einer dieser verklemmten, aber gutherzigen Kerle bist, die zu viel über alles nachdenken.«

»Wie wär's, wenn ich diese Entscheidung für dich treffe?«

Crush ging um sie herum und zur Tür hinaus, entschlossen, von dieser wirklich durchgeknallten Katze loszukommen. Und als die Tür hinter ihm zufiel, hörte er sie knurren: »Tja, ich schätze, dann bist du wohl doch nur ein idiotisches Arschloch, was?«

Kapitel 8

Cella erwachte mit fliegenden Fäusten, aber irgendjemand packte blitzschnell ihre Handgelenke und hielt sie fest, und eine kräftige Stimme fauchte: »Ma!«

Cella machte die Augen auf und entspannte sich sofort. »Hey, Süße. Hab ich schon wieder im Schlaf geboxt?«

»Nein.« Meghan ließ sie los.

»Wie spät ist es?«

»Drei Uhr morgens.«

»Ehrlich?« Ein Grinsen erstrahlte auf Cellas Gesicht, und sie breitete ihre Arme weit aus und schlang sie um ihre Tochter. »Du hast Geburtstag, Süße.«

Meghan drückte ihre Mutter ebenfalls an sich, seufzte jedoch. »Ja. Toller Geburtstag.«

»Was ist denn los?« Cella lehnte sich zurück. »Hast du dich mit Josie gestritten?«

»Nein. Ich hab meine ... du weißt schon.«

»Deine Periode? Würdest du es vielleicht einfach mal aussprechen? Du willst schließlich Ärztin werden.«

»Ich würde lieber sagen, meine Menstruation hat eingesetzt, aber dann wirst du wieder total zickig.«

»Weil das einfach versnobt klingt.«

»Wie dem auch sei, ich hab mich gefragt, ob du mich vielleicht zu der Vierundzwanzig-Stunden-Apotheke am Jericho Turnpike fahren kannst? Ich hab nichts mehr da.«

»Haben deine Cousinen denn nicht, was du brauchst?«

»Ich bin mir sicher, dass sie das haben ... aber sie haben auch Brüder, mit denen ich an meinem Geburtstag lieber nicht in trauter Runde zusammensitzen und darüber sprechen würde.«

Cella erschauderte und erinnerte sich an das Leben mit ihren eigenen Cousins zurück, als sie in diesem Alter gewesen waren. Nichts war heilig oder geheim gewesen.

Cella schlug die Decken zurück und stieg aus dem Bett. »Dann mal los.«

Nachdem sie ihre Shorts und das Tanktop aus- und eine Jogginghose und ein T-Shirt angezogen hatte, schnappte sie sich einen der Geländewagenschlüssel, und gemeinsam traten sie auf die Straße hinaus, die die Malone-Familie übernommen hatte, lange bevor die kleine Meghan geboren worden war. Es war eine Straße, um die die Polizei von Nassau einen großen Bogen machte – ebenso wie örtliche Autodiebe oder Einbrecher. Hin und wieder kamen trotzdem einige, die sich in der Gegend nicht gut genug auskannten oder sich für zu schlau hielten, um erwischt zu werden, hierher, um etwas zu stehlen oder auch nur, um ein bisschen Ärger zu machen.

Tja ... das nahm niemals ein gutes Ende.

Cella fuhr vom Bordstein und in Richtung Apotheke. Ihre Tochter gähnte und lehnte ihren Kopf ans Fenster.

»Weißt du, Süße, du kannst auch einfach selbst eins von den Autos nehmen, wenn du irgendwohin musst.«

»Schön!«, explodierte ihre Tochter plötzlich. »Tut mir leid, dass ich dich geweckt habe! Und es tut mir leid, dass ich dich gestört habe, damit du mir hilfst! Nächstes Mal werde ich das nicht tun!«

Cella trat auf die Bremse und brachte den Wagen am Ende ihrer Straße zum Halten. Sie ließ die Stille sich ein wenig ausbreiten, bevor sie fragte: »Stimmt irgendwas nicht, Liebes?«

Gut, das hatte sie nun wirklich nicht gewollt. »Nein, nein. Natürlich nicht«, log Meghan in der Hoffnung, ihre Mutter würde die Sache auf sich beruhen lassen.

Andererseits ließ ihre Mutter nie etwas auf sich beruhen. Genau das machte Cella Malone auch zu einer so großartigen Hockeyspielerin und Killerkatze.

Aber wenigstens fuhr sie wieder los.

»Hör mal, Meg, ich weiß, dass du keine tiefschürfenden, bedeutungsschwangeren Unterhaltungen magst, aber du kannst mich nicht einfach anschreien und mir dann nicht sagen, was los ist. Was ich falsch gemacht habe.«

»Du hast gar nichts falsch gemacht. Ich stehe im Moment einfach nur total unter Stress.«

»Das Letzte, was du haben solltest, mein Kind, ist Stress.«

»Es ist einfach so viel los, okay? Ich habe die Schule, Daddys Hochzeit, beziehungsweise Hochzeiten. Ich habe das Land noch nie wirklich verlassen, und jetzt fliege ich direkt nach Israel, verdammt.«

»Es ist wunderschön da. Du wirst es lieben. Und ganz KZS passt auf dich auf, während du dort bist. Du wärst nicht sicherer, wenn ich dich vakuumverpackt in einen schusssicheren Sack stecken würde, worüber ich tatsächlich schon nachgedacht hab.«

»Ich mach mir keine Sorgen um meine Sicherheit, Ma.«

»Du solltest dir immer Sorgen um deine Sicherheit machen, jedes Mal, wenn du … unseren Vorgarten verlässt.«

Meg verdrehte die Augen und schaute zum Fenster hinaus.

»Ist es wegen des Colleges?«

Meghan zuckte zusammen. Sie war noch nicht bereit für diese Unterhaltung. Vielleicht würde sie es nie sein.

»Ich weiß wirklich nicht, worüber du dir Sorgen machst. Du wirst dich auf der Boston University hervorragend machen.«

»Mhm.«

»Du bist klug, du bist wunderschön – weil du meine Gene hast –, und die Bostoner Malones werden auf dich aufpassen.«

»Mhm.«

»Wenn du willst, können wir demnächst mal für ein Wochenende hochfahren und ein bisschen Zeit mit der Familie verbringen. Uns den Campus anschauen und die Gegend …«

Wechsle das Thema! Wechsle das Thema!

»Es ist nicht wegen der Schule. Es ist … es ist …«

»Was?«

»Es ist … wegen dir.«

»Mir?«

»Und den Tanten.«

Ihre Mutter seufzte, und Meg konnte die Frustration in ihrer Stimme hören. »Was hat Deirdre zu dir gesagt?«

»Ma.«

»Diese alte Schlampe raubt mir wirklich meinen letzten gottverdammten Nerv.«

»Ma! Genau davon spreche ich.« Und diesen Teil dachte sie sich nicht aus. »Du streitest dich ständig mit den Tanten. Besonders mit Deirdre.«

»Weil sie böse ist.«

»Sie ist nicht böse. Sie ist dein Fleisch und Blut.« Meg drehte sich auf ihrem Sitz und sah ihre Mutter an. »Was stört dich denn so an Tante Deirdre?«

»Was *mich* stört? Diese Frau hasst mich, und sie hat seit deiner Geburt versucht, dich gegen mich aufzuhetzen. Die Plazenta war noch nicht mal draußen, als sie damit angefangen hat.«

»Ma.«

»Komm mir nicht mit ›Ma‹.«

»Weißt du, was ich mir zum Geburtstag wünsche?«, blaffte Meghan sie an. »Dass du dich nicht mehr mit Deirdre streitest.«

»Warum wünschst du dir nicht gleich die Sonne vom Himmel?«

»Siehst du? Genau davon spreche ich.« Sie verschränkte die Arme vor ihrer Brust. »So wird heute mein ganzer Geburtstag ablaufen. Ich darf mich zwischen dich und Deirdre werfen.«

»Niemand bittet dich darum, dich zwischen uns zu werfen.«

»Ich kann doch nicht zulassen, dass du gegen eine alte Frau kämpfst!«

»Lass dich von ihrem Alter nicht täuschen. Tigerinnen, die es schaffen, so alt zu werden, sind von Natur aus gemein, und ihre verstümmelten Finger hat sie auch keinem Unfall zu verdanken, sondern Schlägereien, die sie in der Regel selbst angezettelt hat.«

»So wie du?«

»Ich zettele keine Schlägereien an, Süße, ich beende sie.«

Meg hatte genug von dieser Unterhaltung, schnaubte lautstark und richtete ihren Blick wieder nach vorn. Die Stille dauerte an, bis sie auf den Parkplatz fuhren, dann sagte ihre Mutter: »Du willst nicht, dass ich mich dauernd mit Deirdre streite? Dann werde ich mich auch nicht mit ihr streiten. *Ich* werde mich nicht mit ihr streiten.«

»Was soll das nun wieder heißen?«

»Das soll heißen, dass ich nicht zulassen werde, dass sie mich zu einem Kampf reizt, ganz gleich, wie sehr sie auch stichelt.«

»Ma, dazu bist du körperlich gar nicht in der Lage.«

»Ich kann *alles* schaffen.«

»Übers Eis gleiten und Kerle verprügeln, die zehnmal so groß sind wie du – *dazu* bist du körperlich in der Lage. *Nicht* mit deiner alten Tante zu streiten? Eher nicht.«

»Aber ich werde es schaffen. Für dich. Und nicht nur das, ich werde mich nicht mehr mit Deirdre streiten, bis du zur zweiten Hochzeit fliegst.«

»Ma.«

»Mein Entschluss steht fest.«

»Aber warum willst du das tun?«

»Weil ich dich liebe. Und ganz egal, was diese alte Schlampe zu dir gesagt hat, ich habe dich nicht im Stich gelassen.«

Überrascht sah Meghan ihre Mutter an. »Das weiß ich.«

»Tust du das?«

»Natürlich tue ich das. Es ist ja nicht so, dass du zum Times Square abgehauen wärst und dich als Nutte verdingt hättest. Du bist zu den Marines gegangen. Außerdem ist es völlig unmöglich, ein Malone-Junges im Stich zu lassen, wenn man allein in Nordamerika, Hawaii und Puerto Rico Tausende Tanten, Onkel, Cousins und Cousinen hat.«

»Vergiss Alaska nicht.«

»Ma, Alaska *gehört* zu Nordamerika.«

»Wie auch immer.«

Als Meg die Augen verdrehte, lachte ihre Mutter und nahm Megs Hand in ihre Hände. Cellas waren von Narben übersät, alten und neuen, von denen einige vom Hockey stammten, andere von ihrer Arbeit als »freie Mitarbeiterin« bei KZS und wieder andere einfach davon, dass sie fünf Jahre in Folge Faustkampf-Champion der Ostküste geworden war.

»Ich will, dass du den besten Geburtstag hast, den du mit deinem Naturell überhaupt haben kannst …«

»Danke.«

»… und wenn das bedeutet, dass ich diese bösartige alte Frau und ihre nervtötenden Machenschaften ertragen muss, dann werde ich das tun. Weil ich dich liebe und verdammt noch mal will, dass du glücklich bist.«

»Äh …«

»Und jetzt gehen wir in die Apotheke und kaufen dir ein paar gottverdammte Tampons. Ich zahle!«

Meg sah zu, wie ihre Mutter aus dem Geländewagen stieg und die Tür hinter sich zuknallte.

»Mit meiner Familie wird es so was von niemals langweilig«, seufzte sie, öffnete die Tür und folgte ihrer Mutter in den Laden.

Kapitel 9

Nachdem sie noch ein paar Stunden tief und fest geschlafen und dann ein üppiges – von Meg zubereitetes – Geburtstagsfrühstück mit ihrer Tochter genossen hatte, absolvierte Cella gerade die fünfte Runde ihres sonntagnachmittäglichen Laufs durch die Nachbarschaft, als sie schließlich zugeben musste, dass ganz eindeutig irgendetwas vor sich ging, das nichts mit den Vorbereitungen für Megs Party am Abend zu tun hatte. Cella bemerkte es, weil sie jedes Mal, wenn sie am Haus oder Wohnwagen eines Verwandten vorbeijoggte, jemand grüßte oder sie fragte, wie es ihr ging oder ob sie eine Tasse Kaffee oder auf ein kleines Schwätzchen hereinkommen wolle. Die Malones hielten keine Schwätzchen. Sie klatschten und tratschen, und genauso nannten sie es auch. Klatsch und Tratsch.

Anstatt einen ihrer Onkel oder eine Großtante oder Cousine zu fragen, was zur Hölle hier eigentlich vor sich ging, lief sie zurück zum Haus ihrer Eltern. Sie wusste jedoch sofort, dass dies ein Fehler gewesen war, als sie die Küche betrat. Erneut saßen ihr Vater und ihre Brüder und Tanten um den Tisch versammelt, aber nun war auch ihre Mutter – die Lippen fest zu einer sehr unglücklichen Linie zusammengepresst – mit von der Partie. Sie alle flüsterten miteinander, und es sah ganz so aus, als würden sie sich streiten.

»Oh!«, sagte ihre Tante Maureen viel zu hastig. »Schaut mal, wer wieder da ist!«

Keuchend, während ihr Schweiß auf den Boden tropfte, starrte Cella ihre Familie an. Sie starrten zurück und lächelten. Alle lächelten sie an. Sogar ihre Tante Deirdre.

Das war der Moment, in dem Cella nach oben in ihr Zimmer ging und die dringend benötigte Dusche nahm.

Sie kam gerade wieder heraus und griff nach einem Handtuch, als sie hörte, wie es an der Tür klopfte.

»Ja?«, sagte sie vorsichtig. Als Jai durch die offene Tür lugte, stieß Cella erleichtert den Atem aus. »Gott sei Dank, du bist das.«

»Was ist denn los?«

Cella bedeutete Jai mit einer Handbewegung, die Tür zu schließen. »Ich glaube, sie planen meinen Tod.«

Jai lachte, verstummte dann jedoch. »Oh. Du machst keine Witze.«

»Sie benehmen sich so merkwürdig. Sie führen irgendwas im Schilde. Malones lächeln dich nicht einfach so an ... es sei denn, es geht um irgendeinen Schwindel oder hat mit einem Kantholz auf den Hinterkopf zu tun.«

»Ja.« Jai knabberte auf ihrer Unterlippe herum. »Oder du und dein Glück liegen ihnen am Herzen?«

»Sie sind Malones. Mein Glück interessiert sie einen Scheißdreck.«

»Und genau da liegst du falsch. Ich glaube, sie lieben dich mehr, als dir bewusst ist.«

Cella kniff die Augen zusammen. »Warum sagst du das? Was ist hier los?«

»Es geht um die bevorstehende Familienhochzeit.«

»Wessen Hochzeit? Shannons? Sineads? Annies? Emmas? Ellas?«

»Nein.«

»Johnnys? Jackies? Conors? Jamies?«

»Mein Gott, hör bitte auf. Ich spreche von Bris Hochzeit.«

»Bri gehört nicht zur Familie.«

»Er ist nur der Vater deiner Tochter.«

»Das macht ihn noch lange nicht zu einem Familienmitglied. Es macht ihn nur zu einem Erzeuger.«

Jai grinste. »Ich liebe es, bei euch rumzuhängen. Ihr unterhaltet mich einfach immer hervorragend.«

»Spuck's aus, Davis. Was ist hier los?«

»Es gibt Bedenken. Darüber, welche Auswirkungen Bris und Rivkas Hochzeit auf dich haben wird.«

»Auf mich? Was ist denn mit mir?« Die Hochzeit schien sich Ewigkeiten in der Planungsphase befunden zu haben, und auch wenn Meghan einige Bedenken wegen dieses Ereignisses zu haben schien – warum sollte sich die Familie dafür interessieren? Und vor allem: Warum sollten sie sich mit einem Mal Sorgen um Cella machen?

»Die Familie macht sich Sorgen, dass du wegen dieser ganzen Geschichte am Boden zerstört sein könntest. Wegen der Verlobung. Der Hochzeit.«

Cella blinzelte. »Nein, bin ich nicht.«

»Und dass du deinen Schmerz hinter einer Fassade versteckst.«

»Einer Fassade aus was?«

»Allgemeiner guter Laune und Tapferkeit.«

»Ich habe immer gute Laune. Und ich stecke voller Tapferkeit.«

»Richtig.«

»Außerdem, wie sehr kann mich das schon mitnehmen? Ich bin schließlich die Trauzeugin.«

»Mhm.«

»Meine Mutter ist die Hochzeitsplanerin für die Hochzeit hier, und ich war es, die sie darum gebeten hat. Für die Zeremonie in Israel, zu der Meghan auch eingeladen ist, haben sie einen anderen Hochzeitsplaner.«

»Mhm.«

»Und der einzige Grund, warum der Rest der Malones nicht eingeladen ist, ist … na ja … du weißt schon … diese Sache.«

»Richtig. Die Sache.«

»Und das ist auch nicht meine Schuld, sondern die meines Cousins, und er hat fast alle Kunstwerke nach Israel zurückgeschickt, auch den Monet.«

»Dessen bin ich mir durchaus bewusst.«

»Und nicht nur das. Als Bri mir eröffnet hat, dass er Rivka heiraten wird, hab ich gesagt: ›Toll, großartig. Aber schick mir noch den Unterhaltsscheck, bevor ihr in die Flitterwochen fahrt.‹«

»Ich bin mir sicher, dass es genau so war.«

»Und warum sollte sich dann irgendjemand Sorgen machen?«

»Ich glaube, sie leiden an der Wahnvorstellung, dass es dir irgendetwas bedeuten könnte.«

»Mein Kind bedeutet mir etwas. Ich hab sie nicht bei der Geburt gefressen oder so. Du bedeutest mir etwas. Und Josie, natürlich. Ich toleriere meine Brüder.«

Jai nickte. »Ich stimme dir in all dem zu.«

Cella drehte sich wieder zum Spiegel um und fuhr fort: »Mein Gott, meine Familie ist total verrückt. Das ist doch keine große Sache. Nach der Hochzeit wird sich das schnell wieder legen.«

»Na ja ...«

Cella drehte sich wieder zu ihrer Freundin um. »Na ja, was?«

Jai biss sich auf die Lippe, bevor sie verkündete: »Sie sprechen von einem Heiratsvermittler.«

Cella taumelte rückwärts gegen das Waschbecken. »Nein!«

Jai hob die Hände. »Keine Panik.«

»Keine Panik? Bist du wahnsinnig?« Cella hätte gewettet, dass die ganze Sache Tante Deirdres Idee gewesen war. Ihre Mutter hatte schon immer gesagt, dass Deirdre die meisten Malones davon überzeugen könnte, John F. Kennedy sei Protestant gewesen. Und auch wenn Kathleen die New Yorker Malone-Weibchen anführte, fungierte Deirdre, um eine Eishockeymetapher zu bemühen, als ihr Enforcer. Nur dass sie entschieden gemeiner war, als Cella es – selbst in ihren Träumen – auf dem Eis jemals sein könnte.

Jai lehnte sich nach vorn und tätschelte Cellas Hand. »Keine Sorge. Dein Vater meint, das sei nicht nötig ...«

»Na, wenigstens er ist vernünftig.«

»... weil du schon einen Freund hast.«

»Freund? Was für einen Freu...« Cella schnappte nach Luft. »Oh nein.«

»Weißt du, von wem er spricht?«

»Gott. Der Bär. Der Eisbär von Freitagnacht.« Sie hatte Jai erzählt, was mit dem Bären passiert war, als sie nach dem Spiel zusammen nach Hause gefahren waren. »Gott, ich dachte, Dad wüsste, dass er nicht mein Freund ist.«

»Anscheinend weiß er das nicht. Und es klingt, als würde er den Kerl mögen. ›Er ist ein netter, etwas maulfauler Junge‹, meint er. Das ist doch perfekt. Vielleicht kannst du den Bären dazu benutzen, dir deine Tanten eine Weile vom Leib zu halten.«

»Wovon sprichst du da?«

»Deine Mom hat meiner Mom erzählt, dass deine Tanten diese Heiratsvermittlersache aufgeben, wenn du wirklich schon einen Freund hast. Das Problem ist nur, dass Deirdre davon überzeugt ist, dass du gar keinen Freund hast. Und dass Butch sich geirrt hat.«

»Aber das hat er ja auch! Ich habe nur Spaß gemacht, als ich sagte, er sei mein Freund.«

»Dein Vater scheint das nicht mitgekriegt zu haben.«

»Wie könnte er das nicht mitkriegen?«

»Ist doch jetzt egal. Aber vielleicht kannst du den Typen ja dazu bringen, dir zu helfen, indem du deinen Malone-Charme spielen lässt.«

»Mir wobei zu helfen?«

»Er könnte ein paar Tage lang so tun, als sei er dein Freund. Besorg ihm Karten fürs nächste Spiel oder so. Ich bin mir sicher, dass er dir dafür helfen würde, wo er doch so ein großer Fan ist.«

Cella war sich da nicht so sicher. »Du verstehst das nicht. Dieser Bär hat mich kaum ertragen, und außerdem denkt er, ich sei eine schlechte Mutter.«

»Warum denkt er ...?« Jai verdrehte die Augen. »Hast du das schon wieder getan? Hast du wieder behauptet, Meghan könnte sich kaum selbst die Schuhe zubinden, aber du hättest sie trotzdem mutterseelenallein gelassen?«

Cella zuckte mit den Schultern. »Du hättest dabei sein müssen. In dem Moment war es lustig.«

»Lustig oder nicht, du hast ein Problem. Wahrscheinlich könntest du einen deiner Mitspieler bitten, dir aus der Patsche zu helfen, oder jemanden von KZS dazu überreden, sich als dein

Freund auszugeben, aber dein Vater hat den Bären schon kennengelernt. Obwohl ich überrascht bin, dass er mit einem Bären einverstanden ist. Ich dachte, die Malones stünden eher auf dem ›Es muss unbedingt ein Tiger sein‹-Standpunkt.«

»Ja, wenn ich noch kein Kind hätte. Meine Tanten sind glücklich, weil ich ein braves kleines Malone-Weibchen war und ihnen ein Mädchen geschenkt habe, das die Familientradition fortführen kann. Was wiederum bedeutet, dass ich so ziemlich alles akzeptieren muss, was meine Tanten sich ausdenken. Aber ich wette, dass das auf Deirdres Mist gewachsen ist. Sie versucht, einen Streit mit mir anzuzetteln.«

»Sie zettelt doch ständig Streit mit dir an.«

»Ja, aber …«

»Ja, aber was?«

Cella atmete langsam aus, und ihr Nacken spannte sich an. »Ich hab Meghan versprochen, dass ich bis nach der Hochzeit nicht mehr mit Deirdre streiten werde.«

Jai lachte schallend, bis sie feststellte, dass Cella nicht einstimmte. Dann verstummte sie. »Oh … du meinst das ernst.«

»Es ist eine lange Geschichte, die mit Boxen im Schlaf, Tampons und einer frühmorgendlichen Fahrt zur Apotheke zu tun hat. Ich will jetzt nicht näher darauf eingehen.«

»Ich glaube auch nicht, dass ich will, dass du näher darauf eingehst.«

»Diese alte Schlampe. Ich wette, sie weiß es. Ich wette, sie *weiß*, dass ich Meghan versprochen habe, nicht mit ihr zu streiten.«

»Jetzt bist du paranoid.«

»Bin ich nicht. Sie weiß, dass ich einem Heiratsvermittler niemals zustimmen werde, und das wird eine ganze Kette von Ereignissen auslösen und dazu führen, dass sie mich vor meinem Kind schlecht dastehen lassen kann.«

Statt ihr zu widersprechen, fragte Jai: »Und was willst du jetzt machen?«

»Ich werde einfach mit meiner Familie reden. Ganz ruhig.

Und vernünftig. Ich werde klarstellen, dass diese altmodischen Rituale in unserer modernen Gesellschaft nicht mehr angemessen sind. Ich werde ihnen klarmachen, wie lächerlich das alles ist.«

»Du meinst, du willst dich wie eine Erwachsene verhalten?«

»Ja. Ich bin eine sechsunddreißigjährige Erwachsene, also kann ich mich auch wie eine verhalten.«

Wild entschlossen trocknete Cella sich fertig ab und schlüpfte in eine Jogginghose, ein schwarzes T-Shirt und Turnschuhe. Mit Jai an ihrer Seite kehrte sie in die Küche zurück. Erneut verstummte die Unterhaltung ihrer Familie schlagartig, und alle Augen richteten sich auf sie.

»Wo ist das Kind?«, fragte Cella.

»Mit Josie im Einkaufszentrum. Sie löst die Geschenkgutscheine ein, die sie zum Geburtstag gekriegt hat.«

Perfekt, doch bevor Cella fortfahren konnte, fragte Tante Kathleen: »Erinnerst du dich noch an deinen Cousin Pete? Aus Atlantic City?«

»Cousin?«, fragte Jai leise.

»Ururgroßcousin zweiten Grades«, erklärte Cella. »Ja, ich erinnere mich an ihn. Warum?«

»Ich finde immer noch …«, begann Barb, aber Kathleen hielt einen Finger in die Luft und brachte Cellas Mutter zum Schweigen. Sehr zu Barbs Ärger.

»Halt dich da raus, Barbara Feeney.«

»Es heißt inzwischen Malone, auch wenn du das andauernd vergisst.«

Das war der Grund, warum Cella überzeugt war, dass ihre Mutter ihren Vater aus tiefstem Herzen liebte. Denn wenn eine so willensstarke Frau in eine Familie wie diese einheiratete, dann war es bestimmt aus Liebe.

»Er handelt mit Wohnmobilen«, führte Tante Maureen aus, während Barb und Kathleen sich weiter kabbelten. »Vielleicht könnten wir alle hinfahren und ihn besuchen. Wäre das nicht nett?«

Cella und Jai wechselten einen Blick, und Cella fragte: »Hinfahren?«

»Sicher. Wir könnten an den Spielautomaten unser Glück versuchen und vielleicht ein bisschen Black Jack spielen, während du ein bisschen Zeit mit Pete und dem Rest der Familie verbringst.«

»Stehen nicht die meisten Malones aus AC unter Anklage der Bundesstaatsanwaltschaft?«, fragte Butch, der mit jeder Sekunde, die diese Unterhaltung andauerte, genervter wirkte.

»Die Bundespolizei hat nichts in der Hand«, fauchte Deirdre und funkelte ihren Bruder finster an.

»Und glaubst du wirklich, dass Pete seine Firma aufgeben und hierherziehen würde?«, fragte Barb.

»Ein gutes Mädchen würde dort hinziehen.«

»Wenn es eine Grundvoraussetzung ist, ein gutes Mädchen zu sein, scheiden dann nicht von vorneherein sämtliche Malone-Frauen aus?«, schoss Barb zurück.

»Ich weiß wirklich nicht, wo das Problem liegt«, sagte Deirdre. »Sie wollte doch immer weg. Schließlich ist sie doch zu gut für diese Familie. Das ist ihre Chance.«

»Glaubst du wirklich, ich würde mein Kind im Stich lassen?«, fragte Cella.

»Beim ersten Mal hast du sie doch auch im Stich gelassen«, warf ihr Deirdre an den Kopf. »Und beim zweiten Mal. Und ich glaube, es gab auch noch ein drittes.«

»Schlampe!«, brüllte Cella. Als sie und Deirdre gleichzeitig aufeinander los stürzten, hielten ihr Vater und ihre Tanten Deirdre zurück, während Jai Cella mit dem Gewicht ihres ganzen Körpers in Richtung Tür stieß.

»Wir kommen wieder«, rief Jai über das Gebrüll hinweg. Sie schnappte sich die Schlüssel für einen der Geländewagen der Familie und schubste Cella durch die Tür und in den Garten hinter dem Haus.

»Für diese letzte Beleidigung solltest du mich ihr den Arsch versohlen lassen!«

»Du hast es versprochen«, erinnerte Jai sie, bevor sie Cella am Arm packte und in Richtung Auto zerrte. »Außerdem kannst du keine alte Frau verprügeln.«

»In den Siebzigern war diese alte Frau der Faustkampf-Champion der Malones.«

»Richtig. Was wiederum bedeutet, dass du es dir nicht leisten kannst, dich von ihr verprügeln zu lassen. Dein zerbrechliches Malone-Ego würde niemals darüber hinwegkommen.«

Sie blieben vor einem dunkelblauen Geländewagen stehen. »Sie wird mich immer wieder provozieren, Jai. Sie hat nichts zu verlieren, weil sie kein Versprechen abgelegt hat. Aber wenn ich mich mit ihr streite, breche ich mein Wort, und das tut ein Malone niemals … jedenfalls nicht gegenüber einem von uns. Ich spreche hier natürlich nicht vom Rest der Bevölkerung.«

»Das weiß ich, Süße.«

»Und was soll ich jetzt machen?«, wollte Cella wissen.

»Du hängst dich ans Telefon und machst diesen Bären ausfindig. Ich fahre.«

»Okay«, sagte Cella, als Jai den Wagen vor einem netten kleinen Haus in Queens zum Stehen brachte. »Das ist die Adresse, die MacDermott mir gegeben hat.«

»Es ist hübsch.«

»Wenn du meinst.«

Jai legte eine Hand auf die Schulter ihrer Freundin. »Es wird alles gut, Cella. Ich verspreche es.«

»Sie versucht nur, sich zwischen mich und mein Kind zu drängen.«

»Und bislang hat sie versagt.«

»Hat sie?«

»Hey, jetzt hör mir mal zu. Meghan liebt dich. Sie wird dich immer lieben. Und nichts, was Deirdre tut, wird daran jemals etwas ändern.«

»Wenn du das glaubst, warum bist du dann mit mir hier?«

»Weil ich deine verrückte Kumpanin bin?«

»Meine verrückte Kumpanin mit einem Abschluss in Medizin, die Arterien und Herzklappen reparieren kann?«

»Du bist der Donner, ich bin der Blitz …« Als Cella stöhnte und begann, sich die Schläfen zu reiben, erinnerte Jai sie: »Du weißt, dass das Ganze noch viel schlimmer sein könnte.«

»Sie versuchen, mich mit meinem Cousin zu verkuppeln, Jai.«

»Nicht mit einem Cousin ersten Grades.«

»Das ist nicht der Punkt!«

Als ihr bewusst wurde, dass sie Cella nicht mit Worten beruhigen konnte, deutete Jai auf den Bären, der auf der Veranda vor dem Haus auf einem Stuhl saß. »Ist er das?«

»Ja, das ist er.«

»Sieht gar nicht so mürrisch aus.« Cella hatte Jai erzählt, der Bär sei furchtbar mürrisch. Aber er schien sich sehr wohlzufühlen, wie er da saß. Und er sah gut aus. Ein großer Kerl mit weißem Haar und schwarzen Augen, eine Baseballmütze der Rangers auf dem Kopf.

»Aber er *ist* mürrisch. Also, wünsch mir Glück.«

Jai stellte den Motor ab und sah sie an. »Willst du, dass ich mitkomme?«

»Warum bist du wohl sonst hier?«

»Weil ich mich in Queens gut auskenne?«

»Hör mal, ich habe nur einen Versuch. Ich bitte dich deshalb als Freundin … lass nicht zu, dass ich es versaue.«

»Okay, aber macht es dir auch wirklich nichts aus, deinen Dad anzulügen?«

»Doch, ich hasse es, das tun zu müssen.« Jai hatte keinen Zweifel daran, dass Cella ihren Vater anbetete und umgekehrt. Cella war Butchs Augapfel und sein ganzer Stolz, genauso, wie es auch bei Jai und ihrem Vater war. Zwar liebte er seine Söhne, aber seine Tochter war diejenige, die nie etwas falsch machen konnte.

»Aber«, fuhr Cella fort, »sobald das Kind mit seinem Vater auf dem Weg nach Israel ist, kann ich die Sache mit Deirdre austragen und Dad die Wahrheit sagen. Vertrau mir, es wird leichter sein, ihnen diesen schwierigen Bären unterzujubeln, als meine

Familie von dieser Heiratsvermittlersache abzubringen, jetzt, wo alle davon überzeugt sind.«

Jai sah ein, dass ihre Freundin recht hatte. »In Ordnung. Gehen wir. Aber vergiss nicht … ruhig und gelassen.« Zwei Worte, die die meisten Malones nicht kannten. »Du brauchst die Hilfe dieses Typen, also lass nicht zu, dass er dich zu einem deiner ›Momente‹ reizt.«

Cella nickte. »Ich werde mein Bestes tun.«

Mehr konnte Jai nicht verlangen.

Sie stiegen aus dem Geländewagen und gingen auf das Haus zu, blieben jedoch unten an der Treppe stehen.

»Hi«, grüßte Cella und winkte vorsichtig.

Der Kopf des Bären wandte sich langsam zu ihnen, und er sah sie mit seinen schwarzen Augen an. Mit einem trägen Grinsen sagte er: »Hi.«

Und dann sah Jai, wie sich Cellas gesamter Körper anspannte – und das ließ nichts Gutes erahnen.

Cellas Augen verengten sich. »Wie geht's dir so?«, fragte sie, trat auf eine der Stufen und hielt sich mit der Hand am Geländer fest.

»Mir geht's großartig. Und dir?«

»Gut.«

Er atmete tief ein, so als würde er einfach die frische Luft von Queens an diesem Sonntagmorgen genießen, und ließ seinen Blick zur Seite schweifen, bevor er ihn wieder auf sie richtete. »Also, was kann ich für dich tun?«

Als Cella nicht antwortete, machte Jai ein paar Schritte nach vorn. »Wir wollten dich um einen Gefallen bitten.«

»Einen kleinen oder einen großen Gefallen?«

»Na ja …«

Er schwang seine langen Beine von der Balustrade und stützte sich mit den Ellbogen auf seinen Knien ab. »Warum kommt ihr zwei nicht einfach näher und sagt mir, was ihr wollt? Ich würde mich wirklich freuen, wenn ich euch helfen könnte.«

Jai machte einen weiteren Schritt nach vorn, aber da schoss

Cellas freier Arm zur Seite und legte sich auf das andere Geländer, um Jai davon abzuhalten, weiterzugehen. Sie wartete einen Moment, bis die Botschaft bei ihrer Freundin angekommen war. Dann ging Cella selbst die Treppe hinauf und blieb auf der obersten Stufe stehen.

»Du scheinst heute besserer Laune zu sein«, bemerkte sie.

Er lachte kurz. »Ich weiß. Ich weiß. Ich kann manchmal ein richtiges Arschloch sein. Ich versuche, es nicht zu sein, aber ich kann einfach nicht anders. Ich bin dann einfach so … verklemmt.« Er betrachtete Cella von Kopf bis Fuß und dann von Fuß bis Kopf. »Vielleicht brauche ich einfach was zur Entspannung.«

Bevor Cella auf diese nicht gerade subtile Doppeldeutigkeit antworten konnte, klingelte das Handy des Bären.

Er knurrte leise, schaute aufs Display und verzog das Gesicht. »Ich muss rangehen. Bin gleich zurück.«

Er schlurfte zur Haustür, blickte sich jedoch noch einmal zu ihr um, bevor er ins Haus ging. »Geh nicht weg.« Dann zwinkerte er ihr zu, ging ins Haus und machte die Tür hinter sich zu.

»Warum bist du denn so angespannt?«, wollte Jai wissen und folgte ihr die Stufen hinauf, bis auch sie auf der Veranda stand.

»Ich weiß auch nicht.«

»Ist auch egal, aber hör auf damit. Du vertreibst ihn nur. Ich dachte, du willst seine Hilfe.«

»Tue ich ja auch, aber …«

»Aber … was?«

Cella schüttelte den Kopf. »Ich weiß nicht. Er benimmt sich einfach so merkwürdig.«

»Inwiefern?«

Cella musste beinahe lachen. Das war typisch Jai. Sie liebte es, Dinge totzuquatschen. Zu analysieren. Auch wenn dies anfangs keinem der Malones bewusst gewesen war, war es gut, dass die Davis nun ein Teil ihrer Familie waren. Sie waren das rationale Yin zum irrationalen Yang der Malones.

»Okay, der Typ, den ich die letzten Male getroffen hab, war

total verklemmt und penibel. Er sah aus wie ein Massenmörder, aber unter seinem finsteren Blick und seinem kaum zu tolerierenden Wesen versteckte sich dieser ... dieser ... Pfadfinder.«

»Und der Kerl hier?«

»Lächelt zu viel und scheint einer von den Pfadfindern zu sein, die einer alten Frau nur über die Straße helfen, um sie von der anderen Seite aus vor einen Lastwagen zu werfen, der sie dann überrollt.«

»Warum sagst du nicht einfach, dass du nicht weißt, wie du mit einem netten Typen umgehen sollst?«

»Ich weiß, dass ich nicht weiß, wie ich mit einem netten Typen umgehen soll. Darum habe ich den Mann ja auch jedes Mal so gequält, wenn ich ihn gesehen habe. Aber im Moment verspüre ich nicht das Bedürfnis, ihn zu quälen. Ich verspüre das Bedürfnis, ihm in den Kopf zu schießen.«

»Hast du auch manchmal kleinere Gefühle, Cella? Harmlosere? Bei denen es weder um Sex noch um Tod geht?«

»Ich bin eine Tigerin. Entweder ficke oder töte ich. Ich kann nicht den ganzen Tag auf einem Baum hocken und faulenzen wie *euresgleichen*.«

»Berglöwen hocken nicht nur auf Bäumen und faulenzen. Wir halten nach unserer nächsten Mahlzeit Ausschau.«

»Hey.«

Cella schaute zum anderen Ende der Veranda. Der Bär, nun ohne seine Rangers-Mütze, das Haar aus dem Gesicht gekämmt, stand außerhalb der Balustrade und beobachtete sie und Jai.

»Was machst du da?«, fragte Cella ihn.

»Die Schönheit dieses Tages genießen. Und du?«

Cella schaute sich zu Jai um, und ihre Freundin schüttelte kaum merklich den Kopf. Ihr gefiel das Ganze genauso wenig.

»Wo ist deine Mütze?«, wollte Cella wissen.

»Meine Mütze?«

»Ja. Die, die du noch vor zwei Minuten getragen hast? *Die* Mütze?«

»Oh, meine Mütze. Ja, ähhhh ...«

Die Haustür ging auf, und der Bär – ja, genau der Bär, der gerade hinter dem Haus hervorgekommen war – trat heraus, die fürchterliche Rangers-Mütze wieder an ihrem Platz, sodass nun zwei Bären vor dem Haus standen. Zwei identische Ausgaben.

»Also ... wo waren ...« Der zweite Bär blieb stehen und sah zum anderen Ende der Veranda und dem Bärendoppelgänger hinüber, der dort stand. Als er wieder zu Cella und Jai zurückschaute, grinste er und sagte: »Ich kann das erklären ...«

»Was ist hier los?«, fragte eine weitere, mürrischere Stimme hinter ihr.

Cella blickte über ihre Schulter und empfand Erleichterung, als sie den durchdringenden, finsteren Blick, die uralte Jeans und die gottverdammte *Islanders*-Mütze auf seinem Kopf sah. Die Rangers? Was sollte das denn? Zumindest verstand ihr Bär, was Loyalität bedeutete.

»Ich hab gefragt ...«, der Bär, mit dem sie nackt aufgewacht war, kam näher, eine Tüte mit Einkäufen in der Hand, »was zur Hölle hier los ist?«

»Können wir nicht mal spontan unseren Bruder besuchen kommen?«

»Nicht, wenn ihr hier lebend wieder rauskommen und davon erzählen wollt, nein.«

»Ist das zu fassen, wie der uns behandelt?«, fragte der mit der Rangers-Mütze Cella. »Nur ein paar Minuten nacheinander geboren, und trotzdem hat er nie Zeit für uns. Ist das nicht ungerecht?«

»All das hast du nie erwähnt«, bemerkte Cella, »als du so getan hast, als *wärst* du er.«

Crush warf seine Einkaufstüte auf den Boden, und sein Blick wurde noch finsterer, während sein ganzer Körper zu zittern begann. *»Tust du das immer noch?«*, bellte er.

Cella lachte und ging die Treppe hinauf. Sie konnte spüren, wie Jais Hand ihr T-Shirt streifte und sie nur um wenige Millimeter verpasste, als sie versuchte, sie zu packen, um sie aufzuhalten.

»Ihr Kerle«, neckte Cella. »Habt ihr das mit vielen Mädchen gemacht? So getan, als wärt ihr einer der anderen?«

»Wir waren doch noch Kinder«, erklärte der mit der Mütze, noch immer mit einem Grinsen. »Wir wussten es nicht besser.«

»Tja, wisst ihr was?«, fragte Cella und stellte sich ganz dicht vor ihn »Ich bin erwachsen. Und ich weiß es immer noch nicht besser.«

Und dann verpasste Cella dem selbstgefälligen Mistkerl einen Schlag ins Gesicht.

Crush blieb nur der Bruchteil einer Sekunde Zeit, um zu lachen, bevor Chazz über die Balustrade sprang und auf der Veranda landete. Crush schoss die Stufen hinauf, bereit, seine Brüder totzuschlagen, bevor er zuließ, dass einer von ihnen Malone wehtat. Aber Chazz packte den blutenden, brüllenden Gray und riss ihn zurück.

»Kumpel«, sagte Chazz mit weit aufgerissenen Augen, »ich kenne sie.«

»Was?«

»Ich kenne sie. Sie spielt für die Carnivores. Das ist … das ist Eisenfaust Malone.« Die beiden starrten die Tigerin an. »Du hast dir gerade von Cella Malone einen Schlag ins Gesicht eingefangen, verflucht!«

Crush verdrehte die Augen. Seine Brüder waren solche Idioten. Und wie hatte Chazz Malone überhaupt erkannt? Wahrscheinlich hatte er sich irgendwann mal in die Mannschaftskabine geschlichen, der Mistkerl.

Chazz durchsuchte verzweifelt die Taschen seiner Jeans und seiner Windjacke und zog schließlich einen Filzstift heraus. »Kannst du auf meinem Arm unterschreiben?« Er hielt ihr den Filzstift hin.

»Meine Brust. Kannst du auf meiner Brust unterschreiben?« Gray grinste Chazz an, während weiter Blut über sein Gesicht triefte. »Ich kann's kaum erwarten, dass Marcie das sieht.«

»Marcie?«

»Seine Frau«, erklärte Crush Malone. »Hat Gray sie nicht erwähnt?«

Malone zeigte mit einem tadelnden Finger auf Crushs Brüder. »Du hast mich angebaggert, während deine *Frau* zu Hause sitzt und wartet, dass du zurückkommst?«

Crush bezweifelte das ganz stark.

»Was sie nicht weiß …«

Malone holte erneut mit ihrer Faust aus, aber Chazz hob seine Hände. »Warte, warte. Schlag mich.«

Crush blinzelte. »Du *willst*, dass sie dich schlägt?«

»Sie ist *Eisenfaust Malone*, Mann!«

Crush lehnte sich nach vorn und flüsterte in Malones Ohr: »Bitte sag mir, dass ich mich bei deinem Dad nicht so idiotisch aufgeführt habe.«

»Doch, hast du, aber du warst ganz entzückend dabei. Das hier ist einfach nur nervig.«

»Warte mal kurz.« Gray richtete sich auf und wischte sich das Blut von der Nase. »Was macht *sie* hier«, sein Bruder sah ihn verachtungsvoll an, »mit *dir*?«

»Ich bin seine Freundin«, antwortete Malone.

Crush seufzte. »Geht das jetzt wieder los?«

»Fang nicht wieder an.«

»Du?«, sagten Gray und Chazz wie aus einem Mund. *»Du?«*

»Du bist mit Marcella Malone zusammen?« Chazz machte sich nicht die Mühe, seine Abscheu zu verbergen. »Wie ist das überhaupt möglich?«

»Was soll das denn bitte heißen, verdammt?«

»Wir dachten, du seist immer noch Jungfrau.«

Crush holte aus, um Gray zu schlagen, aber Malone stellte sich vor ihn und schaffte es, ihn zurückzuhalten, ohne dabei allzu viel zu tun.

Crush, der sich nichts mehr wünschte, als dass seine Brüder endlich wieder verschwanden, fragte: »Habt ihr keine Frauen und Kinder, zu denen ihr nach Hause müsst? Es würde mir wirklich leidtun, denken zu müssen, dass ihr beiden heute nur dafür sorgt, dass *ich* mich beschissen fühle.«

Gray grinste höhnisch. »Willst du uns denn gar nicht fragen, warum wir hier sind?«

»Ich weiß, warum ihr hier seid, und ihr könnt ihr ausrichten, meine Antwort ist Nein.«

»Wir wissen doch alle, dass sie ein Nein als Antwort nicht akzeptiert.«

»Das ist ebenso wenig mein beschissenes Problem wie der Leberschaden, den sie möglicherweise bekommen wird. Und jetzt zieht Leine.«

Chazz warf seine Hände in die Luft und ging um Malone herum, aber Gray riss ihm den Filzstift aus der Hand und fragte sie: »Könnte ich denn trotzdem noch deine ...«

Malone schlug Gray den Filzstift aus der Hand. Sein Bruder machte einen Satz nach hinten, und Crush hielt den Arm der Katze fest, bevor sie ihm vor der versammelten Nachbarschaft die Seele aus dem Leib prügeln konnte.

Lachend ging Gray Chazz hinterher. Crush sah ihnen nach, bis seine Brüder in ihren Truck stiegen und davonfuhren. Dann ging er die Verandatreppe wieder hinunter, hob seine Einkäufe auf, trottete ins Haus – und machte die Tür hinter sich zu.

Kapitel 10

Cella folgte Crush, blieb jedoch stehen, als die Tür vor ihrer Nase zuknallte.

»Oh nein, das hat er nicht getan.« Sie schnappte nach Luft.

»Cella …«, begann Jai, aber Cella wollte es nicht hören.

Da der Bär die Tür nicht abgeschlossen hatte, stieß Cella sie auf und marschierte ins Haus.

»Warum bist du denn so sauer auf mich?«, wollte sie wissen und folgte dem Bären in seine perfekt aufgeräumte Küche.

Der Bär stellte die Tüte mit den Einkäufen auf dem Tisch ab und sagte: »Ich hab nicht gesagt, dass ich sauer auf dich bin. Ich will dich nur nicht in meinem Haus haben.«

»Tja …« Cella unterbrach sich. Was hatte sie da eben gesehen? Sie wirbelte auf dem Absatz herum, ging wieder hinaus und traf in der Mitte seines Wohnzimmers auf Jai.

Gemeinsam sahen die Freundinnen sich um, bis Jai bemerkte: »Ich habe in meinem ganzen Leben noch nie so viel Hockeykram auf einem Fleck gesehen, außer in einem Museum oder im Schrank meines Vaters.«

Jai scherzte nicht. Hier hingen eingerahmte signierte Trikots von, wie Cella annahm, den Lieblingsspielern des Bären, darunter auch eins von ihrem Dad. Außerdem gab es signierte Schlittschuhe, eine Glasvitrine mit signierten Pucks und signierte Schläger, die eingerahmt über Kreuz an den Wänden hingen.

»Wie es scheint«, fuhr Jai fort, »gefallen ihm die Islanders, die Philly Flyers und die Carnivores.«

»Ich wusste, dass er ein Fan ist, aber … wow.«

»Wenigstens hat er dich nicht gebeten, ihn ins Gesicht zu schlagen.«

»Allem Anschein nach ist er ein Fan von meinem Team, nicht von mir. Er meint, ich prügele mich zu viel.«

»Du prügelst dich definitiv zu viel«, rief er aus der Küche.

Cellas rechtes Auge zuckte, aber Jai packte sie am Arm und hielt sie fest. »Cella … vergiss nicht. Ruhig. Vernünftig. Du brauchst ihn.«

Cella ging zurück in die Küche, und Jai folgte ihr. Der Bär war dabei, seine Einkäufe auszupacken. Cella verschränkte die Arme vor der Brust und fragte: »Also, warum willst du mich nicht in deinem Haus haben?«

»Weil ich dich nur ansehen muss, um zu wissen, dass du Ärger bedeutest.«

»*Ich* bedeute Ärger? Es waren nicht *meine* Brüder, die mich ganz nebenbei mit irgendeiner unbekannten ›Sie‹ bedroht haben. Willst du mir vielleicht was darüber erzählen?«

»Warum glaubst du, dass ich dir überhaupt irgendwas erzählen werde?«

Cella machte den Mund auf, um etwas Unverschämtes zu erwidern, aber Jai schnitt ihr das Wort ab.

»Beruhige dich. Lass uns darüber reden.«

Cella verdrehte die Augen. »Darüber reden? Ernsthaft?«

»Ich sage nur zwei Worte, Malone«, rief Jai ihr ins Gedächtnis. »Heiratsvermittler und Cousin.«

Da ihr bewusst war, dass Jai recht hatte, zog Cella einen Stuhl heran und ließ sich darauf fallen.

Der Bär sah die beiden an. »Heiratsvermittler?«

Jai zuckte mit den Schultern. »Wie ich schon sagte, wir wollten dich um einen Gefallen bitten.«

»Was für einen Gefallen? Geht's um Geld? Spielschulden?«

Genervt – wieder einmal! – knallte Cella beide Hände auf den Tisch und wollte aufstehen, aber Jai legte eine Hand auf ihren Kopf und drückte sie wieder nach unten. »Sitz!«

»Ich bin kein Hund!«

»Tu, was ich dir sage.« Jai wandte sich wieder dem Bären zu. »Ich weiß, dass ihr zwei sozusagen eine gemeinsame Vergangenheit habt, aber wir … *ich* möchte dich um einen Gefallen bitten.«

»Lass mich raten: Es hat damit zu tun, dass ihr Vater denkt, ich sei ihr Freund?«

»Na ja ...«

»Ich habe dir doch gesagt, dass das ein Problem werden wird«, sagte er zu Cella. »Du hörst nie zu, oder?«

»Hör mal ...«

»Das tut sie nicht«, ging Jai blitzschnell dazwischen. »Sie ist eine zielstrebige, unvernünftige Frau, und sie braucht dringend deine Hilfe.«

»Jai!«

»Schweig, schwieriges Weib!«

Cella und Jai funkelten einander an, bis sie beide gleichzeitig in schallendes Gelächter ausbrachen. Cella war nicht überrascht, als sie den Bären lautstark seufzen hörte.

Während die beiden Frauen immer neue »lachhafte« Gründe fanden, verstaute Crush seine Einkäufe und stellte Lola etwas zu fressen hin. Ungefähr in diesem Moment verstummte das Gelächter.

»Du hast einen Hund?«

»Ich passe für einen Freund auf ihn auf.« Er pfiff, und Lola kam aus dem Versteck, in dem sie sich immer verkroch, wenn seine idiotischen Brüder in sein Haus einbrachen. Früher war es seine Wohnung gewesen, jetzt war es sein Haus.

Lola kam in die Küche getrottet, fing jedoch sofort an zu bellen, als sie Malone und ihre Freundin sah.

Die beiden Frauen blickten Crush an, aber der zuckte nur mit den Schultern. »Sie ist kein sehr katzenfreundlicher Hund.«

»Du passt auf diesen Hund auf?«

Er wusste nicht, warum Malone so ungläubig klang. Bären hielten sich andauernd Hunde als Haustiere.

»Ja. Hast du ein Problem damit?«

Lola bellte weiter, und Crush befahl: »Schluss jetzt.« Sie gehorchte und trottete zu ihm hinüber, drehte sich um und setzte sich auf seinen Fuß, während sie die beiden Katzen im Auge behielt.

Malone und die andere Frau wechselten einen Blick, und Malone sagte: »Das ist dein Hund.«

»Sie ist ein Pflegehund. Das ist alles.«

»Aha. Wie lange passt du denn schon auf sie auf?«

»Seit drei Jahren.«

Die Katzen brachen erneut in Gelächter aus, und Lola knurrte sie an. Braver Hund.

»Was?«, fragte er.

»Sie ist dein Hund. *Dein* Hund. Niemand passt drei Jahre lang auf einen Hund auf.«

»Es ist schwer, sie irgendwo unterzubringen.«

»Eine reinrassige Englische Bulldogge?«, fragte die Frau freundlich, die mit Malone gekommen war. Im Gegensatz zu der Tigerin verfügte die Frau wenigstens über grundlegende Manieren.

»Ich habe keine Papiere für sie oder so, aber sie ist kastriert und alles.«

»Hat sich nie jemand für ihn interessiert?«

»Es ist eine *Sie*«, blaffte er Malone an. »Und es haben sich schon ein paar Leute für sie interessiert, aber das waren nicht die richtigen Familien für sie.«

»Drei Jahre?«

»Warum bist du hier?«, schnauzte er, da er dieses Verhör allmählich satt hatte.

»Ich brauche einen festen Freund, sonst engagieren meine Tanten einen Heiratsvermittler, wahrscheinlich, um mich mit einem entfernten Verwandten zu verkuppeln.«

Mit einem Grunzen hob Crush Lola hoch und setzte sie vor ihrem Futternapf wieder ab.

»Was soll das denn heißen?«, fragte Malone.

»Es soll heißen, dass du irre bist. Ich dachte, du hättest vor Publikum nur die Verrückte gespielt, aber nein …« Er drehte sich zu Malone um und betrachtete für einen kurzen Moment ihr hübsches Gesicht. »Du bist tatsächlich verrückt.«

»Verrückt ist relativ«, entgegnete die Frau neben Malone. Als

Crush sie nur anstarrte, lächelte sie und fügte hinzu: »Ich sollte mich vorstellen. Ich bin Jai Davis.«

Crush neigte seinen Kopf zur Seite und betrachtete sie ausführlich. »Jai Davis? Leiterin des medizinischen Teams der Carnivores?«

»Du weißt, wer die Leiterin unseres medizinischen Teams ist?«

Als Antwort auf Malones Frage zuckte er nur mit den Schultern. »Ihr Name wird vor jedem Spiel genannt.«

»Wow«, sagte Malone mit weit aufgerissenen Augen. »Du bist wirklich ein Fan.«

»Warum bist du hier?«, schnauzte er erneut, genervt, dass sich noch immer Fremde in seinem Haus aufhielten. »In meinem privaten Raum …«

»Ich werd' dir sagen, was du mit deinem privaten Raum machen kannst …«

»Cella.«

Als sie die Stimme ihrer Freundin hörte, atmete Malone tief durch und sagte: »Ich möchte dich um einen Gefallen bitten.«

»Mich?«

»Ja, dich.«

Crush betrachtete die Katze abschätzend, bevor er antwortete: »Nein.«

»Nein? Was meinst du damit, nein?«

»Ich meine nein.«

»Aber ich hab dir doch noch gar nicht gesagt, um was es geht.«

»Ich weiß. Aber ich will mit Verrückten nichts zu tun haben.«

Malone verschränkte die Arme vor der Brust und funkelte ihn mit ihren goldenen Augen an, bevor sie ihre Freundin anfauchte: »Du kannst auch wieder aufhören zu lachen.«

Mit der Hand auf dem Mund erstickte Dr. Davis ihr Lachen und murmelte: »Entschuldigt mich kurz«, bevor sie hastig aus der Küche lief.

»Vielen herzlichen Dank, Bulle, dass du mich dermaßen blamiert hast!«

Crush gaffte mit offenem Mund auf die Katze hinunter.

»Was glotzt du mich so an?«

»*Ich* hab *dich* blamiert? Hast du das gerade zu mir gesagt?«

»Soll heißen?«

»Du blamierst mich, seit ich dich kennengelernt habe. Man könnte meinen, das sei dein Lebensziel oder so.«

»Mein Lebensziel ist es, dich ein bisschen lockerer zu machen. Du bist so verklemmt.«

»Warum kümmert es dich, ob ich verklemmt bin oder nicht?«

»Weil ich ein sehr großzügiger Mensch bin, der sich gern um andere kümmert.«

Crush imitierte ihre Haltung, verschränkte die Arme vor der Brust und starrte auf sie hinunter.

Nach ein paar Minuten gab sie schließlich zu: »Okay, na schön. In Wahrheit gefällt es mir einfach, wie rot dein Gesicht wird, wenn ich dich blamiere.«

»Ehrlichkeit. Wie nett von dir, dass du die auch endlich mal einsetzt.«

»Wenn du dich dann besser fühlst: Ich quäle nur Leute, die ich wirklich mag.«

»Warum sollte ich mich durch diese Information besser fühlen? Das ist, als würdest du sagen: ›Ich stecke nur die in Brand, die ich liebe.‹«

»So ist das überhaupt nicht. Ich glaube einfach nur, dass du dich selbst zu ernst nimmst. Obwohl ich, nachdem ich deine Brüder kennengelernt habe, verstehen kann, warum du mehr angespannt bist als die meisten anderen Eisbären.«

»Angespannter.«

»Was?«

»Es heißt nicht ›mehr angespannt‹, sondern ›angespannter‹.«

»Ernsthaft? Du korrigierst meine Grammatik?«

Mal wieder frustriert – weil sie irgendwie recht hatte –, blaffte Crush sie an: »Ich habe dich schließlich nicht eingeladen, um dich wegen deiner schlechten Grammatik fertigzumachen. Du bist ohne Einladung hier aufgetaucht.«

»Weil ich deine Hilfe brauche.«

»Bei irgendeinem durchgeknallten Plan?«

»Natürlich ist er nicht durchgeknallt. Du sollst nur so tun, als wärst du mein Freund, damit meine Tanten keinen Heiratsvermittler engagieren, weil sie hoffen, mich mit meinem Cousin zu verheiraten.«

Während die Katze ihm darlegte, warum sie zu ihm gekommen war, kehrte Dr. Davis in die Küche zurück. Sie warf jedoch nur einen flüchtigen Blick auf Crushs entgeisterten Gesichtsausdruck, klatschte eine Hand auf ihren Mund, drehte sich um und rannte wieder hinaus, und ihr schallendes Gelächter drang auch aus seinem Esszimmer noch zu ihnen herüber.

»Du glaubst wirklich, das sei eine vernünftige Bitte, stimmt's?«, fragte der Bär sie.

»Definiere vernünftig.«

»Nicht verrückt?«

»Was meinst du mit verrückt?«

Der Bär rieb sich mit beiden Händen die Augen, und Cella bewunderte staunend ihre schiere Größe. Obwohl sie die Art, wie sich sein Bizeps wölbte, ein wenig von seinen Händen ablenkte.

»Warum starrst du mich so an?«

Als ihr bewusst wurde, dass er sie nun seinerseits anstarrte, antwortete Cella aufrichtig: »Du bist irgendwie heiß.«

»Ist das deine Art, mich zu verführen, damit ich tue, was du willst?«

»Nein, ich verführe nur, wenn ich vögeln will. Damit du dich als mein fester Freund ausgibst, wollte ich dir anbieten, dir für den Rest der Saison Zugang zur Eigentümerloge zu verschaffen. Aber gerade eben habe ich weder das eine noch das andere getan. Ich habe nur zum Ausdruck gebracht, dass du heiß bist.«

»Okay. Du bist also gewillt, mich zu bestechen, damit ich so tue, als sei ich dein Freund. So was hört ein Bulle immer gern.«

»Ich besteche dich ja nicht, damit du was Illegales machst. *Das* wäre wirklich falsch.«

Jai stand erneut in der Tür, aber nachdem sie die beiden anderen einen Moment lang mit weit aufgerissenen Augen angestarrt hatte, schüttelte sie den Kopf und sagte: »Ich warte im Esszimmer auf dich, Cella, weil ich … ich … ich kann einfach nicht.« Sie prustete erneut los und lief wieder aus der Küche.

»Wie schaffst du es, vernunftbegabte, angesehene Leute in deinen Wahnsinn reinzuziehen? Ich meine, hast du dir das selbst beigebracht oder ist das alles Teil deines soziopathischen Wesens?«

»Erstens bin ich keine Soziopathin. Ich hab mir diese Checkliste ganz genau angeschaut, und ich bin entlastet.«

»Checkliste? Meinst du die Psychopaten-Checkliste von Robert D. Hare?«

»Ich weiß nicht. Es war im Internet.«

»Aber du hast dir immerhin so große Sorgen gemacht, du könntest eine Soziopathin sein, dass du das Bedürfnis hattest, es online nachzuschlagen?«

»Das ist lange her, und ich bin entlastet. Also, hilfst du mir jetzt oder nicht?«

Er beugte sich zu ihr und sagte: »Nein.«

»Dann willst du mich also *zwingen*, eine alte Frau zu verprügeln?«

Erschrocken richtete der Bär sich wieder kerzengerade auf. »Seit wann ist denn die Rede davon, alte Leute zu verprügeln? Wieso ist das eine Option?«

»Ich hab nicht gesagt, dass das eine Option ist. Sie wird mich nur dazu bringen, es zu tun.«

»Du gibst dem potenziellen Opfer die Schuld daran, dass du alte Menschen misshandelst?«

»Erstens …«

»Schon wieder erstens?«

»… ist sie nur ›alt‹, wenn man es ganz genau nimmt.«

»Du meinst, weil sie tatsächlich alt ist?«

»Und zweitens bin ich diejenige, die misshandelt wird.«

»Und wie kommst du zu diesem Schluss?«

»Weil sie diejenige ist, die mich zu einem Faustkampf herausfordern wird, wenn ich mich weigere, meinen Cousin zu heiraten, nur damit sie meine Beziehung zu meinem Kind zerstören kann.«

»Wenn also jemand zu dir kommt und sagt: ›Ich fordere dich zu einem Kampf heraus‹, dann musst du es auch tun? Funktioniert das so?«

»Nein. Natürlich nicht.« Mein Gott. Woher nahm dieser Bär nur seine verrückten Ideen? »Aber wenn mich meine Tante offiziell zu einem Kampf herausfordert, dann muss ich die Herausforderung annehmen, sonst verliere ich einiges an Respekt bei den Malones.«

Der Bär legte seine Handflächen auf seine Augen und rieb sie erneut. »Warum?«, fragte er schließlich.

»Weil die Malones die Dinge eben so regeln.«

»Aber das ist nicht normal.«

»Definiere normal.«

»Nicht *du*!« Er ließ seine Hände wieder sinken und sah sie mit seinen schwarzen Augen böse an. »Deine Welt mit Prügeleien mit alten Leuten ist nicht normal. Anhand der Psychopathen-Checkliste zu überprüfen, dass du kein Psychopath bist, ist nicht normal. An einem x-beliebigen Sonntag bei mir zu Hause aufzutauchen und mich zu bestechen, damit ich dein Freund bin, ist nicht normal!«

»Du wärst nicht mein Freund, du würdest nur so *tun*.«

Da hob der Bär Cella plötzlich brüllend hoch und warf sie sich über die Schulter.

»Hey! Was zur Hölle …?«

Er ignorierte sie, stapfte durchs Haus, trat auf die Veranda hinaus und ging die Stufen hinunter. Dort warf er sie auf den Boden, mitten auf dem Rasen.

Crush ging zurück ins Haus, knallte die Haustür zu und verriegelte sie. Dann stampfte er zurück in seine Küche und blieb einen Augenblick lang stehen, um seine schäumende Wut wieder unter Kontrolle zu bekommen, bevor er ins Esszimmer ging.

Dr. Davis saß noch immer an seinem Esstisch, völlig ruhig und gefasst. Er konnte den Berglöwen in ihr erkennen – wachsam, aber nicht panisch.

Er setzte sich ihr gegenüber. »Tut mir leid wegen …«

»Keine Entschuldigungen, bitte. Wir sind schließlich ohne Einladung hier aufgetaucht.«

»Ich weiß nur nicht, wie ich … sie ist einfach so … mein Leben ist für gewöhnlich so …«

»Ich verstehe schon. Ihr Leben ist ruhig und normal. Und Cella ist alles, bloß das nicht.«

»Tatsächlich war mein Leben noch bis vor zwei Wochen ein ziemlicher Albtraum. Bis zu meiner Versetzung kürzlich habe ich verdeckt ermittelt. Jeden Tag wusste ich beim Aufwachen nicht, ob ich den Abend erleben würde. Würden sie herausfinden, dass ich ihre Telefone angezapft habe? Haben sie vielleicht einen Cousin, den ich früher mal verhaftet habe? Würden sie rausfinden, dass ich sie beim Dealen fotografiert habe? Aber all das kommt mir im Vergleich zu ihr wie eine eher harmlose Herausforderung vor.«

»Mit anderen Worten: Wenn Sie nach Hause kommen, haben Sie gerne Ihre Ruhe und Ihren Frieden?«

»Ich weiß nicht. Aber ich kann definitiv sagen, dass ich gerne nach Hause kommen würde, *ohne* mit ansehen zu müssen, wie jemand alte Leute verprügelt.«

Die Ärztin lachte, und ihre goldenen Augen leuchteten. »Das verstehe ich, und Cella will genau dasselbe. Sie würde es wirklich vorziehen, nicht gegen ihre Tante zu kämpfen. Aber Deirdre macht es weder ihr noch sonst jemandem leicht.«

»Das wird jetzt schrecklich falsch klingen, aber …«

»Warum bin ich mit ihr befreundet?«

»Ihr zwei könntet nicht unterschiedlicher sein. Es sei denn, mir ist etwas entgangen.«

»Ihnen ist nichts entgangen. Wir sind beide Katzen, aber wenn sie sich verwandelt, ist sie hundertachtzig Kilo schwer und von der Nasen- bis zur Schwanzspitze fast drei Meter lang. Ich bin knapp siebzig Kilo schwer und gerade mal zwei Meter lang. Sie ist laut, ich bin zurückhaltend. Sie liebt es, von hinten anzugreifen. Ich bin dafür bekannt, von oben zuzuschlagen.«

»Aber ihr seid Freundinnen.«

»Weil ich weiß, dass Cella Malone immer für mich da sein wird, ganz gleich, was passiert. Immer.«

»Und Sie finden, dass ich mich wie ein Arschloch aufführe.«

»Nein! Überhaupt nicht. Ich meine, wenn man von draußen auf die Welt der Malones blickt … absolut kompletter Wahnsinn.«

»Aber …?«

»Aber sehen Sie es mal so: Sie bekommen ein paar Abendessen umsonst, Ihre Brüder könnten – natürlich rein zufällig – Zeuge werden, wie Sie mit Cella Malone und vielleicht sogar dem Marodeur abhängen, da sie die *Einzige* im Team ist, die es erträgt, sich in der Nähe dieses Mannes aufzuhalten. Und Sie kriegen die Chance, Zeit mit Butch Malone zu verbringen. Und er mag Sie.«

»Tut er das? Wirklich?« Dann wurde Crush bewusst, dass er sich wie ein iditiotischer Eishockey-Fan anhörte und senkte seine Stimme um mehrere Oktaven, als er hinzufügte: »Oh ja. Wie schön.«

Dr. Davis lächelte, machte sich jedoch nicht offen über ihn lustig. »Und was das Wichtigste für mich ist: Sie können dabei helfen, einem Mädchen das Leben in den kommenden vier Wochen ein wenig leichter zu machen.«

»Die Fünfjährige?«

»Ich schwöre Ihnen, dass Meghan seit zwei Uhr drei heute Morgen achtzehn Jahre alt ist. Sie ist ein unglaubliches Mädchen, das Ärztin werden möchte und immer das Gefühl hat, die Wogen zwischen ihrer Mutter und den Malone-Tanten glätten zu müssen. Und ich kann Ihnen versichern, dass die Tanten es einem nicht leicht machen.«

»Machen sie Malone das Leben schwer?«

»Nicht immer, aber eine von ihnen ... Cella hat hart, sehr hart, gearbeitet, um ihren Weg im Leben zu finden. Aber ihre Tante Deirdre fürchtet, sie könnte einen schlechten Einfluss auf Meghan haben.«

»Aber Meghan ist doch Malones Tochter.«

»Ganz genau. Und natürlich ist Meghan auch irgendwie meine Tochter. Und meine Tochter, Josie, ist irgendwie auch Cellas Tochter.«

»Und deshalb sind Sie auch immer für Malone da?«

»Immer. Wenn Sie wollen, können Sie es so sehen: Wenn Sie das hier machen, dann helfen Sie damit *mir*. Denn wenn Cella in einen Streit mit ihrer Tante hineingezogen wird, dann wird sie zu mir kommen, um sich darüber zu beschweren, und ich werde dann die ganze Nacht wach sein und mir ihre Schimpftiraden anhören. Und was, wenn ich deswegen bei der Arbeit an einem Spieltag nicht hundertprozentig bei der Sache bin? An dem Tag, an dem der Marodeur spielt? Oje!«

»Das ist Erpressung, Dr. Davis«, lachte Crush.

Ihr Lächeln war ... bezaubernd. »Da haben Sie vollkommen recht. Aber denken Sie mal darüber nach. Sie helfen dabei, Ihre Lieblingsmannschaft zu schützen.«

»Unterste Schiene, Dr. Davis. Allerunterste Schiene.«

»Aufgrund meiner geringeren Körpergröße muss ich mit ein wenig schmutzigeren Tricks kämpfen als die größeren Katzen.«

»Schmutziger und sehr viel cleverer.«

»Wir haben keine andere Wahl, wenn die Rudel-Katzen rumrennen und uns als Hauskatzen bezeichnen.«

Crush stieß lautstark den Atem aus. »Irgendwas sagt mir, dass das hier das Dümmste sein könnte, dem ich jemals zugestimmt habe.«

»Wirklich, Detective Crushek? Denn irgendetwas sagt mir ... dass das hier das Beste ist, was Ihnen seit Langem passiert ist.«

Cella saß im SUV und wartete darauf, dass Jai aus dem Haus kam. Dieser Mistkerl von einem Bären fragte wahrscheinlich gerade *sie*, ob sie mit ihm ausgehen wollte. All diese Klasse und Bildung im Vergleich zu Cellas absolutem Mangel an beidem …

Für einen flüchtigen Moment fragte sie sich, ob sie wohl damit durchkommen würde, ihre Tanten einfach bis nach der Hochzeit anzulügen. Wahrscheinlich würde das bei all ihren Tanten funktionieren, *außer* bei Deirdre.

Als es an der Fahrertür klopfte, schrak Cella ein wenig aus ihrem Sitz hoch, und als sie sah, dass Crush vor ihrer Autotür stand, war sie einfach nur verwirrt. Sie ließ das Fenster herunter. »Hi.«

»Hi.« Als er nur dastand, ohne etwas zu sagen, fragte sie zaghaft: »Brauchst du irgendwas?«

»Ein Versprechen. Eigentlich sogar zwei.«

»Soll ich so tun, als hätten wir uns nie kennengelernt?«

Er lächelte, und sie musste zugeben, dass er ein wirklich hübsches Lächeln hatte. »Nein. Ich muss mich nur darauf verlassen können, dass, wenn wir mit diesem verrückten Plan am Ende sind, die ganze Welt denken wird, du hättest mit mir Schluss gemacht.«

»Um *meinen* guten Ruf zu schützen?«

»Meinst du deinen Ruf als Schlägertyp und mörderische Irre? Tja … das ist nicht wirklich mein Problem.«

»Oh.«

»Ich will nicht, dass Nice Guy Malone denkt, ich hätte seiner Tochter das Herz gebrochen. Kannst du mir das versprechen?«

»Das kann ich dir definitiv versprechen. Und das Zweite?«

»Dass du mich, wenn du je wieder siehst, dass ich nach einem Jelly Shot greife, genauso ausknockst wie diesen Torhüter letzten Monat bei eurem Spiel gegen die Utah Sinners.«

Cella lachte, während sie gleichzeitig ein wenig zusammenzuckte – sie hatte diesen Torhüter wirklich knallhart ausgeknockt – und nickte. »Wenn ich dich so dazu bringe, mir zu helfen … geht klar.«

»Dann bin ich dabei.«

Cella konnte nicht anders, sie musste einfach fragen: »Dann bist du also mein So-tun-als-ob-Freund?«

»Ja.«

»Werden wir auch So-tun-als-ob-Sex haben? Und was ist mit So-tun-als-ob-Kindern?« Sie legte ihre Hände auf die Brust und seufzte glücklich. »Oder wie wär's mit einem So-tun-als-ob-Hund?«

»Lass Lola da raus und mach mich nicht wahnsinnig.« Er richtete sich zu seiner vollen – *sehr* beeindruckenden – Größe auf. »Also, wann fangen wir an?«

Cella schnitt eine Grimasse und antwortete: »Heute Abend?«

»Heute Abend?«

Die Beifahrertür öffnete sich, und Jai rutschte auf den Sitz, während Cella Crush erklärte: »Das Geburtstagsessen für meine Kleine. Bitte?«

Er wandte seinen Blick ab, atmete ganz langsam aus und nickte schließlich. »Okay, von mir aus. Ich fahr euch nach. Lass mich nur schnell Lola zu meinen Nachbarn bringen, dann können wir los. Oh, es sei denn, ich muss mich in Schale schmeißen?«

»Die einzigen Partys, für die sich die Malones in Schale schmeißen, sind Trauerfeiern und Hochzeiten.«

»Ich glaube nicht, dass ich eine Trauerfeier als Party bezeichnen würde.«

»Kommt drauf an, wer gestorben ist.«

Er schüttelte den Kopf und weigerte sich, etwas darauf zu erwidern. »Gib mir eine Minute, um mich um Lola zu kümmern, bevor ich mir die ganze Sache noch mal anders überlege.«

»Du kannst Lola auch mitnehmen, wenn du willst«, bot Cella an, und sie war von sich selbst deswegen ziemlich beeindruckt.

Crushek blieb stehen und sah sie an. »Du willst, dass ich meine zwanzig Kilo schwere Hündin …«

»Ich dachte, sie sei deine Pflegehündin.«

»… zu einer Raubtier-Geburtstagsparty mitnehme?«

Cella blinzelte. »Na ja, wenn du es so formulierst …«

Mit einem erneuten Seufzen ging der Bär zurück zu seinem Haus und seinem Hund.

»Er hatte schon recht, was das Mitbringen des Hundes angeht«, murmelte Jai, als sie schließlich die Tür schloss.

Cella zuckte mit den Schultern. »Ja, das war mir auch klar, nachdem ich es gesagt hatte. Aber da waren die Worte schon ausgesprochen …«

Kapitel 11

Cella und Jai fuhren zurück nach Hause, während der Bär ihnen in seinem eigenen Truck folgte. Sie hatten das Haus kaum betreten, als sich ihre Tanten bereits auf ihn stürzten. Sie kamen allerdings nicht dazu, eine ihrer neugierigen, nervtötenden Fragen abzufeuern, da Nice Guy Crush sofort zu Hilfe eilte und ihn mit sich nach hinten in den Garten zerrte, um ihn mit Cellas restlichen Onkeln und Cousins und seinen alten Hockeykumpels bekannt zu machen.

Das war vor vier Stunden gewesen. Cella hatte noch keine Gelegenheit gehabt, sich mit ihm zu unterhalten, außer, als sie ihn gefragt hatte, ob er Salz für sein Steak brauchte und noch etwas Kartoffelsalat wollte. Er schien sich ganz wohl zu fühlen, obwohl das nur schwer mit Sicherheit zu sagen war. Der Mann lächelte so selten, und in der Nähe ihres Dads sah er einfach nur irgendwie … starr vor Angst aus. Starr vor Angst, dass er sich am Ende vor seinen Hockeyhelden zum Narren machen würde. Das arme Ding.

Aber Cella behielt ihn im Auge, für den Fall, dass er irgendwann besonders elend aussehen würde. Als sie ihn nun durch das Küchenfenster beobachtete, sah er immer noch ganz in Ordnung aus, sodass sie sich wieder dem Abwasch widmete.

»Okay«, sagte ihre Mutter hinter ihr und stellte noch mehr Teller ins Spülbecken. »Ich nehm's zurück.«

»Was nimmst du zurück?«

»Dass Bären auf diesem Planeten keinen anderen Zweck erfüllen, als mir auf die Nerven zu gehen. Dieser Mr. Crushek ist wirklich süß.«

Cella kicherte. »Du bist so borniert, Ma.«

»Das bin ich ganz und gar nicht. Ich finde nur, dass Katzen besser sind als alle anderen. Deswegen bin ich noch lange nicht borniert. Nur eine Realistin.« Sie küsste Cella auf die Wange. »Sonst alles klar?«, flüsterte sie.

»Ja. Aber sie bringt mich an meine Grenzen.«

Deirdre war schon den ganzen Abend in selten guter Form: unzählige Witze auf Cellas Kosten, stets unter dem Deckmantel von »Ich mache doch nur Spaß« oder »Ist sie nicht bezaubernd, wenn sie Mist baut?«. Aber Cella wusste es besser. Die Frau wollte sie vor Crushek in ein schlechtes Licht rücken, und vor Meghan. Zu jedem anderen Zeitpunkt wäre sie auf direkten Konfrontationskurs mit dieser Hexe gegangen, aber nicht diesmal. Stattdessen schluckte Cella einfach alles hinunter, lächelte und fand immer neue Gründe, sich abzuwenden und wegzugehen. Zum allerersten Mal verbrachte Cella bei einem Familienfest mehr Zeit in der Küche, wo sie mit dem Essen und beim Abwasch half, als draußen bei ihren Onkeln, ihrem Vater und ihren Paten.

Kathleen kam mit noch mehr Geschirr in den Händen durch die Schiebetür. »Ich sorge dafür, dass dich eine von deinen Cousinen hier ablöst«, versprach sie und stellte das Geschirr in die Spüle. »Geh und verbring ein bisschen Zeit mit deinem Mädchen.«

»Ist Bri schon gegangen?«

»Nein. Eine Zeit lang hat er diesen Bären ins Kreuzverhör genommen, aber jetzt versucht er gerade, deinen Brüdern aus dem Weg zu gehen.«

»Ich habe ihnen gesagt, dass sie Bri in Ruhe lassen sollen.«

»Sie wissen nicht, wie das geht. Aber Pauline kümmert sich drum.«

»Super. Danke.«

Kathleen stellte sich neben Cella. »Er scheint ein sehr netter Junge zu sein.«

»Bri?«

»Nein, du Idiotin. Der Bär. Ich muss zugeben, dass ich ein wenig erschrocken bin, als er reinkam. Ich habe keinen so finsteren Blick gesehen, seit mein Großvater gestorben ist. Aber er ist sehr süß.«

»Ist er.«

»Und er hat keine Ahnung, was er mit dir machen soll.«

»Wer hat die schon?«

Kathleen lehnte sich entspannt gegen die Arbeitsplatte und verschränkte die Arme vor der Brust. »Er hat keinerlei Familie außer diesen Brüdern, oder?«

»Nein.«

»Habe gehört, du hast einem von ihnen schon einen Haken verpasst.«

»Er hat sich als er ausgegeben. Das war unhöflich.«

»Mach dir keine Sorgen. Ich glaube, es hat ihm gefallen, dass du das gemacht hast.« Kathleen tätschelte Cellas Schulter und flüsterte ihr ins Ohr: »Das ist ein Mann ganz nach deinem Geschmack, Cella Malone.«

»Gibt's noch Eis?«, brüllte einer ihrer Brüder aus dem Garten.

Cella wusch sich die Seife von den Händen und trocknete sie ab. »Draußen im Gefrierschrank. Ich hol es.«

»Beeil dich«, rief einer ihrer Cousins. »Wir servieren den Kuchen.«

»Ja, ja. Ich bin gleich da.«

Cella ging durch die Seitentür und die offen stehende Garagentür und zu einem der großen Gefrierschränke. Sie streckte gerade die Hand nach einer Tüte Eis aus, als die kalte Luft um sie herumwirbelte und sie einen Geruch wahrnahm. Cella hob den Kopf und schnupperte.

Sie ging zu ihrem Safe hinüber, der in der hinteren Ecke der Garage stand, gab die Kombination ein und zog die schwere Stahltür auf. Dann holte sie eine 45er heraus und montierte schnell den Schalldämpfer darauf. Als sie hinter sich ein Geräusch hörte, wirbelte sie mit erhobener Waffe herum, den Griff mit beiden Händen umklammert, aber als sie Crush sah, senkte sie die Pistole wieder.

Er kam zu ihr und flüsterte ihr ins Ohr: »Bären, etwa einen Block entfernt. Ich habe keinen von ihnen erkannt. Gehören die zur Gruppe?«

»Vertrau mir, jeder in der Gruppe weiß, dass er lieber nicht ohne Einladung in meine Straße kommen sollte. Und im Umkreis von fünfzehn Kilometern um ein Malone-Anwesen hält sich auch kein Bär freiwillig auf.«

Crushek schüttelte den Kopf. »Dann gefällt mir das ganz und gar nicht.«

Cella vergewisserte sich, dass der Schalldämpfer fest saß, und sagte: »Sehen wir nach, bevor meine Familie mit reingezogen wird.«

Sie zeigte auf die andere Straßenseite, und er folgte ihr aus der Garage. Schon als Crushek in seinen Wagen gestiegen war, hatte hinten am Bund seiner Jeans ein Holster mit einer Waffe gesteckt, aber Cella hatte damit kein Problem gehabt. Bewaffnet zu sein fiel unter die Rubrik »kluge Planung«, besonders jetzt, wo er auf ihrer Seite war. Außerdem wusste jeder Malone, der achtzehn Jahre oder älter war, wie man eine Schusswaffe benutzte. Wenn man einen von ihnen danach fragte, antworteten sie, das läge nur an ihren regelmäßigen Jagdausflügen. Aber die Malones jagten nicht. Jedenfalls nicht so. Und trotzdem hatten sie immer Gewehre im Haus. So war das eben.

Crushek schlich die Straße hinunter, hob eine Hand und bedeutete Cella mit zwei Fingern, auf der anderen Seite der Autos und Geländewagen weiterzugehen, die beide Seiten des Blocks säumten.

Sie konnten sehen, dass am Ende des Blocks ein schwarzer Range Rover parkte, der nicht zu den Fahrzeugen der Malones gehörte. Cella hob ihre Waffe wieder und Crushek tat es ihr nach, aber als sie sich näherten, sah sie, wie ihr Onkel Ennis aus seinem Haus kam. Er hatte die Party vor ein paar Minuten verlassen, um etwas von seinem hausgemachten Wein zu holen. Sechs seiner Söhne folgten ihm.

Cella streckte eine Hand aus, packte Crush am Arm und zog ihn zurück. Als er sie ansah, schüttelte sie den Kopf. Sein Blick war finster, fragend – er verstand nicht. Doch sie hatten es hier mit Eindringlingen auf Malone-Gebiet zu tun, und darum würden sich die Malone-Männer selbst um die Angelegenheit kümmern.

Onkel Ennis' goldene Augen waren auf sie gerichtet, als er mit einem Kopfnicken auf den Range Rover deutete. Cella schüttelte den Kopf. Das waren weder Freunde von ihr noch von Crushek.

Er nickte und gab seinen Söhnen ein Zeichen. Sie verschwanden über die Veranda in der Dunkelheit und verschmolzen mit den schnee- und eisbedeckten Bäumen und Häusern. Sie bewegten sich geräuschlos und schnell – und sie waren mit Baseballschlägern bewaffnet. Für eine Angelegenheit wie diese verwandelten sie sich nicht. Das taten sie nie.

Ennis' ältester Sohn, Derek, zerschmetterte das Fenster an der Beifahrerseite, während sich sein jüngerer Bruder Bobby um die Fahrerseite kümmerte. Ennis' Jüngster, der noch nicht mal zwanzig war, sprang auf das Dach des Wagens, fuhr seine Krallen aus, grub sie ins Metall und riss es auf. Zwei von Cellas anderen Cousins schlugen die Windschutzscheibe ein, während Derek und Bobby die Wageninsassen von den vorderen Sitzen zerrten und ihre jüngeren Brüder die anderen von der Rückbank zogen. Es waren alles Bären. Groß und gefährlich, aber dumm. Dumm, hierherzukommen.

Bobby knallte den Kopf des Bären, den er vom Fahrersitz gezerrt hatte, auf die Kühlerhaube des Wagens und achtete darauf, ihn in die Glassplitter der zerbrochenen Windschutzscheibe zu drücken. Dort hielt er ihn fest, während seine Brüder die anderen Insassen mit Baseballschlägern und Kanthölzern verprügelten. Zusätzlich traten und trampelten sie so lange auf den Eindringlingen herum, bis sie nur noch blutige Haufen waren, aber immer noch atmeten. Während die anderen die Bären zurück in ihren Wagen warfen, beugte sich Bobby zum Fahrer und flüsterte ihm etwas ins Ohr. Als er fertig war, riss auch er den Bären wieder hoch und schmiss ihn auf den Fahrersitz.

Cellas Cousins gingen ein paar Schritte zurück und sahen dem davonfahrenden Range Rover nach. Dann sammelten sie die blutigen Waffen ein und kümmerten sich darum, sie verschwinden zu lassen.

Cella entfernte den Schalldämpfer von ihrer Pistole und sagte zu Crushek: »Komm, gleich wird der Kuchen serviert.«

Als der Kuchen angeschnitten wurde, sangen sie »Happy Birthday«, und dann wurde ein kaum gebrauchter Jeep mit einer riesigen grünen Schleife überreicht. Alles in allem war es ein schöner Abend, und niemand erwähnte die Tatsache, dass vier Männer heftig verprügelt worden waren. Alle wussten es, aber niemand schien ein Problem damit zu haben. Es wurde einfach irgendwie … akzeptiert. Anscheinend war es das, was jeder, der ohne Einladung in diese Straße kam, zu erwarten hatte.

Trotzdem konnte Crushek vor den Malones nicht den »Nach Vorschrift«-Crushek raushängen lassen, da er wusste, dass diese Bären nicht einfach zufällig zur falschen Zeit am falschen Ort gewesen waren. Weshalb sie jedoch hier gewesen waren, wusste er nicht. Waren sie seinetwegen gekommen? Um ihn zu schnappen, sobald er Cellas Haus verließ? Vielleicht. Oder nahm der BPC – denn diese Bären gehörten zweifellos zum BPC – die Malone-Familie aus irgendeinem Grund schon seit längerer Zeit unter die Lupe? Crush wusste es nicht. Was er jedoch wusste, war, dass ihm diese Sache ganz und gar nicht gefiel. Und das war auch der Grund dafür, dass es ihm egal war, dass die Tigermännchen wie eine gut trainierte Einheit angegriffen hatten und bewiesen hatten, dass sie so etwas schon sehr oft getan hatten. Und es war ihm egal, dass Malone eine höchstwahrscheinlich nicht registrierte 45er in ihrer Garage hatte – obwohl dieser Schalldämpfer schon ein wenig beunruhigend war. Wahrscheinlich hatte sie den von der Wölfin bekommen. Nicht egal war ihm hingegen, dass sich diese Bären in Cellas Nachbarschaft aufgehalten hatten. In der Nähe ihrer und Dr. Davis' Tochter und all der anderen Kinder. Dass Kinder oder ältere Menschen anwesend waren, waren Kleinigkeiten, die den BPC – oder genauer gesagt: Peg Baissier – einen Scheißdreck interessierten.

Nun saß Crush auf der Vordertreppe von Butch Malones Haus und beobachtete die Straße. Er konnte nicht anders. Er hatte das ungute Gefühl, den BPC hierhergeführt zu haben.

»Detective?«

Crushek blickte in Meghans golden-grüne Augen hinauf. »Geht's auf eine Spritztour mit dem neuen Wagen?«

Sie schnaubte. »Das war nicht meine Idee.« Sie sah zu ihren Cousins und Cousinen, die auf sie warteten. »Ich denke, wir fahren 'ne Runde und holen uns einen Milchshake oder so, damit sie endlich die Klappe halten.«

»Ich hoffe, du hattest einen schönen Geburtstag.«

Sie schwieg einen Moment, und ihm wurde bewusst, dass sie über das nachdachte, was er gerade gesagt hatte. Schließlich antwortete sie: »Ja, hatte ich.«

Wow, Mutter und Tochter hätten wirklich nicht unterschiedlicher sein können. Er erkannte das jetzt. Und er verstand auch, wovon Malone gesprochen hatte. Er sprach es nicht gerne aus und er dachte es auch nicht gerne, aber ihre Tante Deirdre war wirklich eine miese Schlampe. Sie betrachtete Malone als eine Bedrohung. Wahrscheinlich hatte sie Jahre darauf verwandt, ihr das Gefühl zu geben, unwichtig zu sein. Und als das nicht funktionierte, hatte sie versucht, stattdessen den Rest der Familie dazu zu bringen, so über Malone zu denken.

Aber soweit Crush das beurteilen konnte … hatte auch das nicht funktioniert.

»Ich bin schon da! Ich bin schon da!« Josie Davis kam um die Ecke zum Wagen gerannt.

»Hier.« Meghan warf ihrer Freundin die Schlüssel zu. »Sie fährt lieber als ich«, erklärte sie Crush, als er sie nur anstarrte.

»Genau wie deine Mutter.«

»Ich?«

»Ja. Sie tut auch nie das, was andere von ihr erwarten.«

Sie ließ den Kopf sinken, aber er sah das Lächeln, den Anflug von Stolz.

»Es hat mich wirklich gefreut, Sie kennenzulernen, Detective«, sagte sie.

»Mich auch.«

Sie ging davon, blieb jedoch noch einmal stehen, schaute sich zu ihm um und flüsterte: »Und vielen Dank. Wirklich.«

Crush fragte sich, ob sie wohl über den Krieg zwischen ihrer Mutter und ihrer Großtante Bescheid wusste, und sah zu, wie Meghan zum Jeep hinüberging, während ihre Cousins ihr zubrüllten, sie solle endlich »aus dem Quark kommen«.

»Ich schwöre es«, sagte Malone und ließ sich neben ihn auf die Stufe fallen, »sie ist wirklich mein Kind.«

»Ob du's glaubst oder nicht, das merkt man.«

»Du warst heute Abend wirklich für mich da. Danke.«

»Ich muss sagen, Malone, es war wirklich hart. *Stunden* mit Nice Guy Malone, Destruction Anderson und dem sechsfachen VIP-Gewinner Please End It Ferguson zu verbringen, war wirklich, *wirklich* hart für mich, und ich bin mir nicht sicher, ob ich dir jemals vergeben kann.«

Ihr Grinsen wurde breiter. »Destruction hat dir ein Trikot versprochen, stimmt's?«

»Jawoll.«

Sie lachte und stieß ihn mit der Schulter am Arm. »Du hast diesen Jungs wirklich den Abend versüßt. Weißt du, es ist ja nicht so, dass sie jemals mit all den Vollmenschen-Spielern in der Hockey-Hall-of-Fame enden werden. Und man wird sicher auch keine Videos, Bilder oder Trophäen von ihnen im Madison Square Garden ausstellen. Aber Fans wie du zeigen ihnen, dass es die ganze Sache wert war.«

»Ich habe versucht, nicht zu versessen zu sein. Ich habe keinen von ihnen gebeten, mich ins Gesicht zu schlagen.«

»Das war wahrscheinlich eine gute Idee, weil sie das mit ziemlicher Sicherheit getan hätten.«

»Oh.«

»Also, hast du nächsten Samstag schon was vor?«

Crush lehnte sich zu ihr und flüsterte, für den Fall, dass eine ihrer Tanten in der Nähe war: »Ist da die Hochzeit?« Dr. Davis hatte erwähnt, dass man ihn für eine Hochzeit brauchte. Gott, was tat er nicht alles, um seine Lieblingsmannschaft zu schützen?

»Nein«, flüsterte sie zurück, »die ist Ende des Monats. Ich spreche von der Eis-Party nächsten Samstag.«

»Eis-Party?«

»Ja«, erwiderte sie, nun wieder mit normaler Stimme. »Eis-Party. Da warst du doch schon mal, oder?«

»Nein.«

Ihr blieb der Mund offen stehen. »Wie kannst du ein Eisbär und noch nie bei der alljährlichen Eis-Party gewesen sein?«

»Glück?«

»Na, wie dem auch sei, du kannst mich begleiten.«

»Ich habe einer Geburtstagsparty und einer Hochzeit zugestimmt.«

»Nur so kannst du mich davon abhalten, die alte Frau zu verprügeln.«

»Hör auf, das zu sagen.«

»Aber die Eis-Party wird ein Riesenspaß. Du musst mitkommen.«

»Nein, danke. Islanders-Spiel.« Er schaute auf seine Uhr. »Ich sollte besser gehen. Morgen ist mein erster richtiger Arbeitstag.«

»Viel Glück. Und sei vorsichtig. Ich glaube ehrlich gesagt nicht, dass diese Bären wegen mir oder meiner Familie hier waren.«

Er wusste, dass sie damit wahrscheinlich recht hatte.

Cella sah dem Bären nach, als er zu seinem Wagen ging. Tommy kam aus dem Haus und stellte sich hinter sie.

»Willst du, dass ich ihm folge?«

»Sorg nur dafür, dass er gesund nach Hause kommt. Ich bin mir nicht sicher, wer diese Typen waren, um die sich Ennis und die Jungs gekümmert haben.«

»Kein Problem.«

»Und nimm Kevin oder Liam mit.«

Ihr Bruder nickte und verschwand, und Cella ging zurück ins Haus, um ihrer Familie beim Aufräumen zu helfen.

Doch bevor sie wieder in den Garten ging, holte sie ihr Telefon heraus und wählte per Kurzwahltaste eine Nummer.

»Ja?«

»Smith, hier ist Malone. Wir könnten mit dem BPC vielleicht ein größeres Problem haben, als wir dachten.«

Kapitel 12

Da sie wusste, dass ein arbeitsreicher Tag vor ihr lag, stand Cella früh auf. Sie duschte kurz und zog sich an. Als sie fertig war, schob sie das Bein ihrer Jogginghose nach oben, um ihr Knie zu tapen, während sie versuchte, nicht darüber nachzudenken, wie sehr es jetzt schon wehtat, obwohl sie noch gar nicht trainiert hatte.

Sie war gerade damit fertig, als ihre Tochter ins Zimmer kam. Sie hatte angeklopft, aber nur ganz leise. Es war eher eine fließende Bewegung gewesen, ein gleichzeitiges Klopfen und Türöffnen.

»Morgen, Süße.«

»Was ist los?«, fragte Meghan und schloss die Tür hinter sich.

»Kannst du etwas genauer sein? Du weißt doch, wie sehr ich diese Vagheit hasse.«

»Na schön. Soll ich wirklich glauben, du wärst mit diesem Bären zusammen?«

»Im Moment bin ich das«, murmelte Cella und zog ihr Hosenbein wieder nach unten.

»Ich weiß wirklich nicht, was das Problem ist, Ma. Cousin Petey verkauft immerhin Wohnmobile.«

Cella riss den Kopf hoch und ballte die Hände zu Fäusten.

Nachdem sie einander einen Moment lang angestarrt hatten, lachte Meghan. »Ich mache doch nur Spaß.«

Cella atmete erleichtert aus und ließ sich aufs Bett fallen. »Mach das nie wieder mit mir!«

»Tut mir leid. Ich wollte dir so früh am Morgen noch keinen Herzinfarkt verpassen.«

»Lass dich einfach nicht in diesen ganzen Wahnsinn mit reinziehen.«

»Mir macht der Wahnsinn nichts aus.«

»Wie kann das sein?«

»Wenn er dich so aufregt, Ma, warum lässt *du* dich dann immer mit reinziehen?«

»Ich bin in den Umständen gefangen, Süße. Du nicht.«

»Und der arme Detective Crushek?«

»Er ... ist so nett, mir auszuhelfen.«

»Er ist wirklich nett. Also sei du auch nett zu ihm.«

»Warum sagst du das so?«

»Weil er ein aufmerksamer, ruhiger, höflicher netter Kerl ist – und das ist eigentlich nicht dein Typ.«

»Vielleicht versuche ich ja diesmal was anderes.«

Meghan lachte. »Ja, sicher, Ma.«

Cella stand auf, machte ein paar Schritte, um zu überprüfen, dass sie ihr Knie richtig getapt hatte, ging dann zu ihrer Schminkkommode und griff nach der Bürste. Sie konnte ihre Tochter im Spiegel sehen. Meghan stand neben der Tür, die Hand am Türknauf.

»Okay, was ist jetzt noch?«, wollte Cella wissen und drehte sich zu ihr um.

»Hast du ihm erzählt, was du machst?«

»Das ist völlig in Ordnung. Er ist ein Riesenfan. Nicht von mir, aber zumindest von deinem Großvater.«

»Nein, nicht Hockey.« Die Hand noch immer an der Tür, wandte sie sich ihrer Mutter zu. »Dein anderer Job. Weiß er darüber Bescheid?«

»Er ist Polizist, Süße. Das sollte also auch kein Problem sein.«

»Sollte nicht und ist nicht sind zwei Paar Stiefel, Ma. Er ist ein echter City-Sheriff, und du bist bei einer geheimen Spezialeinheit. Könnte durchaus sein, dass er damit nicht einverstanden ist.«

»Das ist nicht mein Problem. Ich wünschte nur, du hättest nicht so ein Problem mit dem, was ich tue.«

»Ich mache mir einfach Sorgen um dich. Aber dann fällt mir wieder ein ... dass du die Beste bist, nicht wahr?«

»Ja«, erwiderte Cella aufrichtig. »Das bin ich.«

Crush saß an seinem neuen Schreibtisch, bei seinem neuen Job, in seinem neuen Revier. Und ihm war langweilig. Richtig, richtig langweilig.

Sollte das nun sein Leben sein? Rumsitzen? Warten? Nicht mal MacDermott war bisher aufgetaucht. Anscheinend hatte sie flexible Arbeitszeiten. *Muss das nett sein.*

Wie es schien, stand auch noch nicht mit Sicherheit fest, dass sie beide Partner waren. Das lag – war das zu fassen? – »ganz bei MacDermott«.

Ganz bei MacDermott? Sie durfte die Entscheidung darüber treffen, ob sie beide Partner wurden oder nicht? Und trotzdem hatte sie es noch nicht getan?

Crush wusste nicht, ob er angewidert oder verletzt sein sollte. Nur noch zwei Jahre bis zu seinem zwanzigjährigen Dienstjubiläum ... würde er es überhaupt bis dahin aushalten? Er wusste es nicht mehr. Noch vor einem Monat hatte er geglaubt, es locker bis zu seinem Dreißigjährigen zu schaffen, bevor er überhaupt an den Ruhestand *dachte*. Mindestens. Aber jetzt, wo er hier saß?

»Hey!«

Crush blickte auf. MacDermott stand ihm gegenüber. Lächelte. Einen Kaffee in der Hand. Er hatte früher schon mit MacDermott zusammengearbeitet und konnte sich nicht daran erinnern, dass sie vor der Mittagszeit je besonders guter Laune gewesen wäre. *Da ist heute Morgen wohl jemand flachgelegt worden.*

»Hier.« Sie stellte einen großen Starbucks-Kaffee auf seinen Schreibtisch. »Dein Haar sieht gut aus. Und ... viel zu tun?«

Er blickte sich um, um zu unterstreichen, dass er hier nur rumsaß, und schaute dann wieder MacDermott an. Er sagte nichts. Das Schöne an MacDermott? Anscheinend musste er nichts sagen.

»Dann komm mit.« Sie entfernte sich, und Crush seufzte, nahm seinen Kaffee und folgte ihr.

Cella schlüpfte in ihre Trainingsklamotten und ging aufs Eis. Wenn einer der Neuen zu dem Extratraining auftauchte, das sie anbot, wollte sie ein, zwei Stunden mit ihnen trainieren, bevor sie ihr eigenes Programm abspulte und sich anschließend mit ihrer Mom in Midtown traf, wo das erste Treffen mit Blayne und ihrer kompletten Hochzeitschaos-Gang stattfand. Ihre Mom zu überreden, war gar nicht so schwierig gewesen, wie Cella befürchtet hatte. Als sie Barb mitgeteilt hatte, die Verlobte des sehr wohlhabenden Novikov benötige ihre Hilfe, war ihre Mom sofort Feuer und Flamme gewesen. Trotzdem hatte Cella das Gefühl, sie sollte zumindest beim ersten Treffen anwesend sein, da immerhin eine Grizzlybärin und eine O'Neill-Löwin involviert waren. Aber zuerst das Training.

Doch als Cella aufs Eis trat, blieb sie wie angewurzelt stehen und ihr klappte die Kinnlade herunter. Sie hatte nur die Neuen erwartet, und auch nur einen oder zwei. Die meisten der Jungs hatten einen richtigen Job und trainierten unter der Woche nur mit der Mannschaft. Aber es waren nicht nur alle Neulinge da, sondern auch die gesamte zweite Garde. Insgesamt etwa zwölf Mann.

Reed skatete zu ihr herüber. »Morgen kommen vielleicht noch mehr.«

»Mehr?«

Er zuckte mit den Achseln. »Ich hab's nur ein paar von den Jungs erzählt, aber die Information hat sich wie ein Lauffeuer ausgebreitet. Sorry.«

»Nein, nein. Schon okay. Ich bin nur überrascht.«

»Solltest du aber nicht sein.« Er skatete rückwärts davon und zwinkerte ihr zu. »Also, sag uns, was wir machen sollen, Coach.«

Während ihr bewusst wurde, dass sie sich zwar mit ihrer Mom treffen konnte, ihr eigenes Training heute jedoch ausfallen musste, winkte Cella die restlichen Jungs zu sich heran.

»Legen wir los. Wir haben eine Menge Arbeit vor uns.«

Dez MacDermott klopfte erneut an die Tür.

Okay, vielleicht war es nicht die beste Idee, regelmäßig mit Lou Crushek zusammenzuarbeiten. Gentry hatte sie ziemlich dazu gedrängt, da sich Dez' vorige Partner beide wieder in ihre alten Abteilungen hatten zurückversetzen lassen. Der erste, Jerry, ein Fuchs, hatte als Grund angegeben, dass »MacDermott verdammt noch mal verrückt ist, und ich würde auch nicht wieder mit ihr arbeiten, wenn sie mir eine Knarre an den Kopf halten würden.« Das schien ihr wegen eines einzigen kleinen Vorfalls mit einem Raketenwerfer doch eine ziemlich extreme Reaktion zu sein. Schließlich waren alle mit dem Leben davongekommen, oder etwa nicht? Also wo lag eigentlich das Problem? Dabei hatte sie immer das Gefühl gehabt, am besten mit Angehörigen der Spezies Hund zusammenzuarbeiten, doch sie schienen Befehle nicht ebenso eifrig zu befolgen wie ihre eigenen, gut erzogenen Hunde.

Dann war da Joanie, die Gepardin, gewesen. Dez hatte sie mit Cella und Dee-Ann in einem Verhörraum allein gelassen, während sie sich schnell eine Limo holte. Sie hatte den Raum nur für zehn Minuten verlassen, höchstens. Aber als sie zurückkam, hatte Cella die Gepardin bereits auf den Boden gedrückt und ihr mit ihren wie immer zerschrammten Fäusten praktisch die Luft zum Atmen genommen, während Dee-Ann Joanies Handtasche nur aus dem einen Grund durchsuchte, weil sie »neugierig war, was eine Katze so in ihrer Handtasche hat«.

Unnötig zu erwähnen, dass Joanie auf direktem Weg in ihr altes Revier zurückgerannt war.

Also hatte Gentry zum wiederholten Mal Crushek ins Gespräch gebracht. »Er ist ein Bär. Du hast schon früher mit ihm zusammengearbeitet. Er ist ein Bär. Smith und Malone können ihn nicht einfach auf dem Boden festhalten, und er hat auch keine Handtasche dabei, weil er ein Bär ist …«

Für Dez hatte sich das alles ganz vernünftig angehört. Hey, sie war flexibel. Da sie mit einem Mann zusammenlebte, der eine Mähne und ein permanentes Anspruchsdenken zur Schau trug, war Dez sich sicher, dass sie sich mit einem Bären ganz hervorragend verstehen würde. Nach dem zu urteilen, was sie in Tierdokumentationen gesehen hatte, kam man mit ihnen wunderbar zurecht, solange man kein Essen herumliegen ließ und kein Weibchen mit Jungen erschreckte.

Nun beschlich Dez jedoch allmählich der Gedanke, sie könnte sich bei all dem geirrt haben. Oder zumindest, sie hätte nicht annehmen sollen, Grizzlys und Eisbären seien einfach verschiedenfarbige Versionen voneinander. Denn, puh, war Crushek ein mürrisches Arschloch!

»Bleiben wir jetzt die ganze Zeit hier stehen und klopfen?«, fragte er plötzlich, und Dez fletschte die Zähne. Diesen Trick hatte sie bei den Marines gelernt, damit sie nicht jedes Mal, wenn sie jemand zu Tode nervte, ihre Waffe zog und sie auf ihn richtete. »Wir haben einen Durchsuchungsbeschluss«, erinnerte er sie unnötigerweise.

»Ja«, erwiderte sie und versuchte, nicht genauso zu fauchen, wie Cella es manchmal tat. »Aber vielleicht ist dir noch nicht aufgefallen, wo wir hier sind …«

»Du meinst, auf Staten Island?«

»Ja«, wiederholte sie. »In einer Straße auf Staten Island, die komplett von Bären bewohnt ist.«

»Ist das der Grund, warum du mich mitgenommen hast? Weil du dachtest, ich könnte dir die ganze Sache mit den Bären ein bisschen erleichtern?«

»Das ist nicht der Grund, warum ich dich mitgenommen habe, aber kannst du mich das bitte einfach machen lassen?«

»Wie du meinst.«

Dez beschloss, ihn eine Weile loszuwerden, und sagte: »Du bleibst hier. Ich gehe hinters Haus.«

»Okay.«

Sie wartete, bis sie das hintere Tor geöffnet hatte, bevor sie die Augen verdrehte und in den Himmel hinaufblickte. Wer hätte geahnt, dass ein einziger verfluchter Bär so verdammt schwierig sein konnte? Gott, wie hatte es Conway bloß so lange mit Crushek ausgehalten?

Dez ging zur Hintertür und donnerte mit ihrer behandschuhten Faust dagegen. Während sie wartete, rückte sie ihre schusssichere Weste zurecht. Es gab einfach keine, die Frauen passten, die mehr als nur Körbchengröße B hatten – und aus der war Dez schon mit dreizehn rausgewachsen.

Die Tür öffnete sich einen Spalt, und eine Frau lugte heraus und sah Dez mit zusammengekniffenen Augen an. »Ja?«

»Mrs. Martin?«

»Ja?«

»Detective Dez MacDermott. Wir haben einen Durchsuchungsbeschluss für ihr Haus.«

»Das passt gerade nicht so gut.«

»Einen Durchsuchungsbeschluss, Ma'am. Das muss Ihnen nicht passen. Machen Sie einfach die Tür auf, bevor sie aus den Angeln gerissen wird.«

»Von Ihnen?«

»Nicht von mir. Ich würde sie einfach *anzünden.*«

Die Frau schniefte, zog die Tür auf und stand in ihrer vollen Größe vor Dez. Gott, sie war mindestens einen Meter neunzig groß. Definitiv eine Bärin.

»Sind Sie allein?«, wollte die Frau wissen.

»Warum fragen Sie das?«

»Ich bin nur neugierig, ob gleich ein Haufen ungeschickter Bullen durch mein Haus stampft.«

Dez sah die Frau mehrere Sekunden lang an. Langsam legte sie ihre Hand an die Waffe, die in ihrem Holster steckte, und machte ein paar Schritte zurück und zur Seite. »Bitte kommen sie aus dem Haus, Mrs. Martin.«

»Warum?«

Mit der rechten Hand packte Dez ihre Waffe, während sie mit der linken den Durchsuchungsbeschluss fallen ließ. »Weil ich Ihnen gesagt habe, dass Sie Ihren Hintern hier rausschieben sollen.«

Grinsend ging die Bärin einen Schritt aus dem Haus. »Sonst noch was, Vollmensch?«

Dez hob die Waffe und richtete sie auf den Kopf der Bärin.

»Sie sollten lieber sehr zielsicher sein, Detective.«

»Ich gehöre zu den Besten. Aber ich möchte nur ungern eine Kugel verschwenden.«

Dez drückte auf die Düse des Bärensprays in ihrer linken Hand und traf die Bärin direkt in ihrer sensiblen Nase. Schreiend und fluchend bedeckte die Bärin ihr Gesicht. Dez steckte ihre Waffe zurück ins Holster und zog ihren Schlagstock. Eine schnelle Bewegung mit dem Handgelenk, der Schlagstock schoss bis zu seiner vollen Größe heraus, und sie schlug ihn gegen das Knie der Bärin. Ein Knacken, und die Bärin ging – noch immer schreiend und definitiv noch immer fluchend – zu Boden.

Dez griff gerade nach ihren Titanhandschellen, als sie das Brüllen hörte. Sie hob die Spraydose und wirbelte zu dem Grizzlymännchen herum, das von der anderen Seite des Hauses auf sie zustürmte. Sie wollte ihn noch näher kommen lassen, bevor sie auf die Düse drückte, aber der Bär hatte es noch nicht einmal bis auf drei Meter an sie herangeschafft, als er auch schon durch die Luft flog, weil Crushek ihn von den Füßen gerissen hatte.

»Zieh deine Knarre!«, knurrte er.

Dez ließ das Spray fallen und griff erneut nach ihrer Waffe: eine Smith & Wesson 44er Magnum mit maßgefertigtem Griff. Sechs Monate hatte sie gebraucht, um richtig damit umgehen zu können. Sie war gerade dabei, sich umzudrehen, als sie die schweren Schritte hörte, die von hinten auf sie zurannten. Crushek legte eine Hand um ihren Kopf und riss sie hinter sich. Sie hörte Schüsse knallen. Crushek stolperte ein paar Schritte rückwärts, sonst war er vollkommen still.

Die Schritte entfernten sich wieder von ihnen, und Dez ging um Crushek herum. »Alles okay?«

Der Eisbär hob eine Schulter. »Hat nur die Weste getroffen. Komm mit.«

Er setzte sich in Bewegung.

»Ich muss ihr erst noch Handschellen anlegen.«

Crushek hob eine Hand und schlug der Bärin zwischen den Schulterblättern auf den Rücken. Sie war gerade dabei gewesen, sich aufzurappeln, fiel nun aber wieder zu Boden, komplett ausgeknockt.

Schulterzuckend lief Dez hinter Crushek her, als er durch den Garten der Martins pirschte. Er ging zu der frei stehenden Garage und blieb vor der Holztür stehen. Mit ausgestreckten Händen schlug er gegen die Tür. Sie brach aus den Angeln und schwang nach innen, Crushek stolperte hinterher.

Mit beiden Händen an der Waffe folgte Dez dem Bären nach drinnen. Das große Garagentor stand offen, und bis auf eine erbärmliche Rostlaube von einem Chevy war das Innere leer.

»Hinterher?«, fragte sie und blickte dem Bären nach, der die Straße hinunterrannte.

Crushek antwortete nicht. Er hob nur den Kopf und schnupperte in die Luft. Er folgte seiner Nase und bewegte sich auf den Wagen zu. Schnüffelte daran. Mit einem leisen Knurren packte er das Auto unter dem Kühler, hob es hoch und kippte es nach hinten aus der Garage.

Dez versuchte angestrengt, sich nicht davon beeindrucken zu lassen, und stellte sich neben ihn. Die beiden starrten die Metalltür an, die in den Boden eingelassen war. Crushek beugte sich nach unten, griff den Ring und zog daran. Zweimal.

Er bedeutete Dez mit einer Kopfbewegung, zur Seite zu gehen, und stellte sich direkt neben die Tür. Mit voller Wucht sprang er dann nach auf die Tür und rammte mit der ganzen Kraft seiner Arme und Schultern mit seinen riesigen Händen dagegen.

Dez klappte die Kinnlade herunter, während sie sich erneut hastig umblickte, um sich zu vergewissern, dass sie noch immer allein waren. Dann sah sie zu, wie der Eisbär auf die solide Metalltür einhämmerte, immer wieder, bis sie sich verbog und verbeulte. Die Tür fiel aus den Angeln und in das Loch, und Crush starrte in die Dunkelheit hinunter.

Er hob seinen Blick zu ihr, und Dez nickte. »Los.«

Crushek sprang hinunter, während Dez blieb, wo sie war, ihre Waffe noch immer erhoben, den Finger am Abzug. Ein paar Minuten später kehrte Crushek mit einem kleinen Kanister in der Hand zurück.

»Was ist das?«

Mit den Schultern zuckend öffnete er den Deckel. Er schnupperte hinein und runzelte die Stirn. Dann steckte er die Spitze seines kleinen Fingers in die Flüssigkeit und führte sie anschließend an seinen Mund. Er probierte und sah dann mit seinen dunklen Augen zu ihr hinauf.

»Und?«

»Honig.«

Dez schnappte verärgert nach Luft. »Sie haben wegen Honig versucht, uns umzubringen?«

Crushek grinste, und sie war sich nicht sicher, ob sie das jemals zuvor bei ihm gesehen hatte. »Mit *Kokain* verfeinerter Honig.«

»Mann … das ist so was von falsch.«

Dann lachten sie beide, und Dez hatte plötzlich das Gefühl, dass sie das hier doch irgendwie hinkriegen könnten.

Kapitel 13

Nach einer tollen Trainingseinheit mit allen, die erschienen waren, war Cella gezwungen gewesen, erneut zu duschen. Sie hatte definitiv keine Lust, sich die Beschwerden ihrer Mutter anzuhören, Cella würde »wie ein verdammter Kerl stinken«. Nun lief Cella in Jogginghose, T-Shirt, Turnschuhen und einem schwarzen Kapuzenpullover wieder die Treppe hinauf und zum Haupteingang hinaus, wobei sie all die Vollmenschen-Männer ignorierte, die sie anglotzten. Männer, die nie und nimmer mit ihr fertigwerden würden.

»Cella!«

Lächelnd rannte sie auf das wartende Taxi zu, stieg ein und knallte die Tür zu. »Van Holtz Steak House in der Fifth Avenue«, teilte sie dem Fahrer mit, bevor sie sich neben ihre Mutter setzte. »Wie ich sehe, hast du deinen Superanzug an.«

Es war ein schwarzer Hosenanzug, der die goldenen Augen ihrer Mutter besonders zum Leuchten brachte, ihr dieses gewisse Etwas verlieh und sie wirken ließ, als habe sie alles unter Kontrolle. Und das, wo die Frau ohnehin immer alles unter Kontrolle zu haben schien – außer, wenn es um die Familie ihres Mannes ging.

»Also, bist du gut vorbereitet?«

Cella kicherte und staunte darüber, dass die Frau in der Lage war, ihren Lippenstift auch in diesem wild schaukelnden Taxi nachzuziehen. »Ich bin froh, dass du deinen Anzug anhast. Du wirst ihn brauchen. Obwohl, vielleicht hättest du eine etwas stärkere Rüstung anlegen sollen.«

»Mein liebes Mädchen, hast du denn noch immer kein Vertrauen in deine gute alte Ma?«

»Ich habe immer Vertrauen, Ma. Aber ich kenne den Gegner, und ich glaube, du kannst dich auf eine Schlacht gefasst machen.«

»Wir werden sehen.«

Cella betrachtete den Mantel, den ihre Mutter trug. »Ist dir da drin nicht warm?«

»Ich gehe ein, aber es schneit, Liebes. Wir wollen doch die Beute nicht verwirren.« Der Spitzname ihrer Mutter für Vollmenschen.

»Hör auf, sie so zu nennen.«

Barb ließ den Lippenstift in ihre riesige Handtasche fallen, lehnte sich entspannt auf dem Sitz zurück und beäugte ihre Tochter.

»Was?«

»Du und dieser gut aussehende, aber definitiv schwerfällige *Bär*? Erwartest du wirklich, dass *ich* dir diese Lüge abkaufe, Cella Malone?«

»Was hast du denn von mir erwartet? Dass ich zulasse, dass sie mich mit meinem *Cousin* verheiraten?«

»Du könntest den alten Schlampen auch entgegentreten und ihnen sagen, dass sie dich verdammt noch mal in Frieden lassen sollen.«

»Ma.«

»Was denn? Du hast dich gestern einfach von ihnen niedermachen lassen, obwohl normalerweise du diejenige bist, die sie fertigmacht.«

Cella fiel wieder ein, was der Bär in der vergangenen Nacht zu ihr gesagt hatte, und sie erwiderte: »Ich versuche, keine alten Frauen mehr zu verprügeln.«

»Ich meine das doch nicht wörtlich, du blöde Kuh. Sonst lässt du nie zu, dass sie dich so herumschubsen. Aber gestern ... bist du abgehauen und mit diesem Polizisten wieder aufgetaucht.«

»Ich versuche nur, den Frieden zu wahren.«

»Und der Bär?«

»Der Bär war zufällig zur richtigen Zeit am richtigen Ort. Wäre es dir lieber, wenn es ein Wolf gewesen wäre?«

Barb erschauderte. »Es ist schlimm genug, dass du Zeit mit diesem Pitbull verbringst.«

Cella kicherte erneut und schüttelte den Kopf. »Dieser Pitbull passt auf mich auf. Gott, du bist wegen Dee ja schon genauso schlimm wie Meg.«

»Sie hat diese wahnsinnigen Augen.«

»Warum sagst du mir nicht einfach, was das Problem mit den Smiths ist? Denn genau die sind doch das Problem, oder? Jeden anderen Wolf kannst du tolerieren, aber nicht die Smiths.«

»Kennst du irgendjemanden, der die Smiths mag?«

»Kennst du irgendjemanden, der die Malones mag?«

»Wir sind Katzen. Wir werden von Natur aus angebetet und sind äußerst pflegeleicht. Hunde brauchen ständige Fürsorge, Erziehung und lange Spaziergänge, sonst muss man sich diesen Hundeflüsterer zu Hilfe holen.«

Cella lachte schallend, und ihre Mutter stimmte ein.

Das Taxi hielt an, und Barb bezahlte den Fahrer, während Cella bereits ausstieg. Sie wartete an der Ecke auf ihre Mutter. Als Barb vor ihr stand, fragte sie: »Bist du sicher, dass du bereit dafür bist?«

»Na klar, Kleines.«

Mit einem Kopfnicken hakte sich Cella bei ihrer Mutter ein, und gemeinsam betraten sie das Restaurant.

Die Empfangsdame lächelte sie an, betrachtete jedoch gleichzeitig abschätzig Cellas legere Aufmachung. Die Restaurants der Van-Holtz-Kette gehörten zu den edleren Etablissements, die die Malones für gewöhnlich nicht besuchten, es sei denn natürlich, es handelte sich um einen ganz besonderen Anlass oder jemand anders bezahlte. Das lag größtenteils daran, dass die Malones von Hause aus gerne feilschten, die Van Holtz hingegen ganz und gar nicht. Aber es war eines der besten Gestaltwandler-Restaurants weit und breit. Sie servierten hier ein Wildschwein mit Pilzsoße, das einfach zum Niederknien war.

»Hi. Wir sind mit Thorpe und …«

»Ah ja.« Die Empfangsdame lachte, bevor sie sich zwei Speisekarten schnappte. »Bitte hier entlang.« Und damit ging sie davon … und lachte weiter.

Nachdem sie einen stirnrunzelnden Blick gewechselt hatten, folgten Mutter und Tochter der Empfangsdame durch das Restaurant zu einer Reihe von Privaträumen. Vor einer Doppeltür blieb sie stehen und öffnete sie. Glücklicherweise war auch sie eine Gestaltwandlerin, eine Wölfin, was es ihr ermöglichte, rechtzeitig einen Schritt zurückzuweichen, bevor sie von einer Handtasche getroffen wurde. Das hundert Dollar teure Chanel-Imitat knallte gegen die gegenüberliegende Wand und landete auf dem Boden. Die Tasche war goldfarben. Die Handtasche einer Löwin. Einige Rudel konnten sich die echten leisten, andere nicht, und wieder andere waren nicht gewillt, für die echten zu bezahlen. Das waren die O'Neills.

Mit einer ausladenden Armbewegung bedeutete die Empfangsdame Cella und Barb, einzutreten.

Cella hob die goldene Handtasche vom Boden auf und reichte sie ihrer Mutter. »Ich wünsch dir viel Glück«, sagte sie, flüchtete in die entgegengesetzte Richtung und begab sich auf die Suche nach einem Mittagessen, bei dem es keine Hochzeitspläne oder streitenden Raubtierweibchen gab.

Crush zerrte die Bärin vom Rücksitz ihres Lieferwagens und dann gemeinsam mit MacDermott in den Fahrstuhl der Polizeiwache.

»Halt's Maul!«, knurrte MacDermott, und er konnte es ihr nicht verdenken. Die Bärin hatte in der letzten Stunde nicht aufgehört zu brüllen und zu jammern. Wahrscheinlich ließ ihr High inzwischen nach, aber MacDermott war das ebenso herzlich egal wie ihm selbst, da war Crush sich sicher.

»Du beschissene Schlampe«, brüllte die Bärin lallend. »Du beschissene Hurenschlampe!«

Der Fahrstuhl blieb im vierten Stock stehen, wo die Bärin polizeilich erfasst und in eine Titanzelle gesteckt werden würde. Wenigstens waren sie sie dann endlich los.

»Was ist mit ihren Söhnen?«, fragte Crush, als sie den Empfangstresen erreichten, hinter dem eine weitere Bärin stand. »Ich finde, wir sollten noch mal rausfahren und sie uns schnappen.«

»Von mir aus gerne.«

»Ihr lasst meine Jungs in Ruhe! Lasst meine Jungs in Ruhe!«

»Halt's *Maaaaaaul*!«, schrie MacDermott, und Crush konnte ein Kichern nicht unterdrücken. Die Frau hatte eben keine Geduld mit Brüllaffen.

Crushs Telefon summte, als zwei uniformierte Beamte die Bärin übernahmen. »Hey«, sagte er zu MacDermott, »wir haben eine Nachricht von Gentry. Sie will uns oben sehen.«

»Okay.« MacDermott erledigte den Papierkram, den der Sergeant am Empfang für die Erfassung der Bärin benötigte.

Sie hatte das Klemmbrett gerade wieder über den Tresen geschoben, als der Sergeant die beiden uniformierten Beamten anschnauzte: »Nehmt ihr hier bloß noch nicht die Handschellen ab …«

Aber es war bereits zu spät. Befreit von ihren Fesseln wirbelte die Bärin herum. Sie drehte sich zu MacDermott um, schwang ihre riesige Faust und ließ die Vollmenschen-Frau quer durch den Raum fliegen.

Schockiert standen alle, einschließlich der Bärin, nur da und starrten. Dann, als Lou Crushek gerade in Panik geraten wollte und überlegte, was er MacDermotts Ehemann wohl bei der Beerdigung erzählen konnte, um das hier zu erklären, erinnerte ihn ein gebelltes »Du beschissene *Schlampe!*« aus dem Flur daran, dass sich Mädchen aus der Bronx nicht so leicht unterkriegen ließen.

Letzten Endes verspeiste Cella ihr Mittagessen mit Ric Van Holtz in der Restaurantküche. Es konnte nie schaden, dem Boss in den Arsch zu kriechen und sich dabei ein Duett aus Wildschwein und Antilope mit dieser verdammt leckeren Pilzsoße schmecken zu lassen.

»Und, wie läuft's mit den Neulingen?«, fragte er, bevor er nach dem riesigen Burger griff, der vor ihm lag, und sein eigenes Mittagessen genoss.

»Nicht übel. Kein einziger Streit heute Morgen.«

»Also keine geworfenen Sitzbänke?« Van Holtz biss in den Burger und schloss die Augen. Er stöhnte. Nachdem er geschluckt hatte, wies er auf den Burger. »Unglaublich«, flüsterte er. Dann, etwas lauter, fauchte er: »Ich dachte, ich hätte gesagt, ich will ihn gut durch?«

Ein junger Wolf, die nassen Arme und Hände von Seifenschaum bedeckt, steckte seinen Kopf aus dem Nebenraum herein. »Du hast medium gesagt.«

»Nein. Ich sagte gut durch. Mach es das nächste Mal richtig.«

»Okay, okay. Tut mir leid. Meine Güte.«

Der Junge kehrte an seine Arbeit zurück, und Van Holtz widmete sich wieder seinem Burger.

»Mein Cousin Stein«, erläuterte Van Holtz, als würde das erklären, warum er dem Jungen verbal in die Eier getreten hatte.

»Du bist total albern«, erwiderte Cella. »Ich habe *gehört*, wie du medium gesagt hast.«

»Schhh.« Van Holtz schaute zur Tür. »Ich habe eine Strategie, Miss Malone.«

»Die ›Ich bin ein Blödmann‹-Strategie?«

»Du brichst sie erst, um sie anschließend wieder aufzubauen.«

»Und wann beginnt die Aufbauphase?«

»Wenn ich es sage.«

Cella lachte. »Du bist schlimmer als mein Dad. Von seinen vier Kindern bin ich die Einzige, die sein Trainingsprogramm überstanden hat.«

»Und jetzt sieh dir an, wie weit du es gebracht hast.«

»In Wahrheit hatte ich es nur leichter als die Jungs, weil ich Daddys kleine Prinzessin war.«

Van Holtz runzelte die Stirn. »Du? Ernsthaft?«

»Warum sagst du das so?« Sie zeigte auf sich selbst. »Seh' ich für dich vielleicht nicht wie eine verdammte Prinzessin aus?«

»In welcher Welt«, hörte Cella Smiths Stimme hinter sich, »bist du eine Prinzessin?«

Diese verdammte Smith hatte sich schon wieder an sie herangeschlichen. Wie machte sie das nur immer? »In derselben Welt, in der die Smiths als aufrechte, gesetzestreue Bürger gelten und nicht als durchgeknallte Hinterwäldler.«

»Unverschämte Schwätzerin.«

»Psychopathin.«

Smith ging zu Van Holtz, stellte sich neben ihn und schmiegte sich an ihn. »Bist du hier, um meinen Mann anzumachen, Malone?«

»Na ja, es ist an der Zeit, dass er mal eine Frau mit echten Kurven abkriegt.«

»Nennen die meisten das nicht einfach nur einen dicken Hintern?«

»Keine Prügeleien«, beeilte sich Van Holtz die beiden zu warnen, als Cella mit ihrer Faust ausholte und Smith nach dem verdammten Jagdmesser griff, das immer in einem Holster hinten in ihrer Jeans steckte.

Als es aussah, als habe er einen Kampf in seiner wertvollen Küche abwenden können, fragte er Smith: »Willst du was essen?«

»Vielleicht später.«

»Wo warst du denn?«, fragte Cella und schnitt noch ein Stück von ihrem Fleisch ab. »Ich habe dich vorhin angerufen.«

»Ja, tut mir leid. Ich habe mal nach dem Team gesehen, das MacDermott für unsere Überwachung eingeteilt hat.«

»Hatten sie irgendwas?«

»Nein. Aber ich hab ein paar Gefallen eingefordert und mir das Videomaterial von ein paar Läden im Umkreis von einem Block um den Tierpräparator beschafft. Hab ein paar Bilder ausgedruckt.« Smith holte einen braunen Umschlag hervor und zog mehrere Fotos heraus. »Kommt dir irgendjemand bekannt vor?«

Van Holtz reichte seiner Gefährtin seinen halb aufgegessenen Burger – Smiths »Ich esse später was« nahm er nie wirklich ernst –, schaute sich die Fotos an und schob sie dann nacheinander über den Tisch zu Cella. Nach einer Weile nahm er eines der Bilder, das er Cella bereits hingeschoben hatte, wieder an sich und betrachtete es ein wenig genauer. »Dieser Mann … Kennen wir den?«

»Ich nicht.« Nachdem Smith Van Holtz' Burger aufgegessen hatte, widmete sie sich nun seinem Teller mit Pommes Frites. »Aber bevor ich hergekommen bin, habe ich die Fotos dem Überwachungsteam gezeigt. Sie haben auch auf ihn gezeigt. Meinten, er hätte sich mit dem Präparator getroffen, aber nie in dessen Laden. Immer einen Block entfernt. Ich hab ihnen gesagt, dass sie jemanden auf ihn ansetzen sollen, falls er noch mal zurückkommt.«

»Wir sollten uns auch mit MacDermott kurzschließen.« Cella schob ihren leeren Teller von sich weg. »Sie wird dabei sein wollen, wenn sich herausstellt, dass an der Sache was dran ist.«

»Ich hab Gentry schon angerufen«, erwiderte Smith. »Sie schickt MacDermott später rüber, damit sie sich mit uns im Büro trifft. Obwohl ich mich schon frage, warum wir nie zu dir ins Büro gehen, Malone.«

»Wollen wir was auf die Reihe kriegen? Das wird nämlich nicht passieren, wenn wir im KZS-Büro sitzen. Da sind zwanzig von meiner Sorte, nicht nur eine.«

»Und eine von deiner Sorte ist schon furchteinflößend genug.«

»Cella!«, rief ihre Mutter irgendwo im Restaurant.

»Hier drin, Ma!«

»Gibt's auch irgendwo einen Malone, der nicht brüllt?«

»Gibt's irgendwo einen Smith, der sich nicht selbst am Arsch leckt?«

»Du solltest nicht neidisch auf diejenigen sein, die sowohl das Talent als auch die Gelenkigkeit dazu haben.«

»Du würdest über meine Gelenkigkeit staunen.«

»Flirtest du etwa mit mir, Malone? Noch dazu direkt vor der Nase meines Gefährten?«

Cella rollte mit den Augen und drehte sich rechtzeitig um, um zu sehen, wie ihre Mutter in die Küche stolzierte.

»Deinem sexy Gang entnehme ich, dass alles gut gelaufen ist, Ma?«

»Warum stellen diese Leute meine Kompetenzen in Frage?

Was Hochzeiten betrifft«, sie hob eine Hand, »das schwöre ich bei dieser Kralle, bin ich die Beste.«

»Sie«, murmelte Smith, »ist so was von deine Momma.«

Cella versuchte, nicht zu lachen, und erwiderte: »Ma, du erinnerst dich an Dee-Ann.«

»Tue ich das?«

Cella kratzte sich am Kopf und versuchte noch angestrengter, nicht loszuprusten. »Du hast sie vier-, fünf-, vielleicht sogar schon zehnmal getroffen.«

»Ha.«

»Aber an Ric Van erinnerst du dich ...«

»Natürlich tue ich das!« Großer Reichtum vermochte es stets, das Katzengedächtnis ihrer Mutter anzuregen. »Schön, Sie wiederzusehen, Mr. Van Holtz«, sagte sie und schüttelte ihm die Hand.

»Ric, Mrs. Malone. Nennen Sie mich Ric.«

Sie schenkte ihm ihr bestes »Denken Sie an mich, wenn Sie auf der Suche nach einer Hochzeitsplanerin sind«-Lächeln und drehte sich wieder zu Cella um. »War die Doppelhochzeit deine Idee?«

»Nur um das Schmerzpotenzial zu verringern.«

»Doppelhochzeit?«, fragte Van Holtz. »Blayne und Gwen zusammen?«

Cella, die nur allzu gut wusste, wohin das führen würde, hob eine Hand und ratterte blitzschnell herunter: »Du müsstest wegen Blayne sowieso zu Novikovs Hochzeit gehen, und er wäre auch auf Gwens und Locks Hochzeit, auch wegen Blayne. Auf diese Art konzentrieren sich die Qualen auf einen einzigen Tag, also halt die Klappe und hör auf, dich zu beschweren.«

Van Holtz knurrte leise, machte sich jedoch nicht die Mühe, ihr zu widersprechen.

Barb küsste Cella auf die Wange. »Genau wie deine Ma. Also«, fügte sie dann hinzu, »können wir zusammen nach Hause fahren?«

»Nein, geht nicht. Ich muss heute Abend arbeiten.«

»Du bist vorsichtig?«

»Ich bin immer vorsichtig. Ich kann doch dieses hübsche Gesicht nicht riskieren, stimmt's?«

Smith schnaubte, während Barb in ihre Handtasche griff, eine ihrer Visitenkarten herausangelte und sie Van Holtz reichte. »Nur für den Fall, dass Sie irgendwann selbst bereit sind, mit einer netten, *respektablen* Wölfin sesshaft zu werden.« Dann betrachtete sie Smith erneut abschätzig, bevor sie ohne ein weiteres Wort verschwand.

»Charmant«, sagte Smith, und sie und Cella lachten herzlich.

»Ich kann noch nicht mal böse auf sie sein«, gab Cella zu. »Manchmal ist sie einfach so albern.«

»Abgesehen davon, dass ich dir regelmäßig die Seele aus dem Leib prügele …«

»In deinen Träumen!«

»… wüsste ich nicht, dass ich ihr je was getan hätte.«

»Das spielt keine Rolle. Anscheinend gibt es eine Smith-Malone-Vergangenheit, über die in meiner Familie niemand sprechen will.«

»Ehrlich? Dazu muss ich mal meinen Daddy befragen.«

»Spricht dein Vater tatsächlich, Smith? Mit Worten, meine ich. Nicht nur mit Gebell und Mond-Geheul?«

Smith zuckte mit den Schultern. »Wenn er in der richtigen Stimmung ist …«

Was zur Hölle das auch bedeuten mochte.

Kapitel 14

Michael Patrick Callahan versuchte, sich zurückzuverwandeln, aber was immer sie ihm auch injiziert hatten, verhinderte, dass er sich wieder in Menschengestalt verwandelte. Es sorgte dafür, dass er ein Löwe blieb. Dass er Beute blieb.

Keuchend stand er hinter einem Baum, hielt Ausschau und horchte nach den Jägern. Ihr Problem war, dass Michael sie belauscht hatte. Er wusste, dass die Wirkung dieses Zeugs, das sie mit Gewalt in seinen Körper gespritzt hatten – was es auch gewesen sein mochte –, irgendwann nachlassen und er sich wieder in Menschengestalt würde verwandeln können. Und das wollten sie nicht. Denn wenn eine menschliche Leiche auf ihrem Land herumlag, ließ sich dieses lästige Problem wahrscheinlich schwerer aus der Welt schaffen als ein toter Löwe. Und sobald Mikey das bewusst geworden war, sobald er gewusst hatte, dass die Wirkung dieser Droge nicht mehrere Tage oder Wochen anhalten würde, hatte er sein Ziel ganz klar vor Augen gehabt.

Vermeidungstaktik.

Viele Leute begingen den Fehler, anzunehmen, Raubtiere würden durch die Gegend streifen und alles und jeden herausfordern oder jedem die Krallen zeigen, der ihren Weg kreuzte. Aber das taten sie nicht. Von den stolzesten Löwenmännchen bis zur niedersten, nervigsten Hyäne wusste ein Raubtier immer, wann es wegrennen und wann es sein Revier verteidigen musste, um sein Leben zu schützen.

Bei Männern mit leistungsstarken Waffen mit Schalldämpfern? Da rannte man weg. Besonders, da Mikey im Moment keine Daumen hatte, die er benutzen konnte.

So rannte er nun schon seit beinahe vier Stunden durch das Gelände. Ein Gelände, über das er nicht das Geringste wusste. Er hatte keine Ahnung, wo er war. Das Letzte, woran Mikey sich erinnern konnte, war, dass er mit einer heißen Tussi, die er im Club kennengelernt hatte, auf der Rückbank einer Limousine gesessen hatte und in den Genuss eines phänomenalen Blowjobs gekommen war. Und dann … war es früher Morgen und er eine Katze gewesen, und er hatte in einem Käfig gesessen.

Seine Mom und seine Schwestern hatten ihn immer gewarnt, vollmenschlichen Frauen zu trauen, aber diesmal hatte er seine Hormone die Führung übernehmen lassen, und hier war er nun. Versteckte sich, rannte davon … und betete.

Doch für eines war Mikey dankbar. Die Callahans. Seine Familie. Sie waren zwar Löwen, aber sie waren nicht wie jedes andere Rudel hier draußen. Tatsächlich betrachteten andere Rudel die Callahans noch nicht einmal als richtiges Rudel, sondern als einen Haufen umherziehender »Zigeuner«, aber das war schon in Ordnung. Die meisten Löwenmännchen wussten, dass sie völlig auf sich allein gestellt waren, falls ihnen etwas passieren sollte. Die Weibchen des Rudels würden sich kaum die Mühe machen, nach einem vermissten Männchen zu suchen, es sei denn, es handelte sich dabei um einen geliebten Sohn. So waren die Callahans nicht. Für sie war Familie immer Familie, und Mikey hatte keinerlei Zweifel daran, dass seine Familie nach ihm suchen würde – und möge Gott denjenigen beistehen, die ihn geschnappt hatten.

Aber darüber konnte er sich später noch Gedanken machen. Im Moment musste er nur weg.

Mikey spannte sich an. Er konnte die Vollmenschen riechen, die sich ihm näherten. Ihre Schritte hören, während sie versuchten, auf Zehenspitzen durch die Bäume zu schleichen.

Dann sah er einen von ihnen. Die Klamotten waren teuer. Die Waffe sogar noch teurer.

Mikey versuchte erneut, sich zu verwandeln. Sein Körper bebte. Bald. Bald würde er in der Lage sein, Menschengestalt anzunehmen. Aber ihm lief allmählich die Zeit davon.

Der Jäger wirbelte zu ihm herum, die Waffe erhoben. Mikey stürmte an ihm vorbei und landete mit seiner Pranke einen gezielten Treffer auf dem Körper des Mannes. Rippen knackten und brachen unter der Wucht, und der Mann fiel nach hinten, während Mikey einfach weiterrannte. Schließlich näherte er sich der hohen Ziegelwand, die das Gelände umgab. Die Vollmenschen, die ihn jagten, gerieten langsam in Panik, da ihnen bewusst wurde, dass er sich jede Sekunde wieder in Menschengestalt verwandeln konnte. Es würde ein Leichtes für ihn sein, durch die Türen zu kommen, sobald er wieder Daumen hatte. Im Moment würde Mikey diese Türen jedoch immer noch einreißen müssen. Unglücklicherweise waren allerdings sämtliche Türen, die er bisher gefunden hatte, aus solidem, undurchdringlichem Stahl gewesen.

Diese Mauer, da war Mikey sich ganz sicher, war errichtet worden, um seinesgleichen hier drin festzuhalten. Er konnte die anderen Arten riechen, die hier gejagt worden und gestorben waren. War noch anderen von ihnen die Flucht gelungen? Und wenn ja, waren sie dann später trotzdem getötet worden? Mikey wusste, dass er – sollte er es tatsächlich hier raus schaffen – nicht zurück zu seiner Familie zurückkehren konnte, weil er sie dadurch nur in Gefahr bringen würde. Er würde eine andere Lösung finden müssen, aber auch darüber konnte er sich später noch Gedanken machen.

Mikey hörte Männer Befehle brüllen, und umherrennen. Es waren die Männer, die diesen Ort bewachten. Im Gegensatz zu den anderen jagten sie nicht. Sie hielten die Gestaltwandler nur davon ab, nach draußen zu gelangen. Einige von ihnen hatten extrem durchschlagkräftige Waffen und Betäubungsgewehre. Mikey wusste, dass er schnell handeln musste, versteckte sich hinter den Hecken und versuchte es erneut. Für ein paar wundervolle Sekunden verwandelte sich seine Pfote in eine Hand. Mikey hielt inne, atmete tief durch und versuchte es noch einmal. Mehrere Wachmänner in Weiß, die praktisch mit dem schneebedeckten Gelände verschmolzen, kamen in Sicht. Sie jagten nun in Dreiergruppen. Dies war nicht länger ein ungezwungener Freizeitspaß für eine Gruppe reicher Freunde. Sie mussten ihn aufhalten.

Aber was ist, wenn ich es durch das Tor geschafft habe?

Er konnte sich darüber im Augenblick keine Sorgen machen. Immer eine Schreckenssituation nach der anderen.

Schnee und Eis knirschten unter seinen Füßen, und die Männer kamen immer näher.

Mikey wartete, bis sie noch etwas näher waren, und stürmte dann erneut los. Sie hörten ihn, drehten sich alle drei gleichzeitig um und feuerten. Er wurde von mehreren Schüssen getroffen, die Kugeln bohrten sich in seine Schultern, verfehlten jedoch die lebenswichtigen Arterien. Mikey stürmte immer weiter, rammte zwei von ihnen auf einmal zu Boden und zerquetschte sie mit seinen knapp zweihundert Kilo.

Weitere Schreie ertönten, als Mikey sich umdrehte, seine Krallen herabsausen ließ und das Gesicht des dritten Mannes aufschlitzte. Dann ergriff er seine Chance und verwandelte sich in seine menschliche Gestalt zurück.

Er brauchte zwei Versuche, aber es funktionierte. Er riss dem Mann, der ihm am nächsten war, die Schlüssel aus der Hand und rannte auf die dicke Stahltür zu, die in die Mauer eingebaut war. Er steckte den Schlüssel ins Schloss und drehte ihn. Eine Alarmsirene heulte auf. Dann verkündete eine laute, kräftige elektronische Stimme, welche Tür geöffnet worden war. Mikey ignorierte all das und verwandelte sich wieder in einen Löwen, bevor er durch das Tor und auf den Gehweg hinausraste.

Da von hinten und sowohl von rechts als auch von links Männer auf ihn zukamen, als er draußen war, rannte er immer weiter geradeaus und beschloss, sich wieder in einen Menschen zu verwandeln, wenn er mitten auf der Straße stand, da er wusste, dass ein nackter, blutüberströmter Mann für die allgemeine Bevölkerung entschieden weniger furchteinflößend war als ein blutüberströmter Löwe. Doch während er über den Asphalt rannte und sich sein Körper darauf vorbereitete, sich wieder in Menschengestalt zu verwandeln, wurde er von etwas sehr Großem und Schwerem gerammt, das seinen ganzen Körper in die Luft hob. Er wurde nach oben und nach hinten geschleudert und hatte das Gefühl zu fliegen, bevor er wieder auf die Erde hinabwirbelte.

Schon bevor er landete, wusste Mikey, dass er jetzt komplett am Arsch war.

Sophie DiMarco trat auf die Bremse des gestohlenen, 140 000 Dollar teuren Maserati, aber es half nichts. Sie kollidierte trotzdem mit diesem … diesem Ding, das von dem Lieferwagen vor ihr erfasst und in die Luft geschleudert war, wo es einen Salto vollführte, bis es direkt vor ihr landete und sie es mitriss.

Aber was genau war dieses Ding überhaupt?

Da sie wusste, dass sie nicht aus dem Wagen steigen und nachsehen konnte, legte Sophie den Rückwärtsgang des Maserati ein, bereit, die Flucht zu ergreifen. Doch bevor sie das Gaspedal durchtreten konnte, erhob sich das Ding, das sie gerammt hatte. Und es war … ein Mensch. Groß, blond und mit goldenen Augen schaute er sich um und versuchte, seinen benommenen Blick zu fokussieren. Es hätte ihn umbringen müssen, dass er von dem Auto erfasst worden war, das sie fuhr, doch er stand aufrecht vor ihr – was sie noch mehr überraschte, als sie die Einschusslöcher in seinem gesamten Körper sah. Dann entdeckte Sophie sie. Die Männer, alle identisch gekleidet, mit weißen Stiefeln, weißen Wintermänteln und weißen Fellmützen. Sie nahm an, dass sie Wachmänner waren oder dem Militär angehörten oder irgendetwas in der Art.

Sie hatte nur den Bruchteil einer Sekunde, um etwas zu tun, und Sophie, die sozusagen von Natur aus Schwierigkeiten anzog, tat das Verrückteste, was sie tun konnte. Sie lehnte sich zur Seite und öffnete die Beifahrertür.

»Steig ein!«, brüllte sie. »Schnell!«

Der Mann sah sie an und blinzelte. Dann rannte er los, seine Hände an die Seite gepresst, die sie gerammt hatte.

»Beeil dich!«

Die Männer verfolgten ihn nicht. Sie hoben ihre Waffen und zielten. Sie würden sie beide auf offener Straße erschießen.

»Mach die Tür zu«, befahl sie. »Und halt dich fest.«

Sophie legte ihre rechte Hand auf die Lehne des Sitzes neben ihr, blickte über ihre Schulter und trat aufs Gas. Das Fahrzeug raste davon, und das Geräusch des Gewehrfeuers erschallte hinter ihnen und ruinierte diesen für sie ansonsten so erfolgreichen Zahltag!

Sie rauschte die Straße hinunter und bog an der ersten Ecke ab. Dort schaltete sie und wirbelte den Wagen herum. Weitere Männer tauchten hinter den üppigen Hecken auf, die die hohe Ziegelmauer dahinter verdeckten.

»Vor dir«, sagte der Mann.

Sie blickte nach vorn und sah ein Auto, das direkt auf sie zusteuerte. Sie erkannte die Pelzmützen von mindestens zwei Wachmännern, die auf den Vordersitzen saßen.

»Scheiße.« Sie drückte auf den Knopf, um das Fenster automatisch herunterzulassen, schaltete wieder und legte den Rückwärtsgang des Maserati ein. »Festhalten.«

Das Auto fuhr wieder rückwärts. Wachmänner rannten auf die Straße, allem Anschein nach in der Annahme, sie würde anhalten. Aber das konnte sie nicht. Zu diesem Zeitpunkt steckte sie bereits zu tief drin. Und sie wollte eigentlich nicht dafür ins Gefängnis gehen, dass sie diesen Wagen gestohlen hatte.

Sie zog die 45er aus ihrem Holster, richtete sie aus dem Fenster und schoss auf das Auto, das immer noch auf sie zuraste. Sie traf die Windschutzscheibe des anderen Wagens, und Blut spritzte, während das Auto ins Schleudern geriet.

Sophie zog ihren Arm wieder zurück, ließ die Waffe fallen und legte beide Hände wieder ans Lenkrad. Sie schaltete, drehte den Wagen und raste los, während weitere Autos sich an ihre Fersen hängten.

Sie rauschte durch die belebten Straßen, kürzte über Grünstreifen ab und benutzte andere Autos als Deckung.

»Keine Bullen«, murmelte sie, überrascht, dass sie noch nicht eine einzige Sirene gehört hatte.

»Es werden keine Bullen auftauchen, bis wir hier draußen sind … welche Stadt das auch immer sein mag«, erklärte er ihr.

Sophie lächelte leise. »Gut.«

Sie fuhr weiter, raste weiter, nutzte jeden Trick, den sie jemals gelernt oder sich selbst beigebracht hatte. Autos kamen aus allen Richtungen auf sie zu, schossen aus Gassen oder hinter anderen Autos hervor. Sie ließ sich von keinem von ihnen aufhalten, weil sie wusste, dass keiner von ihnen wirklich mit ihr mithalten konnte.

Aber einer von ihnen versuchte es trotzdem hartnäckig. Sophie wusste, dass sie diesen einen abschütteln musste, wenn sie weiter die Hoffnung haben wollte, heil aus dieser Sache herauszukommen. Sie bog in eine Gasse und fuhr um einen Lastwagen herum, der vor einem Feinkostladen parkte. Am anderen Ende raste sie wieder aus der Gasse heraus und schlug das Lenkrad hart ein. Sie fuhr ein paar Meter und bog in die nächste Gasse ein. Etwa in der Mitte der Gasse blieb sie hinter einem Schuhladen stehen.

Sophie hatte ihr Fenster noch immer heruntergekurbelt, lauschte und schaute in den Außenspiegel. Hinter ihnen rasten Autos die Straße hinunter. Ihr blieben nur ein paar Minuten Zeit, bevor sie zurückkommen und Gasse für Gasse absuchen würden.

»Ich blute deine schönen Sitze total voll.«

Ja. Das tat er, aber inwiefern war das ihr Problem?

Sie warf ihm noch einen letzten Blick zu, öffnete die Tür, stieg aus und ließ den Wagen zurück. Was für ein Jammer. Dieses Auto hätte ihr eine schöne Stange Geld eingebracht.

Mikey war nicht überrascht, dass sie das Weite suchte. Obwohl sie die Schlüssel hatte, war ihm klar, dass ihr dieser Wagen nicht gehörte. Und das Auto mit einem blutenden Mann auf dem Beifahrersitz hier rauszukriegen – wo immer »hier« auch sein mochte – war ein Ding der Unmöglichkeit.

Um ehrlich zu sein, war Mikey einfach nur froh, dass er sich nicht auch noch Sorgen darüber machen musste, ihr Leben in Gefahr zu bringen.

Er spielte allerdings flüchtig mit dem Gedanken, auf den Fahrersitz zu rutschen und wegzufahren. Sie hatte den Schlüssel im Zündschloss stecken lassen. Aber alles, was er tun konnte, war, diesen Schlüsselbund anzustarren, der hin und her baumelte.

Als Mikey hörte, dass ein Wagen hinter ihm anhielt, dachte er nur: *Das war's dann wohl.*

Seine Tür öffnete sich, und das Mädchen lehnte sich hinein. »Komm schon. Ich habe nicht den ganzen Tag Zeit.« Sie nahm seinen Arm, legte ihn über ihre Schulter und half Mikey aus dem Auto.

Sie war stark, aber definitiv ein Vollmensch. Gemeinsam schafften sie es zu einem wirklich hübschen neuen BMW mit getönten Scheiben. Sie legte Mikey auf den Rücksitz und ging zur Fahrerseite. Schon wenige Sekunden später waren sie wieder auf der Straße.

»Du kennst diese Stadt«, bemerkte Mikey und hob seine Hand, um sich das Blut daran anzusehen.

»Ich kenne jede Stadt.«

Klar. Für den Fall, dass sie sich schnell aus dem Staub machen musste.

»Du musst mich in die City fahren.« Als ihm einfiel, dass sie sich womöglich gar nicht in New York befanden, fügte er hinzu: »Manhattan.«

»Gib mir die Adresse.« Sie sah zu ihm nach hinten und lächelte. »Und mach dir keine Sorgen. Ich bringe dich nach Hause.«

Nur dass er nicht nach Hause gehen würde. Aber das war schon okay. Er wusste immerhin, dass er nicht *dort* sterben würde, wo auch immer »dort« gewesen sein mochte. Und im Augenblick bedeutete das alles für ihn.

Kapitel 15

»Schau mich an.«

MacDermott hob den Kopf und schaffte es, ein Auge zu öffnen. Das andere war komplett zugeschwollen.

»Was denkst du?«, fragte sie. »Kann ich das mit Make-up abdecken?«

»Obwohl ich schon immer der Ansicht war, Löwenmänner seien von Natur aus dämlich, glaube ich, dass selbst Mace Llewellyn das da bemerken wird.«

»Das hatte ich befürchtet.«

Crush schob ihren Kopf mit einer Hand ein Stück nach hinten und legte mit der anderen vorsichtig den Eisbeutel auf den geschwollenen Teil ihres Gesichts.

»Au«, beschwerte sie sich.

»Du hättest der Schlampe eine verpassen sollen, als du die Gelegenheit dazu hattest«, erinnerte er sie.

»Gentry hasst es, wenn ich das tue.«

Crush nahm ihre Hand und legte sie auf den Eisbeutel, damit sie ihn selbst festhalten konnte. Als er sie versorgt hatte, setzte er sich auf den Stuhl neben ihr. »Warum sind wir hier?«

»Böser Tierpräparator.«

»Und woher wissen wir, dass er böse ist?«

»Eine Menge Gründe, aber der wichtigste ist, dass sich der sechste Sinn der Smiths gemeldet hat. Jedes Mal, wenn Dee-Ann sagt: ›Hier stimmt was nicht‹, dann stimmt für gewöhnlich was nicht.«

»Das ist jetzt also mein Leben? Ernsthaft? Ich soll auf irgendwelche Hinterwäldler-Wölfinnen und ihr Hinterwäldler-Bauchgefühl hören?«

»Ihr Hinterwäldler-Bauchgefühl hat mir mehr als nur einmal den Hintern gerettet. Also finde dich damit ab.«

»Und Martins Söhne?«

»Diese Idioten gehen ohne ihre Mutter nirgendwohin. Die kriegen wir schon.«

Bevor Crush ihr in diesem Punkt widersprechen konnte, öffnete sich die Eingangstür zum Büro der Gruppe, und die Hinterwäldlerin mit dem sensiblen Magen kam herein. Direkt hinter ihr folgte Ulrich Van Holtz. Es war seltsam genug, dass der Torhüter der Carnivores, auch »der Gentleman« genannt, gleichzeitig der Besitzer und Kapitän der Mannschaft war. So etwas gab es sonst nirgendwo. Aber die Tatsache, dass Van Holtz außerdem die Abteilung der Gruppe in Manhattan leitete, haute Crush schlichtweg um.

Allerdings hatten ihn die Büros der Gruppe grundsätzlich verwirrt. Er hatte entweder eine Nebengasse oder zumindest ein kaltes, steriles Bürogebäude im Stil einer Landes- oder Bundesbehörde erwartet. Stattdessen erinnerte Crush das Büro der Gruppe an eine dieser renommierten Werbeagenturen mit ihren komfortablen Ledersesseln und der teuren Kunst an den leuchtend bunten Wänden. Trotzdem wusste er, dass dies nur die Fassade des Gebäudes war, das Erste, was man sah. Und dass die Angestellten Codes eingeben mussten, um auf das nächste Stockwerk zu gelangen, erinnerte ihn daran, dass dies hier alles andere als eine Werbeagentur war.

»Tut mir leid, dass wir zu spät sind«, sagte Van Holtz, als er sich der Rezeption näherte. Dann blieb er stehen, blinzelte ein paarmal und riss beim Anblick von MacDermott die Augen weit auf.

»Desiree! Was ist denn passiert?«

»Mir geht's gut. Ehrlich.« Sie nahm den Eisbeutel herunter. »Du glaubst doch nicht, dass Mace deswegen sehr ausrasten wird, oder?«

Smith ging an Van Holtz vorbei und betrachtete eine Weile das Gesicht der Vollmenschen-Frau. »Tja … es war schön, mit dir zu arbeiten.«

MacDermott zuckte zusammen, bereute es jedoch sofort, eine

Grimasse geschnitten zu haben, und legte schnell den Eisbeutel wieder auf ihr Gesicht.

»Er wird es einfach verstehen müssen«, murmelte MacDermott. »Er wird darüber hinwegkommen müssen. Ich gebe wegen eines kleinen Zwischenfalls nicht meinen Job auf.«

»Eine ganze Reihe dieser Worte … gehören nicht zum Wortschatz einer Katze, Süße.« Smith tätschelte ihr die Schulter. »Ich kann dir was gegen die Schwellung geben«, bot die Wölfin an, aber MacDermott drückte sich sofort an Crushs Seite.

»Lass mich bloß mit deinem durchgeknallten Südstaaten-Voodoo in Ruhe.«

»Die Tennessee-Smiths praktizieren keinen Voodoo, Desiree. Das überlassen wir unseren Verwandten in Louisiana. Außerdem wird es helfen.«

»Mir ist egal, was du behauptest. Vergiss es, Dee. Auf keinen Fall.«

Smith betrachtete die beiden von oben bis unten und sagte: »Ich bin mir nicht sicher, ob du dich so an den Bären rankuscheln solltest, Desiree. Ich glaube nicht, dass Malone das besonders gut gefällt.«

Crush schaute sich um. »Warte mal … was?«

»Ich kuschele mich an niemanden ran. Ich gehe nur dir und deiner Hexerei aus dem Weg. Und warum zur Hölle sollte es Cella interessieren, an wen ich mich rankuschele?«

»Habe gehört, die beiden sind jetzt ein Paar. Ist es nicht so, Bär?«

»Es ist nicht … es ist nur … es ist irgendwie …« Gott! Er hatte von Anfang an gewusst, dass die ganze Sache total verrückt war! Er hasste verrückt!

Die Wölfin beugte sich nach unten, um in sein Gesicht sehen zu können. »Was ist denn los, Junge? Hat die Katze deine Zunge bearbeitet … und noch ein paar andere Teile von dir?«, endete sie flüsternd.

Crush funkelte die Frau an und fragte sich, wie angewidert er wohl von sich selbst sein würde, wenn er eine Wölfin nur aus dem einen Grund verprügelte, dass sie ihm auf die Nerven ging. Dann spürte er, dass etwas in seine Richtung flog. Er hob die Arme, um sich zu schützen, aber trotzdem landete eine Katze auf seinem Schoß, und sie hatte ein fettes Grinsen im Gesicht.

»Hi!«

Crush schaute Malone finster an. »Du. Du machst mir das Leben zur Hölle!«

»Was ist das denn für eine Begrüßung? Wie kannst du mein So-tun-als-ob-Freund sein, wenn du dich die ganze Zeit wie ein Arschloch aufführst?«

»Dann bist du also wirklich Cellas Freund?«, fragte MacDermott.

»Nein, bin ich nicht.«

»So-tun-als-ob-Freund«, korrigierte Malone. »Mein *So-tun-als-ob*-Freund ist er.«

»Und was genau ist das?«

»Es ist das, wonach es klingt.«

»›Es ist das, wonach es klingt‹«, äffte MacDermott sie nach. »Meinst du damit lächerlich?«

»Diesen Tonfall kann ich wirklich nicht gebrauchen, weißt du?«

Ebenso frustriert wie Crush legte MacDermott den Eisbeutel auf ihrem Schoß ab und fauchte: »Stimmt, du brauchst ganz was anderes. Eine Therapie … einen richtigen Freund. Irgendwas.«

Malone riss die Augen auf, als sie MacDermotts Gesicht sah. »Mein Gott, Dez! Was ist denn mit deinem Gesicht passiert?«

»Eine wütende Bärin auf mit Kokain versetztem Honig hat mir eine verpasst.«

Malone und die beiden Wölfe beugten sich zu ihr, um den Schaden genauer zu betrachten.

»Du wurdest von einer Bärin ins Gesicht geschlagen?«, fragte Malone. »Bist du sicher?«

»Natürlich bin ich sicher. Ich weiß, was da auf mich zugeschwungen kam, und es war definitiv ihre Faust.«

»Aber eine Bärin? Mal ehrlich, Süße, da wärst du ja noch besser dran, wenn du von einem ganzen Gebäude erwischt worden wärst.«

»Und sie war high?« Smith schüttelte den Kopf. »Verdammt, Mädchen.«

»Es ist wirklich keine große Sache.«

»Na ja, was hat denn der Arzt gesagt?«, wollte Malone wissen und wirkte zum ersten Mal aufrichtig besorgt, obwohl es nicht um sie selbst ging. Es war eine nette Abwechslung.

»Ich war nicht beim Arzt.«

Malone boxte Crush auf die Schulter, und ... *au*! »Du hast sie nicht zum Arzt gebracht?«

»Ich musste nicht zum Arzt«, mischte MacDermott sich ein, um sich zu verteidigen.

»Du warst bewusstlos und bist nicht zum Arzt gegangen?«

»Ich war nicht bewusstlos. Ich war noch nicht mal kurz weggetreten.«

Malone und die Wölfin blinzelten überrascht. »Wow«, sagten sie wie aus einem Mund.

»Okay«, seufzte MacDermott. »Macht ihr zwei euch nur über mich lustig.«

»Nein, tun wir nicht. Du wurdest von einer Bärin geschlagen.«

»Und du bist vollmenschlich.«

»Und?«

»Okay, schau dir das mal an.« Malone holte ihr Handy aus ihrer Hosentasche.

»Zeig ihr das nicht«, flehte Smith beinahe und wandte ihren Blick zur Decke empor.

»Schau dir an, was mit diesem Typen passiert ist, der einen Zusammenstoß mit einer Schwarzbärin hatte, die nicht high war ... und die viel kleiner ist als eine Grizzlybärin. Noch dazu hatte sich die Grizzlybärin, die dir das angetan hat, *erschrocken*.«

MacDermott warf einen Blick auf das Bild, kreischte und schlug Malone sofort das Telefon aus der Hand. »Warum zur Hölle zeigst du mir das?«

Crush fragte sich dasselbe.

Er fragte sich außerdem, ob dieses ganze Gerede über Bären womöglich nur neue Probleme heraufbeschworen hatte, als die flotte Füchsin am Empfang sagte: »Mr. Van Holtz? Draußen sind zwei Grizzlys. Sie haben mich gebeten, sie reinzulassen.«

»Sie gehören nicht zu uns?«

»Nein, Sir.«

MacDermott ging hinter den Empfangstresen und sah auf den Computermonitor der Füchsin. Mit ihrem offenen Auge betrachtete sie die unbekannten Bären, die vor dem Eingang standen. »Nein, die gehören nicht zu uns.«

Van Holtz nickte. »Lass sie rein, Charlene.«

»Ja, Sir.«

Er zeigte auf Malone und Smith. »Ihr zwei macht keinen Ärger.«

»Nicht mal, wenn sie es verdient haben?«

»Dee-Ann …«

Die beiden Grizzlys kamen durch die Tür, und der Größere lächelte Van Holtz an.

»Mr. Van Holtz?«

»Ja.«

»Hallo. Ich bin …« Als der Grizzly Crush entdeckte, verstummte er. Die Blicke der beiden trafen sich, und der Grizzly schürzte die Lippen. Er hatte Crush erkannt, und zwar nicht nur als einen seiner Mitbären.

Cella wusste nicht, was sie erwartet hatte, aber ganz sicher nicht, dass Crushek plötzlich aufstand, Cella auf den Boden stellte und die beiden Grizzlys dann anknurrte: »Was? Habt ihr mir irgendwas zu sagen?«

Mit einem Mal schienen all die guten Bärenmanieren vergessen, und die Grizzlys bewegten sich auf den Eisbären zu, während Crush um Van Holtz herumging und sich den beiden Arschlöchern seinerseits in den Weg stellte. Doch bevor irgendetwas passierte, trat Smith zwischen alle Fronten, drehte sich zu den

Grizzlys um und verzog eine Seite ihres Mundes zu einem leichten, aber ziemlich furchteinflößenden Grinsen.

Die Grizzlys blieben stehen und weigerten sich, sich ihr noch weiter zu nähern, was keine Überraschung war, wenn man Smiths Geschichte mit dem BPC kannte.

»Nehmen Sie doch Platz, meine Herren«, schlug Charlene, die Empfangsdame, vor, eilte zu ihnen und bot ihnen mit einem strahlenden Lächeln zwei Stühle in der Nähe der Tür an. »Mr. Van Holtz hat gleich eine Besprechung, aber sobald er fertig ist, kommt er zu Ihnen. In Ordnung?« Ohne eine Antwort abzuwarten, fragte sie: »Möchten die Herren vielleicht etwas trinken? Kaffee, Tee oder vielleicht etwas Honig?«

»Ts, ts. Typisch Charlene«, beschwerte sich Smith neckend über die Empfangsdame, »verdirbt mir immer den Spaß.«

Kapitel 16

Sie steuerten auf Van Holtz' Büro zu und ließen die BPC-Bären schäumend vor Wut zurück. Als sie um die Ecke bogen, bemerkte Cella, dass Crush nicht bei ihnen war. Sie blieb stehen, ging noch einmal zurück und fand den Bären vor dem Spielzimmer, in dem viele der Hybriden-Teenager, die die Gruppe gerettet hatte, gerne Zeit verbrachten. Er stand da und starrte in den Raum, und sie stellte sich neben ihn.

»Alles okay?«, fragte sie, als er nichts sagte. »Was war denn mit diesen zwei Bären los?«

»Gar nichts.« Crush deutete auf das Fenster in der Tür und wechselte schnell das Thema, was sie zu dem Schluss führte, dass, was auch immer zwischen ihm und diesen Bären vorgefallen war, nicht »nichts« gewesen war.

»Warum sind hier Kinder?«, fragte er.

Es war sein Tonfall, der ihr Sorgen machte, obwohl sie immer noch nicht wusste, ob dieser Tonfall nur auf die BPC-Vertreter zurückzuführen war oder nicht.

»Smith hat sie auf der Straße gefunden«, erklärte Cella. »Sie hat sie hergebracht.«

»Warum hat sie sie nicht einfach dem Jugendamt übergeben?«

»Weil fast alle von ihnen schon dort waren und wieder abgehauen sind. All diese Kinder sind Ausreißer. Dee-Ann«, Cella hegte die leise Hoffnung, dass er sich ein wenig entspannen würde, wenn sie den Vornamen der Wölfin benutzte, »hat versucht, ihnen zu helfen, indem sie sie hergebracht hat.«

»Ihnen zu helfen oder der Gruppe zu helfen? Bildet ihr sie zu Agenten aus?«

Er klang so anklagend, dass Cella spürte, wie sich ihre Nackenhaare aufstellten.

»*Ich* bilde sie zu gar nichts aus. Das ist Dees Angelegenheit, nicht meine. Ich arbeite ja noch nicht mal für die Gruppe.«

Der Bär drehte sich zu ihr um. »Was meinst du damit, du arbeitest nicht für die Gruppe?«

»Ich meine damit, dass ich nicht für die Gruppe arbeite.«

»Und was zur Hölle machst du dann hier?«

»Kann ich nicht einfach herkommen, um dich zu sehen?« Als sein Ausdruck nur noch finsterer wurde, falls das überhaupt möglich war, fügte sie hastig hinzu: »Ich mache nur Spaß. Ich schwöre, dass ich nur Spaß mache. Ich bin hier, weil ich KZS vertrete, auf Van Holtz' ausdrücklichen Wunsch. Also mach dir keine Sorgen, ich stalke dich nicht, falls du …«

»Warte mal«, unterbrach er sie. »Du bist bei KZS?«

»Ja. Hab ich dir das gar nicht gesagt? Ich hätte schwören können, dass ich dir das gesagt habe.«

»Nein. Das hast du mir nie gesagt.«

»Oh.« Sie zuckte mit den Schultern. »Ups.«

»Ups? Ist das alles, was du dazu zu sagen hast?«

»Was soll ich denn sonst dazu sagen?«

»Gar nichts.« Er ging um sie herum und den Flur hinunter.

Cella folgte Crush und holte ihn ein, als er stehen blieb und versuchte, herauszufinden, wo es zu Van Holtz' Büro ging.

»Okay, wo liegt das Problem, Crushek?«

»Du bist bei KZS.«

»Ja. Das hab ich ja gerade gesagt.«

»Dann bist du im Grunde genommen also eine gut ausgebildete Profikillerin, die sich in jeder Situation zu helfen weiß.«

»Das ›im Grunde genommen‹ kannst du weglassen.« Als er die Augen zusammenkniff, fügte sie hinzu: »Okay, bei KZS fällt man in eine von vier Kategorien: Management, Verwaltung, Aufräumkommando, freier Mitarbeiter. Ich bin freie Mitarbeiterin.« Und eine gute noch dazu, bekannt für ihre Treffsicherheit auf lange Distanzen.

Doch Cella erkannte an dem Ausdruck auf dem Gesicht des

Bären, dass er aufrichtig entsetzt darüber war, was sie tat und wer sie war, und dadurch fühlte sie sich wirklich beleidigt.

»Oh, was auch immer.« Sie stürmte an ihm vorbei auf Van Holtz' Büro zu, dicht gefolgt von dem Bären. Sie öffnete die Tür, trat ein und ließ sich auf einen Sessel am anderen Ende des Zimmers fallen – möglichst weit entfernt von sämtlichen mit Vorurteilen beladenen Bären.

»Alles in Ordnung?«, fragte Van Holtz, und sein Blick wanderte immer wieder zwischen Cella und dem Bären hin und her.

Als beide nur nickten, begann er mit dem offiziellen Teil der Besprechung.

Crush war beeindruckt, wie gut die Dinge zwischen den drei Organisationen liefen. Sie arbeiteten zusammen, konzentrierten sich dabei vor allem auf die Stärken der anderen, anstatt darauf, was sie jeweils nicht konnten, und halfen mit, dass jede von ihnen ihre Integrität bewahrte.

Daher war er auch nicht wirklich überrascht, dass der BPC nicht zu diesem Treffen eingeladen worden war. Peg Baissier, die den Titel »Erster Technischer Berater« trug, leitete den BPC seit 1762 … oder zumindest kam es Crush so vor. Sie war eine Bärin, die gern die Kontrolle über alles hatte, und sie wollte diese Kontrolle definitiv nicht mit irgendjemand teilen. Überhaupt etwas mit einer anderen Spezies als den Bären zu teilen, hielt sie schlichtweg für Verrat. Diesen letzten Teil verschwieg sie jedoch der Bären-Bevölkerung in ihrer Region, die sie und ihre Leute beschützen sollten, da viele der Bären für verschiedene Leute arbeiteten. Crush wusste jedoch ganz genau, dass genau das Baissiers Überzeugung war.

Er wusste außerdem, dass sie eine böse Schlange war, und das war der Grund dafür, dass er sich von ihr fernhielt.

Trotzdem dachte Crush nicht an Peg Baissier, als er dem, was um ihn herum gesagt wurde, mit wohlwollender Aufmerksamkeit lauschte. Stattdessen ertappte er sich dabei, wie sein Blick immer wieder zu Malone hinüberwanderte. Sie tat, als würde sie ihn ignorieren, aber er wusste, dass er sie verärgert hatte. Doch er hatte einfach nicht anders gekonnt. Er war die ganze Zeit der Überzeugung gewesen, sie sei nur eine knüppelharte Hockeyspielerin und nicht bei KZS. Wenn sie jedoch bei KZS war, bedeutete das, dass sie praktisch in jeder Form von Nahkampf ausgebildet war, ebenso wie an den meisten Waffen, in Fremdsprachen und in fremden Kulturen. Sie war ganz gewiss viel gereist und hochintelligent. Crush wusste das, weil KZS die einzige Organisation war, von der Baissier sich fernhielt. Sie würde sich ihnen stellen, wenn es nötig war, aber ihr bevorzugter Plan war das nie gewesen.

Trotzdem sagte diese Frau, diese Katze, die sich als »freie Mitarbeiterin« – sprich: Killerin – von KZS bezeichnete, sie brauche Crush, damit er ihren »So-tun-als-ob-Freund« spielte, weil sie allem Anschein nach nicht in der Lage war, ihre alten Tanten unter Kontrolle zu halten, die sie sonst verprügeln musste?

Hä? Was?

»Detective Crushek?«

Crush blickte auf, und ihm wurde bewusst, dass ihn alle anstarrten. »Ja?«

Van Holtz reichte ihm ein Foto. »Kennen Sie den?«

Er nahm das Foto, warf einen Blick darauf und nickte. »Ja, den kenne ich. Du kennst ihn auch, MacDermott.«

»Wirklich?« MacDermott nahm ihm das Foto ab, sah es sich an und gab es dann Van Holtz zurück. »Oh, ja. Wow. Er sieht irgendwie anders aus. So sauber.« Sie nickte. »Ja, wir kennen ihn.«

Stille breitete sich im Raum aus, bis Malone bellte: »Und?«

»Und was?«

Malone öffnete den Mund, um etwas hinzuzufügen, aber die Wölfin legte eine Hand auf ihre Schulter, und Van Holtz fragte: »Und wer ist er?«

»Oh. Frankie Whitlan. Frankie, die Ratte. Frankie, der Spitzel. Frankie, der Schwätzer.«

»Big Dick Frankie», warf Crush ein.

»Oh, mein Gott«, sagte Malone zu Smith. »Jetzt sind es schon zwei von der Sorte.«

Van Holtz hob eine Hand, um die beiden Frauen zum Schweigen zu bringen, und sagte zu Crush: »Detective, vielleicht könnten Sie uns etwas mehr über diesen Mann mitteilen. Ich nehme an, er war eine Art Informant?«

»Er war ein Mistkerl.«

»Und eine Menge Cops haben ihn benutzt. Ein paar von ihnen haben dank Frankie ihre goldenen Abzeichen bekommen.«

»Also«, fragte Malone, »ist er ein Mistkerl, weil er seine kriminellen Freunde verraten hat?«

»Nein. Er ist ein Mistkerl, weil er beide Seiten gegeneinander ausgespielt hat.«

»Crushek hat recht. Es gibt Gerüchte, dass er nur die Typen ans Messer geliefert hat, die ihm im Weg waren. Lasst euch von seinen Spitznamen nicht täuschen. Frankie Whitlan war ein Mörder und ein Arschloch. Er hat einen riesigen Drogenring geleitet, und ich glaube auch mit Waffen gedealt ...«

»Aber er hat in der Glücksspielszene angefangen. War Knochenbrecher für ein paar Buchmacher in der Bronx ...«

»Vor zehn Jahren ... ist er dann verschwunden.«

»Wir nahmen an, dass er entweder erwischt wurde und sie ihn haben verschwinden lassen, oder ...«

»Zeugenschutz. Der Zeitpunkt war interessant, weil wir damals versucht haben, ihn wegen des Mordes an einem Börsenanalysten und dessen kompletter Familie, einschließlich seiner drei Kinder, dranzukriegen. Es ging das Gerücht, er habe es selbst getan, was nur selten vorkam, weil für gewöhnlich jemand anders das Töten für ihn erledigte.«

»Aber wenn er im Zeugenschutz wäre, warum sollte er dann zurückkommen?«, fragte Smith. »Das wäre doch ziemlich dumm.«

»Ist eben schwer, dieses Leben hinter sich zu lassen. Viele dieser Mafiatypen kehren wieder in ihre alte Gegend zurück, nur, weil ihnen ihre Lieblingspizzeria fehlt.«

»Ja, aber warum trifft er sich mit dem Präparator, den Smith ausfindig gemacht hat?«, warf Malone ein. »Weil er seinen Lieblingspräparator vermisst hat?«

Van Holtz nickte. »Eine berechtigte Frage.«

»Lasst mich mal sehen, was ich rausfinden kann«, bot Crush an. »Ich kenne da ein paar Typen.«

»Du kennst da ein paar Typen, die … was?«, drängte Malone.

»Ich kenne ein paar Typen. Nerv mich nicht.«

»Nerv …«

»Also gut«, ging Van Holtz dazwischen. »Ich denke, das reicht für heute Abend. Ich bin mir sicher, dass Desiree jetzt gerne nach Hause gehen und sich ein paar dringend benötigte Migränetabletten einwerfen würde.«

»Das wüsste ich zu schätzen.« MacDermott erhob sich. »Denn wisst ihr, was das Schlimmste ist? Ich habe dauernd das Gefühl, ich müsste mir die Nase putzen. Und ich kann euch versichern, dass das das Letzte ist, was ich jemals tun möchte.«

»Komm, Süße.« Smith legte einen Arm um MacDermott. »Ich fahr dich nach Hause.«

Sie gingen alle in den Flur hinaus, und Malone folgte Smith und MacDermott schweigend.

»Ich schätze, das ist alles ein bisschen seltsam für Sie, nicht wahr, Detective?«, fragte Van Holtz, während sie wieder in Richtung Empfang gingen.

»Nur neu. Ich mag keine Veränderungen.«

»Das verstehe ich. Am Anfang war es für Dez auch seltsam.«

Er beobachtete Dez, die vor der großen Glasscheibe stehen blieb, durch die auch Crush vorhin geschaut hatte. All die Kinder winkten nun ihr zu. Nach einer Weile kam ein Hybriden-Mädchen durch die Tür. Sie war eine Bären-Hybridin, wahrscheinlich eine Kreuzung mit einem Hund. Sie war über einen Meter neunzig groß und hatte ein sehr junges Gesicht, aber weit mehr Narben an ihren Armen und ihrem Hals, als jemand in diesem Alter haben sollte.

Mit weit aufgerissenen Augen starrte sie auf das Gesicht der armen MacDermott hinunter. »Was ist denn passiert?«

»Nichts, womit ich nicht fertigwerden würde«, scherzte MacDermott. »Anscheinend bin ich ein ganz harter Knochen.« Lachend nahmen sich die beiden in die Arme, und dann umarmte das Mädchen auch Smith und Malone.

»Wie läuft's?«, fragte MacDermott das Mädchen.

»Och.« Nicht unbedingt eine überschäumende Auskunft.

Nun wusste Crush endgültig, dass er mehr darüber herausfinden musste, was hier genau passierte. Es machte ihn allmählich wahnsinnig. »Wer sind diese Kinder?«, fragte er Van Holtz leise.

Crush hatte angenommen, er würde versuchen, irgendetwas unter den Teppich zu kehren oder so. Tat er aber nicht.

»Hybride«, antwortete Van Holtz sofort. »Sie hatten kein Zuhause, und es ist nicht leicht für sie, sich in die vollmenschliche Gesellschaft einzugliedern, deshalb nehmen wir sie auf. Das ist Hannah«, sagte er und deutete auf die Bären-Hybridin. »Sie ist jetzt schon eine ganze Weile bei uns.« Er lehnte sich zu Crush und sprach noch etwas leiser. »Dee-Ann und Blayne haben sie aus einem Hundekampfring gerettet.«

Obwohl er entsetzt war, dass das Mädchen für etwas Derartiges missbraucht worden war, musste Crush fragen: »Habt ihr sie rekrutiert?«

Van Holtz schüttelte den Kopf. »Nach allem, was sie und ein paar andere dieser Kinder durchgemacht haben? Nein. Es steht ihnen frei, sich uns anzuschließen, wenn sie einundzwanzig sind. Aber nicht früher. Wir bieten ihnen nur ein Dach über dem Kopf, eine Ausbildung und ein paar Möglichkeiten. Jeder hat ein paar Möglichkeiten verdient.«

»Aber solltet ihr ihnen nicht dabei helfen, sich in die Gesellschaft einzugliedern?«

»Nun …«

Ein großer, zotteliger Hund rannte in den Flur hinaus, drehte sich ein paar Sekunden lang im Kreis und raste dann wieder davon.

»Das war Abby.«

»Rennt sie immer als …«

»Ja. Sie bettelt auch um Futter, kratzt an der Tür, damit man sie rein- oder rauslässt, und schnappt nach Fliegen, was immer besonders unterhaltsam ist. Aber wir arbeiten mit ihr daran.«

»Hey«, erinnerte Smith sie, »wir haben die BPC-Bären vorn sitzen lassen. Ich bin mir nicht sicher, ob die kleine Abby in ihrer Nähe sein sollte.«

Hannah seufzte. Tief. »Dann geh ich sie lieber mal holen.«

»Wenn dir Abby so sehr auf die Nerven geht, Hannah, warum kümmerst du dich dann um sie?«, fragte Van Holtz mit einem leisen Lächeln.

»Ein Wort«, antwortete sie. »Blayne.«

»Kannst du das Schluchzen nicht ertragen?«

»Du etwa?«

Das Mädchen hatte nicht unrecht. Crush wusste jedenfalls, dass er es nicht konnte.

Hannah lief davon, aber im selben Moment kehrte Abby zurück. Sie schlitterte in die Mitte des Flurs, bellte und kläffte und rannte dann wieder zurück in die Richtung, aus der sie gekommen war.

Crush, der ein panisches Bellen erkannte, wenn er es hörte, dachte nicht lange nach, sondern folgte dem Mädchen und den anderen. Das nackte, blutüberströmte Löwenmännchen, das mitten im Empfangsbereich lag, überraschte ihn dann doch.

Cella blieb stehen, als sie den nackten, blutüberströmten Löwen sah, der ausgestreckt auf dem Boden lag. Ihr Blick wanderte zu Charlene. »Was zur Hölle?«

»Er wurde angeschossen«, erklärte Charlene ihnen. »Mehrfach.«

»Charlene«, befahl Van Holtz, »ruf Dr. Hayes an. Er ist wahrscheinlich in der medizinischen Abteilung.«

Smith und Cella hockten sich jeweils auf eine Seite des Löwen. Cella streckte eine Hand aus und strich ihm seine immer noch wachsende Mähne aus dem Gesicht. »Oh, Scheiße.«

»Kennst du ihn?«, fragte Smith.

»Mikey Callahan. Seine Ma wird den Verstand verlieren.«

Seine goldenen Augen öffneten sich und blickten Cella ins Gesicht. »Cella.«

»Hey, Kleiner, was ist denn passiert?«

»Schlechter Tag.«

»Ist er bei KZS?«, wollte Smith wissen.

»Nein. Ich erklär's euch später.«

»Er wurde gejagt«, sagte einer der Grizzlys.

Cella hob ihren Blick. Die BPC-Grizzlys hatte sie völlig vergessen. »Woher weißt du das?«

Er ging neben ihr in die Hocke und zeigte auf Mikeys Bizeps. »Hier siehst du, dass sie ihm irgendeine Droge verabreicht haben, damit er ein Löwe bleibt. Und schau dir seinen Hals an. Er wurde angekettet, als er ein Mensch war, und dann gezwungen, sich zu verwandeln.«

»Gezwungen?«

»Während sich KZS und die Gruppe um irgendwelche lächerlichen Hybriden-Hundekämpfe gekümmert haben, haben sich die Bären auf die echten Jäger und echten Gestaltwandler konzentriert. Und ihre Methoden haben sich verbessert.«

»Dein Ton gefällt mir ganz und gar nicht, Kumpel«, warnte Smith ihn. Sie hatte wirklich ein Herz für Hybriden, obwohl sie niemals zugeben würde, dass sie für irgendjemanden ein Herz hatte.

»Ach was?« Er erhob sich wieder und baute sich in all seiner Größe vor Smith auf. »Tja, das ist momentan aber nicht wirklich das Problem, nicht wahr?«

»Und was ist dann das Problem?«

Der Grizzly zeigte durch den Raum auf eine der hinteren Ecken. »Sie.«

Gleichzeitig blickten alle zu dem Vollmenschen-Mädchen hinüber, das in der Ecke stand. Sie war italienischer Abstammung, schätzte Cella. Sie war hübsch und jung, trug Autohandschuhe und eine alte Lederjacke mit mehreren Blutflecken auf einer Seite. Und genau in diesem Augenblick wurde ihr bewusst, dass sie in ernsthaften Schwierigkeiten steckte.

Als Mikey Cellas Hand noch fester drückte, sah sie wieder zu ihm hinunter.

»Sie hat mich hergebracht, Cella. Sie hat mir das Leben gerettet. Du weißt doch, was das für uns bedeutet, Cella.«

Mikey Callahan gehörte, genau wie Cella, zum fahrenden Volk, auch wenn das Callahan-Rudel es ein wenig länger ausgehalten hatte, bevor man sie gebeten hatte, ihrer Wege zu ziehen und Irland zu verlassen. Loyalität bedeutete den Callahans alles, genau wie den Malones. Wenn das Mädchen sein Leben gerettet hatte – und warum sollte er lügen, wenn er blutend im Büro der Gruppe auf dem Boden lag? –, dann musste sie beschützt werden.

Doch bevor Cella sich bewegen konnte, stellte sich MacDermott vor das Mädchen, selbstsicher wie immer trotz ihres geschwollenen Gesichts.

»Wenn ich du wäre«, verkündete sie dem großen Grizzly, »würde ich jetzt einfach verschwinden.«

»Ich weiß, dass du denkst, du hättest hier irgendwelche Macht, Vollmensch. Aber die hast du nicht. Nur weil du dich mit einem von uns paarst, macht dich das noch lange nicht zu einer von uns.«

Charlene kniete sich auf den Boden und legte Mikeys Kopf in ihren Schoß. Im Vergleich zu den anderen war die Füchsin klein, aber hinten im Bund ihres Rocks steckte ein Holster mit einer 45er, und als die Füchsin Cella zunickte, wusste diese, dass sie ihr den Rücken freihalten würde.

Cella und Smith richteten sich wieder auf und bewegten sich langsam durch den Raum auf die beiden Grizzlys zu.

»Ich denke, ihr solltet jetzt gehen«, wiederholte MacDermott.

»Wir gehen, aber wir nehmen sie mit. Wir können nicht darauf vertrauen, dass ihr das mit ihr tut, was getan werden muss.«

»Ihr nehmt sie nirgendwohin mit.«

Er packte MacDermott an ihrer Jacke, aber sie hatte ihre Hand bereits an der Waffe. Doch da sprang die kleine Abby völlig unerwartet zwischen MacDermott und den Bären, bellte lautstark, fletschte die Zähne und biss ihn ins Handgelenk, damit er MacDermott wieder losließ.

»Scheiße«, knurrte Smith und zog ihr Jagdmesser. Sie und Cella bewegten sich blitzschnell. Doch bevor eine von ihnen den Bären erreichte, kickte er Abby ganz lässig zur Seite, sodass sie auf den Sesseln landete. Das Mädchen stieß ein überraschtes Jaulen aus.

Sie waren alle so auf Abby konzentriert, dass sie Hannah erst bemerkten, als diese den mächtigen Körper des Grizzlys rammte und den viel größeren Bären gegen die Tür warf. Smith wollte ihr zu Hilfe eilen, aber Cella packte sie am Arm und hielt sie fest, während Hannah dem zweiten Bären einen Haken mit ihrem Unterarm verpasste, ihn gegen die Brust schlug und dann einen Treffer auf seinem Kiefer landete.

Abby verwandelte sich in ihre menschliche Gestalt und packte den größeren Bären bei den Haaren. Sie zerrte ihn von der Tür weg und ignorierte seinen überraschten Schmerzensschrei, während MacDermott einen Satz nach vorn machte, um der Kleinen zu helfen, und ihren Fuß gegen das Knie des Bären rammte.

Das Vollmenschen-Mädchen erkannte seine Chance und stürzte durch die offene Tür in die eisige Kälte hinaus.

Smith schaute zuerst auf Cellas Hand hinunter, dann wieder hinauf in ihr Gesicht. »Warum hast du das gemacht?«

»Dachte, die Mädels kämen allein zurecht.«

Die beiden Bären rappelten sich wieder auf, und Abby verwandelte sich zurück in Hundegestalt, rannte durch den Raum und versteckte sich hinter Cella. Das arme Ding wusste nie, ob es fliehen oder kämpfen sollte. Hannah hingegen blockierte inzwischen die Tür und gab dem Vollmenschen-Mädchen dadurch mehr Zeit, um zu fliehen.

MacDermott zog am Unterarm des Mädchens, bis Hannah zur Seite ging.

»Ich glaube, ihr solltet jetzt gehen«, wandte sich MacDermott erneut an die Grizzlys.

»Sonst was?«

Sie zuckte mit den Schultern. »Sonst lasse ich zu, dass ihr noch mal von einem nackten Mädchen verprügelt werdet. Das war nämlich *wirklich* lustig.«

Einer der Bären gab ein Knurren von sich und stampfte aggressiv auf MacDermott zu, aber Crushek war sofort zur Stelle. Er stellte sich zwischen seine Partnerin und die Bären, und während sich die beiden lautstark anbrüllten, klatschte er seine Hände immer wieder gegen den Kopf des größeren Grizzlys und vergrub seine Krallen in dessen Gesicht. Fenster und Möbel schepperten, und mehrere Mitglieder der Gruppe kamen mit erhobenen Waffen in den Raum gestürzt. Sie wurden jedoch nicht gebraucht, da Crush den großen Grizzly an sich heranriss und ihm dabei beinahe das Gesicht zerfetzte. »Meine Partnerin hat gesagt, es ist Zeit, dass ihr verschwindet.« Er warf den Bären gegen den zweiten Grizzly, und sie taumelten gemeinsam zur Tür hinaus, während Crush ihnen hinterherbrüllte: *»Also verschwindet gefälligst! Rennt nach Hause zu Mommy!«*

Die Grizzlys ergriffen die Flucht, und Crushek blieb mit dem Rücken zu den anderen in der Tür stehen, während sich sein Brustkorb heftig hob und senkte und Grizzlyblut über seine Hände lief.

Im Eingangsbereich des Büros war es vollkommen still, alle starrten Crush an. Dann lehnte sich Smith zu Cella und flüsterte: »Du solltest vielleicht einen Gang runterschalten, Schätzchen – deine Nippel sind schon ganz steif.«

Cella holte mit ihrer Faust aus und ihre Knöchel kollidierten mit Smiths Nase. Dann kehrte sie wieder an Mikey Callahans Seite zurück.

Kapitel 17

Crush saß an seinem Küchentisch, das Kinn auf die Faust gestützt, und starrte ins Leere. Er hatte eine Grenze überschritten. Nicht bei seiner Vorgesetzten und auch nicht, was seinen eigenen Moralkodex betraf. Nein, er wusste, dass er bei Peg Baissier eine Grenze überschritten hatte. Sie hatte ihn schon immer gehasst, was nur fair erschien, da sie die einzige Frau war, von der Crush offen zugab, dass er sie verabscheute. Baissier war allerdings sehr darauf bedacht, die »Marke« BPC zu schützen. Und was ihren »Jungs« heute Abend zugestoßen war, würde sie nicht einfach auf sich beruhen lassen. Crush kannte Baissier gut genug, um zu wissen, dass sie diese Beleidigung niemals durchgehen lassen würde. Nicht sie.

Trotzdem würde sie niemals direkt auf ihn losgehen. Das war zu einfach. Nein, sie würde einen anderen Weg finden, um ihn zu treffen. Oder, wie sie es vor über zwanzig Jahren formuliert hatte, sie würde einen Weg finden, »ihm wehzutun«. Und da er wusste, dass sie keine leeren Drohungen aussprach, war er sich ziemlich sicher, dass sie dieses Versprechen auch halten würde. Besonders jetzt.

Dennoch machte sich Crush um sich selbst keine allzu großen Sorgen. Nicht dass er gerne leiden wollte oder so. Doch nun gab es auch andere, die sie verärgert hatten. MacDermott. Van Holtz, Smith, Malone. Oder auch diese beiden Hybriden-Mädchen. Sie alle hatten, ohne es zu wissen, eine Grenze bei Baissier überschritten. Crush hatte Van Holtz und Gentry gewarnt, die eine Stunde nach dem Zwischenfall im Büro der Gruppe aufgetaucht war. Sie hatten es verstanden, und als er mit MacDermott gegangen war, hatten sie sich noch mit Smith und Malone getroffen, wobei Van Holtz ihm versichert hatte, dass er dafür sorgen würde, dass die Mädchen beschützt wurden.

Crush konnte jedoch das Gefühl nicht abschütteln, dass …

Er hörte ein Klopfen an seiner Haustür, und Lola hob knurrend ihren Kopf vom Küchenboden. Crush stand auf, zog seine 45er aus dem Holster und ging zur Tür. Doch nachdem er einmal in die Luft geschnuppert hatte, senkte er seine Waffe wieder und öffnete die Tür.

»Du bist es.«

»Spricht man so mit seiner So-tun-als-ob-Freundin?«

Crush verdrehte die Augen, während das Adrenalin praktisch aus seinem Körper strömte, und erwiderte: »Du bist *so* eine merkwürdige Katze.«

»Sag mir was, das ich noch nicht weiß.« Sie hob die Hände. »Also, lässt du mich rein, oder was?«

»Es ist schon spät, Malone. Und ich bin einfach nicht in der Stimmung, um …«

»Großartig. Danke.« Sie drängte sich an ihm vorbei ins Haus. Mit zusammengebissenen Zähnen folgte er ihr in die Küche.

Malone war kaum eingetreten, als Lola sie anbellte, um sie herumrannte und sich vor Crushs Füße setzte. Wo sie weiterbellte.

Crush beugte sich nach unten und hob den zwanzig Kilo schweren Hund auf. »Ich weiß, Mädchen, ich weiß. Niemand will diese fiesen Katzen bei sich zu Hause haben. Schlimmer als Ratten.«

»Ich kann nicht glauben, dass du auf diese Propaganda der Hunde-Medien reinfällst.«

»Für jemanden, der so sehr gegen Hunde ist, scheinst du dich ja ziemlich gut mit ihnen zu verstehen.«

»Na ja, Smith und Van Holtz sind eben nicht wie diese *anderen* Hunde. Du weißt schon, weder reden sie wie sie noch stolzieren sie wie sie durch die Gegend. Sie sind anders.«

»Angesichts der Richtung, in die sich diese Unterhaltung entwickelt, wird mir zusehends unbehaglich«, erwiderte er und ignorierte ihr Lachen.

Crush küsste Lola auf den Kopf, ging in die Küche und direkt zum Wandschrank, in dem er all ihre Leckerlis aufbewahrte, und holte einen besonders großen Hundeknochen heraus.

»Bitteschön.« Er setzte Lola mit ihrem Leckerli wieder auf dem Boden ab. »Ich glaube, das hast du dir verdient, mein kleines Mädchen.«

»Warum akzeptierst du nicht einfach, dass sie dein Hund ist?«, fragte Malone und ließ sich auf einen der Stühle fallen, die um den Küchentisch standen.

»Sie ist ein Pflegehund. Eines Tages werde ich eine nette Familie mit Kindern für sie finden.«

»Warum kann sie nicht einfach hier bei dir bleiben?«

»Weil sie hier niemand zum Spielen hat.« Crush öffnete den Kühlschrank, warf einen Blick hinein und machte die Tür wieder zu.

»Du bist unruhig«, bemerkte sie.

»Es war ein … interessanter Tag.«

»Für uns eher Durchschnitt.«

»Super. Toll, das zu hören. Und gut zu wissen, dass ich mich noch auf mehr freuen kann. Ich schätze, als Nächstes wird Gentry mich wohl bitten …«

»Jemanden umzubringen?«

Crush steckte die Hände in die Taschen seiner Jeans und ließ die Schultern hängen.

»Das bezweifle ich«, erwiderte sie. »Normalerweise ist MacDermotts Abteilung ausschließlich damit beschäftigt, mein und Smiths Chaos wieder zu beseitigen. Smith und ich veranstalten meist ein ziemlich großes Chaos.«

»Willst du damit sagen, dass ich Leichen beseitigen muss?«

»Oh, Gott, nein. Für solche Sachen haben wir Spezialisten. Ich meine nur, dass du wahrscheinlich eine Menge Zeit damit verbringen wirst, dafür zu sorgen, dass Smith und ich nicht im Gefängnis landen.«

»Darauf hat man mich also jetzt reduziert? Dafür zu sorgen, dass du und deine Wolfsfreundin nicht im Gefängnis landet?«

»Vertrau mir, es wird mehr sein als nur das. In gewisser Weise ist unsere Welt viel schwieriger als die der Vollmenschen.«

»Deren Welt verstehe ich. Sie ist simpel. Gefährlich, aber simpel.«

Malone warf ihre Beine auf den Küchentisch, als gehöre ihr die Bude, und legte ihre Füße übereinander.

»Also, willst du mir sagen, was los ist?«

»Was meinst du damit?«

»Okay, lass mich mal sehen. Erstens hast du dich auf deine beiden Repliken – wie ich deine Brüder gerne nenne – gestürzt, als seien sie von Kopf bis Fuß mit Walspeck überzogen. Und dann diese beiden Grizzlys im Büro ...«

»Sie haben ein Kind getreten, meine Partnerin bedroht und wollten sich dieses Vollmenschen-Mädchen schnappen. Was hätte ich denn tun sollen? Stehen bleiben?«

»Erstens ...«

»Schon wieder erstens?«

Malone funkelte ihn an, und Crush hob seine Hände, da er wusste, dass er giftig gewesen war. »Tut mir leid.«

»Erstens: Das, was nach der Besprechung passiert ist, war absolut berechtigt. Aber du hast sie auch *vor* der Besprechung schon angemacht.«

»Dann gibt's also gar kein ›Zweitens‹? Du hast all diese Erstens, aber kein einziges Zweitens?«

Malone faltete die Hände auf ihrem Bauch.

»Was?«

»Willst du weiter dieses Spielchen spielen, um mir nicht sagen zu müssen, was los ist? Oder willst du vielleicht lieber einfach mit mir reden?«

»Worüber denn? Irgendwas sagt mir nämlich, dass du längst Bescheid weißt.«

»Dass Baissier deine Pflegemutter war? Dass sie dich als Polizist verpfiffen hat? Ja, das weiß ich. Aber ich will es trotzdem von dir hören.«

Crush verschränkte die Arme vor der Brust. Die Tatsache,

dass Malone all diese Einzelheiten über sein Leben wusste, verwunderte ihn nicht besonders. Sie gehörte schließlich zu KZS, deshalb war es keine Überraschung. Er fragte sich, wie es wohl wäre, die ganze Sache mit jemand anders als dem Hund oder sich selbst zu diskutieren. Für gewöhnlich blieben persönliche Dinge bei ihm … nun … persönlich.

Aber vielleicht war es ja wirklich besser als nichts, mit dieser Irren, die hier vor ihm saß, zu reden.

»In den Augen des Gesetzes ist Baissier eine Pflegemutter. Aber in Wahrheit hat sie rekrutiert. Sie hat nur Bären unter zwölf aufgenommen. Ich war fünf, als ich meine erste Schusswaffe in der Hand hatte. Eine kleine 38er. Mit zehn konnte ich mit Messern kämpfen, und mit dreizehn hätte ich dir einen ganzen Haufen Tricks aufzählen können, jemanden umzubringen.«

»Deshalb hast du dich nach Hannah und den anderen erkundigt.«

»Mir war klar, dass wir ein Problem miteinander kriegen würden, wenn Van Holtz Kinder rekrutiert.«

»Tut er nicht. Versprochen. Das passiert nicht. Smith – Dee-Ann – kommt viel rum. Der Großteil dieser Hybriden-Jungen hat auf der Straße gelebt, als sie sie gefunden hat. Sie bringt sie her und gibt ihnen etwas zu essen und einen Platz zum Schlafen. Wenn sie bleiben, sorgt Van Holtz dafür, dass sie entweder zur Schule gehen oder eine Ausbildung machen, und Blayne hilft ihnen dabei, damit zurechtzukommen, dass sie zwei oder mehr Sachen gleichzeitig sind.«

»Die anderen verstehe ich alle, aber was ist mit Abby los?«

»Dee-Ann hat Abby in einer Gasse gefunden, wo sie aus einer Mülltonne gegessen hat. Sie ist schon eine Weile bei der Gruppe und verwandelt sich nur, wenn ihr danach ist. Und ich kann dir versichern, dass niemand versucht hat, sie zu rekrutieren oder sie zu irgendetwas zu zwingen, außer vielleicht, die Damentoilette zu benutzen, anstatt immer in den Hinterhof zu pinkeln … weil wir das alle echt seltsam finden.«

»Du findest *das* seltsam?«

»Ja. Du nicht?«

Crush ignorierte ihre Frage und erwiderte: »Van Holtz sagte, Hannah sei aus einem Hundekampfring gerettet worden?«

»Ja. Ich war echt überrascht, dass sie sie nicht einfach eingeschläfert haben.«

»Sie haben sie nicht aus dem Tierheim geholt, Malone.«

»Nein, aber sie hat eine Menge durchgemacht. Mehr als die meisten je überstehen würden. Davon erholt man sich nicht einfach so.«

»Aber glaubst du wirklich, dass es gut für sie ist, von Leuten wie dir und Smith umgeben zu sein?«

»Gut für sie? Ich war immer nur nett zu dem Mädchen.«

»Ich spreche nicht davon, wie nett du warst. Ich spreche davon, welchen Einfluss es auf eine junge Frau mit einem psychischen Schaden hat, wenn sie ihre Zeit mit einer KZS-Killerin und einer hinterwäldlerischen Schläger-Wölfin verbringt.«

»Ich bin freie Mitarbeiterin!«

»Ist mir egal.«

»Und schließlich sitzen Smith und ich nicht rum und erzählen Hannah Geschichten davon, wen wir im Laufe der Jahre so alles ausgeschaltet haben. Wir haben immer nur versucht, dieses Mädchen zu unterstützen.«

»Nicht jeder ist für dieses Leben geschaffen, Malone.«

»Das ist mir bewusst. Meine Meghan ist es nicht. Josie genauso wenig. Sie werden beide Ärztinnen werden. Und Hannah kann werden, was immer sie will. Ich weiß mit Sicherheit, dass Mace Llewellyn angeboten hat, ihr und Abby jede Schule zu bezahlen, auf die sie gehen wollen, überall auf der Welt. Und vielleicht wird sie das auch tun. Vielleicht wird sie aufs College gehen. Ingenieurin werden. Oder Wissenschaftlerin. Oder eine ganz starke Stürmerin«, endete sie murmelnd.

»Eine starke …« Angewidert entfernte er sich einen Schritt von der herzlosen Katze. »Oh, Malone!«

»*Was denn?* Wir sprechen hier doch nur über Möglichkeiten.

Das ist alles. Und außerdem … hast du gesehen, wie sie diese Grizzlys abgefertigt hat?«

»Du rekrutierst!«

»Fürs Hockey!« Dann fügte sie ruhig hinzu. »Das Spiel Gottes.«

»Du nennst Hockey allen Ernstes das Spiel Gottes?«

»Alle Malones nennen es das Spiel Gottes. Weil es das *ist.*«

Der Bär blies langsam seine Atemluft aus. »Ich glaube, ich lasse die Sache damit auf sich beruhen.«

»Das würde ich auch tun.« Cellas Meinung stand ohnehin fest.

»Wie geht's dem Löwen?«, erkundigte er sich.

»Besser. Die Ärzte kümmern sich um ihn, und sobald er transportbereit ist, wird die Gruppe ihn in ein sicheres Versteck bringen. Meine Onkel sind schon zu den Callahans gefahren, um ihnen Bescheid zu sagen.«

»Deine Onkel? Warum nicht KZS?«

»Die Malones stehen den Callahans näher, als KZS es je könnte. Wir verstehen sie, und wir können ihr Revier betreten, ohne beschossen zu werden.«

»Ich dachte immer, Tiger und Löwen verstehen sich nicht.«

»Tun wir auch nicht. Aber selbst dir müsste aufgefallen sein, dass wir keine typischen Tiger sind. Und die Callahans sind keine typischen Löwen. Du wirst nicht erleben, dass sie ihre Männer feilbieten, als seien es Gebrauchtwagen. Das ist nicht ihre Art.«

Er betrachtete sie eingehend und vermutete: »Ich muss noch eine Menge über deine Familie lernen, oder?«

»Das könnte man so sagen. Aber nicht heute Abend. Dafür fehlt mir die Energie.«

»Soll mir recht sein. Aber vielleicht kannst du mir erzählen, was mit dem Löwen passiert ist?«

»Dieser Grizzly war zwar ein Arschloch, aber er hatte recht. Mikey wurde gejagt. Leider hat er keine Ahnung, wo er war, aber er meinte, es sei eine Art Tierschutzgebiet gewesen. Ganz in der Nähe. Da die Bären das Mädchen verscheucht haben, das ihm geholfen hat, weiß ich nicht, wann wir diesen Ort aufspüren werden.«

Crush kam ein Stück näher, die Hände noch immer in den Hosentaschen. »Ich weiß, warum MacDermott und ich sie haben gehen lassen, aber warum hast du es getan?«

»Aus einer Menge Gründe, aber vor allem, weil Mikey mich darum gebeten hat. Sie hat ihm das Leben gerettet, und das verdient unsere Loyalität.«

»Hast du keine Angst, dass sie etwas verraten wird?«

»Wem denn? Ich meine, wer würde ihr schon glauben? Jedenfalls niemand, der uns ernsthaft wehtun könnte.«

»Da hast du auch wieder recht. Außerdem kann sie nicht reden, selbst wenn sie wollte.«

»Warum nicht?«

Crushek grinste. »Sie ist eine Autodiebin. Eine sehr gute noch dazu. Klaut nur teure Karren. Hat ganz spezielle Klienten.«

»Du kennst sie.«

»Ich kenne ein paar Händler, die sie bei speziellen Wünschen angeheuert haben. Fahrerin ist sie aber auch. Sie war in ein paar Überfälle involviert, aber ihre wahre Liebe ist der Autodiebstahl. Das macht sie Vollzeit, seit sie sechzehn ist.«

»Du kennst sie«, wiederholte Cella. »Aber du wirst niemals jemandem verraten, wer sie ist … oder?«

Der Bär zuckte mit den Schultern und lächelte. »Ich kann nicht riskieren, dass diese Information am Ende beim BPC landet. Außerdem hat sie einen von uns beschützt – und dafür hat sie unsere Loyalität verdient, nicht wahr?«

Okay, dann war der Bär eben überkritisch, total verklemmt und so sittenstreng, dass es Cella zum Lachen brachte, aber er war auch klug, mutig und verflixt schnell. Und einer Autodiebin gegenüber loyal, obwohl er sie gar nicht richtig kannte.

»Wenn du willst, dass dieses Mädchen in Sicherheit ist«, sagte Cella, »dann müssen wir Baissier zur Strecke bringen, und zwar sofort.«

»Wie kommst du darauf, dass wir das könnten? Ich kenne diese Frau schon seit Langem, Malone. Du kannst sie nicht zur Strecke bringen, nur weil dein Freund will, dass irgendein Mädchen in Sicherheit ist.«

»Das weiß ich. Ich sage ja auch nicht, dass es leicht sein wird, aber ich glaube, Whitlan ist der Schlüssel.«

»Warum?«

»Denkst du wirklich, Baissier ist hinter einem Tierpräparator her? Sie beobachtet diesen Präparator aus einem bestimmten Grund. Smith und ich glauben, dass dieser Grund Whitlan ist.«

»Und? Was, wenn er der Grund ist?«

Sie zuckte mit den Schultern. »Vielleicht arbeitet Baissier mit ihm zusammen.«

Er schnaubte. »Peg Baissier soll mit einem Vollmenschen zusammenarbeiten? Was bist du? High?«

»Die Möglichkeit besteht.«

»Es besteht auch die Möglichkeit, dass ein männlicher Löwe scheu und zurückhaltend sein könnte, aber das kommt auch nicht vor.«

»Ich sag's dir, sie führt irgendwas im Schilde.«

»Sie führt *immer* irgendwas im Schilde. Das bedeutet aber nicht, dass sie etwas tut, das wir gegen sie verwenden könnten.«

»Das weißt du doch gar nicht.«

Crush betrachtete Cella. »Was, wenn sie wirklich etwas im Schilde führt?«, fragte er schließlich. »Warum kümmert KZS das? Oder ist das eigentliche Problem Baissiers Machtstellung innerhalb der Bären?«

Cella kratzte an ein wenig getrocknetem Blut auf dem Ärmel ihres Sweatshirts. »Wenn man diese Frau so gut kennt wie du, Crushek, kann man dann wirklich behaupten, sich in dem Wissen wohlzufühlen, dass sie die Kontrolle über eine Armee aus Grizzlys und Eisbären besitzt? Wenn man bedenkt, wie sehr sie alle anderen Spezies hasst?«

Als er nicht antwortete, hob Cella den Blick, nicht überrascht über das Stirnrunzeln auf seinem Gesicht.

Cella nickte. »Ja. So ungefähr fühlen wir anderen uns auch.«

»Das verstehe ich ja, aber auch nur eine Sekunde lang zu denken, dass sie sich mit einem Mistkerl wie Whitlan einlassen würde …«

»Laut dir hat er das NYPD, das FBI und die *Mafia* an der Nase rumgeführt. Glaubst du wirklich nicht, dass er dasselbe mit ihr tun könnte? Mit jemandem, der so arrogant ist, sich für unantastbar zu halten?«

»Sie ist unantastbar.«

»Nicht, wenn wir etwas gegen sie finden. Nicht, wenn *du* etwas gegen sie findest. Bei Whitlan fängst du an. Das ist es doch, was Polizisten tun, oder? Irgendeiner Scheiße nachgehen? Ermitteln?«

»Für gewöhnlich habe ich aber gern dieses kleine, aber feine Etwas, das man *Beweise* nennt.«

»Hör zu, Smiths Bauch…«

»Wenn ich mir noch einmal was über die inneren Organe dieser Wölfin anhören muss …«

»Schau dir die Sache einfach mal an. Bitte.« Als er sich nur am Kopf kratzte, fragte Cella: »Was? Was ist denn?«

»Ich hab eine Vergangenheit mit Baissier, und das ist nicht gerade ein großes Geheimnis. Zumindest nicht unter den Bären. Sie werden womöglich denken, dass ich nur ihr Leben zerstören will.«

»Willst du das denn nicht?«

»Nein.« Sie fand es wunderbar, wie angewidert er angesichts der bloßen Unterstellung aussah, er könne irgendetwas aus Rache tun. Dieser Typ war so aufrichtig. »Ich will nur, dass sie sich von mir fernhält, dann halte ich mich auch von ihr fern.«

Cella grinste. »Du hast ihre Jungs gerade aus dem Büro der Gruppe geschmissen, verdammt. Glaubst du wirklich, dass sie sich jetzt noch von dir fernhalten wird?«

»Wie sie ihre eigenen verfluchten Angelegenheiten regelt, ist ihre Sache. Aber ich spreche von mir. Ich meine, kann sich nicht die Gruppe um diese Nachforschungen kümmern?«

»Die Gruppe?« Cella lachte. »Weißt du, wie die Gruppe sich um so beschissen große Angelegenheiten wie diese kümmert? Sie beauftragen Dee-Ann, und sie tötet Leute mit ihrem Jagdmesser … das ihr Vater ihr geschenkt hat, als sie zwölf war. Vertrau mir, wenn ich dir sage, dass du nicht willst, dass Dee-Ann Smith auch nur in die Nähe vom Whitlan oder Baissier kommt.«

Der Bär schloss für einen Moment die Augen. »Was ist mit KZS?«

»KZS besteht aus Katzen. Im Allgemeinen sind wir eine faule Spezies. Deshalb halten wir uns auch nicht mit, wie du es nennen würdest«, sie malte mit ihren Fingern Anführungszeichen in die Luft, »›Ermittlungsarbeit‹ auf.«

»Was macht ihr sonst?«

»Jemand sagt: ›Ich glaube, die sind ein Problem‹ … und dann wird einer von uns losgeschickt, um das Problem aus der Welt zu schaffen.«

Mit finsterer Miene fragte der Bär: »Macht ihr das in *jeder* Situation? Auch, wenn es nicht um Leben und Tod geht?«

»Oh, Gott, nein! Natürlich nicht. Wenn du uns nur auf die Nerven gehst, besuchen wir dich nur zu Hause und pinkeln überall hin.« Sie zuckte mit den Schultern. »Manchmal scheißen wir auch in deine Schuhe.« Als der Bär sie nur mit offenem Mund anstarrte, fügte Cella hastig hinzu: »Aber ich nicht. *Ich* hab das noch nie gemacht. Niemals. Weil es … es …« Sie überlegte einen Moment. »Es ist ›moralisch‹ falsch.« Sie lächelte, offensichtlich stolz auf sich, weil sie sich an diese Formulierung erinnert hatte.

»Hast du mit den Fingern gerade moralisch in Anführungszeichen gesetzt?«

Unsicher, wie sie darauf antworten sollte, erwiderte sie: »Nur zur Verdeutlichung?« Wahrscheinlich hätte es glaubhafter geklungen, wenn sie es nicht als Frage formuliert hätte, aber, mein Gott, der Bär hatte einfach so viele Regeln! Wie sollte sie sich bitte an so viele verdammte Regeln erinnern?

»Ich glaube nicht, dass ich noch mehr hören will.«

»Tja, ich muss sowieso los.« Cella tippte mit den Fingerspitzen auf den Tisch. »Ein Mädchen bleibt nicht gern länger, als es erwünscht ist. Außerdem wollte ich nur mal kurz nach dir sehen. Das ist das Mindeste, was ich für dich tun kann, wo du doch mein …«

»So-tun-als-ob-Freund bist?« Er schüttelte den Kopf. »Erklär mir bitte mal, wieso du deine Tanten nicht in den Griff kriegst, obwohl du KZS-Agentin bist?«

»Freie Mitarbeiterin.«

»Was?«

»Ich bin freie Mitarbeiterin. Sie rufen mich an, ich bin da. Ansonsten spiele ich Hockey, streite mich mit meinem Kind und schlafe.«

»Sie rufen an, du bist da und tust … was? Was genau?«

»Alles bis auf eine Entfernung von tausend Metern.«

Er starrte sie an, einen Moment lang verwirrt. Aber dann weiteten sich seine Augen, und er fragte: »Du erledigst ein Ziel aus …«

»Tausend Meter Entfernung, ja. Kannst du das nicht?«

»Nein.«

»Ja, ich bin gut. Und ich glaube langsam, sie wollen mich befördern. Deshalb lassen sie mich öfter mit Smith und MacDermott zusammenarbeiten. Aber ich will nicht, dass irgendwas zwischen mir und den Carnivores steht, verstehst du? Hockey hat bei mir immer höchste Priorität, direkt nach meinem Kind und der Familie. Wichtige Ziele auszuschalten, steht ungefähr auf Platz vier oder fünf auf meiner Liste.«

»Ich hab keine Ahnung, was ich dazu sagen soll.«

»Nicht schlimm. Und was meine Tanten betrifft: Du warst derjenige, der gesagt hat, es sei falsch, alte Frauen zu verprügeln, also …«

Crush rollte mit den Augen. »Du wolltest doch gerade gehen, oder?«

Sie lachte und stand auf. »Dann nimmst du Whitlan also mal unter die Lupe?«

»Ich habe schließlich keine andere Wahl, oder?«

»Nicht, wenn du willst, dass alles legal abläuft und so. Aber, hey, egal, was passiert, du hilfst mir sehr bei meiner Familie, und das weiß ich wirklich zu schätzen. Danke.«

»Ja, ja. Keine Ursache.«

Sie zwinkerte ihm zu und wandte sich zum Gehen, blieb in der Küchentür aber noch einmal stehen.

»Stimmt was nicht?«, fragte der Bär sie, und sie hörte aufrichtige Besorgnis in seiner Stimme.

Crush beobachtete, wie die Tigerin in der Küchentür stehen blieb. Als sie sich zu ihm umdrehte, wusste er nicht, was in ihr vorging. Sie betrachtete ihn abschätzig, ihr Blick wanderte von seinen Füßen bis zu seinem Gesicht hinauf. Dann kam sie zurück in die Küche, schnappte sich einen der Stühle und zog ihn über den Boden, bis er vor Crush stand. Sie stellte sich darauf, um auf Augenhöhe mit ihm zu sein. Allerdings war sie ohnehin gut einen Meter achtzig groß und daher nun etwas größer als er.

»Ja?«, fragte er.

»Du klingst misstrauisch.«

»Du machst mich misstrauisch.«

»Ich mache jeden misstrauisch.« Sie schlang ihre Arme um seinen Hals.

»Wirst du mich jetzt wirklich küssen?«, musste er einfach fragen. »Nach allem, was in diesen letzten Stunden passiert ist?«

»Yep.«

»Warum?«

»Ich könnte dir eine Menge Gründe nennen …«

»Nenn mir zwei.«

»… aber hauptsächlich, weil ich es will.«

»Oh … das ist ein guter Grund.«

Cella lachte und beugte sich zu ihm. Crush beobachtete sie, neugierig, was sie als Nächstes tun würde.

Er war noch nie mit einer Katze zusammen gewesen. Für gewöhnlich hielt er sich an Vollmenschen oder Bären. Und wenn er die Probleme bedachte, die er mit dieser speziellen Katze hatte, war er sich nicht sicher, warum er überhaupt zuließ, dass sie ihn nun küsste. Es musste mit Neugier zu tun haben. Der wahre Fluch seiner Existenz. Sie half ihm als Polizist, sein Privatleben hatte sie hingegen schon des Öfteren total ruiniert. Andererseits war es durchaus möglich, dass er einfach aufhören sollte, sich mit Frauen einzulassen, die so viel zu verbergen hatten. An der Oberfläche wirkten sie immer ganz anders, aber sobald er ein wenig tiefer grub … nun, das war immer ein Fehler. Dabei suchte er im Gegensatz zu einigen anderen Jungs, die er bei der Truppe kannte, nicht einmal absichtlich nach irgendetwas oder versuchte, Beweise dafür zu finden, dass die Frau, mit der er im Moment zusammen war, eine Lügnerin, verheiratet, anderweitig liiert oder eine ausgewachsene Psychotikerin war. Trotzdem fand er genau diese Dinge häufig heraus, und nur allzu oft führten sie zu Tränen, Wut und jeder Menge Gebrüll – und nichts davon kam von ihm. Crush war sich nie ganz sicher, warum es anscheinend immer seine Schuld war, dass jemand eine kriminelle Vergangenheit hatte, die unter mehreren Schichten falscher Namen und Sozialversicherungsnummern vergraben lag, aber was sollte er tun?

Trotzdem: Als die Katze ihr Gesicht an seinen Hals presste und an ihm schnupperte, hatte er nicht das Gefühl, nach irgendetwas graben zu müssen. Cella Malone war so direkt, dass es nicht selten abschreckend wirkte. Sie schien keine Probleme damit zu haben, offen über ihre Arbeit für KZS zu sprechen und gab frei heraus zu: »Ja, sicher, ich verdiene meinen Lebensunterhalt damit, Leute umzubringen.« Sie war unverblümt, nervtötend und unhöflich und ließ sich nicht davon abbringen, ihn in den lächerlichsten Unsinn mit hineinzuziehen.

Aber als ihre Nase über seinen Hals strich und sein Ohr streifte, war ihm das alles plötzlich vollkommen egal. Wem wäre das nicht egal gewesen? Was sie da tat, fühlte sich so gut an, dass im Moment überhaupt nichts eine Rolle spielte.

Malones Stirn strich zuerst über sein Kinn, dann über seine Wange, aber sie küsste ihn nicht. Noch nicht.

»Lässt du immer deine Augen offen?«, fragte sie sanft.

»Ich sehe gern, was auf mich zukommt.«

»Oh, sehr nett.« Sie betrachtete ihn. »Willst du nicht deine Arme um mich legen?« Crush hatte seine Arme immer noch vor seiner Brust verschränkt.

»Ich finde es so gemütlich.«

»So sexy, dieser verklemmte, sture Hund.« Sie rieb ihre Nase an seiner, und trotz bester Absichten gelang es Crush nicht, ein Lächeln zu unterdrücken.

»Na bitte, geht doch. Jetzt siehst du lange nicht mehr so böse aus.«

»Ich dachte, du magst böse.«

»Stimmt, aber ich helfe dir hier auch für zukünftige Frauen. Du willst sie doch nicht vertreiben, oder?«

»Anscheinend ist mein neutraler Gesichtsausdruck noch furchteinflößender.«

»Weil wir keine Ahnung haben, was du im Schilde führst. Schnuppern und weitergehen oder Gliedmaßen ausreißen.«

»Das ist wirklich reizend. Vielen Dank.«

»O-oh. Der finstere Blick ist zurück. Ich sollte dich besser ablenken, bevor ich am Ende ohne Arme und Beine dastehe.«

»Wenn du dir solche Sorgen machst …«

Sie küsste ihn und brachte ihn zum Schweigen.

Es war kein netter Kuss. Oh, sicher, es war unglaublich, und Crush hatte wirklich nicht geahnt, dass man so weiche Lippen haben konnte, aber »nett« war es nicht. Tatsächlich hatte er keine Ahnung gehabt, dass eine Frau so wunderbar anzüglich und schmutzig küssen konnte. Insgeheim mochte Crush schmutzig. Und ihn beschlich das Gefühl, dass Malone schmutzig genauso sehr mochte wie er – es aber nicht geheim hielt.

Sie drang mit ihrer Zunge in seinen Mund ein, grub ihre Finger tief in seinen Nacken und seinen Hinterkopf, um ihn zu fixieren. Crushs ganzer Körper entspannte sich, und er ließ die Arme von seiner Brust an seine Seiten gleiten, schlang sie um ihre Taille und hob die Katze vom Stuhl. Dieser stand nun zwischen ihnen, und Crush kickte ihn aus dem Weg. Er hielt sie ganz fest und erwiderte den Kuss. Aber er wollte mehr.

Ohne an irgendetwas anderes als die Bedürfnisse seines Körpers zu denken, presste Crush Malone gegen den Kühlschrank und hielt sie mit seinem ganzen Körper dort fest. Er löste seine Hände von ihrer Taille und ließ sie nach oben wandern, sodass er ihre Brüste packen konnte. Seine Finger drückten zu, während seine Daumen durch ihren BH ihre Nippel umkreisten. Ihr ganzer Körper bebte, und plötzlich drückten ihre Hände gegen seine Brust und stießen ihn weg.

»Was?« Er hörte das Knurren in seiner Stimme und war selbst ein wenig entsetzt darüber.

»Heiliges Kanonenrohr!« Malone gab ihm einen Schubs, und er ließ sie los und sah zu, wie sie auf den Boden fiel.

Sie keuchte heftig, und ihre goldenen Augen betrachteten ihn eindringlich. Goldene Augen, die ihn anklagten. »Du hast mir nicht gesagt, dass du ein Pulverfass bist, das kurz vorm Explodieren steht.«

»Was zur Hölle soll das denn bedeuten?«

Sie entfernte sich vom Kühlschrank, ließ Crush jedoch keinen Moment aus den Augen.

»Du hast mich geküsst«, fügte er hastig hinzu, da er das Gefühl hatte, sich verteidigen zu müssen.

»Ich weiß«, schoss sie zurück.

»Und warum schaust du mich dann an, als …?«

Sie hob anklagend einen Finger. »Spiel hier nicht den Schüchternen!«

»Was?«

»Wir wissen doch beide, was hier los ist, und mir ist jetzt klar geworden, dass ich mehr Zeit brauchen werde als für einen Quickie auf deinem Küchentisch. Ich brauche eine ganze Nacht, um mit all dem«, sie fuchtelte mit ihren Händen in der Luft herum, als würde sie damit über seinen ganzen Körper reiben, »fertigzuwerden.«

Crush kratzte sich am Kopf. »Im Moment bin ich total verwirrt.«

»Das liegt daran, dass du mir nicht zuhörst.« Sie schüttelte den Kopf. »Ich muss los.«

»Warum?« Die Frage überraschte ihn selbst.

»Meine Tochter wartet darauf, dass ich heute Nacht nach Hause komme, sonst würde ich bleiben. Aber ich versuche mich gerade an dieser Gute-Mutter-Sache.«

»Also, viel Glück dabei.«

»Mir gefällt dieser Unterton nicht, und knurr mich nicht so an.«

Sie machte ein paar Schritte, blieb stehen, kehrte noch einmal zu ihm zurück und legte ihre Hand auf seinen Schritt.

Crush zuckte zusammen, als er spürte, wie sie mit ihrer Hand durch den Stoff seiner Jeans seinen Schwanz streichelte. So, wie ihre Finger ihn bearbeiteten, hätte er allerdings genauso gut nackt sein können.

»Mannomann«, murmelte sie, schüttelte dann erneut den Kopf und zog ihre Hand weg. *»Siehst du, was du machst?«*

»Was *ich* mache? Wieso ist das meine Schuld?«

»Es ist deine Schuld. Deine und die von deinem großen Schwanz! Verdammt!«

»Du bist verrückt.«

»Offiziell bescheinigt.« Sie wackelte mit dem Finger. »Aber du kommst aus der Nummer nicht mehr raus. Du solltest dir lieber ein bisschen Zeit freischaufeln, denn wenn ich dich vögele, dann brauche ich dafür die *ganze* Nacht.«

Ihre kalten Augen blickten erneut auf seinen Schritt hinunter, und nach einer gefühlten Ewigkeit stampfte sie mit dem Fuß auf, wirbelte herum, stürmte hinaus und knallte die Haustür hinter sich zu.

Crush schaute zu dem Hund hinüber, der unter dem Tisch saß – wo es sicher war – und zu ihm heraufglotzte.

»Ich verstehe wirklich nicht, warum das meine Schuld ist«, beschwerte er sich bei Lola, was ihm einen bösen Blick bescherte. »Und du musst deswegen nicht gleich so gemein werden.«

Als Cella nach Hause kam, ging sie direkt ins Wohnzimmer, wo ihre Familie vor dem Fernseher saß und sich Kuchen schmecken ließ. Als sie sie sahen, riefen sie erfreut: »Cella!«

Genervt fauchte sie: »Oh, haltet bloß die Klappe!«

Sie ging durch die Küche in den Garten und blieb neben dem Tisch stehen, an dem Meghan und Josie saßen und ihre Hausaufgaben erledigten. Sie schaute zu ihrer Tochter hinunter.

»Ich hoffe, du weißt es zu schätzen, was für eine gute Mom ich bin«, sagte Cella.

»Meinst du im Augenblick? Au!« Meghan hob ihr Bein und rieb sich das Schienbein, dem Josie unter dem Tisch wahrscheinlich einen Tritt verpasst hatte.

»Du bist eine wundervolle Mom, Tante C.«, erwiderte Josie und ignorierte Meghans bösen Blick. »Mom ist drin.«

Cella verstand den Hinweis und ging zum Haus der Davis hinüber. Als sie eintrat, musste Jais Mutter nur einen kurzen Blick auf ihr Gesicht werfen und zeigte in Richtung des Büros, das sich Mutter und Tochter teilten.

Cella marschierte hinein und ließ sich gegenüber von Jais Schreibtisch auf einen Stuhl fallen.

»Dir auch einen wunderschönen guten Abend«, begrüßte sie Jai. »Stimmt was nicht?«

»Dieser Mann ist bestückt wie ein Hengst.«

»Oooookay.«

»Ich werde die ganze Nacht brauchen, wenn ich da ran will. Und ich will da ran!«

Jai lehnte sich in ihrem Sessel zurück und schloss für einen Moment die Augen. Oh, und sie seufzte.

»Erklär mir bitte, warum du nicht einfach sagen kannst: ›Er ist wirklich süß, ich glaube, ich mag ihn, und ich kann es gar nicht abwarten, ihn besser kennenzulernen‹? Warum kannst du das nicht einfach sagen?«

»Weil ich beinahe durchdrehe.«

»Weswegen drehst du durch?«

»Ich mag meinen So-tun-als-ob-Freund. Und das ist einfach total bizarr.«

»Süße, einen Mann überhaupt als deinen So-tun-als-ob-*Irgendwas* zu bezeichnen, ist total bizarr.«

Cella kicherte. »Es gefällt mir, ihn so zu nennen. Es nervt ihn.« Cella warf ihre Hände in die Luft. »Siehst du? Es gefällt mir, ihn zu nerven.«

»Süße.« Jai lehnte sich über den Schreibtisch und nahm Cellas Hand. »Es gefällt dir, jeden zu nerven.«

Cella dachte einen Moment darüber nach und gab schließlich zu: »Da könntest du recht haben.«

Kapitel 18

Als Crush am nächsten Morgen erwachte, beschloss er, dass er nicht mehr herumsitzen und darauf warten wollte, dass Baissier zum Schlag gegen ihn ausholte – oder, noch schlimmer, dass er nicht länger über eine langbeinige, herzlose Katze mit einem unglaublich knackigen Hintern und einem harten rechten Haken fantasieren wollte. Stattdessen würde er seine Arbeit machen und herausfinden, warum Whitlan wirklich zurück in der Stadt war. Und ihn zur Strecke bringen. Wenn sich herausstellte, dass Crush gleichzeitig auch noch Baissier drankriegen konnte ... na, dann wäre das doch ein schöner Bonus, oder nicht?

Um die Mittagszeit betrat Crush also eine Bar in Yonkers. Als er die Tür öffnete, die Mittagssonne im Rücken, hoben diejenigen, die bereits tranken oder »arbeiteten«, den Kopf, um zu sehen, wer hereingekommen war. Aber als Crushs Schatten auf dem Boden immer länger wurde, während er in die Bar ging, wandten sich alle außer dem Barkeeper blitzschnell wieder ab.

»Hey, Mann.« Der Barkeeper lachte. »Kumpel ... was ist denn mit deinem Haar passiert?«

Cella blickte erneut auf ihr vibrierendes Telefon, bevor sie den Anruf von ihrer Mailbox entgegennehmen ließ.

»Was machst du denn?«, fragte Rivka.

»Jemandem aus dem Weg gehen.« Um genau zu sein, ging Cella Blayne aus dem Weg. Nun, da die Hybriden-Kinder der Gruppe älter wurden, hatten Cella und Blayne einige von ihnen für ihre jeweiligen Mannschaften ausgesucht. Während sich Blayne kein bisschen für die Jungs interessierte, verlangte sie von Cella, ihr für ihr heißgeliebtes Derby-Team sämtliche Mädchen zu überlassen. Nachdem Cella gestern allerdings beobachtet hatte, wie sich Hannah bei ihrem Kampf gegen die Grizzlys geschlagen hatte, wollte sie die Bären-Hybridin zu einem Probetraining bei den Carnivores einladen. Was wiederum bedeutete, dass sie gezwungen sein würde, sich deswegen Blaynes Gejammer anzuhören.

Bevor sie ihr Telefon zurück in ihre Hosentasche steckte, schaute sie auf die Uhr.

»Musst du los?«

»Ich habe nur ein paar von den Jungs versprochen, mich heute mit ihnen zum Training zu treffen. Aber keine Angst, ich hab noch Zeit. Deine Junggesellinnenparty ist im Moment wichtiger als alles andere.«

»Meine Junggesellinnenparty ist mir egal.«

»Natürlich. Du bist verliebt, bla, bla, bla. Aber deinen Freundinnen ist sie nicht egal, und das ist alles, worauf es ankommt.« Cella hatte nicht gelogen, als sie Jai gesagt hatte, sie fände Rivka großartig. Das stimmte. Wie könnte sie auch nicht? Erstens war Rivka ebenfalls eine Tigerin, und zweitens sah sie mit ihrem lockigen schwarzen Haar immer so süß und mädchenhaft aus, dass es schwerfiel zu glauben, dass sie zum Aufräumkommando von KZS gehörte. Sie war in Israel geboren und aufgewachsen und im Alter von zwanzig Jahren von KZS rekrutiert worden, die sie dann in die Staaten übergesiedelt hatten. Mit minimaler Ausrüstung war sie in der Lage, ein ganzes Bataillon von Leichen in nur sechs Stunden verschwinden zu lassen. Außerdem war sie loyal, zuverlässig und kümmerte sich großartig um Cellas Kind. Letzten Endes war das alles, was für Cella zählte: War jemand würdig, Zeit mit Meghan zu verbringen? Die Tatsache, dass Bri sie zufälligerweise auch liebte, war das Letzte, worüber Cella sich im Moment Sorgen machte.

Cella widmete sich wieder ihrer Checkliste und sagte: »Ich würde sagen: Freigetränke für alle.«

Rivka stellte ihre beinahe leere Müslischüssel auf den Beistelltisch. »Bist du verrückt? Hast du eine Ahnung, wie viel diese Katzenschlampen trinken, wenn jemand anders die Rechnung bezahlt?«

Nachdem sie über Freigetränke diskutiert, eine vernünftige Gästeliste zusammengestellt und eine Entscheidung über das Outfit getroffen hatten, wollte Cella sich gerade dem Menü fürs Abendessen widmen, als sich die Wohnungstür zu Rivkas und Bris teurem Penthouse öffnete und eine Stimme im Flur rief: »Wo ist denn meine kleine Muschi?«

Die beiden Frauen sahen einander an und dann wieder zur Tür des Wohnzimmers. Ein paar Sekunden später schlenderte Bri mit einer großen Tüte aus dem Feinkostladen herein, die verführerisch nach frischem Gebäck und Kaffee duftete.

Er blieb im Türbogen stehen und starrte sie an. »Oh. Cella. Du bist auch hier.«

Cella neigte ihren Kopf zur Seite und fragte: »Zähle ich auch zu deinen Muschis?«

Er funkelte sie an. »Nein, tust du *nicht.*« Bri machte noch ein paar Schritte ins Zimmer. »Was macht ihr zwei denn hier?« Er gestikulierte in Cellas und Rivkas Richtung. »Schmusen?«

Cella versuchte, die Sache von Bris Standpunkt aus zu betrachten. Beide Frauen saßen auf der Couch. Cella lehnte mit dem Rücken an einer der Armlehnen und hatte ihre Beine über Rivkas Beinen ausgestreckt, während Rivka an Cellas Schnürsenkeln herumspielte. Okay. Vollmenschen mochten den Anblick leicht fehlinterpretieren, aber eine Katze sollte doch … ach, egal. Bri war eben ein Mann, und für ihn gab es nichts Furchteinflößenderes als die Tatsache, dass die Mutter seines Kindes mit seiner Verlobten befreundet war. Und wenn man bedachte, wie sehr Cella es genoss, Bri in den Wahnsinn zu treiben, konnte sie seine Besorgnis durchaus verstehen.

»Werd' nicht gleich paranoid. Was du immer zu vergessen scheinst, Daddy, …«

»Hör auf, mich so zu nennen.«

»… ist, dass wir Katzen von Natur aus sehr liebevoll sind, wenn wir jemanden wirklich mögen. Ich *liebe* Rivka, aber das bedeutet nicht, dass ich sie vögeln will.« Sie schaute Rivka an. »Willst du mich vögeln, Süße?«

»Will das nicht jeder?«

Und genau *das* war der Grund, warum Cella Rivka liebte. Wie konnte nur irgendjemand glauben, Cella habe ein Problem damit, dass Rivka Bri heiraten würde? Sie hatte einen tollen Sinn für Humor und verwandelte den Mann außerdem in einen viel weniger verklemmten Buchhalter-Typen.

»Treib mich vor meiner Hochzeit nicht in den Wahnsinn«, warnte er. »Tu das bloß nicht.«

»Wo wir gerade davon sprechen: Weißt du, was mit unserem Kind los ist?«

»Was meinst du?«

»Sie ist total gestresst. Besonders, wenn ich ihr gegenüber die Schule erwähne.«

Bri stellte Kaffeetassen auf den Tisch und tat Cellas Bedenken mit einem Winken ab. »Sie macht sich wahrscheinlich nur wegen ihrer Entscheidung Gedanken, bei ihrer Familie auf Long Island zu bleiben und auf die Hofstra University zu gehen. Eine Entscheidung, die du ihr nicht gerade leicht machst, da bin ich sicher.«

Cella starrte den Tiger an, der vor ihr stand, bis sie schließlich ein »Was meinst du damit, sie hat entschieden, auf die Hofstra zu gehen?« zustande brachte.

»Oh.« Bri schaute seine Verlobte an und sah dann wieder zu Cella zurück. »Meghan, äh … hat dir noch gar nichts erzählt?«

Crush klopfte an die Tür im hinteren Teil der Bar, und sie öffnete sich langsam. Der Mann, der die Tür bewachte, betrachtete ihn von oben bis unten und fragte dann: »Soll ich ihn reinlassen?«

»Natürlich.«

Crush betrat das Zimmer. Der Atmosphäre nach schloss er, dass hier die ganze Nacht Poker gespielt worden war. Aber sobald er eintrat, sammelten die meisten der Spieler ihre Gewinne zusammen und eilten zur Seitentür in die Gasse hinter der Bar hinaus.

Dave »Charming« Lepke lächelte Crush an. »Komm doch rein.«

Crush machte noch ein paar Schritte in den Raum hinein und warf zunächst einen Blick in die dunklen Ecken und hinter die Tür, bevor er weiterging und vor dem bekannten Ex-Spieler und heutigen Buchmacher stehen blieb. Charming war Ende sechzig, hatte volles weißes Haar und verfügte noch immer über die imposante Statur und Haltung eines Mannes, der früher einmal Typen die Arme gebrochen hatte, weil sie ihre Spielschulden nicht rechtzeitig bezahlt hatten.

»Ich hatte gehofft, mich einkaufen zu können«, sagte Crush und hielt ein Bündel Geldscheine hoch. »Aber jetzt sind alle weggelaufen.«

»Daran solltest du doch inzwischen gewöhnt sein.«

»Ich werde mich wohl nie daran gewöhnen.«

»Dein Geld ist hier nichts wert, und das weißt du auch.«

»Ich weiß. Trotzdem bin ich hier. Fragst du dich nicht, warum?«

Charming betrachtete ihn eine Weile, bevor er seinen Mann mit einer Handbewegung nach draußen schickte. Der Leibwächter blickte zwischen Crush und seinem Boss hin und her und fragte: »Bist du sicher?«

»Ganz sicher.«

Dann verließ er mit einem warnenden Blick in Crushs Richtung den Raum und schloss die Tür hinter sich.

»Wie konntest du mir nichts davon sagen?«, brüllte Cella den Vater ihrer Tochter an, während sie vor ihm auf und ab tigerte. »Wie lange hältst du das schon vor mir geheim?«

»Beruhig dich.«

Cella machte einen Schritt auf ihn zu und presste zwischen ihren gefletschten Zähnen hervor: »Sag mir noch mal, dass ich mich beruhigen soll.«

»Okay, das reicht.« Rivka schob ihre Arme zwischen die beiden und zwang sie auseinander. »Bri, warum bringst du nicht schnell das Essen in die Küche?«

Er ging aus dem Zimmer, und Rivka drehte sich zu Cella um.

»Warum hat sie mir nichts gesagt?«, fragte Cella.

»Weil sie bleiben möchte. Sie möchte bei den Malones bleiben.«

Und Cella fragte ganz aufrichtig: »Aber warum?«

Rivka brach in Gelächter aus, klatschte jedoch schnell eine Hand auf ihren Mund.

»Oh, halt die Klappe.«

»Cella, sie versucht nicht, dir wehzutun.«

»Nein. Sie hasst mich nur.«

Rivka stemmte ihre Hände in die Hüften. »Du springst einfach, oder? Vom höchsten Gebäude der Dummheit.«

Cella zuckte mit den Schultern. »Angeborenes Talent.«

»Also«, fragte Crush, »sollte ich mich auf irgendwelche Besuche von deinen Geschäftspartnern gefasst machen?«

»Nicht von meinen. Die haben Todesangst vor dir. Und die Tatsache, dass du ein Bulle bist, ändert daran gar nichts.« Charming hob sein Kinn. »Warum bist du hergekommen?«

»Ich hab ein paar Fragen.«

»Über?«

»Frankie Whitlan. Habe gehört, er sei seit Kurzem zurück.«

Charming lachte. »Seit Kurzem? Frankie Whitlan ist schon *ewig* zurück. Seit Jahren. Ich würde nicht unbedingt sagen, vor aller Augen, aber versteckt hat er sich auch nicht gerade. Allerdings wird er beschützt.«

»Von wem?«

»Von allen. Der Bundespolizei. Deinen Leuten. Von allen, mit denen er je gearbeitet hat und von denen er weiß, dass sie Dreck am Stecken haben. Nicht der übliche Mist wie ›der Typ betrügt seine Frau‹, sondern eher ›dafür landet er im Gefängnis‹-Dreck. Wenn er untergeht, dann nimmt er einen ganzen Haufen Leute mit.«

»Warum hat ihn dann noch niemand kaltgemacht?«

»Weil er für eine Menge Leute eine Menge Geld macht. Und

Whitlan ist clever. Sehr clever.« Charming lehnte sich nach vorn und legte seine Arme auf den Tisch. »Und ich sag dir noch was, weil ich so ein toller Kerl bin und weil ich nach heute nie wieder etwas von dir hören werde ... Whitlan hat ein Büro auf Staten Island.«

»Ein Büro? Wofür braucht er denn ein Büro?«

»Nach außen hin macht er nur noch legale Geschäfte. Hat reiche Freunde, lebt ein reiches Leben. Aber er hat sich nicht verändert. Wenn du ihn finden willst, fang da an.« Charming trommelte auf den Tisch. »Aber sei vorsichtig. Der Mann tötet gern.«

»Was meinst du damit?«

»Nun, ich habe von Leuten gehört – ich gehöre natürlich nicht zu ihnen und auch niemand, den ich persönlich kenne ... Aber einige Leute ... töten, weil sie es müssen. Weil jemand ihr Geld geklaut hat, ihre Waren beschädigt hat«, Charming sah ihn an, »oder einfach, weil er eine *Ratte* ist. Whitlan dagegen tötet, weil es ihm Spaß macht. Vor ein paar Jahren hab ich gehört, er hätte immer seine Freunde zusammengetrommelt, ein paar Nutten für die Nacht angeheuert und wäre dann irgendwo in eine abgeschiedene Gegend in Jersey oder weiter nördlich gefahren. Dort hätte er die Nutten dann losgeschickt.«

»Losgeschickt? Um was zu tun?«

»Sie sollten nur wegrennen. Er und seine Freunde haben sie dann gejagt. Zuerst ging es nur darum, sie zu ficken, aber dann haben sie angefangen, sie zu töten. Sie mussten allerdings aufhören, als die Zuhälter der Mädchen allmählich sauer wurden, weil sie jede Woche gute Ware verloren.«

Die Tür ging auf, und Charmings Bodyguard betrat den Raum. »Sie sind hier.«

»Du solltest besser gehen«, sagte Charming zu Crush. »Viel Glück, Junge.«

»Wusstest du es?«, fragte Cella Jai und tippte mit einem ihrer Schlittschuhe auf den Boden von Jais Büro im Sportzentrum.

»Wusste ich was?«

»Dass meine Meghan auf die gottverdammte Hofstra gehen will?«

Jai lehnte sich auf ihrem zehntausend Dollar teuren, ergonomisch perfektionierten Sessel zurück und verschränkte die Arme über ihrer flachen Brust. »Was stimmt denn nicht mit der Hofstra? *Meine* Tochter geht auch da hin.«

»Wir sprechen hier aber nicht von ihr oder dir. Wir sprechen von *mir*.«

»Ich dachte, wir sprechen von Meghan.«

»Ja, von ihr auch.«

»Nein. Ich wusste nicht, dass sie im Herbst auf die Hofstra gehen will.«

»Aber du bist auch nicht überrascht, oder?«

»Nein. Die Mädchen wollen zusammenbleiben. Also warum lassen wir sie nicht?«

»Aber wenn sie bleibt, wird sie hier gefangen sein. Für immer.«

»Okay.« Jai rückte ein Stück nach vorn und legte ihre Arme auf den Schreibtisch. »Dann wollen wir diese Aussage mal analysieren, ja?«

»Wollen wir nicht.«

»Man kann nur irgendwo gefangen sein, wenn es einem nicht erlaubt wird zu gehen. Aber wenn man bleiben *will*, weiß ich wirklich nicht, wie man da gefangen sein könnte. Und Meghan will bleiben. Außerdem bist *du* ja auch gegangen, wie sehr kann sie da also schon gefangen sein?«

»Und du hast gesehen, wie schwer es für mich war, das durchzusetzen.«

»Ich weiß. Furchtbar schwer.« Jai legte die Fingerspitzen an ihr Kinn. »Lass mich mal überlegen, ob ich mich noch erinnern kann, wie das alles abgelaufen ist. Ahhh, ja. Du bist in die Küche deiner Eltern spaziert und hast verkündet: ›Ich hab mich für die Marines verpflichtet. Hat schon jemand das Baby gefüttert?‹ Und dann bist du wieder rausspaziert. Und abgesehen vom stillen Schluchzen deiner Mutter kann ich mich nicht erinnern, dass dir wegen deiner Entscheidung irgendjemand das Leben schwer gemacht hätte.«

»Es gibt so Tage, weißt du … da hasse ich dich einfach, verdammt.«

»Tu dir selbst einen Gefallen, Cella. Lass deine Tochter ihre eigenen Entscheidungen treffen, wenn du sie nicht an deine Tanten verlieren willst. Denn wenn wir mal ehrlich sind, dann machst du dir hauptsächlich deswegen Sorgen.«

»Es …«, begann Cella, aber ein Klopfen an der Tür unterbrach sie.

»Herein.«

Als Cella Blayne hereinkommen sah, verdrehte sie die Augen und verließ den Raum. Sie war nicht in der Stimmung, über Hannah zu streiten.

»Du kannst mir nicht ewig aus dem Weg gehen, Süße!«, rief Blayne ihr aus der Sicherheit von Jais Büro hinterher.

Cella wirbelte herum und brüllte zurück: »Komm mir in die Quere, Thorpe, und ich reiße dir mit meinen Krallen das Gesicht weg!«

Da sie das Gefühl hatte, ihren Standpunkt ausreichend deutlich gemacht zu haben, drehte Cella sich wieder um, blieb jedoch abrupt stehen, als sie Reed vor sich sah.

»Bist du damit fertig, die Wolfshündin zu quälen?«, fragte er.

»Für den Moment.«

»Können wir dann anfangen? Alle warten schon auf dich.«

»Alle?«

»Sind seit dem letzten Mal ein paar mehr geworden.«

»Aber kein Druck, schon klar.«

»Du kannst aufhören, dich wie ein Opfer aufzuführen, Kätzchen. Ich habe gerade gesehen, wie du freudestrahlend das süßeste Wesen auf dem Planeten bedroht hast.«

»Es war nicht freudestrahlend.« Als er sie nur anstarrte, betonte sie: »War es nicht! Nur notwendig.«

»Ist alles okay?«, fragte MacDermott, während sie ihre letzten Pommes Frites aß. Sie saßen in der Sitznische im hinteren Bereich des Diners in der Nähe des Sportzentrums, und sie hatte ihre Yankees-Mütze ganz tief in die geschwollene Seite ihres Gesichts gezogen. Natürlich konnte sie dadurch trotzdem nicht viel verbergen, was zur Folge hatte, dass alle *ihn* die ganze Zeit über anstarrten, als sei er derjenige, der sie geschlagen hatte. Obwohl diese Reaktion ihm zumindest eine Menge über die Vollmenschen-Gesellschaft verriet.

»Mir geht's gut.«

»Du siehst auch aus, als würde es dir gut gehen, was ich ein bisschen seltsam finde.« Sie trank ihr Wasser aus. »Gentry will immer noch ein Überwachungsteam vor deinem Haus abstellen.«

»Warum?«

»Ich glaube, es ist ihr nicht egal, ob du stirbst.«

»Warum?«

»Okay, wir sind fertig.« Sie rutschte aus der Nische und griff nach ihrer Jacke, die hinter ihr lag.

»Was hab ich denn gesagt?«

»Gar nichts. Du bist mir nur ein bisschen unheimlich. Ich weiß einfach nicht, wie du diese ganze Sache einfach so hinnehmen kannst, das ist alles.«

»Was soll ich denn machen? Losheulen?«

»Geh mir nicht auf die Nerven, Crushek. Ich hab genug von Männern, deren Verhalten ich nicht verstehe.«

Crush grinste hämisch. »Hat Llewellyn dich sehr angebrüllt, als du nach Hause gekommen bist, weil er ganz und gar nicht mit deinem gefährlichen Leben beim NYPD einverstanden ist, das dazu geführt hat, dass dein Gesicht jetzt so aussieht, oder hat er nur deine Wunden geleckt?«

»Beides. Aber was mich wirklich fertiggemacht hat, war …«

»Dass dir das Lecken echt gefallen hat?«

Sie zuckte mit den Schultern. »Es war tröstlich.«

»Keine Sorge. Wir mögen das Lecken alle.«

»Ja, ja, egal.« Sie zog sich die Kapuze ihres Parkas über den Kopf, da draußen schon wieder beinahe fünfzehn Grad unter null herrschten. »Wir reden morgen weiter.«

Nachdem MacDermott gegangen war, blieb Crush noch eine Weile am Tisch sitzen. Er wusste, dass er wegen dieser ganzen Geschichte *irgendetwas* fühlen sollte, aber er … tat es einfach nicht. Was sagte das über ihn als Person aus?

Crush beschloss, die Rechnung zu bezahlen und zu verschwinden, bevor er zu lange über diese spezielle Frage nachdachte, holte seine Brieftasche heraus und entnahm ihr mehrere Scheine. Er warf sie gerade auf den Tisch, als ihm bewusst wurde, dass die andere Seite der Sitznische nicht mehr leer war.

Er blickte auf, blinzelte und sah sich um, überzeugt, dass sich jemand einen Scherz mit ihm erlaubte.

»Ähm …« Er schüttelte verwirrt den Kopf und hatte keine Ahnung, was er zu dem Mann sagen sollte, der ihm gegenübersaß. »Brauchen … brauchen Sie irgendwas, Mr. Novikov?«

»Ruhe. Und. Frieden.« Bo Novikov blickte von der Speisekarte auf, die er studiert hatte. »Wenn ich mir auch nur noch einen Neuling anhören muss, der mich volljammert, weil ich die Eismaschine nach ihm geworfen habe, weil er nicht in der Lage war, mir aus dem Weg zu gehen, dann dreh ich durch. Und du kannst mich ruhig Bo oder einfach Novikov nennen. Wenn du mich Mr. Novikov nennst, komm ich mir vor, als wär ich dein Dad.«

»Aber wären Sie dann nicht Mr. Crushek? Oder wäre ich Mr. Novikov?«

Die beiden starrten einander an, bis Novikov schließlich sagte: »Das war ein echter Bären-Moment.«

»Ja. Stimmt. Tut mir leid.« Aber er konnte sich die Frage trotzdem nicht verkneifen … »Dann haben Sie also eine Eismaschine nach Ihrem Mannschaftskameraden geworfen?« Crush hatte keine Ahnung, wie viel diese Dinger wogen, aber es waren immerhin Motorfahrzeuge, die dafür entwickelt worden waren, die Eisfläche zu glätten. Und da es nur sehr wenige leichte motorisierte Arbeitsfahrzeuge gab, nahm er an, dass ein ganz anständiges Gewicht im Spiel war.

»Er hat mich genervt.«

»Okay.«

»Ich fand das wirklich keine so große Sache, aber dann hat es deine Freundin Blayne erzählt.«

»Meine ... meine was?«

»Malone. Deine Freundin, oder nicht?«

»Sie ist nicht ...«

»Springt einem immer direkt an die Gurgel, dieses Weib. Sie kann von Glück sagen, dass sie eine gute Spielerin ist.«

»Würden Sie sonst auch eine Eismaschine nach ihr werfen?«

»Nee. Das wäre nicht richtig. Sie ist eine Frau. Ich wurde besser erzogen als das.« Eine Zeitlang herrschte Stille, während Novikov den Rest der Speisekarte studierte und sie dann wieder auf den Tisch legte. »Ich habe sie allerdings mal aus dem fünften Stock aus dem Fenster in einen Müllcontainer geworfen. Schließlich ist sie ja auch eine Katze. Sie hat den Container verfehlt und ist auf den Füßen gelandet. Also, bleibst du noch und isst mit mir zu Mittag, oder was?«

Kapitel 19

Nachdem er die ganze Woche damit zugebracht hatte, drogendealenden Bären und Hinweisen auf Whitlan nachzujagen, war Crush dankbar, als das Wochenende endlich kam und er einen ganzen Samstag lang mit Lola zu Hause sitzen, sich entspannen und das Islanders-Spiel anschauen konnte. Es war immer noch früh, und er hatte nicht die geringste Absicht, in den nächsten Stunden aufzustehen, als er plötzlich das Schnurren hörte. Nein. Das stimmte nicht. Er hörte das Schnurren nicht. Er spürte es. Am ganzen Körper. Und, wow! Es war ziemlich unglaublich. So unglaublich, dass er aufwachte. Leider wurde der wunderbare Zauber jedoch gebrochen, als er aufwachte, und er musste der Tatsache ins Auge sehen, dass jemand in sein Haus eingebrochen war – schon wieder.

»Warum bist du hier, Malone?«, fragte er und streckte einen Arm nach ihr aus.

»Wir waren verabredet.«

»Nein, waren wir nicht.«

»Die Eis-Party. Du solltest als meine Begleitung mit mir hingehen.«

»Aber ich habe klar und deutlich Nein gesagt.«

»Das war, bevor du mich geküsst hast.«

»Du hast *mich* geküsst. Außerdem ist heute das Islanders-Spiel.«

»Willst du damit sagen, dass *ich* weniger wichtig bin als die Islanders?«

»Ja.«

Sie strich mit einem Finger über sein Kinn. »Ich glaube, du lügst«, schnurrte sie. »Ich glaube, du bist total fasziniert von mir und willst unbedingt auf die Party gehen.«

»Hör mal, ich bin mir sicher, dass es da draußen eine Menge

Typen gibt, die dich noch nicht kennengelernt haben und die liebend gerne … oh, Gott, bitte hör auf damit.«

Sie strich mit ihrer Zunge und ihren Zähnen über seinen Kiefer, und Crushs Zehen rollten sich zusammen, während sich seine Hände zu Fäusten ballten. Er musste dagegen ankämpfen.

Sie hatte allerdings schon wieder angefangen zu schnurren, und ihre Hände glitten an seinen Armen hinauf und packten ihn an den Schultern, während ihre Hüften immer wieder gegen seinen Körper wippten, vor und zurück. Dabei waren sie noch nicht mal nackt! Malone war komplett angezogen, und Crush trug eine Jogginghose. Trotzdem hatte er das Gefühl, jede Sekunde zu kommen.

Er beschloss, dass er selbst die Kontrolle übernehmen musste, packte Malone an den Armen und rollte sie auf den Rücken. Doch Crush wurde schnell bewusst, dass das alles nur noch schlimmer machte. Denn nun hatte er sie genau da, wo er sie haben wollte: auf dem Rücken, mit seinem Schwanz zwischen ihren Beinen.

Er drückte sie aufs Bett, beide keuchten und starrten einander an, und Crush war kurz davor, ihr die Klamotten mit seinen Krallen zu zerfetzen. Als sich dann auch noch ihre Fingerspitzen tiefer in seine Schultern bohrten und sie ihre Beine um seine Taille schlang, beschlich ihn das Gefühl, dass sie nicht das Geringste dagegen hätte.

Doch bevor Crush irgendetwas tun konnte, bellte eine männliche Stimme von unten: »Celly! Los jetzt, wir gehen!«

»Wer ist das denn?«

»Mein Bruder. Er hat mich hergefahren.«

»Dein Bruder ist in meinem Haus, während …«

»Ich mich an dir reibe? Ja.«

»Und ich konnte alles ganz deutlich hören!«

Malone zuckte zusammen und brüllte: »Halt's Maul, Tommy!« Sie stieß langsam Luft aus und sah wieder Crush an. »Ich hab ihn nicht mit reingebracht. Ich schwör's. Er ist nur …«

»Eingebrochen? Wie du?«

»So könnte man es ausdrücken.«

Crush ließ die Katze los und rollte von ihr hinunter. »Raus.«

»Okay, wie du willst.« Sie setzte sich auf. »Dann komm eben nicht mit. Aber meine Tante Deirdre hat mir heute Morgen schon einen Schwinger verpasst.«

Verwirrt hob Crush die Hände. Beinahe, als würde er um göttliche Führung beten. »Warum verpasst dir deine alte Tante einen Schwinger?«

»Weil ich keine Angst habe, ihr zu sagen, dass ihr Sodabrot beschissen schmeckt.«

»Es schmeckt total beschissen«, stimmte Tommy ihr aus dem Erdgeschoss zu.

Crush ignorierte den Kater und fragte: »Kommt mir trotzdem übertrieben aggressiv vor. Bist du sicher, dass sie nicht an Demenz leidet oder so?«

»Nein. Sie mag mich nur einfach nicht.«

»*Ich* bin mir nicht mal sicher, ob ich dich mag.«

Die Katze ging langsam vor ihm auf die Knie und legte einen Arm um seinen Hals.

»Küss mich ja nicht«, warnte er. Aber sie tat es trotzdem. Und bevor Crush sich selbst aufhalten konnte, hatte er seine Arme um sie geschlungen und ihren Körper ganz dicht an sich gezogen. Sie hatten sich beinahe gegenseitig die Hosen ausgezogen, als ihr idiotischer Bruder rief: »Seid ihr zwei schon wieder dabei?«

Malone löste sich zuerst von ihm und kletterte schnell aus dem Bett.

»Willst du mitkommen?«

»Ich hab noch nicht geduscht und nichts, und ich muss mich um Lola kümmern und ...« Crush runzelte die Stirn. »Was machst du denn da?«

»Schmollen. Bis ich kriege, was ich will.«

»Mann, Kumpel! Sag ihr einfach, dass du uns dort triffst«, schrie Tommy.

»Ja, aber ...«

»Mann!«

»Schon gut!«, brüllte er zurück, und der Tiger lachte ihn aus. »Wir treffen uns dort.«

»Versprochen? Ich kenne dich. Du wirst ein Versprechen nicht brechen. Also versprich es mir.«

»Von mir aus. Ich verspreche es. Ich werde da sein.«

»Ich schick dir die Koordinaten, damit du es findest.«

»Kannst du mir nicht einfach ...«

»Wir versuchen, das Gesindel fernzuhalten, deshalb findet die Party mitten im Nirgendwo statt. Du brauchst die Koordinaten.« Sie lehnte sich über das Bett und küsste ihn noch einmal. »Wir sehen uns dort.«

Crush ließ sich auf das Bett zurückfallen und fragte sich zum wiederholten Mal, worauf er sich mit dieser verrückten Katze bloß eingelassen hatte.«

Cella stieg zu ihren Brüdern in den Geländewagen. »Okay, wir können los.«

»Wo ist der Bär?«, wollte Liam wissen.

»Wir treffen ihn dort.«

»Dann hat er also schon mit dir Schluss gemacht?«

Cella schnaubte verärgert. »Nein, er hat nicht mit mir Schluss gemacht.«

»Ich finde nämlich, dass du dir den Wohnmobilhändler in AC schnappen solltest.«

»Der ist unser Cousin, du Idiot!«

»Was hast du nur immer mit all diesen Regeln?«

Cella ballte die Faust und drehte sich um, aber Tommy, der hinter dem Steuer saß, packte ihre Hand. »Könntet ihr zwei endlich mal Ruhe geben? Ich werde mir nicht die ganze Fahrt bis zur Party diese beschissene Streiterei anhören! So, und jetzt drehen sich alle nach vorne und halten die Klappe!«

Sämtliche Geschwister drehten sich nach vorn und hielten die Klappe – etwa fünf Minuten lang. Dann stritten sie sich die ganze Fahrt bis zur Party.

Crush folgte der Wegbeschreibung, die ihm sein GPS anhand der Koordinaten von Malone gab. Er landete in Macon River County, einem der Ferienorte, von denen nur Gestaltwandler wussten. Es gab eine ganze Reihe davon, aber Crush hatte schon viel von Macon River gehört, weil es sehr bärenfreundlich war. Einige Orte waren bärenfreundlich, andere ließen sogar nur Bären herein, während wieder andere Bären noch nicht mal in ihrer Nähe haben wollten. Natürlich waren das meist Gegenden mit vielen Wölfen, Kojoten oder Berglöwen. Andere Katzen oder Wildhunde waren toleranter, kamen Bären aber auch nicht allzu nahe. Wo Bären waren, waren auch Füchse nie weit – und klauten allen möglichen Scheiß.

Als Crush schließlich sein Ziel erreicht hatte, parkte er seinen Truck neben einer Reihe anderer Trucks, Geländewagen, Lieferwagen und Hummer. Fahrzeuge, die groß genug für alle möglichen Arten von Bären waren.

Er stieg aus und schaute sich um. Eine wunderschöne Landschaft, die kein vernunftbegabtes menschliches Wesen bei Temperaturen von annähernd fünfzehn Grad unter null und einer Decke aus hartem Schnee und Eis, die den Boden und die Bäume unter sich begrub, durchstreifen würde. Crush hingegen fand es sehr angenehm.

Er setzte sich in Bewegung und konnte in einiger Entfernung Musik hören. Er hatte keine Ahnung, was ihn erwartete, wo es hier draußen so kalt war. Vielleicht veranstalteten die Malones ja ein kleines Barbecue. Allerdings wäre das mitten im kalten Ostküstenwinter doch ziemlich seltsam …

Crush blieb auf dem höchsten Punkt der Anhöhe stehen und blickte auf das Gebiet, das sich vor ihm erstreckte.

Während seiner Zeit als verdeckter Ermittler war er auf unzähligen Outdoor-Raves gewesen. Wie hätte es auch anders sein können? Bei diesen Events tauchten immer die besten Drogendealer auf. Entweder, um etwas zu verkaufen oder um selbst zu feiern, aber sie waren immer da. Diese Raves konnten mit *dem* hier jedoch eindeutig nicht mithalten.

Das Erste, was Crush sah, war die gigantische Tanzfläche, die mit spärlich bekleideten Gestaltwandlern überfüllt war: Eisbären, Polarfüchse und Wölfe, Sibirische Tiger und Schneeleoparden. Er erkannte auch Grizzlys und Schwarzbären, vermutlich aus Kamtschatka in der rauen russischen Wildnis. Sie trugen Shorts, T-Shirts, Fellbikinis und Flip-Flops und zuckten zur Musik, die nach karibischem Techno klang, auf der Tanzfläche.

Ein Moschusochse – wo zur Hölle hatten sie einen Moschusochsen aufgetrieben? – rannte hinter Crush vorbei, gejagt von zwei Tigern und einem Leoparden. Etwas weiter entfernt, zwischen den Bäumen, entdeckte Crush zwei Eisbären, die sich um eine Robbe stritten. Als er den Abhang hinunter und nach links blickte, konnte er durch die Bäume einen zugefrorenen See erkennen, auf dem ein knallhartes Hockeymatch ausgetragen wurde.

Als er direkt neben sich schaute, sah Crush einen Eskimo. Okay. Es war nicht wirklich ein Eskimo, sondern Blayne Thorpe, die in einem riesigen, warmen Parka steckte und den Reißverschluss so weit hochgezogen hatte, dass Crush ihren Mund nicht mehr sehen konnte. Außerdem hatte sie die Kapuze so tief in ihre Stirn gezogen, dass er auch ihre von einer Sonnenbrille bedeckten Augen kaum noch erkannte. Ihre Hände steckten in dicken Fäustlingen, und an den Füßen trug sie große Skistiefel. Ehrlich gesagt, hatte er sie nur an ihrem Geruch erkannt.

»Hi, Blayne.«

Sie erwiderte etwas, aber er konnte sie durch die dicken Schichten ihres Parkas nicht verstehen.

»Hä?«

Sie öffnete den Reißverschluss ihrer Jacke ein Stückchen, bis Crush ihren Mund sehen konnte. »Ich habe gesagt: ›Hi, Crush!‹«

Er lachte. »Wie geht's dir, Süße?«

»Okay. Kalt.«

»Ehrl… Warum bist du hier?«

»Ich heirate einen Mann, der mehr arktischer Bär als afrikanischer Löwe ist. Ich denke, ich sollte mich also besser daran gewöhnen. Aber es ist gar nicht so schlimm. Sie haben ein richtig großes, heißes Zelt.«

»Ein heißes Zelt?«

»Yep. Da sind alle Gestaltwandler drin, die eher aus Afrika stammen. Aber ich versuche, es nicht als Rassentrennung aufzufassen.«

»Ich bin mir sicher, dass das ausschließlich gesundheitliche Gründe hat.«

»Kann ich dich mal was fragen, Crush?«

»Sicher.«

»Magst du Bo?«

»Äh ...«

»Ich meine das nicht irgendwie komisch. Ich spreche nicht von Hockey und auch nicht von etwas Sexuellem.«

»Oh, dann ist ja gut ... weil ... ja.«

»Ich meine das ganz allgemein.«

»Na ja ...«

»Findest du ihn zum Beispiel unhöflich oder anmaßend oder obsessiv-psychotisch?«

»Nein.«

»Okay. Das ist gut. Ähm ... Hast du je das Bedürfnis, ihm ein Messer ins Gesicht zu rammen, ihn anzuzünden oder in der Zeit zurückzureisen, um den Ursprung seiner Blutlinie zu zerstören?«

»Nein.«

Daraufhin vollführte Blayne in ihrem riesigen Parka einen kleinen Freudentanz. »Ich wusste es! Ich wusste, dass er Freunde finden kann!«

»Ich weiß nicht, ob wir tatsächlich Freunde sind.«

»Sch-sch-sch. Mach mir das nicht kaputt.«

»Okay.«

»Und jetzt komm mit.« Sie packte seine Hand mit ihrem dicken Fäustling, und gemeinsam gingen sie zur Party hinunter.

»Ist das deine erste Eis-Party?«, fragte sie, während sie den Hang hinunterschlenderten.

»Ja.«

»Meine auch. Und ich amüsiere mich blendend!«

»Obwohl du angezogen bist, als würdest du an einer Expedition von *National Geographic* teilnehmen?«

»Das heiße Zelt!«, erinnerte sie ihn.

Sie gingen bis zum Rand der Tanzfläche, wo Blayne stehen blieb. Sie schaute zu ihm hinauf und dann auf die tanzenden Körper. Crush folgte ihrem Blick. Es dauerte eine Weile, aber dann sah er, was Blayne ihm zeigen wollte. Malone.

Cella tanzte in abgeschnittenen Jeansshorts, schwarzen Bikerstiefeln und etwas, das er für ein Bikinitop aus weißem Fell hielt, zwischen zwei Männern. Sie hielt ein Guinness in der linken Hand und hatte die rechte frei, um ihre Faust zum passenden Zeitpunkt in die Luft zu recken, meist wenn einer ihrer Cousins brüllte: »Malones: Schlachtruf!«, woraufhin sämtliche Malones erst »Maaaaalonnnnnnes!« brüllten und dann den »Long-Island-Faustschlag« ausführten, wie Crush es gerne nannte.

Crush stieß den Atem aus, freute sich darüber, seine Atemwolke in der kalten Luft sehen zu können, und sah die Wolfshündin an, die noch immer seine Hand hielt. »Ernsthaft?«, fragte er.

Blayne lachte. »Was hast du denn erwartet? Sie ist ein Long-Island-Mädchen.«

»Ich schätze, da hast du wohl recht.«

»Und du musst zugeben, dass sie in diesem Outfit verdammt heiß aussieht.«

Ja, das musste Crush in der Tat zugeben.

»Und ich muss zugeben«, fuhr Blayne fort, »dass ich mich, obwohl ich mir den Arsch abfriere, auf dieser Party der Schneeliebhaber wirklich gut amüsiere.« Sie drehte sich zu ihm und hielt noch immer seine Hand fest. »Du bleibst doch, oder?«

»Warum fragst du das?«

»Weil mir irgendetwas sagt, dass du der Ich-verzieh-mich-bei-der-erstmöglichen-Gelegenheit-Typ bist. Es sei denn, du hast vor, jemanden zu verhaften.« Sie blinzelte, überlegte kurz und fragte dann: »Bist du hier, um jemanden zu verhaft…«

»Nein, Blayne. Ich bin nicht hier, um jemanden zu verhaften.«

»Cool! Soll ich Cella für dich holen?«

»Klar. Okay.«

»Kein Problem.« Sie ließ endlich seine Hand los, legte beide Hände an den Mund und schrie: »Cella!«

Und ja, das hätte er auch selbst tun können, aber warum auf Kleinigkeiten herumreiten?

Malone drehte sich um, sah die beiden und rannte zu ihnen. Als sie nur noch gut drei Meter von Crush entfernt war, stürzte sie sich auf ihn, landete mit voller Wucht und schlang ihre Beine um seine Taille und ihre Arme um seinen Hals. »Hi!«

»H…«

Sie ließ ihn nicht aussprechen, presste ihren Mund auf seine Lippen und schloss ihre Arme noch fester um seinen Hals. In diesen paar Sekunden vergaß Crush alle anderen um sich herum.

Als sie ihren Mund schließlich wieder von seinem löste, hatte Crush noch immer die Augen geschlossen.

»Ich bin froh, dass du gekommen bist.«

Moment mal. War er das? Wann?

»Ich hatte schon Angst, du lässt mich sitzen.«

Oh! Gekommen im Sinne von hergekommen. Alles klar. Er war hier. Es war alles okay. Damit konnte er umgehen. Mit ihr. Wie auch immer.

»Ich hab's ja versprochen.«

»Hast du.« Sie hielt ihn weiter umschlungen, lehnte sich ein Stück zurück und betrachtete ihn abschätzend. »Du bist irgendwie overdressed.«

»Das ist mir inzwischen auch klar.«

Cella nahm Crush mit auf eine kleine Tour. Sie liebte diese alljährliche Party und freute sich, etwas mit ihm teilen zu können, bei dem sie sich ziemlich sicher war, dass es ihm gefallen würde. Sie hatte das Gefühl, dass MacDermotts Feier von vor ein paar Wochen seit langer Zeit wahrscheinlich das erste Mal gewesen war, dass er zu einer Party gegangen war, die nichts mit seinem Job zu tun hatte. Er musste lernen, sich zu entspannen. Typen wie er bekamen gern mal Herzprobleme und hohen Blutdruck. Sie wollte nicht, dass dies auch Crush passierte, und sie würde tun, was in ihrer Macht stand, um dafür zu sorgen, dass er lernte, wie man sich richtig entspannte.

»Es laufen ein paar Hockeyspiele. Da vorne sind die Profispieler und da drüben die ›Wir betrinken uns einfach gern und haben ein bisschen Spaß auf dem Eis‹-Typen. Du kannst dir eine Ausrüstung ausleihen, wenn du keine eigene dabei hast. Da hinten sind Eislöcher mit Süßwasserrobben. Ich habe gehört, die schmecken genau wie Ringelrobben.«

»Baikalrobben. Jemand ist extra bis nach Russland gereist, um die zu besorgen?«

»Nicht, wenn sie sie auf einer Robbenfarm in Maine bekommen können. Warst du denn überhaupt schon mal in einer reinen Bärenstadt?«

»Nein.«

»So vieles, was ich dir noch zeigen muss.«

»Und noch viel mehr, hoffe ich.«

Die Art, wie er sie ansah, als er das sagte …

Cella schüttelte den Kopf. »Hör schon auf.«

»Womit denn?«

»So verdammt süß zu sein. Es gibt noch mehr zu sehen.« Sie zog ihn an den Rand der Tanzfläche. »Die Picknicktische sind hier. Die Malones haben sich schon acht davon geschnappt, du solltest also kein Problem haben, irgendwo einen Platz zu finden.« Sie zeigte auf einen Barbecue-Grill ein Stück entfernt. »Da kriegst du Eisbären-Zeug. Robbe, Walross, und ich glaube, dieses Jahr haben sie sogar Wal. Beluga oder so.«

»Hi, Detective Crushek.«

Cella drehte Crush herum, und er sah, wie ihre Tochter und Josie auf sie zukamen, einen Haufen jüngerer Cousins und Cousinen im Schlepptau.

»Hi, Meghan. Josie. Schön, euch wiederzusehen.«

»Wir freuen uns, dass Sie gekommen sind«, sagte Meghan. »Aber lassen Sie sich bitte nicht vom Outfit meiner Mutter abschrecken. Inzwischen trägt sie das nur noch aufgrund seines Schockwerts.«

»Vielen Dank auch, aber ich sehe in diesem Outfit einfach fabelhaft aus. Sehe ich in diesem Outfit nicht fabelhaft aus, Crushek?«

»Ich kann dir gar nicht sagen, wie *weit* ich davon entfernt bin, mich zwischen eine Mutter und ihre Tochter zu stellen.«

Meghan lächelte ihn strahlend an. »Kluger Mann.«

»Danke.«

»Was habt ihr zwei denn vor?«, fragte Cella.

»Josie will mit den Callahans flirten.«

»Okay, aber trennt euch nicht, und lass keinen von ihnen mit ihr abhauen.« Sie deutete auf Josie. »Ich habe deiner Mutter und deiner Großmutter versprochen, dass wir auf dich aufpassen, weil sie nicht mitkommen wollten. Tu also nichts, was mich in Schwierigkeiten bringt.«

»Versprochen, Tante C.«

»Gut. Und jetzt ab mit euch.«

Die Mädchen entfernten sich, und Cella drehte sich wieder zu Crush um. »Was?«, fragte sie, als sie sah, dass er sie anstarrte.

»Mit ihr abhauen?«

»Ja. Die Callahans haben sich gerne mal Berglöwen zur Frau genommen.«

»Vor Hunderten von Jahren, richtig?«

»Äh … das letzte Mal vor zwei Jahren. Irgendeine Tussi aus Arizona.«

»Und die Anzeige wegen Entführung …?«

»Anzeige wegen Entführung? Warum sollten sie das denn tun?«

»Weil es das ist?«

»Ich schätze, da hast du wohl recht.«

»Du schätzt?«

»Hör mal, warum sollte man sie wegen Entführung anzeigen, wenn man genauso gut ein paar neue Wohnmobile raushandeln kann und … warte mal. Wo gehst du denn hin?«

Cella schloss wieder zu dem Bären auf. »Was ist denn los?«

»Gar nichts. Ich schätze, ich hätte schon eher feststellen sollen, dass deine ganze Familie aus Zigeunern besteht.«

»Schhh«, flüsterte Cella. Sie blickte sich verzweifelt um, um sich zu vergewissern, dass ihn niemand gehört hatte. »Das Wort benutzen wir nicht, Crushek, okay?«

»Warum nicht?«

»Tun wir eben nicht«, erwiderte sie. »Es ist intolerant, und du willst dich sicher nicht mit den Malones anlegen. Außerdem sind die Callahans hier und die Ryans ...«

»Aber sie könnten mit ihr abhauen. Du machst dir Sorgen, dass sie mit der Tochter deiner Freundin abhauen könnten.«

»Die Malones lassen die kleine Josie nicht allein. Ganz egal, wie süß die Callahan-Jungs sind.«

»Okay.«

»Du kannst uns fahrendes Volk nennen.«

»Ihr gehört zum fahrenden Volk?«

Sie zuckte mit den Schultern. »Früher mal.«

»Was soll das nun wieder bedeuten?«

»Das ist eine lange Geschichte. Und jetzt komm mit. Ich habe dir noch nicht alles gezeigt. Und vergiss nicht ...«

»Richtig. Keine Intoleranz. Es geht nur ... ums Abhauen.«

Mit einem kurzen Lachen nahm Cella Crush wieder an der Hand und führte ihn zu dem großen Zelt hinüber, das in der Mitte des Feldes aufgebaut war. Dieses Jahr hatten sie es eine Nummer größer bestellt. »Das hier war früher nur für menschliche Gefährten, aber in den letzten Jahren sind immer mehr Arten dazugekommen, die es gerne schön warm haben.«

Cella betrat das Zelt, und Crush folgte ihr auf dem Fuß. Die anderen Katzen, Wölfe, Bären und anderen Spezies hatten hier ihre eigene Tanzfläche und Grillstelle und genossen die Party in dicken Wollpullovern und Skihosen, unter denen sie Thermounterwäsche trugen. Viele von ihnen hatten sogar noch ihre Jacken an, aber alle schienen sich blendend zu amüsieren.

Crush grunzte, und Cella sah zu ihm hinauf. »Was denn?«

»Sind das Afrikanische Wildhunde?«

Cella seufzte und schaute zur Tanzfläche hinüber. Sie war bis zum Bersten mit völlig nüchternen Wildhunden gefüllt, die heulten und bellten und zu den beschissenen Achtziger-Jahre-Hits tanzten, die ihretwegen auch alle anderen Partygäste im Zelt gezwungenermaßen ertragen mussten.

»Ja. Ich weiß nicht genau, warum die hier sind. Ich glaube kaum, dass sie eine Katze eingeladen hat. Sie verstehen sich nicht besonders gut mit den Bären, und Wölfe können sie auch kaum aushalten.«

»Ich habe die Erfahrung gemacht, dass Wildhunde es immer spitzkriegen, wenn irgendwo eine gute Party abgeht, und diese dann übernehmen.«

»Früher war es nur eine Meute, draußen von der Insel. Aber in den letzten zwei Jahren sind ungefähr sieben Meuten aufgetaucht. Ich muss allerdings gestehen, dass meine Mom das großartig findet. Wildhunde heiraten für ihr Leben gern, und meine Mom netzwerkt bei diesen Partys immer kräftig.«

»Kluge Frau.«

Eine harte Faust rammte sich in Cellas Rücken.

»Hey.«

Yep. Hart und unerbittlich. »Warum bist du hier?«, fragte Cella Dee-Ann.

»Heute ist mein freier Tag. Mein Gefährte meinte: ›Wir gehen aus. Zieh dich warm an.‹ Und ehe ich's mich versehe, stecke ich mit Katzen, Bären, Wildhunden und Blayne irgendwo im Nirgendwo in Jersey fest.«

»Du weißt doch, dass Blayne dich liebt.«

»Halt die Klappe.« Smith nickte in Crushs Richtung. »Und, wie geht's uns so?«

»Uns geht's gut«, antwortete Crush.

»Dann seid ihr zwei jetzt ›wir‹?«

»Sie hat nur mit dir gesprochen«, erklärte Cella.

»Okay.« Er betrachtete Cella. »Was?«

Sie zeigte hinter ihn, und dann beobachtete sie, wie Crush

über seine Schulter blickte und vor Schreck einen Satz machte. Nicht, dass sie es ihm übelgenommen hätte. Direkt hinter ihm stand Novikov – schnaufend.

»Oh … hi.«

»Hi.«

Crush blickte zu Cella und Smith und dann wieder zu Novikov zurück. »Wollten Sie irgendwas?«

»Hast du schon mal Football gespielt?«

»Amerikanische oder australische Regeln?«

»Für den Zweck dieser Diskussion: amerikanische.«

»Ja, habe ich.«

Novikov dachte einen Moment lang nach. »Hast du auch schon mal Football nach australischen Regeln gespielt?«

»Nein.«

»Macht ja nichts.«

In dem Moment sahen Cella und Smith einander an und warteten ab, wer als Erste in Gelächter ausbrechen würde.

»Und, willst du jetzt vielleicht Football spielen? Amerikanische Regeln?«

»Okay. Aber ich dachte, Sie spielen mit den Jungs draußen Hockey.«

»Das hatte ich auch vor, aber anscheinend sind meine Hockeyfähigkeiten zu furchteinflößend für einen gewissen Löwen-Loser.«

Der Löwe schlenderte lässig zu Novikov hinüber, und Smith verdrehte die Augen, während Cella eine Hand auf ihren Mund legte, um nicht laut loszulachen.

»Warum«, fragte Mitch O'Neill Shaw höhnisch, »gibst du nicht einfach zu, dass du Angst vor meinem Footballkönnen hast? Sag's einfach, Bro!«

»Wenn du mich noch einmal ›Bro‹ nennst, beiß ich dir dein Gesicht ab.«

Crushek starrte Mitch mehrere Sekunden lang an, bis er schließlich mit dem Finger auf ihn zeigte und lauter als nötig sagte: »Ich hab dir mal Crack verkauft.«

Alle im Zelt erstarrten und drehten sich ganz langsam zu den beiden Männern um, die sich miteinander unterhielten.

Mitch, der Gefährte von Smiths Wolfscousine Sissy Mae, sah Cellas Bären finster an, und Cella wünschte sich, sie hätte ihre Waffe mitgebracht. Dann schnipste er mit den Fingern, sein finsterer Blick verzog sich und er krähte: »Und ich hab dir Meth verkauft!«

»Hey«, lachten die beiden Idioten, äh, Männer.

»Ich dachte, du wärst tot«, gestand Crush.

»Sie haben's versucht. Haben eine Belohnung auf meinen Kopf ausgesetzt, auf mich geschossen und mich gezwungen, mich im beschissenen Tennessee zu erholen, verdammt.« Mitch sah zu Smith hinüber, und sein Lachen erstarb. »Das sollte keine Beleidigung sein, Dee-Ann.«

»Schon klar«, grummelte die Wölfin.

»Wie dem auch sei, irgendwann hat sich meine Mutter eingemischt und ... na ja, du kannst dir ja vorstellen, wie es danach weiterging. Und du so?«

»Wurde zur Abteilung in Brooklyn versetzt.«

»Hey, nicht übel.«

»Ja, ich schätze schon. Musste mir aber die Haare schneiden.«

»Seid ihr zwei Mädels fertig?«, fauchte Novikov.

»Warte mal«, beschwerte sich Mitch, »du spielst doch nicht etwa für Novikov, oder?«

»Er hat mich zuerst gefragt.«

»Komm schon, Bro! Cops müssen zusammenarbeiten.«

»Geht nicht. Ist 'ne moralische Sache.«

»Ziehst du echt immer noch diese Moralschiene durch?«

»Das ist eine Entscheidung für eine Lebensweise.«

»Machen wir das jetzt, oder was?«, knurrte Novikov.

Crush drehte sich zu Cella um. »Ist das okay für dich?«

Erschrocken schaute sich Cella nach der Person um, mit der er gesprochen haben könnte. Als sie niemanden fand, antwortete sie: »Hä?«

»Du hast mich eingeladen, und ich will dich nicht einfach hier stehen lassen.«

»Ooooooh«, hörte Cella hinter sich.

Sie blickte über ihre Schulter und sah dort eine kleine Gruppe von Hündinnen, die sie beobachtete. Eine von ihnen, die schwarze, die mit Smiths Cousin Smitty verheiratet war, gestikulierte in Crushs Richtung und formte ein stummes: *Er ist soooo süß* mit den Lippen. Dann fügte sie hinzu: *Heirate ihn.*

Während Cella darüber nachdachte, ob sie der kleinen Hündin das Genick brechen konnte, bevor Smith ihr in die Quere kam, brüllte eine andere Stimme von draußen vor dem Zelt nach ihr.

Nachdem sie zu dem Schluss gekommen war, dass die Hündin ohnehin keine große Herausforderung für sie darstellen würde, durchquerte Cella das Zelt und schaute nach draußen.

»Marly Callahan«, rief sie zurück. »Was kann ich für dich tun, Schätzchen?«

»Eine Herausforderung unter Freunden«, bot sie an. »Du und ich … im Ring.«

Die Malones und Callahans jubelten, und den jeweiligen Buchmachern der Familien wurden die ersten Wetteinsätze zugerufen.

»Warte mal kurz«, mischte Smith sich leise ein. »Callahan? Haben wir nicht gerade ihren Bruder gerettet?«

»Richtig. Und jetzt ehrt sie mich mit einem anständigen Kampf.«

»Okay.«

Crush tippte ihr auf die Schulter. »Kann ich also davon ausgehen, dass ich dich einfach hier stehen lassen kann?«

»Ja, ja. Geh ruhig.« Sie verscheuchte ihn praktisch mit einem Winken. »Wir sehen uns nach deinem Spiel.«

»Ja, also … viel Glück.«

»Dir auch.«

Als er gegangen war, fragte Smith: »Und, wer von euch geht zuerst zu Boden?«

»Halt verdammt noch mal die Klappe. Du bist mein Cutman.«

Smith zuckte mit den Schultern und griff nach dem Jagdmesser, das in einem Holster an ihrer Jeans steckte. Cella packte ihre Hand, knurrte und schaute sie finster an. »Ich meine, wenn ich dich im Ring brauche, du Idiotin.«

»Wie du schon wieder mit mir flirtest, Malone.«

»Na gut«, gab Novikov schließlich zu. »Vielleicht habe ich ihn unterschätzt.«

»Ich habe gehört, er wäre gut genug gewesen, um Profi zu werden.«

»Und wie soll mir das helfen?«

»Eigentlich tut es das nicht.« Crush sah zu der anderen Mannschaft hinüber. »Es hilft aber genauso wenig, dass Ihre Mannschaftskameraden Sie so sehr hassen, dass sie für die Shaw-Brüder spielen. Sogar MacRyrie … er geht auf Sie los, als wären Sie mit Honig bedeckt.«

»Danke.«

»Keine Ursache.«

»Es wäre nicht so schlimm, wenn wir ein besseres Team hätten.«

»Sie geben sich Mühe. Alles treue Fans.«

Sie schauten beide zu den hechelnden, völlig erschöpften Wildhundmännern hinüber, die sich freiwillig für das Spiel gemeldet hatten. Als sie bemerkten, dass Novikov sie anstarrte, lächelten sie, winkten – und hechelten weiter.

»Wenigstens haben wir unsere eigenen Cheerleader«, versuchte Crush, ihn aufzumuntern.

»Ja, Blayne und die Wildhündinnen.«

»Ich muss schon sagen, Ihre Frau hat eine *Menge* Energie.«

»Sie hatte acht Shirley Temples. Mittlerweile ist sie einfach außer Kontrolle.« Novikov seufzte. »Ich hasse es zu verlieren.«

»Ich auch.«

»Hast du irgendeine Idee?«

»Nein.«

»Mr. Crushek?«

Crush lächelte zu Meghan und Josie hinunter. »Schaust du dir nicht den Kampf deiner Mom an?«

»Nein. Nein, danke. Wirklich lieber nicht.«

Crush und Novikov lachten.

»Verstehe«, sagte Crush.

»Wie ich sehe, seid ihr Jungs am Verlieren«, bemerkte Meghan – oder sprach das Offensichtliche aus. Wie immer man es auch nennen wollte.

»Ja, sind wir.«

»Stimmt es, dass das O'Neill-Löwen sind?«, wollte Josie wissen.

»Der, der gerade den Moonwalk aufführt ... das ist Mitch O'Neill. Sein Halbbruder, der, der so mit den Hüften wackelt, ist Brendon Shaw.«

»Ein O'Neill ist ein O'Neill, Mr. Crushek.«

»Ich bin mir nicht sicher, was das bedeuten soll.«

»Das macht nichts.« Meghan lächelte. »Können Sie sie ein paar Minuten lang aufhalten?«

»Sicher.«

Die beiden Mädchen entfernten sich, und Novikov fragte: »Das ist wirklich Malones Tochter?«

»Haben Sie sie noch nie gesehen?«

»Schon ... aber ich hab's nie wirklich geglaubt.«

»Warum nicht? Sie sehen sich doch ähnlich.«

»Das ist aber auch schon alles.«

»Hi, Grams.«

Meghan grinste zu ihrem Großvater hinauf, dem großen Butch Malone.

»Hallo, meine Kleine«, sagte er mit einem warmen Lächeln. »Amüsierst du dich gut?«

»Ich amüsiere mich blendend.«

»Und was ist mit dir, meine kleine Josie?«

»Ich amüsiere mich immer gut auf der Eis-Party, Onkel B.«

»Gut. Gut. Kannst dir aber immer noch keinen Kampf deiner Ma anschauen, was?«

»Lieber nicht. Wenn sie nicht gerade verdroschen wird, verdrischt sie jemand anders.« Unglücklicherweise war Meghan genau in dem Moment am Ring vorbeigegangen, als Marly Callahan einen rechten Haken auf dem Kiefer ihrer Mutter platziert hatte, und die Frau, die Meghan zur Welt gebracht hatte, war nach hinten gekippt und beinahe aus dem Ring gefallen. Die Seile waren das Einzige gewesen, was sie noch darin gehalten hatte.

»Im Moment ist es ein gegenseitiges Verdreschen«, versicherte ihr Großvater ihr. Als ob das irgendwie helfen würde.

»Großartig«, log Meghan.

Butch beugte sich ein Stück nach unten. »Und, was hältst du vom neuen Beau deiner Ma?«

»Wir mögen ihn.« Das taten sie wirklich, sie und Josie. Er hatte irgendetwas an sich. Etwas Ehrliches. Ihre Mutter brauchte das in ihrem Leben. Mehr, als ihr selbst bewusst war.

»Gut. Ich glaube, sie mag ihn auch«, bestätigte ihr Großvater.

»Wir wissen, dass sie das tut. Zu dumm nur, dass ein O'Neill ihm gerade beim Football mächtig in den Arsch tritt.«

Jeder einzelne männliche Malone wandte sich von dem Kampf ab und die ganze Aufmerksamkeit Meghan und Josie zu, genau, wie die Mädchen es erwartet hatten.

»Dieser Bär verliert gegen einen O'Neill?«

»Zusammen mit Mr. Novikov.«

»Was zur Hölle …?« Onkel Tommy sah seinen Vater an. »Was ist da los?«

»Eigentlich sind es nur die beiden. Die Wildhunde sind ihre einzigen Mannschaftskameraden, und die sind irgendwie … winzig.«

»Was ist mit MacRyrie, Van Holtz …«

»Alle Carnivores spielen für die O'Neills«, erwiderte Josie. Da sie ziemlich glaubhaft auf »traurig« machen konnte, ließ Meghan ihr den Vortritt.

»Verräterische Mistkerle«, knurrte ihr Großvater, und Meghans sämtliche Onkel und Cousins stimmten ihm zu.

»Was sollen wir machen, Dad?«, fragte Liam.

»Was glaubst du wohl?«

Als Marly Callahan zum dritten Mal in Folge zu Boden ging, wurde Cella zur Siegerin erklärt, und ihre Tante Kathleen riss ihren Arm in die Luft.

»Gut gemacht, Mädchen«, lobte sie die ältere Malone.

»Danke.«

Während alle auseinanderströmten, um ihre Wettschulden zu bezahlen oder ihre Gewinne einzustreichen, stolperte Cella zu Marly hinüber und streckte ihr ihre blutige Hand hin. Mit einem breiten Grinsen auf dem zerschundenen Gesicht nahm die Löwin Cellas Hand und ließ zu, dass sie ihr wieder auf die Beine half. Die beiden schlangen einander die Arme um die Schultern, und Marly presste ihre Stirn an Cellas und flüsterte: »Du hast dich um meinen Bruder gekümmert, Malone. Ich stehe in deiner Schuld.«

»Mach dir darüber jetzt keine Gedanken. Er ist in Sicherheit, das ist alles, was zählt.«

»Ma!«

Die beiden Frauen sahen zu Cellas Tochter und Josie hinunter.

»Dein kleines Mädchen ist wirklich eine Schönheit, Malone.«

»Ja, das ist sie.«

»Genau wie ihre Berglöwen-Freundin.«

»Und du wirst dafür sorgen, dass deine Brüder ihre schmutzigen Pfoten von meinen Mädchen lassen. Von beiden.«

»Aber wir haben ein paar wirklich schöne Wohnmobile zum Tausch«, neckte Marly.

»Ma«, drängte Meghan.

»Was ist denn?«

»Football. Weißt du noch?«

»Hat Novikov Streit mit den Jungs angefangen?«

»Nicht direkt …«

Jemand hielt eine Flasche Gatorade vor sein Gesicht, und Crush nahm sie und lächelte. »Danke.«

»Gern geschehen.«

Er konnte nicht verhindern, dass er zusammenzuckte. »Malone, dein Gesicht.«

»Ja, aber du solltest mal sehen, was ich mit Callahan angestellt hab.«

»Ich stehe direkt hier«, beschwerte sich die Löwin und reichte Novikov auch eine Flasche des Sportdrinks. »Ich kann dich hören.«

»Was ist hier los?«

»Den Wildhunden ist die Puste ausgegangen, also haben deine Brüder und Cousins angeboten, mitzuspielen.«

»Aha. Allerdings steht ihr Jungs«, sie deutete auf Crush, Novikov und die anderen Hockeyspieler, die für Mitch O'Neill gespielt hatten, »alle hier mit dem Ball. Während sich die Jungs da«, sie zeigte in Richtung Spielfeld, wo eine Schlacht zwischen den männlichen Löwen und Tigern ausgetragen wurde, »in ihre Katzengestalt verwandelt haben und sich gegenseitig zerfleischen.«

»Ich muss zugeben, dass das Spiel erst nach ihrem ersten Spielzug so richtig in Fahrt gekommen ist.«

»Vor allem, als die restlichen O'Neill-Männer aufgetaucht sind.«

»Gwenie hat ihre Onkel eingeladen«, zwitscherte Blayne und hüpfte in einer Mischung aus Neunziger-Jahre-Tanzstil und Hyperaktivitätsanfall durch die Gegend. »Anscheinend hassen die O'Neills die Malones. Das wusste ich gar nicht!«

Cella betrachtete Blayne. »Hast du wieder Shirley Temples getrunken?«

»Ich bin dir gar keine Erklärung schuldig!«, kreischte Blayne, bevor sie sich Flickflacks schlagend von ihnen entfernte.

»Solltest du nicht hinter ihr her?«, fragte Crush Novikov.

»Nein. Sie steuert direkt auf den Baum da hinten zu und – bumm! Da liegt sie auf dem Boden. Sie wird für eine Weile weggetreten sein.« Er zuckte mit den Schultern und konzentrierte sich wieder auf den Kampf. »Ich kratze sie später wieder auf.«

»Amüsierst du dich gut?«, fragte Malone Crush.

»Ja, ich amüsiere mich großartig.«

»Gut.«

Er zuckte zusammen. »Aber ich kann das nicht mehr länger ignorieren.« Er nahm das Handtuch, das um seinen Hals hing, und wischte vorsichtig das Blut von Cellas Gesicht, um ihr nicht noch mehr wehzutun, als man ihr ohnehin schon wehgetan hatte.

Natürlich musste er ihr Kinn etwas fester halten, damit sie nicht direkt den nächsten Kampf anfing, als die versammelten Wildhundfrauen hinter ihr einstimmig »Ooooooh« seufzten.

MacRyrie tippte ihm auf die Schulter. »Äh … Crushek?«

»Ja?«

»Hast du Brüder?«

Crush schaute Malone an, ließ sie dann los und drehte sich zu dem Grizzly um. »Warum fragst du?«

MacRyrie zeigte hinter sie, und sie drehten sich alle um. Dort standen Chazz und Gray in T-Shirts und weiten, kurzen Shorts, die kein Mann von ihrer Statur jemals tragen sollte. In der Ferne konnte Crush die Frauen und Kinder seiner Brüder an einem Picknicktisch erkennen, aber falls sie wussten, was seine Brüder vorhatten, schien es sie nicht zu kümmern.

Die drei funkelten einander böse an, und keiner von ihnen sagte ein Wort. Dann sahen Gray und Chazz zunächst zu Cella, dann wieder zu Crush hinüber, während Gray seine Arme in einer, wie Crush fand, eindeutig herausfordernden Geste hob, und … nun … Was war schon von ihnen zu erwarten gewesen?

Klamotten flogen durch die Luft, und Crushs Jeans traf Cella im Gesicht, bevor sich die drei Eisbären vor aller Augen in eine heftige Prügelei stürzten. Da Katzen andauernd miteinander kämpften, war die Malone-O'Neill-Schlacht, die noch immer hinter ihnen im Gange war, schnell vergessen, und alle wandten ihre Aufmerksamkeit dem erbitterten Bären-Kampf zu.

»Also, dann steht er seiner Familie wohl nicht sehr nahe?«, vermutete eine der Wildhundfrauen.

»Sie sind nur zu dritt, und nein, sie stehen sich nicht sehr nahe.«

Marly legte ihren Ellbogen auf Cellas Schulter. »Stört es nicht irgendjemanden, dass sie zu zweit gegen den armen Crushek kämpfen?«

Cella störte das sogar mehr als nur ein bisschen, aber wer würde sich schon während eines Kampfes zwischen drei Eisbären stürzen? Aber in dem Moment, als ihr dieser Gedanke durch den Kopf ging, rannten Novikov und MacRyrie an ihr vorbei, beide in ihrer verwandelten Gestalt. Ein paar Sekunden später folgten auch die restlichen Spieler der ersten Garde.

»Hat Novikov Stoßzähne?«, fragte Marly.

»Das sind keine *Stoßzähne*«, brüllte Blayne, während sie sich langsam wieder aufrappelte. »Das sind Reißzähne. Wie bei den mächtigen Säbelzahnkatzen von anno dazumal.«

Marly kratzte sich am Kopf. »Anno dazumal?«

Kapitel 20

»Er macht alles falsch«, bemerkte Van Holtz.

Der ganze Tisch schaute zu dem Eisbären hinüber, der an dem großen Grill im Zelt stand.

»So wird alles ganz trocken.«

Novikov seufzte. »Ich schätze, dann gehst du jetzt besser rüber und zeigst ihm, wie man es richtig macht.«

Crush, der immer noch spüren konnte, wo Chazz seinen Kopf gegen einen Baum geknallt hatte, warnte leise: »Das würde ich nicht tun.«

Nun sahen alle ihn an. Crush konnte noch immer nicht glauben, dass diese Jungs ihm bei seinem Kampf gegen Chazz und Gray zu Hilfe geeilt waren. Und, Mann, waren diese Idioten neidisch gewesen, weil er die gottverdammten Carnivores auf seiner Seite gehabt hatte. Es war *großartig* gewesen!

»Kennst du ihn?«, fragte MacRyrie über den Eisbären, der am Grill beschäftigt war.

»Er war bei der Drogenvollzugsbehörde, bevor er in den Ruhestand gegangen ist. Heute lebte er auf Staten Island und arbeitet als Metzger. Sein Name ist Billows, aber alle nennen ihn Wishbone.«

»Warum?«

»Laut der Geschichte, die ich von anderen Gestaltwandlern beim NYPD gehört habe, hatte er mal einen Fall mit einem Crack-Haus irgendwo auf Staten Island. Es gab einen kleinen Schusswechsel, und einer der Typen ist abgehauen. Wishbone hat ihn geschnappt, und während sie miteinander gekämpft haben, hat der Typ Wishbone ein Messer ins Bein gestochen, was ihn echt sauer gemacht hat, weil er ziemlich reizbar ist. Sie erzählten, er hätte den Typen an den Beinen gepackt und zu seinem Partner gesagt: ›Wünsch dir was.‹ Und dann hat er …«

Da er nicht die richtigen Worte fand, illustrierte Crush das Geschehen, indem er seine Hände auseinanderriss, und sämtliche Männer stießen gleichzeitig ein »Ooooh!« aus.

»Wie dem auch sei«, fuhr Crush fort, »ich war schon ein paarmal in seiner Metzgerei, weil er sich mit seinem Angebot an Eisbären und, ich glaube, Löwen richtet, und er ist in seiner Nachbarschaft immer noch dafür bekannt, leicht reizbar zu sein. Also, wenn ich du wäre ... würde ich ihn sein trockenes Fleisch grillen lassen.«

Sie stimmten alle wortlos überein, den Metzger sein trockenes Fleisch grillen zu lassen, und setzten ihre Unterhaltung fort.

Einige Zeit später holten sie sich doch etwas zu essen. Crush staunte mit offenem Mund über das große Angebot und lächelte Wishbone zu, als sich der ehemalige Polizist zu ihm umdrehte.

»Crushek.«

»Hey, Wish. Wie läuft's denn so? Wie geht's den Kindern?«

»Ziemlich gut. Und dir? Hab gehört, du bist ins Brooklyn-Haus umgesiedelt.«

»Bin ich.«

Der Eisbär blickte sich um und kam dann näher. »Nimm dich bloß in Acht, Crushek.«

»Vor anderen Cops?«

»Nein.«

Crush verdrehte die Augen. »Na klar.«

»Bären, die für sie arbeiten«, und er wusste, wen Wishbone mit *sie* meinte, »schnüffeln überall rum und stellen Fragen über dich.«

»Irgendwas Bestimmtes?«

»Stochern nur herum. Sie versucht wahrscheinlich, dich zu diskreditieren. Aber ich habe keine Ahnung, wie weit sie gehen wird. Ich weiß ja nicht, was du getan hast, um sie so wütend zu machen, aber ...« Er hob ein Tablett mit Walspeckstreifen hoch. »Sei einfach vorsichtig, Mann.«

»Danke, Wish.«

Crush hatte mit einem Mal gar keinen Hunger mehr, sondern

stand nur da und starrte auf den Tisch. Als die Lösungen für seine Probleme nicht wie durch ein Wunder zwischen den Hirschsteaks und den Zebra-Burgern auftauchten, wandte Crush sich ab und ging davon.

»Hast du die Bison-Hotdogs probiert?«, fragte Van Holtz. Wie lange er schon dort gestanden hatte, wusste Crush nicht.

»Nein.«

»Sie sind gut. Anders. Mach ein bisschen Dijon-Senf und Relish drauf.«

Crush beschloss, der Empfehlung des Wolfs zu folgen, lud seinen Teller voll und suchte sich einen leeren Tisch. Er ließ sich auf einen Stuhl fallen, und Van Holtz setzte sich neben ihn. Schweigend aßen sie, bis sich der Tisch mit Cellas Tanten zu füllen begann. Die meiste Zeit ignorierten sie die beiden Männer, aßen ihr Essen und lästerten über einige der anderen Partygäste.

Als Crush beinahe fertig war, lehnte sich Cellas Tante Karen zur Seite und fragte Kathleen: »Findet das eigentlich niemand seltsam, dass die beiden Freundinnen sind?«

Der gesamte Tisch blickte zu Cella und Dee-Ann Smith hinüber, die beide herzlich lachten.

»Es ist schon überraschend«, gab Kathleen zu, »wenn man die Vergangenheit bedenkt.«

Crush wischte sich den Mund mit einer Serviette ab. »Meinst du, als Cella bei den Marines war?«

Kathleen und ihre Schwestern lachten. »Gott, nein. Lange vorher, meine ich. Als wir sie verflucht haben.«

Crush drehte sich zu Van Holtz. Die beiden schauten einander stirnrunzelnd an, bis Crush fragte: »Ihr habt die Smiths verflucht?«

»Nicht ich persönlich. Unsere Vorfahren. Aber die Smiths hatten es verdient. Sie haben uns gegessen.«

Der Bison blieb ihm im Halse stecken, aber Crush war schließlich Polizist. Und es gab einfach ein paar Dinge, die er nicht ignorieren konnte.

»Wölfe haben Tiger gegessen?«

»Damals waren sie noch keine Wölfe. Sie waren Kannibalen.«

Van Holtz lehnte sich um Crush herum, um Kathleen sehen zu können. »Wie bitte?«

»Wussten Sie das nicht? Sie leben doch mit einer von ihnen zusammen.«

»Sie ist keine Kannibalin.«

»Und ich züchte keine Pferde. Aber meine Vorfahren haben es getan.«

»Mir ist immer noch nicht klar …«

Kathleen schnitt Crush das Wort ab. »Irgendwann im siebzehnten oder achtzehnten Jahrhundert, ich weiß nicht mehr so genau, wurden die Malones zum wiederholten Mal aus Irland vertrieben.«

»Zum wiederholten Mal?«

Sie fuchtelte mit den Händen in der Luft herum. »Wie dem auch sei, sie reisten durch England, und man hatte sie gewarnt, nicht durch ein bestimmtes Gebiet zu ziehen, aber sie sind trotzdem hindurchgegangen. Tiger, ihr wisst schon. Dachten, sie kämen mit allem klar, aber was sie nicht wussten, war, dass die Smiths schon auf der Lauer lagen.«

»Auf der Lauer lagen … um sie zu essen?«

»Und sie auszurauben. Und genau das haben sie getan. Die meisten Malones konnten entkommen, aber die Smiths haben trotzdem ein paar erwischt.«

»Und sie gegessen?«

»Unter anderem. Die damalige Matriarchin der Malones wurde richtig sauer und fand, wenn sie sich schon wie niedriges Hundegetier aufführten, dann sollten sie auch Hunde *sein*. Und dann haben sie sie verflucht.«

Crush schob sich den Rest seines Hotdogs in den Mund, und nachdem er eine Weile nachdenklich darauf herumgekaut hatte, meinte er schließlich: »Ich bin mir nicht sicher, ob es die beste Idee war, die eure Vorfahren je hatten, gewalttätige, bösartige Kannibalenkiller in echte Raubtiere zu verwandeln.«

»Zu ihrer Verteidigung muss ich allerdings sagen, dass Wölfe damals in England viel gejagt wurden. Wahrscheinlich haben sie gedacht, die Smiths würden einfach ausgelöscht werden. Wer konnte auch ahnen, dass diese inzestuösen Kannibalen ihre eigenen Hexen hatten. Ein Zauberspruch hier, ein Zauberspruch da, und schon waren sie in der Lage, sich wie wir von einer Gestalt in die andere zu verwandeln. Soweit ich weiß, waren meine Verwandten darüber furchtbar enttäuscht.«

»Meinst du, weil die Smiths sich nun keine Waffen mehr besorgen mussten ... da sie sich selbst in Waffen *verwandelt* hätten?«

»Ja«, seufzte Kathleen. »Ganz offensichtlich hatten sie nicht langfristig gedacht.« Sie tätschelte Crushs Bein. »Aber wir haben schließlich alle Geschichten wie diese, stimmt's? Mr. Van Holtz hier stammt von deutschen Barbaren ab.«

»Das ist richtig«, gab Van Holtz zu. »Wir sind der wahre Grund, warum Julius Cäsar sich wieder über den Rhein zurückgezogen hat und die Brücke hat abbrennen lassen, die seine Truppen erbaut hatten, bevor wir sie überqueren konnten.«

»Und was ist mit dir, Schätzchen?«, fragte Kathleen Crush.

»Nun, meine Eltern sind gestorben, als ich noch sehr jung war, aber als ich älter wurde, ist es mit gelungen, ein paar Informationen über meinen Ururgroßvater zu sammeln, der Eisbären mochte und ständig dasaß und sich sagte, wie gern er doch ein Eisbär wäre. Und eines Tages ist er dann aufgewacht und war ein Eisbär.« Crush dachte eine Minute lang darüber nach und fügte hinzu: »Wenn ich so darüber nachdenke, ist das nicht annähernd so interessant wie Barbaren, die gegen Julius Cäsar kämpfen.«

»Nein. Aber auch keine Geschichte, die du verstecken musst.«

»Da hat sie recht.« Van Holtz stieß langsam den Atem aus. »Die Smiths dagegen habe ich noch nie allen von der Kannibalenvergangenheit der Familie erzählen hören.«

»Ganz genau.« Kathleen tätschelte wieder Crushs Bein. »Ich bin mir sicher, dass dein Vorfahre ein sehr netter Mann war.«

»Er war eine Art Polizist. Ihr wisst schon, für die damalige Zeit. Na ja ...« Crush erinnerte sich daran zurück, was er herausgefunden hatte. »Eine Art Polizist Schrägstrich Henker. Er hatte ein echtes Problem mit Ungerechtigkeit ...«

»Da hast du's!«

»... und Hexen. Hat sie auf dem Scheiterhaufen verbrannt, wenn er sie nicht schon vorher ertränkt oder gesteinigt hat.«

»Oh.«

Die Tischrunde verstummte, bis Crush schließlich hinzufügte: »Mir gefällt trotzdem immer noch die Geschichte mit den Barbaren gegen die römischen Truppen besser.«

»Ja«, stimmten die anderen zu.

Die Sonne ging unter, der Schnee fiel stetig, und fast alle tummelten sich auf der Tanzfläche und tanzten zu Mungo Jerrys »In the Summertime«. Die Gäste aus dem heißen Zelt trugen natürlich alle Klamotten, die man als Skiausrüstung bezeichnen konnte, aber nicht einmal sie hielt es noch drinnen. Es war eine tolle Party gewesen.

Cella wusste, dass auch Crush sich gut amüsierte, als er mit ihr tanzte. In seinem Haar klebte noch immer ein wenig Blut von seiner Robbenjagd mit Novikov. Es schien ihn nicht zu stören, dass sie ihn momentan nur mit einem Auge anschauen konnte, weil das andere wegen des Faustkampfs zugeschwollen war. Smith hatte angeboten, es ihr »wie in den *Rocky*-Filmen aufzuschneiden«, aber Cella hatte der Wölfin gesagt, sie wolle lieber warten, bis die Schwellung zurückgegangen war.

Der nächste Song war ein langsamer Motown-Klassiker, und Cella schmiegte sich sofort in Crushs Arme, und die beiden grinsten einander an, während sie sich zur Musik wiegten. Wie die meisten Bären hatte der Mann wirklich ein gutes Rhythmusgefühl für seine Größe.

»Soll ich dich und die Mädchen nach Hause fahren?«, fragte er.

»Nein. Ich werde mit den Mädchen und ein paar meiner Cousinen zurückfahren. Wir backen bei Jai zu Hause Brownies und quatschen die ganze Nacht über Jungs. Aber vielen Dank für das Angebot.«

»Keine Ursache.«

»Bist du froh, dass du zu der Party gekommen bist?«

»Sehr.«

»Kommst du nächstes Jahr wieder?«

Er schaute auf sie hinunter. »Vielleicht.«

Sie kicherte. »Oooh, ›vielleicht‹. Das klingt ja vielversprechend.«

Er lachte und schlang seine Arme noch enger um ihre Taille. Cella legte ihren Kopf an seine Brust, und in diesem Augenblick wusste sie es – sie steckte in Schwierigkeiten. In mächtigen Schwierigkeiten.

Kapitel 21

Am Dienstagmorgen quälte sich Ric Van Holtz aus dem Bett und ging auf direktem Weg in die Küche, um Kaffee zu kochen. Er mahlte die Bohnen, holte eine Kaffeetasse aus dem Schrank und wartete, bis seine Vierzehn-Tassen-Maschine ihre Arbeit erledigt hatte.

Als die Hand über seine nackte Hüfte wanderte, erschrack er nicht – nicht mehr. Es hatte eine Weile gedauert, sich daran zu gewöhnen, mit der am lautlosesten schleichenden aller Wölfinnen zusammenzuleben, aber Ric hätte es für nichts auf der Welt eingetauscht. Die Augen noch immer geschlossen, drehte er seinen Kopf, und weiche Lippen pressten sich auf seine.

»Schön, dass du zu Hause bist«, murmelte er und schnüffelte an der Wölfin, die ihren langen Körper an seinen schmiegte. »Was ist los?«

»Die Information der Bären war korrekt. Ich hab Whitlans Büro gefunden. Mit ihm drin.«

Ric öffnete die Augen und nickte. »Erledigt die Sache. Heute Nacht. Aber bringt ihn lebend zu uns, Dee-Ann.«

Sie grinste und küsste ihn auf den Hals. »Wird erledigt.«

Crushs Telefon weckte ihn an diesem Morgen aus einem der erotischsten Träume, die er seit langer Zeit gehabt hatte – ein Traum von einer Tigerin in Hockeyshorts –, und darüber war er ganz und gar nicht glücklich.

Er griff nach dem Telefon, das auf dem Nachttisch lag. »Was?«

»Ich bin's, MacDermott.«

»Was?«

»Wir treffen uns um sechs im Büro.«

Crush schaute auf die Uhr auf seinem Nachttisch. »Es ist halb sieben.«

»Nein, ich meine, um sechs heute Abend.«
»Warum?«
»Die Gruppe und KZS schlagen bei Whitlan zu. Heute Nacht.«
»Warte mal. Sie haben ihn gefunden? Woher wussten sie überhaupt …«
»Gott, du bist wie mein Kind. Fragst mir Löcher in den Bauch.«
»Ich bin ein Bär. Das liegt nun mal in unserer Natur. Und außerdem ist das unser Fall.«
»Flexibilität ist essentiell für diesen Job, Crushek. Gewöhn dich dran. Ich habe die Tatsache akzeptiert, dass Dee-Ann Smith nun mal Kontakte hat, die wir nicht haben. Und wenn sie jemanden finden will, dann findet sie ihn. Also, wir sehen uns um sechs.«
»Aber …«
»Wenn du dich dann besser fühlst: Deine Freundin wird auch da sein.«
»Meine …«
»Wie ich höre, küsst du ja verdammt gut.«
Crush setzte sich auf. »Was?«

Cella packte ihren Matchsack, warf zur Sicherheit ein paar zusätzliche Magazine hinein und machte den Reißverschluss zu. Sie schaute sich um und vergewisserte sich, dass sie auch wirklich alles hatte. Jawohl, und was sie doch nicht hatte, würde KZS bereitstellen.

Sie schlüpfte in eine leichte Jeansjacke, hob den Sack auf und eilte die Treppe hinunter und durch die Küche, wo sie ihrer Mutter und ihrem Vater zuwinkte, bevor sie ums Haus herumlief. Meghan und Josie waren bereits auf dem Weg zum Jeep, ihre Schulbücher unterm Arm, und besprachen flüsternd etwas.

»Ich muss heute Abend arbeiten, Süße«, rief Cella. »Wir sehen uns morgen.«

Sie warf ihre Tasche in eines der Autos ihrer Brüder. Sie wusste nicht, welchem es gehörte.

»Kein Problem. Ich passe heute Abend auf Deenas Kinder auf. Aber können wir morgen mal reden, Ma?«

Cella, die gerade in den Wagen steigen wollte, hielt inne und sah zu ihrer Tochter hinüber. »Reden? Oh, meinst du darüber, dass du im Herbst auf die Hofstra gehen willst? Sicher … darüber können wir reden.«

Josie, die einen Apfel in der Hand hielt, starrte erst Meghan an und dann Cella.

Als ihre Tochter nichts sagte, stieg Cella in den Wagen, steuerte ihn aus der Einfahrt und fuhr zur Arbeit.

MacDermott stand vor dem Bürogebäude und wartete auf ihn, zwei große Becher mit Kaffee und eine Tüte mit Gebäck in den Händen. Als er näher kam, wollte sie wissen: »Warum schaust du mich denn so an?«

»Malone hat dir erzählt …«

MacDermott lachte. »Das musste sie nicht. Alle haben mir erzählt, wie ihr auf der Fröstel-Party miteinander gekuschelt habt.«

»Eis-Party.«

»Wie auch immer. Obwohl *du* es mir eigentlich hättest erzählen sollen.«

»Warum zur Hölle sollte ich dir das erzählen?«

»Wir sind Partner.«

»Wir sind Partner, MacDermott, keine Freundinnen. Wir hocken nicht zusammen und quatschen über unsere Verabredungen oder unsere Periode oder das Problem, dass dein Mann ständig seine Nachbarn anbrüllt.«

MacDermott seufzte. »Letzte Woche haben wir schon wieder eine Vorladung wegen Ruhestörung gekriegt. Ich versuche immer, sie davon zu überzeugen, dass es die Hunde sind, aber anscheinend glaubt mir niemand.«

Crush nahm ihr einen der Kaffeebecher ab. »Können wir das bitte einfach hinter uns bringen?«

Sie hielt die Tüte mit dem Gebäck hoch. »Ich hab was Süßes mitgebracht.«

»Was denn?«

»Honigbrötchen und …«

Nun richtig wütend, schnauzte Crush sie an: »Sehe ich für dich vielleicht aus wie ein Grizzly? Siehst du irgendwo einen Buckel? Oder den ›Ich bin dümmer, als du vielleicht denkst‹-Ausdruck auf meinem Gesicht? Hä? Ich dachte, wir hätten das bereits geklärt.«

MacDermotts Oberlippe kräuselte sich ein klein wenig. »Muss ich auf dich schießen? Denn ich werde auf dich schießen.«

Crush knurrte und wandte sich von ihr ab.

»Was ist mit Zimt?«

»Was soll damit sein?«

»Ich hab auch Zimtschnecken geholt, weil *ich* die Honigbrötchen mag. Ich habe es mir zur Regel gemacht, nur noch über die Ernährung des Raubtiers nachzudenken, das mich regelmäßig fickt. Und als ich heute Morgen das letzte Mal nachgesehen habe – warst das nicht du. *Also willst du jetzt die gottverdammte Zimtschnecke oder nicht?*«

Crush drehte sich wieder zu MacDermott um und betrachtete sie abschätzend. »Bist du immer so launisch?«

»Nur, wenn ich mich mit mehr als einem Raubtier am Tag rumschlagen muss.« Sie streckte ihm die Tüte hin. »Und du solltest das besser jetzt essen. Die da drinnen teilen nicht.«

Er nahm ihr die Tüte ab. »Ich stehe in der Nahrungskette ganz oben, MacDermott … *niemand* nimmt mir meine Zimtschnecken weg.«

»Großartig. Zuerst darf ich mich zu Hause mit Captain Ego rumschlagen, und dann auf der Arbeit mit Commander Bärenwut.«

Sie wandte sich ab und ging ins Gebäude. »Komm jetzt.«

Crush folgte ihr und betrat den Fahrstuhl im Erdgeschoss. Doch anstatt auf den Knopf für die Etage zu drücken, in der ihr Büro lag, drückte sie den für den Keller. Crush hatte noch keine Gelegenheit gehabt, sich das ganze Gebäude anzuschauen und hatte daher nicht wirklich eine Ahnung, was sich dort unten befand.

Unten angekommen, stiegen sie aus dem Fahrstuhl und gingen einen langen Korridor entlang, bevor sie schließlich vor einem Zimmer stehen blieben. MacDermott trat mit dem Fuß gegen die Stahltür, und ein paar Sekunden später wurde sie von einer Leopardin geöffnet.

»Du bist zu spät, MacDermott.«

»Willst du mich jetzt wirklich damit nerven? Ich habe nämlich ehrlich kein Problem damit, jeden Einzelnen von euch zu erschießen.«

Sie drängte sich an der Leopardin vorbei und ging hinein. Die Leopardin zwinkerte Crush zu, und ihr Lächeln sagte ihm, dass sie es genoss, MacDermott auf die Palme zu bringen. Verdammte Katzen und ihre verdammte emotionale Folter.

Crush betrat das Zimmer, blieb jedoch sofort wieder stehen und ließ seinen Blick durch den Raum wandern.

»Deine Ausrüstung ist da«, sagte MacDermott und zeigte auf einen Spind.

»Was ist das?«, fragte Crush und gesellte sich langsam zu ihr, während er sich noch immer erstaunt umblickte.

»Was ist was?«

»Das hier, MacDermott. Das alles.«

»Was denn? Meinst du den Raketenwerfer? Der ist nur für den Fall der Fälle, ehrlich.«

Crush starrte sie an. »Nur für den Fall der Fälle?«

»Man kann nie wissen. Beeil dich. Wir nehmen einen der Lieferwagen und treffen uns dann mit den anderen.«

»Meinst du die Gruppe?«

»Und KZS.« MacDermott zeigte auf die anderen Gestaltwandler im Raum. Es waren etwa zwölf. Einige von ihnen kannte er, andere hatte er hingegen noch nie gesehen, und es waren die unterschiedlichsten Arten vertreten. Wie er MacDermott kannte, hätte Crush gewettet, dass die meisten von ihnen eine militärische Ausbildung hatten. »Das ist unser Team. Die Besten der Besten, wenn du mich fragst. Du und ich haben das Kommando.«

»Du und ich.«

»Das hab ich doch gerade gesagt.«

»Nein …« Crush schüttelte den Kopf. »Vergiss es.«

»Okay. Du und ich übernehmen das Kommando. Das NYPD ist als Verstärkung für die Gruppe und KZS da.«

»Wer führt deren Teams an?«, fragte ein Schwarzbär, während er eine Weste über seine unglaublich breite Brust zog.

»Malone und Smith.«

Als die restlichen Teammitglieder scheinbar zustimmend nickten, wusste Crush, dass Malone sich bei den anderen bereits einen guten Ruf erarbeitet hatte.

»Ihr holt die Lieferwagen, und wir treffen uns dann am Büro der Gruppe.«

»Gehst du jetzt, MacDermott?«

»Du weißt doch, dass sie immer zu spät sind. Ich schätze, das wird eine lange Nacht.«

Crush verspürte das Bedürfnis zu fragen: »Also, wenn wir der Gruppe und KZS als Verstärkung dienen, was machen sie eigentlich?«

»Keine Ahnung.«

»Interessiert dich das denn nicht?«

»Nicht besonders.« MacDermott zuckte mit den Schultern. »Sie erledigen den Großteil der Drecksarbeit.«

Während der Rest des Teams zustimmend nickte, als würde das alles besser machen, erwiderte Crush: »Ich kann dir gar nicht sagen, wie beschissen nervös mich dieser eine verdammte Satz macht.«

MacDermott grinste und tätschelte seinen Bizeps, da sie seine Schulter nicht erreichen konnte, ohne sich auf eine Trittleiter zu stellen. »Du wirst dich dran gewöhnen. Und jetzt lass uns deine Freundin abholen.«

»Sie ist nicht meine …«

»Wer ist seine Freundin?«, wollte die Leopardin wissen.

»Malone.«

Und als sämtliche Weibchen daraufhin ein »Ooooh« ausstießen, seufzte Crush nur und spielte kurz mit dem Gedanken, in den Ruhestand zu gehen und an irgendeinem Strand auf Barbados eine kleine Bar zu eröffnen.

Cella duckte sich unter der Faust weg, die auf ihr Gesicht zusauste, und schwang ihre eigene Linke gegen Smiths Kiefer. Sie tänzelte auf Zehenspitzen rückwärts und lächelte Smith an. Cella liebte es, gegen Smith zu kämpfen. Sie gehörte zu den wenigen, die einen Schlag ins Gesicht einstecken konnten, ohne laut zu schluchzen und um Gnade zu winseln.

Das hasste Cella.

Smith richtete sich wieder auf und holte zum nächsten Schwinger gegen sie aus. Cella duckte sich, aber ein Knie traf sie im Gesicht, und dann kickte Smith sie mit einem kräftigen Tritt aus dem Ring – schon wieder.

Mit dem Gesicht voraus schlitterte sie gegen ein Paar Riesenfüße, während das Publikum, das stetig gewachsen war, seit sie und Smith den Ring betreten hatten, jubelte und tobte.

»Was zur Hölle machst du da?«

Hey. Sie kannte diese Stimme. »Daddy?«

Große Hände streckten sich zu ihr aus und hoben sie vom Boden auf. »Jetzt machst du mir Angst.«

Cella schüttelte den Kopf und versuchte, wieder klarer zu sehen. Sie erkannte kohlschwarze Augen, die sie anstarrten. Sie kannte diese Augen! Von irgendwoher.

»Hey … du.«

»Du weißt nicht, wie ich heiße, oder?«

»Das werde ich … sobald dieses Klingeln in meinen Ohren aufhört. Aber ich kann schon mal sagen, dass du sehr süß bist.«

»Hey, Malone«, rief ihr Smith aus dem Ring zu. »Erinnerst du dich nicht mehr? Das ist dein Freund.«

»Mein So-tun-als-ob-Freund. Er ist der perfekte So-tun-als-ob-Freund … glaube ich.«

»Ich begreife das nicht«, mischte MacDermott sich ein. »Warum prügelt ihr euch gegenseitig die Seele aus dem Leib, wenn ihr doch wisst, dass wir heute Abend arbeiten müssen? Das Team wird bald hier sein.«

»Schrei mich nicht so an, Bulle.« Cella schlang ihre Arme um die Taille des Bären und legte ihren Kopf an seine Brust. »Zwing mich nicht, meinem Freund zu sagen, dass er dich verhauen soll.«

»Du blutest mein ganzes Hemd voll.«

»Es ist schwarz.«

»Ja, aber jetzt ist es ganz klebrig.«

Nun, da die Klingel, die Smith zum Läuten gebracht hatte, endlich verstummt war, hob Cella den Blick und sah … ah, Crushek! So hieß er! »Ja«, schoss sie zurück, »klebrig vor Liebe.«

Sowohl MacDermott als auch Smith brachen in Gelächter aus, und nachdem er einen lauten Seufzer ausgestoßen hatte, schlang der Bär seine Arme um ihre Taille und hob sie vom Boden hoch.

»Hey!«

»Komm mit.«

»Komm mit wohin?«

»Dich sauber machen.«

Er nahm sie mit, blieb jedoch vor einem der Mitglieder der Gruppe, einem anderen Eisbären, stehen und fragte: »Badezimmer?«

Der Eisbär grunzte und wies mit dem Kopf, was jedoch auszureichen schien, da Crushek die Gemeinschaftskabine ohne Probleme fand. Er setzte Cella auf das lange Waschbecken und strich ihr die Haare aus dem Gesicht, um ihre blauen Flecken und Platzwunden zu begutachten.

»So kommuniziert ihr Typen also miteinander? Grunzend?«

»›Ihr Typen‹?«

»Ihr Bären. Er hat nur gegrunzt und offensichtlich wusstest du ganz genau, wo du hinmusst.«

»Warum Worte verlieren, wenn ein Kopfnicken in die richtige Richtung auch genügt? Gott, heilst du schnell.«

»Mhmmmm. Ist so ein Malone-Ding.«

Crushek machte ein Papierhandtuch nass und begann, das Blut aus ihrem Gesicht zu wischen. Seine Berührungen fühlten sich so gut an. Von der Größe seiner Hände ausgehend, erwartete sie immer, dass er viel ungeschickter bei diesen Dingen war.

»Und, kämpfst du immer gegen deine Teammitglieder?«, wollte er wissen.

»Nein. Aber ich kämpfe immer gegen Smith. Sie hat einen Kiefer aus Granit. Ich denke, wenn ich einen Kampf gegen sie überlebe, dann überlebe ich auch einen Kampf gegen so gut wie jeden anderen.«

»Ja, darauf möchte man doch eine Freundschaft aufbauen. Ob deine Kumpel einen Schlag ins Gesicht vertragen.«

»Was ist mit Jai?«

»Jai?«

»Die, die du standhaft Dr. Davis nennst. Du bist in ihrer Nähe immer total ernst und so.«

»Das nennt man Respekt.«

»Du schleimst dich nur bei ihr ein, weil sie die Mannschaftsärztin ist.«

»Kannst du mir das verdenken? Sie hat deinen Opfern und denen des Marodeurs geholfen. Sie hätte eine Medaille verdient.«

»Nenn sie nicht Opfer, sie sind einfach das gegnerische Team. Es besteht keine Notwendigkeit, ihnen spezielle Titel wie ›Opfer‹ zu verleihen. Und«, fuhr sie fort, »ich müsste niemandem wehtun, wenn sie es nicht ständig auf Novikov abgesehen hätten. Ich beschütze ihn nur. Das ist mein Job, falls du das schon vergessen haben solltest.«

Er kniff die Augen zusammen. »Warte mal kurz. Du hast Dr. Davis geschlagen?«

»Natürlich nicht. Das ist doch genau der Punkt. Ich habe eine gesunde Vielfalt von Freunden. Ein paar, die ich ins Gesicht schlagen kann, und andere, bei denen ich nie im Leben auf diesen Gedanken kommen würde. Na gut, um ehrlich zu sein, bin ich bei Jai schon mal auf den Gedanken gekommen, weil sie echt eine hochnäsige Schlampe sein kann, aber ich würde es trotzdem niemals tun. Sie würde wie ein riesiges Kartenhaus zusammenfallen, und hinterher würde ich mich furchtbar schlecht fühlen.«

»Das ist wirklich sehr edel von dir.«

»Ich habe eben ein sehr großes Herz.« Cella lachte, packte Crush am T-Shirt und zog ihn zu sich heran, bis er genau zwischen ihren Beinen stand.

»Ich muss immer noch an unseren letzten Kuss denken, und das ist echt eine große Sache für mich, weil ich finde, dass man die meisten Lebewesen getrost vergessen kann.«

»Ist das nicht typisch Katze?«

»Ja. Aber wenn wir dich erst mal ins Herz geschlossen haben, ist es verflucht schwer, uns wieder loszuwerden.«

Er schaute auf sie hinunter. »Ich dachte, ich wäre nur dein So-tun-als-ob-Freund.«

»Aber ich finde, auch mit einem So-tun-als-ob-Freund sollte man manchmal ins Bett gehen.«

»Sollte man nicht vielmehr *so tun als ob* man ins Bett geht?«

»Nein. Mit So-tun-als-ob-Freunden geht man richtig ins Bett. Das ist mein Motto.« Cella betrachtete ihn einen Moment lang und fügte dann hinzu: »Willst du wissen, wie du als mein So-tun-als-ob-Freund … mir da helfen kannst?«

»Wie ich so tun kann, als ob ich dir helfen könnte?«

»Nein. Richtig helfen.« Sie rutschte vom Waschbecken herunter. »Komm jetzt. Du musst mir den Rücken freihalten.«

Er runzelte die Stirn und starrte auf ihren Mund. »Ist das irgendein Sexausdruck, den ich nicht kenne?«

»Nein. Ich will, dass du Blayne im Auge behältst«, flüsterte sie.

»Aha. Und warum muss ich das?«

»Weil ich dich darum gebeten habe. Gott, was für ein So-tun-als-ob-Freund bist du eigentlich?«

»Ein verwirrter und erfundener?«

»Ja, ja.« Sie nahm seine Hand. »Komm jetzt.«

Crush hatte keine Ahnung, was er mit dieser Frau machen sollte. Er war sich nicht sicher, ob sie sich absichtlich Mühe gab, ihn zu verwirren, oder ob sie einfach selbst verwirrt war. Bei ihr waren beide Szenarien möglich.

Trotzdem war er neugierig, herauszufinden, was sie vorhatte und was sie vor Blayne Thorpe verheimlichen wollte, einer Frau, die einfach jeden zu lieben und absolut keine Geheimnisse zu haben schien. Er hoffte wirklich, dass es bei der Sache nicht um Leben oder Tod ging. Er hätte sich ungern für eine Seite entschieden.

Malone öffnete vorsichtig die Tür der Umkleidekabine und linste hinaus. Sie schaute zuerst in die eine Richtung, dann in die andere. Als sie zufrieden schien, zog sie ihn in den Flur hinaus. Sie bewegte sich schnell. Crush musste nur etwas größere Schritte machen, um mit ihr mitzuhalten, als sie auf das Spielzimmer zusteuerte, in dem sich wie immer zahlreiche Hybriden-Kinder aufhielten.

Malone blickte sich erneut hastig um, zerrte ihn dann in den Raum und schloss die Tür hinter ihnen. »Halt die Augen nach Blayne offen.«

»Aber sie kann doch sowieso durch die große Fensterscheibe sehen.«

»Tu einfach, was ich dir sage. Sag mir Bescheid, wenn du sie siehst.«

»Du solltest aufhören, Blayne in deine Angelegenheiten reinzuziehen. Du zerstörst das Gleichgewicht des Marodeurs.«

»Ich weiß noch nicht mal, was das bedeuten soll.« Sie blieb stehen und drehte sich zu ihm um. »Und woher weißt du das überhaupt?«

»Aus keinem bestimmten Grund.«

»Du lügst. Was versteckst du vor mir?«

»Gar nichts.« Als sie ihn nur weiter mit diesen goldenen Augen anfunkelte, gab er schließlich zu: »Wir haben nur zusammen Mittag gegessen … ein paarmal.«

»Oooooh, du hast einen Freund gefunden!«

Genervt blaffte Crush sie an: »Hatten wir nicht eigentlich *irgendwas* zu erledigen? Unsere Arbeit, zum Beispiel?«

»Hast du eine Ahnung, wie lange Gestaltwandler brauchen, um ihren ganzen Kram zusammenzupacken, damit wir endlich los können? Vertrau mir, wir haben noch Zeit. Außerdem ist das hier für meine Arbeit. Für die, die dir am wichtigsten ist, jetzt, wo du einen Freund hast ...«

»Halt die Klappe. Ich muss meine Schutzausrüstung anlegen.«

Sie gab ein Geräusch von sich, das ganz eindeutig klang, als hätte sie ...

»Hast du gerade geschnurrt?«

»Ja«, antwortete sie mit einem leisen Knurren. »Schutzkleidung auf all diesen Muskeln ... was für eine Reaktion erwartest du da von einem Mädchen?«

»Kein Schnurren, sondern eher, äh, ein Dankeschön?«

Sie zwinkerte ihm zu und ging noch weiter in den Raum hinein, gefolgt von Crush. Die Kinder unterbrachen, was immer sie gerade taten, um sie zu beobachten, und einige von ihnen schienen Crush zu erkennen. Allerdings nicht ihn persönlich. Er konnte hören, wie hier und da ein Kind einem Freund zuflüsterte: »Bulle.«

Ein paar von ihnen verließen den Raum, während andere die beiden weiter stumm beobachteten.

Wie Malone schon gesagt hatte: Straßenkinder. Sie hatten bereits eine Menge durchgemacht, nahm er an. Genau wie Hannah.

Er war so fasziniert, dass er nicht einmal bemerkte, dass sie stehen geblieben waren, bis Cella sagte: »Hey, Hannah.«

Hannah blickte von ihrem Buch auf, und ihre braunen Augen wurden immer größer, als sie Cella und Crush sah.

»Oh. Cella. Hi.«

»Wie geht's?«

Sie zuckte mit ihren mächtigen Schultern. »Gut.«

»Okay, Mädchen.« Malone ließ Crushs Hand los und machte noch einen Schritt auf sie zu. »Hast du übernächste Woche schon was vor?«

»Was vor?«

»Mhm. Was vor. Im Sinne von: Hast du irgendwas zu tun?«

»Ich hab nie irgendwas zu tun.« Sie hielt das Buch hoch. »Normalerweise lese ich nur.«

»Lesen. Okay. Lesen ist gut für dich. Ich liebe lesen.« Als Crush schnaubte, fing er sich dafür einen ziemlich bösen Blick ein. »Zeitschriften«, fügte sie hinzu. »Ich lese gerne Zeitschriften.« Sie warf ihm den nächsten bösen Blick zu und sagte dann zu dem Mädchen: »Aber weißt du, was wirklich Spaß macht? Ein paar Stunden mit mir im Sportzentrum abzuhängen.«

»Warum willst du, dass sie mit dir im … autsch! Würdest du das lassen? Den Oberschenkelknochen brauche ich noch!«

»Okay«, sagte Hannah. »Dann frage ich. Warum willst du, dass ich mit dir im Sportzentrum abhänge?«

»Na ja, weißt du, die Carnivores und die kleineren New Yorker Mannschaften halten ein Probetraining ab, und ich dachte, du würdest vielleicht gerne vorbeischauen und …«

»Aaaahaaa!«

Crush erschrak so sehr über den Schrei, der hinter ihm ertönte, dass er herumwirbelte und ein Brüllen ausstieß.

Blayne Thorpe erhob anklagend einen Zeigefinger und stürmte auf sie zu. Wo hatte sie sich nur verborgen gehabt? Er wusste es wirklich nicht. Und wie lange hatte sie sich dort schon versteckt? Keine Ahnung.

»Ich hätte nicht gedacht, dass du wirklich zu einem solchen Verrat fähig bist!«

»Heiliges Kanonenrohr!«, schoss Malone zurück. »Du immer mit deinem Drama! Du wusstest doch, dass ich sie fragen will. Du wusstest das!«

»Aber ich hätte nicht gedacht, dass du es tatsächlich tun würdest! Welch ein Hohn! Lass einfach deine dreckigen Katzenpfoten von Hannah.«

»Das werde ich ganz sicher nicht tun. Und meine Pfoten sind nicht dreckig, Hündin!«

»Du kannst hier nicht einfach reinmarschieren und …«

»Ich kann und ich werde. Ich biete ihr die Chance ihres Lebens, und ich werde nicht zulassen, dass du mir mit deinem Girl-Power-Unsinn in die Quere kommst.«

Blayne schnappte nach Luft. »Wie kannst du es wagen?«

»Das Drama kannst du dir sparen, Thorpe.«

»Weißt du, was? Du solltest dich lieber nicht mit mir anlegen, Malone.«

»Warum nicht? Was willst du denn tun? Mich zu Tode schluchzen?«

Während die beiden Idiotinnen sich weiter stritten, bemerkten sie gar nicht, dass Hannah verzweifelt nach einem Fluchtweg aus dem Zimmer suchte, doch die Frauen hatten sie in eine Ecke gedrängt. Sie sah aus, als würde sie sich unglaublich unwohl fühlen, und Crush konnte das nur allzu gut verstehen. Einige Bären mochten es einfach nicht, wenn um sie herum gebrüllt und gestritten wurde.

Hannahs verzweifelte braune Augen suchten seine, und ihre schmalen Finger ballten sich zu Fäusten. Da er nicht wollte, dass sie durchdrehte und dabei womöglich der kleinen Blayne den Kopf abbiss – sie stand ihr am nächsten –, packte Crush die Katze und die Hündin um die Taille und trug sie in den Flur hinaus. Als er sie wieder auf dem Boden abstellte, schlugen die beiden erwachsenen Frauen aufeinander ein wie zwei, nun … wie zwei ganz gewöhnliche Vorstadtmädchen. Was ziemlich merkwürdig war, da an den beiden eigentlich gar nichts gewöhnlich war.

»Aufhören!«, befahl er in seinem besten Polizistentonfall.

»Sie hat angefangen. Hinterhältige Katze!«

»Blöde Hündin!«

»Das *reicht*! Ich mein's ernst.« Crush stellte sich zwischen die beiden Frauen, wandte sich jedoch Malone zu. »Was sollte das?«

»Ich will, dass Hannah ein Probetraining für die Carnivores absolviert, das kleine Fräulein Stimmungsschwankung hier will dagegen, dass sie ein Derby-Probetraining mitmacht.«

»Das Derby hat eine lange und sehr stolze Tradition, nur damit du's weißt.«

»Eine Tradition aus knappen Shorts und üppigem Make-up.«

Die beiden gingen erneut aufeinander los, und Crush musste sie wieder trennen. »Hier ist ein Vorschlag: Warum lasst ihr nicht Hannah entscheiden?«

Sie hielten beide inne und schauten zu ihm hinauf. »Warum?«, fragten sie.

Angewidert ging Crush ins Spielzimmer und zu Hannah zurück. Ihre Augen waren wieder auf die Seiten ihres Buches gerichtet, aber Crush wusste, dass sie nicht las. Nicht, wenn ihr rechtes Bein so zappelte und ihre Wangen knallrot leuchteten.

»Hey.«

Sie räusperte sich. »Hey.«

»Erinnerst du dich noch an mich?«

»Sie sind Cellas Freund.«

»Ich bin nicht …« Er unterbrach sich und beruhigte sich wieder. »Richtig. Und du hast neulich diese beiden Grizzlys ausgeschaltet.«

»Der Große hat Abby wehgetan, und dieses Vollmenschen-Mädchen hatte überhaupt nichts getan. Sie wollte nur helfen.«

»Ich weiß. Du hast absolut richtig gehandelt. Nicht, dass das für dich wichtig wäre, aber ich war wirklich beeindruckt.«

Sie blickte durch ihre langen dunklen Wimpern zu ihm hinauf. »Ehrlich?«

»Ja. Zu deinem Pech hast du aber auch die beiden Irren beeindruckt, die ich gerade hier rausgeschleppt habe.«

Sie runzelte die Stirn. »Hä?«

»Ich will dich was fragen, Hannah, und ich möchte, dass du mir ganz direkt und ehrlich antwortest. Extrem ehrlich.«

»›Extrem‹ ehrlich gibt's nicht. Nur ehrlich. Oder unehrlich.«

Yep. Sie war ein Mädchen nach seinem Geschmack. Hätte Crush je eine Schwester gehabt, dann hätte er mit ihr bestimmt dieselbe Diskussion geführt.

»Da hast du recht.«

»Also, was wollten Sie mich fragen?«

»Würdest du lieber Hockey oder Derby ausprobieren?«

Stirnrunzelnd antwortete sie: »Ich glaube nicht, dass ich in dem einen oder anderen besonders gut wäre.«

»Das weißt nur du allein, aber ich fürchte, wenn du die beiden möglichst schnell wieder loswerden willst, dann musst du der Länge nach auf die Fresse fallen, um das zu beweisen.«

Sie schloss für einen Moment die Augen. »Ja. Ich hatte schon befürchtet, dass es dazu kommen würde. Blayne scharwenzelt schon seit Monaten um mich rum, wie ein Streuner in einer dunklen Gasse um eine Ratte. Und jetzt auch noch Cella ... Ich war mir nur nicht ganz sicher, warum.«

»Magst du Hockey oder Derby überhaupt?«

»Hockey ist okay. Über Derby weiß ich nicht viel, aber ich habe die Shorts gesehen. Bei diesen Shorts ist mir ziemlich unbehaglich, Mr. Crushek.«

»Du kannst mich Crush nennen. Und davon abgesehen ... Ich glaube, ich würde in diesen Shorts auch nicht gut aussehen. Obwohl ich gehört habe, ich hätte ganz ansehnliche Waden.«

Das entlockte ihr ein Lächeln, und Crush fragte: »Darf ich einen Vorschlag machen?«

Hannah betrachtete ihn einen Moment lang und nickte dann. »Okay.«

»Wenn dir Hockey erträglich erscheint, dann geh zum Probetraining der Carnivores. Bring's hinter dich, und deine Chancen stehen gut, dass keine von beiden dich je wieder damit belästigen wird.«

»Da kennen Sie Blayne ganz offensichtlich schlecht.«

Darüber musste er ein wenig lachen. »Ich kenne sie nicht sehr gut, nein, aber ich bin mir ziemlich sicher, dass du dich auf eine Menge Schluchzen gefasst machen kannst. Aber das kannst du auch einsetzen. Du könntest heulen und so tun, als wärst du wegen deiner Blamage beim Hockey am Boden zerstört, und ich vermute ganz stark, dass sie sich dann zurückzieht. Ich kann allerdings nicht versprechen, dass sie sich hinterher nicht jemand anders sucht, den sie belästigen kann. Ich kenne sie noch keine zwei Wochen, aber ich habe schon jetzt das Gefühl, dass sie eher der obsessive Typ ist.«

»Sie machen sich ja kein Bild.«

»Aber du wärst zumindest Malone los.«

»Ich will mich nur nicht ...«

»Nicht was?«

»Nicht vor Cella blamieren. Ich meine ... Sie ist Eisenfaust Malone. *Die* Eisenfaust Malone.«

Als ihm bewusst wurde, dass er mit einem Fan sprach, grinste Crush. »Kleine, wenn du dem Held deiner Kindheit – Malones Vater – erst mal zwei Stunden lang zugehört hast, wie er endlos von all den illegalen Machenschaften berichtet, die beinahe an vorsätzlichen Mord und sexuelle Nötigung heranreichen ... dann weißt du gar nicht mehr, was Sich-Blamieren eigentlich bedeutet.«

Sie lachte, und Crush war sofort verzaubert. Er erkannte, dass sie ein wirklich liebenswertes Mädchen war, ganz gleich, was sie durchgemacht hatte. Es war jedoch nicht leicht, sich diesen Teil seiner Persönlichkeit zu erhalten, wenn man durch die Hölle gegangen war. Nein. Ganz und gar nicht leicht.

»Ist das wirklich passiert?«, fragte sie.

»Ja, das ist wirklich passiert. Und wie du weißt, bin ich Polizist. Ich war hin- und hergerissen, ob ich ihn total nerven und jedes einzelne Tor mit ihm besprechen sollte, das er je geschossen hat, oder ob ich ihn für all die Taten verhaften sollte, die noch nicht verjährt waren.«

»Was haben Sie gemacht?«

Ein wenig beschämt zuckte Crush mit den Schultern. »Ich hab ihn genervt.«

Cella wartete mit Blayne im Flur, und die beiden funkelten einander böse an, bis Blayne schließlich sagte: »Ich dachte, wir wären Freundinnen.«

»Wir sind sehr gute Freundinnen«, knurrte Cella zurück. »Tatsächlich mag ich dich sogar sehr, du kleine Nervensäge. Aber wenn du dich zwischen mich und eine potenzielle neue Mitspielerin stellst, dann dreh ich dir deinen kleinen Hals um, bis du dir deine Wirbelsäule anschauen kannst.«

Anstatt eine Drohung zurückzufeuern, meinte Blayne: »Gwenie kann das.«

»Gwenie kann was?«

»Ihren Hals drehen, bis sie ihre Wirbelsäule sehen kann.«

»Ernsthaft?«, platzte Cella entsetzt heraus.

»Ja.«

»Was ist sie? Eine Hauskatze?«

»Nein, sie ist einfach nur Gwenie.« Blayne grinste. »Und ich liebe deine Mutter!«

»Sie ist gut, oder?«

»So gut!« Blaynes böser Blick kehrte zurück. »Aber du nimmst mir Hannah nicht weg.«

»Und ob ich das tue.«

Die Tür des Spielzimmers öffnete sich, und Crushek kam heraus.

»Und?«, fragten die beiden Frauen sofort, als er die Tür geschlossen hatte.

Mit einem Grinsen deutete er auf Cella.

»Ha!«, krähte Cella, und dann tanzte sie um eine stampfende, knurrende Blayne herum.

»Ich hasse euch beide!«

»Warum hasst du mich?«, wollte Crushek wissen. »Ich habe doch nur versucht zu helfen.«

»Oh, halt die Klappe!«

Cella klatschte in die Hände. »Da hast du's, Hündin!«

»Ich werde euch beiden niemals verzeihen!«, heulte Blayne, bevor sie sich umdrehte und den Flur hinunterrannte. Dann wirbelte sie herum und rannte wieder zurück.

Als sie an ihr vorbeirauschte, fragte Cella süßlich: »Falsche Richtung, Schätzchen?«

»Halt's Maul, Verräterin!«

Die Wolfshündin verschwand hinter der nächsten Ecke, und

Crush schüttelte den Kopf. »Bringst du manchmal weder Schmerz noch Zerstörung mit dir, wenn du irgendwo auftauchst?«

»Um die Wahrheit zu sagen …« Cella schnappte nach Luft, als ihr wieder einfiel, dass eine Menge Leute auf sie warteten. »Stimmt ja! Wir müssen an die Arbeit!«

Sie rannte zurück in die Kabine, um sich umzuziehen, aber sie konnte den Bär noch hinter sich knurren hören: »Diese Aussage stärkt nicht gerade mein Vertrauen, Katze.«

Kapitel 22

»MacDermott!«

MacDermott setzte sich auf. »Ich bin wach. Ich bin wach.«

Jetzt war sie es, aber die letzte Stunde war sie es nicht gewesen. Crush machte ihr deswegen keinen Vorwurf. Das hier war langweilig. Es war nicht so, dass er noch nie zuvor eine Überwachungsaktion durchgeführt hatte. Hatte er. Haufenweise. Aber er hatte immer gewusst, wonach er dabei Ausschau hielt. Hier saß ihr komplettes Team nur da und tat nichts, während die Teams der Gruppe und von KZS … irgendwas machten. Jedes Mal, wenn Crush nachfragte, konnte ihm niemand eine Antwort geben. Und das nervte ihn wirklich zu Tode. Was genau war eigentlich seine Rolle hier? Die Rolle des NYPD? War das nun sein Leben? Rumsitzen und darauf warten, dass andere mit dem fertig wurden … was auch immer sie taten.

Vielleicht sollte ich anfangen, meinen Lebenslauf auf den neuesten Stand zu bringen.

»Gibt's noch Kaffee?«, fragte MacDermott.

»Hier.« Crush reichte ihr seine große Thermosflasche. »Ist noch ein bisschen was drin.«

»Danke.« Gähnend schenkte sich MacDermott eine Tasse voll ein. Nach einem Schluck – und einem Schauder – fragte sie: »Was machst du denn da?«

»Ich stelle diese Akten zusammen, um sie an Conway zu übergeben.«

»Dir wird das verdeckte Ermitteln fehlen, oder?«

»Ja.«

»Vielleicht ergibt sich ja auch in unserer Abteilung mal die Gelegenheit dazu.«

»Ja, sicher. Ist nur etwas schwierig, bei Gestaltwandlern verdeckt zu ermitteln, MacDermott. Sie können alle riechen, was du bist.« Crush hörte sie grunzen, und als er den Blick hob, lachte MacDermott herzlich. »Was ist denn so lustig?«

»Wenn du mir vor zehn Jahren gesagt hättest, dass irgendwann mal jemand ganz ernsthaft zu mir sagen würde: ›Gestaltwandler können riechen, was du bist‹ …«

Crush musste lächeln. »Ich schätze, das muss seltsam für dich sein. Die Veränderung von deinem früheren Leben zu diesem.«

»Seltsam, aber unterhaltsam. Wie viele Mädchen aus meiner alten Nachbarschaft können schon behaupten, vor zwei Tagen nach Hause gekommen zu sein und mitten im Wohnzimmer einen knapp zweihundert Kilo schweren schlafenden Löwen gefunden zu haben, auf dem sein kleiner schlafender Sohn lag?«

»Und die Hunde?«

»Ausgeknockt und direkt neben ihm zusammengerollt. Hinterher hat er behauptet, sie hätten ihm aufgelauert.«

»Weißt du, Löwenmänner gehen mir wahnsinnig auf die Nerven, aber Llewellyn … ist tausendmal besser als dein erster Mann. Ich weiß wirklich nicht, was du dir beim ersten Mal gedacht hast.«

»Ja, ich auch nicht. Aber manchmal …« Sie lächelte und zuckte mit den Schultern. »Manchmal bekommt ein Mädchen eine zweite Chance.«

»Ob du's glaubst oder nicht, ich finde, du gehörst zu den ganz wenigen Leuten, die auch eine verdient haben.«

»Danke, Crushek.«

»Na ja … wir sind jetzt Partner, da kannst du, na ja, du kannst … ähm …«

»Ich kann dich Crush nennen?«

»Ja. Wenn du willst.«

Sie schürzte die Lippen. »Darf Malone dich Crush nennen?«

Er verdrehte die Augen. »Fang jetzt nicht damit an.«

»Nennst du sie Cella oder Maaarcella?«, krähte sie.

»Im Ernst? Willst du jetzt wirklich damit anfangen?«

»Wir haben schließlich nichts Besseres zu tun, solange wir hier hinten in diesem Lieferwagen festsitzen.«

»Dann sind wir jetzt beste Freundinnen, oder was? Ist das so, ja?«

»Ich bin beinahe traurig, dass du dir die Haare abgeschnitten hast, sonst hätte ich dir Zöpfe flechten können.«

»In *diese* Richtung wird sich unsere Freundschaft garantiert nicht entwickeln.«

»Du und deine gehobene Queens-Ausdrucksweise.«

Crush beschloss, sich nicht von der Frau aus der Fassung bringen zu lassen, und fragte: »Also ... wie lange wollen wir hier noch einfach nur rumsitzen? Und nichts tun?«

»Wir tun nicht einfach nur nichts. Wir kriegen Überstunden dafür bezahlt, nichts zu tun.«

»Wir haben den ganzen Tag nicht gearbeitet. Wieso kriegen wir da Überstunden bezahlt?«

»Du stellst zu viele Fragen.«

»MacDermott ...«

»Halt die Klappe.«

»Ja, aber ...«

»Halt die Klappe.«

»Von mir aus, aber ich werde nicht meine ganze Karriere damit zubringen ...« Crush verstummte und hob seinen Blick zum Dach des Lieferwagens.

»Was?«, fragte MacDermott.

Crush hatte jedoch keine Chance mehr, ihr zu antworten, sondern packte sie, riss sie zu Boden und warf sich neben sie, während etwas Großes und Schweres den Lieferwagen rammte und das Dach über ihnen eindellte.

Als er sich sicher war, dass er nicht zerquetscht worden war, fragte er: »Bei dir alles okay?«

»Ja, ja.«

Die Hintertüren wurden von einem Mitglied ihres Teams aufgerissen.

»Seid ihr zwei okay?«, fragte der Wolf.

»Ja.« MacDermott kroch schnell aus dem Lieferwagen, dicht gefolgt von Crush.

Als er draußen war, richtete er sich auf und blickte zum Dach des Wagens. »Da liegt ein regloser Körper. Warum liegt da ein regloser Körper auf dem Dach unseres Lieferwagens?«

Das komplette NYPD-Team sah an dem Gebäude hinauf, und ihre Blicke wanderten immer höher, bis sie an der Dachkannte hängen blieben. Dann stoben sie blitzschnell auseinander, um dem nächsten herabstürzenden Körper auszuweichen.

»MacDermott?«, knurrte Crush, dem es ganz und gar nicht gefiel, dass mit Körpern nach ihm geworfen wurde.

»Scheiße!« Die Vollmenschen-Frau schüttelte sich kurz. »Crush, Jenny. Ihr kommt mit mir. Der Rest von euch bewacht die Ausgänge. Niemand kommt hier rein oder raus. Und sorgt dafür, dass keiner auf die beschissene Idee kommt, Verstärkung aus der Luft anzufordern.«

Sie sah Crush an. »Bist du bereit für das hier?«

»Nein.«

»Gut. Dann los.«

Cella wurde zurückgeschleudert, und ihr Körper knallte gegen die Ziegelmauer, nur Sekunden, bevor irgendein Bär seine ziemlich riesigen Fäuste in ihr Gesicht und gegen ihre Brust rammte.

Als sie – Cellas und Smiths Team – das Gebäude betreten hatten, waren sie davon ausgegangen, dass sie es nur mit Vollmenschen zu tun bekommen würden. Aber als sie von einem Stockwerk zum nächsten vorgedrungen waren und alles abgesucht hatten, hatten sie nichts als leere Büros vorgefunden – nicht mal Möbel oder Telefone – und den immer stärker werdenden Geruch von Bären. Das hatte sie jedoch nicht abgehalten. Sie hatten einfach angenommen, dass sie mit den Bären würden verhandeln müssen, um zu Whitlan vorzudringen.

Doch als sie das Dach erreicht hatten, hatten sich die BPC-Bären auf sie gestürzt, als seien sie in Honig getaucht oder hätten ihre Jungen bedroht. Die Frage, die sich Cella stellte, war jedoch, *warum* sich die BPC-Bären auf sie gestürzt hatten. Niemand hatte sie herausgefordert. Beide Teams hatten ihre Waffen sofort gesenkt, als sie gesehen hatten, dass Whitlan nicht da war, und niemand hatte auch nur ein einziges Wort der Drohung ausgesprochen. Trotzdem hatte der BPC das Feuer eröffnet.

Und jetzt schwang wieder eine dieser Riesenfäuste nach ihr. Cella bekam den Arm des Bären mit einer Hand am Handgelenk zu fassen und hielt ihn fest. Mit der anderen Faust holte sie aus und traf den Bären im Gesicht. Völlig verblüfft taumelte er hin und her. Cella hielt ihn weiter am Arm fest und trat mit voller Wucht gegen sein Knie. Sie hörte es krachen, und der Bär sank in sich zusammen.

Sie packte seinen Kopf mit beiden Händen, drehte ihn herum und brach ihm das Genick. Dann machte sie einen großen Schritt über die Leiche, aber schon kam der nächste Bär auf sie zugerannt. Er schaffte es jedoch nicht bis zu ihr. Ein Jagdmesser drang in den dicken Muskel zwischen seinen Schulterblättern ein, und er schrie auf, während sich seine Brust nach vorne wölbte.

Smith riss die Klinge wieder heraus, schwang sie nach vorn und schlitzte ihm die Kehle auf. Der Bär fiel auf die Knie und legte seine Hände an seinen Hals. Cella versetzte ihm einen Tritt gegen die Brust und war sich sicher, dass er nie wieder aufstehen würde. Smith hatte es sich zur Regel gemacht, immer eine Arterie zu treffen, wenn sie ihr Messer benutzte, wenn nicht sogar zwei.

Da riss Smith den Kopf hoch. »Hinter dir.«

Cella machte einen Satz zur Seite und bekam einen der Arme zu fassen, die nach ihr grabschten. Sie riss den Bären näher zu sich heran, trat ihm ins Gesicht und drehte seinen großen Arm herum, leider jedoch nicht weit genug, um ihm einen Knochen zu brechen. Der Bär grunzte vor Schmerzen, packte mit seiner freien Hand Cellas Haar, riss sie herum und hielt sie fest, um ihr eine Kopfnuss zu verpassen. Da der Mistkerl einen echten Riesenschädel hatte, verlor Cella beinahe das Bewusstsein, und ihre Knie zitterten bedenklich. Sie konnte jedoch nicht zu Boden sinken, weil der Bär sie noch immer an den Haaren festhielt, und es fühlte sich an, als würde er es ihr mitsamt den Wurzeln ausreißen. Da sie nicht die Absicht hatte, wie ihr Onkel Harry schon mit einer hohen Stirn durchs Leben zu gehen, bevor sie vierzig war, trat Cella nach dem Bären und kickte immer wieder gegen seine Brust. Sie konnte mehrere Rippen brechen hören, aber der Bär schien sich davon nicht stören zu lassen. Stattdessen griff er nach der 45er, die hinten in seiner Jeans steckte. Cella hatte ihre Waffe unglücklicherweise bereits früh während des Kampfes verloren. Verzweifelt fuhr sie ihre Krallen aus, bereit, ihm Haut und Fleisch zu zerfetzen, aber mehrfaches dröhnendes Knallen lenkte sie und den Bären ab, und sie beide sahen zu der dicken Stahltür des Dachs hinüber, die von mehreren Leichen blockiert wurde.

Der Grizzly verzog die Lippen und knurrte: »Eisbär.«

In dem Moment wusste Cella, dass es Crush war, noch bevor die Stahltür erbebte und aus den Angeln gerissen wurde. Die Tür flog über das Dach, knallte gegen mehrere Bären und streifte ein Mitglied aus Cellas Team.

Crush trat aufs Dach hinaus, gefolgt von mehreren bewaffneten Mitgliedern des Gestaltwandler-Teams des NYPD. Er drehte den Kopf und sein Blick verfinsterte sich, als er sah, dass Cella an ihren Haaren in der Luft baumelte.

Er brüllte laut, und der Grizzly, der sie festhielt, brüllte zurück, während er mit seiner gottverdammten 45er zielte.

Cella riss mit ihren Krallen am Arm des Bären und schrie: »Waffe!«

Crush zog seine Pistole so schnell, dass Cella es kaum mitbekam. Er feuert drei Schüsse ab. Zwei in die Brust und einen in den Kopf. Der Körper des Grizzlys zuckte, und sein Arm senkte sich so weit ab, dass Cellas Knie hart auf dem Boden aufprallten. Sie ächzte, als der Schmerz durch ihr linkes, schwächeres Knie schoss, während der Grizzly nach hinten kippte wie ein gefällter Baum. Cella fiel mit ihm und löste seine Finger aus ihrem Haar, als sie auf dem Boden aufprallten. Endlich frei, rollte sie sich über den Bären und benutzte ihn als Schutzschild, bis sie seine Waffe aus seinen Fingern schälen konnte. Sie wartete, bis der,

der auf sie schoss, das Feuer einstellte, rollte sich dann hoch und kam auf ein Knie. Aus Gewohnheit war es das linke Knie, und sie zwang sich, den Schmerz zu ignorieren. Sie hob blitzschnell die Waffe in ihrer Hand und tat, was sie am besten konnte – gleich nach Faustkämpfen und Hockey: Sie tötete den Feind. Mit einem Kopfschuss schaltete sie zuerst den Bären aus, mit dem Smith kämpfte, da sie wusste, dass die Wölfin ihr Deckung geben und ihr sämtliche Grizzlys vom Leib halten würde.

Wie immer war Cella schnell und effizient und verschwendete keine Kugeln. Schneller wäre es nur gegangen, wenn sie sich mit ihrem Gewehr auf dem Dach eines anderen Gebäudes befunden hätte. Ja, sie war eben eine Meisterschützin.

Smith erledigte ein paar Grizzlys mit ihrem Messer und kam auf sie zu, doch plötzlich wanderte ihr Blick hinter Cella.

Da sie wusste, dass jemand hinter ihr sein musste, wirbelte Cella herum, die Waffe noch immer erhoben. Smith blieb neben ihr stehen, und beide wollten gerade das Feuer eröffnen, als jemand anders zuerst einen Schuss abgab und der Grizzly nach vorn taumelte. Er fiel auf die Knie und kippte dann um, und MacDermott tauchte mit ihrer 45er hinter ihm auf.

»Bei euch beiden alles okay?«, fragte sie, allzeit Polizistin, auch wenn sie währenddessen noch ein paar Kugeln in den Bären feuerte, weil er noch ein wenig gezuckt hatte.

»Ja«, antworteten Cella und Smith einstimmig.

Smith beugte sich nach unten, um Cella aufzuhelfen, verzog jedoch das Gesicht, als diese sich weigerte, ihr linkes Bein zu belasten. »Wenn du auch nur einen Ton wegen meines Beins zu Van Holtz sagst …«, warnte Cella die Wölfin leise.

»Was zum Teufel ist hier passiert?«, wollte MacDermott wissen.

Smith zuckte mit den Schultern. »Ist schiefgelaufen.«

MacDermott glotzte sie nur an. »Du glaubst doch nicht ernsthaft, dass das als Antwort ausreicht, oder?«

»Was gibt's denn sonst noch zu sagen?«

Während die beiden sich weiter kabbelten, ließ Cella ihren

Blick über das Dach schweifen, bis sie Crushek entdeckte. Humpelnd bewegte sie sich auf ihn zu, wobei sie über Leichen stieg und sich an ihren Teammitgliedern vorbeischlängelte, die damit beschäftigt waren, ein Aufräumkommando zu organisieren.

Cella stellte sich neben Crushek und sah zu, wie er eine der Leichen umdrehte. Er blickte finster auf den Bären hinunter.

»Was ist denn?«

»Das hier sind alles Baissiers Männer. Die gehören alle zum BPC.«

Cella seufzte. »Ja … ich weiß.«

Kapitel 23

Sie kehrten aufs Revier zurück, einschließlich der Mitglieder von KZS und der Gruppe. Es wurde saubere Kleidung für diejenigen organisiert, an deren Klamotten Blut klebte, während jemand das zuständige Führungspersonal unterrichtete. Niemand geriet in Panik, aber es war offensichtlich, dass sich alle Sorgen machten. Crush wusste jedoch nicht, warum. Baissiers Vorstellung von Vergeltung richtete sich niemals direkt gegen jemanden. Das war nicht ihre Art, das Spiel zu spielen. Auftragskiller, die mitten in der Nacht losgeschickt wurden, um Rache zu üben? Dazu würde es nicht kommen.

Während Crush den verletzten Teammitgliedern dabei half, ihre Waffen und Ausrüstung abzulegen, traf Gentry ein. Sie ging durch den Raum, stellte Fragen und nickte zuversichtlich, bis sie schließlich Crush erreichte, ihn am Arm packte und aus dem Raum zerrte.

»Was zur Hölle ist passiert?«, fragte sie. Kaum dass sie im Flur waren, sah sie nicht mehr allzu zuversichtlich aus.

»Laut Smith ist es ›schiefgelaufen‹.«

»Und was zur Hölle soll das bedeuten?«

»Es bedeutet, dass der BPC bereits da war, als die Teams von KZS und der Gruppe das Gebäude betreten haben.«

»Haben sie Whitlan?«

»Nein. Er war schon weg. Aber sobald die BPC-Typen sie gesehen haben, haben sie das Feuer eröffnet.«

»Grundlos?«

»Einer könnte vielleicht erschrocken sein, aber die anderen …«

»Die Leichen?«

»KZS-Aufräumkommandos. Ich hatte keine Ahnung, dass man Leichen so schnell verschwinden lassen kann.«

»Sie können froh sein, dass es KZS war und nicht Smith. Sie ruft immer die Hyänen.« Gentry verschränkte die Arme über der Brust. »Also … was denken Sie?«

»Dass sie nur auf Befehl von Baissier auf uns schießen würden.«

»Wegen eines Vollmenschen?«

»Ich denke, Whitlan hat genug gegen Baissier in der Hand, um sie so tief untergehen zu lassen, dass sie nie wieder auftaucht.«

»Sie hat immer noch eine Menge Unterstützer.«

»Manche sagen, nicht mehr so viele wie einst. Ihr Ego hat sie zu einem Risiko gemacht, ihre Bösartigkeit zu einer Bedrohung. Aber kein Bär wird sie ohne handfeste Beweise auffordern, abzutreten.«

»Um ehrlich zu sein, Crushek, mache ich mir mehr Sorgen um Sie.«

»Um mich?«

»Sie sind derjenige, der am meisten über sie weiß und ihr dennoch keinerlei Loyalität entgegenbringt. Und Sie genießen einen guten, soliden Ruf unter den Bären. Wenn *Sie* Informationen über sie und Whitlan finden – wird sie sich aus der Sache nicht mehr rausreden können.«

Gentry mochte vielleicht recht haben – aber trotzdem … »Sie wird nicht direkt auf mich losgehen. Zumindest nicht so, wie es jeder andere tun würde.«

»Machen Sie sich denn gar keine Sorgen?«

»Ich bin nicht blöd, Chief. Nur abgestumpft.«

»Dann hat es also keinen Sinn, Ihnen zu sagen, dass Sie vorsichtig sein sollen, richtig?«

»Aber nur, weil ich immer vorsichtig bin.«

Sie nickte und kehrte zu den Teams in den Raum zurück. »Lassen Sie Ihr Telefon angeschaltet. Ich bin mir sicher, dass morgen ein paar Treffen stattfinden werden. Es kann sein, dass Sie dabei sein müssen.«

Crush folgte ihr in den Raum, blieb jedoch in der Tür stehen, schaute sich flüchtig um und ging dann zu Smith hinüber. »Wo ist Malone?«

Sie blickte sich um und schüttelte den Kopf. »Keine Ahnung. Eben war sie noch hier.«

Cella saß auf der Bank am Ende der Straße, in der sich das Gebäude des Polizeireviers befand, und rieb sich das Knie. Es war auf die Größe eines Softballs angeschwollen, und über die Schmerzen wollte sie noch nicht einmal nachdenken. Sie wusste, dass sie hätte drinnen bleiben können, aber wenn sie es mit derartigen Schmerzen zu tun hatte, ließ sie sich immer von ihrem Instinkt leiten. Und sie wollte sich verwundet einfach nicht in einem Haufen von Raubtieren aufhalten.

Also hatte sie sich stattdessen auf diese Bank gesetzt und wartete nun darauf, dass der Schmerz nachließ. Irgendwann musste er ja nachlassen, oder? Cella schloss die Augen und fragte sich erneut, wie lange sie all das noch würde durchziehen können. Sie stand kurz vor einem Spiel, und davor fand noch ein Training statt. Sie wusste, dass es auf jeden Fall helfen würde, ihr Knie mit Eis zu kühlen, aber würde es danach noch einmal so stark anschwellen?

Sie hätte Jai um Hilfe bitten können, aber sie wusste, dass das kein gutes Ende genommen hätte, weil ihre Freundin sie nur wieder zu einer Operation gedrängt hätte. Ein künstliches Knie hätte jedoch das Ende von Cellas Karriere bedeutet. Sollte sie also heute Nacht nach Hause gehen? Auf keinen Fall. Ein Hotel. Sie brauchte ein Hotel.

Sie holte tief Luft und versuchte aufzustehen, knallte jedoch sofort wieder auf ihren Hintern und stieß ein leises, schmerzvolles Wimmern in die kalte Nachtluft aus.

»Geht's Ihnen gut?«, fragte eine männliche Stimme. Eine freundliche männliche Stimme. Aber Cella wusste nur, dass sich ein Fremder in ihrer Nähe befand und dass sie verletzt war, und das wilde Tier in ihr übernahm die Kontrolle. Ihr Brüllen durchschnitt die Nacht, während sie ihre Krallen ausfuhr. Sie stellte sich auf ihr gutes Bein und holte mit den Armen aus, um den Mann vor ihr in Stücke zu reißen. Um die Bedrohung auszulöschen. Aber dann schlang sich ein Arm um sie und riss sie zurück.

»Tut mir leid«, hörte sie eine andere Stimme sagen. »Tut mir leid. Sie hat ihre Medikamente abgesetzt. Ich bringe sie ins Krankenhaus zurück.«

»Sind Sie sicher, dass Sie meine Hilfe nicht brauchen? Vielleicht sollte ich den Notruf wählen.«

»Nein, ich hab sie im Griff. Aber vielen Dank.«

Cella spürte, wie sich die Bedrohung entfernte und sie allein mit dem Bären zurückließ. Warum sie ihn nicht auch als Bedrohung empfand, wusste sie nicht.

»Ich bringe dich nach Hause.«

»Nein«, sagte sie zu Crush und drückte gegen seine Arme, bis er sie sanft auf dem Boden absetzte. »Nein. Ich kann nicht nach Hause gehen. Nicht in diesem Zustand.«

»Sprichst du von deinem Knie? Oder von deinem Gesicht?«

Sie zuckte zusammen. »So schlimm?«

»Dein Gesicht ist nicht so schlimm, aber Meghan wird es trotzdem bemerken. Und dein Knie …«

Cella schüttelte den Kopf. Sie konnte nicht zulassen, dass Jai ihr Knie sah, und auf gar keinen Fall konnte sie zulassen, dass ihr Kind ihr Gesicht sah. Es war eine Sache, wenn Cella sich bei einem guten alten Faustkampf in der Familie oder während eines Hockeyspiels ein paar blaue Flecken abholte. Aber Meg rastete immer total aus, wenn sie dem Gesicht ihrer Mutter ansehen konnte, dass sie von der Arbeit kam.

»Kannst du mich mit zu dir nehmen?«, fragte sie ihn. »Bitte?«

»Dort ist es wahrscheinlich nicht sicher.«

»Ich würde niemandem dazu raten, heute Nacht auf uns beide gleichzeitig loszugehen.«

»Okay.«

Crush ging zu ihr und legte seine Arme um sie.

»Ich kann gehen, Crushek.«

»Blödsinn. Außerdem hast du bald ein Spiel. Ich kann beim Enforcer des Marodeurs schließlich kein Risiko eingehen, oder?«

»Es geht immer nur um *ihn*, was?«

»So ziemlich. Und jetzt komm. Ich bin müde und habe Hunger.«

Er schob seine Arme hinter ihren Rücken und unter ihre Beine und hob sie vorsichtig hoch, um ihr linkes Knie so gut wie möglich zu schonen.

»Danke«, sagte Cella, bevor er sich in Bewegung setzen konnte.

»Wofür? Sind So-tun-als-ob-Freunde denn nicht genau dazu da?«

Lachend legte sie ihren Kopf an seine Schulter. »Da hast du auch wieder recht.«

Kapitel 24

Crush lenkte den Wagen in seine Einfahrt und stellte den Motor ab. Er legte eine Hand an den Türgriff, hielt dann jedoch noch einmal inne und warnte: »Du rührst dich nicht, bis ich zu dir rüberkomme.«

»Ich hab mich doch gar nicht bewegt.«

Er grinste sie höhnisch an. »Lügnerin.«

»Na gut, von mir aus. Ich warte.«

Gott, war die Frau ungeduldig. Aber wenn Crush bedachte, unter welchen Schmerzen sie momentan litt, jammerte sie nicht besonders viel.

Er ging zur Beifahrerseite seines Wagens, zog die Tür auf und hob Cella heraus. Sie schlang einen Arm um seinen Hals und lächelte. »Danke hierfür. Und für vorhin.«

»Keine Ursache. Hast du Hunger?« Er kickte die Tür zu und steuerte auf die Veranda zu.

»Ich könnte schon was essen.«

»Ich hoffe, Spaghetti sind okay für dich. Obwohl, jetzt heißt das ja Pasta.«

»Ich bin altmodisch. Für mich heißen sie immer noch Spaghetti.«

Trotzdem er Cella weiter auf dem Arm hielt, gelang es Crush, seine metallene Fliegengittertür aufzuschließen. Er hielt sie mit dem Fuß auf und fingerte an seinem Schlüsselbund herum, bis er den Haustürschlüssel fand. Er schloss auf und ging hinein.

Crush steuerte direkt auf die Küche zu. Er setzte Cella auf seinem Küchentisch ab und knipste das Licht an. »Ich besorg dir erst mal ein bisschen Eis für dein Knie.«

»Okay.«

Crush trat vor seinen Kühlschrank, in dem er seinen Robben- und Walrossspeck aufbewahrte, und schnappte sich zwei Eisbeutel. Dann drehte er sich um, um wieder zu Cella zurückzugehen, blieb jedoch wie erstarrt stehen. Und glotzte.

»Wo ist deine Hose abgeblieben?«, fragte er.

Sie zeigte auf eine Stelle hinter ihrer Schulter. »Irgendwo da drüben.«

»Und du hast sie ausgezogen, weil …«

»Ich muss mich erst mal um mein Knie kümmern, richtig? Das Eis ist durch den schwarzen Jeansstoff wahrscheinlich nicht sehr effektiv.«

»Aha.«

»Also, bringst du mir jetzt den Eisbeutel oder soll ich kommen und ihn mir holen?«

Crush ging durch den Raum, bis er direkt vor ihr stand. »Ich sollte dir ein Geschirrtuch holen. Du solltest das nicht direkt auf deine Haut legen.«

»Oh, komm schon. Du weißt doch, dass ich das ausha…« Sie unterbrach sich und schaute ihn an. »Du hast recht. Gib mir dein T-Shirt.«

»Warum?«

»Willst du wirklich ein *dreckiges* Geschirrtuch auf meine Haut legen?«

»Anstatt meines *dreckigen* T-Shirts? Das Teil ist voller Blut und Schießpulver.«

Die Katze streckte ihre Hand aus. »Gib schon her.«

»Im Waschraum hab ich noch saubere.«

»Aber ich will das, das du anhast.« Sie betrachtete ihn erneut von oben bis unten. »Und ich will es jetzt.«

Okay, ihr Knie pochte vor Schmerzen und ihr dröhnte der Schädel, weil ihr ein Bär ins Gesicht und auf den Kopf geschlagen hatte. Aber er war einfach so süß! Und so … wie war noch mal das Wort? Galant? Wie er sie ins Haus getragen und ihr angeboten hatte, »Spaghetti« für sie zu kochen.

Süß. Süß. Süß.

»Na schön. Wenn du darauf bestehst.«

»Das tue ich.«

Er legte den Eisbeutel auf den Tisch, zog seine dünne Jacke aus und warf sie über einen der Stühle. Cella nahm ihre Hände hinter den Rücken und stützte sich mit ihren Handflächen auf dem Tisch ab.

»Bist du sicher, dass ich dir nicht einfach …«

»Ich warte.«

Mit einem lang gezogenen Seufzer packte Crush sein T-Shirt mit beiden Armen und zog es sich über den Kopf. Und, ganz ehrlich: Zu sehen, wie sich all diese Muskeln anspannten – und Gott, da waren *so* viele Muskeln –, konnte schon dazu führen, dass ein Mädchen alle möglichen Schmerzen und Wehwehchen vergaß.

Crush umwickelte den Eisbeutel mit dem T-Shirt und legte ihn vorsichtig auf Cellas Knie. Sie zog eine Grimasse, und da er ihr direkt in die Augen schaute, zog er den Eisbeutel sofort wieder zurück.

»Es ist nicht so schlimm«, versicherte sie ihm. »Es tut weh, aber ich werd's überleben.«

Er nickte und legte den Eisbeutel wieder auf ihr Knie. »Wie ist das?«

»Okay.«

Er machte einen Schritt zurück. »Ich schätze, du hast die Knie deines Vaters.«

Cella schaute ihn finster an. »Groß und haarig?«

Er blinzelte überrascht und schüttelte hastig den Kopf. »Nein. Nein. Ich meine, er hatte dasselbe Problem mit seinem rechten Knie. Ihr fahrt deshalb beide auf dieselbe Art Schlittschuh …«

Cella rieb sich die Nase. »Wow. Du bist *wirklich* ein Fan.«

»Mach dich nicht über mich lustig.«

»Mach ich ja gar nicht. Ich bin nur völlig fasziniert davon, wie unglaublich viel dir auffällt.«

»Die, die Schlittschuh laufen können, tun es. Und die, die es nicht können, sehen begeistert zu und loben oder kritisieren, was sie sehen.«

»Und was davon machst du?«

»Kommt drauf an, wie gut jemand ist.«

»Stimmt. Und ich bin nicht so gut wie mein Dad.«

»Das habe ich nie gesagt. Ich finde nur, dass du dich mehr prügelst als zu skaten.«

»Ich bin der Enforcer. Ich muss mich prügeln.«

»Blödsinn. Du musst dein Team beschützen.«

Lachend erklärte Cella: »Ich beschütze mein Team ja. Indem ich mich prügele.«

»Für dich ist alles ein Faustkampf, oder?«

»Nein. Aber das sollte es sein. Stell dir nur mal vor, wie viel Scheiße man mit einem guten, anständigen Kampf aus der Welt schaffen könnte. So regeln wir das jedenfalls. Wenn es bei einem Geschäft ein Problem gibt, lässt sich das mit einem Faustkampf prima lösen.«

»Und wie wird das Problem dadurch *gelöst*?«

»Wird es einfach. Denk doch mal drüber nach. Politiker können ihre weitschweifenden, langweiligen Gesetzesentwürfe nur durch den Kongress bringen, wenn sie bereit sind, dafür die Fäuste zu schwingen.« Sie hob ihre eigenen Fäuste und knurrte leise. Der Bär schüttelte den Kopf, lächelte aber dabei.

»Ich nehme an, dann bist du für absolute Anarchie.«

»Auf keinen Fall. Die Malones haben eine Menge Regeln, und an die muss sich jeder halten, sonst kriegt er den Arsch versohlt.«

Da der Bär nicht nur lächelte, sondern sogar lachte – nicht mal der Anflug eines finsteren Blicks –, schlang Cella beide Arme um seinen Hals.

»Was machst du denn da?«

»Ich werde anschmiegsam«, antwortete sie aufrichtig.

»Dein Knie ist böse angeschwollen, deine Lippe ist aufgeplatzt, du hast ein blaues Auge, und ich glaube, deine Nase ist gebrochen.«

»Oh. Richtig.« Sie ließ ihn kurz los, um ihre Nase wieder einzurenken, und kniff die Augen zusammen, als sie den Schmerz spürte. Sie schüttelte sich kurz, legte ihre Arme wieder um seinen Hals und lächelte ihn an. »Wieder ganz.«

Crush lachte, aber sein Lachen erstarb, als er sich räusperte. »Du bist …«

»Unglaublich? Dynamisch? Aufregend?«

»Ich wollte sagen, verrückt. Durchgeknallt. Nicht mehr ganz dicht.«

»Du bist der Donner, ich bin was auch immer … Und jetzt komm her und küss mich.«

Wieder einmal hatte Crush nicht die geringste Ahnung, was er mit dieser Frau machen sollte. Er wusste, was er gerne mit ihr machen wollte, aber es fiel ihm schwer, zu vergessen, dass sie von ein paar gewalttätigen Bären mächtig eins auf die Mütze gekriegt hatte. Ihr Körper war voller blauer Flecke, geschunden und angeschwollen. Und nicht nur das, sie hatte getötet. Eine Menge. Sollte sie sich nicht zurückziehen und versuchen, das Ganze emotional zu verarbeiten? Oder ihre Wunden lecken? Sollte er ihr nicht einen Tee bringen und sie dazu zwingen, sich beruhigende irische Musik anzuhören? Enya oder so?

Aber er wurde das unbestimmte Gefühl einfach nicht los, dass er am Ende aussehen würde wie sie, wenn er so etwas auch nur vorschlug. Außerdem hätte er lügen müssen, wenn er behaupten wollte, dass er sie momentan nicht ziemlich heiß fand. War das abartig? Das war abartig, oder? Zum allerersten Mal bedauerte er es, den Großteil seiner Zeit unter Vollmenschen verbracht zu haben. Er hatte keine Ahnung, wie er mit einem echten weiblichen Raubtier umgehen sollte. Einem allen Anschein nach ziemlich geilen weiblichen Raubtier.

Der Geruch ihrer Lust machte ihn ganz schwindelig, und er gab sich noch nicht einmal Mühe, zu versuchen, sie aufzuhalten, als sie ihn zu sich nach unten zog, um ihn zu küssen. Noch schlimmer: Er war sich nicht sicher, ob er seine eigenen Reaktionen würde kontrollieren können. Am liebsten hätte er sie auf den Tisch geknallt und sie sich genommen. Hart. Aber dann sah er ihr blaues Auge und wusste, dass er es nicht tun konnte. Oder zumindest, dass er es nicht tun sollte. Er sollte es nicht. Richtig?

»Willst du mich jetzt endlich küssen?«, fragte sie, als ihre Gesichter nur noch wenige Zentimeter voneinander entfernt waren. »Oder willst du mich nur weiter anstarren, als könnte ich jeden Moment auseinanderbrechen?«

»Was, wenn du es tust?«

»Was, wenn ich was tue?«

»Auseinanderbrechen? Immerhin wurdest du heute Abend schon mal von Bären bearbeitet.«

Sie schwieg für einen langen Augenblick. »Willst du damit sagen, dass du Angst hast, es mir zu hart zu besorgen?«

»Ja. Ein bisschen. Du machst mich ganz wahnsinnig, Malone. Ich hab Angst, ich könnte all meine Gentleman-Prinzipien in die Tonne treten.«

Ihr Lächeln war sanft, hübsch. »Gott«, flüsterte sie, »jetzt muss ich dich ficken. Du machst mich ganz wuschig.«

»Ich versuche nicht, dich …«

»Zu spät. Das hast du schon.«

Sie lehnte sich zu ihm und eroberte seinen Mund mit ihrem. Und es war, als würde sie ihm auch das letzte bisschen gesunden Menschenverstands aussaugen. Er konnte kaum noch atmen. Wusste, dass er nicht mehr denken konnte. Besonders, als er bemerkte, dass sie sich lustvoll hin und her wand. Zu wissen, dass er sie feucht machte, machte ihn nur noch verrückter. Er war nicht daran gewöhnt, verrückt zu werden oder das Gefühl haben, die Kontrolle zu verlieren.

Er wusste, dass er nur eine Chance hatte, sich von ihr loszumachen und ihr zu sagen, sie solle damit aufhören. Wenn es ihr dann wieder besser ging, konnten sie darüber nachdenken, das Ganze noch einmal richtig anzugehen. Er hatte nur eine Chance – und er ließ sie einfach verstreichen.

Als sich seine Arme um ihre Taille legten, wusste Cella, dass sie ihn hatte. Die Art, wie er sie hinten an ihrem T-Shirt packte und seine Hände im Stoff vergrub … Gott, und sein Mund. Wenn er ein Mädchen küsste, dann küsste er es richtig. Er richtete sich ein wenig auf und zog Cella mit sich, und dabei presste er seine Lippen verzweifelt auf ihre und erforschte ihren Mund mit seiner Zunge.

Sie hatte schon früher gute Küsse erlebt, aber so einen noch niemals.

Und wie er sich unter ihren Händen anfühlte, war sogar noch besser. All diese straffe, aber weiche Haut und die kräftigen Muskeln, die unter ihren Fingern spielten.

Ja, wenn er ernsthaft glaubte, sie wäre bereit zu warten, bis sie wieder ganz geheilt und hundertprozentig fit war, dann war er wirklich verrückt. Außerdem, wie sollte sie es ausdrücken … Sie war immer geil, wenn sie abends gegen irgendwelche Typen gekämpft hatte, die sie aus keinem bestimmten Grund angegriffen hatten.

Cella bewegte ihre Hände zu Crushs Taille hinunter und zog ihn zwischen ihre Beine.

»Warte«, sagte er und löste seine Lippen von ihren.

»Was?«

»Dein Bein. Ich will dir nicht wehtun.«

Er hatte ja recht, aber sie musste einfach fragen: »Meinetwegen oder weil ich demnächst ein Spiel habe?«

Er zuckte flüchtig mit den Schultern und senkte wie ein kleines Kind den Blick. »Kann es denn nicht beides sein?«

Zu lüstern, um wütend auf diesen Idioten sein zu können, streckte sie ihr gesundes Bein aus, klemmte ihren Fuß unter ein Bein des Küchenstuhls und zog ihn näher zu sich heran.

»Hinsetzen«, befahl sie.

Er rückte den Stuhl näher und setzte sich darauf. Sie war, kurz gesagt, überglücklich, als sie den Ständer sah, mit dem der Bär zu kämpfen hatte. Obwohl sie gewöhnlich ein großer Fan des Vorspiels war, konnten sie das auch später noch erledigen. Im Moment verspürte sie kein Bedürfnis danach, sondern verlangte, wie die meisten Katzen, nach sofortiger Befriedigung.

Cella schnappte sich ihren Rucksack und öffnete den Reißverschluss. »Zieh deine Hose aus.«

»Äh … okay.«

Während der Bär seine Hose und – dankenswerterweise ohne dass sie es ihm sagen musste – seine Boxershorts auszog, wühlte sich Cella in ihrem Rucksack ganz nach unten vor, bis sie einen der Streifen mit Kondomen fand, die Jai ständig und ohne Ausnahme in jede einzelne Tasche steckte, die Cella besaß.

»Es ist nicht so, dass ich dir nicht vertraue«, sagte Jai jedes Mal, wenn Cella zu den unangemessensten Zeitpunkten die Kondome entdeckte, »ich sorge nur dafür, dass es nicht zu Überraschungen kommt. Wir sind beide zu alt für Überraschungen.«

Cella riss eines der Kondome ab und warf es dem Bären zu. »Streif das über.«

»Du bist ganz schön herrisch.«

»Ja. Bin ich.« Sie zog ihr Höschen aus, indem sie es irgendwie über den Eisbeutel manövrierte, und warf es in ihren Rucksack. Als sie damit fertig war, hatte der Bär das Kondom übergestreift.

Sie fuchtelte mit den Händen herum. »Rutsch ein Stück nach links. Noch ein bisschen. Gut. Bleib so.«

Mit ihren Armen stieß sich Cella vom Tisch ab und sprang auf den Schoß des Bären. Sie lächelte ihn an, als sie gelandet war. »Und jetzt setz mich auf deinen Schwanz, damit wir uns an die Arbeit machen können.«

Und etwa zu diesem Zeitpunkt begann Crush zu lachen.

»Ich mein's ernst!«

»Das weiß ich. Deshalb ist es ja so verdammt lustig.«

»Du wolltest doch meine wertvollen Spielbeine schützen. So funktioniert das. Ich gebe mir immer Mühe, alles möglich zu machen.«

»Du bist wirklich durch und durch ein Marine.«

»Ich weiß. Wäre es dir vielleicht lieber, wenn ich völlig verwirrt und ratlos wäre, weil ich mich in der Hitze des Augenblicks in einen irrationalen Trottel verwandele?«

»Nein. Das scheint im Moment eher meine Rolle zu sein.«

»Ich mach dich wirklich wahnsinnig, oder?«

»Ja, das tust du.«

»Dann lass mich nicht länger warten. Weil wir doch beide wissen, dass ich eine der wenigen Frauen bin, die wirklich mit dir fertigwerden.«

»Glaubst du, ja?«

»Ich weiß es. Und du weißt es auch. Oder zumindest weiß es dein Körper. Dein Schwanz scheint immer steifer zu werden, je länger wir hier sitzen. Inzwischen zeigt er schon an die Decke. Ich würde ja selbst draufklettern, aber du weißt ja ... ich hab bald ein Spiel.«

»Halt die Klappe.«

Prustend nahm Cella seine Hände und legte sie an ihre Taille. »Alles, was du tun musst, ist, mich hochzuheben und darauf abzusetzen. Vertrau mir, wenn ich dir sage, dass sich der Rest von ganz allein erledigen wird.«

Crush wusste, tief in seinem Inneren, dass es einer Fahrt nach Irrenhausen ohne Wiederkehr gleichkam, wenn er sich mit Cella Malone einließ. Sein nettes, ruhiges, extrem gefährliches Leben würde auf den Kopf gestellt werden, sobald die Muschi dieser Frau seinen Schwanz umschloss. Seine ruhigen Abende zu Hause – in denen er kein Polizist sein und sein Leben riskieren musste – würden der Vergangenheit angehören. Mit Malone in seinem Leben würde es überhaupt nichts Ruhiges mehr geben. War es das wirklich wert?

Er war sich nicht sicher, aber dann lehnte sie sich zu ihm, schnupperte an seinem Hals und strich ganz sanft mit einer Kralle über seine Kehle. Das letzte bisschen von Crushs Zurückhaltung verpuffte, und er schlang seine Hände noch fester um ihre Taille. Er hob sie hoch und zog sie zu sich heran, und während er ihr in die Augen schaute, rammte er sie mit aller Wucht auf seinen Schwanz, während er gleichzeitig seine Hüften anhob.

Die Katze schrie auf, warf den Kopf in den Nacken und schlang ihre Arme um seinen Hals. Sie hielt ihn ganz fest, holte tief Luft und ließ sich einen Moment Zeit, bevor sie ihn anschaute.

Heftig keuchend sahen sie einander in die Augen.

»Also«, seufzte sie, »das fühlt sich wirklich gut an.«

Crush konnte noch nicht einmal etwas erwidern. Er war zu erregt. Zu steif. Gott, all die Dinge, die er mit dieser Frau tun wollte. Es verlangte ihm all seine Kraft ab, um sie nicht …

»Ich halte viel mehr aus, als du aufgrund meiner hübschen Augen und meiner perfekten Knochenstruktur vielleicht vermuten würdest, Crushek. Ich werde mit allem fertig, was du aufführst.«

Nicht in der Lage, Worte zu bilden – zumindest keine zusammenhängenden –, atmete Crush ihren Duft ein. Mit einem tiefen Knurren glitten seine Reißzähne langsam aus seinem Zahnfleisch, während seine Hände zuerst an ihren Seiten und dann an ihren Armen hinaufwanderten.

Crush lehnte sich vor, schloss seine Hände fest um ihre und drückte sie mit seinem Körper nach hinten, bis ihr Oberkörper auf dem Tisch lag. Hatte er eigentlich schon erwähnt, wie sehr er es liebte, dass sie so gelenkig war? Es schien sie überhaupt nicht zu stören, dass er sie so nach hinten bog.

Und genau so wollte er sie haben.

Er hielt ihre Arme mit seinen Händen über ihrem Kopf fest und drückte seinen Kopf auf ihre Brust. Das leise Knurren, das er von sich gab, grollte durch seinen Körper und setzte sich in ihrem fort, während er langsam sein Gesicht an Brüsten rieb, die noch immer von ihrem T-Shirt bedeckt waren. Dabei saß sie die ganze Zeit auf seinem Schoß, auf seinem Schwanz, vollkommen erfüllt und bereit zu explodieren.

Cella wurde bewusst, dass sie Mühe hatte zu atmen und ihr ganzer Körper zu zittern begann. Es fühlte sich wirklich gut an, ihm so nah zu sein, ihn in sich zu spüren.

Aber er bewegte sich nicht. Warum bewegte er sich nicht?

Crush packte ihre beiden Handgelenke mit einer Hand und

schob mit der anderen ihr T-Shirt nach oben, bevor er mit seinen Zähnen ihren BH in zwei Teile zerriss. Sie bog ihren Rücken durch, und er verstand dies als die Einladung, als die es gemeint war, nahm eine ihrer Brüste in seinen Mund und spielte mit seiner Zunge an ihrem Nippel herum. Und, äh, was machten seine Lippen da? Denn was immer sie taten, es war *unglaublich*. Geradezu lächerlich intensiv. So intensiv, dass sie versuchte, sich von ihm zu lösen, aber sein Griff um ihre Handgelenke wurde nur umso fester.

Sie wusste, was er tat, dieser hinterlistige Mistkerl. Mit jedem Kitzeln, Zupfen und Saugen an ihrer Brust schloss sich ihre Muschi wie ein Schraubstock noch enger um seinen Schwanz. Sein Stöhnen wurde heftiger, lauter, und als sie die Vibration auf ihrer Haut spürte, verlor sie beinahe den Verstand. Sie keuchte, sie maunzte, vielleicht fauchte sie sogar ein paarmal. Und dann kam sie. Kam so unfassbar heftig, dass sie aufschrie.

Der Bär hob den Kopf und sah sie mit seinen schwarzen Augen an.

»Alles okay?« Sie fragte sich flüchtig, ob ihm bewusst war, dass er sie noch immer anknurrte.

Da sie vor lauter verzweifeltem Luftschnappen nicht in der Lage war, ihm zu antworten, nickte Cella nur.

»Gut.« Crush blieb in ihr, stand langsam auf und ließ ihre Arme los, um ihre Beine vorsichtig anheben und über seine Unterarme legen zu können. »Ich bin nämlich noch nicht fertig.«

Grinsend hob Cella die Arme über ihren Kopf und hielt sich an der Tischkante fest. »Freut mich, das zu hören.«

Es war zu viel. *Sie* war zu viel. Die Art, wie sie ihn mit diesen leuchtend goldenen Augen ansah. Sie forderte ihn heraus. Aber tat sie das nicht immer? Inzwischen machte es ihm nichts mehr aus. Eigentlich fing er sogar an, es zu mögen. Sie zu mögen. Obwohl sie so eine schwierige, verrückte Frau war.

Crush nahm immer noch Rücksicht auf ihr Bein, während er sich näher an den Tisch stellte und sie ein kleines Stück zu sich heranzog. Sie krallte sich so fest an die Tischplatte, dass ihre Knöchel weiß wurden. Ihr fordernder Blick wandte sich keine Sekunde lang von seinem Gesicht ab. Er wusste, was sie ihm mitteilen wollte, ohne dass sie ein Wort sagen musste: »Fick mich so hart, wie du willst. Wir wissen beide, dass ich es aushalte.«

Und genau das tat Crush auch.

Er fickte sie hart, hielt ihre Beine dabei ganz fest und sah ihr direkt in die Augen, bis sich ihre Muschi wieder um ihn zusammenzog. Sie bog den Hals durch, ihre Beine zitterten unter seinen Armen, und ihr Keuchen verwandelte sich in lautes Schreien. Sie kam erneut, und er mit ihr. Er kam so heftig, dass er nicht mehr geradeaus schauen und sich kaum noch auf den Beinen halten konnte. Er konnte nur noch fühlen, und wow … es fühlte sich *großartig* an!

Crush explodierte in ihr, und sein Atem entwich in einem langen Strom, bis seine Beine beinahe nachgaben. Er knallte seine Ellbogen auf den Tisch, um nicht umzufallen, und nahm sich einen Moment lang Zeit, um wieder zu Atem zu kommen.

Nach mehreren langen Minuten seufzte Cella leise in die Stille hinein: »Heilige Scheiße! Du bist der beste So-tun-als-ob-Freund *aller Zeiten*!«

Kapitel 25

Jemand legte einen frischen Eisbeutel auf ihr Knie, und Cella öffnete die Augen und lächelte zu dem Bären hinauf, der über ihr stand.

Nachdem er in seine Hose geschlüpft war, hatte er Cella nach oben in sein Zimmer getragen, sie auf sein Bett gelegt und zugedeckt. Dann war er verschwunden, aber Cella war zu müde und viel zu befriedigt gewesen, um sich wirklich darum zu scheren. Vielleicht hatte sie sogar ein bisschen gedöst, aber nicht allzu lange.

»Die Schwellung ist zurückgegangen«, verkündete er und rückte den Eisbeutel zurecht.

»Normalerweise dauert das nicht lange. Obwohl ich letzte Nacht dachte, sie würde nie wieder weggehen.«

»Das muss nach jedem Spiel ein echter Albtraum sein.«

»Ist es auch. Aber was kann ich schon tun?«

»Können sie es denn nicht reparieren?«

»Doch, sicher. Wenn ich ein komplettes künstliches Knie will.«

»So, wie wir heilen – wäre das wirklich ein so großes Problem?«

»Nein. Solange ich nie wieder professionell Hockey spielen will.«

»Richtig. Regel Nummer dreiundzwanzig A.« Huch, er kannte den Code sämtlicher Regeln der Gestaltwandler-Profiliga, einschließlich der, die besagte, dass jeglicher Ersatz von Körperteilen eines Gestaltwandlers den automatischen Ausschluss aus der Liga bedeutete.

Cella kicherte. »*Super*fan.«

»Tut mir leid. Ich wollte nicht schon wieder den Hockey-Nerd raushängen lassen.«

»Schon okay. Du kannst eben nicht anders.« Unbehagliche Stille breitete sich zwischen ihnen aus, bis Cella schließlich hinzufügte: »Mir ist kalt.«

»Oh.« Er sprang auf. »Ich hol dir noch eine Decke.«

»Wofür brauche ich überhaupt eine Decke, wenn ich einen Eisbären hab?«

Er runzelte verwirrt die Stirn. »Hä?«

Sie gestikulierte in Richtung Bett und forderte: »Kuscheln.«

»Oh. Oh, richtig.« Er zuckte mit den Schultern. »Wollte dich nicht einengen.«

»Habe ich einen Reißzahn ausgefahren? Eine Kralle einer Hauptschlagader genähert? Gebrüllt, gebrüllt und noch mal gebrüllt, bis du schreiend aus dem Raum geflüchtet bist?«

»Nicht dass ich wüsste.«

»Dann hast du mich auch nicht eingeengt. Raubtierweibchen lassen dich schon wissen, wenn du sie einengst. Bist in der Vergangenheit noch nicht mit vielen von uns ausgegangen, was?«

»Ich war schon mit ein paar zusammen.«

»Ein paar? Nach deinem achtzehnten Geburtstag?«

»Was hat mein Alter denn damit zu tun …?«

Sie verschränkte die Arme vor der Brust. »Warum warte ich immer noch?«

Crush kletterte ins Bett und Cella knurrte. »Was machst du da?«

»Was ist denn jetzt schon wieder?«

»Du bist angezogen.«

»Nur meine Jeans.«

»Ich will aber *nackt* kuscheln.«

»Bist du immer so fordernd?«

»Katzen«, erinnerte sie ihn und gab sich Mühe, dabei so stolz wie möglich zu klingen. Was ihr nicht wirklich schwerfiel.

»Was, wenn ich jetzt nicht nackt sein möchte?«

»Nackt!«, brüllte sie. Er schaute erschrocken zu ihr hinunter, und sie biss sich auf die Innenseite ihrer Wange, um nicht laut loszulachen.

»Na schön. Dann eben nackt.« Er streifte seine Stiefel und seine Jeans ab und kroch zu ihr ins Bett.

»Jetzt glücklich?«, fragte er und schlang seine Arme um ihre Taille.

»Ich bin immer glücklich, wenn ich kriege, was ich will.« Sie schmiegte sich enger an ihn und ließ ihr Bein angewinkelt, damit der Eisbeutel nicht von seinem Platz rutschte.

»Wie fühlst du dich?«, fragte Crush und strich mit seiner großen Hand an ihrer Seite auf und ab.

»Viel besser.« Sie hob den Blick. »Wie sehe ich aus?«

»Wunderschön. Und das weißt du auch.«

»Das heißt aber nicht, dass ich es nicht gerne höre. Sind die blauen Flecken und Platzwunden weg?«

Mächtige Finger streichelten ihre Wange. »Noch nicht ganz, aber ich glaube nicht, dass Meg morgen noch viel sehen wird.«

»Gut. Die Kleine ist immer total schockiert, wenn ich richtig übel zugerichtet bin.«

»So, wie du spielst, muss sie das doch andauernd sehen.«

»Sie ist ein kluges Kind. Sie weiß, wann es vom Hockey, vom Training mit Smith oder von einem Familienstreit stammt, und wann es einer Situation geschuldet ist, die dazu hätte führen können, dass sie weinend an meinem Grab steht.«

»Sie hasst, was du tust.«

»Ja, tut sie. Aber KZS beschützt unseresgleichen. Und seit es KZS gibt, hat auch immer ein Malone dazugehört. Meistens sogar mehr als einer. Obwohl es leichter war, als ich die Ziele nur aus der Ferne ausgeschaltet hab.«

»Machst du das nicht mehr?«

»Nein. Ich meine, doch, ich mache das schon noch. Aber ich habe dir ja erzählt, dass sie mich befördern wollen, und dafür brauche ich mehr Erfahrung im Außendienst als nur Eliminierungen. Und, ganz ehrlich: Jeder mit einem gesunden Auge und einer ruhigen Hand kann ein Ziel aus tausend Meter Entfernung und im hundertsten Stock ausschalten, sofern er starken Wind und schlechtes Wetter mit einkalkuliert.«

Der Bär lehnte sich ein Stück zurück und schaute sie an. »Nicht wirklich.«

Crush wusste, dass er ganz tief drinsteckte. Tiefer, als er es je beabsichtigt hatte, aber was konnte er schon tun? Bären funktionierten über Gefühle. Wenn man sie erschreckte, töteten sie. Wenn sie das Gefühl hatten, in der Falle zu sitzen, töteten sie. Wenn sie hungrig waren …

Und auch die Bären, die die meiste Zeit über menschlich waren, waren da nicht viel anders. Als er durch diese Tür auf das Dach gestürmt war, hatte er nur Cella gesehen, auf den Knien, eine Pistole auf ihren Kopf gerichtet. Danach war Verhandeln für ihn keine Option mehr gewesen. Oder jemanden dazu aufzufordern, seine Waffe zu senken. Stattdessen hatte er nur laut gebrüllt und angefangen zu schießen. Um sie und sein Team zu beschützen.

Und anstatt nach Hause zu gehen und darüber nachzudenken, wie Bären es gerne taten – denken, analysieren, debattieren –, war er nach Hause gegangen und hatte eine Katze gefickt. Eine Katze, die ihn weiter standhaft als ihren »So-tun-als-ob-Freund« bezeichnete. Als sei das völlig normal.

Andererseits war nichts an dieser Frau normal. Sie war noch nicht einmal für Gestaltwandlerverhältnisse normal. Weil sie eine Malone war, was bedeutete, dass sie anders war als all die anderen Tiger auf der Welt.

»Was ist denn? Du guckst mich so böse an, als hätte ich deinen Hund k.o. gehauen …« Cella schaute sich um. »Wo ist dein Hund eigentlich?«

»Bei Mrs. Hanson, meiner Nachbarin. Sie passt auf Lola auf, wenn ich nicht da bin.«

»Du hast einen Babysitter für den Hund?«

»Sie fühlt sich sonst einsam.«

»Dein. Hund. Sieh es doch endlich ein.«

»Hör auf damit.«

»Und warum schaust du mich dann so böse an?«

»Ich habe nur überlegt ... Wir hatten Sex. Bin ich jetzt immer noch dein So-tun-als-ob-Freund?«

»Warum? Willst du so tun, als würdest du mit mir Schluss machen?«

Crush atmete stöhnend aus. »Vergiss, dass ich gefragt hab.« Er sah sie an. »Erzähl mir was von dir.«

»Was denn?«

»Irgendwas. Irgendwas, das nur mit dir zu tun hat.«

»Oh. Wow. Okay. Äh ...« Er sah zu, wie sie sich mit seiner einfachen Bitte abmühte. »Ähm.« Schließlich, nach einer gefühlten Ewigkeit, sagte sie: »Ich mag keine Käfer.«

»Das Auto?«

»Nein. Das Insekt.«

»Du magst keine Käfer?«

»Richtig.«

»Okay.«

»Ich finde sie eklig.«

»Was ist mit Spinnen?«

»Spinnen machen mir nichts aus. Sie kümmern sich um Ameisen und Fliegen.«

»Ich bin mir sicher, dass Käfer auch einen Zweck erfüllen.«

»Ist mir egal.«

»Okay.«

»Verurteilst du mich jetzt?«

»Ich verurteile dich nicht. Du magst keine Käfer. Das ist okay. Ich mag keine Echsen.«

»Was stimmt denn nicht mit Echsen?«

»Du verurteilst mich wegen der Echsen, aber ich darf dich nicht wegen der Käfer verurteilen?«

»Wenn du mir so viele persönliche Fragen stellst ...«

»Ich hab dir nur eine gestellt.«

»Warum?«

»Was meinst du damit, warum?«

»Warum hast du mir eine persönliche Frage gestellt? Warum interessiert dich das?«

Genervt, weil *sie* ganz offensichtlich genervt war, setzte Crush sich auf und lehnte sich mit dem Rücken gegen das Kopfteil des Betts. Dann zog er sie auf seinen Schoß, nahm den Eisbeutel von ihrem Knie und legte eine Hand um ihre Taille. »Ich frage dich, weil es mir wichtig ist. Und weil ich dich mag. Trotz meiner besten Absichten, mich nicht emotional auf dich einzulassen.«

»Warum wolltest du dich nicht emotional auf mich einlassen?«

»Weil du verrückt bist.«

»Oh. Gutes Argument.« Sie wandte ihren Blick ab und sagte: »Ich mag Australien gern.«

»Okay.«

»Ich bin einmal dagewesen. Im Urlaub, nicht beruflich. Hab mit den Dingos abgehangen.«

»Richtigen Dingos oder …«

»Gestaltwandler-Dingos.« Sie nickte. »Die waren lustig.«

Sie legte beide Hände auf seine Brust und streichelte sie mit ihren Fingern. »Vielleicht können wir ja mal miteinander ausgehen.«

»Wie meinst du das, ausgehen?«

»Du weißt schon … aus.« Sie fuhr ihre Krallen aus und massierte seine Brust. »Wie bei einer Verabredung.«

Crush schloss die Augen, und sein ganzer Körper spannte sich an. Lippen pressten sich auf seinen Hals, und Reißzähne glitten über seine Sehnen.

»Ist das ein Ja?«

»Hä?«

»Dieses ganze Gestöhne, das du von dir gibst. Ich habe mich gefragt, ob das ein ›Ja, lass uns mal miteinander ausgehen‹ war.«

»Das kommt drauf an.«

»Auf was?«

Er packte sie an den Schultern und rollte sie herum, bis sie flach auf dem Rücken lag und er zwischen ihre Beine rutschen konnte. Der verdammte Eisbeutel war längst vergessen.

»Wäre es eine Verabredung oder eine So-tun-als-ob-Verabredung?«

Sie hob die Hände, vergrub ihre Krallen in seiner Kopfhaut und kratzte ihn an seinem Halsansatz – was sich verflucht noch mal unglaublich anfühlte!

»Eine echte Verabredung«, versprach sie. »Aber du wärst immer noch mein So-tun-als-ob-Freund.«

Crush grinste. Diese Katze würde wohl einfach immer schwierig bleiben.

»Damit kann ich leben.«

»Gut. Also, wo sind die restlichen Kondome?«

Kapitel 26

Cella drehte sich um und vergrub sich noch tiefer in Crushek, während die Sonne durch die Fenster hereinströmte und ihr damit auf die Nerven ging. Dann spannte sich der Bär plötzlich unter ihr an, und als er sich bewegte, tat sie es auch. Sie zogen gleichzeitig ihre Waffen. Cellas hatte unter dem Kopfkissen gelegen, und nun richtete sie es auf den Fuß des Bettes.

Sie blinzelte zu dem Mann hinauf, der schweigend am Ende des Bettes stand. »Mario?«

»Morgen, Miss Malone.«

»Okay.« Sie nickte und drückte ihre Hand auf Crushs Unterarm, damit er seine Waffe senkte. »Ich muss gehen. Ich muss arbeiten.«

»Kriegst du das auch hin?«

»Mir geht's gut.« Sie küsste ihn. »Ich ruf dich später an.«

»Okay.«

Sie warf die Bettdecke zurück, hörte jedoch, wie der Bär knurrte. Sie bedeutete Mario mit einem Kopfnicken, sich zu entfernen.

»Schon eifersüchtig?«, fragte sie, nachdem der Fahrer gegangen war, um Crush ein wenig zu necken.

Seine Antwort war todernst. »Ja.«

Sie lachte und küsste ihn noch einmal. »Bis später.«

»Ja. Sei vorsichtig.«

Crush sah von seinem Fenster aus zu, wie die Limousine vor seinem Haus davonfuhr und am Ende der Straße um die Ecke bog. Anschließend legte er sich wieder ins Bett, um endlich eine Mütze Schlaf zu bekommen, und er fand es wundervoll, dass Cellas Geruch noch überall an seinem Laken und ihm selbst hing.

Doch dann, eine Stunde später, erfüllte ein anderer Geruch

sein Zimmer. Ein Geruch, den er nicht besonders mochte und der ihn nach seiner 45er greifen ließ. Er hatte seine Hand bereits um das Holster gelegt, als Chazz ihm mit der Faust auf die Hand schlug.

Crush brüllte vor Schmerzen und Wut auf, stürzte sich – nackt, wie er war – auf seinen Bruder und warf ihn zu Boden. Er hielt ihn dort fest, als Gray ihn von hinten rammte. Crush riss seinen Ellbogen nach hinten, schlug ihn gegen Grays Kehle und boxte Chazz erneut mit der Faust auf den Mund. Dann stand er auf, packte seine beiden Brüder um den Hals und hob sie hoch. Er knallte ihre Köpfe gegeneinander, schickte sie damit ins Land der Träume und ließ sie auf den Boden fallen.

»Da schaut her.«

Crush ließ seinen Blick zu den sechs Grizzlys wandern, die durch seine Tür kamen. Einer von ihnen war der Große, der vor ein paar Tagen im Büro der Gruppe gewesen war. »Behandelt man so seine Brüder?«

Cella ging in das Bürogebäude in Queens, in dem sich auch die Büros von KZS befanden. Sie hatte das Haus kaum betreten, als ihre Chefin sie am Arm packte und in Richtung der Fahrstühle zerrte.

»Was zur Hölle ist passiert?«, wollte Nina Bugliosi wissen. Wie üblich war die Luchsin sehr zurückhaltend gekleidet und trug ein hellgrünes Kostüm mit Minirock, eine schwarze Perlenkette um den Hals und dazu passende Ohrringe.

»Sie haben zuerst auf uns geschossen.«

»Bist du sicher? Bist du sicher, dass Smith nicht irgendwas gemacht hat?«

»Was? Geben wir jetzt ihr für alles die Schuld?«

»Hunden kann man nicht vertrauen.«

»Du wurdest in der Grundschule von einem Kojoten verprügelt, und deshalb kann man *keinem* Hund vertrauen?«

»Diese miese kleine Schlampe hat mich auf dem falschen Fuß erwischt, aber das ist jetzt nicht der Punkt.«

»Wir geben Smith oder der Gruppe nicht die Schuld für etwas, das sie nicht getan haben. Es waren die Bären.«

Die Luchsin betrachtete Cella eindringlich, bevor sie in scharfem Tonfall erwiderte: »Ich dachte, du stehst total auf Bären.«

»Hä?«

»Du und die Bären. Habe gehört, du vögelst mit einem.«

»Unglaublich, wie sehr dich das nichts angeht.«

Die Fahrstuhltür öffnete sich, doch bevor Cella hinaustreten konnte, schloss ihre Chefin die Tür wieder und drückte auf den »Stopp«-Knopf.

»Was machst du denn da?«, fauchte Cella, als ihr bewusst wurde, dass sie ihr damit beinahe die Nase abgehackt hätte.

»Du willst mir nicht erzählen, wen du fickst?«

»Das ist privat.«

»Seit wann, Malone?«

»Seit ich es sage. Außerdem: Stecken wir nicht mitten in einer Krise? Solltest du dich nicht lieber *darum* kümmern?«

»Ich bin dein Boss, Malone. Du *musst* es mir sagen.«

»Wir können uns auch gleich hier verwandeln, und ich mit meinen knapp zweihundert Kilo verprügele dich mit deinen kaum hundert Kilo.« Damit wäre Cella tatsächlich durchgekommen. Aber ihrer Chefin die Nase zu brechen, während sie in menschlicher Gestalt war ... nun, dadurch würde sie sich zumindest eine schriftliche Verwarnung einhandeln.

»Na schön«, fauchte Nina. »Dann sei eben so.«

Nina entließ Cella aus der kurzfristigen Geiselnahme, aber kaum hatte sie sich zwei Schritte vom Fahrstuhl entfernt, als sie beide von Ninas Boss, der Löwin Gemma Cosworth, wieder hineingezerrt wurden – oder, wie der Rest der »Ghettokatzen« sie gerne nannte, Ihre Ladyschaft, die Herzogin von Cosworth. Wie anscheinend alle Löwen war auch sie der Ansicht, alle anderen Katzen seien unter ihrer Würde.

»Nun«, knurrte die ältere Katze Cella an, »das hast du ja wirklich königlich vermasselt, du Gossenkatze.«

Cella hob ihre Hände mit den Handflächen nach vorne. »Wieso ist das alles denn meine Schuld?«

»Das ist es, bis ich entscheide, dass es das nicht ist. Und wenn ich herausfinden sollte, dass du dich auch nur an *einen* dieser Bären herangeschlichen hast …«

»Niemand hat sich an irgendwen rangeschlichen. Wir sind aufs Dach gegangen. Smith hat gesagt: ›Hey, ihr‹, und dann haben sie auf uns geschossen.«

»Wo gehen wir denn hin?«, wollte Nina wissen und schaute auf ihre Uhr. »Ich habe heute eine Verabredung zum Mittagessen.« Als Cosworth sie nur anstarrte, fügte die um einiges kleinere Frau hastig hinzu: »Die ich, natürlich, absagen werde.«

Crush betrat das Büro der BPC-Filiale in Manhattan und warf seine noch immer bewusstlosen Brüder auf den Boden. Er wusste, dass sie hier sein würde. Wusste, dass sie in Krisenzeiten hierherkommen würde, wenn die Organisation bedroht war. Und dass sie ihren kleinen »Soldaten« die Aufsicht über das Hauptbüro in Brooklyn überlassen würde. Oder, wie Crush sie gerne nannte, ihren Marionetten.

»Du wolltest mich sehen?«, fragte er die Eisbärin, die vor ihm am Schreibtisch saß.

Sie schaute zu den Bären auf dem Fußboden hinunter und dann wieder zu Crush hinauf. »Ich hatte noch sechs andere …«

»Sie liegen im Müllcontainer hinter meinem Lieblingscafé.« Er zuckte mit den Schultern. »Du weißt ja: ich und Kaffee.«

»Ja. Ich erinnere mich.« Sie lachte leise. »Hast du sie umgebracht?«

»Das musste ich nicht.«

»Nun, du hast dich auf jeden Fall nicht verändert.«

»Und ich habe auch nicht vor, jetzt damit anzufangen.«

»Trotzdem«, sie deutete auf einen der Stühle, die vor ihrem Schreibtisch standen, »setz dich. Erzähl mir, wie es so läuft. Wie ist es dir ergangen?«

Crush ließ sich auf den Stuhl gegenüber von Peg Baissier fallen. »Mit geht's bestens. Und dir?«

Vierunddreißig Jahre. Es war nun vierunddreißig Jahre her, seit Baissier Crush und seine beiden Brüder bei sich aufgenommen hatte. Anfangs war er genau wie all die anderen Bären brav mit dem Strom geschwommen. Es war nicht schwer gewesen. Obwohl sie so jung waren, lernten sie schon, wie in den Martial-Arts-Filmen zu kämpfen. Doch mit zwölf hatte Crush herausgefunden, was Baissier ihnen mit aller Macht hatte verheimlichen wollen. Dass seine Eltern für sie gearbeitet hatten und gestorben waren, während sie ihre Befehle ausgeführt hatten. Es war nicht die Tatsache, dass sie Soldaten gewesen waren, sondern vielmehr, dass Baissier es ihm nicht gesagt hatte. Sie hatte es ebenso vor ihm versteckt wie so viele andere Dinge. Und Crush, neugieriger Bär, der er war, war der Sache nachgegangen. Anstatt zum Training nach Hause zu gehen, hatte er sich nach der Schule mit Wölfen, Kojoten und Füchsen angefreundet. Er hatte gelernt, in Häuser einzubrechen, Autos kurzzuschließen, herumzuspionieren und zu stehlen. Dann, als er all diese Fähigkeiten beherrschte, hatte er sie sich nicht etwa zunutze gemacht, um das Gesetz zu brechen, sondern um herauszufinden, was seine Eltern getan hatten und wie sie gestorben waren. Mit sechzehn wusste er mehr über seine Eltern, über Baissier und über alles andere, als er jemals hatte erfahren wollen. Aber er kannte auch endlich die Wahrheit.

Damals hatte Baissier keine Ahnung davon gehabt. Sie hatte einfach angenommen, er sei ein besonders starrköpfiges Kind. Sie machte deutlich, dass sie ihn nicht mochte, und nannte ihn stets den »Widerspenstigen« oder »Mr. Schwierig«, weil er alles infrage stellte und sich weigerte, mitzuspielen – egal, bei was. Wenn sie mitten im August sagte, es sei heiß, ging Crush in einer Pelzjacke nach draußen. Wenn sie sagte, es sei Nacht, trug er eine Sonnenbrille. Hauptsächlich tat er dies, um sie zu verärgern, aber er tat es auch, um aufzupassen, dass er nie zu dem wurde, was sie aus ihm machen wollte: eine weitere Marionette, die ihre Befehle ausführte.

»Was willst du?«, fragte er und hatte schon jetzt genug davon, ihr Gesicht sehen zu müssen.

»Das war ein ganz schönes Chaos gestern Nacht, was? Aber ich bin froh zu sehen, dass es dir gut geht.«

»Ich bin nicht in der Stimmung, dieses Spiel mit dir zu spielen. Was willst du?«

»Ich hab mich nur gefragt, warum du meine Leute angegriffen hast.«

»Sie haben uns zuerst angegriffen.«

»Haben sie dich angegriffen? Oder diese Katzen und die politisch ach so korrekte Gruppe?«

»Das ist doch Blödsinn. Warum sagst du mir nicht einfach die Wahrheit?«

»Und welche Wahrheit wäre das?«

»Die Wahrheit darüber, was du von Whitlan willst.«

»Wer sagt, dass ich …«

»Interessant, dass du gar nicht gefragt hast, wer das ist. Hast einfach gleich alles geleugnet.« Gray schien langsam wieder aufzuwachen, und ohne seinen Blick von Baissier abzuwenden, versetzte Crush ihm erneut einen K.o.-Schlag. »Du hast dich verflucht noch mal kein bisschen verändert. Oder, *Mom*? So sollten wir dich doch alle nennen, nicht wahr? Mom?«

»Du warst schon immer ein undankbarer kleiner Scheißkerl.«

»Vergiss illoyal nicht.« Crush erhob sich. »Schick mir so viele Marionetten, wie du willst. Greif mich an, soviel du willst. Aber wenn du, aus welchem Grund auch immer, mit Whitlan zusammengearbeitet hast, denn werde ich dich ans Kreuz nageln.«

»Ist immer schön, dich wiederzusehen, Lou.«

»Ja«, erwiderte er im Hinausgehen, »du kannst mich auch mal.«

Chazz hielt sich einen Eisbeutel an den Kopf und setzte sich seiner Pflegemutter gegenüber. Wenn er ehrlich sein wollte … hatte er keine Ahnung, was hier eigentlich vor sich ging. Aber er wusste, dass sich Peg Baissier ziemlich … in eine Sache verbeißen konnte.

Und momentan hatte sie sich in seinen Bruder verbissen. Und es half auch nicht, dass dieser Idiot nicht einfach mitspielen konnte, wenigstens ein bisschen. Er musste immer so ein verdammter Sturkopf sein.

»Und was jetzt?«

Peg Baissier lehnte sich auf ihrem Stuhl zurück und legte ihre Hände unter ihrem Kinn zu einem Dreieck zusammen. »Ich werde den Familien sagen, dass die Jungs in Ausübung ihrer Pflicht gestorben sind.«

»Und Lou?« Peg hob langsam den Blick, und Chazz schüttelte den Kopf. »Können wir die Sache nicht einfach auf sich beruhen lassen? Er kann uns doch nicht wehtun.«

»Du weißt, dass ich deinem Bruder niemals wehtun würde.« Richtig. Natürlich würde sie das nicht. Trotzdem …

»Ist es wahr?«

»Ist was wahr?«

»Dass du seine Tarnung hast auffliegen lassen?«

»Ich sehe es so, dass die ganze Sache ein Unfall war und nichts mit mir zu tun hatte. Und diejenigen, die sich verplappert haben, wurden bestraft.«

»Aha.«

»Chazz, Schätzchen, ich würde deinem Bruder niemals wehtun. Er ist eine fürchterliche Nervensäge, aber er ist immer noch mein Pflegesohn. Und das bedeutet mir etwas.«

»Okay. Aber seinem Hund darfst du auch nicht wehtun.«

»Oh, mein Gott! Ich würde doch seinem Hund nicht wehtun. Niemals.« Sie schüttelte den Kopf. »Ehrlich, hör auf, dir Lous Verrücktheiten anzuhören. Ich würde seinem Hund nie wehtun, genauso wenig wie ich ihm wehtun werde. Aber ich will *auch* nicht, dass diese Sache aus dem Ruder läuft. So fangen Kriege an, und das können wir uns im Augenblick nicht leisten. Verstanden?«

»Mach dir keine Sorgen. Wir kümmern uns drum.«

»Ausgezeichnet.« Peg widmete sich wieder ihrem Computerbildschirm, und Chazz stand auf, beugte sich nach unten und packte seinen bewusstlosen Bruder am Arm. »Komm schon, du Blödmann. Wir holen dir einen Eisbeutel.«

Dreißig Minuten, nachdem auch der letzte Crushek aus ihrem Büro gezerrt worden war, betrat einer von Pegs treuesten Männern den Raum und schloss die Tür hinter sich. Der Schwarzbär setzte sich und wartete, dass sie das Wort ergriff.

»Wir müssen den Jungen ablenken, bis wir dieses Arschloch von Whitlan gefunden und ausgeschaltet haben.« Sie mussten ihn ausschalten. Sie mussten. Peg erhob einen Finger. »Aber Crushek bleibt unverletzt.« Peg wusste, dass die Ihren ihr das sonst niemals verzeihen würde.

»Ablenken oder ihn fertigmachen? In letzter Zeit hat er nämlich ein paar interessante neue Freunde gefunden.«

»Das ist mir, ehrlich gesagt, scheißegal. Ich will nur, dass er mir nicht mehr in die Quere kommt.« Sie konnte es sich einfach nicht leisten, dass der Junge Whitlan zuerst fand. Bei jedem anderen, besonders wenn es um einen dieser Hunde oder Katzen ging, konnte sie alles darauf schieben, dass die anderen Spezies es auf sie und den Rest der Bärengemeinde abgesehen hatten. Aber unter den Bären war Lou Crushek, ob es ihm nun bewusst war oder nicht, als ehrlicher Polizist und Bär bekannt. Wenn er gegen sie aussagte, nachdem er jahrelang weder etwas für noch gegen sie gesagt hatte …

Nein, sie mussten einen Weg finden, Crushek zu beschäftigen, bis sie diese Sache zu Ende gebracht hatten.

Peg schickte ihren Angestellten mit einem Winken weg. »Kümmer dich drum. Und gib mir Bescheid, wenn es erledigt ist.«

Kapitel 27

Crush setzte sich an seinen Schreibtisch, und Dez, die ihre Beine auf ihrem abgelegt hatte, hob ihre Sonnenbrille kurz hoch, um sein Gesicht zu betrachten. »So hast du gestern Abend aber noch nicht ausgesehen, oder?«

»Erinnerst du dich nicht mehr?«

»Ich hab nur zwei Stunden geschlafen. Ich erinnere mich an einen Scheiß.« Sie zeigte auf einen Starbucks-Kaffeebecher auf dem Schreibtisch.

»Ist der für mich?«, fragte er.

»Glaubst du, ich würde verdammt noch mal darauf zeigen, wenn er nicht für dich wäre?«, blaffte sie ihn an.

»Wirst du dich jetzt jeden verfluchten Morgen so aufführen?«

»Ja. Tatsächlich werde ich mich jeden verfluchten Morgen so aufführen.«

»Hey!«, fauchte Gentry und stellte sich neben ihre Schreibtische. »Was hab ich gesagt?«

Dez schien einen Moment darüber nachzudenken, bevor sie antwortete: »Wir sollen Sie nicht nerven?«

»Und was tut ihr gerade? Ihr nervt mich, das tut ihr.« Sie deutete auf den Fahrstuhl. »Gehen wir.«

»Wohin?«

Sie funkelte Crush von oben herab an. »Sie gehen hin, wo immer zur Hölle ich Ihnen sage, dass sie hingehen sollen.«

Crush schaute zu Gentrys Füßen hinunter. »Wussten Sie, dass sie Häschen-Pantoffeln tragen?«

Dez lehnte sich zur Seite und hob erneut ihre Sonnenbrille. »Und zwar blaue.«

»Gottverdammt.« Ihre Chefin stürmte zurück in ihr Büro, um ihre zauberhaften, weniger bedrohlichen Häschen-Pantoffeln durch echte Brachialtreter zu ersetzen.

»Meine Frage ist«, flüsterte Crush Dez zu, »wie sie überhaupt Häschen-Pantoffeln in ihrer Größe gefunden hat.«

»Das hab ich gehört, Sie weißhaariger Mistkerl!«

Und als Crush und Dez zu lachen begannen, verbesserte das Gentrys Laune *kein* bisschen.

Die Wohnungstür des Penthouse ging auf, und Van Holtz, der sehr erschöpft, aber trotzdem noch unglaublich attraktiv aussah, winkte sie herein.

»Danke, dass Sie gekommen sind. Chief Gentry müsste auch in ein paar Minuten hier sein.«

Cella hatte eigentlich erwartet, dass er sie für dieses formelle Treffen in sein Wohnzimmer führen würde, aber Van Holtz steuerte daran vorbei und auf seine Küche zu. Wie immer. An dem großen Tisch saß bereits Dee-Ann Smith, die Füße auf dem Stuhl neben ihr, eine Led-Zeppelin-Fernfahrerkappe auf dem Kopf. Cella ging zu ihr und scherzte: »Wo ist dein Banjo?«

»Steckt in deinem …«

»Dee-Ann«, warnte Van Holtz sie von seinem Herd aus. »Sei brav.«

»Die Katze hat angefangen.«

Cella zog den Stuhl unter Smiths Füßen weg, setzte sich darauf und lächelte sie an.

Smith kniff die Augen zusammen. »Warum lächelst du mich an?«

»Weil es dich nervt, wenn ich das tue?«

Sie zuckte mit den Schultern. »Das ergibt sogar Sinn.«

»Bitte«, schlug Van Holtz süßlich vor. »Setzen Sie sich. Das Frühstück ist in ein paar Minuten fertig.«

Als Nina und Cosworth nur gezwungen lächelten und sich trotzdem nicht setzten, knurrte Smith laut: »Er hat gesagt, hinsetzen.«

»Dee-Ann.«

Cella kratzte sich an der Nase, um nicht laut loszulachen, und sagte dann zu ihren Vorgesetzten: »Er macht die unglaublichsten Waffeln, die Sie je gegessen haben.«

Als Cosworth sich setzte, tat Nina es ihr widerwillig nach.

Und da saßen oder kochten sie nun alle. Drei Katzen und zwei Hunde. Cella war sich sicher, dass es unmöglich noch unbehaglicher werden konnte. Aber nach ein paar Minuten klingelte es erneut, und Van Holtz ging aus der Küche, um die Tür zu öffnen.

Im selben Moment drehte sich Smith blitzschnell zu Cella um und flüsterte: »Du riechst nach Bär.«

Ohne sie überhaupt anzusehen, rammte Cella ihre Faust in Smiths Gesicht und warf die Wölfin aus ihrem Stuhl auf den Boden. Während Smith sich wieder auf den Stuhl setzte und ihren Kiefer einrenkte, musste Cella sich wirklich zusammenreißen, um ihre Hand nicht auszuschütteln. *Dieses Mädchen hat ein Gesicht … wie Granit!*

Crush und die anderen folgten Van Holtz in seine Profiküche, die glänzte wie in einem Werbefilm. Am Tisch saßen bereits Cella und weitere Vertreterinnen von KZS sowie Smith, die ihren Kiefer hin und her bewegte.

Er sah sofort zu Cella hinüber, und sie lächelte flüchtig und zuckte mit den Schultern. Doch im nächsten Moment runzelte sie die Stirn, hob eine Hand an ihr Gesicht und deutete mit ihrem Zeigefinger auf ihr Auge. Er wusste, dass sie wortlos nach seinem blauen Auge und seiner geschwollenen Wange fragte, aber was hätte er in diesem Moment sagen können? Also schüttelte er nur den Kopf, zog sich einen Stuhl heran und ließ sich darauf fallen.

»Ich danke Ihnen allen, dass Sie heute Morgen hierhergekommen sind«, begann Van Holtz und stellte sich ans Kopfende des Tisches. »Ich weiß, dass sich die Dinge durch gestern Nacht etwas verkompliziert haben, und darum wollte ich mich mit Ihnen allen in Verbindung setzen und offen darüber diskutieren, wie wir in dieser Sache weiter vorgehen sollten.«

Die Gestaltwandler und die Vollmenschen-Frau, die im Raum versammelt waren, starrten Van Holtz eine geschlagene Minute lang an, bevor sie allesamt zu Smith hinüberschauten. Diese zuckte nur mit den Schultern und murmelte: »Wir sollten lieber jetzt darüber reden, bevor wir uns in einen Kampf mit einem Haufen Bären stürzen.«

»Oooooh«, sagten die anderen einstimmig.

Während Van Holtz eines seiner grandiosen Frühstücke zubereitete und mit den anderen Bossen sprach und MacDermott Smith die jüngsten Handyfotos ihres entzückenden Sohnes zeigte, schlenderten Cella und Crush in Van Holtz' Wohnzimmer hinüber.

»Was ist denn mit deinem Gesicht passiert?«, fragte sie.

Er seufzte. »Lange Geschichte.«

»Dann fängst du besser an zu reden, damit du sie nicht beim Frühstück zu Ende erzählen musst.«

»Ist keine große Sache.«

Cella verschränkte die Arme vor der Brust. »Ich warte immer noch.« Als er trotzdem nicht antwortete, riet sie: »Deine Brüder haben dir das angetan, stimmt's?«

»Nein.« Er räusperte sich. »Es waren sechs Grizzlys.«

»Waren sie noch am Leben, als du sie irgendwo abgeladen hast?«

»Ja. Denkst du, ich sollte es den anderen erzählen?«

»Ja, das denke ich.«

Er grinste. »Warte mal, woher weißt du, dass ich sie irgendwo abgeladen habe?«

»Du magst keinen Abfall in deinem Haus. Besonders nicht, wenn Lola da ist.«

»Gib's zu: Du magst Lola.«

»Habe ich im Moment nicht schon genug Hunde in meinem Leben?«

»Wenn du es sagst.« Crush nickte flüchtig mit dem Kopf. »Komm her.«

»Warum?«

»Weil ich es dir sage.«

»Oooh.« Sie machte einen Schritt auf ihn zu. »Ich mag es,

wenn du so fordernd und herrisch bist. Vielleicht kannst du mir ja später noch Handschellen anlegen.«

»Das sagt ihr Ladys immer, aber wenn ich es dann mache – verfallt ihr alle in Panik.«

»So wenig Vertrauen.«

»Und jetzt schwing deinen Hintern hier rüber und küss mich.«

Cella ging auf Zehenspitzen, und Crush beugte sich ein Stück zu ihr hinunter, bis sich ihre Lippen berührten. Sie schmolz unter diesem Kuss dahin, lehnte ihren Körper an seinen, streckte ihre Arme aus und legte sie um seinen Bizeps. Starke Arme schlangen sich um ihre Taille und zogen sie eng an sich. In den Kuss versunken klammerten sie sich in Van Holtz' Wohnzimmer aneinander, bis sie beide bemerkten, dass sie nicht mehr allein waren. Da lösten sie sich voneinander und blickten zum Türbogen hinüber. Smith und MacDermott standen in der Tür, aßen Speck und beobachteten sie.

Aus irgendeinem Grund war es der Speck, der das Ganze … seltsam machte.

Die Löwin, Cosworth, stieß sich vom Tisch ab, stand auf und sah Crush böse an.

»Ihre Pflegemutter ist Peg Baissier?«

»Ja«, antwortete Crush, nachdem er das Fett von seinem Speck abgerissen und das Fleisch an Malone weitergereicht hatte.

»Und Sie haben uns das vorher nicht gesagt, weil …«

Während er auf besagtem Fettstreifen des Specks herumkaute, erwiderte er: »Weil ich seit über zwanzig Jahren nicht mehr bei der Frau wohne?«

»Es ist mir egal, ob Sie seit fünftausend Jahren nicht mehr bei der Frau wohnen.«

Crush runzelte die Stirn. »Aber dann wären wir tot und würden diese Unterhaltung aller Wahrscheinlichkeit nach gar nicht führen. Es sei denn natürlich, wir wären Zeitreisende.«

Smith kicherte. »Ich liebe Bärenlogik einfach.«

»Was ich zu sagen versuche«, knurrte Cosworth, während sie

Smith einen tödlichen Blick zuwarf, »ist, dass Sie womöglich in Wahrheit für Baissier arbeiten.«

»Diese Möglichkeit besteht durchaus. Obwohl ich dank der Tatsache, dass ich nicht nur zurückgeschossen, sondern das Ziel auch noch getroffen habe, bei der alljährlichen Weihnachtsfeier wohl weniger willkommen sein dürfte. Außerdem … hasst mich Baissier.«

»Aber ihre Brüder arbeiten für sie.«

»Na und?«

»Und Sie sind Drillinge.«

»Na und?«

Cella stützte sich mit einem Ellbogen auf dem Tisch ab und legte ihre Kinn auf ihre Faust.

»Besteht zwischen Drillingen nicht ein ganz besonderes Band oder so?«, wollte Cosworth wissen.

»Oh! Sie meinen, ob die anderen beiden es spüren, wenn sich der dritte Bruder an der Hand verbrennt?«

»Genau!«

»Nein. So was passiert nicht.«

Cella und Smith prusteten los und wandten beide hastig ihren Blick ab, während Cosworth ihre goldenen Katzenaugen zusammenkniff.

»Ganz ruhig«, warnte Gentry und tippte mit ihrem Zeigefinger auf den Tisch. »Sie wollen doch nicht, dass ich mit meinen gut zweihundert Kilo und zwei Meter zehn in Panik gerate.«

»Alles, was ich Sie fragen will, ist«, und er konnte beinahe hören, dass Cosworth am liebsten etwas wie »Sie Höhlenmensch« hinzugefügt hätte, jedoch zu viel Angst vor Gentry hatte, »ob ich Ihnen vertrauen kann.«

»Ich weiß nicht, ob Sie mich das fragen können.«

»Warum nicht?«

»Weil ich mir sicher bin, dass sogar ein Soziopath denken würde, dass man ihm vertrauen kann. Oder wenn ich unter Wahnvorstellungen leiden würde, dann *wüsste* ich ja nicht, dass ich unter Wahnvorstellungen leide und würde vielleicht glauben, man könne mir vertrauen, obwohl man das in Wirklichkeit gar nicht kann, weil ich ja unter Wahnvorstellungen leide.«

»Sie leiden unter Wahnvorstellungen?«

»Nein.« Ihre Unterhaltung sichtlich genießend, zeigte Crush auf sie. »Aber wenn ich unter Wahnvorstellungen leiden *würde*, *wüsste* ich nicht, dass ich unter Wahnvorstellungen leide.« Er grinste und nahm an, seinen Standpunkt deutlich genug gemacht zu haben. »Weil ich ja unter Wahnvorstellungen leiden würde.«

Stolz auf sich selbst lehnte Crush sich zurück. Was auch gut war, denn wenn er es nicht getan hätte, hätte die Kralle der Löwin seine Kehle erwischt, während ihm ihr Speichel ins Gesicht gespritzt wäre, als sie ihn anbrüllte. Doch glücklicherweise bekamen Cella und die kleine Luchsin ihre Chefin noch rechtzeitig zu fassen und zerrten sie aus der Küche.

»Wir sind gleich wieder da!«, rief Cella und schleppte das zappelnde Weibchen mit sich hinaus.

Crush ließ seinen Blick über die Bärin, die Wölfe und die Vollmenschen-Frau wandern, die ihn anstarrten. »Ich fand, dass ich ein paar sehr gute Argumente anführen konnte.«

Die Wölfin zuckte mit den Schultern. »Klang für mich auch so.«

MacDermott nickte. »Für mich auch. Und darf ich kurz sagen … dass ich es großartig finde, dass du jetzt mein Partner bist? Weil du nämlich noch nervtötender bist als ich. Und *ich* bin schon nervtötend.« Sie grinste. »Und weißt du, was das Beste ist? Du gibst dir nicht mal Mühe!«

»Er ist also derjenige, den du vögelst?«, fragte Cosworth, während sie vor Van Holtz' Wohnungstür auf und ab tigerte.

»Sie müssen zugeben, dass er süß ist.«

Nina nickte. »Sehr süß. Ich liebe Eisbärenaugen. So schwarz und geheimnisvoll.«

Cosworth drehte sich zu ihnen um, fuchtelte mit den Fäusten vor den Gesichtern der beiden herum und knurrte. Doch bevor sie zuschlagen konnte, klingelte – glücklicherweise – ihr Telefon. Sie warf einen Blick darauf. »Es ist Löwe.«

Die Vorgesetzte der Vorgesetzten von Cellas Vorgesetzter. *Ha.*

»Warum kümmern Sie sich nicht darum, und wir erledigen hier den Rest?«, schlug Nina in ihrem unschuldigsten Tonfall vor. Das war genau der Grund dafür, warum sie mit noch nicht einmal fünfunddreißig bereits zum Management gehörte.

Cosworth dachte darüber nach, als ihr Telefon erneut klingelte. Sie fletschte die Zähne und befahl: »Was auch immer ihr tut, bringt diese Scheiße wieder in Ordnung. Verstanden?«

»Bestimmt«, versprach Nina.

Sie warteten, bis Cosworth in den Fahrstuhl gestiegen war und sich die Türen geschlossen hatten. Dann drehte Nina sich zu Cella um. Cella erwartete eine kurze strategische Besprechung, aber stattdessen sagte ihre Chefin: »Dein Freund ist *so* süß.«

»Er ist nicht mein Freund. Er ist mein *So-tun-als-ob*-Freund.«

»Warum?«

»Weil es ihn nervt.«

Nina ging zurück ins Penthouse und schüttelte den Kopf. »Du bist so eine typische Katze, Malone.«

Als die Katzen wieder zurück waren, zum Glück ohne die mürrische Löwin, reichte Crush Malone einen Teller mit fettreduziertem Speck. Sie lächelte, zwinkerte ihm zu und begann zu essen.

»Was haben Sie mit dem Fett?«, fragte Nina ihn.

»Eisbären essen eher Fett als richtiges Fleisch«, antwortete Dez für ihn. Als alle sie anstarrten, fügte sie hinzu: »Ich hab gestern Abend *Animal Planet* geguckt.«

»Wie dem auch sei«, sagte die kleine Luchsin und verdrehte die Augen, »mir ist egal, was ich Cosworth gerade erzählt habe, um das Löwinnengebrüll auf ein Minimum zu beschränken. Wir müssen Baissier aufhalten, und wir müssen es jetzt tun. Sie ist völlig außer Kontrolle.«

»Dem stimme ich zu.« Van Holtz schüttelte den Kopf. »Aber wir können sie nicht töten.«

»Und warum nicht?«, fragte Dez.

»Weil wir nicht beweisen können, dass sie irgendetwas Falsches getan hat und sie noch immer genügend Einfluss hat, um einen Vertrauensbonus zu bekommen. Und glaubt mir, wenn ich euch sage, dass wir uns nicht mit den Bären anlegen wollen.«

Crush schob seinen halb leer gegessenen Teller mit Speckfett von sich weg. »Aber ich kann euch auch versichern, dass sie nicht hinter Whitlan her wäre, wenn er nicht irgendetwas gegen sie in der Hand hätte. Etwas, bei dem nicht nur Aussage gegen Aussage steht. Dann könnte sie ihn nämlich in den meisten Fällen in Sekundenschnelle diskreditieren.«

»Und wie gehen wir dann in der Sache vor?«, fragte Cella.

Die Wölfin sah sie mit ihren kalten Hundeaugen an. »Überlass das mir.«

Van Holtz blickte seine Gefährtin an. »Dee-Ann ...«

»Wenn er noch lebt, dann finde ich ihn. Darin bin ich gut. Außerdem bin ich schon bis hierhin gekommen.«

»Sei vorsichtig«, warnte Crush sie. »Baissier hasst Wölfe.«

»Schätzchen, ich bin immer vorsichtig.«

»Was ist mit Ihnen, Crushek?«, fragte Gentry.

»Was soll mit mir sein?«

»Sie hat Sie in Ihrem Haus angegriffen. Sie können nicht mehr dorthin zurückkehren.«

»Nie mehr? Ich habe das Haus gerade erst gekauft.«

Gentry seufzte und schaute Van Holtz an.

»Ich glaube, was Chief Gentry meint, ist, dass du *fürs Erste* irgendwohin gehen solltest, wo du in Sicherheit bist. Ich kann etwas arrangieren, bis wir die ganze Sache erledigt haben.«

»Ja ... toll.«

»Was ist mit Malone?«, fragte die Wölfin.

»Was soll mit mir sein?«

»Du und der Bär vögelt.«

»Oh, Süße, sei nicht eifersüchtig. Aber du bist einfach ein kleines bisschen zu burschikos für mich.«

»Ich glaube«, mischte Crush sich ein, bevor die beiden Raubtierweibchen aufeinander losgehen konnte, »sie will damit sagen, dass Baissier wahrscheinlich schon über uns Bescheid weiß, was wiederum bedeutet, dass sie versuchen könnte, über dich an mich heranzukommen. Oder sogar über deine Familie.«

Cella und die Luchsin sahen einander an und begannen zu kichern.

»Oh«, sagte Cella, als niemand einstimmte. »Ihr meint das ernst.«

»Es kann nicht schaden, ein paar Vorsichtsmaßnahmen zu treffen«, schlug Van Holtz vor.

Crush schob sich vom Tisch weg, stand auf und nahm Cella bei der Hand. »Würdet ihr uns für eine Minute entschuldigen?«

Er ging mit Cella hinaus, und sie blieben erst stehen, als sie wieder im Wohnzimmer waren.

»Baissier ist verzweifelt«, erinnerte er Cella.

»Das weiß ich.«

»Also, ich will nicht, dass du oder deine Familie bei dieser Sache zwischen die Fronten geratet.«

»Mach dir um meine Familie keine Sorgen. Die Malones können auf sich selbst aufpassen.«

»Was ist mit Meghan? Und Josie?«

»Nicht mal der Erzengel Gabriel könnte ihnen was anhaben, von einem überlasteten Bären ganz zu schweigen.« Sie streckte ihre Hand nach oben und legte ihre Handfläche auf seine Wange. »Aber um ihre Sicherheit zu gewährleisten, werde ich woanders schlafen. Die Familie wird Meg und Josie beschützen. Und ich kann auf mich allein aufpassen.«

»Du kannst bei mir schlafen.«

»In einem Höllenmotel direkt am Highway? Da würde ich lieber auf der Straße wohnen.«

»Ich glaube«, sagte Smith aus dem Türbogen, »wir finden was Besseres als das, damit dein katzenhaftes Zartgefühl nicht überlastet wird, Malone.«

»Das solltest du auch besser, Smith. Du weißt doch, was für Ansprüche ich habe.«

Kapitel 28

»Der Kühlschrank ist prall gefüllt und die Bar ist voll. In den Suiten haben wir nicht diese beschissenen Minibars wie in den normalen Zimmern. Außerdem gibt's Zimmerservice. Wenn ihr irgendwas braucht, sagt mir Bescheid.« Die Wölfin grinste. »Fragt einfach nach Sissy.«

Crush blickte sich in der Suite des Kingston Arms um, in die Dee-Ann sie einquartiert hatte. Die Hotels der Kingston-Arms-Kette waren extrem teure Etablissements, die sich für gewöhnlich nur die wohlhabendsten Vollmenschen und Gestaltwandler leisten konnten. Er war sich sicher, dass Baissier bereits in einigen von ihnen abgestiegen war, aber er bezweifelte, dass sie Geld für eine dieser Suiten hatte springen lassen. Es war wirklich schwierig, zehn Riesen pro Nacht auf einer Spesenabrechnung zu rechtfertigen.

Cella ließ ihren Blick durch das Wohnzimmer schweifen, in dem sie sich befanden, und nickte. »Wirklich nett hier.«

Nett? Sie fand das hier nur nett? Gott, was machte sie bloß mit ihm? Selbst mit dem höheren Gehalt, das er erhielt, seit er für Gentrys Abteilung arbeitete, würde er sich ein Hotel wie dieses niemals leisten können. Und er war sich auch nicht sicher, ob er das überhaupt wollte. Wenn man so viel Geld hatte, bekam man auch alle möglichen teuren Probleme dazu.

»Oh«, sagte die Wölfin, »ich weiß natürlich, dass das hier nicht so schick ist wie ein Malone-Wohnmobil oder -Wohnwagen, aber ich bin mir sicher, dass ihr euch schon irgendwie damit arrangieren werdet.«

Mit einem spöttischen Grinsen ging die Wölfin hinaus und knallte die Tür hinter sich zu.

»Gibt es *irgendjemanden*, den du nicht nervst?«

»Sie ist ein Smith-Wolf.«

»Na und?«

»Ich wurde auf diesen Planeten gebracht, um Smith-Wölfe zu nerven.«

Er schüttelte den Kopf, völlig erschöpft von den vergangenen Tagen. »Ich bin nur froh, dass sie dich nicht gefressen hat«, seufzte er.

»Ähm … was?«

Als Cellas Telefon klingelte, nahm sie den Anruf schnell entgegen.

»Hallo?«

»Hey, Ma.«

»Hey, Kleine. Geht's euch gut?«

»Ja. Allen geht's gut. Und jetzt sag mir, was hier los ist.«

Cella war froh, die Stärke in der Stimme ihrer Tochter zu hören. Sie war zwar gerade erst achtzehn geworden, aber sie entwickelte bereits Reißzähne. Sie wurde zu dem, was Cellas Urgroßmutter als »ein richtiges kleines Tigerweibchen« bezeichnet hätte.

Als erwachsenes Malone-Weibchen hätte Meg eigentlich keinen Schutz mehr gebraucht, aber Cella wollte kein Risiko eingehen. Nicht bei ihren beiden Mädchen und Jai. »Unsichere Verbindung, Süße, aber du kannst Kathleen nach den Einzelheiten fragen. Du musst fürs Erste nur wissen, dass du, Josie, deine Cousins und Cousinen und Jai diese Straße nicht verlassen dürft, es sei denn, deine Onkel sind bei dir. Habe ich mich klar ausgedrückt?«

»Ja.« Und im Gegensatz zu Cella würde ihre Tochter auch keine Dummheiten machen. Das Mädchen würde nicht losziehen und nach Ärger suchen. »Geht's dir auch gut, Ma?«

»Mir? Mir geht's bestens.«

»Grams hat Deirdre erzählt, dass du bei Detective Crushek bist. Eigentlich hat sie es ihr sogar beinahe vorgesungen.«

Cella grinste. Gott, ihre Mutter konnte wirklich ein Spaßvogel sein. »Ja, genau da bin ich. Aber nur für eine Weile. Bis diese Sache geregelt ist. Okay?«

»Sicher. Gut für dich.«

Cella setzte sich aufs Sofa, den Hintern auf die Rückenlehne und die Füße auf den Polstern. »Gut für mich? Warum?«

»Weil du sonst überhaupt nie rauskommst. Du spielst entweder Hockey, arbeitest als Katzenkiller ...«

»Hör auf, mich so zu nennen.«

»... oder streitest dich mit den Tanten. Jetzt musst du dir keine Sorgen mehr machen, morgens noch rechtzeitig nach Hause zu kommen, um mich zu sehen, oder dich schuldig fühlen, wenn du es nicht schaffst. Du kannst einfach die Zeit genießen, die du mit Detective Crushek verbringst.«

»Sagst du das, weil du ihn magst?«

»Ich sage das, weil ich glaube, dass er gut für dich ist. Du brauchst jemanden, der ... ausgeglichen ist.«

»Ich bin ausgeglichen.«

»Ma.«

»Ich kann es sein, wenn ich mir Mühe gebe.« Cella zupfte an einem losen Faden an ihrer Jeans herum. »Aber du weißt, dass du für mich immer an erster Stelle stehen wirst, oder? Das weißt du doch, oder, Kleines?«

»Das weiß ich und habe es auch nie bezweifelt. Niemals. Und nichts, was Deirdre sagt oder tut, wird jemals etwas daran ändern. Aber ich kenne auch die Regeln, nach denen du lebst, Ma. Nach denen wir alle leben.« Sie machte eine lange Pause. »Diese Regeln machen mir nichts aus. Sie machen meinem Leben nichts aus. Es macht mir nichts aus, auf die Kleinen aufzupassen oder den Tanten zu helfen, wenn sie mich brauchen. Das hat mir nie was ausgemacht.«

»Ja, das erkenne ich jetzt.«

»Aber es tut mir leid, dass ich dich angelogen habe. Ich wusste nur einfach nicht, wie ich dir sagen sollte ...«

»Ja, ich weiß. Mir tut es auch leid. Wie es scheint, bin ich wohl doch eine echte Malone-Frau. Ich habe dich nicht mal gefragt, was du willst. Sondern einfach nur angenommen, ich wüsste es am besten.«

»Du wolltest nur, dass ich glücklich bin. Darum ist es mir auch so schwergefallen, dir zu sagen, dass ich nicht an die Boston University gehe. Ich wollte dir nicht wehtun.«

»Mach dir deswegen jetzt keine Sorgen. Wir reden darüber, wenn ich wieder zu Hause bin. Aber vielleicht könnt du und Josie ja trotzdem noch auf dem Campus wohnen? Und nur am Wochenende bei der Familie sein, um Wäsche zu waschen und euch Kathleens Eintopf schmecken zu lassen. Zumindest im ersten Jahr. Ich will nur, dass du verstehst, dass nicht jeder ein Außenseiter ist.« Sie blickte zu Crush hinüber, der gedankenverloren aus dem Fenster starrte. »In deinem Leben kann Platz für eine Menge unterschiedlicher Leute sein.«

»Eigentlich ... habe ich daran auch schon gedacht. Daddy hat gesagt, er würde für ein Zimmer für mich und Josie auf dem Campus bezahlen.«

»Schau dich an. Immer zehn Schritte bei der Planung voraus.«

Meg lachte. »Und was glaubst du, von wem ich das gelernt habe? Aber ich muss jetzt los. Und du kannst ja vielleicht mit Detective Crushek zu Mittag essen.« Cella verdrehte die Augen und kicherte. Ihre Tochter war *so* offensichtlich. »Wir sprechen uns später, Ma?«

»Ich ruf dich heute Abend noch mal an«, versprach Cella ihr. »Das Ganze wird bald vorbei sein, Kleines.«

»Ich weiß, Ma. Ich weiß, dass du dich darum kümmern wirst.«

Meg legte auf, und Cella warf ihr Telefon auf die Couch und schaute zu dem großen, kräftigen Mann am anderen Ende des Zimmers hinüber. Sie hatte ihn nicht mehr so angespannt gesehen, seit sie ihm zum ersten Mal begegnet war. Und sie wusste ganz genau, was ihn beschäftigte.

»Es ist nicht deine Schuld, Crushek.«

Wenn sie seinen Namen nicht gesagt hätte, hätte Crush angenommen, dass Cella immer noch mit ihrer Tochter telefonierte. Mit den Händen in den Vordertaschen seiner Jeans drehte er sich zu ihr um. Sie befand sich jedoch nicht mehr am anderen Ende des Zimmers und malträtierte das teure Mobiliar mit ihren Stiefeln, sondern stand direkt hinter ihm.

»Hä?«, war alles, was er herausbrachte.

»Du hast mich schon gehört.«

»Du bist von deiner Tochter getrennt …«

»Ihrer Ansicht nach musste ich sowieso mal raus.«

»… von deiner Familie …«

»Die ist ja der Grund, dass ich mal raus musste.«

»… von deiner Arbeit …«

»Ich bin freie Mitarbeiterin, meine Arbeitszeiten sind flexibel.«

»Es ist meine Schuld.«

»Es ist die Schuld dieser Schlampe. Du kannst nichts dafür, dass sie eine narzisstische Irre ist.«

»Nein, aber …«

Die Tigerin knurrte und ging davon. »Ich will nicht mehr über diese Bärin sprechen!«, verkündete sie und breitete ihre Arme in einer dramatischen Geste aus.

»Okay, okay. Wir müssen nicht über … über …« Ihr Sweatshirt flog an seinem Kopf vorbei, gefolgt von ihrem rechten und ihrem linken Turnschuh. Letzterer prallte gegen seine Stirn. »Ähhh … Malone?«

»Mhm?«

»Was machst du da?«

»Ich mach mich nackt, damit du mich ficken kannst.« Sie drehte sich zu ihm um und führte die Arme auf ihren Rücken, um ihren BH zu öffnen. »Meinem Knie geht's schon viel besser.«

»Na ja, die Schwellung ist abgeklungen.«

»Genau.« Sie streifte den BH ab und hielt ihn mit zwei Fingern von sich weg. »Deshalb können wir es auch in einer meiner Lieblingsstellungen machen.«

»Malone, wir müssen darüber sprechen …«

»Wo wollen wir ficken? Wie wär's auf dieser riesigen Couch da?« Sie blickte sich flüchtig im Zimmer um. »Das muss eine Bären-Suite sein.«

»Malone …«

»Oder«, sie tippte sich ans Kinn und drehte sich langsam im Kreis, »du nimmst mich mit dem Gesicht nach unten auf diesem Esstisch. Der sieht wirklich schön glatt aus, da schürfe ich mir bestimmt nicht die Titten auf.«

»Ähm …«

»Da drin steht sogar ein Küchentisch. Sieht ziemlich stabil aus.«

»Hör auf damit, Malone.«

»Hör auf womit?«

»Du weißt schon, womit. Und du kannst auch aufhören, in dich reinzugrinsen, du Möchtegernverführerin.«

Sie stemmte ihre Hände in die Hüften. »Würdest du es vorziehen, wenn ich breit grinse?«

»Es wäre zumindest etwas ehrlicher, weil du ganz genau weißt, was du mit mir machst.«

»Nicht ganz genau.« Jetzt grinste sie breit. »Aber ich habe eine ungefähre Vorstellung davon.« Sie ging auf ihn zu. »Möchtest du wirklich lieber nur in diesem wunderschönen Hotelzimmer rumhocken, für das wir nichts bezahlen müssen, dir die Schuld für etwas geben, für das du nichts kannst, und dich furchtbar elend fühlen?« Sie legte ihre Hand auf seine Brust und streichelte sie. »Oder möchtest du lieber den Rest des Tages damit verbringen, mich dumm und dämlich zu ficken?«

Er seufzte, tief und laut. »Ich weiß es nicht.«

»Du weißt es nicht? Was weißt du nicht?«

»Es gibt eine Menge Dinge, die wir tun sollten. Ich meine, kann das denn nicht warten?«

Ihre Hände sanken wieder auf ihre Hüften, aber jetzt war sie definitiv ein wenig verstimmt. »Ob es warten kann? Ich stehe hier nackt …«

»Nicht völlig.«

»… und du würdest lieber ein paar *Dinge* tun, anstatt mit mir zusammen zu sein?«

»Es liegt nicht an dir. Es ist einfach nur eine Menge los.«

Ihr blieb der Mund offen stehen, und ihr Katzen-Zartgefühl war verletzt. »Na schön! Dann geh und tu, was du tun musst.«

Er sah zu, wie sie ihre Klamotten wieder einsammelte, bevor sie davonstürmte und dabei ihren bezaubernden Hintern hin und her schwang. Wenn sie in ihrer Tiergestalt gewesen wäre, hätte er gewettet, dass sie wie wild mit dem Schwanz gewedelt hätte. Crush genoss das Ganze für einen Moment und ließ sie immerhin bis zur Tür des Hotelzimmers kommen …

Angewidert, weil sie ihre Zeit mit diesem Bären verschwendet hatte, und wild entschlossen, diesen dummen Fehler nie wieder zu begehen, riss Cella die Zimmertür auf, doch sie wurde sofort wieder von großen, ungeschickten Bärenhänden zugeknallt.

»Entschuldige bitte?«, zischte sie ihn an und riss die Tür erneut auf.

»Nein«, antwortete er ruhig, beinahe gelangweilt. »Ich entschuldige gar nichts.« Er knallte die Tür wieder zu.

»Tja, da hast du wohl verdammt noch mal Pech gehabt.« Sie zog an der Tür, aber er lehnte sich mit der Schulter dagegen, verschränkte die Arme vor der Brust und starrte mit seinen schwarzen Augen ans andere Ende des Zimmers. Dann seufzte er noch einmal und klang dabei immer noch gelangweilt.

»Geh da weg!«

»Sie müssen sich beruhigen, Ma'am.«

Ma'am? Hat er mich gerade Ma'am genannt? »Ich will mich aber nicht beruhigen. Ich will gehen.«

»Tut mir leid, Ma'am.« *Schon wieder dieses Ma'am?* »Das kann ich nicht erlauben.«

»Du kannst das … willst du mich verarschen?«

»Ma'am«, er nahm ihren Arm und zog sie von der Tür weg, »warum setzen Sie sich nicht einfach, bis Sie sich beruhigt haben, in Ordnung?«

»Nimm deine Finger von mir!«

»Ma'am …«

»Und hör auf, mich Ma'am zu nennen!«

»Ja«, sagte er, drehte sie herum, sodass er hinter ihr stand und ihre beiden Arme festhalten konnte, »ich werde das melden müssen.«

»Was … melden?«

»Ich habe versucht, nachsichtig mit Ihnen zu sein, aber Sie sind vollkommen außer Kontrolle.« Und dann spürte sie es. An ihren Handgelenken. Hörte das unverkennbare Klicken.

Kalte Titan-Handschellen.

»Du legst mir Handschellen an?«

»Das ist nur zu Ihrer eigenen Sicherheit, Ma'am.« Er zwang sie, vorwärts zu gehen, bis sie gegen das Sofa stieß, und hielt ihre gefesselten Arme mit einer Hand fest, während er mit der anderen zwischen ihre Schulterblätter drückte, bis sie vornübergebeugt stand und ihr Hintern über der Rückenlehne emporragte.

»Verhaftest du mich?«

»Sie haben mir keine andere Wahl gelassen, Ma'am. Also, wenn Sie sich jetzt bitte einfach beruhigen würden …«

Cella biss sich auf die Unterlippe und musste sich alle Mühe geben, nicht loszuprusten.

Er ging hinter ihr in die Hocke und strich mit seinen kräftigen Fingern ihre Waden hinauf.

»Sollte mich nicht ein weiblicher Detective filzen?«, wollte sie wissen und bemühte sich, so arrogant wie möglich zu klingen.

»Ich habe keine Zeit, so lange zu warten, Ma'am. Ich muss zuallererst an die allgemeine Sicherheit denken.«

»Aber ich bin fast nackt … Was glauben Sie denn, dass ich verstecke?«

»Sie wären überrascht, was die Menschen so alles an ihrem Körper verstecken, Ma'am.«

Cella schloss die Augen, und das Gefühl, als die Finger des Bären ganz langsam an der Innenseite ihres Oberschenkels hinaufglitten, machte sie beinahe wahnsinnig.

»Besonders Frauen, Ma'am.« Seine Finger streiften über ihr Höschen. »Frauen können alle möglichen Dinge mit sich herumschmuggeln, die uns alle in Gefahr bringen könnten.« Er presste seine Finger ganz fest auf ihre Muschi. »Mhmm. Tja, leider muss ich darauf bestehen, dass Sie dieses Höschen ausziehen, damit ich Sie auch wirklich gründlich abtasten kann. Das ist zu Ihrer eigenen Sicherheit ebenso wie zu meiner«, murmelte er und zog mit seinen großen Fingern langsam ihr Höschen bis zu ihren Knöcheln hinunter. »Steigen Sie hinaus.«

Cella hob erst den einen Fuß, dann den anderen.

Er lehnte sich nach vorn, das Höschen in der Hand. »Wie gesagt, zu Ihrer eigenen und zu meiner Sicherheit muss ich nun … ein wenig tiefer gehen. Wenn Sie mir deswegen irgendwelche Probleme machen …« Er wirbelte das Höschen an seinem Zeigefinger herum. »Dann muss ich Sie knebeln. Verstanden?«

Cella, die bereits heftig keuchte, konnte nur nicken.

»Sehr gut.« Er ließ das Höschen direkt vor ihr fallen, sodass sie gezwungen war, die offensichtliche Bedrohung direkt anzuschauen. Gott, mit was für einem wunderbar schmutzigen Bären sie doch spielen durfte.

»Spreizen Sie die Beine, Ma'am. Weiter. Gut.« Er stellte sich direkt hinter sie und hielt sie zwischen sich und der Couch gefangen. Dann presste er seinen Mund auf ihr Ohr. »Entspannen Sie sich einfach, Ma'am. Das hier wird viel leichter sein, wenn Sie sich entspannen.«

Cella schloss die Augen, und ihr ganzer Körper spannte sich an, als sie spürte, wie sein Finger in sie eindrang. »Entspannen«, flüsterte er. »Je eher Sie sich entspannen, Ma'am, desto schneller kann ich die Sache erledigen. Aber Sie müssen sich entspannen.«

Er streichelte sie mit seinem Finger, vor und zurück, zog ihn erst ganz heraus und schob dann zwei Finger in sie hinein. Sie stieß ein tiefes Seufzen aus, und er warnte sie: »Ruhig, Ma'am. Sie wissen ja, was ich tun muss, wenn Sie sich beschweren.«

Diese beiden großen Finger nahmen unfassbar viel Platz ein, und Cella biss sich auf die Lippe, um nicht wieder laut zu stöhnen … oder zu knurren … oder zu schnurren.

»Ich werde das Gefühl einfach nicht los, dass Sie etwas verstecken, Ma'am. Sie sind so feucht hier. Und was, Ma'am, ist *das*?«

Er drückte auf eine Stelle in ihr, von der Cella immer geglaubt hatte, sie sei die Einzige, die davon wusste, und sie fiel beinahe von der Couch. Nur sein Körper hielt sie noch an Ort und Stelle.

»Sie müssen sich beruhigen, Ma'am.«

Cellas Körper begann zu zittern, und ihre Knie wurden weich.

»Was ist das?«, fragte er und drückte und streichelte sie mit seinen Fingern. »Können Sie mir das sagen, Ma'am? Es ist besser, wenn Sie mir jetzt alles sagen, als wenn ich es später herausfinde. Jetzt kann ich Ihnen noch helfen.«

Sie schüttelte den Kopf, nicht in der Lage, irgendwelche Worte zu finden, während ihr Körper kurz vor der Explosion stand.

»Ich glaube, Sie hören mir gar nicht zu, Ma'am.« Er seufzte und schüttelte den Kopf. »Das ist wirklich sehr schade.«

Cella hatte keine Ahnung, was er sagte und was mit ihr passierte. Sie wusste nur, was sie fühlte, und das war der monumentale Orgasmus, der durch ihren Körper jagte, und das mit einer solchen Wucht, dass sie beinahe den knapp einhundertfünfzig Kilo schweren Bären von sich geworfen hätte.

Aber, guter Polizist, der er war, löste er nie seinen Griff und verlor niemals die Kontrolle.

Cella gab sich Mühe, in die Sofakissen zu beißen, und bebte und wand sich durch den Orgasmus, bis er schließlich verebbte.

Crushek richtete sich auf und hielt sie mit einer Hand weiter an den Handschellen fest, während er mit der anderen sanft über ihren Rücken strich.

Dann sagte er: »Wie ich sehe, fällt es Ihnen schwer, Anweisungen zu befolgen, Ma'am.«

O-oh.

Crush gab sich große Mühe, seine Atmung zu kontrollieren, und nicht einfach über diese perfekte Frau mit dem perfekten Hintern herzufallen und sie zu ficken, weil er über absolut keine Selbstkontrolle mehr verfügte.

Als er glaubte, bereit zu sein, machte er einen Schritt zurück und hielt die Handschellen weiter mit einer Hand fest, während er die andere an ihre Schulter legte, um ihr hochzuhelfen.

»Hier rüber«, befahl er und ging mit Cella um die große Couch herum, bis sie den bereits brennenden Kamin erreichten. »Auf die Knie, Ma'am.«

Er sah, wie sie langsam den Kopf drehte, so als wolle sie sich zu ihm umschauen, aber dann hielt sie inne und ging stattdessen langsam auf die Knie. Er hob ein Kissen vom Sofa auf und warf es vor ihr auf den Boden. »Legen Sie Ihr Gesicht da drauf und strecken Sie Ihren Hintern hoch.« Als sie zögerte, fügte er hinzu: »Jetzt sofort, Ma'am.«

Cella leckte sich die Lippen – was ihn beinahe wahnsinnig machte! –, beugte sich nach vorn, legte ihre Wange auf dem Kissen ab und bewegte sich ein wenig hin und her, bis sie ihren Hintern bequem in die Höhe strecken konnte. Ihre Hände steckten noch immer hinter ihrem Rücken in den Handschellen, und er fragte sich, wen von ihnen das mehr antörnte.

Crush machte den Reißverschluss seiner Jeans auf und achtete darauf, dies direkt vor ihr und ganz langsam zu tun. Dann ließ er sich Zeit, um sie herumzugehen und ebenfalls auf die Knie zu sinken.

»Ich bin mir sicher, Sie verstehen, warum die Sache so laufen muss, Ma'am.«

Er hörte Cella kichern. »Zu Ihrer Sicherheit und zu meiner?«

»Ganz genau. Und wissen Sie auch, *warum* ich das tue?«

»Nein.«

»Weil Sie mich angelogen haben.« Er griff nach der Jacke, die sie getragen hatte, als sie hergekommen waren, hob sie von der Couch auf und durchwühlte sie nach geschmuggelten Gegenständen. »Glauben Sie, ich hätte nicht gesehen, was zwischen Ihnen und der Wölfin abgelaufen ist?«

»Das sind nicht meine«, beeilte sie sich zu lügen, und beinahe entwich ihr ein überraschtes Lachen. »Sie muss sie mir in die Tasche gesteckt haben.«

»Machen Sie es nicht noch schlimmer, indem Sie mich anlügen, Ma'am.« Crush fand endlich, wonach er gesucht hatte, und zog den Streifen Kondome heraus, den Smith der Katze gegeben hatte, nachdem Cella sie darum gebeten hatte.

»Das ist Schmuggelware«, sagte Crush und hielt sie hoch. »Ich kann das nicht ignorieren.«

»Können Sie mich nicht einfach gehen lassen?«

»Nein, Ma'am. Das kann ich wirklich nicht.« Und er meinte das ernster, als ihm bewusst war. »Ich kann Sie nicht gehen lassen. Und ich kann Ihnen *das hier* auf keinen Fall durchgehen lassen.«

»Und was werden Sie jetzt tun?«

»Sie waren sehr böse. Und eine Bestrafung scheint mir die einzig angemessene Reaktion zu sein.«

Crush beschloss, seine Klamotten anzulassen, und schob seine Jeans und seine Boxershorts nur weit genug hinunter, um seinen Schwanz herauszuholen. Er nahm sich einen Moment Zeit, um eines der Kondome überzustreifen, bevor er es am Ende noch vergaß und bereits bis zu den Eiern in Cella Malone steckte.

Er ging noch näher an sie heran und presste seine Oberschenkel gegen die Rückseite ihrer Beine, damit sie den Jeansstoff auf ihrer nackten Haut spüren konnte und merkte, dass er sie nehmen würde, während er noch ganz angezogen war. Er hielt seinen Schwanz fest, rieb ihn an ihrer Muschi und lächelte, als er sah, dass sie noch feuchter wurde als vorhin, als sie gekommen war.

Ihr ganzer Körper spannte sich an, und plötzlich verkündete sie: »Ich glaube, ich sollte mich wehren.«

»Wie ich sehe, haben Sie nicht die Absicht, mir diese Sache leicht zu machen, richtig, Ma'am?«

»Nicht, wenn ich es verhindern kann.«

Crush beugte sich nach vorn, fuhr mit seiner Hand in ihr Haar und packte mit seinen Fingern mehrere ihrer seidig weichen Strähnen, um sie spüren zu lassen, dass er sie festhielt. Dann verstärkte er seinen Griff, bis sie nach Luft schnappte, und presste seinen Schwanz gegen sie.

»Es steht Ihnen frei zu schreien, Ma'am. Niemand wird mich aufhalten. Ich bin das Gesetz.«

Und dann rammte Crush seinen Schwanz nach vorn, und er bezweifelte, dass er ihn je wieder herausziehen würde.

Cella wusste nicht, was sie wilder machte. Die monotone »Ich bin seit zwanzig Jahren Polizist in Uniform«-Stimme, die Tatsache, dass er noch immer komplett angezogen war, dass er ganz genau verstand, was sie wollte, obwohl sie ihm nur dezente Hinweise gab – oder das Gefühl seines mächtigen Schwanzes, der momentan ihre Muschi ausfüllte.

Scheiße! Es machte sie alles total wild.

So wild, dass sie kaum geradeaus schauen konnte, während ihre Hände in den Handschellen zappelten und ihr Körper sich unter ihm wand. Besonders, als ihr bewusst wurde, dass er sich gar nicht bewegte. Er war in sie eingedrungen, aber jetzt war er einfach nur … drin. Wartete. Und ließ sie jeden unglaublichen Zentimeter von sich spüren.

Cella konnte jedoch nicht länger warten, daher spannte sie ihre Muskeln an und grinste, als sie hörte, wie er nach Luft schnappte und einen leisen Fluch murmelte. Dann wanderten seine Hände zu ihrer Taille hinunter und hielten sie fest, während er sie mit aller Kraft nahm.

Doch selbst als er immer wieder in sie hineinstieß und obwohl ihre Hände gefesselt waren, während er sich von ihr nahm, was er wollte, wurde Cella bewusst, dass sie sich noch niemals sicherer gefühlt hatte. Umsorgter.

Und in dem Moment, als sie das erkannte, kam sie plötzlich und ohne Vorwarnung. Da dies ihr zweiter Orgasmus innerhalb kurzer Zeit war, benötigte sie für gewöhnlich ein wenig Kitzlerliebe, wie sie es gerne ausdrückte. Aber nun explodierte sie unter dem Mann, während ihr Körper zitterte und sich beinahe aus seinen Händen wand. Er kam direkt nach ihr, und die Hände auf ihren Hüften verwandelten sich in Krallen und gruben sich in ihr Fleisch, hielten jedoch inne, bevor sie ernsthaften Schaden anrichteten.

Während Cella versuchte, wieder zu Atem zu kommen, nahm der Bär ihr die Handschellen ab und rieb ihre Handgelenke. Er streckte sich auf dem Boden aus, und Cella ließ sich auf ihn fallen. Mehrere lange Minuten lagen sie einfach nur da, bis Cella schließlich zugab: »Du hast den größten Schwanz …«

Crush lachte, fuhr mit seiner Hand in ihr Haar und streichelte ihre Kopfhaut. »Vielen herzlichen Dank.«

»Ich dachte nur, ich sollte dir das sagen.«

»Ich muss zugeben, Cella, dass mir deine ›Verkündigungen danach‹ nie langweilig werden.«

Kapitel 29

Cella krabbelte über den Bären, landete auf seiner Brust und sprang auf und ab, bis er aufwachte.

»Muss das sein?«

»Ja.« Sie lachte und küsste ihn auf den Hals. »Ich muss ins Sportzentrum.«

»Nein«, jammerte Crush und streckte eine Hand nach ihr aus. »Bleib bei mir.«

Cella schlug seine Hände weg. »Willst du wirklich, dass ich dem Marodeur sage, dass ich nicht zu einem Spiel kommen konnte, weil ich damit beschäftigt war, Sex mit dir zu haben?«

»Persönliche Verantwortung ist ihm sehr wichtig. Er wird dir die Schuld geben, nicht mir.«

»Du Mistkerl.« Sie hielt ihm die Nase zu und legte eine Hand auf seinen Mund, bis sie den Eindruck hatte, ihre Botschaft sei angekommen.

»Und«, fragte sie, als sie ihn wieder freigelassen hatte und er wieder atmen konnte, »kommst du heute Abend zum Spiel?«

»Natürlich komme ich. Das ist mein Team. Und der Marodeur spielt.«

Sie deckte erneut seine Nase und seinen Mund zu und erlaubte ihm erst, sie von sich herunterzuschubsen, als sie sich sicher war, dass ihre Botschaft definitiv angekommen war. »Kommst du heute Abend zum Spiel?«, wiederholte sie ihre Frage.

»Es würde mir nicht im Traum einfallen, ein Spiel mit dir zu verpassen.«

»Siehst du? Das war doch gar nicht so schwierig, oder?«

Sie küsste ihn und kletterte von ihm herunter, bevor er sie schnappen und wieder an sich ziehen konnte. »Brauchst du Tickets oder so?«

»Nein. Ich treffe mich mit Conway am Sportzentrum.«

»Aber du kommst hinterher in die Kabine, oder?«

»Kann ich Conway mitbringen und total damit angeben, dass ich was mit Eisenfaust Malone am Laufen hab?«

»Was für eine So-tun-als-ob-Freundin wäre ich denn, wenn ich dir das nicht erlauben würde?«

»Dann bleiben wir also immer noch beim So-tun-als-ob, was?«

»Yep. Wir sehen uns nach dem Spiel.«

Er grummelte etwas und drehte sich um.

Als sie Lola vor dem Schlafzimmer sitzen sah, blieb Cella stehen. Sie hatte Tommy gebeten, den Hund abzuholen und ihn … sie … was auch immer, ins Hotel zu bringen. Und Crush war so glücklich gewesen, als er sie gesehen hatte, dass Cella wusste, dass sie der Tatsache ins Auge blicken musste, dass der Mann einen Hund hatte und dass dieser Hund – ganz gleich, wie unattraktiv dies auch war – immer da sein würde.

Cella machte einen Schritt zur Seite und zeigte aufs Bett. »Na, dann geh. Wo ich schon nicht mehr da bin.«

Lola rannte an ihr vorbei, aber das arme Ding konnte mit seinen kurzen Beinchen nicht auf das bärengroße Bett springen. Also schob Cella mit angewidert verzerrten Lippen ihre Hand unter den speckigen Hintern und hob sie aufs Bett.

Ohne ein Dankeschön rannte der Hund davon, kuschelte sich neben Cellas Bären und vergrub seine Schnauze an Crushs Brust.

Während sie sich wünschte, dasselbe tun zu können, zwang Cella sich, in die Lobby hinunterzugehen. Mario, ihr Fahrer, wartete vor dem Hotel und lächelte sie an, als sie auf ihn zukam.

»Hallo, Miss Malone.«

»Hi, Mario.«

Sie reichte Mario die Taschen mit ihrer Ausrüstung und setzte sich auf den Rücksitz. Kaum hatte sie angefangen, sich zu entspannen, als ihr Handy summte. Sie kramte es aus ihrem Rucksack hervor und sah auf die SMS.

VIEL GLÜCK HEUTE ABEND, SEXBOMBE.

Grinsend schrieb Cella zurück:

SORG DAFÜR, DASS WIR UNS HINTERHER SEHEN. DU WEISST JA, WIE ICH NACH EINEM SPIEL BIN. HAHA.

»Yep«, verkündete Cella Mario, »der beste So-tun-als-ob-Freund aller Zeiten.«

»Ach, kommen Sie schon, Miss Malone«, schoss Mario neckend zurück. »Von wegen So-tun-als-ob-Freund. Alle bei KZS wissen, dass Sie mit diesem Bären zusammen sind.«

»Es ist nicht offiziell oder so«, widersprach sie.

»Lahme Ausrede.«

»Halt die Klappe, Mario.«

Sie erreichten das Sportzentrum ziemlich schnell, wenn man bedachte, dass beinahe Hauptverkehrszeit war, und Mario parkte direkt vor der Eingangstür.

Nachdem er Cella ihre komplette Ausrüstung in die Hand gedrückt hatte, tätschelte er ihre Schulter. »Viel Glück, Miss Malone.«

»Danke.«

»Soll ich Sie nach dem Spiel abholen?«

»Ich weiß noch nicht genau. Ich schicke dir eine Nachricht.« Sie entfernte sich und ging auf den Spielereingang zu. Der Wachmann, ein Wolf, hielt ihr die Tür auf, aber dann blieb sie noch einmal stehen und schaute über ihre Schulter zurück.

»Alles in Ordnung, Miss Malone? Miss Malone?«

»Ja, ja. Danke.«

Cella schaute sich ein letztes Mal um, konnte jedoch nichts entdecken. Da war nur so ein Gefühl. Sie atmete aus, ging hinein und lächelte dem Wolf zu, der sie noch immer beobachtete. Als sie im Flur war, stellte sie ihre Taschen ab und holte ihr Telefon heraus. Sie drückte auf die Kurzwahltaste und wartete.

»Smith?«

»Ich bin's, Cella.«

»Ja?«

»Ich glaube, ich werde verfolgt.«

Smith schwieg einen Moment und sagte dann: »Bist du im Sportzentrum?«

»Ja. Mein Vater und Crush werden heute Abend hier sein.«

»Ich bin gleich da.«

Crush stand ungeduldig mit Conway in der Schlange. Normalerweise war er ungeduldig, weil er das Spiel sehen wollte. Aber zum allerersten Mal, solange er zurückdenken konnte, war er ungeduldig, weil er wollte, dass das Spiel zu Ende ging, damit er eine Frau sehen konnte. Und nicht nur irgendeine Frau, sondern eine vulgäre kleine Katze, die aus, wie seine Pflegemutter es genannt hätte, »abstoßenden familiären Verhältnissen« stammte. Als sei Peg Baissier ein Mitglied des britischen Königshauses oder so.

»Du magst dieses Mädchen wirklich, oder?«

»Ich mag sie besonders, weil sie eben kein Mädchen ist.«

»Du meinst, weil sie eine Katze ist?«

Crush ermahnte sich, sein Temperament zu zügeln. »Weil sie eine *Frau* ist.«

»Mädchen. Frau. Wo liegt der Unterschied?«

»Frag das deine Frau. Und wenn die Schwellung nachlässt, sag mir, wie gut sie die Frage aufgenommen hat.«

Conway grunzte. »Chay ist einfach nur froh, dass du endlich eine Freundin hast.«

»So-tun-als-ob-Freundin.«

»Hast du Sex mit ihr?«

»Geht dich nichts an.«

»Das ist ein Ja, sonst hättest du Nein gesagt. Du bist einer von diesen ehrlichen Typen.«

»Bei dir klingt das, als wäre es falsch.«

»Kommt drauf an. Und wenn du regelmäßig Sex mit ihr hast, ist das ganz sicher nicht nur So-tun-als-ob.«

»Ich weiß aber nicht, ob es schon so was Ernstes mit uns ist.«

Oder vielleicht wusste er nur nicht, ob es für Cella schon etwas so Ernstes war. Sie war keine leicht zu durchschauende Frau – zumindest das wusste er.

Während Crush damit beschäftigt war, über die Ernsthaftigkeit seiner Beziehung zu Cella nachzudenken, fiel ihm auf, dass die Menge beunruhigend leise wurde. Er schaute Conway an, und sie runzelten beide die Stirn. Dann schaute er nach links – und in die kalten blauen Augen des Marodeurs.

»Äh … hi?«

Der Marodeur betrachtete ihn abschätzend. »Was machst du hier?«

Crush sah wieder Conway an, aber sein Freund konnte nur mit den Schultern zucken.

»Ich warte, dass ich mich auf meinen Platz setzen kann.«

»Aber das hier ist die Schlange für die beschissenen Plätze.«

Ein wenig beleidigt blickte Crush auf seine Saisonkarte hinunter. »Sie sind vielleicht ein bisschen weit oben, aber ich kann das Spiel trotzdem noch gut sehen.« Ha. Das hatte er sehr gut ausgedrückt.

Sehr gut für jemanden, der *nicht* der Marodeur war.

»Aber das sind beschissene Plätze. Wir nennen sie die Scheißplätze.«

Eins der Männchen des Hyänen-Clans hinter Crush fauchte: »Entschuldige bitte, aber wir haben gutes Geld für diese Plätze bezahlt.«

Der Eisbär-Löwen-Hybride drehte nur den Kopf, und sein finsterer Blick verwandelte ihn in etwas so Furchteinflößendes, dass Crush froh war, dass der Mann kein Krimineller war.

»Hast du mich gerade unterbrochen?«, fragte Novikov die Hyäne.

»Und was, wenn ich das getan habe?«, wollte die Hyäne wissen. In dem Moment erinnerte sich Crush daran, dass dieser Idiot und sämtliche Mitglieder seines Clans bereits mehr als nur ein paar Bier intus hatten.

Dank jahrelanger Erfahrung als Streifenpolizist konnte sich

Crush auf seinen Instinkt verlassen und packte Novikov, nur wenige Sekunden, bevor sich dessen riesige Hände um die Kehle der Hyäne legen konnten. Conway hielt die restlichen Hyänen auf Distanz, indem er ihnen erst seine Marke und dann seine Waffe zeigte.

»Sie kommen zu spät zum Spiel«, erinnerte Crush Novikov, und der Hybride hörte sofort auf, sich zu wehren und sah auf seine Uhr.

»Scheiße!«

Er schnappte sich seine Ausrüstung und winkte Crush zu. »Jetzt komm schon.«

In der Annahme, dass Novikov wollte, dass er und Conway ihm die Fans vom Leib hielten, bis er die Umkleidekabine erreicht hatte, zog Crush seinen Kumpel mit sich, und gemeinsam folgten sie dem Marodeur.

»Was ist mit unseren Plätzen?«, flüsterte Conway ihm zu.

»Die werden immer noch da sein, wenn wir zurückkommen.«

»Und was jetzt? Geben wir ihm Polizeischutz oder was?«

»Hör auf zu jammern.«

»Aber es ist Minnesota«, sagte er und meinte damit das Team, gegen das die Carnivores an diesem Abend spielten.

»Wenn du das noch einmal sagst …«

Sie folgten Novikov in den Fahrstuhl. Die Tür schloss sich, und der Hybride schüttelte den Kopf. »Wisst ihr, wem ich die Schuld hierfür gebe?«

Crush war versucht, »Ihrer eigenen Reizbarkeit?« darauf zu antworten, entschloss sich jedoch, es nicht zu tun. Der Mann war mindestens zehn Zentimeter größer und dreißig Kilo schwerer als er. Crush hätte auf ihn schießen können, aber was wurde dann aus dem Spiel?

Wie immer war Crush seine Mannschaft am wichtigsten.

»Es ist ihre Schuld. Blayne Thorpes Schuld.« Novikov zeigte auf sich selbst. »Ich komme nie zu spät. Niemals. Aber dann hab ich sie getroffen. Und irgendwie hat sie es geschafft, mich in ihren verrückten Zeitplan zu verstricken. Ich komme immer drei oder vier Stunden früher her, damit ich ohne Zuschauer trainieren kann. Aber ich musste erst warten, bis sie von Long Island zurück war. Und wisst ihr auch, warum?« Anstatt zu antworten, schüttelten Crush und Conway nur den Kopf. »Weil sie eine Überraschung für mich hatte. Und wisst ihr auch, was das für eine Überraschung war?« Wieder entschieden sie sich für ein Kopfschütteln. Es erschien ihnen am sichersten. »Porzellanmuster! Sehe ich aus, als ob ich mich einen Scheißdreck für Porzellanmuster interessiere?«

Es war immer noch am sichersten, einfach den Kopf zu schütteln.

»Und es ändert auch nichts, dass sie total süß und bezaubernd und liebenswert ist. Letzte Woche ... wisst ihr, was sie mir da ins Haus geschleppt hat? In mein schönes, sauberes, perfektes Haus? Eine streunende Katze. Keinen Geparden. Oder einen Leoparden. Eine richtige Katze, die in der Gasse hinter meinem Haus lebt. Sie will sie behalten. Eine Katze! Sie ist eine Wolfshündin und sie will eine Katze!«

»Crushek hat einen Hund, und er ist ein Bär.«

Novikov sah ihn an. »Du hast einen Hund?«

»Es ist nur ein Pflegehund.«

»Das sagt er schon seit drei verdammten Jahren.«

»Ich will nur sichergehen, dass sie das richtige Zuhause findet!«

»Hast du noch andere Pflegehunde?«, wollte Novikov von ihm wissen.

»Nein.«

»Dann ist sie dein Hund.«

Der Fahrstuhl blieb stehen, und die Tür ging auf. MacRyrie und Van Holtz stiegen ein und lächelten ihnen freundlich zu. Dann sahen sie Novikov. Und ihr Lächeln erstarb.

Unter mehrfachem Knurren fanden die beiden ihren Platz im Fahrstuhl, und die Tür schloss sich wieder. Crush sah, wie MacRyrie Van Holtz anstieß und dann ganz beiläufig zu Novikov sagte: »Du bist ziemlich spät dran.«

Ohne eine Sekunde zu verlieren, ließ Novikov seine Ausrüstung fallen, und die beiden Bären stürzten sich aufeinander. Crush und Conway packten Novikov von hinten und versuchten, ihn von MacRyrie wegzuziehen, während Van Holtz dasselbe mit dem Grizzly tat. Das Problem war nur, dass sie sich ineinander verkrallt hatten und keiner von beiden gewillt schien, nachzugeben.

Dann blieb der Fahrstuhl stehen und die Tür ging wieder auf. Crush sah, dass Cella mit Smith, Dr. Davis und ein paar anderen von Cellas Mannschaftskameradinnen davorstanden.

Höhnisch grinsend starrte Cella die fünf Männer im Fahrstuhl an, bevor sie zu den Frauen sagte, die um sie herumstanden: »Hand hoch, wer diese Fantasie auch schon mal gehabt hat.«

Er war nicht unbedingt überrascht, als sie allesamt die Hand hoben.

Als sie den Fahrstuhl verlassen hatten, stellte Crush Cella seinen ehemaligen Partner vor. Sie war sich sicher, dass der Mann auch einen Vornamen hatte, aber Crush sagte nur: »Das ist Conway.« Sie machte sich nicht die Mühe, ihm deswegen auf die Nerven zu gehen. Sie hatte das Gefühl, dass das so ein Männerding war.

»Geht's dir gut?«, fragte sie ihn.

»Yep.« Er lächelte zu ihr hinunter. »Und jetzt geht's mir sogar noch viel besser.«

»Oooooh«, tönte es aus dem mit Gestaltwandlern gefüllten Korridor.

»Er hat eine Waffe«, verkündete Cella. »Und ich werde ihm erlauben, sie zu benutzen.«

Als sich alle wieder ihren eigenen Angelegenheiten widmeten, stellte sie sich auf Zehenspitzen und nahm den großen Bären in den Arm. »Ich freue mich, dass du hier bist.«

»Mhm.«

Sie lehnte sich ein Stück zurück und schaute in sein Gesicht hinauf. »Glaubst du mir nicht?«

»Ich glaube, dass ich Smith gerade hier habe rausschleichen sehen. Warum lungert sie hier rum?«

»Wow.« Cella war aufrichtig beeindruckt. Die meisten Leute,

einschließlich Cella und sogar Van Holtz, bemerkten nie, wie Smith irgendwohin ging, es sei denn, sie wollte gesehen werden. Das Mädchen hatte ein Talent dafür. Sissy Mae nannte sie den »Geist«. Es war eine treffende Beschreibung.

»Willst du mir nicht sagen, was hier los ist?«

»Ich bin wahrscheinlich nur paranoid.«

»Ich kenne eine Menge paranoider Leute, Malone. Du bist nicht paranoid.«

»Ich hatte das Gefühl, dass mich jemand verfolgt.«

»Dann ist das wahrscheinlich auch so. Mach dir keine Sorgen. Wenn das Spiel vorbei ist, kriegst du Polizeischutz.«

»Aber ...«

»Nein. Ich will nichts hören.« Crush beugte sich nach unten und küsste sie auf die Wange. »Wir sehen uns nach dem Spiel.«

»Okay.«

Conway kam zu ihnen und hielt ein Carnivores-T-Shirt in die Höhe. »Schau dir das an. Ich hab schon sechs Spielerunterschriften.«

»Ich dachte, du seist Minnesota-Fan.«

Cella betrachtete den Kojoten abschätzig. »Du bist Minnesota-Fan? Sind das nicht alles Bären?« Sie schaute zu Crush hinauf. »Sollte keine Beleidigung sein.«

»Ich bin Minnesota-Fan. Aber ich kann dieses Teil für ein kleines Vermögen verkaufen.«

»Wo bleibt deine Treue, du Hund?«

»Kennt er nicht«, erklärte Crush. »Er stammt aus Jersey.«

»Oooh.«

Der Eisbär zeigte auf sie. »Viel Glück.«

»Danke.«

Crush wandte sich ab, um mit seinem Freund, dem Kojoten, zurück zum Fahrstuhl zu gehen, aber Novikov hielt die beiden auf. »Wo geht ihr hin?«

Beide Männer blieben stehen und drehten sich langsam zu dem Hybriden um.

»Zu unseren Plätzen.«

»Den Scheißplätzen?«

Cella verdrehte die Augen. »Mach ihn nicht fertig wegen seiner Plätze.«

Novikov schaute sie an. »Was für eine Freundin bist du eigentlich?«

»Eine So-tun-als-ob-Freundin.«

Novikov runzelte die Stirn. »Du bist echt seltsam.«

»Das wissen wir bereits.«

»Hier.« Novikov reichte ihnen zwei Ausweise, die jeweils an einer Kette hingen.

Crush riss die Augen auf, und ihm blieb der Mund offen stehen. »Das … das kann ich nicht an…«

Doch bevor er seinen Satz zu Ende bringen konnte, riss der Kojote Crush die Ausweise aus der Hand und schlug ihm mit dem Programmheft zum Spiel ins Gesicht.

»Danke!«, sagte Conway und grinste breit. »Ich weiß das wirklich zu schätzen, Mann.«

»Ich kenne dich nicht«, sagte Novikov. »Die sind für ihn. Du bist nur zufällig dabei.«

Ja, Cella konnte erkennen, was Blayne Thorpe an dem Mann schätzte. Er würde einen niemals anlügen. Er war zu direkt.

»Danke«, sagte Cella und zwinkerte ihm zu.

»Du hättest selbst daran denken sollen.«

»Mach mich nicht schon wütend, bevor wir auf dem Eis sind, du Promenadenmischung.«

Der Hybride schüttelte den Kopf und entfernte sich. Irgendwie sah er immer ein wenig angewidert von den Leuten in seiner Umgebung aus.

»Ich kann das …«, begann Crush, und Cella stellte sich auf Zehenspitzen und legte eine Hand auf seinen Mund.

»Du kannst. Du wirst. Es ist ja nicht so, als hätten wir euch Jungs gerade bestochen, um Drogen hier reinschmuggeln zu können oder so. Es tut mir nur leid, dass ich nicht selbst drauf gekommen bin. Du wärst über mich hergefallen, wenn ich daran gedacht hätte«, neckte sie ihn.

Und sie wusste, dass ihn das ärgerte. »Ich brauche solche Sachen nicht von dir«, versicherte Crush. »Ich will das nicht.«

»Ich mache doch nur Spaß«, erwiderte sie.

»Sie macht nur Spaß«, versicherte der Kojote, der diese Ausweise nie wieder hergeben würde.

Cella erklärte Conway, wie er zur Eigentümerloge kam, während sie sich ernsthaft Sorgen machte, dass Crush wegen irgendeiner Crushek-Moralsache wieder zu seinen billigen Plätzen zurückkehren würde.

Sie küsste ihn noch einmal. »Amüsier dich gut«, befahl sie ihm. »Sonst wird Nice Guy davon erfahren.«

»Oh Gott«, sagte Crush, allem Anschein nach wirklich erschrocken. »Dein Vater ...«

»Ist hier und wird sich freuen, dich zu sehen.« Lachend ging sie in die Kabine, um den Rest ihrer Ausrüstung anzulegen.

Jai kam noch einmal vorbei und kontrollierte alle, die sie nach dem letzten Spiel behandelt hatte.

»Aufpassen«, sagte Jai und kritzelte blitzschnell irgendwelche verdammten Notizen auf ihr verdammtes Klemmbrett.

»Aufpassen wegen was?«

»Wegen der Spieler aus Minnesota.«

»Was ist mit ihnen?«

»Sie haben einen gewissen Ruf. Also sei vorsichtig. Ich möchte deine Arterien heute Abend nicht flicken müssen.«

»Alles klar.« Cella zwinkerte ihr zu und machte sich fertig.

Dann gesellte sie sich zu den restlichen Spielern ihrer Mannschaft, die bereits im Flur warteten, und Van Holtz hatte das Bedürfnis, ihr mitzuteilen: »Ich mag ihn.«

»Wen?«

»Deinen Bären.«

»Er ist nicht *mein* Bär. Er ist *ein* Bär, mit dem ich zufällig zurzeit vögele.«

»Ist dir schon mal aufgefallen«, fragte MacRyrie sie, »dass du genau wie Novikov bist, nur mit mehr Charme und weniger Zwangsneurosen?«

»Du meinst die Direktheit?«

»Ja«, antworteten der Bär und der Wolf einstimmig.

»Ich bin gerne direkt. Dann hat niemand irgendwelchen Scheiß gegen dich in der Hand. Zum Beispiel, als ich in der Highschool schwanger wurde: Ich bin rumgerannt und hab's allen erzählt. Die Nonnen waren entsetzt. Aber niemand konnte mir was anhaben, weil ich längst alles zugegeben hatte. Vor allen.«

Ihre Mannschaftskameraden lachten, bis der Ansager zu hören war. Cella winkte Reed und den anderen Neulingen zu, mit denen sie trainiert hatte. »Vergesst nicht, was ich euch gesagt hab, Jungs. Keine Panik und nicht wütend werden. Einfach nur spielen. Alles klar? Und jetzt geht da raus und rockt die Halle!«

Kapitel 30

Crush sah wieder seinen Freund an. *Das ist deine Schuld,* formte er stumm mit den Lippen, aber Conway konnte nur hilflos mit den Schultern zucken.

»Du weißt doch, was ich meine, oder?«, fragte Cellas Vater.

»Mhm.«

»Denn wenn du sie umbringst, wie willst du dann noch an ihr Geld rankommen? Kannst du nicht. Jeder gute Buchmacher weiß das, und genau deshalb mochten sie mich. Ich wusste, wie man Knochen und Schädel bricht, ohne jemanden umzubringen. Das ist ein Talent, weißt du? Ein Talent, das ich besitze.«

Crush nickte. »Mhm.« Er schaute erneut zu Conway hinüber. *Deine Schuld!*

Es tut mir leid!

»Sie ist wieder von der Strafbank runter.«

Dankbar, da Nice Guy weniger zu reden schien, wenn seine Tochter auf dem Eis war, konzentrierte sich Crush wieder auf Cella. Er musste zugeben, dass es ein schweres Spiel war. Die Mannschaft aus Minnesota verfügte über eine gute Mischung aus Raubtieren, aber ihre besten Spieler waren die Hyänen. Sie stammten alle aus demselben Clan und gaben ihren Puck nicht gerne ab. Den Marodeur schienen sie besonders zu hassen. Das musste an seinen Löwen-Genen liegen, und sie ließen ihn einfach nicht in Ruhe, sodass Cella sich immer wieder dazwischenwerfen musste. Es war eine Menge Blut auf dem Eis, und ausnahmsweise konnte man nicht sagen, dass es nur von den Gegnern stammte. Die Mannschaft kämpfte an diesem Abend hart, nur um das Null zu null zu halten.

In Momenten wie diesen wurde Crush erst klar, welchen Wert Cella hatte. Sie gab einfach nie auf, oder? Sie beschützte den Marodeur immer. Sie war einfach unglaublich.

Doch während Crush beobachtete, wie sich die beiden Teams um den Puck stritten, fiel ihm sofort etwas auf. Bei drei von den Hyänen. Sie skateten um das Tor ihrer Mannschaft herum und schienen sich wortlos auszutauschen. Und dann schossen sie in drei unterschiedliche Richtungen davon.

Crush dachte, er hätte es sich vielleicht nur eingebildet, bis Nice Guy aufhörte zu reden – der Mann hörte fast nie ganz auf zu reden –, sich nach vorn lehnte, seine Ellbogen auf seinen Knien abstützte und die Finger zu einem Dreieck zusammenlegte.

Crush wandte seine Aufmerksamkeit wieder dem Eis zu und beobachtete, wie die Hyänen das Tor der Carnivores umkreisten. Sie hatten es erneut auf den Marodeur abgesehen, und mehrere Spieler stellten sich ihnen in den Weg, um ihn zu beschützen. Die Hyänen stoben jedoch auseinander und wichen ihnen aus. Alles schien völlig normal. Bis Crush bewusst wurde, dass Cella ganz allein auf dem Eis war, getrennt vom Rest ihrer Mannschaft, und sich auf Novikov zubewegte. Sie war völlig auf ihn fokussiert und kümmerte sich wie immer mehr um ihr Team als um sich selbst. Deshalb sah sie sie nicht kommen. Sah nicht, dass sie direkt auf sie zurauschten.

»Mein Gott«, war das Letzte, was Crush von Nice Guy hörte, Sekunden bevor zwei der Hyänen direkt in Cella hineinrasten. Durch den heftigen Aufprall von zwei Seiten wurde sie in die Luft geschleudert, und ihr Körper wirbelte herum und vollführte einen Salto. Aber sie war immer noch eine Katze, sodass sie bei der Landung auf zwei Beinen aufkam. Crush zuckte zusammen, weil er wusste, dass ihr verletztes Knie das ganz sicher zu spüren bekommen haben musste.

Doch Cella war kaum gelandet, da war die dritte Hyäne zur Stelle und rammte – tief vornübergebeugt und aus einem schrägen Winkel – mit voller Wucht gegen die untere Hälfte ihres Körpers. Cellas Beine knallten gegen die Balustrade. Das gesamte Publikum brüllte vor Wut und Ehrfurcht angesichts des gewagten Manövers, aber Crush hörte Cellas Gebrüll über dem aller anderen, und er wusste – *wusste* –, was gerade passiert war.

Er sprang von seinem Sitz auf, stand kerzengerade da und kümmerte sich nicht darum, ob er irgendeinem armen Wicht hinter ihm vielleicht die Sicht versperrte. Er brauchte eine Sekunde, um zu realisieren, dass Nice Guy direkt neben ihm stand, und das Entsetzen von Cellas Vater war beinahe greifbar.

Gemeinsam beobachteten sie, wie Cellas Körper erneut durch die Luft geschleudert wurde und hart auf das Eis prallte. Sie war nicht bewusstlos. Sie hatte zu starke Schmerzen. Sie hatte es die ganze Zeit über geschafft, ihren Schläger festzuhalten, aber nun ließ sie ihn fallen und hielt sich stattdessen ihr linkes Knie, das in einem unnatürlichen Winkel verdreht war. Die Schmerzen waren so heftig, dass sie nicht einmal so tun konnte, als würde sie sie nicht spüren.

Die Hyänen starrten auf sie hinunter und skateten ein Stück rückwärts, während der Rest der beiden Mannschaften das Spiel abbrach. Es war seltsam, wie alle zu erstarren schienen.

Die Schiedsrichter – ein Eisbär und ein männlicher Löwe – skateten zwischen die Mannschaften und rissen die Spieler auseinander, während der Teammanager der Carnivores aufs Eis und an Cellas Seite eilte. Ein paar Sekunden später kamen auch die Sanitäter und mit ihnen Dr. Davis. Sie umringten Cella, und Crush konnte nur noch ihre gebeugten Köpfe sehen und unmöglich erkennen, was vor sich ging. Obwohl ihm sein Bauchgefühl sagte, dass er es bereits wusste. Ebenso wie Cellas Vater.

»Ich … ich …«

Er winkte Conway heran, da er wusste, dass sein Freund Mr. Malone würde beruhigen können. Er war gut darin. Crush tätschelte dem alten Mann die Schulter. »Ich sehe nach ihr. Sie bleiben hier.«

Crush verließ die Loge. Als sich die Tür mit dem automatischen Sicherheitssystem wieder geschlossen hatte, begann er zu rennen.

Cella, die seit der Geburt ihrer Tochter nicht mehr solche Schmerzen gespürt hatte, biss die Zähne zusammen und gab sich alle Mühe, wach zu bleiben. Nicht ohnmächtig zu werden. Aber es fiel ihr immer schwerer. Dieses Spiel war für sie definitiv zu Ende. Verdammte Hyänen.

»Holt die Trage!«, befahl Jai ihren Sanitätern. Dann beugte sie sich über Cella, legte die Hände auf ihre Schultern und versuchte, sie unten zu halten, aber die Schmerzen waren einfach zu stark, um stillzuliegen. »Süße, du musst mich das mal anschauen lassen.«

»Scheiße, Jai. Scheiße!«

»Ich weiß.«

Mann, Cella würde nicht weiterspielen können. Diesmal würde es mindestens eine Woche dauern, bis ihr Knie wieder verheilt war. Eis würde diesmal nicht ausreichen. Zumindest nicht heute Abend. Aber sie konnte und würde das hier überstehen. Sie war eine Malone. Sie würde sich zwingen, ihr Knie eine Woche lang nicht zu belasten, und damit wäre die Sache erledigt. Und dann würde sie eine Revanche von diesen Arschlöchern fordern.

Hände schoben sich unter ihre Schultern, eine weitere unter ihre Taille. Sie wurde hochgehoben und auf die Trage geschleppt. Die Zuschauermenge klang nicht besonders glücklich. Sie wollten Blut. *Viel Glück, wenn ihr nachher das Sportzentrum verlasst, Minnesota.* Verdammt. Viel Glück, wenn ihr die Stadt verlassen wollt.

Erneut schoss ein stechender Schmerz durch Cellas Körper, und einen Moment lang wurde alles schwarz. Als sie wieder aufwachte, befand sie sich in einem der Behandlungsräume. Gott, wie lange war sie denn weggetreten gewesen?

»Cella? Schatz? Kannst du mich hören?«

Sie schaute zu Jai hinauf. Die Schmerzen hatten nachgelassen. Sie mussten ihr irgendetwas gespritzt haben. Gut. Das half.

»Ja, ich kann dich hören.«

»Okay. Großartig. Wir werden dich in den nächsten paar Minuten verlegen.«

»Verlegen?« Cella gab sich alle Mühe, sich zu konzentrieren.

Die Medikamente machten sie ganz schwindelig. »Mich wohin verlegen?«

»Ins McMillian Presbyterian Hospital.«

»Aber ich bin katholisch.« Oh. Wow. War sie *high*. Cella schüttelte den Kopf. Versuchte es noch einmal. »Warum ins Krankenhaus? Ich kann mich doch zu Hause erholen. Ich will nach Hause.«

Cella sah das Gesicht ihrer Freundin. Ihren Ausdruck. »Was ist hier los?«, fragte sie.

»Gar nichts. Wir bringen dich erst mal ins Krankenhaus.«

Cella packte Jai am Arm und hielt sie fest. »Was ist hier los?«

Jai sah zu ihren Sanitätern und wies sie mit einem Kopfnicken an, sie allein zu lassen. Als sie am anderen Ende des Raumes waren, wandte Jai sich wieder Cella zu. »Dein Knie, Süße.«

»Was ist damit?«

Jai schaute sie an und zögerte kurz. »Es muss gerichtet werden. Das wird nicht von allein heilen.«

»Und was soll das bedeuten?«

»Du weißt, was das bedeutet.«

»Aber …«

Jais Stimme klang völlig nüchtern und professionell. »Wenn wir das so lassen, wie es jetzt ist, Cella … dann wirst du auf diesem Bein nicht mehr gehen können, von Schlittschuh laufen ganz zu schweigen. Aber ich habe mich bereits mit dem Spezialisten dort in Verbindung gesetzt. Er erwartet uns im Krankenhaus.«

»Um mein Knie zu reparieren.«

»Nein«, erwiderte Jai mit fester Stimme. »Dein Knie kann man nicht mehr reparieren, Cella. Entweder bekommst du ein künstliches Knie, oder du wirst in Zukunft mit einem Gehgestell durch die Gegend humpeln.

Aber mach dir keine Sorgen. Wenn es erst mal erledigt ist, geht's dir wieder gut. Dieser Kerl weiß, was er tut. Er ist der Beste, und niemand wird merken, dass du überhaupt verletzt warst.«

Aber das war nicht der Punkt, oder? Es ging nicht darum, ob sie wieder würde gehen können oder nicht. Es ging darum, dass damit faktisch ihre Karriere zu Ende war. Einfach so. Es würde keine Heldengeschichten darüber geben, wie sie sich nach endloser Physiotherapie und durch ein wahres Wunder wieder ins Team zurückgekämpft hatte. Stattdessen würde sie ein künstliches Knie bekommen, ihr Bein würde wieder genauso kräftig sein wie vorher, wenn nicht sogar noch kräftiger … und sie würde nie wieder Profisport betreiben. Nie mehr.

Einer der Sanitäter kam zu Jai und flüsterte ihr etwas ins Ohr.

»Okay. In Ordnung.« Jai schaute wieder zu ihr herunter. »Der Krankenwagen ist da, Süße. Wir müssen los.« Weil ihr Bein anfangen würde zu heilen, wenn sie zu lange warteten, nur eben falsch. Dann müssten die Ärzte ihr Bein erneut brechen, um es wieder reparieren zu können.

Jai verstand Cellas Schweigen als eine Art Zustimmung und bedeutete den Sanitätern mit einer Geste, die anderen hereinzubitten, die sie ins Krankenhaus fahren würden.

Doch dann jagte eine weitere Schmerzattacke durch ihren Körper, bevor irgendjemand sie bewegen konnte, und Cella brüllte auf und fuhr ihre Krallen und Reißzähne aus, bereit, zu zerfetzen, zu zerreißen und zu zerstören. Große Hände drückten sie hinunter, und jemand steckte eine Nadel in sie hinein und jagte noch mehr Medikamente in ihren Körper.

Und das war so ziemlich das Letzte, woran sie sich erinnerte.

Crush wartete ungeduldig vor dem Behandlungszimmer und tigerte auf und ab. Niemand kam zu nahe an ihn heran. Niemand kam jemals zu nahe an einen besorgten Bären heran.

Er hoffte, dass man ihn zu Cella lassen und er erfahren würde, was mit ihr los war. Aber dann rollten die Sanitäter sie hinaus, um sie zu einem Krankenwagen zu bringen, der vor dem Sportzentrum parkte. Dr. Davis folgte ihnen und musste sich beeilen, um Schritt zu halten. Crush hängte sich an ihre Fersen und rief ihren Namen.

Sie blickte über ihre Schulter. Anfangs war er sich nicht sicher, ob sie ihn überhaupt erkannte. Als sie den Fahrstuhl erreicht hatte, drehte sie sich zu ihm um und stieg rückwärts ein, da sie keine wertvollen Sekunden vergeuden und Cella schnellstmöglich ins Krankenhaus bringen wollte.

»Wir bringen sie ins McMillian Presbyterian Hospital. Holen Sie ihren Vater. Er sollte da sein, wenn sie aufwacht. Verstanden?«

Crush nickte und sah zu, wie sich die Fahrstuhltür schloss.

Anstatt loszurennen und ihren Vater zu holen, stand Crush einfach nur da. Er konnte sich nicht bewegen. Er hatte keine Ahnung, wie lange er so dagestanden und auf die geschlossene Tür gestarrt hatte, bis er hörte, wie jemand seinen Namen rief.

Schließlich erwachte er aus seinem katatonischen Zustand und drehte sich langsam um. Es war Van Holtz.

»Wo ist sie?«

»Krankenhaus.«

»Wie schlimm ist es?« Als Crush nur mit den Schultern zucken konnte, drehte sich Van Holtz zu einer der Sanitäterinnen um, die vor dem Zimmer standen. »Wie schlimm?«

Die Schakalin wischte sich mit einem Handtuch Blut von den Händen und antwortete: »Ihr Knie ist zerstört. Sie müssen ihr ein künstliches einsetzen. Sie wird im McMillian erwartet.«

Jetzt sah Van Holtz genauso aus, wie Crush sich fühlte. Erstarrt und verwirrt. Aber er konnte Van Holtz nicht helfen, damit fertigzuwerden. Nicht jetzt.

»Ich muss ihren Vater holen«, sagte er und ging an dem Wolf vorbei. »Er sollte da sein, wenn sie aufwacht.«

Die zweite Garde war auf dem Eis, und Lock saß auf der Bank neben Novikov, der neben Reed saß, der neben Bert saß. Sie saßen da, sagten nichts und warteten darauf, dass Ric zurückkehrte.

Irgendetwas fühlte sich nicht richtig an, aber Lock kam einfach nicht darauf, was es war. Trotzdem wusste er, dass etwas nicht stimmte. Es war ein sechster Sinn, den er sich bei den Marines angeeignet hatte. Er erkannte, wann etwas, das völlig harmlos und wie ein Unfall aussah, in Wirklichkeit gar keiner war. Und nachdem er einen flüchtigen Blick auf seine Mannschaftskollegen geworfen hatte, die neben ihm saßen, wusste er, dass er nicht der Einzige war, der dieses Gefühl hatte.

Es schien, als hätten es diese Hyänen gezielt auf Marcella abgesehen gehabt. Und vielleicht stimmte das auch. Sie hatte für mehrere andere Teams gespielt, bevor sie von Ric angeheuert worden war und sich endgültig für die Carnivores entschieden hatte. Vielleicht hatte sie ja irgendwann in den vergangenen Jahren das Team aus Minnesota oder speziell diese Hyänen verärgert. Aber trotzdem … sie hatten es nicht einfach auf sie abgesehen gehabt. Verflucht. Eine *Menge* Spieler hatten es schon auf sie abgesehen gehabt. Sie war eine vielgehasste Frau in der Eishockeywelt, weil sie so verdammt gut in dem war, was sie tat. Aber das hier wirkte so koordiniert. So geplant. Sie hatten sich auch nicht auf ihre Kehle gestürzt. Sondern auf ihre Beine. Auf ihr schwaches Knie …

Ric ließ sich neben Lock und Novikov fallen und lehnte sich nach vorn, um ihn anzuschauen.

»Und?«, fragte Novikov.

»Sie bringen sie ins McMillian Presbyterian.« Ein ausgezeichnetes Krankenhaus für Gestaltwandler. Locks Schwester war dort die Leiterin der Neurochirurgie. »Sie bekommt ein künstliches Knie.«

Novikov blinzelte, schockiert und ganz offensichtlich sehr mitgenommen. »Sind sie ganz sicher?«

Ric nickte. »Sie sind sicher.«

Es folgte Stille. Die komplette erste Garde saß nur da und vermisste schon jetzt Cellas »Bringen wir sie alle um!«-Haltung.

Plötzlich erhob sich Ric und setzte seinen Helm auf. »Erste Garde aufs Eis«, befahl er. Für gewöhnlich überließ er das dem Trainer, aber schließlich war er der Besitzer der Mannschaft. Er konnte tun und lassen, was er wollte.

Gleichzeitig standen sie auf und skateten aufs Eis, während

die zweite Garde auf ihrem Weg zur Bank an ihnen vorbeifuhr. Als der Puck wieder im Spiel war, manövrierte die gegnerische Mannschaft ihn über das Eis auf das Tor der Carnivores zu. Ric ging in die Hocke und wartete, und Lock raste los, als sich ein Gegenspieler dem Tor näherte und versuchte, den Puck im Netz zu versenken. Ric hielt den Puck auf, und Lock skatete zwischen seinen Freund und eine der Hyänen. Kaum war Lock an ihm vorbeigerauscht, als er sah, wie Rics Schläger zur Seite schwang und in die Seite der Hyäne knallte.

Erschrocken – Ric schlug nie jemanden, es sei denn, sein Gegner fing damit an – wirbelte Lock genau in dem Moment herum, als Ric seine Handschuhe zu Boden warf und er und die Hyäne sich aufeinander stürzten. Eine weitere Hyäne stürmte auf Ric zu, und Lock eilte seinem Gegenspieler hinterher, packte ihn um den Hals und riss ihn am Kopf hoch, während Novikov die dritte Hyäne aufsammelte und begann, sie immer wieder auf die Eisfläche zu knallen, als sei er ein Basketballspieler und die Hyäne der Ball.

Dann stürmten alle Spieler beider Mannschaften aufs Eis, und das war mehr oder weniger das Ende des Spiels …

Kapitel 31

Die Fahrstuhltür öffnete sich, und Dez trat heraus, ihr Mann Mace direkt hinter ihr. Sie blieb sofort stehen und ließ ihren Blick durch den überfüllten Krankenhausflur schweifen. Die meisten Leute hier kannte sie, und sie konnte Cellas Familie leicht in der Menge ausmachen. Die meisten von ihnen sahen aus wie Dez' Freundin: schwarzes Haar mit orangefarbenen und weißen Strähnen, goldene oder grüne Augen, die Frauen kurvig, die Männer gebaut wie Linebacker.

Was Dez jedoch sofort beunruhigte, war die Betroffenheit, die sie bei allen Anwesenden spürte. Sie hatte keine Ahnung, was passiert war, da Dee-Ann Smith nur eine ihrer typischen knappen Nachrichten auf ihrer Mailbox hinterlassen hatte. Kam sie etwa schon zu spät?

Nein, nein. Sie wollte gar nicht darüber nachdenken.

Nach einem weiteren kurzen Blick durch den Flur entdeckte Dez Dee-Ann und ging zu ihr hinüber. Sie stand neben einem völlig niedergeschlagenen und übel zugerichteten Trio aus Ric Van Holtz, Lock MacRyrie und Bo Novikov. Sie sahen aus, als seien sie durch die Hölle gegangen. Hatten sie versucht zu verhindern, was mit Cella passiert war? Wenn die Jungs schon so aussahen … wie musste Cella dann erst aussehen?

»Dee …«, begann Dez, aber schon schlang Blayne ihre Arme um Dez' Hals und … schluchzte. Hysterisch.

Gott, vielleicht komme ich doch zu spät.

Dee zog Blayne von Dez weg und schubste sie in Novikovs Richtung. »Komm mit.« Sie packte Dez am Arm, führte sie einen anderen Flur hinunter und in ein leeres Zimmer und schloss die Tür.

»Was zur Hölle ist denn passiert?«, brachte Dez noch hervor, bevor sich die Tür wieder öffnete und Blayne hereinkam.

»Du kannst nicht bleiben«, erklärte Dee Blayne, »wenn du die ganze Zeit nur wie ein Baby heulst.«

Knurrend baute sich Blayne vor Dee auf und zeigte mit dem Finger auf ihr Gesicht. »Sie ist auch meine Freundin, Dee-Ann!« Die Tränen rannen erneut. »Ich hab sie lieb.«

»Gestern hast du sie noch eine Schlampe genannt.«

»Wie kannst du jetzt nur davon anfangen?«, wimmerte Blayne.

Als ihr bewusst wurde, dass keine der beiden ihr die Antworten geben würde, die sie suchte – die eine redete zu viel und die andere nicht genug –, ging Dez zurück in den Flur. »Ihr bleibt hier«, befahl sie, bevor sie sich auf die Suche nach Crushek machte. Sie kannte den Bären gut genug, um zu wissen, dass er sich nicht unter die Menge mischen würde, aber sie wusste auch, dass er hier sein musste. Irgendwo. Er würde Cella nicht allein lassen.

Dez hatte recht. Sie fand Crush am Ende des langen Korridors in einem der Zimmer. Er saß auf dem Boden, den Rücken gegen die Wand gelehnt, die Knie angewinkelt, den Blick starr auf das leere Bett gerichtet. Sie stellte sich neben ihn und streckte ihre Hand aus.

Crush schaute darauf und dann zu ihr hoch.

»Komm mit«, sagte sie.

Er nahm ihre Hand, hievte sich aber größtenteils mit eigener Kraft vom Boden hoch. Sie führte ihn zurück in das Zimmer, in dem sie die mit den Augen rollende Dee-Ann und die noch immer schluchzende Blayne zurückgelassen hatte.

»Oh, Crush!«, rief Blayne aus, bevor sie auf den erschrockenen Eisbären zurannte und ihre Arme um seine Taille schlang. »Du armer, armer Mann.«

Dez schloss die Tür und ignorierte den Blick, den ihr Mann ihr dabei zuwarf.

»Was ist passiert?«, fragte sie und nahm an, dass sie von den dreien immerhin den Großteil der Geschichte hören würde.

»Das Leben der armen Cella ist vorbei!«, schluchzte Blayne in Crushs Brust, aber Dez beschloss, diese Aussage nicht wörtlich zu nehmen. Stattdessen wandte sie sich Dee-Ann zu.

Die Frau zuckte nur mit den Schultern. »Sie wurde verletzt.«

»Wie schlimm?«

»Schlimm genug.«

Da, bitteschön! Diese Information war nicht ausreichend. Deshalb wandte Dez ihre Aufmerksamkeit nun Crush zu, der unbehaglich Blaynes Rücken tätschelte.

»Es ist meine Schuld«, sagte er. »Das alles. Ich glaube, es ist meine Schuld.«

Blayne schaute zu ihm hinauf. »Deine Schuld? Wie kannst du denn so was sagen?«

»Ich hätte wissen müssen, dass Baissier irgendwas unternehmen würde. Ich hätte nur nie gedacht, dass sie Cella so etwas antun würde.«

Nein. Immer noch nicht klar. Also wandte Dez sich wieder Dee-Ann zu.

»Sie hat mich vorhin angerufen. Meinte, jemand würde sie verfolgen. Aber wir hätten beide nie damit gerechnet, dass sie sie auf dem Eis angreifen würden.«

Auf dem Eis? Jemand hatte sie während eines Hockeyspiels angegriffen? Mit Hunderten, vielleicht sogar Tausenden von Gestaltwandlern ringsum? Dann erinnerte sich Dez wieder daran, wie Ric und Lock ausgesehen hatten. Sie waren eindeutig in einen Kampf verwickelt gewesen. Aber andererseits …

Dez sah die drei Gestaltwandler an. »Wurde Cella angeschossen?«

Dee-Ann schüttelte den Kopf. »Nein.«

»Sie haben ihr Bein zerstört«, winselte Blayne.

»Na ja«, korrigierte Dee sie, »hauptsächlich ihr Knie.«

»Ihr …« Dez kratzte sich am Kopf. »Haben sie ihr in der Dusche auf die Kniescheibe gehauen, oder wie?«

»Nein, es ist auf dem Eis passiert.«

Dez betrachtete die drei Idioten. »Wollt ihr mir sagen, dass ihr mich wegen eines beschissenen Sportunfalls gerufen habt?«

»Wir dachten, du wolltest es wissen.«

»Ich will es auch wissen, Dee. Cella ist meine Freundin. Aber ich will Details. Wenn du mir sagst: ›Du solltest ins Krankenhaus kommen. Sie haben Cella erwischt‹, dann denke ich an etwas anderes als an eine Sportverletzung.«

»Du verstehst das nicht, Dez«, erklärte Blayne und löste sich von Crush, während neue Tränen über ihre Wangen strömten. »Ihre Karriere ist vorbei. Sie wird nie wieder Profihockey spielen können.«

»Wird sie im Rollstuhl sitzen müssen?«

Dee holte ein Stück Trockenfleisch aus ihrer Gesäßtasche. Dez hatte keine Ahnung, warum es dort drin gewesen war … und wollte es lieber auch nicht wissen. »Das bezweifle ich«, sagte Dee. »Wenn sie ihr erst mal das künstliche Knie eingesetzt haben, ist sie wahrscheinlich Anfang nächster Woche wieder bei KZS. Wir warten nur darauf, dass sie mit der OP fertig werden.«

»Wird nicht zumindest ein Humpeln zurückbleiben?«

»Nee. Unsere Körper verkraften diese Art von Operation wirklich gut.« Dee streckte ihren Arm aus und zeigte auf ihren Ellbogen. »Während einer Jagd wurde mir der mal weggeschossen. Die Ärzte haben ihn ersetzt … so gut wie neu.« Um ihre Aussage zu unterstreichen, winkelte sie ihr praktisch unverletzt aussehendes Gelenk an.

Dez deutete auf die Tür. »Raus mit euch. Alle beide. Raus.« Sie packte Blayne hinten an ihrer Jeans, zerrte sie zur Tür, öffnete sie und warf die Wolfshündin hinaus. »Du auch, Landpomeranze. Raus.«

»Du bist echt launisch«, beschwerte sich die Wölfin, bevor sie durch die Tür schlenderte.

Dez knallte die Tür zu und drehte sich zu Crush um. »Also, was ist hier los?«

Cella machte die Augen auf, und das Erste, was sie sah, war ihre Mutter … und Tränen. Dann schaute sie sich im Zimmer um. Lauter Malones. Und alle weinten. Männer wie Frauen. Sie hatte das Gefühl, gerade in einem Sarg aufgewacht zu sein, nachdem man sie fälschlicherweise für tot erklärt hatte.

»Mom?«

»Oh! Mein liebes kleines Mädchen!«

Ihre Mutter drückte sie fest an sich, und Cella konnte die Tränen spüren, die über ihre Wangen rannen. Zumindest hoffte sie, dass es Tränen waren.

»Es wird alles gut, mein Schatz.« Ihre Mutter löste sich wieder von ihr und strich ihr übers Haar. »Du kommst wieder ganz … ganz …« Mit großen Augen sah sie Cellas Tanten an, denen sie noch vor wenigen Tagen einen Faustkampf angedroht hatte. Sie alle schauten auf Cella hinunter, und dann begann erst Kathleen zu weinen, dann Margaret, dann … guter Gott, sogar Deirdre. Dann weinten sie alle. Es war ziemlich … seltsam.

Cella blickte schnell zu ihrem Bein hinunter, um sich zu vergewissern, dass sie es noch hatte, und yep! Es war noch da. Es war bandagiert und steckte in einer Schiene, damit sie es nicht bewegte, während es verheilte. Cella wusste, dass momentan alle möglichen Schmerzmittel in sie reingepumpt wurden, da ihr Körper offenbar dabei war, sich selbst wieder zusammenzuflicken, was oft wehtat. Sehr weh. Aber sie spürte überhaupt nichts. Hier war sie also. Atmete. Überlebte, wie die Malones es immer taten. Und trotzdem konnten ihre Onkel ihr nicht mal in die Augen schauen. Gott … hatte sie Narben im Gesicht? Hatte eine dieser Hyänen sie mit einem Schlittschuh erwischt? Sah sie grauenvoll aus?

Dann fiel Cella wieder ein, dass sie es hier mit ihrer Familie zu tun hatte. Und sie waren selbst an ihren besten Tagen emotional gesehen hoffnungslose Fälle. Anstatt also in Panik zu geraten, schaute sie sich im Zimmer um, bis sie ihre Tochter entdeckte. Meghan stand im hinteren Teil des Raumes, Josie neben ihr. Was Cella in diesem Moment am besten gefiel, war der absolute entnervte Ausdruck auf dem hübschen Gesicht ihres Kindes. Okay. Wenn Meg schon bei der Familie bleiben wollte, dann hatte sie zumindest das Potenzial, diesen Haufen eines Tages anzuführen. Das nötige Selbstbewusstsein hatte sie auf jeden Fall.

Noch besser war, dass Meghan ihre Mutter kannte. Ein Blick,

und sie drängte sich durch die Menge aus Onkeln, Tanten, Cousins und Cousinen, bis sie neben ihrer Mutter stand. Sie nahm Cellas Hand in beide Hände. »Könntet ihr uns bitte einen Moment allein lassen? Ich muss …« Sie machte eine lange, dramatische Pause, auf die Cella unheimlich stolz war. Das Kind hatte viel von ihr gelernt. »… mal kurz mit meiner Mutter *sprechen*.«

»Natürlich, natürlich«, sagte Kathleen und scheuchte die versammelten Tanten, Onkel, Cousins und Cousinen aus dem Zimmer. Cellas Dad legte seine Hände auf die Schultern seiner Frau und führte mit einem Zwinkern in Cellas Richtung ihre noch immer schluchzende Mutter aus dem Raum.

Als die Tür zu und Cella mit ihrer Tochter allein war, stieß sie einen Seufzer aus. »Keine Katze sollte weinen, es sei denn, sie wurde von einem Baseballschläger getroffen.«

»Bei dir muss immer alles gleich so extrem sein.«

Cella lachte und grinste zu ihrer Tochter hinauf. »Das liegt in unserer DNA, mein Kind. Am besten gewöhnst du dich gleich dran.«

Meghan hielt weiter die Hand ihrer Mutter und setzte sich aufs Bett. »Mom, es tut mir so leid.«

»Was denn? Du hast doch gar nichts getan.«

»Es geht nicht darum, was ich getan habe. Es geht darum … Mitgefühl zu zeigen.«

»Mitgefühl?«

Meghan verdrehte die Augen. »Ja, Mom. Mitgefühl.«

»Klingt nach Schwäche.«

»Ist es nicht …« Meghan biss die Zähne zusammen. »Warum musst du mich immer wahnsinnig machen?«

»Ist das nicht mein Job? Es ist jedenfalls der Job *meiner* Mutter, und wie du siehst, ist sie ziemlich gut darin.«

»Alles, was ich damit sagen will, ist, dass ich weiß, wie viel dir Hockey bedeutet. Es bedeutet dir alles …«

»Nein. Du bedeutest mir alles, Süße. *Du*. Der Rest ist nur das Sahnehäubchen.«

»Und was willst du jetzt machen?«

»Stricken lernen.«

»Mom.«

»Mir fällt schon was ein. Im Leben gibt's mehr als nur Hockey.«

»Für alle anderen, aber nicht für dich.« Meghan dachte einen Moment lang nach. »Da wäre noch die Frauenmannschaft.«

»Nein.«

»Sie haben nicht dieselben Regeln, und …«

»Ganz genau.« Cella starrte ihre Tochter mit offenem Mund an. »Gefällt dir das hübsche Gesicht deiner Mutter nicht? Hoffst du, dass ich ein Auge verliere oder … Zähne? Bedeute ich dir so wenig, dass du mir die Frauenmannschaft vorschlägst?«

»Du machst Faustkampf!«

»Gegen Männer! Männer sind, wie du eines Tages noch lernen wirst, pflegeleicht. Wenn dieselbe Scheiße, die gestern Abend passiert ist, in einer reinen Frauenmannschaft passiert wäre … Dann wären meine Beine jetzt weg. Alle beide.«

»Ich hab gehört, dass sie gar nicht so schlimm sind … nicht mehr.«

»Sie sind noch so schlimm. Vertrau mir. Gemischte Teams, Männerteams oder gar nichts. Reine Frauenmannschaften bedeuten nichts als Ärger und Leiden.«

»Du immer mit deinem Drama.«

»Ich bin eine Malone«, rechtfertigte sich Cella erneut und vergaß auch nicht, tief zu seufzen. »Wenn du das verstehst, dann erklärt sich das Drama von selbst.« Sie überlegte kurz. »Besteht die Chance, dass du es schaffst, dass alle anderen von hier verschwinden? Ganz weit weg?«

»Ich kann's versuchen. Normalerweise hören sie auf mich.«

»Ich weiß.«

»Nein, Ma.«

»Was?«

»Ich sehe, wie es in deinem Kopf rattert. Ich werde in nächster Zeit nicht Anführerin dieser Familie werden.«

»Natürlich nicht. Du bist erst achtzehn. Aber in fünfzehn Jahren oder so …«

»Als ob du jemals zulassen würdest, dass ich dich rumkommandiere.« Meghan ließ Cellas Hand los. »Du hast nur Flausen im Kopf.«

»Flausen? Ehrlich?«

»Nicht jeder muss sich so vulgär ausdrücken.«

»Nein. Aber sich *nicht* so vulgär auszudrücken, ist auch nur halb so lustig.«

Meghan stand auf. »Ich werde die anderen los.« Sie ging zur Tür, blieb aber noch einmal stehen. »Deine Mannschaft ist …«

»Nein«, sagte Cella schnell. »Ich kann sie heute Abend nicht sehen.«

»Okay. Und diese unheimliche Wölfin und Detective MacDermott?«

»Erstens heißt die Wölfin Dee-Ann und hat dir auch schon gesagt, dass du sie so nennen kannst.«

Ihre Tochter kräuselte ihre Lippen ein wenig. »Ja.«

»Vergiss es. Sag ihnen, dass sie morgen herkommen sollen.«

»Okay.« Ihre Tochter senkte ihren Blick zum Boden und fragte dann: »Und was ist mit Mr. Crushek?«

»Crush ist hier?«

»Natürlich ist er hier.« Meghan nickte. »Und er sieht wirklich besorgt aus.«

»Tut er das?«

»Mhm.«

»Ja, lass ihn rein.«

»Okay.«

»Fährst du mit der Familie nach Hause?«

»Nein«, antwortete ihre Tochter in nüchternem Tonfall. »Mr. Crushek kann so lang bleiben, bis ich zurück bin, aber dann muss er auch gehen. Kein Geschmuse.«

»Geschmuse?«

»Du weißt schon, was ich meine.«

»Aber weißt *du* auch, was du meinst?«

»Natürlich weiß ich das. Ich lese.«

Cella befahl sich selbst, nicht zu lachen, da ihre Tochter so ernst war wie ein Herzinfarkt.

»Ich bitte Tante Jai, auch mal reinzuschauen.« Mit der Hand an der Tür warnte Meg: »Und, Ma, du wirst dieses Bein *nicht* bewegen.«

Cella starrte ihre Tochter an, setzte sich ein wenig auf und zuckte zusammen.

Goldene Augen sahen sie durchdringend an. »Ma.«

Das Kind war so leicht zu durchschauen!

»Ich bewege mein Bein nicht. Außerdem bin ich von diesen ganzen Schmerzmitteln im Moment so high, dass ich sowieso das Gefühl habe zu schweben.«

»Ich komme wieder«, drohte Meghan.

Als ihre Tochter das Zimmer verließ, lehnte sich Cella entspannt auf ihrem Bett zurück und blickte durch den leeren Raum. Nach einer Minute sagte sie zu sich selbst: »Ich bin *so* high.«

»Okay«, bemerkte Dez, »dann wird ihr Bein also kräftiger sein als vorher.«

»Ja.«

»Und sie wird, selbst ohne Physiotherapie, schon in drei bis vier Tagen wieder auf den Beinen sein.«

»So ungefähr.«

»Und trotzdem tun hier alle so, als würden sie ihren Tod betrauern.«

»Nur den Tod ihrer Karriere.«

»Einer Karriere. Ich meine, sie ist immer noch bei KZS. Ich bin mir relativ sicher, dass die halbe Million, die sie ihr pro Jahr zahlen …«

»Warte. Wie viel?«

»Oh, ja. KZS bezahlt *richtig* gut. Sie haben versucht, Mace anzuheuern, als er die Navy verlassen hat, aber er hatte schon Pläne mit Smitty.«

»Obwohl wir also besser bezahlt werden als alle Vollmenschen bei der Truppe, ganz egal, welcher Rang, werden wir immer noch schlechter bezahlt als alle anderen?«

»Beamte, Schätzchen.« Dez sah Crush einen Moment lang an, und er gab sich alle Mühe, sich nicht vor ihrem direkten Blick zu verstecken. Nach einer Weile sagte sie schließlich: »Es ist nicht deine Schuld.«

»Es ist meine Schuld. Ich hätte wissen müssen, dass Baissier so etwas tun würde.«

»Dass sie Hyänen anheuern würde, um deiner Freundin während eines Hockeyspiels das Knie zu brechen? Ich glaube nicht, dass das irgendjemand hätte voraussehen können.« Sie zeigte mit dem Finger auf ihn. »Und du bist nicht so ein Typ.«

Verwirrt fragte Crush: »Was zur Hölle soll das nun wieder heißen?«

»Ich meine, dass du nicht der Typ bist, der sich an seiner Pflegemutter rächt, indem er ihr die Kehle aufschlitzt, während sie schläft.« Sie zeigte zur Tür. »Dee-Ann ist so ein Typ. Sie macht so einen Scheiß, ohne mit der Wimper zu zucken. Cella auch. Aber nicht du. Wenn du so einen Scheiß machen würdest, dann würdest du deines Lebens nicht mehr froh werden. Und du würdest mich, deine Partnerin, wahnsinnig machen mit deinen Depressionen. Tu also nicht so, als wärst du der Typ, der jemanden aufspüren und Rache üben kann.«

»Dann soll ich es also einfach auf sich beruhen lassen?«

»Hör mal, ich verstehe dich ja. Was mit Cella passiert ist, ist beschissen. Und diese … gefühllose Schlampe hat Schmerzen verdient. Aber ich bin mir nicht sicher, dass das, was sie getan hat, in einem Gerichtssaal später als mildernde Umstände für ihren Mörder ausgelegt werden würde. Und, ja, du hast Krallen und Reißzähne, du bist ein Raubtier, bla, bla, bla …«

»Bla, bla, bla?«

»… aber letzten Endes, mein Freund … bist du immer noch Polizist. Einer der alten Schule. Du würdest selbst nie jemanden damit davonkommen lassen, dass er Rache übt, ganz egal, wer oder was er ist oder wie perfekt seine Gründe erscheinen.«

»Aber ich habe das Gefühl, dass ich ihr das schuldig bin. Ich hab das Gefühl, dass ich es Cella schuldig bin.«

»Alles, was du Cella schuldig bist, sind ein paar Blumen, vielleicht auch ein paar Luftballons mit Aufschrift, und dass du sie vom Krankenhaus nach Hause fährst und verhätschelst. Du weißt schon, Bärenliebe.«

»Bärenliebe? Hast du das auch bei *National Geographic* gesehen?«

»Oder bei *Animal Planet*. Beide Sendungen sind sehr hilfreich im Umgang mit meinem Mann und meinen neuen Freunden, die keine Hunde sind.«

»Ich will nur …« Crush unterbrach sich, hob die Nase und schnupperte. Er streckte eine Hand aus, griff nach dem Türknauf und zog die Tür auf. Cellas Tochter stand davor, mit Dr. Davis' Tochter an ihrer Seite. Es sah aus, als seien die beiden Mädchen in eine hitzige Debatte verstrickt, aber als er die Tür öffnete, erstarrten sie beide. Er hatte das Gefühl, sie bei etwas ertappt zu haben, wusste jedoch nicht, bei was.

»Hi, Meghan. Alles okay?«

Mit weit aufgerissenen Augen nickte das Mädchen und schob ihre Freundin weg. Die Kleine entfernte sich, und Meghan machte einen Schritt auf ihn zu. »Mom ist wach.«

Cella gähnte und schaute zu Jai hinauf, die mal wieder etwas auf ein Krankenblatt kritzelte, das an einem Klemmbrett steckte. Was war das nur mit der Klemmbrett-Manie dieser Frau?

»Alles okay bei dir?«, fragte Cella.

»Mir geht's gut.«

»Du siehst aber nicht so aus.«

Jai hob ihren Blick, sah Cella direkt in die Augen und funkelte sie an.

»Ich hatte ja keine Ahnung, dass alle so an meiner Karriere hängen«, murmelte Cella. »Dass das alle so mitnehmen würde.«

»Können wir nicht einfach Mitgefühl zeigen?«

»Was ist das nur immer mit diesem Wort?«

Bevor Jai sie mit ihrem Klemmbrett hauen konnte – sie dachte ganz offensichtlich darüber nach –, ging die Tür auf und Josie rannte herein und kam kurz vor dem Bett stolpernd zum Stehen.

»Was ist denn?«, fragte Jai ihre Tochter.

»Detective Crushek …«

»Was ist mit ihm?«

»Meghan und ich haben ihn gesucht, und er hat mit Detective MacDermott gesprochen und … er will sich rächen.«

Cella runzelte die Stirn. »An der Mannschaft aus Minnesota?«

»Hä?« Josie schüttelte den Kopf. »Nein, nein. An seiner Pflegemutter oder so?« Sie lehnte sich nach vorne und flüsterte: »Ist er eine Waise?«

»Das ist er, Süße, aber er kommt sehr gut damit klar.«

»Im Moment nicht. Er ist wirklich wütend wegen dem, was mit dir passiert ist, Tante C.« Was eigentlich nicht überraschte, wenn Baissier wirklich etwas mit dieser ganzen Sachen zu tun hatte. Andererseits hatte Cella das Gefühl, noch Glück gehabt zu haben. Tatsache war, dass Baissier auch dafür hätte sorgen können, dass Cella beim Verlassen des Sportzentrums ein Kopfschuss erwischte, wenn sie sie wirklich hätte aus dem Weg räumen wollen. So hätte KZS die Angelegenheit jedenfalls geregelt.

»Wo ist er?«

»Meghan bringt ihn her, aber sie wollte, dass ich dich erst vorwarne.«

»Vorwarne?«

»Du kannst ihn nicht reinlassen.«

»Kann ich nicht?«, fragte Cella und genoss das Ganze sichtlich, wahrscheinlich, weil sie high war. Jai schlug ihr trotzdem auf die Schulter. »Autsch!«

Die Tür ging wieder auf, und Meghan kam herein, gefolgt von Crush. Zuerst lächelte Cella, weil es irgendwie lustig aussah. Ihre zu dünne, kaum einen Meter achtzig große, sehr adrette Tochter, gefolgt von einem fast zwei Meter zehn und knapp einhundertfünfzig Kilo schweren Polizisten, der ein schwarzes Black-Sabbath-T-Shirt trug und aussah, als sei er gerade aus dem Knast entlassen worden. Glücklicherweise war das nicht der Fall. Ihre Tochter war absolut in Sicherheit. Und als ihr dies bewusst wurde, wurde Cellas Lächeln noch ein wenig breiter. Sie mochte vielleicht high sein, aber sie wusste trotzdem noch, dass sie dem Bären vertraute. Ihm lag etwas an ihr, und das wiederum bedeutete, dass die kleine Josie recht hatte. Crush würde die Schuld für alles auf seine riesigen Bärenschultern nehmen. Doch das sollte er nicht. Nichts von all dem war seine Schuld. So war nun einmal die Welt, in der sie alle lebten. So waren die grausamen, herzlosen Spiele, die sie spielten – die Gruppe, KZS und der BPC. Er konnte das weder kontrollieren noch in Ordnung bringen, und sich deswegen mit Peg Baissier anzulegen, würde zu gar nichts führen, außer dazu, dass er ernsthaft verletzt wurde.

Außerdem lag Cella auch etwas an ihm! Es war ihr nicht egal, wenn der Bär verletzt wurde. Und es war ihr auch nicht egal, dass er wegen dieser Sache so aufgewühlt war. Bei diesem Gedanken musste sie nur noch breiter lächeln. Es war schön, für jemanden etwas zu empfinden, mit dem sie nicht blutsverwandt war oder der zur selben Zeit schwanger war wie sie.

Stirnrunzelnd hob Crush den Blick, und als er sie sah, blieb er stehen, seine Hand an der Tür, seine Augen auf sie gerichtet, und ein sanftes Lächeln breitete sich auf seinem Gesicht aus. So verharrten die beiden eine Weile und lächelten einander an.

Sie war von dem Hockeyspiel übel zugerichtet und voller blauer Flecken, ihr linkes Bein lag in einer Schiene, um es ruhig zu halten, in ihrem Arm steckte eine Infusion und ihr schwarzes Haar wurde unordentlich von einem Gummiband zusammengehalten – aber sie saß aufrecht im Bett und lächelte.

Gott, sie ist wunderschön.

Jemand räusperte sich, und Crush blinzelte und erinnerte sich wieder daran, dass sie nicht allein waren.

»In Ordnung«, sagte Dr. Davis und schüttelte Cellas Kopfkissen auf. »Ich bring die zwei jetzt nach Hause.«

»Ich lasse Mom nicht allein, Tante J.«, widersprach Meghan.

»Doch, das tust du.« Cella nickte ihrer Tochter zu. »Wenn du nicht nach Hause gehst, dann heißt das, dass meine Mutter zurückkommen wird. Bitte tu mir das nicht an. Der Mutter, die du liebst. Ich kann dieses Schluchzen nicht noch mal ertragen.«

»Aber was, wenn du irgendwas brauchst?«

»Dafür ist das Pflegepersonal da.« Dr. Davis zog das Kissen unter Cellas Kopf hervor. »Sie werden sich ganz ausgezeichnet um sie kümmern.« Sie schüttelte das Kissen erneut auf. »Dafür wurden sie ausgebildet.« Dann legte sie das Kissen auf Cellas Gesicht und drückte sie wieder auf die Matratze.

Die beiden Teenager verdrehten die Augen, weil ihre Mütter ihnen so peinlich waren.

»Mo-om«, jammerte Dr. Davis' Tochter.

Lachend nahm Dr. Davis das Kissen wieder weg und hielt es hoch. »Ich wollte ihr nur beim Einschlafen helfen.«

Cella schlug ihrer Freundin auf den Arm. »Du bist eine Idiotin. Geht jetzt.« Sie winkte den beiden Mädchen zu. »Geht nach Hause. Ich bin morgen früh auch noch hier.«

»Du solltest nicht allein sein, Ma.«

»Ich bleibe.« Crush steckte seine Hände in die Taschen seiner Jeans. »Ich könnte sowieso nicht schlafen, da kann ich auch gleich hierbleiben.«

»Na ja, wenn das für Ma okay …«

»Ist es. Tschüss!« Cella scheuchte sie mit einer Handbewegung aus der Tür. »Bis bald!«

Crush ging zur Seite, damit die beiden Mädchen Cella zum Abschied einen Kuss geben konnten.

»Und du bewegst das Bein *nicht*«, warnte Dr. Davis sie.

»Werde ich nicht.«

Die Ärztin küsste ihre Freundin auf die Wange und ging zur Tür. Als sie an Crush vorbeiging, flüsterte er: »Ist sie …«

»… bis unter die Haarspitzen. Also viel Glück!« Sie zwinkerte ihm zu, ging hinaus und schloss die Tür leise hinter sich.

Im Zimmer wurde es still, und Crush stand nur da und starrte Cella an, bis sie ihn warnte: »Sag nicht, dass es dir leidtut.«

»Darf ich es denken?«

»Nein. Vertrau mir. Ich bin mir sicher, dass es im Laufe der Zeit noch viele Dinge geben wird, für die du dich entschuldigen musst … aber das hier gehört nicht dazu.«

»Ich hätte …«

»Du bringst mich noch zum Brüllen. Und wenn ich erst mal angefangen habe zu brüllen, dann höre ich nicht mehr so schnell damit auf.« Cella rieb sich die Augen. »Und weißt du, wozu ich wirklich keine Lust habe? Hier rumzusitzen, darüber zu sprechen, alles zu analysieren und, du weißt schon, darüber nachzudenken.«

»Okay. Und wozu hast du dann Lust?«

»Kuschelbär zu spielen.«

Crush kratzte sich am Kinn, um nicht laut loszulachen. »Kuschelbär? Und was ist das?«

»Das ist, wenn ich mit meinem Bären kuschele und er mir sagt, dass ich wahnsinnig hübsch bin.«

Er nickte. »Ich denke, das kriege ich hin.« Er machte einen Schritt auf das Bett zu.

»*Nackter* Kuschelbär.«

»Nein.« Crush winkte ab. »Auf keinen Fall.«

»Oh, komm schon!«

»Wir spielen nicht nackter Kuschelbär. Du musst dich erholen, du musst dein Bein ruhig halten, und du bist high.«

»Ich bin *sooooo* high.« Zur Verdeutlichung hob sie beide Hände mit ausgestrecktem Zeige- und kleinen Finger in die Luft, während sie mit ihren Daumen die anderen Finger festhielt und ihren Kopf schüttelte, als sei sie bei einem Van-Halen-Konzert.

»Solltest du das wirklich so sehr genießen?«

»Hör mal, ich war sechzehn, als ich zum letzten Mal …« Sie hörte auf, schaute ihn an und fauchte: »Polizist.«

»Ich glaube, du bist inzwischen über die Verjährungsfrist hinaus, Malone. Aber ich muss schon sagen, du bist eine verdammt gute Mutter, weil deine Tochter *eindeutig* einen anderen Weg eingeschlagen hat.«

Sie zuckte mit den Schultern. »Einen langweiligen Weg.«
»Vielleicht, aber sie war auch nicht mit fünfzehn schwanger.«
»Ich war sechzehn, als ich schwanger wurde, und siebzehn, als ich diese Teufelsbrut zur Welt gebracht habe.« Cella wandte ihren Blick ab. »Sie wird Ärztin.«
»Hattest du gehofft, dass sie zu KZS geht?«
»Ich würde das Hauptbüro in der Schweiz niederbrennen, bevor ich das zulasse.« Sie kratzte sich an der Stirn. »Mein Kind will Ärztin werden, also wird sie auch Ärztin.«
Crush näherte sich dem Bett. »Wolltest du je bei KZS landen?«
»Ja, wollte ich. Und ich wollte auch ein Marine sein. Aber, wie schon gesagt ... das ist nicht Meghan, und auch nicht Josie.«
»Und Dr. Davis?«
»Sie heißt Jai. Nenn die Frau doch einfach Jai. Ich hasse deine Obsession mit förmlichen Namen.«
»Okay. Jai. Ist sie auch bei KZS?«
»Sie gehört nur zum medizinischen Team. Mir wurde einmal während eines Feuergefechts in den Hals geschossen. Sie war diejenige, die mich wieder zusammengeflickt hat. Aber ihr Spezialgebiet sind Arterienverletzungen. Um mein Knie hat sich ein anderer Arzt gekümmert.« Sie schaute auf ihr Bein hinunter. »Ich werde das Hockeyspielen vermissen.«
»Es tut mir leid.«
»Jetzt sagst du schon wieder, dass es dir leidtut.«
»Ich hab einfach das Gefühl, irgendwas sagen zu müssen.«
»Nein. Was du tun *musst*, ist, hier rüberzukommen und mein Kuschelbär zu sein.«
»Du jammerst.«
»Du *bringst* mich zum Jammern.«
Crush setzte sich neben Cella aufs Bett, legte einen Arm um ihre Schultern und rutschte so nahe wie möglich an sie heran, damit sie nicht versuchen würde, zu ihm zu rutschen.
»Besser?«, fragte er
»Viel besser«, seufzte sie und legte ihren Kopf an seine Brust.

»Und was passiert jetzt?«

»Sobald ich die Schiene los bin, haben wir Sex.«

»Nein.« Crush biss schnell die Zähne zusammen und befahl seinem Schwanz, sich zu beherrschen. »Ich meine, was passiert jetzt mit dieser ganzen Sache?«

Ihr ganzer Körper entspannte sich und sie schloss die Augen. »Ich hab keine Ahnung. Aber eins kann ich dir sagen«, murmelte sie, bevor sie in tiefen Schlaf fiel, »ich bin wirklich froh, dass ich heute Nacht nicht Baissier bin.«

Crush runzelte die Stirn. »Warum?« Aber es war zu spät. Cella war bereits eingeschlafen.

Peg betrat ihr Zuhause in Brooklyn, dicht gefolgt von ihrem aus zwei Männern bestehenden Sicherheitsteam. Es war spät, und sie war müde. Die Dinge liefen nicht so, wie sie es sich vorgestellt hatte, aber sie würde nicht aufgeben. Sie würde niemals aufgeben.

Flüchtig sah sie ihre Post durch. Als sie nichts Wichtiges fand, warf sie die Umschläge auf das Silbertablett, das auf dem Beistelltisch neben ihrer Haustür stand. Mit einem Seufzen streifte sie ihre Schuhe ab und ging durch den Flur in Richtung Küche. Sie kam an ihrem Wohnzimmer vorbei, blieb stehen, ging noch einmal zurück und ließ ihren Blick durch den Raum schweifen. Sie spürte, wie die Wut bei dem Anblick Zentimeter für Zentimeter an ihrem Nacken hinaufkroch.

»Jemand spielt Spielchen«, murmelte sie ihren Jungs zu, als sie die Verwüstung anstarrte, die jemand dort angerichtet hatte. Ein Großteil ihrer Möbel waren Antiquitäten, und *alle* waren teuer.

»Das ist widerlich«, beschwerte sich einer der beiden.

Während ihr Team nach oben ging, um den Rest des Hauses zu überprüfen, griff sie in ihre Handtasche, holte ihr Telefon heraus, ging weiter in Richtung Küche und fragte sich, was sich dort drin wohl abgespielt hatte.

In der Küche blieb sie stehen, das Telefon fest umklammert.

»Gemütlich?«, fragte sie die Wölfin, die im Schneidersitz auf ihrem Küchentisch saß.

»Sehr. Vielen herzlichen Dank.«

Peg wedelte mit der Hand in Richtung ihres Wohnzimmers. »Und war das auch dein Werk, du winziger Welpe?«

»Nein. Das waren die Katzen. Sie wissen ja, wie Katzen sind. Und Malone ist nun mal eine von ihnen.«

»Soll mir das alles etwa Angst einjagen?«

»Es soll Sie eher nerven. Ich nehme an, Sie haben eine gute Hausratversicherung. Obwohl ich bezweifle, dass die auch abdeckt, was sie mit Ihren Schuhen und Klamotten gemacht haben.«

»Was haben sie mit meinen ...«

»Ich bin mir sicher, dass Sie inzwischen riechen können, was sie getan haben. Wo Sie doch ein Grizzly sind und so.«

Genau aus diesem Grund verabscheute sie Katzen. »Und jetzt? Ist das der Moment, in dem du mir drohst und mich vielleicht ein bisschen verprügelst?«

»Nee.« Die Wölfin schüttelte traurig den Kopf. »Kann ich nicht. Momma hat mir immer gesagt, dass es falsch ist, alte Damen zu verprügeln.«

Mit einem leisen Knurren fauchte Peg: »Ich bin *keine* alte Dame.«

»Wie Sie meinen.«

»Was willst du dann? Mir eine letzte Warnung geben?«

»Ich bin nicht gerade für meine Warnungen bekannt. Verstehe nicht, was das bringen soll.« Sie glitt vom Tisch. Sie war groß, aber nicht so groß wie Peg. Und definitiv nicht so breit. Nur irgendeine kleine Wolfsschlampe der Gruppe. Als ob das allein Peg Angst machen würde.

Die Wölfin ging zur Hintertür, und Peg musste zugeben, dass sie es nicht verstand. Die Katzen hatten ihren Teil erledigt und mit ihren Krallen ihre Möbel zerstört und ihre sämtlichen Schuhe entweiht, aber die Hündin ... war auch anschließend noch hiergeblieben. Warum?

»Warum bist du noch hier, Hund?«

»Hatte nur ein bisschen Hunger, das ist alles.«

Verwirrt schaute Peg sich um und erwartete, benutzte Töpfe und Pfannen im Spülbecken zu entdecken. Vielleicht auch Hundescheiße in ihrem Kühlschrank. Aber stattdessen war alles, was sie sah, die unangetasteten Futter- und Wasserschalen auf dem Fußboden. Und daneben etwas Blut.

Peg folgte der Wölfin, aber diese blieb plötzlich in der Waschküche stehen und drehte sich zu ihr um. Peg schaltete sofort die Deckenlampe an, um die Hündin weiterhin sehen zu können. Es gab nicht viele Leute auf der Welt, die Peg nervös machten, aber …

Die Wölfin blickte sie mit ihren gelben Hundeaugen an und kratzte sich an der Wange. Zuerst war alles, was Peg sah, das Blut um den Mund der Hündin, aber dann hörte sie ein leises Klingeln und richtete ihren Blick auf das, was um das dicke, fast männliche Handgelenk dieser Schlampe gewickelt war. Es war ein leuchtend rotes Halsband, an dem eine kleine Glocke hing. Sie klingelte jedes Mal, wenn sie sich kratzte.

Wutentbrannt brüllte Peg: »Du widerliches Stück …«

»Na, na, na«, unterbrach die Hündin sie ruhig und verlor keine einzige Sekunde lang die Fassung. Sie zeigte keine Angst, keine Wut, keinen Hass. Nichts. Gar nichts. »Wir wollen doch nicht unhöflich werden.«

»Du hast meine Katze gefressen.« Das schwarz-weiße Kätzchen, das Peg vor zwei Jahren gerettet hatte, um einen Investor und Katzenliebhaber zu beeindrucken. Eine Katze, die ihr im Lauf der Zeit ziemlich ans Herz gewachsen war!

»Sie wissen ja, wie das ist.« Die Hündin neigte den Kopf zur Seite und wischte sich mit dem Zeigefinger das Blut aus dem Mundwinkel, bevor sie den Finger sauber leckte. »Sie haben sich an meiner Katze vergriffen … und ich mich an Ihrer.«

Als sie fertig war, tippte sie sich an die Baseballmütze und verneigte sich leicht vor Peg. »Dann wünsche ich Ihnen noch einen schönen Abend.«

Pegs Hände verkrampften sich zu Fäusten, und sie fragte: »Wer zur Hölle bist du eigentlich?«

»Mein Name ist Dee-Ann.« Sie öffnete die Hintertür und trat in die Dunkelheit hinaus, aber als sie zu Peg zurückschaute, funkelten ihre gelben Hundeaugen.

»Du bist Eggie Ray Smiths Tochter«, sagte Peg anklagend.

»Das ist richtig. Ich grüße Daddy von Ihnen.«

Und damit verschwand sie in der Dunkelheit, und Peg machte hastig die Tür zu und schloss sie ab. Dann wählte sie mit zitternden Händen über die Kurzwahltaste die Nummer ihrer Assistentin. »Schick mir sofort eine taktische Einheit hier rüber.« Sie schnupperte in die Luft, und beim Geruch dieser widerlichen Hündin und – noch schlimmer – der Katzenpisse und -scheiße drehte sich ihr der Magen um. »Und eine gottverdammte Putzkolonne.«

Kapitel 32

Ein sanftes Schulterklopfen weckte Crush. Der Geruch von heißem Kaffee brachte ihn sogar dazu, den Kopf von der Matratze zu heben. Er lag jedoch nicht mehr in Cellas Bett. Er wusste, dass ihre Familie bald zurückkommen würde, und er hätte einfach kein gutes Gefühl dabei gehabt, wenn sie ihn beim Kuscheln mit Cella in ihrem Bett vorgefunden hätten. Deshalb hatte er sich kurz vor der Morgendämmerung sehr widerwillig von ihr gelöst – Gott, sie war so warm und roch so gut – und sich auf den Stuhl neben ihrem Bett gesetzt. Er hatte seine Arme verschränkt auf der Matratze abgelegt und seinen Kopf darauf gebettet. Und so hatte er bis zu dem sanften Schulterklopfen und dem Geruch von Kaffee verharrt.

Crush rieb sich die Augen, gähnte, setzte sich auf und lächelte das freundliche Gesicht an, das zu ihm herunterschaute.

»Morgen, Mrs. Malone.«

»Morgen, Schätzchen.« Cellas Mutter hielt ihm einen Kaffeebecher hin, den er dankbar entgegennahm. Ein Schluck, und er fühlte sich schon viel besser.

»Wie geht es ihr?«, fragte Mrs. Malone.

»Gut. Sie hat gut geschlafen. Aber das hatte wahrscheinlich mit den Medikamenten zu tun, die sie ihr gegeben haben.«

»Schmerzmittel, Antibiotika und noch irgendwas anderes, um sicherzustellen, dass sie schläft, hat Jai gesagt«, ratterte Mrs. Malone herunter. »Ich schätze, sie können einfach nicht riskieren, dass sie richtig hohes Fieber kriegt.« Nein, das konnten sie tatsächlich nicht. Obwohl das Fieber schwerverletzten Gestaltwandlern dabei half, schneller zu heilen, führte es auch dazu, dass sie sich ständig von einer Gestalt in die andere verwandelten und dazu neigten, im Schlaf um sich zu schlagen und wie wild zu zappeln. Nicht das Beste für Cellas heilendes Bein. Deshalb hatten die Ärzte sie stärker zugedröhnt, als sie es normalerweise getan hätten, und gehofft, dass sie die ganze Nacht ruhig durchschlafen würde. Und glücklicherweise hatte sie das auch getan.

Mrs. Malone ging um das Bett herum und schaute auf ihre Tochter hinunter.

»Ihr geht's gut«, versprach Crush ihr. »Sie ist unglaublich stark.«

»Genau wie ihr Vater.«

Crush konnte ein leises Lächeln nicht unterdrücken. »Und genau wie ihre Mutter, glaube ich.«

Die Tigerin blinzelte ihn überrascht an, und ihre Wangen wurden ein bisschen rot. »Na ja … vielen Dank.« Mrs. Malone räusperte sich. »Detective Crushek …«

»Nennen Sie mich Crush.«

»Crush. Warum holen Sie sich nicht was zu essen?«

Crush blickte auf Cella hinunter, die immer noch tief und fest schlief.

»Machen Sie sich keine Sorgen um Cella. Ich bin ja hier, und Sie können mir glauben, wenn ich Ihnen sage, dass auch der Rest der Familie bald hier sein wird. Außerdem möchte ich, dass Sie hierbleiben und mir mit den ganzen Besuchern helfen.«

»Besucher?«

»Ihr Vater wurde auch mal während eines Spiels verletzt. Das Krankenhaus, in dem er lag, musste zusätzliches Sicherheitspersonal anfordern.«

»Fan-Invasion?«

»Ganz genau.«

»Sie sind wirklich sehr vorausschauend.«

»Ich weiß. Es ist mein Job, für das Unvorhergesehene zu planen.« Sie winkte ihn hinaus. »Und jetzt gehen Sie und holen Sie sich was zu essen.«

Crush nickte, und ihm wurde bewusst, dass er am Verhungern war. Eigentlich hatte er nach dem Spiel mit Cella zu Abend essen wollen, deshalb hatte er während des Spiels nur ein oder zwei Sandwiches, ein Steak und eine große Pizza gegessen.

Yep. Am Verhungern.

Crush stand auf, ließ seine Schultern kreisen und nickte Cellas Mutter zu. »Ich bin in fünfzehn Minuten zurück, Mrs. Malone.«

»Sie haben gerade die ganze Nacht lang auf meine Tochter aufgepasst, Crush. Ich glaube, es geht in Ordnung, wenn Sie mich Barb nennen.«

»Oder Mrs. M. Das erscheint mir respektvoller.«

»Barb ist respektvoll genug, wenn ich Ihnen sage, dass es das ist. Und jetzt gehen Sie, bevor die idiotischen Schwestern meines Mannes hier auftauchen und dafür sorgen, dass ich sehr viel unangenehmer werde.«

»Fünfzehn Minuten.«

Cella hörte die Kabbeleien, aber sie beschloss, sie zu ignorieren und ihre Augen geschlossen zu halten.

Die Wirkung der Medikamente war abgeklungen, und sie spürte in jedem einzelnen Moment, wie sich ihr Bein wieder selbst zusammenflickte und den Fremdkörper zu einem Teil von sich machte. Und, um es kurz zu machen, es tat verflucht weh. Cella wusste, dass die Schmerzen, wenn alles planmäßig verlief, in ein oder zwei Tagen nachlassen würden. Aber im Moment – tat es weh.

Und zu hören, wie sich ihre Tanten mit ihrer Mutter stritten – mal wieder –, half auch nicht, sondern ging ihr nur auf ihre ohnehin strapazierten Nerven. Aber da Cella ihre Verwandten schon seit ihrem allerersten Atemzug streiten gehört hatte – es ging das Gerücht, ihre Mutter und ihre Tante Deirdre seien noch Sekunden, bevor Cella zur Welt gekommen war, in einen Kampf mit ausgefahrenen Krallen verstrickt gewesen, was rückblickend Cellas Charakter erklärte –, fiel es ihr nicht allzu schwer, sie auszublenden und wieder einzuschlafen. Besonders, da sie sich auf etwas anderes konzentrieren konnte. Crush, um genau zu sein. Er war es wert, dass sie sich auf ihn konzentrierte anstatt auf diese Schmerzen. Sie war in der vergangenen Nacht hin und wieder aufgewacht, und jedes Mal war er noch dagewesen und hatte sie festgehalten. Er hatte ein bisschen geschnarcht, aber nicht so laut, dass sie ihm am liebsten ein Kissen aufs Gesicht gedrückt hätte, bis er für immer damit aufhörte. Und er hatte seinen Arm die ganze Zeit um sie gelegt, sie ganz fest an sich gedrückt und sie ruhig gehalten. Und trotzdem hatte sie sich nicht gefangen gefühlt, während sie von so viel Mann festgehalten wurde. Nein. Sie hatte sich kein bisschen gefangen gefühlt. Unglaublich. Normalerweise fühlte Cella sich schon gefangen, wenn eine der Türen der Toilettenkabinen im Sportzentrum klemmte und sie länger als zwei Sekunden brauchte, um sie zu öffnen. Zum Beispiel fünf Sekunden. Einmal hatte sie sogar zehn Sekunden gebraucht, und sie war dermaßen ausgerastet, dass sie die Tür einfach aus den Angeln gerissen und sich auf dem Weg zurück ins Fitnessstudio bei dem Hausmeister entschuldigt hatte, der ihr unterwegs begegnet war.

Gott, fing sie wirklich an, diesen Kerl zu mögen?

Moment mal. Nein. Sie fing nicht an, diesen Kerl zu mögen. Sie mochte ihn längst. Sehr. Was ebenfalls überraschend war, weil er ganz und gar nicht so war wie die Männer, zu denen sie sich normalerweise hingezogen fühlte. Nein. Crush war übertrieben höflich und ruhig, hatte gute Manieren und war absolut vertrauenswürdig. Obwohl, wenn sie so darüber nachdachte, waren diese Eigenschaften für jeden Mann wichtig, der Zeit mit Cellas Tochter verbringen würde. Darüber hatte sie nie wirklich nachgedacht, da es nie einen Mann gegeben hatte, den Cella in die Nähe ihrer Tochter gelassen hätte und der nicht der Vater des Kindes, ein Blutsverwandter oder ein Lehrer war.

Natürlich war es noch viel zu früh, um zu wissen, ob all dieses analytische Grübeln über einen einzigen Bären überhaupt nötig war, aber es half ihr dabei, wieder einzuschlafen, obwohl die Streitereien im Zimmer nicht nachließen.

Leider bekam Cella nicht die Chance, diesen Schlaf ausführlich zu genießen, da jemand beschloss, ihr Bein zu berühren. Es war nur eine leichte Berührung, aber sie reichte aus, dass sie hochschreckte und die Kehle desjenigen packte, der sie berührt hatte.

Cella machte die Augen auf und blickte in das winzige Gesicht einer Krankenschwester. Das winzige, zarte Rotluchsweibchen starrte sie mit weit aufgerissenen Augen und einer ziemlich respekteinflößenden Nadel in der Hand schweigend an.

Nachdem er sich ein nicht anders als sagenhaft zu bezeichnendes Essen in der reinen Gestaltwandler-Cafeteria hatte schmecken lassen – Cafés nur für Gestaltwandler boten oft das beste Essen und die passendsten Möbel für alle möglichen Arten von Wandlern, da sich so gewalttätige Wutausbrüche minimieren ließen –, ging Crush zu Cellas Zimmer zurück.

Die Fahrstuhltür öffnete sich auf ihrem Stockwerk, und Crush ging hinaus und blieb vor dem gigantischen Blumenstrauß stehen, der mitten im Flur stand. Dahinter erkannte er eine wahre Mähne aus weißem und braunem Haar.

»Mr. Novikov?«

Die Blumen bewegten sich ein wenig, und finstere blaue Augen funkelten ihn an. »Crushek.«

»Hi. Suchen Sie Cellas Zimmer?«

»Ich weiß nicht, was ich mit denen hier machen soll.«

Crush ging um die Blumen herum, um den Marodeur direkt anschauen zu können. »Mit ihnen machen?«

»Blayne hat gesagt, dass ich Blumen mitbringen muss. Ich hab ihr gesagt, dass sie mitkommen soll, aber sie meinte, sie käme später nach, weil es *schon wieder* irgendeinen Notfall bei den Wildhunden gibt.«

Wildhunde. Crush hielt sie für die geschwätzigsten aller Gestaltwandler-Arten. Die meisten waren aber nett, solange man ihre Welpen in Ruhe ließ.

»Okay.«

»Ich habe ihr angeboten, ich könnte trainieren gehen und wir könnten zusammen herkommen, wenn sie fertig ist, aber sie meinte, ich müsste *jetzt* gehen, damit Malone nicht denkt, all ihre Freunde hätten sie im Stich gelassen. Ich lasse sie nicht im Stich. Wie kann ich sie im Stich lassen, wenn wir nicht mal richtige Freunde sind? Wir sind Arbeitskollegen.«

»Und warum sind Sie dann gekommen?«

»Na ja … für eine Arbeitskollegin ist sie ganz annehmbar.«

Was wahrscheinlich bedeutete, dass Cella unter all den Mannschaftskollegen, die der Marodeur je haben würde, noch am ehesten so etwas wie eine Freundin für ihn war.

»Und dann hab ich Blayne gesagt, dass sie für uns beide Blumen mitbringen soll, aber sie meinte, ich solle das machen, weil es eine nette Geste wäre.« Sein Blick wurde noch finsterer. »Ich zeige keine nette Gesten. Ich bin nicht der Typ für nette Gesten. Außerdem«, er warf einen Blick auf die Blumen, »glaube ich, dass ich es ein bisschen übertrieben habe.«

Und Crush hatte immer geglaubt, *er* stelle sich in Alltagssituationen, die nichts mit seiner Polizeiarbeit zu tun hatten, ungeschickt an.

»Ich bin mir sicher, dass Cella das alles verstehen wird, wenn Sie es ihr erklären.« Und, noch besser, sie würde sich vor Lachen gar nicht mehr einkriegen.

»Ich schätze schon. Sie versteht mich, weißt du? Sie war wahrscheinlich einer der besten Enforcer, die ich je hatte. In den meisten Teams war ich nicht nur der beste Torschütze, sondern gleichzeitig der Enforcer. Aber wenn Malone auf dem Eis war, musste ich mir darüber keine Gedanken machen.«

»Das sollten Sie ihr auch sagen.«

»Ja. Okay.«

Und dann stand der Marodeur einfach nur da. Der Kerl mit der schnellsten je gemessenen Reaktionszeit stand einfach nur da und sah langsam ein wenig panisch aus.

Crush war nicht der Typ, der einen Mit-Bären einfach hängen ließ – auch wenn er nur ein halber Bär war –, und zeigte den Flur hinunter. »Ich zeige Ihnen, wo ihr Zimmer ist.«

»Okay.«

Sie setzten sich in Bewegung. Novikov trug den riesigen Blumenstrauß.

»Wo wir gerade von Enforcern sprechen«, sagte Crush, als sich Schweigen zwischen ihnen ausbreitete. »Wer wird Cella eigentlich ersetzen?«

»Niemand. Stattdessen kann ich mich mit einem Haufen Möchtegerns und MacRyrie, Van Holtz und Bert rumschlagen.«

»Wahrscheinlich. Fragen Sie Cella, ob sie Ihnen helfen will.«

»Mir helfen?«

»Lassen Sie sie entscheiden, wer ihren Platz einnehmen soll. Sie hat ein gutes Auge, und sie wird sich Sorgen machen, wenn Sie niemanden haben, der Ihnen den Rücken freihält und ihre Zustimmung findet.«

»Wird ihr das denn nichts ausmachen? Wenn ich sie um so was bitte, nach allem, was passiert ist?«

Zu Crushs eigener Überraschung glaubte er das tatsächlich nicht. Das Ganze würde sowieso nicht leicht für Cella sein, aber für sie ging es beim Hockey um mehr als nur darum, aufs Eis zu gehen und zu spielen. »Ich glaube, Cella wird alles, was auf sie zukommt, mit großer Würde bewerkstelligen.«

Der Marodeur blieb stehen und schaute Crush an. »Wir sprechen aber schon von Cella Malone, richtig?«

»Ja.«

»Mit Würde? Ernsthaft?«

»Na ja, ja. Ich weiß, dass sie auf dem Eis manchmal ...« Crushs Worte verebbten, als er plötzlich die kleine Josie auf den Flur rennen sah. Sie drehte sich im Kreis und zappelte wie wild mit den Händen in der Luft herum. Sie war in Panik.

Crush ging auf sie zu. »Josie? Was ist denn los?«

Josie sah ihn an, streckte ihre kleinen Hände nach ihm aus und klammerte sich an seinem Unterarm fest. »Sie müssen da reingehen!«

Sie riss ihn mit unglaublicher Kraft mit sich um die Ecke, während Meghan auf sie zugerannt kam.

»Gott sei Dank. Ich wollte Sie gerade suchen.«

»Was ist denn los?« Crush dachte sofort an Baissier und hatte Angst, dass sie ihnen weiteren Ärger geschickt hatte.

»Ma hat eine Waffe.«

Crush blieb stehen, Novikov direkt neben ihm, noch immer mit den dämlichen Blumen in der Hand. »Wie bitte?«

»Ja«, gab Dee-Ann widerwillig zu. Sie stand mit dem Rücken zur Wand und hielt sich einen Eisbeutel ins Gesicht. »Meine Schuld.«

»Du hast eine Waffe ins Krankenhaus mitgebracht?«

»Ich bringe überallhin eine Waffe mit, Bärchen.«

Moment mal. Hatte sie ihn gerade wirklich »Bärchen« genannt oder … ach, egal. Dafür hatte er jetzt keine Zeit.

»Sie hatte schon ein paar von den kleinen Krankenschwestern verprügelt«, fuhr die Wölfin fort, »also haben sie nach den größeren geschickt. Ich habe versucht, sie wieder ins Bett zu stecken, und da hat sie sich meine 45er aus meinem Holster geschnappt.« Sie nahm den Eisbeutel vom Gesicht und enthüllte ihre geschwollene rechte Gesichtshälfte: Auge, Wange und Kiefer. »Und dann hat die Schlampe mir einen Schlag mit meiner eigenen verdammten Knarre verpasst.« Sie drückte den Eisbeutel wieder auf ihr verletztes Gesicht. »Und in dem Moment dachte ich, ich hau lieber ab, anstatt ihr mit meinem Messer die Kehle aufzuschlitzen. Ich war nämlich echt in Versuchung.«

»Okay.« Crush schaute Meghan an. »Sie hat dich doch nicht bedroht, oder?«

»Nein, nein.« Sie schüttelte den Kopf. »Natürlich nicht.«

»Gut.«

»Aber sie hat einen Schwarzbären als Geisel genommen.«

Crush rieb sich mit beiden Händen das Gesicht. »Ich war fünfzehn Minuten weg, und jetzt haben wir hier eine Geiselnahme?«

Meghan tätschelte ihm die Schulter. »Willkommen in meiner Welt, Detective Crushek.«

Die Tür ging auf, und Cella fauchte: »Wo zur Hölle warst du?«

»Ich war nur kurz was essen.« Crush kam ins Zimmer, gefolgt von einem riesigen sich bewegenden Blumenbusch. Er stemmte die Hände in die Hüften. »Du stehst«, sagte der Bär anklagend. »Warum stehst du?«

»Beruhige dich, ich belaste mein Knie überhaupt nicht.« Stattdessen lehnte sie sich gegen die Wand und streckte ihr in der

Schiene steckendes Bein nach vorn aus. Das wäre auch kein allzu großes Problem gewesen, wäre da nicht der Schwarzbär gewesen, den sie im Schwitzkasten hielt und der nicht aufhören konnte zu schluchzen. Gott. Da haute man einem großen Schwarzbären mal ein bisschen auf die Nase, und schon verwandelte er sich in ein ausgewachsenes Weichei.

»Lass den Schwarzbären wieder runter, Cella.«

»Er ist nur in dieser Lage, weil er mich angefasst hat. Ich mag es nicht, wenn ein Bär mich anfasst. Es sei denn natürlich, es ist ein ganz bestimmter Bär.« Sie grinste und zwinkerte ihm zu.

Crushs Gesicht lief rot an, und er blickte zu Cellas Mutter und Tanten hinüber. Sie hatten das Zimmer noch nicht verlassen, aber sie waren auch keine besonders große Hilfe. Allerdings wussten sie natürlich, wie Cella war, wenn sie sich in eine Ecke gedrängt fühlte, und warum sollten sie sich einmischen, wenn es nicht unbedingt nötig war?

»Was meinst du damit, er hat dich angefasst?«

»Er hat versucht, mich aufs Bett zu drücken. Und das nicht aus Spaß, wenn ich das mal so nennen möchte.«

»Diese Leute versuchen nur, dir zu helfen.«

»Wenn sie mir helfen wollen, sollen sie mich in Ruhe lassen. Und mir nicht den Verband abreißen.«

»Wovon sprichst du denn da?«

»Es gibt ein kleines Problem«, erklärte Cellas Mutter Crush. »Obwohl ihr Knie noch ein bisschen Zeit braucht, bevor sie wieder gehen kann, ist ihre Haut so schnell verheilt, dass der Verband jetzt irgendwie … damit verwachsen ist.«

»Sie haben versucht, mir die Haut von den Beinen zu reißen«, stellte Cella klar. »Ohne Schmerzmittel.«

»Sie wollten ihr welche geben.« Barb grinste ihre Tochter an. »Aber unsere kleine Miss Überreaktion hat der Krankenschwester eine verpasst, bevor sie ihr die Spritze verabreichen konnte. Diese arme Rotluchsin.«

»Wo ist Jai?«, fragte Crush Barb, und Cella ging das allmählich auf die Nerven. Warum sprach er mit ihrer Mutter?

»Unterwegs.«

»Hallo?«, blaffte Cella ihn an. »Ich bin hier. Würde es dir was ausmachen, mich nicht zu ignorieren?«

Crush schaute sie an. »Wie lange kannst du noch so auf einem Bein stehen?«

»Keine Ahnung.«

»Wenn du das Bein zu früh belastest, dann riskierst du einen dauerhaften Schaden, Cella.«

»Das klingt, als wäre es mein Problem und nicht deins.«

»Da hast du recht. Außerdem, wen interessiert's? Du bist sowieso aus der Mannschaft raus. Sitzt auf der Straße. Das muss echt wehtun.«

Cellas kniff die Augen noch enger zusammen und funkelte den Bären an, während ihre Mutter und ihre Tanten ein Stück zurückwichen.

Crush deutete mit einem Finger über seine Schulter. »Mr. Novikov hat dir Blumen mitgebracht.«

»Er heißt Bo, du Nerd. Bo. Nicht Mr. Novikov.«

»Er will ohne Enforcer weiterspielen, jetzt, wo du draußen bist. Ich hab ihm gesagt, er soll Gene Martin nehmen.«

»Bist du wahnsinnig?«, erwiderte Cella und fragte sich, was bloß in den Bären gefahren war.

»Was stimmt denn nicht mit ihm?«

»Alles! Erstens gehört er aus gutem Grund zur zweiten Garde. Zweitens sollte er immer noch in der zweiten Mannschaft spielen. Der einzige Grund, warum er das nicht tut, ist, dass sein Vater seine Beziehungen hat spielen lassen, damit er ins Team kommt. Und drittens legt er sich freiwillig in ein Krankenhausbett, wenn er auch nur einen winzigen Kratzer abbekommt. Er ist schwach und irgendwie dämlich. Er kann mich auf gar keinen Fall ersetzen.«

»Wen würdest du dann vorschlagen?«

»Den Reed-Jungen.«

Die Blumen wurden plötzlich zur Seite geschleudert und enthüllten Novikov. Er hatte ihr Blumen mitgebracht? Wirklich süß, aber sie war sich sicher, dass er das nur getan hatte, weil Blayne ihn dazu überredet hatte.

»Reed?«, knurrte Novikov. »Willst du mich verarschen, verdammt?«

»Der Junge hat echtes Potenzial, und Wölfe sind großartige Enforcer. Erinnerst du dich noch an Onkel Jimmy?«

»Onkel Jimmy?« Crush blinzelte. »Meinst du Jimmy Caufield?«

»Mhm.«

»Jimmy ›Ich schlage zu, weil's mir gefällt‹-Caufield? *Den* Jimmy Caufield?«

»Na ja … ich nenne ihn einfach Onkel Jimmy. Er ist einer meiner Patenonkel. Er hat mir mein erstes Auto gekauft, als ich damals in Korea stationiert war. Warum starrst du mich denn so an?«

»Weil ich glaube, dass ein Teil von mir dich im Moment hasst.«

»Musstest du dir dein erstes Auto selbst kaufen?«

»Na ja, ja, aber das ist nicht der Grund, warum … vergiss es.«

Novikov drängte sich an Crush vorbei. »Du kannst das mit Reed doch nicht ernst meinen.«

»Ich meine das mit Reed sogar sehr ernst. Lass dich von diesem Hinterwäldlerakzent nicht täuschen …«

»Hey!«, beschwerte sich Dee-Ann aus dem Flur.

»… er ist gut. Und er könnte es dir beweisen, wenn du ihm eine Chance gibst.«

»Niemand hat mir eine Chance gegeben, und ich habe mich auch bewiesen.«

»Nur, weil du ein Loser ohne Freunde bist, der sich nie Sorgen darüber macht, wie er auf andere Leute wirkt.«

»Ich habe sehr wohl Freunde.«

»Dann nenn mir zwei, die nicht Blayne Thorpe sind.«

»Na ja …«

»Und erwähn bloß nicht diese beiden Eurotrash-Füchse, die manchmal bei dir rumhängen.«

»Die sind kein Eurotrash. Sie sind aus Maine.«

»Wie auch immer. Okay. Ich mache es dir leicht. Nenn mir *einen* Freund von dir, der weder ein Fuchs ist, der auf deine Kosten lebt, noch eine durchgeknallte Wolfshündin, die denkt, ihr Derby-Team sei wichtiger als meine Hockeymannschaft.«

Novikov schaute sich um und sah, dass nicht nur Cella auf seine Antwort wartete, sondern auch ihre Mutter und ihre Tanten. Dann zeigte er plötzlich auf Crush.

»Er.«

»Er? Du kennst ja noch nicht mal seinen Namen.«

»Er heißt Crushek.«

»Vorname?«

Während Cella beobachtete, wie Novikov versuchte, sich an den Namen zu erinnern, von dem sie sicher war, dass Blayne ihn ihm verraten hatte, biss sie sich auf die Innenseite ihrer Wange, um nicht laut loszulachen.

»Lou«, antwortete er schließlich. »Lou Crushek. Kurz: Crush.« Novikov schaute Crush an. »Richtig?«

Crush starrte seinen Lieblingsspieler mit offenem Mund an. »Hä?«

»Das ist doch dein Name, oder? Und wir sind Freunde, *richtig*?«, quetschte Novikov zwischen seinen gefletschten Zähnen hervor.

»Äh … ja. Okay. Sicher.«

»Siehst du?«, wandte sich Novikov mit offensichtlichem Triumph wieder an Cella. »Ich habe Freunde.«

»Anscheinend. Es liegt aber sicher daran, dass er keine wirkliche Bedrohung ist, weil er kein professioneller Hockeyspieler ist. Im Gegensatz zu Reed.«

»Willst du damit sagen, dass irgendein von Flöhen gebissener Wolf, der als ›einer von den Reed-Jungs‹ bekannt ist, eine Bedrohung für *mich* darstellt?«

»Das ist doch der Grund, warum du ihm keine Chance geben willst, oder? Weil du Angst hast, dass er dich schlecht aussehen lässt?«

»Einen schönen Scheiß wird er …«

»Dann gib ihm eine Chance.« Cella zuckte mit den Schultern und versuchte, beiläufig zu klingen. »Kann doch nicht schaden.«

»Er muss noch an sich arbeiten.«

»Cella kann ihm helfen«, schlug Crush vor.

»Kann ich?«

»Kannst du. Wenn dein Bein verheilt ist.«

»Aber ich bin nicht mehr in der Mannschaft.«

»Das heißt aber nicht, dass du dem Hinterwäldler nicht mehr helfen kannst.«

»Vielleicht bin ich durch diese ganze Tragödie aber auch viel zu sehr am Boden zerstört, um …«

»Ja, ja. Bla, bla, bla«, unterbrach Novikov sie. »Das Mindeste, was du tun kannst, ist, mit dem Typen zu arbeiten.«

Während Cella sich fragte, wie zur Hölle sie sich von zwei idiotischen Bären in diese Ecke hatte drängen lassen können, ließ sie den Schwarzbären in ihren Armen fallen, um diese vor ihrer Brust verschränken zu können und den beiden zu zeigen, wie genervt sie war.

»Cella?«

»Na schön! Ich mach's. Aber gib mir ein paar Wochen Zeit, okay?«

»Okay.«

»Entschuldigung?« Jai bahnte sich einen Weg durchs Zimmer und riss die Augen auf, als sie Cella sah. »Was machst du außerhalb deines Bettes?«

»Ich kann mich nicht mehr erinnern.«

»Dann schaff deinen Hintern wieder da rein. Mann, da lass ich dich mal fünf gottverdammte Minuten allein …«

Letzten Endes saß Crush bei Cella, während sie die Bandagen von ihrem Bein entfernten und die Schiene erneuerten. Er wusste, dass es ihr Schmerzen bereitete, aber sie hielt sich sehr tapfer. Allem Anschein nach hatte sie weniger ein Problem mit dem eigentlichen Entfernen des Verbandes als damit, wie die Sache gehandhabt wurde. Cella stand nicht besonders darauf, wenn man sich plötzlich auf sie stürzte.

Als sie wieder im Bett lag, ihr Bein ruhiggestellt und ein herzhaftes Mittagessen auf dem Weg in ihr Zimmer war, während ihre Mutter und ihre Tanten unterwegs waren, um ihr ein paar Zeitschriften und Süßigkeiten zu besorgen, sah Cella Crush an und beklagte sich: »Du hast mich in die Falle gelockt.«

»Nein, hab ich nicht.«

»Ist das so ein psychologisches Ding? Soll ich der Mannschaft helfen, um über mein Trauma hinwegzukommen?«

»Ich bin wirklich kein Therapeut, Cella.« Er lehnte sich entspannt auf seinem Stuhl zurück und legte die Beine auf ihr Bett. »Ich finde nur, dass du dich nicht einschränken solltest.«

»Mich bei was einschränken?«

»Dass du entweder spielst oder gar nichts mit Hockey zu tun hast.«

»Und was soll ich dann machen?«

»Du kommst schon noch drauf.«

»Oder du sagst es mir einfach.«

»In den Ratgebersendungen im Fernsehen sagen sie immer, dass man Lektionen fürs Leben selbst lernen muss.«

»Befolgst du wirklich den Rat von Fernsehsendungen, um zu wissen, wie du mit mir umgehen sollst?«

»Das ist auch nicht seltsamer, als wenn Dez sich *National Geographic* anschaut, um zu wissen, wie sie mit ihrem Mann umgehen soll.«

Sie kicherte. »Ich glaube, das macht ein bisschen mehr Sinn.« Sie spielte mit der Decke, die über ihr ausgebreitet war. »Fährst du bald nach Hause?«

»Nein.«

»Tust du nicht?«

»Wirst du heute Abend entlassen?«

»Nein. Ich werde erst entlassen, wenn sie sicher sind, dass das Knie richtig verheilt ist.«

»Dann hast du deine Antwort.«

»Du bleibst, bis mein Knie verheilt ist?«

»Ich denke schon.«

»Denkst du auch, dass das Krankenhaus dir erlaubt, so lange zu bleiben?«

»Bisher hat mich niemand gebeten zu gehen.«

»Weil du ein Bär bist?«

»Weil ich Polizist bin. Die Vorzüge der Marke.«

»Muss nett sein.«

»Schätze schon.«

Dee-Ann Smith kam ins Zimmer, und Crush bemerkte, wie sich Cella auf die Lippe biss, um beim Anblick des geschwollenen Gesichts der Wölfin nicht loszulachen.

»Wo ist meine Waffe, Katze?«

»Deine Waffe?«

»Ja. Die, mit der du mich angegriffen und die du anschließend gegen den Schwarzbären eingesetzt hast.«

»Ich hab sie nicht gegen den Bären eingesetzt. Ich hatte ihn nur im Schwitzkasten. Er kann von Glück sagen, dass ich ihn nicht im Würgegriff hatte.«

»Die Waffe?«

Cella zuckte mit den Schultern. »Weiß nicht. Hab sie nicht mehr gesehen, seit ich dir eine damit verpasst habe.«

»Du machst dich über mich lustig«, knurrte Smith, bevor sie in die Hocke ging und unter dem Bett verschwand.

»Du hättest dich eben nicht einmischen dürfen«, erwiderte Cella.

»Ich habe versucht, dir zu helfen, du undankbare Idiotin.«

»Habe deine Hilfe nicht gebraucht, Hinterwäldlerin.«

Smith kroch wieder unter dem Bett hervor. Sie hatte ihre Waffe gefunden und steckte sie wieder ins Holster. »Mach mich nicht sauer, du Schlampe, sonst brech' ich dir dein Knie gleich noch mal.«

»Du kannst mich mal.«

Die Wölfin zeigte ihr den Stinkefinger und verließ den Raum. Zwei Sekunden später kam sie wieder herein. »Wenn du dich besser fühlst … Abendessen?«

»Sicher. Kann ich Crush mitbringen?«

»Sicher. Bis dann.«

»Yep.« Cella griff nach der Zeitung, die jemand auf ihrem Nachttisch hatte liegen lassen, und studierte die Nachrichten auf der ersten Seite. »Versuch erst gar nicht, unsere Freundschaft zu verstehen«, sagte sie zu Crush, ohne von der Zeitung aufzuschauen. »Akzeptier sie einfach.«

»Ich denke, das ist ein guter Plan.«

Gezwungen, in einem Hotel zu übernachten, während ein Spezialtrupp – der sich gewöhnlich um Tatorte kümmerte – ihr Haus reinigte, war Peg erleichtert, wenigstens wieder zurück in ihrem Büro zu sein. Ihre Assistentin hatte ihr mitgeteilt, sie habe zahlreiche Nachrichten von »besorgten Bären« erhalten, aber Peg war nicht in der Stimmung, mit diesen Leuten zu reden. Sie wollte einfach nur Whitlan zwischen die Tatzen kriegen.

Fast fünfzehn Jahre lang war Whitlan einer der wichtigsten Informanten für das FBI und das NYPD gewesen. Er hatte seine Mistkerle von »Kollegen« mit beinahe kindlicher Freude verpfiffen. Und Peg hatte ihn für fast dasselbe benutzt. Nur dass sie nicht versucht hatte, Kriminelle davon abzuhalten, Drogen ins Land zu schmuggeln oder Waffen von einem Staat in den anderen zu verschieben. Stattdessen hatte sie Whitlan dazu benutzt, ihr zu verraten, wer die Jäger waren und wo genau sie jagten. Der BPC hatte entlang der ganzen Ostküste Großwildjägern das Handwerk gelegt. So war sie nicht nur für die gesamte Bärengemeinde unschätzbar wertvoll geworden, es hatte ihr auch einen gewissen Ruf bei den anderen Spezies verschafft, von denen sie gefürchtet und respektiert wurde. Was sie jedoch nicht gewusst hatte – ebenso wenig wie das FBI oder das NYPD –, war, dass Whitlan jeden Mistkerl verpfiff, der ihm in die Quere kam oder seinem Unternehmen schadete, während er weiterhin seine eigene Ware schmuggelte und seine eigenen Geschäfte tätigte. Er hatte mit Waffenhandel, Drogendeals und Menschenschmuggel ein Vermögen verdient. Aber sein Hobby war die Jagd auf Gestaltwandler. Vor allem Löwen und Bären. Und während Peg und der BPC irgendeinen einsamen Jäger in Jersey aus dem Verkehr zogen, den Whitlan nicht mochte, hielt sich Whitlan selbst in Delaware oder Connecticut oder sonst wo auf und schoss mit einer kompletten Jagdgesellschaft auf einen Grizzly, der in Yonkers eine Frau und vier Kinder hatte.

Als Peg herausgefunden hatte, was Whitlan trieb, hatte er leider bereits einen der Söhne von Jebediah Meirston gejagt, getötet und ausgestopft. Der Alte war der Patriarch des Meirston-Bären-Clans, einer sehr alten und sehr mächtigen Familie von Juwelenhändlern. Jebediah war höchstpersönlich zu Peg gekommen und hatte sie gebeten, ihr dabei zu helfen, den Jäger zu finden, der seinen Jungen getötet hatte, und angesichts der großzügigen finanziellen Unterstützung, die die Meirstons dem BPC zuteilwerden ließen, hatte sie ihm seinen Hilferuf nicht abschlagen können. Doch je tiefer sie nachgeforscht hatte, um herauszufinden, was passiert war, desto größer war ihr Entsetzen geworden, da sie sehr schnell erkannt hatte, wie töricht sie gewesen war. Genau wie das FBI und das NYPD. Und wenn erst einmal herauskam, dass sie sich von einem Vollmenschen hatte hinters Licht führen lassen, dann würde es keine Gerichtsverhandlung geben, und auch keine Schlagzeilen in der Zeitung. Sie würde von Glück sagen können, wenn es überhaupt ein Grab gab, da Bären Dummheit für gewöhnlich nicht tolerierten. Und Gott, sie war so dumm gewesen.

Was jedoch noch schlimmer war: Kaum hatte sie eine vernünftige Spur von Whitlan gefunden, da war ihm der gottverdammte Junge schon auf den Fersen gewesen. Jeder andere, nur nicht Crushek. Wenn es nur einer aus der Gruppe oder eine dieser lächerlichen Katzen gewesen wäre, hätte sie sich keine Sorgen gemacht. Aber Crushek … Er war einer der wenigen, die Meirston davon überzeugen konnten, dass sie in die Sache verwickelt war, da alle wussten, dass Lou Crushek »altmodisch ehrlich« war. Was immer zur Hölle das auch bedeuten mochte.

Die Tür ihres Büros wurde geöffnet, und Gray und Chazz kamen herein und ignorierten die Bitte ihrer Assistentin, noch kurz zu warten. Nun, sie hatte gewusst, dass es zu dieser Konfrontation kommen würde …

»Wie konntest du nur?«, fragte Chazz. »Wie konntest du das nur tun?«

Wenn sie bedachte, dass keiner dieser Idioten wirklich wusste, was eigentlich vor sich ging, verstand sie, warum sie nicht begriffen, dass Lou Peg endgültig erledigen konnte. Und da es die ganze Sache für sie nur schlimmer gemacht hätte, wenn sie den Bruder der beiden umgebracht hätte, hatte sie wenigstens *irgendetwas* tun müssen – und sie hatte sich dafür entschieden, ihn zu verletzen. Sie hatte jedoch nicht seine Arme oder Beine verletzt, da ihn das nicht aufgehalten hätte – aber seine kleine Katzenfreundin? Sie war sein Schwachpunkt. Also hatte sie getan, was sie tun musste.

»Hört mal, Jungs, es tut mir leid wegen eures Bruders …«

Chazz sah sie wütend an. »Unser Bruder?«

»Vergiss unseren Bruder«, schnauzte Gray sie an. »Was ist mit dem gottverdammten Team? Wie konntest du das den Carnivores antun?«

Peg seufzte. Ja, sie hatte von Anfang an recht gehabt. Bei den drei Brüdern hatte der Widerspenstige das ganze Hirn abbekommen.

Kapitel 33

Drei Tage nach der Verletzung, die ihre Karriere beendet hatte, kehrte Cella ins Sportzentrum zurück. Crush fuhr sie hin und begleitete sie hinein, ließ sie jedoch allein in die Umkleidekabine gehen, um den Rest ihrer Sachen zu holen. Sie war dankbar, dass er so verständnisvoll war, denn Cella war einfach noch nicht bereit dafür, ihrer alten Mannschaft zu begegnen. Ihr Knie mochte vielleicht verheilt sein, aber ihr Leben fühlte sich immer noch ein wenig wackelig an.

Aber Crush … nun, er war einfach unglaublich. Deshalb würde sie auch durch diese fünf Phasen der Trauer rauschen, von der ihre Familie ständig erzählte, und dann so schnell wie möglich mit Crush ins Hotel zurückfahren. Dort konnte sie ein wenig »Sextherapie« anwenden, um ihr Trauma zu verarbeiten. Ein ausgezeichneter Plan, wenn man sie fragte.

Doch als sie nun hier stand und auf das alte Trainingstrikot starrte, dass sie in der Hand hielt, fragte sie sich ernsthaft, ob sie je wirklich über all das »hinwegkommen« würde. Wenn sie nicht mehr für KZS arbeiten könnte, würde sie deswegen keine Träne vergießen. Würde sie es vermissen? Ja, das würde sie. Sie liebte es, mit anderen Katzen zusammen zu sein. Aber Hockey …

»Cella! Cella!«

Als sie hörte, wie jemand vor der Kabine immer wieder ihren Namen bellte, warf Cella das Trikot auf die Bank, ging zur Tür und riss sie auf.

»Was?«, fragte sie und sah, dass Crush sein Möglichstes tat, Reece Reed davon abzuhalten, sich an ihm vorbeizudrängen. Ein Jammer, dass der Bär auf Schlittschuhen ein hoffnungsloser Fall war, denn die restlichen Hockeygrundlagen schien er durchaus zu beherrschen. »Was zur Hölle ist hier los?«

»Du musst zum Probetraining kommen. Bitte.«

Cella legte eine Hand auf die Hüfte und schürzte die Lippen. »Versuchst du absichtlich, meine Gefühle zu verletzen? Willst du mich zum Weinen bringen oder so? Denn wenn ich weinen muss, dann sorge ich dafür, dass du mit mir weinst, Reed.«

»Nein, nein. Du verstehst nicht …«

»Ich verstehe sehr wohl, dass es einfach unfassbar komisch für euch sein muss, dass Großmaul Malone aus der Liga raus ist und ihr mir jetzt diese ganze Scheiße offen ins Gesicht sagen könnt, die ihr bisher immer hinter meinem Rücken sagen musstest, aber ich kann dir versichern …«

»Novikov leitet das Probetraining.«

Cellas Worte blieben ihr im Hals stecken, und sie begann, heftig zu blinzeln. Sie *musste* Reed falsch verstanden haben. Sie musste.

»Entschuldige bitte. Hast du gesagt …?«

»Er hat das Probetraining übernommen. Hat drauf bestanden. Hat gesagt, du wärst die Einzige, der er dabei vertraut hätte, und jetzt, wo du nicht mehr da bist …« Reed nahm seine Baseballmütze ab und fuhr sich mit den Händen durchs Haar. »Ich hab von einem der Hausmeister gehört, dass du und Crush im Gebäude seid. Ich weiß, dass du deine Sachen packen und von hier verschwinden willst, aber du musst doch verstehen … Er zerstört den Lebenswillen dieser Leute. Er hat eine Hyäne zum Weinen gebracht. Eine Hyäne. Die lachen sonst über alles, aber diese hat in der Mädchentoilette so heftig geschluchzt, dass es einem der Footballspieler, einem Löwen, so leidgetan hat … dass er hingegangen ist und die Hyäne getröstet hat. Löwen tun so was nicht.«

»Warum war er in der *Mädchen*toilette?«

»Wahrscheinlich, weil Novikov gesagt hat, dass er dort hingehört. Weil er so ein Mädchen ist.«

Cella kniff die Augen zusammen. »Dieser frauenverachtende Mischlings-Scheißkerl.«

»Keiner weiß, was er machen soll, und Van Holtz hat ihm schon zweimal eine verpasst.«

»Wo zum Teufel ist Reynolds?« Der immer nutzloser werdende Coach der Carnivores.

»In seinem Büro ... und trinkt.«

»Es ist acht Uhr morgens.«

»Ich schließe hiermit meine Beweisführung.«

Cella schaute zu Crush hinüber, doch der zuckte nur mit den Schultern. »Ist deine Entscheidung. Aber ich sollte dich daran erinnern, dass du Hannah zum Probetraining eingela...«

»Oh mein Gott!« Cella zeigte auf Reed. »Trommel ein paar von den Jungs zusammen und zieht eure Ausrüstung an. Wir treffen uns in der Halle.«

»Okay.«

Cella rannte zu ihrem Spind zurück, schnappte sich ihre Ausrüstung und zog sie an, so schnell sie konnte.

Ohne ihre Augen zu öffnen, wusste Sophie, dass jemand in ihrem Hotelzimmer in Atlantic City war, aber als sie nach der Pistole griff, die sie immer unter ihr Kopfkissen legte, wusste sie bereits, dass sie nicht mehr dort sein würde.

War sie auch nicht.

»Kannst auch gleich aufstehen, Schätzchen. Hab nicht den ganzen Tag Zeit.«

Sophies Verstand arbeitete auf Hochtouren und suchte nach einer Möglichkeit, aus dieser Sache herauszukommen, während sie sich aufsetzte und ihren Blick erst zu den beiden Fenstern wandern ließ, die ihr am nächsten waren, und dann zur Tür. Vielleicht konnte sie ...

»Du wirst es nie hier rausschaffen, bevor ich dich schnappe. Das wissen wir beide.«

Das taten sie. Sophie betrachtete die große, breitschultrige Frau, die ihr gegenüber saß. In den dreiundzwanzig Jahren, die Sophie DiMarco nun schon auf dieser Erde weilte, hatte sie gelernt, die Menschen zu lesen. Es war ein Talent, durch das sie bisher am Leben und relativ unversehrt geblieben war. Als sie diesen blutenden Typen aufgesammelt hatte, hatte sie gewusst, dass sie von ihm nichts zu befürchten hatte. Nicht nur, weil er das Auto vollgeblutet hatte, sondern weil sie es erkannt hatte. Sie hatte es gespürt.

Bei dieser Frau war es etwas anderes. Sie wusste, dass die Schlampe sie umbringen würde, falls sie versuchte, zu fliehen, und dass sie nicht einmal einen einzigen Gedanken daran verschwenden würde, wenn es vorbei war.

»Was wollen Sie?«

Hundeartige Augen blinzelten sie an. »Ich will, dass du mir zeigst, wo du diesen Jungen aufgegabelt hast.«

»Kann ich Ihnen nicht einfach sagen, wo ...«

»Es ist nicht so, dass ich dir nicht vertraue ... ich vertraue niemandem. Also zeig mir, wo es war.«

»Und was dann?«

»Schätzchen, wenn ich dich töten wollte, dann hätte ich es längst getan. Aber ich habe Abmachungen getroffen, und an die halte ich mich.«

»Ja, aber ...«

»Du willst doch, dass der Junge in Sicherheit ist, oder?«

»Ich schätze schon. Ich meine, ich kenne ihn ja eigentlich gar nicht.«

»Gabelst du immer blutüberströmte Fremde auf der Straße auf?«

Als ihr bewusst wurde, dass diese Fremde sie entweder umbringen würde oder nicht, und dass es nichts gab, was Sophie dagegen tun konnte, gab sie zu: »Das ist es nicht, was ich gesehen habe. Das wissen wir beide.«

»Hilf mir«, sagte die Frau. »Und ich sorge dafür, dass dich niemand mehr verfolgt.« Sie lehnte sich nach vorn, stützte sich mit den Ellbogen auf ihren Knien ab und fügte hinzu: »Solange du die Klappe hältst.«

Crush folgte Cella in die Halle und blieb neben der Eisfläche stehen. Ein paar Sekunden später rannten Reed und die restlichen Spieler, die er hatte zusammentrommeln können, in kompletter Ausrüstung – abgesehen von ihren Schlittschuhen – auf ihn zu. Crush öffnete die Tür und ließ das Team hinein. Reed blieb stehen. »Kommst du mit rein?«

»Auf dem Schild steht«, er zeigte auf das große Schild, um das mehrere Stadionwachen herumstanden, »dass nur Spieler und Teilnehmer des Probetrainings rein dürfen. Ich bin weder das eine noch das andere.«

Der Wolf grinste. »Bist du nicht niedlich?« Dann packte er Crush an seinem Sweatshirt und zerrte ihn mit sich.

»Bist du sicher, dass das okay ist? Ich meine …«

»Sei still, Kumpel. Und schau einfach deiner Frau bei der Arbeit zu.«

Cella skatete über das Eis auf Novikov zu. Novikov ließ gerade eine Tirade auf irgendeinen armen Jungen los, der aussah, als sei er noch nicht mal achtzehn Jahre alt.

Cella schob sich zwischen die beiden und blieb direkt vor Novikov stehen. »Was ist mit dir los?«, fragte sie ihn.

»Gar nichts. Warum bist du hier?«

»Ich bin hier, um zu helfen.«

»Kannst du nicht. Du bist nicht mehr im Team.«

»Ich kann nur während eines Spiels nicht mehr helfen, du Idiot. Es steht aber nirgends, dass ich während des Probetrainings nicht helfen kann.«

»Du sollst für mich unter den Verlierern, die wir schon haben, einen Enforcer finden. Ich kümmere mich um die neuen Verlierer.«

Cella schloss die Augen und atmete tief ein. »Kann ich mal kurz mit dir reden?«

»Nicht, wenn du mich nur anbrüllen und mir sagen willst, dass ich diese Idioten nicht als ›Verlierer‹ bezeichnen darf. Vor allem, weil du gar nicht mehr im Team bist.«

Cella machte die Augen wieder auf und schaute durch ihre schwarzen Wimpern zu dem gut zwei Meter zwanzig großen Hybriden hinauf.

»O-oh«, murmelte Crush.

»Ja«, stimmte Reed ihm zu. »Ich hab gerade genau dasselbe gedacht.«

Cella skatete über das Eis davon, hielt an einem der anderen Ausgänge an und ging hinaus.

Reed sah Crush an. »Das war's?«

»Das bezweifle ich.«

Novikov war bereits wieder damit beschäftigt, die Hoffnungen und Träume von völlig Fremden zu zerstören, als Cella zurückkehrte. Sie skatete zu ihm hinüber, blieb stehen und schaute zu ihm hinauf.

»Was? Du bist zurück? Warum?«

»Du hast doch nicht … oder?«, sagte eine leise Stimme, und Crush und Reed lehnten sich zur Seite, um sehen zu können, wer in dem Eingang stand, durch den Cella gerade gekommen war.

»Oh, Mann«, flüsterte Reed. »Malone ist *eiskalt.*«

»Ich weiß.«

Novikov funkelte Cella wütend an und drehte sich dann zu seiner Verlobten um. »Blayne …«

»Du!«, explodierte die Wolfshündin, »bist ein schrecklicher, schrecklicher Mann! Wie konntest du das zu Cella sagen, nach allem, was sie durchgemacht hat? Ich werde dich *niemals* heiraten! *Niemals!*«

Blayne rannte hinaus, und Novikov hielt Cella seinen Schläger hin. »Ich hasse dich«, sagte er.

»Sei einfach froh, dass ich dir nicht ins Gesicht geschlagen hab. *Schon wieder.*«

Novikov eilte seiner Verlobten hinterher, und Cella warf den überzähligen Hockeyschläger einem der Spieler zu, da sie ihren eigenen dabeihatte.

Mit einem Lächeln skatete sie zu den Teilnehmern des Probetrainings hinüber. »Hi, Leute. Ich bin Cella Malone. Erstens …«

»Schon wieder erstens«, sagte Crush leise und konnte ein Lächeln nicht unterdrücken.

»… wie vielen von euch hat Novikov schon gesagt, dass ihr hier fertig seid?«

Als alle bis auf drei der vierzig Teilnehmer die Hand hoben, schüttelte Cella den Kopf und sagte: »Gut. Fangen wir noch mal von vorne an.«

Reed ging aufs Eis. »Ich glaube, sie fragen nach dir.«

»Wer?«

Er zeigte zur Spielerbank, auf der MacRyrie und Van Holtz mit ein paar altgedienten Spielern saßen. Crush starrte sie gut sechzig Sekunden lang an, bevor ihm bewusst wurde, dass sie erwarteten, dass er sich setzte. Neben die Mannschaft. Auf die Bank.

Heilige Scheiße.

Cella skatete zu Crush hinüber, der bei Van Holtz und MacRyrie saß. Novikov – der so lange gebettelt und gefleht hatte, bis Blayne ihm verziehen hatte – war wieder zurück auf dem Eis und bei Reed und ein paar der anderen Spieler, aber sie hatte ihm verboten zu sprechen. Sie hätte gerne ein »jemals wieder« hinzugefügt, aber sie dachte, das wäre wahrscheinlich doch ein bisschen zu viel verlangt. Deshalb hatte sie ihn nur bis nach dem Probetraining zum Schweigen verdammt.

»Wo ist sie?«, fragte Cella Crush.

»Wo ist wer?«

»Hannah. Blayne hat gesagt, sie hätte sie hergebracht, sie aber nicht mehr gesehen, seit sie sich in der Kabine umgezogen hat.«

»Ich hab sie auch nicht gesehen.« Als sie seufzte, hob er seine Hände. »Ich gehe sie suchen.«

»Danke.«

Nachdem Crush verschwunden war, murmelte MacRyrie: »Netter Kerl.«

»Mhm.«

»Freundlich«, fügte Van Holtz hinzu.

Cella kniff die Augen zusammen. »Und?«

»Nur eine Feststellung. Kein Grund, gleich so gereizt zu werden.«

Während sie darüber nachdachte, ob sie die beiden einfach

nur zum Spaß anbrüllen sollte, hörte Cella, wie Novikov einen der armen kleinen Kerle dafür ausschimpfte, dass er seinen Traum verwirklichen wollte. Der Junge hatte Potenzial, und das war auch der Grund dafür, dass Novikov sich überhaupt die Mühe machte. Sie hatte die Erfahrung gemacht, dass es das Schlimmste für einen Spieler war, wenn Novikov ihn komplett ignorierte. Das bedeutete, dass er keine Bedrohung war. Als Spieler war man es dann nicht wert, dass er einem seine Aufmerksamkeit schenkte. Dieser arme Junge, den er gerade zusammenbrüllte, wusste das jedoch nicht.

Cella fuhr zu ihnen hinüber und skatete zwischen die beiden. »Wo ist mein Schweigen?«

»Er hat mich was gefragt.«

»Und da brüllst du ihn an?«

»Es war eine ziemlich dumme Frage.«

Wahrscheinlich war es das wirklich, aber trotzdem ... es gab bessere Möglichkeiten ... ach, wozu sich die Mühe machen?

»Du setzt dich hin, Novikov. Da drüben.« Sie schob ihn in Richtung MacRyrie und Van Holtz.

»Ich bin noch nicht fertig.«

»Doch, bist du.«

»Du willst, dass ich mich zu *denen* setze?«

»Sei brav. Das sind deine Mannschaftskameraden, und Van Holtz ist dein Boss.« Sie gab ihm einen Schubs und schickte ihn übers Eis.

Dann wandte sie sich dem Jungen zu. »Okay.« Sie lächelte ihn an, damit er sich entspannte. »Warum arbeitest du nicht stattdessen mit Reed?«

Ric beobachtete, wie Cella Malone mit den hoffnungsvollen Trainingskandidaten die Übungen durchspielte. Im Gegensatz zu Novikov führte sie sich nicht wie ein lächerlicher Mistkerl auf, war aber auch nicht so nett, dass sie keine Autorität ausgestrahlt hätte. Und das war wirklich eine große Begabung.

Novikov setzte sich neben ihn.

»Ich weiß wirklich nicht, warum ich hier neben euch beiden sitzen muss.«

»Weil du ein Arschloch bist?«, fragte Lock.

Novikov beugte sich über Ric hinweg. »Willst du mir irgendwas sagen, Buckliger?«

»In der Tat …«

»Hey!« Cella baute sich vor ihnen auf. Sie hob ihre gefalteten Hände hoch und riss sie dann auseinander. »Auseinander.« Sie knurrte und spuckte zwischen ihren gefletschten Zähnen aus. »Ich hab gesagt: *auseinander.*«

Lock und Novikov setzten sich wieder auf ihre Plätze.

»Ganz ehrlich«, sagte Cella und schüttelte den Kopf. »Ihr seid schlimmer als meine kleinen Brüder. Ihr zwei … seid echte Streithammel.«

Ric sah zu, wie sie wieder an die Arbeit ging. »Beeindruckend, oder?«

»Was?«, fragte Lock und kratzte sich mit dem Griff seines Hockeyschlägers an der Stirn.

»Cella.« Ric deutete auf Novikov. »Sie hat diesen gemeingefährlichen Idioten ganz gut im Griff, meinst du nicht auch?«

»Du weißt schon, dass ich dich hören kann, oder?«

»Weiß ich, aber es ist mir egal.«

Crush ging einen weiteren langen Korridor hinunter und folgte seiner Nase. Schließlich spürte er das Mädchen bei den Getränkeautomaten auf. Sie trug ihre Hockeyausrüstung, einschließlich Schlittschuhen, aber sie drückte sich zwischen einen Cola-Automaten und einen Wasserspender.

Er kannte den Ausdruck auf ihrem Gesicht. Er hatte ihn selbst gehabt, als er zum Probetraining für die Hockeymannschaft seiner Schule gegangen war – und kläglich versagt hatte. Tatsächlich hatten sie sich sechs ganze Monate lang über Crush lustig gemacht – bis zu seinem Wachstumsschub. Unglaublich, was ein unausstehlicher vierzehnjähriger Linksaußen, der an einem Fahnenmast hing, für den Ruf eines weißhaarigen Jungen tun konnte.

»Cella hat mich geschickt, um nach dir zu sehen.«

»Ich kann das nicht. Da draußen sind ungefähr dreißig Typen.«

»Ein paar von ihnen sind auch Frauen.«

Sie blinzelte. »Ehrlich?«

»Keine Vorurteile.«

»Nein, nein. Das habe ich gar nicht. Es ist nur …« Hannah schüttelte den Kopf. »Ich kann das nicht. Ich kann da nicht rausgehen und mich zum Narren machen.«

Crush ging noch ein paar Schritte in den Aufenthaltsraum hinein und auf die Snackautomaten zu. »Hast du schon jemals auf Schlittschuhen gestanden?«

Sie nickte. »Ich hab Eiskunstlauf gemacht. Das war gut, als ich fünf war. Aber dann wurde ich zwölf und …«

»Warst auf einmal eins siebzig groß?«

»Eher eins achtzig.«

»Autsch.«

»Ja. Meine armen Eltern.«

»Warum waren die denn überrascht?«

Sie zuckte mit den Schultern. »Ich wurde adoptiert. Sie waren Vollmenschen. Ich wusste nicht, was ich war, bis meine Englischlehrerin in der neunten Klasse es mir gesagt hat. Als sie mir sagte, ich sei was ›Besonderes‹, dachte ich, dass sie mich nur anmachen will.«

»Du bist eher der Das-Glas-Ist-Halb-Leer-Typ, was?«

»Es *ist* halb leer. Halb voll macht überhaupt keinen Sinn.«

Crush drückte sich mit dem Rücken gegen die Wand und neigte seinen Kopf nach unten, damit sie sein Lächeln nicht sehen konnte.

»Wenigstens«, sagte er, als er endlich nicht mehr lachen musste, »kannst du Schlittschuh laufen. Du wirst nicht auf die Fresse fallen. Ein paar der anderen Probekandidaten dagegen … gar nicht schön.«

»Ich bin seit Jahren nicht mehr Schlittschuh gelaufen. Und ich bin mir einfach nicht sicher, dass man mich in Situationen stecken sollte, in denen Schläger und riesige Typen aggressiv auf mich zustürmen.«

»Warum denn nicht?«

Sie senkte den Blick und schien sich auf einmal völlig in sich zurückzuziehen. Crush beobachtete sie und neigte den Kopf zur Seite. Der Polizist in ihm hatte eine ganze Liste an Fragen, die er ihr stellen wollte, aber das war es ganz sicher nicht, was sie im Moment brauchte: einen Bullen, der sie fragte, warum sie sich lieber nicht in solchen Situationen aufhalten sollte. Deshalb sagte Crush: »Sieh es mal so: Wenn du nicht zum Probetraining gehst, wird Blayne denken, dass du immer noch zu haben bist.«

Hannahs Kopf schnellte nach oben, und sie riss die Augen weit auf. »Oh, Gott. Das hab ich ja ganz vergessen.«

»Also kannst du es genauso gut versuchen, oder nicht?«

Sie schnaubte, nickte aber. »Ja. Sie haben recht. Ich kann es genauso gut hinter mich bringen.«

Sie setzte sich in Bewegung, Crush folgte ihr, und gemeinsam gingen sie zurück in die Eishalle. Cella lächelte, als sie die beiden sah, und skatete zu ihnen herüber.

»Bin ich zu spät?«, fragte Hannah.

»Nein. Überhaupt nicht. Ich möchte, dass du gleich mit diesen beiden Damen aufs Eis gehst. Sie schlagen sich heute ziemlich gut.« Cella nickte in Richtung zweier Polarfüchse. Schwestern. Nein. Sogar Zwillinge. Sie skateten zu ihnen herüber, blieben stehen und grinsten. »Das sind Nita und Nina Gallo.«

»Hi!«, sagten die zierlichen Füchse wie aus einem Mund. Crush schätzte, dass sie nicht älter waren als neunzehn. Wenn überhaupt. Sie waren zwar süß, aber winzig. Einen Meter siebzig, wenn überhaupt, und vielleicht fünfzig Kilo schwer. Er musste zugeben, dass er überrascht war, sie hier zu sehen. Füchse in diesem Alter trieben für gewöhnlich Dinge, die Crush dazu zwangen, sie zu verhaften. Oder zumindest zu *versuchen*, sie zu verhaften. Was auch der einzige Grund war, weshalb er – im Gegensatz zu den meisten anderen Eisbären – keine eigenen Füchse hatte.

»Wir sehen uns auf dem Eis!«, zwitscherten die Füchse. Dann winkten sie und glitten von dannen.

Hannah schaute zu Crush hinauf. »Es wird ja so ein Spaß für mich sein, als riesiger Oger neben den winzigen Elfenmädchen aufzuragen.«

»Willkommen in meiner Welt, Kleine. Und jetzt geh da raus und zeig's ihnen.«

Cella sah den Ausdruck auf dem Gesicht der Jungs und skatete zu ihnen hinüber. »Und?«

Van Holtz und MacRyrie zuckten mit den Schultern, aber Novikov ... »Sie muss noch an sich arbeiten«, beschwerte er sich.

»Ich weiß.«

»Das müssen alle drei.«

»Mhm.«

»Ihre Schlittschuhtechnik ist mehr als eingerostet. Und die anderen beiden haben die Aufmerksamkeitsspanne von Flöhen.«

»Ich weiß. Ich weiß.« Cella widersprach ihm nicht. Sie wartete nur ab.

»Aber sie ist schnell«, gab er schließlich zu. »Und die Füchse könnten, mit ein bisschen Training, ziemlich gut werden. Vielleicht.«

Cella nickte. »Ich glaube, du hast recht. Anstatt sie gleich rauszuschicken, warum versuchen wir es da nicht mit deiner Methode? Sie können in der zweiten Mannschaft anfangen und sich von dort hocharbeiten.« Natürlich war einer von Cellas Onkeln der Assistenztrainer der zweiten Mannschaft und Cella arbeitete daher ohnehin schon irgendwie mit dem Team, aber das musste sie ja nicht unbedingt erwähnen.

Novikov schaute zur Seite. »Na ja ... das *könnte* funktionieren.«

Sie sah zu Van Holtz und MacRyrie hinüber. Beide starrten sie nur mit weit aufgerissenen Augen an, bis Van Holtz sie schließlich stumm fragte: *Wie machst du das nur?*

Sie saßen in Dee-Anns Wagen und starrten auf die andere Straßenseite.

»Das ist ein …«

»Ja. Ein Country Club. Für reiche Leute.«

»Hm. Man lernt jeden Tag was Neues.«

Sie waren nicht den ganzen Weg von Atlantic City in die Hamptons mit dem Auto gefahren, sondern waren von AC aus in einem von Van Holtz' Hubschraubern in die Hamptons geflogen und von dort mit einem Mietwagen hierhergefahren. Zu einem Country Club.

Das Mädchen zeigte mit dem Finger. »Er ist da rausgekommen.«

»Hinter der Hecke?«

»Ja. Aber ich glaube, da ist auch eine Tür.«

»Okay.«

Sophie kaute kurz auf ihrer Unterlippe herum.

»Was?«

»Ich weiß nur nicht, ob Sie …«

»Ob ich was?«

»Diese Leute herausfordern sollten.«

»Weil sie reich sind?«

»Hören Sie, ich stehle keinem armen Schlucker den Prius oder den Ford, den er von seinem Vater geerbt hat, okay? Das ist nicht mein Ding.«

»Du beklaust reiche Leute.«

»Und ich kenne meine Ziele. Ich kenne sie sehr gut. Ich mache es mir zur Aufgabe, sie zu kennen. Obwohl der Country Club, theoretisch, der Stadt gehört, wird er von einem Mann geleitet. Und er ist nicht nur gefährlich, weil er reich ist. Er ist gefährlich, weil er in jeder Situation weiß, wie man beide Seiten gegeneinander ausspielt. Im Vergleich mit ihm sehe ich praktisch wie Mutter Teresa aus. Also seien Sie … vorsichtig.«

Genau das war der Grund, warum Dee die Kleine nicht nur gefragt hatte, wo sie den Callahan-Jungen aufgesammelt hatte, um sie dann wieder gehen zu lassen. Man brauchte Zeit, um einem Menschen diese Art von Informationen zu entlocken. »Danke für die Warnung.« Dee reichte dem Mädchen eine Visitenkarte.

Sophie drehte sie um. »Das ist nur eine Nummer.«

»Das ist meine Nummer. Wenn du mich brauchst, rufst du an. Verstanden?«

»Klar. Sicher.«

»Gut.« Dee ließ den Wagen an. »Und jetzt wollen wir mal sehen, ob wir irgendwo einen Fastfood-Laden auftreiben können, bevor ich dich gehen lasse.«

»Sie wollen in den Hamptons einen Fastfood-Laden finden?«

Dee grinste. »Ich glaube daran, das Leben in vollen Zügen zu genießen.«

»Ja, das sehe ich.«

Cella stand vor der Umkleidekabine und starrte zu der Bären-Hunde-Hybridin hinauf, die ihr kaum in die Augen schauen konnte.

»Du musst jetzt keine Entscheidung treffen, Hannah. Aber du solltest wenigstens darüber nachdenken.«

»Ja, es ist nur …«

»Nur was?«

»Wenn ich Ja sage, werden die mir dann immer noch überall hin folgen?«

Cella blickte zu den Fuchszwillingen hinüber. Sie winkten, ein identisches strahlendes Lächeln auf ihren hübschen Gesichtern.

»Ich werde ja die da schon nicht los.«

Sie zeigte auf Abby, die sich den ganzen Tag im Sportzentrum herumgetrieben und Leute um etwas zu essen angebettelt hatte.

»Ich weiß es nicht. Mir folgt niemand irgendwohin.« Cella zuckte mit den Schultern. »Ich bin eine Katze. Das klingt mir eher nach einem Bärenproblem. Frag Crush, ich glaube, er holt sich gerade einen Kaffee.«

»Ja, okay.«

»Aber du wirst darüber nachdenken, ja? Vielleicht kannst du ja ein paarmal zum Training kommen und es dir anschauen?«

»Ich denke drüber nach.«

Cella nickte und sah zu, wie sich das Mädchen entfernte, stehen blieb, die Füchse anfunkelte, die ihr jetzt gemeinsam mit Abby folgten, weiterging, wieder stehen blieb und sie wieder anfunkelte. Da Cella annahm, dass dies den ganzen Weg bis zum Ende des Flurs so weitergehen würde, betrat sie die Kabine, um sich umzuziehen und ihre Sachen zu packen.

Das hier war eine gute Möglichkeit gewesen, die ganze Sache zu beenden. Eine gute Möglichkeit für sie, nach vorn zu schauen. Wie nannte man das? Einen Schlussstrich ziehen oder so? Wie auch immer. Es hatte gut funktioniert.

Doch als Cella um die Ecke bog, entdeckte sie Ric Van Holtz, der dort auf sie wartete.

»Was ist los?«, fragte sie ihn und hoffte, dass er nicht hier war, um ihr zum Abschied total erbärmlich um den Hals zu fallen oder so. Cella hasste Umarmungen zum Abschied, es sei denn, sie kamen von ihrem Kind oder ihrem Vater. Ansonsten nervten sie nur.

»Ich hab hier deinen letzten Spieler-Bonus.«

»Oh. Okay.«

Sie nahm den braunen Umschlag an sich, öffnete die Klappe und linste hinein. Ihr fielen zwar nicht wirklich die Augen aus dem Kopf, als sie die Höhe des Schecks sah, aber es fühlte sich so an.

»Danke.«

»Nichts zu danken. Du hast es dir verdient.«

»Ich werde euch vermissen«, gab sie zu und öffnete zum letzten Mal ihren Spind.

»Ja, wo du gerade davon sprichst … Ich wollte dir einen Job anbieten.«

»Ich brauch deinen Mitleidsjob nicht, Van Holtz. Danke, aber: nein …«

»Als Cheftrainer.«

Cella erstarrte und riss die Augen auf. »Was?«

»Nicht sofort«, fügte Van Holtz hastig hinzu. »Ich meine …« Er holte tief Luft. »Coach Reynolds geht nächstes Jahr in den Ruhestand. Wir haben es der Mannschaft noch nicht gesagt, aber ich hab schon ein paar Agenten Bescheid gegeben, die ich kenne, und auch schon einige Lebensläufe von Interessenten bekommen, unter anderem vom Coach der Alaskan Bears. Und eigentlich war er auch meine erste Wahl. Ich meine, er trainiert eine Mannschaft, die aus lauter Bären und zwei Füchsen besteht. Er muss was draufhaben. Aber ich würde ihn sofort vergessen, wenn ich dich kriegen könnte.«

Cella fuhr sich mit den Händen durch ihr noch immer schweißnasses Haar und drehte sich langsam zu dem Wolf um. »Du willst mich als Trainerin?«

»Anfangs nur als Assistentin, und wenn Reynolds dann in den Ruhestand geht … als Cheftrainerin.«

Cella musste einfach fragen: »Warum?«

»Aus einer Menge Gründen. Ich könnte hier sitzen und von deinen Fähigkeiten auf dem Eis schwärmen, von deiner Begabung, die Neulinge zu trainieren und das Beste aus ihnen rauszuholen oder von deinem unglaublichen Auge für frische Talente … Ich meine, ich liebe Hannah, aber für das Team hätte ich sie niemals in Betracht gezogen. Aber eigentlich läuft es nur auf eine einzige Sache hinaus …«

Cella konnte ein Grinsen nicht unterdrücken. »Novikov?«

»Du kannst mit Novikov umgehen, und er *lässt* dich. Das allein ist sein Gewicht in Gold wert. Denn wenn du mit diesem Mann fertig wirst, dann wirst du mit *jedem* fertig.«

»Das ist wahr. Ich werde mit jedem fertig.«

»Und Novikov geht nirgendwohin. Blayne will in New York bleiben, und ganz egal, ob er mich anwidert oder nicht, er liebt sie. Und deshalb geht er nirgendwohin. Selbst wenn ich ihn feuern wollte, könnte ich es nicht tun, weil er verflucht noch mal gewinnt.«

»Ja, aber dieses Jahr schaffen wir es wahrscheinlich nicht mal in die Play-offs.«

»Ich weiß. Was bedeutet, dass er nächstes Jahr die Hölle auf Erden sein wird. Was wiederum der Grund dafür ist, dass Reynolds aufhört, solange es noch einigermaßen läuft. Du kannst mich nicht im Stich lassen, Cella. Das kannst du einfach nicht. Wir sind Freunde. Du bist mit meiner Gefährtin befreundet. Ich bin ein netter Kerl. Und sofern Bert nicht in der Nähe ist, habe ich Schwierigkeiten, diesen Idioten und Lock voneinander fernzuhalten. Deshalb kannst du nicht gehen. Du kannst mit deinem Knie vielleicht nicht mehr in der Mannschaft spielen, aber du kannst sie trainieren. Und wahrscheinlich bist du die Einzige, die uns davon abhalten kann, uns gegen Novikov zusammenzurotten und ihn so zu verprügeln, wie sie es mit dem Typ, den Vincent D'Onofrio in *Full Metal Jacket* gespielt hat, gemacht haben.«

Cella lachte, lehnte sich entspannt gegen ihren Spind zurück und hielt sich eine Hand vor den Mund.

»Ja, sicher. Für dich ist das lustig. Abgesehen von Blayne bist du die Einzige, die ich kenne, die sich mit Novikov versteht. Und ganz egal, was für andere Angebote du auch bekommst: Ich biete mehr.«

Cella hielt eine Hand hoch. »Andere Angebote?«

Van Holtz verdrehte die Augen. »Von den Teams aus Philly, aus Boston, aus San Francisco. Ich glaube, es sind sogar noch ein paar mehr. Sobald sie hörten, dass du nicht mehr spielen kannst, ist ihnen das Wasser im Munde zusammengelaufen.« Er legte eine Hand auf seine Brust. »Aber du bist *meine* Freundin. Du würdest mich doch nicht verraten, oder?«

»Willst du mir jetzt mit deiner Gefährtin drohen?«

»Wenn ich muss.«

»Na ja ...«

»Denk einfach darüber nach, bevor du mir einen Korb gibst.«

»Ich wollte gerade ...«

»Denk doch mal über deine Situation nach. Deine Tochter bleibt in New York, um auf die Uni zu gehen. So könntest du in ihrer Nähe sein. Crushek ist auch hier. Und aus irgendeinem mir völlig schleierhaften Grund – wenn man bedenkt, wie sehr wir anderen ihn mögen – versteht auch er sich gut mit Novikov. Vielleicht liegt das daran, dass er so viel Erfahrung darin hat, mit soziopathischen Drogendealern zusammenzuarbeiten oder so.«

»Novikov ist nicht gar so schlimm! Er ist nur … kurzsichtig.«

»Wie ein Kampfhund?« Als Cella die Augen verdrehte, fügte er hinzu: »Hey, er war derjenige, der mit Sitzbänken nach Reed und den anderen Jungs geworfen hat.«

»Ich weiß, ich weiß. Ich hab schon mit ihm darüber gesprochen. Habe ihm gesagt, das sei nicht gut für die Moral der Mannschaft.«

Van Holtz grinste hämisch und hob eine Augenbraue.

»Na gut, in Ordnung. Wie wäre es, wenn ich dir ein vorläufiges Ja gebe?«

»Würdest du auch was unterschreiben?«

»*Nein*. Ich muss erst mit meinem Agenten, mit meinem Kind und mit meinem Dad sprechen.«

»Und mit Crushek?«

»Vielleicht.«

»Weil er jetzt ein Teil deines Lebens ist?«

»Was bist du, Van Holtz? Ein Mädchen?«

»Laut Dee-Anns Vater? Ja, das bin ich.«

Crush sah zu, wie Cella über das Eis skatete. Sie war allein. Nur sie, das Eis, ihr Schläger und der Puck. Er konnte hören, wie sie das traditionelle irische Volkslied »I'm a Man You Don't Meet Every Day« sang, während sie über das Eis glitt, und ihre Stimme klang süßer, als er es je für möglich gehalten hätte.

»Sie hat gute Laune.«

Crush schüttelte den Kopf und fragte: »Hat dir nie jemand beigebracht, dass man sich nicht an Bären ranschleicht?«

Dee-Ann Smith legte ihre Arme auf den niedrigeren Teil der Balustrade und schaute Cella beim Schlittschuhlaufen zu.

»Ihr nennt das alle immer Ranschleichen. Ich nenne das nicht Ranschleichen.«

»Wie nennst du es dann?«

»Schlendern.«

Crush lachte kurz. »Gut zu wissen.«

»Der neue Coach der Carnivores, was?«

»Das hat mir zumindest dein Gefährte gesagt.«

»Was denkst du?«

»Ich habe ihm gesagt, dass das allmählich auch Zeit war.«

Er sah, wie Smith ihn ein paarmal anschaute, bevor sie erwiderte: »Was ist mit KZS?«

»Was soll damit sein?«

»Wirst du sie dazu überreden, jetzt nicht mehr für sie zu arbeiten? Damit sie sich voll und ganz diesem Hockey-Kram widmen kann?«

Crush lachte. Herzhaft. So sehr, dass Smith schließlich fragte: »Was ist denn so lustig?«

»Dass du denkst, ich könnte dieser Frau irgendetwas ausreden, das sie tun will.« Er tätschelte ihr den Rücken. »Du bist eine lustige kleine Wölfin.«

Smith grinste. »Du musst mir das verzeihen, Kumpel. Ich habe nicht gewusst, dass du einer dieser fortschrittlichen Männer bist.«

»Ich muss gar nicht fortschrittlich sein. Ich bin ein Bär.« Er zuckte mit den Schultern. »Bären sind schon perfekt. Nur ihr anderen müsst da noch aufholen.«

Cella drehte sich um und skatete auf sie zu. Als sie stehen blieb, sah sie an Crush und Smith vorbei.

»Ich bin also zu Crushek gegangen«, sagte Dez hinter ihm, »und habe ihm gesagt, dass Baissier vor gar nicht allzu langer Zeit den Präparator ausgeschaltet hat.«

Während er sich fragte, wovon zur Hölle MacDermott da eigentlich sprach, da sie ihm nichts dergleichen erzählt hatte, seit er sie zum letzten Mal gesehen hatte, drehte Crush sich um und knurrte sofort lautstark, als er seine Brüder sah.

»Als dann *noch* ein Crushek auf mich zukam«, fuhr MacDermott fort, »und zu dem ersten gesagt hat: ›Wer ist die Schnitte?‹, worauf der andere geantwortet hat: ›Weiß nich', aber nette Titten‹ …«

»Das war ein Kompliment«, bemerkte Gray dümmlich, was ihm einen Schlag in die Eier von Dez einbrachte, den er mehr als verdient hatte.

»Warum seid ihr hier?«, fragte Crush Chazz, da Gray auf die Knie gefallen war, die Hände zwischen den Beinen.

»Wie man hört, suchst du nach diesem Vollmenschen … Whitlan.«

»Was? Seid ihr hier, um uns Baissiers Warnung zu überbringen?«

»Nein, wir sind hier, weil sie ihn schon fast hat.«

Crush schaute sich zu Cella um. »Deshalb hat sie den Präparator ausgeschaltet. Sie weiß, wo Whitlan ist.« Er sah wieder seine Brüder an und fragte: »Und warum erzählt ihr mir das?«

»Wegen dem, was sie gemacht hat«, antwortete Chazz mit ernstem Gesichtsausdruck.

»Was sie mit mir gemacht hat?«

Jetzt sah Chazz aufrichtig angewidert aus. »Mit dir? Wer interessiert sich denn einen Scheißdreck für *dich?* Ich spreche davon, was sie mit … mit … Eisenfaust gemacht hat.«

Crush kniff die Augen zusammen, und Smith senkte schnell den Kopf, ihre Schultern zitterten.

»Damit hat sie also die Grenze überschritten?«, knurrte Crush. »Damit?«

»Man vergreift sich nicht an der Mannschaft. Du bist ein totaler Idiot, aber selbst *du* weißt das.«

Crush machte einen Schritt auf seinen Bruder zu, aber Dez stellte sich zwischen die beiden. »Woher weiß sie, wo Whitlan ist?«, fragte sie Chazz.

Er zuckte mit den Schultern. »Ich habe gehört, sie hat es von irgendeinem Mädchen.«

Smith blickte auf. »Was für ein Mädchen?«

»Keine Ahnung. Irgendein Vollmensch.«

Crush sah Dez kopfschüttelnd an. »Das kann nicht Sophie DiMarco sein.«

»Könnte schon«, sagte Smith, und als alle sie nur anstarrten, fügte sie hinzu: »Ich habe sie heute Morgen in Atlantic City aufgespürt.«

Cella skatete näher und baute sich dann direkt vor Smith auf. »Du hast was?«

»Warum siehst du mich denn so an?«

»Darum«, fauchte Cella, »du gottverdammte Hinterwäldlerin! Ich habe den Callahans versprochen, dass ihr niemand wehtun wird!«

»Ich hab ihr auch nicht wehgetan! Ich wollte nur, dass sie mich zu der Stelle bringt, an der sie Callahan aufgesammelt hat, und ich glaube, dass Whitlan genau dort ist. Als wir fertig waren, hab ich sie in den Zug zurück nach Atlantic City gesetzt.«

»Hast du gesehen, wie sie in den Zug eingestiegen ist?«, fragte Crush.

»Ja.«

»Hast du gesehen, wie der Zug den Bahnhof verlassen hat?«

Als Smith nicht antwortete, stöhnten Dez und Crush lautstark.

Cella nahm ihren Helm ab. »Oh, mein Gott, Smith, was hast du getan?«

»Mir gefällt dein Ton ganz und gar nicht.«

»Wie würde dir denn meine Faust gefallen?«

»Lass sie ruhig kommen, Kätzchen!«

»Aufhören!«, brüllte Dez. »Alle beide. Wir haben keine Zeit dafür.«

»Sie hat recht«, stimmte Cella ihr zu. »Baissier wird sie umbringen.«

»Nein«, korrigierte Crush sie. »Das wird sie nicht tun, solange sie Whitlan nicht hat.« Er sah zu Chazz hinüber, während Gray sich hinter ihm schließlich wieder aufrappelte. »Wo ist Whitlan?«

Chazz und Gray zuckten synchron mit den Schultern und antworteten unisono: »In den Hamptons.«

Crush sah die drei Frauen an und sagte dann: »In den Hamptons? Ernsthaft?«

Kapitel 34

Die Tür des schwarzen Range Rovers öffnete sich, und Peg stieg aus dem Wagen. Ihr Team umringte sie. Sie hatte nur die Allertreuesten für diese Aufgabe ausgesucht, aber sie war trotzdem enttäuscht von den Crushek-Jungs. Sie jammerten immer noch über das, was mit dieser idiotischen Katze passiert war, und alles nur wegen einer blöden Hockeymannschaft.

Wie auch immer. Im Moment waren sie ihr ohnehin nicht von Nutzen. Ganz im Gegensatz zu dem Mädchen. Das Vollmenschen-Mädchen, das die Gruppe und KZS so mühevoll zu beschützen versucht hatten, hatte sich als der Schlüssel des Ganzen erwiesen. Nämlich genau das, was Crushek und die anderen nicht über die kleine Diebin wussten – es war Whitlans Auto gewesen, das sie an jenem Tag gestohlen hatte, als sie die Katze gerettet hatte. Peg hatte außerdem über Sophie DiMarco herausgefunden, wie verflixt gut sie in ihrem Job war. Sophie war eine von drei diebischen Schwestern, aber sie klaute nicht einfach Autos, sie studierte ihre Opfer. Lernte alles über sie. Wer sie waren, wo sie wohnten, was sie für Hobbys hatten. Am Ende hatte das Mädchen mehr über Whitlan gewusst als sie alle – auch, wo er sich in der vergangenen Wochen versteckt hatte.

»Bringt das Mädchen her«, befahl sie und betrat den Country Club. Ein weiterer ihrer Trupps wartete drinnen auf sie. »Und?«

Eine der Bärinnen hielt einen Vollmenschen an seinem Hals hoch. Sein Gesicht war übel zugerichtet, seine Arme beinahe aus den Schultergelenken gerissen, und ein Teil seiner Kopfhaut fehlte. Aber er war noch am Leben.

Peg trat näher. »Wo ist Whitlan?«, fragte sie.

Zitternd, während sein Körper langsam starb, stotterte der Mann: »Kel…Keller.«

»Braver Junge.« Peg strich mit ihrer behandschuhten Hand über sein Gesicht und wandte sich ab. »Gehen wir.«

Sie ging auf die Treppe zu, blieb jedoch noch einmal stehen und sah zu ihren Leuten zurück. »Und haltet die Augen offen. Der Junge könnte auftauchen und irgendwas Dummes versuchen.«

Als sie sich sicher war, dass sie alle verstanden hatten, ging sie weiter – in den Keller hinunter.

Sophie hörte, wie sich die Hintertür des Range Rovers öffnete, bevor sie herausgezerrt wurde. Diese ... was zur Hölle sie auch waren ... zerrten und schleppten sie die ganze Zeit durch die Gegend. In dem gesamten Haufen war keiner besonders helle. Sie waren nicht wie die Frau mit den seltsamen Augen. Sie war groß und breitschultrig gewesen, und man konnte das Raubtier in ihr förmlich riechen. Diese Typen hier waren *richtig* groß und breit, aber sie ähnelten eher den Gangstern, mit denen sie manchmal zu tun hatte: Sie hatten nicht allzu viel im Hirn und glaubten, allein ihre Größe verschaffe ihnen die nötige Härte.

Zwar ließen sie Sophies Handgelenke vor ihrem Körper gefesselt, nahmen ihr jedoch die Augenbinde ab, und sie nahm sich eine Sekunde Zeit, um sich umzuschauen. »Ja«, sagte sie zu dem Typen, der sie festhielt. »Ist echt sinnvoll, mir die umzubinden, schließlich war ich ja diejenige, die euch gesagt hat, wie ihr hierherkommt.«

Er umfasste ihren Bizeps noch fester, und Sophie musste sich auf die Zähne beißen, um nicht loszuschreien.

»Ich kann dir jetzt wehtun«, flüsterte er ihr zu, »oder ich kann dir später wehtun. Du hast die Wahl.«

»Das ist keine besonders tolle Auswahl«, schoss sie zurück. »Aber netter Versuch.«

Er setzte sich in Bewegung. Als Sophie hinter ihm herschlurfte, schwang er seinen Arm nach vorn und riss sie herum. Sophie nutzte den Moment aus, ließ sich auf die Knie fallen und rammte ihre gefesselten Fäuste in seinen Schritt. Er kreischte mit einem erschreckenden Geräusch und fiel dann zu Boden, die Hände zwischen den Beinen. Sophie rannte auf die andere Straßenseite.

Sie schaffte es bis zu der Baumreihe und rannte hindurch. Doch aufgrund ihrer gefesselten Hände und der Dunkelheit der Nacht – das Mondlicht war zwischen den Bäumen auch keine große Hilfe – stolperte sie immer wieder. Sie konnte bereits mindestens einen dieser Typen hören, die ihr nachjagten, aber wahrscheinlich waren es sogar mehr. Jetzt wären sie wütend, wenn sie sie schnappten. Aber sie hätte nicht einfach abwarten können, bis sie sie umbrachten. Und sie würden sie umbringen. Das wusste sie.

Eine Hand legte sich um ihre Kehle und erstickte nicht nur ihre Schreie, sondern auch ihren Atem. Sie wurde vom Boden hochgehoben, sodass ihre Füße in der Luft baumelten, bis sie dem Mann ins Gesicht sehen konnte.

Er starrte sie an und betrachtete sie mit seinen kalten dunklen Augen. Sie kam sich vor wie ein Käfer, den er in seiner Küche entdeckt hatte. Wie eine Spinne, die ihn interessierte. Oder eine Ameise.

Er zog seine Lippen zurück, und sie konnte Reißzähne erkennen. Nicht diese albernen Reißzähne, die sie in noch alberneren Vampirfilmen gesehen hatte, sondern die Reißzähne eines Tieres. Genau wie bei dem Kerl, den sie von der Straße aufgesammelt hatte. Seine waren auch herausgekommen, als sie ihn in dieses Büro gefahren hatte, und genau solche sah sie auch jetzt. Selbst in diesem spärlichen Licht konnte sie sie erkennen.

Panisch wehrte sie sich, zappelte mit den Beinen und versuchte verzweifelt, ihn wegzutreten. Alles, wenn er sie nur losließ. Es war ihr egal, dass sie nicht atmen konnte. Es war ihr egal, dass er ihr jetzt wirklich wehtat. Sie wollte einfach nur von ihm weg. Alles, wenn sie nur von ihm wegkam.

Dann blitzte etwas Silbernes auf.

Sophie blinzelte, und Blut spritzte über ihr Gesicht und ihren Hals. Der Mann, der sie festhielt, röchelte und ließ sie fallen. Sie knallte auf den Boden, ließ ihre Augen jedoch offen. Sie krabbelte weg, sah aber, wie diese Frau, die Frau mit den Hundeaugen, aus dem Nacken des Mannes das größte Messer zog, das Sophie je gesehen hatte. Sie wischte das Blut an ihrer Jeans ab und steckte das Messer wieder in die Scheide, die an ihrem Oberschenkel befestigt war. Dann zog sie die Pistole, die in einem Holster an ihrem anderen Oberschenkel steckte, schraubte blitzschnell einen Schalldämpfer darauf und ging mit nach unten gerichteter Waffe um den Mann herum. Sophie glaubte, sie käme zu ihr. Um zu Ende zu bringen, was der Mann begonnen hatte. Aber im Vorbeigehen drückte die Frau viermal auf den Abzug, und jede Kugel drang in den Körper des Mannes ein. Eine in seinen Kopf, eine ins Gesicht, eine in den Hals und eine innen in seinen Oberschenkel.

Sie blieb vor Sophie stehen und ging in die Hocke. »Geht's dir gut?«

Sophie nickte, aber sie wusste immer noch nicht, ob sie der Frau vertrauen konnte. Diese Augen ... Als sie sich bewegte, spiegelte sich der Mond in ihren Augen. Genau wie bei einem Hund.

Das Messer blitzte erneut auf, und dann waren Sophies Hände frei. Finger packten sie und halfen ihr auf die Beine.

»Es tut mir leid«, sagte die Frau. »Ich habe versprochen, auf dich aufzupassen. Es tut mir leid, dass ich dich im Stich gelassen hab.«

Sophie hatte es sich selbst nicht eingestehen wollen. Sie war kein Typ für abstruse Fantastereien, wie ihre Großmutter es immer genannt hatte. Die Realität hatte sie ihr immer unmöglich gemacht. Aber nun wusste sie es. Dieser Kerl, den sie aufgesammelt hatte, er war einer. Genau wie die Typen, die sie heute Nacht verschleppt hatten. Oder diese beschissene Schlampe, die sie verprügelt hatte, bis sie ihr die Antworten gegeben hatte, die sie wollte. Und wie diese Frau. Sie waren alle irgendwie dasselbe. Sie waren keine Menschen. Nicht ganz. Nicht wie Sophie. Denn Sophie kannte keinen Menschen, der einem Mann die Kehle durchschneiden und ihm anschließend in alle Hauptschlagadern seines Körpers schießen konnte, nur, um sich dann ihr zuzuwenden und sich bei ihr zu entschuldigen, weil er sie im Stich gelassen hatte. Die Frau hatte diese Entschuldigung durchaus ernst gemeint. Sophie erkannte das. Sophie erkannte Lügner, und sie erkannte, wenn jemand die Wahrheit sagte. Diese Frau, was immer sie auch war, sagte immer die Wahrheit.

»Wie … wie heißen Sie?«

»Dee-Ann. Dee-Ann Smith.«

»Und was jetzt, Dee-Ann?«

»Wir bringen dich irgendwohin, wo du in Sicherheit bist.« Dee-Ann legte einen Arm um Sophie und führte sie zurück zur Straße. »Während sich meine Freunde um Whitlan und Baissier kümmern.«

Sophie blieb stehen und zwang Dee-Ann, sie anzusehen.

»Was ist denn?«, fragte sie. Sophie konnte die Besorgnis im Gesicht der Frau erkennen, aber es war nicht leicht, bei diesen Augen nicht völlig in Panik zu verfallen.

Doch Sophie schluckte ihre Angst hinunter. Die Frau hatte ihr das Leben gerettet. Sie schuldete ihr zumindest das. »Deine Freunde sind da drin?«

»Ja.«

»Hol sie da raus, Dee-Ann. Hol sie sofort da raus.« Sophie leckte sich über die Lippen und gestand: »Es gibt da etwas, das ich der anderen Frau nicht erzählt habe.«

So sieht ein Country Club also von innen aus.

Wenig überraschend wurden die meisten Malones nie dazu eingeladen, Mitglied in einem Country Club zu werden. Obwohl ein paar von ihnen schon in welchen gearbeitet oder sie ausgeraubt hatten.

Cella und ihr Team folgten dem Geruch der Bären und gingen mehrere Treppen hinunter, tief unter den Club, bis sie das letzte Stockwerk erreichten. Sie und zwei Löwen gingen durch eine Tür in einen langen, breiten Korridor mit Marmorboden. Der Flur war zu beiden Seiten von Tiertrophäen gesäumt. Als sie an der ersten vorbeikam, blieb sie abrupt stehen und erschauderte. Die beiden Männer schauten erst sie an, dann die Trophäen. Sie gingen näher heran, schnupperten und wichen sofort wieder zurück.

Jede Trophäe in diesem Korridor, die ausgestopft und aufgehängt worden war – war ein männlicher Gestaltwandler. Es gab ein paar Wölfe, mehrere Panther und jede Menge Grizzly- und Eisbären und Löwen. Die ultimativen Raubtiere. Cella konnte keine Tiger entdecken, aber sie beschlich das Gefühl, dass die Felle ihrer Artgenossen die Betten und Fußböden mehrerer Leute zierten.

Cella atmete ein paarmal tief durch. Sie musste sich zusammenreißen. Wenn sie die Kontrolle verlor, wütend wurde und anfing, alle zu töten, würde diese Sache nicht gut ausgehen.

Cella wies mit zwei Fingern nach vorn, ging weiter und gab sich alle Mühe, diejenigen, die ein solch grausames Ende genommen hatten, nicht anzusehen oder über sie nachzudenken.

Sie hatten das Ende des Flurs erreicht, als einer ihrer Männer stehen blieb und die Hand hochhielt, um die Gruppe aufzuhalten. Er hob den Kopf und schnupperte. Als er wieder zu Cella zurückschaute, stieß sie ein Stöhnen aus und schob sich an ihm vorbei. Sie rannte, bis sie das hinterste Zimmer erreichte. In der Mitte des Raumes blieb sie stehen, schloss die Augen und senkte ihre Waffe.

»Du musst sie zurückrufen.«

Als Crush sich sicher war, dass sein Team Baissiers Männer an deren Geländewagen unter Kontrolle hatten, sah er über seine Schulter zu Dee-Ann zurück. Sie hatte das Mädchen bei sich. Das arme Ding war Baissier eindeutig in die Quere gekommen, aber wenigstens war sie noch am Leben. Anscheinend hatte die Bärin bei ihr Milde walten lassen. Überraschenderweise.

»Was ist denn?«

Doch bevor Dee-Ann seine Frage beantworten konnte, hörte er Cellas Stimme in dem Kopfhörer in seinem Ohr.

Er und Dee sahen einander an, und Crush sagte: »Wiederhol das noch mal.«

»Ich habe gesagt, er ist weg, Crush. Whitlan ist weg. Bring besser alle hier runter. Auch Baissiers Männer.«

Crush hob seinen Arm und winkte Dez zu, die auf einem Gebäude in der Nähe Position bezogen hatte.

»Ihr solltet lieber mitkommen«, sagte er zu den Übriggebliebenen aus Baissiers Team.

Einer der Bären lachte. »Was? Verhaftest du uns?«

Crush zuckte mit den Schultern. »Ich glaube nicht, dass das Sinn hat.«

»Es war irgendein Gas«, erklärte Cella, während sie sich abwandte. Die Vorrichtung, die ausgelöst worden war, hatte irgendein Gas freigesetzt, das Baissier und ihr Team getötet hatte … nicht schnell, was ihre verdrehten und gequälten sterblichen Überreste verrieten, die auf dem ganzen Boden verstreut lagen. »Als sie diese Tür geöffnet haben, ist es ausgeströmt und hat sie ausgelöscht.«

»Und hat sich schnell wieder verflüchtigt«, murmelte Smith, während sie durch den Raum ging und alles mit kaltem Blick untersuchte.

»Whitlan ist verschwunden«, wiederholte Crush und starrte durch die Tür, die nach draußen führte – zu einem Anleger mit jeder Menge schneller und sehr teurer Boote.

»Ja, aber wir suchen nach ihm. Und die Bundespolizei.«

»Wir haben auch ein paar von unseren Leuten auf ihn angesetzt. Wir werden ihn finden, Crush.«

»Am besten schnell. Whitlan hat Spaß daran, unsereins zu töten. Und er wird die Lust daran nicht so bald verlieren.«

»Und was machen wir jetzt?«, fragte einer von Baissiers Männern.

»Den Nächsten in der Kommandokette anrufen«, antwortete Crush, »und ihm oder ihr sagen, was hier passiert ist.«

»Die Trophäen«, sagte Cella. »Wir identifizieren so viele, wie wir können und geben den Familien Bescheid. Und die, die wir nicht kennen, bekommen ein anständiges Begräbnis.«

Cella rief das Aufräumkommando zur Unterstützung, weil sie fertig sein mussten, bevor das Personal des Country Clubs zur Frühschicht antrat. Da sie wussten, dass ihnen nicht viel Zeit blieb, machten sie sich alle ans Werk.

Kapitel 35

In den letzten Tagen hatte Cella das Gefühl, überhaupt keine Zeit dafür zu haben, so erschöpft zu sein, wie sie sich fühlte. Warum? Weil sie eine gottverdammte Brautjungfer war. Warum? Warum hatte sie nur zugestimmt, eine Brautjungfer zu sein? Oder noch schlimmer: die Trauzeugin!

Manchmal konnte sie so eine Idiotin sein.

Dank der Junggesellinnenparty, der Brautparty und den niemals enden wollenden Anproben des Kleides war Cella völlig ausgebrannt. Aber sie hatte es beinahe überstanden. Beinahe.

Cella rannte die Treppe hinunter, hob dabei den Saum ihres Fünftausend-Dollar-Kleides an – nur für eine Freundin würde sie so viel Geld für ein albernes Kleid ausgeben – und rief: »Auf geht's, Malones! Wir müssen uns beeilen!«

»Wo ist die Kleine?«, fragte sie ihre jungen Cousinen, die noch immer damit beschäftigt waren, sich für diesen Tag schön zu machen.

»Hinten«, antwortete eine von ihnen.

»Okay. Die Wagen werden bald hier sein, um euch abzuholen. Lasst die Fahrer nicht warten. Und kein nuttiges Make-up«, fügte sie hinzu, bevor sie nach draußen rannte.

Meghan und Josie, bereits angezogen und mit dezentem Make-up, waren abmarschbereit. Sie saßen an einem der Tische und …

Cella kniff die Augen zusammen, sah ihre Tochter und die Tochter ihrer Freundin an und fragte: »Was ist *das*?«

Meghan hielt das Ding hoch und grinste breit. »Das ist ein Kätzchen! Miss Smith hat sie mir und Josie gebracht, als du im Krankenhaus warst.«

Cella begutachtete das schwarz-weiße Kätzchen eingehend. Es trug ein leuchtend rotes Halsband mit einer nervtötenden kleinen Glocke, die ständig bimmelte, und roch unverkennbar nach … nun … nach Bärin.

Josie lehnte sich über den Tisch und nahm Meghan das Kätzchen ab. Was Cella bei den beiden immer am meisten erstaunte, war, dass sie sich niemals über irgendetwas stritten. Das Teilen fiel ihnen so leicht. Cella musste zugeben, dass sie keine anderen Katzen kannte, die das konnten.

»Ist sie nicht süß?«, fragte Josie und rieb ihre Nase an der des Kätzchens.

»Es ist eine Katze. Es ist eine *Haus*katze.«

»Und wir behalten sie«, verkündete Meghan ihrer Mutter und klang dabei richtig hochnäsig. »Sie war ein Geschenk für uns, und Grams hat gesagt, wir können sie behalten. Also behalten wir sie auch.«

»Was auch immer. Aber ich kümmere mich nicht um dieses Ding, während ihr unterwegs seid und Partys mit irgendwelchen Verbindungstypen feiert.«

Ihr Tochter schüttelte sich angewidert. Wie Cella ihr Kind kannte, würde sie ihre Collegezeit ohnehin eher damit verbringen, mit dem Schachclub oder irgendwelchen Laser entwickelnden Nerds Partys zu feiern bevor sie um acht Uhr abends wieder nach Hause kam und sich eine heiße Schokolade schmecken ließ.

Cella ging näher heran und sah die Katze naserümpfend an. »Wie wollt ihr es denn nennen?«

»Es ist eine Sie, und wir nennen sie …«

»Mrs. Fuzzybottom!«

»Nein«, widersprach Meghan Josies Vorschlag sehr bestimmt, »wir werden einer Katze keinen albernen Namen geben.«

Während Josie schmollte, dachte Meghan einen Moment lang nach und versuchte es schließlich mit: »Cleo?«

»Nur über meine Leiche«, erwiderte Cella schnell. »In diesem Haus gibt es keine Klischeenamen für Katzen. Nein. Niemals.«

»Na schön, da du in dieser Sache ja ganz konkrete Vorstellungen zu haben scheinst, oh du, die du dich niemals um dieses Ding kümmern wirst – was würdest du denn vorschlagen?«

Die Antwort kam ihr so blitzschnell in den Sinn, dass sie selbst überrascht war, dass sie nicht noch früher daran gedacht hatte. »Wisst ihr, was eine wirklich nette Geste wäre, Mädels? Wenn ihr die Katze Dee-Ann nennen würdet.«

Josie grinste. »Du meinst, zu Ehren von Miss Smith?«

»Sie hat euch beiden schließlich dieses Geschenk gemacht. Ich finde, es wäre eine wirklich schöne Geste.«

»Mir gefällt's.« Josie stand auf, die Katze auf dem Arm. »Ich gehe und erzähle es Mom. Und ich sage ihr, dass du abmarschbereit bist, Tante C.«

»Danke, Süße.«

Josie ging nach Hause, und Cella sah ihre Tochter an. »Was?«

»Wie kannst du nur mit dir selbst leben?«

»Sehr gut«, versicherte sie. »Ich finde mich ausgesprochen unterhaltsam.«

Es war nicht annähernd so schrecklich, wie Crush es sich vorgestellt hatte. Er war noch nie zuvor auf einer von Katzen veranstalteten jüdischen Hochzeitszeremonie gewesen, deshalb war für ihn alles neu und interessant. Und jetzt war er für die eigentliche Feier wieder in einem der Festsäle des Kingston Arms. Obwohl die Zeremonie ziemlich ernst gewesen war, hatte sich das Paar eine entspannte Feier gewünscht, und als er beim Hereinkommen sah, wie viel bereits getanzt und gelacht wurde, erkannte er, dass sie dieses Ziel mühelos erreicht hatten.

»Hey, Junge!«

Crush erschrak ein wenig und versuchte, nicht in Panik zu geraten, als Nice Guy Malone seine Arme um ihn schlang und ihn fest an sich drückte. »Hi, Mr. Malone.«

»Butch, Junge. Butch.« Er machte einen Schritt zurück und grinste. »Hast du schon von meinem Mädchen gehört? Was die Carnivores ihr angeboten haben?«

»Ja, hab ich gehört.« Und er hatte im Büro bereits so sehr damit angegeben, dass all seine Kollegen jedes Mal laut brüllten, wenn die Sprache zufällig wieder darauf kam. Dez eingeschlossen.

Butch grinste. »*Mein* Mädchen.«

Meghan und Josie rannten zu ihnen, und beide sahen in ihren Brautjungfernkleidern wirklich zauberhaft aus.

»Sie sind gekommen«, sagte Meghan, ging auf Zehenspitzen und gab Crush einen Kuss auf die Wange, während Josie seine andere Wange küsste.

»Hast du wirklich gedacht, deine Mutter würde mir erlauben, das hier zu schwänzen?«

Meghan lachte. »Nein.« Sie zupfte ihren Großvater am Smoking. »Grams sucht dich.«

»Als meine Frau oder als …«

»Hochzeitsplanerin.«

»Mist. Dann will sie, dass ich irgendwas durch die Gegend schleppe.«

»Ich kann das für Sie erledigen«, bot Crush an.

»Nee. Sie lässt mich das nur machen, weil sie so gerne sieht, wie ich meine Muskeln spielen lasse.« Grinsend ging Butch davon.

Meghan erschauderte. »Igitt.« Sie zeigte mit dem Daumen auf einen der Ausgänge. »Wir sollten besser auch gehen. Das Brautpaar hat bald seinen großen Auftritt.«

»Wir sehen uns, wenn ihr fertig seid.«

Meghan und Josie winkten ihm zu und eilten davon. Crush ließ seinen Blick über die Tische schweifen und überlegte, ob er sich jetzt gleich setzen oder noch ein wenig warten sollte, als ihm bewusst wurde, das Novikov hinter ihm stand. Und schnaufte.

Er mochte diesen Kerl wirklich … aber er hasste es, wenn er das tat.

»Hey.«

Novikov nickte.

»Warum sind Sie hier?«, musste Crush einfach fragen.

»Blayne hat sich eine Einladung erschlichen, weil sie sehen wollte, wie Barb ihre Hochzeiten organisiert.«

»Und, ist sie glücklich?«

»Begeistert. Sie findet den Kuchen super.«

»Den Kuchen?«

»Es ist Blayne.«

»Und wie gefällt Ihnen die Hochzeit?«

»Alles ist pünktlich abgelaufen ... ich finde sie großartig.«

Crush lachte, verstummte jedoch, als eine Frau in einem bodenlangen Kleid vor ihm stehen blieb und ihn anstarrte, als kenne sie ihn. Sie wirkte irgendwie fehl am Platz, weil sie zu den wenigen Hunden unter den Gästen gehörte.

»Was?«, fragte sie schließlich.

Crush blinzelte, als er die Stimme erkannte. »Dee-Ann?«

»Was zum Teufel hast du denn gedacht, wer ich bin?«

»Nicht du«, murmelte Novikov.

»Du siehst fantastisch aus«, sagte Crush aufrichtig.

Als sie die Augen zusammen kniff, hob Crush abwehrend die Hände. »Vergiss, dass ich was gesagt hab.«

Ric Van Holtz stellte sich neben seine Gefährtin, legte einen Arm um ihr Taille und küsste sie auf die Wange.

Er lächelte. »Crushek ...« Dann erstarb sein Lächeln, und er nickte kaum merklich. »Novikov.«

»Arschloch.«

Die Wölfin knurrte warnend.

»Meine Herren und Wölfin«, ermahnte sie Crush, »das hier ist eine Hochzeit. Da wollen wir doch schön brav sein.«

»Ist das dein Polizistenton?«, fragte Novikov.

»Das ist mein Polizistenton. Aber bring mich nicht dazu, meine Polizistenfaust auszupacken.«

»Also ...«, begann Van Holtz.

»Ich weiß überhaupt nichts«, unterbrach ihn Crush, da er wusste, dass Van Holtz ihn – schon wieder – fragen wollte, ob Cella sein Angebot annehmen würde, Assistenztrainerin der Carnivores zu werden.

Der Wolf entblößte einen Reißzahn. »Warum braucht sie denn so lange?«

»Ich weiß es nicht.«

»Soll ich mal mit ihr reden?«, bot Novikov an.

»Nein«, antworteten Crush und Van Holtz sofort.

Aber Smith grinste. »Oh Gott, ja, bitte tu das.«

Cella half ihrer Mutter dabei, Rivkas Kleid zurechtzurücken. Das Brautpaar hatte in ein paar Minuten seinen großen Auftritt, und alles musste perfekt sein. Zumindest musste alles perfekt sein, wenn es nach Cellas Mutter ging. Cella persönlich war das scheißegal. Sie hatte *Hunger*.

»Dein Magen knurrt schon wieder«, trällerte Barb. Aber es war ihr »Ich versuche, die Braut zu beruhigen, während ich der Person, der ich etwas zuträllere, mitteile, dass ich genervt bin«-Tonfall.

»Das liegt daran, dass ich Hunger habe«, trällerte Cella im selben Tonfall zurück.

»Wo ist Bri?«, fragte Rivka.

»Hat verzweifelt die Flucht ergriffen?«, scherzte Cella, was ihr einen Schlag mit der Tatze auf die Hand einbrachte. Mit der Tatze!

»Au!«

»Geh und finde raus, wo Bri ist«, befahl Barb.

»Von mir aus.« Alles, wenn sie nur dem Diktator entkommen konnte, in den sich ihre Mutter verwandelte, wenn sie eine verfluchte Hochzeit organisierte.

Cella ging in den Saal hinunter und verlangsamte ihre Schritte, als sie sah, wie Bri Meghan umarmte. Sie lächelte, und bei dem Anblick wurde ihr ganz warm ums Herz.

Bri schaute über die Schulter seiner Tochter, entdeckte Cella und zwinkerte ihr zu.

»Warum schaust du nicht mal nach, ob mit Rivka alles okay ist? Ich bin gleich da.«

»Okay.« Meghan küsste ihren Vater auf die Wange. »Ich hab dich lieb, Daddy.«

»Ich dich auch, Kleines.«

Meg ging an Cella vorbei, blieb kurz stehen und küsste auch sie auf die Wange. »Und dich hab ich auch lieb, Ma.«

»Wirfst mir einen Knochen zu, was?«

»Das musste ich. Ich wollte mir später nicht das Gejammer anhören.« Grinsend ging Meghan davon.

Klugscheißerin.

»Wo ist Josie?«, rief Cella ihrer Tochter nach.

»Sie holt Tante J. für den großen Auftritt.«

»Gut. Wir sind hier.«

»Wie gut haben wir das gemacht?«, fragte Bri Cella und nahm ihre Hand.

»Unglaublich gut haben wir das gemacht.«

»Ist die Hofstra für dich okay?«

»Ja, die Hofstra ist für mich okay. Und es ist okay für mich, dass sie bei der Familie bleiben will. Sie können jemanden brauchen, der ihren Wahnsinn in den Griff kriegt.«

Bri küsste ihren Handrücken. »Danke, Cella.«

»Wofür?«

»Dafür, dass du mir eine unglaubliche Tochter geschenkt hast und einfach du warst. Du hast es mir immer erlaubt, sie zu sehen, und mir immer das Gefühl gegeben, ein Teil der Familie zu sein.«

»Weil mein Kind für mich das Allerwichtigste ist und du ein großartiger Vater bist. Ich würde dich niemals von ihr fernhalten. Und jetzt geh zu deiner Gefährtin. Und sei glücklich.« Sie umarmte ihn.

»Und du sei auch glücklich.«

»Ich bin immer glücklich«, erwiderte sie aufrichtig. »Es geht den Leuten ganz schön auf die Nerven.«

Bri löste sich lachend von ihr und gab ihr einen letzten Kuss auf die Wange, bevor er zu Rivka zurückkehrte.

Cella nahm sich einen Moment Zeit, um ihr Kleid glattzustreichen, hielt jedoch inne, als sie ihre Tante Deirdre sah, die von der Toilette zurück in den Festsaal ging. Deirdre sah Cella an und grinste hämisch, ohne ein Wort zu sagen. Cella wartete, bis sie ein paar Meter gegangen war, bevor sie lautstark erklärte: »Ich hab gesehen, wie du an meinem Krankenbett geschluchzt hast, alte Frau!«

»Halt's Maul, Schlampe!«

Mit einem Glucksen – na gut, vielleicht war es auch ein ausgewachsenes Gackern – strich Cella noch einmal ihr Kleid glatt und ging zurück zum Rest der Hochzeitsgesellschaft.

Alle reihten sich bereits auf, und Cella stellte sich an ihren Platz am Anfang der Reihe.

»Draußen alles in Ordnung?«, fragte sie Jai und nahm den Strauß, den ihre Mutter ihr reichte.

»Wenn du mich eigentlich fragen willst, ob Crush zur Feier erschienen ist, wie er es versprochen hat, dann ist die Antwort Ja.«

»Aber?«

»Aber er steckt zwischen einem kabbelnden Van Holtz und Novikov fest.«

Cella winkte ab. »Das stört ihn nicht.«

»Er scheint sich wirklich zu amüsieren. Oh. Und dieser Pitbull, mit dem du immer abhängst, trägt ein Designerkleid.«

»Ja. Ich hab Smith dabei geholfen, es auszusuchen. Allerdings hat es Van Holtz bezahlt, weil sie sich geweigert hat. Aber das Kleid ist phänomenal«, erklärte Cella, »weil sie ein richtiges Arsenal unter dem Rock hat. Zwei Pistolen, vier volle Magazine und ihr Jagdmesser.« Sie grinste. »Cool, oder?«

Angewidert schüttelte Jai den Kopf und konzentrierte sich auf die Braut.

»Wofür war dieser Blick denn jetzt? Für Smith ist das praktisch dasselbe, als wäre sie nackt.«

Crush sah von seinem Stück der Hochzeitstorte – Red Velvet Cake – auf, das er sich gerade hatte schmecken lassen wollen. »Ich verstehe das nicht. Warum sagst du nicht einfach Ja? Warum wehrst du dich so dagegen?«

»Ist das denn nicht mein gutes Recht?«, blaffte Cella ihn an.

»Nein! Ist es nicht. Sag einfach endlich Ja.«

»Ich hab ihm gesagt, dass ich noch ein bisschen Zeit brauche, um mit Meghan und Daddy zu sprechen ...« Cella verdrehte die Augen und spuckte schließlich aus: »Und mit dir.«

Crush senkte seinen Kopf ein wenig. »Du musst nicht gleich so wütend klingen.«

»Allein die Tatsache, dass es mich überhaupt interessiert, was du denkst, geht mir auf die Nerven.«

»Okay, lassen wir mal die Tatsache außer Acht, dass ich einer der weltweit größten Carnivores-Fans bin, und betrachten wir die Sache einfach aus dem Blickpunkt, was das Beste für dich ist.«

»Ja?«

»Du hast die Chance, ein Meisterschaftsteam zu trainieren, in dem einer der besten Spieler seit deinem Dad …«

»Womit du, wie ich annehme, immer noch nicht mich meinst?«

»Willst du, dass ich lüge?«

»Nein, nein. Nur zu, schwärm weiter davon, wie verliebt du in Novikov bist, du Mädchen.«

»Danke. Genau das werde ich tun.« Sie lachte kurz, und Crush fuhr fort: »Okay, wie klingt das? Du hast gesehen, wie Van Holtz mit Reynolds arbeitet. Du hast gesehen, wie er mit dir arbeitet. Denkst du, er ist einer dieser detailorientierten Bosse, der sich in alles einmischt, oder einer, der das Gesamtbild im Auge hat?«

»Gesamtbild.«

Das hatte Crush auch angenommen. Er wusste, dass Cella einen Chef, der sich in alles einmischte, wahrscheinlich im Schlaf umbringen würde.

»Denkst du, er wird dich gut bezahlen?«

»Außerordentlich gut.«

»Hat er ein Problem damit, dass du für KZS arbeitest?«

»Bisher nicht.«

»Respektiert er dich als gleichberechtigt?«

»Das tut er.«

»Wird er dir freie Hand dabei lassen, wie du das Team und seine Mittel managen willst?«

Sie seufzte. »Ja, das wird er.«

»Und wo liegt dann das Problem?«

Cella gab schließlich zu: »Ich wollte einfach nicht zu begierig wirken und den Job sofort annehmen. Mein Agent hätte mich umgebracht, wenn ich zu begierig ausgesehen hätte.«

»Das ist berechtigt. Was ist mit dem Rest der Mannschaft?«

»Sie sollen noch nichts von Reynolds wissen, aber irgendjemand muss was ausgeplaudert haben, denn seit Van Holtz mit mir gesprochen hat, habe ich schon zwölf E-Mails gekriegt, und alle haben mich angefleht, den Job anzunehmen. Und achtzehn SMS. Und *noch mehr* verdammte Blumen. Und dann ist da noch Novikov, der mich einen ganzen Tag lang jede Stunde angerufen und mir befohlen hat, den Job anzunehmen, weil er sonst nicht die Verantwortung dafür übernehmen würde, was er mit dem Hinterwäldler anstellt, womit er, wie ich annehme, Reed meinte.« Cella wandte den Blick ab und fügte hinzu: »Der Typ ist ein bisschen obsessiv.«

»Findest du?«

»Seid ihr jetzt nicht Freunde?«

»Anscheinend. Aber ich weiß nicht so recht, wie ich das finden soll. Ich meine, einerseits ist da dieser Spieler, den ich wirklich bewundere und auch menschlich sehr mag, und wenn man sich privat mit ihm unterhält, ist er wirklich interessant. Aber als ich letzte Woche mal mit ihm zu Mittag gegessen habe, habe ich beobachtet, wie er eine geschlagene halbe Stunde gebraucht hat, nur um seine neue Uhr zu stellen. Das scheint irre aufwendig zu sein. Es war seltsam.«

»Gott.« Cella stützte sich mit den Ellbogen auf dem Tisch ab und legte ihr Kinn in ihre Handflächen. »So viele Veränderungen.«

»Ich weiß.«

»Und meine Tochter hat mich gestern Abend darüber informiert, dass sie ihre endgültige und unumstößliche Entscheidung getroffen hat, bei der Familie zu bleiben und hier in der Nähe aufs College zu gehen. Und sie hat mir gesagt, dass ich endlich einsehen muss, dass es deshalb an der Zeit für mich ist, auszuziehen, damit ich ihren Lernplan nicht durcheinanderbringe.«

»Du und deine Tochter führt wirklich die seltsamsten Diskussionen.«

»Sie hat Angst, dass ich sie dränge, auf Verbindungspartys zu gehen und ihr soziales Netzwerk zu erweitern.«

»Das wirst du ja auch.«

»Natürlich werde ich das.«

»Weißt du«, begann Crush, als er seine Gelegenheit erkannte, »wenn du diese Sache mit dem Ausziehen mal ausprobieren willst, ohne dir darüber Sorgen machen zu müssen, eine so wichtige Entscheidung zu früh zu treffen, kannst du, du weißt schon … für 'ne Weile bei mir unterkommen.«

Cella grinste höhnisch. »Ach, wirklich?«

»Kannst ja mal drüber nachdenken. Kein Druck. Keine bindenden Verpflichtungen. Du ziehst nur für 'ne Weile bei mir ein und kommst und gehst, wie es dir gefällt.«

»Wie eine verwilderte Katze, die unter deiner Veranda haust?«

»Ich hätte diesen speziellen Vergleich zwar nicht gezogen, aber okay.«

»Was ist mit Lola?«

»Sie toleriert dich. Und ich bin immer noch …«

»Auf der Suche nach einem dauerhaften Zuhause für sie. Richtig. Sicher.«

»Es ist nur ein ganz beiläufiges Angebot, das dich nicht im Entferntesten in Panik versetzen sollte.«

»Aha. Dann würden wir also so tun, als ob wir zusammenleben?«

»Ganz genau. Wir können sogar heute Nacht schon damit anfangen, da Meghan ja zur zweiten Hochzeit nach Israel fliegt. Dann kannst du rausfinden, ob du dich bei mir zu Hause wohlfühlst, und das auf ganz unaufdringliche Weise.«

»Katzen hassen Aufdringlichkeit.«

»Eben.«

Cella zuckte mit den Schultern. »Ja, ich schätze, ich sollte es mal versuchen.«

»Okay. Klingt gut.«

Sie saßen mehrere lange Minuten schweigend da, bis Crush fragte: »Cella?«

»Mhm?«

»Ich schätze, ich sollte dir sagen … dass ich in dich verliebt bin.«

»Dass du so tust, als wärst du in mich verliebt?«

»Nein, du Klugscheißerin. Ich bin ehrlich, ernstlich und *wahnsinnig* in dich verliebt. Beinahe schon verzweifelt, aber noch mit genügend innerer Stärke, um die Kontrolle zu behalten.«

»Oh. Okay.« Sie verfielen erneut in Schweigen, und Crush war froh, dass er sich das von der Seele geredet hatte. Doch als er über seine Schulter blickte und versuchte, herauszufinden, welche der Türen zur Herrentoilette führte, spürte er plötzlich, wie Cella Malone mit ihrem Kopf über seinen Arm und die linke Seite seines Gesichts und seines Halses strich.

Als er sich umdrehte, saß sie wieder auf ihrem Stuhl und schaute geradeaus, vollkommen beherrscht und ruhig.

»Hast du dich gerade an mir gerieben?«

Sie blinzelte und sah ihn an, als sei er eben erst aufgetaucht. »Hä?«

»Ich hab gesagt: Hast du mich gerade markiert?«

Sie schürzte die Lippen, zuckte mit den Schultern und begann schließlich, allen anderen im Raum die Schuld zu geben.

»Hör mal, wenn ich für die nächsten paar … was auch immer … bei dir wohnen soll, dachte ich einfach, es wäre vernünftig, all diese Schlampen zu warnen, die um dich herumschwirren, seit die Party angefangen hat.«

»Aha.«

»Es ist nur vorübergehend.«

»Sicher.«

»Ich will nur sichergehen, dass alles klar ist.«

»Natürlich willst du das, oh, tapfere Malone der fahrenden Malones.«

»Na schön, in Ordnung!«, fauchte sie. »Ich bin in dich verliebt. Bitteschön. Ich hab's gesagt. Und jetzt krieg dich wieder ein.«

»Weißt du, ich glaube, das sind auch die Worte, die auf dem Taj Mahal stehen: ›Ich hab's gesagt. Jetzt krieg dich wieder ein.‹

Einige der größten Liebesgeschichten haben mit diesen Worten begonnen.«

Cella lachte so schallend, dass Crush sie schließlich hochhob, auf seinen Schoß setzte und seine Arme locker um ihre Taille schlang.

»Es tut mir leid«, sagte sie. »Ich bin in Panik geraten. Und außerdem: Sollte man einem Typen wirklich sagen, dass man ihn liebt, wenn man gerade auf der Hochzeit des Vaters seiner Tochter ist? Und man es nicht zum Vater seiner Tochter sagt?«

»Ich denke, es wäre nur falsch, wenn er nicht jemand anders heiraten würde. Aus moralischer Sicht, denke ich, bist du also im grünen Bereich.«

»Hast du auch verstanden, dass, ganz egal, wohin ich gehe, die Malones immer ein Teil von mir sein werden?«

»Wie bei einer Wolfsmeute?«

Sie erschauderte. »Wenn du es schon mit Worten beschreiben musst, dann benutz wenigstens Löwenrudel oder so.«

»Das ist okay, und ja, ich weiß das. Genau wie du weißt, dass du hin und wieder meine Brüder verprügeln musst, wenn sie ins Haus einbrechen.«

»Da ich das gerne tue, hab ich damit kein Problem.«

Crush drückte seine Stirn an Cellas. »Ich schätze, dass wir den Rest im Laufe der Zeit auch hinkriegen werden.«

»Dann bin ich dabei«, versprach sie, schloss die Augen und lehnte sich ganz entspannt an seinen starken Körper. »Und ich liebe dich wirklich, Crush. Wirklich.«

»Dann bleibt nur noch eins zu sagen: Gott sei Dank«, flüsterte Crush in Cellas Ohr, »Gott sei Dank vertrage ich keine Jelly Shots.«

Und ihr schallendes Lachen machte für Lou Crushek alles einfach nur perfekt.

Danksagung

Ein großes Dankeschön an all die hart arbeitenden Menschen bei Polar Bears International für ihre unschätzbare Unterstützung bei meinen Recherchen, ganz besonders an Barbara Nielsen, die all meine albernen Fragen beantwortet und mich in die richtige Richtung gelenkt hat, ohne mich ein einziges Mal auszulachen.

Bitte vergessen Sie nie, dass es allein mir und meinem unkonventionellen, »ich verlasse nur widerwillig das Haus, um mit dem Hund Gassi zu gehen«-Schriftstellerinnenlebensstil anzulasten ist, wenn mein Held ebenso weit wie zügellos von normalem Eisbärverhalten abweicht.

ENTDECKE
NEUE WELTEN
MIT PIPER FANTASY
Mach mit und gestalte deine
eigene Welt!
PIPER
www.piper-fantasy.de